Petra Hůlová

ENDSTATION TAIGA

Aus dem Tschechischen
von Michael Stavarić

Sammlung Luchterhand

Die Originalausgabe erschien 2008 unter dem Titel
Stanice Tajga bei Torst, Prag.

FSC
Mix
Produktgruppe aus vorbildlich
bewirtschafteten Wäldern und
anderen kontrollierten Herkünften

Zert.-Nr. GFA-COC-001223
www.fsc.org
© 1996 Forest Stewardship Council

Verlagsgruppe Random House FSC-DEU-0100
Das FSC-zertifizierte Papier *Munken Pocket* für dieses Buch
liefert Arctic Paper Munkedals AB, Schweden.

1. Auflage

Satz: Greiner & Reichel, Köln
Druck und Einband: CPI – Clausen & Bosse, Leck
Printed in Germany
ISBN 978-3-630-62191-3

Besuchen sie unseren LiteraturBlog www.transatlantik.de!
www.luchterhand-literaturverlag.de

HABLUND

Hablund war so was von begeistert. Diese weitläufigen, unendlich sich weitenden Wälder. Sein Herz hämmerte im Takt der Eisenbahnschwellen. Schade nur, dass das kleine Fenster so verdreckt war. Es half kein bisschen, es – von innen aus – mit dem Ärmel abzuwischen.

Er hatte für diese Reise so manches Opfer gebracht. Seine kleine Fabrik für Verbandsstoffe, vom Vater geerbt, hatte ihm im Krieg einiges an Profit eingetragen. Einen Teil des Geldes überließ er seiner Frau und mit dem Rest kaufte er sich in Kopenhagen eine Fahrkarte erster Klasse, und erst in Moskau eine Fotografen-Ausrüstung, damit sie ihm nicht schon an der russischen Grenze abgeknöpft wird. Empfehlungsschreiben, welche die russischen Behörden gnädig stimmen und die misstrauische Geheimpolizei beruhigen sollten, hatte er gleich mehrere. Eines von den dänischen Kommunisten, denen er für ein paar Monate beigetreten war, eines vom »Verband der Freunde der Sowjetunion«, wo er zwei wahnwitzige Enthusiasten kannte, sogar eines von der Botanikervereinigung, wo Hablunds Großonkel Mitglied war. Die Zustände in der Sowjetunion, so kurz nach dem Krieg, durften nicht unterschätzt werden. Die Reise war auch so schon eine ausgesprochene Torheit.

Seine Frau hatte ihm an verschiedenen Stellen im Unterfutter seiner Kleidung das Geld eingenäht, etwas davon trug er auch im doppelten Boden seiner Schuhabsätze. Wofür genau er es eintauschen sollte, wusste er nicht. Er hatte auch Batterien, Äxte, einen Sack dänischer Süßigkeiten und Bonbons (süß und salzig) bei sich, sogar eine große Packung erstklassigen Tabaks. Von seinem Rücken baumelte ein riesiger Rucksack, im Vorraum vor dem Spiegel der Kopenhagener Wohnung wurde mit ihm der Platz eng. Dabei hätte er sich gerne im Spiegel bewundert. Der Herr Forschungsreisende.

Marianne hatte ihm einiges vorgebacken und -gekocht, sie ließ sich nicht davon abbringen, obwohl sie seine Vorbereitungen die ganze Zeit über mit Gejammer kommentierte. Hablund aber war fest entschlossen. Er musste endlich aus tiefstem Herzen Frischluft schnappen. Auch wenn es um Kopenhagen gar nicht so schlecht stand, Dänemark war im Krieg weitgehend verschont geblieben, allerdings, das restliche Nachkriegseuropa war eine »Brennhalde toter Seelen«, wie er zu sagen pflegte. Ihre komfortabel ausgestattete Wohnung mit Toilette, Warmwasser, Zentralheizung und Bad, jenen Errungenschaften, die lediglich einem Viertel der dänischen Haushalte zuteil wurden, erschien ihm so klein, dass er darin zu ersticken drohte.

Die »Enge« vor dem Krieg musste einiges zu dieser »lieblichen Torheit« beigetragen haben, die sie ein paar Monate lang tatsächlich gemeinsam lebten. Um Marianne einen Gefallen zu tun, blieb er vorerst noch. Kurz vor der Abfahrt legte er dann den Ehering ab, er streifte ihn von seinem Finger, bevor er zum Bahnhof fuhr, und legte ihn in eine kleine Schachtel, die er in seine »Rechnungslade« warf, doch natürlich blieb er Marianne nach wie vor zugetan und dies würde auch weiterhin so bleiben.

Auch wenn er kein Medikamentenkästchen oder eine Bibel mitschleppte, fühlte er sich doch berufen. Er wollte nicht bis an sein Lebensende jeden Morgen im selben Pyjama erwachen, mit Blick auf denselben lieblichen Lüster, irgendeine Arbeit vor Augen, die ihm weder lästig noch interessant schien, die er schlicht und einfach langweilig fand. Er würde aus der Ferne etwas mitbringen. Wie lange es dauern würde, das wusste er nicht genau. Er schätzte, drei Monate, aber nur, weil seine Frau jedwede andere Überlegung nicht ertragen hätte und die Freunde ihn für einen noch größeren Irren gehalten hätten, als dies bislang der Fall war. Das Visum war ihm für zweiundvierzig Tage ausgestellt worden, mit dem Hinweis, dass, sobald er sich in Russland registrieren ließe, er die Möglichkeit hätte, es direkt vor Ort zu verlängern. Ein längeres Visum vorab zu beantragen, das war über »Inturist« nicht möglich. Die Russen hatten ihn auch so schon verhört. Er musste offenlegen, wohin er fuhr und warum. Schließlich wurde aber alles bewilligt. Diese Ausreden und Hirngespinste, die er ihnen vorsetzte. Er befürchtete nur, dass sie ihn beschatten würden. Irgendwelche Typen in Schwarz, die ihm im Zug gegenübersitzen, die ihre Gesichter hinter Zeitungen verbergen. Doch entweder gab es solche Spitzel nicht, oder Hablund waren sie nicht aufgefallen.

Buro, den Vater von Keke Kavaryč, lernte Hablund gleich am ersten Tag kennen, als er im Sommer des Jahres 46 in

Charyň ankam. In seinem Luxuscoupé mit Waschmuschel und Spiegel, hinter dem sich ein Schränkchen mit Kamm und Warmwasserbecherchen verbarg, fühlte er sich wie ein König. Selbst dann noch, als er den Zug verließ und das Treppchen nach unten kletterte. Er wollte gerade mit all seiner Habe den Bahnsteig betreten, als ihn – völlig unverhofft – der schneidige Wind des sibirischen Sommers traf. Eine heftige Böe, wie er sie später noch oft erleben sollte. Diese hier roch irgendwie nach Pferd, dachte er sich. Ein Pferd, das ist in Sibirien viel wert.

Hablund fühlte, wie sein Herz sperrangelweit offenstand, dass er nun bereit war, verständnisvoller und großmütiger zu agieren als je zuvor in Kopenhagen. In ihrer dortigen Wohnung, die ihn eingeengt hatte, obwohl ihnen genügend Quadratmeter zur Verfügung standen. Marianne hatte es nicht lassen können, zu all dem vererbten Krimskrams immerzu mehr Zeug anzuhäufen – und obenauf lag ihre eigene Dummheit. Dass er in Dänemark etwas besaß, eine Firma und Marianne, Hablund vergaß es schon im Zug, gleich nach Moskau. Kurz vor Charyň fiel ihm Marianne dann doch wieder ein. Jemand war zurückgeblieben und wartete. Dieses Gefühl, dass jemand die Tage bis zu seiner Heimkehr zählte, kaum dass er weg war, es widerte Hablund an. Dass ihn irgendetwas nach Hause zurückzog, noch bevor seine Expedition so richtig begonnen hatte, nach all den aufwändigen Vorbereitungen, das fehlte ihm gerade noch. Und anstatt weiter an Marianne zu denken, nutzte er die letzten paar Stunden vor Charyň dazu, sich unablässig aufzusagen, was er eingepackt und ob er auch nichts vergessen hatte. Die Kamera hatte er, das war das Wichtigste. Dazu allerlei nützliche Dinge, er öffnete gleich mal lieber die schwere Tasche und tastete sie ab, zur Kontrolle. Er hatte sich nie für Technisches interessiert, zuvor hatte er nur einen kleinen Fotoapparat besessen, um mit Marianne schnell ein paar Bilder zu schießen. Lachend neben sich oder mit Freunden, wenn irgendwer Geburtstag oder etwas in der Art feierte. Die Kamera, die Hablund nun mit sich führte, die war, verglichen mit seinem alten Fotoapparat, etwas völlig anderes. Erstklassige Profiqualität aus zweiter Hand, von einem Moskauer Händler, als er in der Metropole umsteigen musste. Zum Teufel auch, es war klar, dass ihn der Händler über den Tisch ziehen würde, schließlich war er ein Ausländer. Er begleitete Hablund später allerdings bis zum Bahnhof. Vielleicht war er ja von der Geheimpolizei, wer weiß, in Moskau war er sich bei gar nichts mehr sicher. Vielleicht hätte er Marianne sogar davon überzeugen können, dass es sinnvoll war, zu verreisen, wäre es nicht gerade Charyň gewesen, sondern London, Rom oder wenigstens Peking. Das hätte sie begriffen, aber nach Charyň und zum Kavaš-Ritus? Vielleicht hätte ihr Hablund ja etwas anderes erzählen sollen, damit sie sich keine unnötigen Sorgen mache. Damit sie ihm alles Gute für die Reise wünsche und nicht bis zum letzten Augenblick um jeden Preis versuche, ihm alles auszureden. Selbst am Bahnhof, als er das Gepäck längst im Abteil verstaut hatte und noch einmal ausstieg, um ihr einen Kuss zu geben, selbst dann ließ sie nicht locker.

Sie gingen im Streit auseinander. Zwar winkte sie ihm verhalten nach, aber dann drehte sie sich um, er sah sie weggehen. Für gewöhnlich, wenn sie sich verabschiedeten, winkten sie sich so lange zu wie nur möglich. Er ärgerte sich über sich. Fast hätte er sogar die Station verpasst. Zum Glück zupfte ihn jener Schaffner kurz am Ärmel, mit dem er seit Moskau sein Russisch trainiert hatte. Es war gar nicht schlecht und der Schaffner versicherte ihm, dass er ausgezeichnet spreche ... der Russischkurs in Kopenhagen und das Lesen russischer Klassiker schienen gefruchtet zu haben.

Der Bahnhof war eine Baustelle. Überall lagen Zementsäcke und ein paar Leute, die nicht von der Arbeit aufsahen, waren still am Werken. Niemand erwartete ihn, das war klar, auch wenn er sich im Zug solchen Fantasien hingegeben hatte. Wie ihn eine hiesige Parteidelegation begrüßt, oder wenigstens ein Großmütterchen, mit Dillkartoffeln. Er stieg behäbig die Stufen hinunter, weil ihm danach war, und setzte sich schließlich auf den Berg all seiner Taschen, weil er fürchtete, etwas davon könnte gestohlen werden.

Buro Kavaryč hatte noch nie jemanden wie Hablund gesehen. Er war der beste Taiga-Kenner im Dorf und seine Sachen hatte er stets ruckzuck gepackt. Wenn ein paar Männer zur Jagd gingen oder in der Taiga irgendeine Mission zu erfüllen hatten, versorgte er sie mit Nachrichten und Essen, was eben so notwendig war. Mit Gepäckstücken, die man nicht am Rücken transportieren oder mit den Armen fassen konnte, damit waren doch nur Kleinkinder unterwegs. Und genau solche Gepäckstücke hatte Hablund zuhauf. Er saß auf seinen Reisesäcken und wartete wohl auf den großen Taiga-Geist, dass dieser losbläst und ihn bei der nächstbesten Herberge absetzt. Er lachte kurz auf, was Hablund auffiel. Ein Mann, der ihm zulächelte und ihm auch noch freundlich zuwinkte. Schließlich konnte er Russisch und ein Fremder, der die Sprache der Einheimischen beherrscht, der würde gewiss mit offenen Armen empfangen werden.

Wie es geht, fragte Hablund Buro, nachdem der Mann zu ihm geschlendert kam und etwas sprachlos wirkte. Er erinnerte sich gut an einen Beitrag im Erdkundemagazin »Unsere Welt«, der davon handelte, wie man mit Menschen in fernen Ländern ins Gespräch kommt, denen man zum ersten Mal begegnet. Er überlegte, was er an diesem Mann hätte loben können, aber der trug lediglich ein paar alte Fetzen und eine speckige Mütze, die längst ihre Form verloren hatte.

Ein schöner Bahnhof ist das. Man baut euch hier einen neuen, oder?

Und danach stellte er sich vor und reichte Buro die rechte Hand und Buro war klar, dass der Genosse wirklich von ganz weit herkam. Ein solches Russisch hatte er noch nie gehört. Der kam weder aus Moskau, Irkutsk oder dem Baltikum. Vielleicht irgendetwas am Schwarzen Meer? Das war der entfernteste Ort, den sich Buro vorstellen konnte.

Hablund bemühte sich darum, das Gespräch am Laufen zu halten. Zunächst ging es ums Wetter, danach darum, wie viele Geschwister Buro habe. Diese Anstrengung trieb ihm den Schweiß auf die Stirn, keinerlei Wirkung. Das Gras rundherum war im Sommer trocken wie Zunder, der nächstbeste Baum war grad mal an der Spitze mattgrün, es herrschte große Hitze.

Falls Buro im Dorf verlautbaren würde, dass irgendein Irrer vom Himmel gefallen war, konnte er sich gleich wieder auf den Weg nach Kopenhagen machen. Hablund bot Buro eine Zigarette an, aber Buro kaute weiter an seinem Strohhalm und zeigte kein Interesse. Daraufhin begann Hablund sein Gepäck zu durchwühlen und stapelte am Bahnsteig einige Sachen auf, die Buro noch niemals zuvor gesehen hatte. Bunte Kerzen im Zehnerpack, gemusterte Geschirrtücher, ein Foto von Marianne im Holzrahmen, das Hablund eigentlich am Nachttisch aufstellen wollte, ein Rasiermesser, das Tagebuch von Dagens Nyheder und einen durchsichtigen Radiergummi, der Hablund aus einer der kleineren Taschen voller Schreibutensilien gefallen war.

Hablund suchte eigentlich nach einem der guten Messer, aber Buros Hand schoss pfeilschnell auf den Radiergummi zu, als wäre es genau das, worauf er gewartet hatte, er steckte ihn in die Hosentasche. Als ihm diesen Hablund wieder entreißen wollte, versetzte er ihm unabsichtlich einen Hieb in den Bauch und Buro trat ihm daraufhin entschlossen zwischen die Beine. Hablund stöhnte auf, ging zu Boden und hinter seinen Lidern schwärmten schwarz-orange Schmetterlinge aus, wie damals, als er in der Kopenhagener Wohnung von der Malerleiter gefallen war. Er konnte gerade noch sehen, wie Buro hinter eine der Ecken des Bahnhofes huschte, dann war er verschwunden.

Was er als Nächstes wahrnahm, war der Lärm eines Motors, er roch den Benzingestank. Inzwischen hatte es zu dämmern begonnen. Er lag bäuchlings über seinen Taschen und Rucksäcken, mit dem Gesicht nach unten, er wollte sich gar nicht umschauen. Der Wagen ratterte, er stand gleich irgendwo in seiner Nähe. Er wandte diesem sein von Tränen und Staub verdrecktes Gesicht zu und erkannte Buro im Dämmerlicht, der wieder sein freundliches Lächeln aufgesetzt hatte, deshalb hatte er ihm zuvor schließlich zugewinkt. Er saß hinter dem Steuer der Schrottkarre. Er hupte und deutete ihm mit der Hand, dass er einsteigen sollte, aber mit dem Gepäck half er ihm nicht. Aus einer seiner Taschen kullerten anschließend die ganze Fahrt über erstklassige, glänzende dänische Äpfel, die sich am Boden des Wagens verteilten.

Hablund schätzte, dass Buro wohl an die dreißig Jahre alt war. Er erfuhr bald, dass er erst zweiundzwanzig war, allein lebte und mit seinen Beinen Geld verdiente. In der Taiga blieb alles stecken, sobald eines der dichten Waldstücke auftauchte, und so ein Waldstück fand sich in manchen Landstrichen alle paar hundert Meter. Ein Pferd war in diesen Fällen zu gar nichts nütze. Es lag nicht nur daran, dass so ein Tier manchmal viel zu groß war, um irgendwo durchzukommen, oft genug verhielt es sich störrisch, setzte sich in den Kopf, sich nicht mehr von der Stelle zu rühren.

Es gibt Plätze, wohin manche Tiere auf keinen Fall einen Fuß setzen, da kann man so ein Pferd auspeitschen, sosehr man will, oder es auch sanft am Kopf fassen und ihm gut zureden, es wird zu gar nichts führen, da es sich nicht um Widerspenstigkeit handelt, sondern um Instinkt, und in solchen Fällen war in Charyň eben Buro zuständig. Buro, der den Waldfeen unter den Schenkeln und den Gespenstern hinter den Waden durchschlüpfte, die nächtlichen Schatten wiesen ihm seinen Weg.

Hablund fiel an jenem ersten Abend wie ein Toter um und schlief. Sie luden alle Gepäckstücke aus dem Wagen und legten sie im Flur ab, danach wusch sich Hablund noch unter der blechernen Zisterne, aus der ein Wasserstrahl in ein kleines Becken rieselte, schnell seine Hände und das Gesicht, dann fiel er im einzigen Raum der Holzhütte auf irgendetwas, was am Boden lag, gleich neben Buros Bett. Was weiter geschah, davon erfuhr Hablund nie. Nach und nach kam ganz Charyň angelaufen, um ihn zu bestaunen. Manch einer berührte ihn leicht oder flüsterte verhalten irgendetwas, die Großmütter befühlten seine Stirn und die Männer seine Arme und dann verließ einer nach dem anderen Buros Hütte, um sich wieder seinen eigenen Geschäften zuzuwenden.

Hablund schlief acht Stunden und erwachte am frühen Morgen, weil er heftige Kopfschmerzen hatte. Als steckten Scherben im Kopf. Als hätte er die ganze Nacht lang durchgesoffen oder irgendwo auf Steinen geschlafen. Er wankte in den Flur und überprüfte, ob eines seiner Gepäckstücke fehlte, alles war noch da.

Später bedankte er sich immer wieder aufs Neue bei Buro für jenen Vormittag, als er sich seiner angenommen hatte, den Tritt hatte er inzwischen völlig vergessen, es handelte sich dabei schließlich um ein reines Missverständnis. Er schenkte Buro ein Messer, das er gestern in der Eile nicht finden konnte, damit sich ihre Freundschaftsbande festigten, als Draufgabe gab es noch eine batteriebetriebene Taschenlampe und einige gepolsterte Wundpflaster. Er versuchte ihm zu erklären, dass man diese gut nach langen Fußmärschen anwenden konnte, wenn man Blasen bekam, aber es schien so, als würde Buro nicht begreifen. Er brachte Hablund ein Glas saurer Milch und danach noch eines. Hablund trank beide sogleich aus, etwas anderes hätte man ihm wohl als Unhöflichkeit ausgelegt. Danach saß er eine ganze Stunde lang auf Buros stillem Örtchen (ein Verschlag vor dessen Hütte), um nicht ständig hin- und herzulaufen, um nicht immer wieder aufs Neue die Hosen abstreifen zu müssen.

Abgesehen vom Toilettenhäuschen besaß Buro (alles im kleinen Hof vor der Hütte) noch einen Haufen Brennholz, einen Haufen modriger Rüben- und Kartoffelschalen, einen Haufen Knochen und einen Haufen Asche. Der Flur in der Hütte war winzig und man konnte sich dort – wegen Hablunds Sachen – kaum noch rühren und der Raum, in dem sich ein Bett, Kamin, Tisch, ein paar Sessel und Wandregale befanden (die fast alle leer waren), war gerade mal vier Schritte lang. Es war gleich klar, dass Buro keine Frau hatte, wenigstens nicht hier. Im Raum herrschte dennoch eine peinlich genaue Ordnung. Hablund ließ seine Sachen lieber eingepackt und den ganzen Vormittag über musste er ständig in den Flur, wühlte dort in seinen Taschen und fluchte leise. Er wartete darauf, dass Buro irgendwo hinmüsse, um sich ihm anzuschließen. Er war fest entschlossen, ihm in diesen ersten Tagen überallhin zu folgen, bevor er sich von allein orientieren konnte. Diese sorglose Behäbigkeit, mit der er am Tag zuvor hier ausgestiegen war, war verflogen. Buro ging am ersten Tag ein paar Mal weg und kehrte bald wieder zurück, Hablund hatte er allerdings nicht mitgenommen. Dieser lag förmlich auf der Lauer, aber Buro erhob sich stets völlig unerwartet, war im Nu draußen und schloss die Tür hinter sich, Hablund hörte gerade noch, wie er von draußen absperrte. Er saß dann alleine in der Hütte herum, auf Buros Bett, und lauschte dem sich entfernenden Bellen des

Hundes, den Buro mitnahm, irgendwo hinter dem Dorf muhten wohl auch Kühe. Alles verlor sich im Heulen des Windes, der von einem hohlen Dröhnen in ein leichtes Pfeifen überging, nur um bald darauf wieder stärker zu werden, als würde er durch einen Kamin jagen. Dass er hier als kleiner Junge galt, den man zu Hause einsperren musste, gefiel Hablund ganz und gar nicht.

Nachmittags kam eine junge Frau mit einem Jungen daher, Hablund sah sie durchs Fenster, nach außen konnte er nicht, es war ja abgeschlossen. Ihm fiel auf, dass der Junge unter der Grasnarbe in der Nähe der Toilette eine Schachtel verbarg, daraus zog er nun ein hölzernes Pferdchen hervor. Kaum dass sie ankamen, riss er sich von der Frau los und holte es heraus. Offenbar waren sie nicht zum ersten Mal hier.

Als Buro zurückkehrte, waren die Frau und der Junge längst verschwunden. Buro schien keineswegs überrascht, als ihm Hablund von ihnen erzählte, und er fügte auch hinzu, dass er gerne draußen sein wolle und nicht verstehe, warum er ihn jedes Mal einschließe. Buro allerdings schwieg beharrlich, er spielte mit dem neuen Messer herum und ging bald wieder weg, natürlich schloss er ab.

Hablund trieb Buros »unverhältnismäßige« Gastfreundschaft auf die Palme. Auch davon hatte er in »Unsere Welt« gelesen. Von der östlichen Gastfreundschaft, die dem Uneingeweihten wie ein Gefängnis vorkam. Der Gastgeber übernimmt die volle Verantwortung für den Fremden und fürchtet, ihm könnte in seiner Abwesenheit etwas zustoßen.

Den nächsten Abend verbrachten sie mehr oder minder im Stillen. Es gab ein paar Fragen von Hablund und Buros vage Antworten. Hablund hätte gerne zumindest das Innenleben der Hütte gefilmt, aber der Raum war einfach zu eng und die Kamera lag im untersten Rucksack, er wollte keine Unordnung schaffen. Hauptsache, sie kam unter den ganzen Dingen nicht zu Schaden. Nachts, als Buro eingeschlafen war, entschloss er sich, seine Sachen umzuschichten. Er breitete sie im Raum aus und räumte sie wieder in die Taschen. Die Kamera lag nun obenauf. Es freute ihn, dass sie noch funktionierte, und am nächsten Morgen erwachte er frisch und fröhlich. Buro war bereits fort, aber das störte Hablund nicht mehr. Durch das gesprungene Fensterglas, das schon mehrmals geklebt worden war, strömte fröhliche Vormittagssonne herein. Es war nicht heiß und der Staub in der Hütte glitzerte silbrig und glänzte in den Sonnenstrahlen, alles Holz schien wie vergoldet. Hablund war zufrieden, er fühlte sich wie in einem kanadischen Blockhaus, das er mit eigenen Händen erbaut hatte. Das Ticken der Wanduhr in der Kopenhagener Küche vermisste er längst nicht mehr, und als Buro zurückkam und einen noch warmen, dunklen Brotlaib auf den Tisch legte, war es nahezu himmlisch.

Der Junge, den Hablund am Vortag bei der Frau gesehen hatte, war Keke Kavaryč, Buros Sohn. Mit Larissa, seiner Mutter, hatte Buro nie unter einem Dach gelebt, aber der Junge besuchte Buro gern, wann immer er mit der Mutter am Haus vorbeikam, zog er diese gleich zum Vater. Neben der Toilette (bei Buros Hütte) verbarg er unter der Grasnarbe eine Schachtel, die einst Schrauben und Muttern enthalten hatte, nunmehr befanden sich ein kleines Heft, ein Stück von einem Bleistift, ein in einer

Zigarettenschachtel hausendes Pferdchen, ein Paar alter Patronen, einige Steinchen und ein Stück von einem Keramiktransformator darin. Den hatte ihm Buro mitgebracht, als er in der Taiga einigen Männern Post zustellte, die dort Leitungen reparierten.

Keke breitete seine Schätze gerne aus, ein jedes Mal zeigte er sie dem Vater und freute sich, wenn ihm dieser etwas Weiteres schenkte. Er kletterte gern auf seinen Schoß, wenn Buro etwa vor der Hütte saß und im Auge behielt, was sich alles im Dorf tat. Ins Hütteninnere kamen er und die Mutter allerdings nur, wenn es wie aus dem Nichts zu regnen begann. Es war schließlich nicht ihr Haus, und die Tatsache, dass Buro Kekes Vater war, änderte daran gar nichts.

Hablund kam da nach und nach dahinter. Weder am dritten, fünften oder zehnten Tag nahm ihn Buro irgendwohin mit, und so wurde es zu einer seiner kleinen Vergnügungen, zu beobachten, was draußen passierte. Er schaute nicht nur Keke und Larissa zu, er beobachtete alle, die vorbeigingen. Nach ein paar Tagen schon kannte er die Gestalten. Herumtollende Kinder und schleichende Gespenster in schlottrigen Fetzen. Einige von ihnen hatten lange Haare und tätowierte Wangen. Männer in Röcken, die ihre weichen Stiefel bis zu den Knien hochzogen, doch Hablund sah sie nur im Profil, weil sie niemals in seine Richtung blickten. Einer schien sich ihm besonders ins Gedächtnis einzuprägen, ein Großer, der für gewöhnlich mit dem Pferd vorbeiritt, doch ein paar Tage später war er sich nicht mehr so sicher, ob es dieser oder jener gewesen war. Einige sah er pünktlich zur selben Zeit, morgens und abends. Das waren vor allem jene in der »Sowjetrobe«, mit ihren Gürteljacken und schmierigen Leninmützen, in der er auch Buro zum ersten Mal am Bahnhof angetroffen hatte. Sie waren hager, aber mit rundlich-teigigen Gesichtern, wenn sich zwei trafen, reichten sie einander die Hand oder sie klopften sich auf den Rücken und gingen danach wieder ihres Weges. Alles in allem herrschte allerdings kein großer Verkehr. Oft genug hielt Hablund über eine Stunde oder zwei nach jemandem Ausschau, vor allem in den Mittagsstunden, wo so gar nichts los war, auch dann, als es mit den Hitzewellen vorbei war.

Hablund wollte ursprünglich früher kommen, schon vor dem Sommer, um sich einzugewöhnen, bevor der Winter in der Taiga einkehrte, aber die Vorbereitungen hatten sich in die Länge gezogen, und bevor er alles in der Firma regeln konnte, war schon fast Mitte August und der Sommer beinahe vorüber. Nach der zweiten Woche streifte sich Hablund in der Nacht zum ersten Mal warme Socken über und freute sich darauf, dass Buro morgens im Kamin Feuer machte (für den Tee), auch wenn man sich bis zur Mittagshitze wieder bis aufs Hemd werde ausziehen müssen. Wäre er zu Hause in Kopenhagen gewesen, er hätte sich bis aufs Unterhemd entkleidet, aber hier traute er sich das nicht. Was, wenn Larissa und Keke kämen und ihn halbnackt am Fenster sehen würden? Manchmal nahm er sich vor, gegen das Fenster zu klopfen und ihnen zuzuwinken, er hatte keine Ahnung, ob sie etwas von ihm wussten. Er ist der Freund ihres Mannes, sie könnten sich doch wenigstens zulächeln oder er könnte auch ein wenig mit dem Jungen scherzen. Er gefiel ihm. Würde er in Dänemark leben, er hätte eine ganz andere Ausstattung als sein schmutziges Köfferchen. Es tat Hablund leid, dass er statt Spielzeug nur fünf Paar Damenwinterschuhe aus Kopenhagen mitgebracht hatte. Wer weiß, wann und ob er überhaupt Gelegenheit haben würde, sie an irgendeine Frau zu verschenken.

Marianne hatte keine Freude damit, dass er solche Sachen überhaupt mitnahm. Leckerchen, damit ihm irgendeine um den Hals fällt, behauptete sie. Sie würden ihn dann bestimmt umschleichen wie ein Rudel naschsüchtiger Katzen, sie ärgerte sich und Hablund wiederum tat so, als wäre er auch verärgert, dabei hätte er eigentlich gar nichts dagegen. Selbstverständlich kam er wegen dem Film und dem Kavaš-Ritual hierher, aber zugegeben, das Mädchen, mit der Larissa und Keke einige Male ankamen, gefiel ihm. Es hatte ein helles Gesicht, wie eine Scheibe Kopenhagener Brot, und große, weit geöffnete Augen, als würde sie die ganze Zeit staunen. Sie ging Hand in Hand mit Larissa, wie es bei den Sowjetfrauen üblich war, und Keke sprang munter um sie herum. Auch er mochte diese Schöne und Hablund malte sich aus, wie er – an seiner Stelle – an ihrem Rockzipfel hing. Er war sich ziemlich sicher, dass ihn diese Frau hinter dem Fensterglas gesehen hatte. Sie blickte ihm direkt in die Augen, als sie sich ihre Haare richtete, sie stand vor dem Fenster und nutzte es wie einen Spiegel. Danach stupste sie Larissa an und beide begannen zu lachen.

Es handelte sich um die etwas zurückgebliebene Josipovičová, sie hatte tagsüber, abgesehen von etwas Hausarbeit, nicht wirklich was zu tun, und weil sie ohnehin meistens den Eimer umwarf, anstatt die Hütte ordentlich aufzuwischen, ließ ihr Velor Josipovič alle Freiheiten.

Er selbst ging frühmorgens in die Kolchose arbeiten, an

seine Waage, und die Idiotin schlenderte durchs Dorf, wohin es ihr gefiel. Schande hin, Schande her, etwas Schlimmeres, als in Charyň beim Vieh zu enden, das konnte ihm, dem Doktor, wohl kaum noch passieren, dachte er jedenfalls, als er seine täglichen zwei Kilometer zurücklegte, von der Hütte zur Arbeit, und die Frau machen ließ, was ihr beliebte. Wenigstens widersprach sie ihm nicht und das, was er abends von ihr wollte, bekam er ohne jede Quengelei. Unterhalten konnte er sich auch allein, dazu taugt eine Frau ohnehin nicht. Hätte er gesehen, wie sie sich tagtäglich vor Hablunds Fenster in Pose warf, er hätte ihr ein paar gescheuert, wie jeder andere Charyňer auch. Der halbjährigen Tamara gab sie einen Schnuller, die hielt es eine ganze Weile so aus, schlimmstenfalls beschwerten sich ein paar Nachbarn über deren Geschrei. Sie selbst sprang dann wie eine Witzfigur um Buros Hütte herum. Hablund war zu diesem Zeitpunkt schon fast einen Monat nicht mehr draußen gewesen, er fühlte sich völlig steif.

Marianne wartete bestimmt auf eine Nachricht von ihm und eine Post gab es wohl in Charyň, dachte er sich, als er Buro dabei beobachtete, wie dieser mit einem Postpäckchen verschwand. Mit hängender Zunge kritzelte er eine Adresse hin und ging dann los und ließ Hablund mal wieder allein zurück. Die Frauen waren seine einzige Ablenkung, der Anblick dieser finster dreinblickenden Lumpen, die die Hütte passierten, interessierte Hablund längst nicht mehr. Schemenhafte Wesen, gekleidet in Fetzen, Männer in sowjetischen Reiterhosen und Frauen mit Kopftüchern, das Haar verwahrlost und ebensolche Zöpfe. Hablund überlegte, wie viele von ihnen den Kavaš-Ritus überhaupt kannten, denn als er Buro danach fragte, lächelte dieser nur vage, so wie immer. Dass Hablund Russisch konnte, war ihm zu nichts nütze, Buro schwieg die meiste Zeit über. Dennoch fühlte sich Hablund bei ihm gut aufgehoben. Einmal nur hatte Buro ihn angeschnauzt, als er Kartoffelschalen ins Feuer werfen wollte, und abgesehen von jenem Tritt zwischen seine Beine, gleich am ersten Tag, hatte er nie die Hand gegen ihn erhoben. Außerdem fütterte er ihn gut und brachte ihm sogar einen Wasserbehälter, wenn Hablund etwa seine Unterhosen waschen musste. Seine Notdurft verrichtete Hablund in einen Eimer, der stand gleich in der Ecke. Buro pflegte es in der Nacht genauso zu halten. Wenn Hablund in solchen Momenten aufwachte, sagte er zu sich selbst, dass sich, mal abgesehen davon, dass er etwas mehr Zeit in der Hütte verbrachte, sein Leben kaum von Buros unterschied.

Mit Buros Erlaubnis wischte er tagsüber den Boden auf und sortierte das Mehl und den Zucker, er entfernte zwei Säckchen, die voller Würmer waren, ein paar Wochen später kochte er sogar schon. Das Feuer im Kamin anzuzünden, dauerte meist eine Weile, manchmal qualmte es stark, einmal wäre er beinahe erstickt, aber meist ging es gut und er warf dann ein paar Graupen (aus einem der Säckchen im Regal) ins siedende Wasser, das war wirklich ein Kinderspiel. Einmal baute er dabei sogar seine Kamera auf, damit er endlich mit seiner Arbeit beginnen konnte, doch es war wie verhext, gerade an jenem Morgen wollte es nicht und nicht gelingen, Feuer zu machen, er war rot vor Wut und fluchte wüst und drohte sich selbst (allein im Haus) mit geballten Fäusten. Dass alle Messer aus seinem Rucksack verschwunden waren, überraschte Hablund nach vier Wochen keineswegs, wo doch Buro eines dieser Messer offen an der Hüfte trug und es nicht einmal im Bett ablegte.

Die Idiotin Josipovičová wurde auch immer wagemutiger. Manchmal kam sie sogar allein hierher, ohne Larissa, sie lief um die Hütte herum und hob dabei ihren schmutzigen Rock, hoch bis zu den Brüsten, als würde sie durch Hochwasser waten. Sie sah Hablund durchs Fenster an, schnitt Grimassen und dann lachte sie wieder, ihr helles, sanftes Gesicht leuchtete auf wie die Sonne, wie ein glückliches, närrisches Kind. Sie wusste immer, wann Buro außer Haus war, und kaum tauchte er auf, verschwand sie, als wäre sie vom Erdboden verschluckt worden.

Wenn Buro mit Hablund im Haus war und nicht gerade aß, kochte oder schlief, stellte er irgendetwas für Keke her. Mit dem Messer, das er an der Hüfte trug, schnitzte er ihm im ersten Monat mit allergrößter Sorgfalt eine kleine Flinte, einige Männchen, ein kleines Schiff und einige weitere Sachen, die Hablund nicht so recht einordnen konnte. Wenn er mit ihnen zufrieden war, stellte er sie in Reih und Glied im Regal auf und Hablund musterte sie – sie ohne Erlaubnis in die Hand zu nehmen, getraute er sich nicht. Einmal, nach einigen Tagen, in denen sie kein einziges Wort miteinander gesprochen hatten, nahm Buro eines dieser fertigen Schnitzwerke aus dem Regal, von denen Hablund nicht genau sagen konnte, was sie darstellen sollten, und reichte es ihm. Er fragte ihn, wie es ihm gefalle und ob so etwas auch den Kindern bei ihm zu Hause gefallen würde. Er hing an Hablunds Lippen und man konnte deutlich erkennen, wie sehr es ihn freute, als dieser bejahte.

Es würde mich interessieren, wie lange du mich noch so

bei dir haben möchtest, wagte Hablund zum ersten Mal zu fragen. Und Buro überlegte und ging dann langsam zur Tür und öffnete sie. Sie war gar nicht mehr abgeschlossen.

ERSKE

Charyň ist mehr ein Kaff als ein Dorf. Aber dies vor Einheimischen laut auszusprechen, hätte nur zur Folge, dass sie wütend werden und sogleich behaupten, schaut her, dieser Fremde hier, ein Unruhestifter ist das, der hat keinerlei Achtung, all das, was er weiß Gott wo sah, hat ihm wohl den Kopf verdreht. Erske Jenkel versteht da was davon. Acht Jahre lang studierte er im dänischen Århus Anthropologie, und als er schließlich nach Charyň aufbrach, hatte er alle Theorien darüber beisammen, wie man die Einheimischen für sich gewinnen kann. Sein Wissen hatte er durchnummeriert und im Kopf geordnet, sobald eine gewisse Situation eintraf, würde es dort drin irgendwo aufblitzen.

Mit seinem dreißig Kilo schweren Rucksack trat er auf den bemoosten, aber sorgfältig gefegten Bahnsteig, die einzige Person, die er dort erblickte, war die alte Saška Pavličová. Sie saß auf ihrem fahrbaren Kühlschrank, einer Kunststoffschatulle, verkleidet mit Polyester. Saška hat die Hände eines Mannes, sie raucht die fettesten Zigaretten von ganz Charyň. Sie trägt sie in einer zerfledderten Marlboroschachtel bei sich, und wer ihr genehm scheint, dem bietet sie eine an.

Für Erske interessierte sie sich sehr wohl. Irgendwelche Schnürchen hingen aus seinem Rucksack, um seine Stirn hatte er sich ein Tuch geschlungen und dann noch diese wasserdichten Schuhe, mit denen Ausländer gerne angeben, dass ihnen nichts durchsickert, nur um später darüber zu klagen, dass da doch was damit nicht stimmt.

Hablund war auch ein solcher gewesen. Hablund, der eines Abends im Winter des Jahres siebenundvierzig nicht mehr nach Hause zurückgekehrt war. Zunächst war sie misstrauisch gewesen. Er sprach mit einem seltsamen Akzent, als hätte er ein hölzernes Maul, er lächelte ständig und nach einem einzigen Schnapsglas war er vollkommen hinüber, wie irgendein junges Mädchen. Alle lachten zunächst über ihn. Sie auch, als sie mit ihm bekannt wurde. Die Mädchen tuschelten über ihn. Sie war damals doch jung. Wenn sie früher ihre Hände auf den Schenkel abstützte, kamen keine fleckigen Adern zum Vorschein.

Hätte dieser hier nicht solche Stielaugen gehabt, Saška hätte Erske eine Marlboro angeboten. So beobachtet sie ihn lediglich, eingehüllt in ihre Decke. Rauch strömt aus ihrem Mund und ihr Hintern friert sich am Kühlschrank fest. Saška weiß, dass noch keiner so mir nichts, dir nichts nach Charyň gefahren kam. Die Äuglein dieser alten Frau sind klein, Erske erinnern sie an ein Schwein. Er weiß nur zu gut, dass die Frau jetzt kein Wort sagen wird, und wenn sie einander das nächste Mal begegnen, wird sie so tun, als wäre es gerade zum ersten Mal.

Auch die hier hat wohl in einer Kolchose gearbeitet, sie hielt ihren Mund, tanzte nicht aus der Reihe und hob auf Versammlungen eifrig die Hand. Den Kulturschock hat Erske bereits überwunden. Er ist nicht zum ersten Mal in

Russland. Und dennoch. Es war ihm zuwider. Dieses Gefühl, dass hier die Leute alles für sich behalten, ihn an der Nase herumführen, um ihn heimlich auszulachen, dass er niemals begreifen würde, was hier vor sich geht. Hier wirft man einem gerne Stöcke zwischen die Beine, wenn man etwas Wahrheit ans Licht bringen will.

Vom Bahnhof weg führte nur ein einziger Weg. Hölzerne Häuschen und schiefe Zäunchen gab es da, kleine, vom Gras überwucherte Vorgärten mit Baumstummeln oder Bänken zum Anlehnen, von wo aus man die Welt in aller Ruhe beobachten konnte.

Es schien, als wäre in Charyň um sechs Uhr morgens alles leer und verlassen. In dichten Schlieren wälzte sich eine Nebelsuppe durch die Straßen. Diese Feuchtigkeit mit ihrem sauren Beigeschmack nach Eisenbahnschienen. Erske musste sich erst an die eingeschränkte Sicht gewöhnen. Durch den milchigen Dampf wateten schon bald Frauen in Gummistiefeln, Kühe, er sah einen Burschen mit einem Pullover, der ihm bis zu den Knien hing, ein Tor fiel hinter ihm zu und ein struppiger Köter trottete ihm auf die Straße nach. Die Menschen tauchten aus dem Nebel auf und verschwanden wieder in ihm, einen Augenblick lang öffnete sich so etwas wie ein Tunnel und man konnte die Taiga erkennen, eine ganze Weile aber war gar nichts zu sehen, manchmal vage Umrisse von ein paar Hütten, ein einziger Torso. Ein paar zusammengenagelte Bretter, unter denen man vielleicht schläft, wo die Alten am Morgen die Decke anstieren, ähnlich wie in Århus, es sind diejenigen, denen der Wodka aus allen Poren steigt, sie schnarchen und die Frauen, denen Säuglinge an den Brüsten hängen, verstecken ihre Köpfe noch ein wenig unter den Polstern, um den Sonnenstrahlen zu entgehen.

Draußen war nur ab und an jemand zu erkennen. Der Tag war noch nicht wirklich angebrochen, ein Hinweisschild mit dem Schriftzug »POST« war ein erster Beweis von Zivilisation, der ihm in diesem Dorf in die Augen fiel. Ein in sich kauerndes Häuschen mit einem Vorgarten, umgeben von einem niederen Holzzäunchen, irgendwer züchtete dort Chrysanthemen, vor der Tür gab es zwei durchgescheuerte Holzstufen, zu Erskes Erstaunen schien geöffnet zu sein.

Er drückte den Türgriff fester durch und fand sich in einem kleinen Raum mit einer Holzbank, einem Tisch und Pult wieder, allerdings war niemand zu sehen. Im Raum hing ein ordentlicher Mief und an den Wänden klebten einige sich langsam ablösende Werbeplakate, eine Preisliste (von Postdiensten), vom Pult baumelte ein an einem Schnürchen befestigter Kugelschreiber, er hing von einem Nagel.

Erst danach fielen Erske ein zerzauster Kopf und ein weiteres Zimmerchen auf. Der Raum hinter dem Pult mündete in ein türloses Kämmerchen, im Bett schlief irgendwer, die Decke hatte er sich bis über die Ohren hochgezogen.

Die ganze Zugfahrt über hatte sich Erske ausgemalt, wie es sein würde, wenn er ihnen mitteilt, warum er hier ist. Er würde dies wie etwas völlig Normales verlautbaren, und basta. Wer würde es wiederum, ein paar tausend Kilometer weiter westwärts, nicht seltsam finden, dass einer um sechs Uhr morgens das Vieh auf die Weide treibt und dann bis zum Abend mit einer Rute am Anger sitzt und vorgibt, dieses Vieh zu hüten, oder mit einem Lastwagen durch die Gegend gondelt, beladen mit allerlei Kuhhäuten. Einst hatte Erske geglaubt, dass man Weisheit erlangt, wenn man den ganzen Tag über an einem Ort verweilt. Die Zeit sein zu lassen, möge sie vergehen, wie sie will, warum sich der Ewigkeit durch immerwährendes Wirken verweigern? Heute würde er behaupten, dass es sich dabei schlicht um Faulheit handelt, und genau deshalb geht Sibirien auch vor die Hunde.

Er stellte sich vor, dass unter dieser Decke eine Alte in einer abgetragenen Joppe steckt, sie hat einen Alkoholiker zum Mann und schläft wohl lieber gleich in der Arbeit. Elvira allerdings schlief nicht, sie hatte Erske genau gehört, gleich als er den Raum betrat.

Sie dachte, der Vater wäre gekommen, um sie wegen Serjoža zu rügen. Ihr Sohn hatte eine Krankheit, an der nahezu jedes Kind seines Alters in Sibirien litt. Er war fünf und sah aus wie drei, er war dünn, bleich und still. Tamara, Elviras Mutter, würde ihn am liebsten gar nicht mehr nach draußen lassen. Keke Kavaryč, sein Großväterchen, befürwortete lauthals, er möge sich die Hörner abstoßen, und er schob ihn eigenhändig durch die Tür auf die Straße. Serjoža stand dann vor dem Haus, kreidebleich und mit Schweiß auf der Stirn, er wartete, bis Kavaryč wieder verschwand und Großmütterchen Tamara, die sich die ganze Zeit über mit irgendeinem Beet befasste, ihn von hinten am Ärmel nahm und erneut in Sicherheit brachte. Er schämte sich, der Großvater bereitete ihm Angst.

Die Frau, die sich im Bett aufgesetzt hatte und Erske erstaunt anblickte, war noch jung. Er hatte eine Alte erwartet, die hier war etwa um die dreißig. Die Haare hatte sie sich mit einem Gummiband zusammengebunden, ihr Gesicht, das noch das Muster des Polsters aufwies, kratzte sie ganz beiläufig.

Wir öffnen erst um acht. Was wollen Sie hier?

Dann wollte sie wissen, ob er mit dem Morgenzug aus Moskau gekommen war, und Erske fielen einige ihrer zerzausten Haarbüschel auf, die ihr komisch auf einer Seite abstanden.

Sollte er es ihr sagen?

Schließlich entschloss er sich, abzuwarten.

Als Erske bekräftigte, dass er niemanden in Charyň kannte, interessierte sie sich gleich dafür, ob nicht auch irgendein Fedorek mit ihm ausgestiegen war. Braune Plüschschuhe bis zu den Waden, blaue Amtshosen und eine blaue Weste.

Für die Männer, die mit ihm ausgestiegen waren, hatte sich Erske wirklich nicht interessiert. Sie stiegen sehr schnell aus und schon eine halbe Stunde zuvor waren sie (fertig gepackt) im Gang angestanden, im Gedränge, einer hinter dem anderen, als würden sie fürchten, im Zug zurückzubleiben. Sie wirkten beklommen auf ihn, daran konnte sich Erske noch erinnern.

Es war zwei Minuten nach acht, als Elvira beide Schlösser verriegelte und Erske erneut seinen Dreißig-Kilo-Rucksack mit all den wippenden Schnürchen schulterte. Am Täfelchen an der grünen Posttür stand zwar geschrieben, dass jeden Tag von acht bis fünf geöffnet war, aber den Schlüssel hatte schließlich Elvira und Beschwerdeschreiben waren nicht üblich.

Saška würde jetzt aufbrechen und nach Hause gehen. Der nächste Zug aus Moskau würde Charyň erst übermorgen erreichen. Am Weg dorthin begegnet ihr schon wieder dieser unbekannte Mann, der gerade mit Elvira aus dem Postgebäude tritt und ihre Plastiktasche trägt, Saška denkt sich ihren Teil. Was das wohl wieder für ein Lump ist und wie sie ihn gleich mit nach Hause nehmen kann und dass der Ihrige auch heute nicht angekommen war.

Hablund Doran war auch nicht im Zug gewesen, sie hätte es sich gleich denken können. Sie hatten ihr schon damals gesagt, dass sie ihn nicht würde halten können, heute finden Saška alle nur noch lächerlich, weil sie immer noch wie ein Hund auf ihn wartet. Wie ihr Hund Petrus darauf wartete, bis ihr Vater wieder aus Irkutsk zurückkehrte, damals, als Saška noch ein Kind war. Er war weggefahren und Petrus wartete die ganze Zeit über am Bahnsteig, bis sich sein Herrchen wieder zeigte. Er kehrte nie wieder zurück. Die Mutter hatte dann noch mal geheiratet. Sie könnte allerdings diesen hier fragen, der heute Morgen ankam, ob er nicht in Europa zufällig einen namens Hablund kennt. Nur für alle Fälle.

Tamara Kavaryčová war gleich aufgefallen, was für löchrige Socken Erske an seinen Füßen trägt. Wer schickt ihn so hierher? Hat er eine Frau? Sie bezweifelte es. Als ihn Elvira der Familie vorstellte, dachte sie, in seinem Alter, da sollte er eigentlich schon eine haben. Dann waren ihr allerdings diese blauen Socken aufgefallen und schon war sie unsicher geworden. Ob er hierherkam, um sich eine zu suchen? Wie Hablund Doran damals. Auch der erzählte anfangs etwas anderes. Erske allerdings sagte gar nichts.

Hablund hatte damals versichert, er wäre nach Charyň

gekommen, um einen Film zu drehen. Als ob sie hier irgendwelche Eskimos oder so wären. Als er aus dem Zug stieg, musste Buro all seine Sachen mit dem Wagen abholen, nicht einmal tragen konnte man das Zeug. Stangen, Haken, Hebel. Tamara war damals noch kein Jahr alt. Sie hatte es nicht selbst erlebt, aber demnach zu urteilen, wie man davon sprach, musste es viel Aufsehen gemacht haben.

Hablund versprach den Dorfbewohnern schon am zweiten Tag nach seiner Ankunft eine große Neuigkeit. Alle sollten sich vor dem Heldendenkmal versammeln, auf dem blank gestampften und mit Schotter bestreuten Plätzchen. Er hatte es irgendwem mitgeteilt und dann hatte es sich von Mund zu Mund verbreitet. Wer weiß, warum sie überhaupt auf ihn gehört hatten. Ob er über irgendwelche übermenschliche Fähigkeiten verfügte? Um zu erfahren, dass der Zweite Weltkrieg zu Ende war, dazu brauchten sie ihn nun wirklich nicht. Er hatte es den Charyňern feierlich am Sockel jener Statue verkündet, als wäre er die Rote Armee, England und Amerika in einem. Die Charyňer standen anschließend noch ein Weilchen beisammen und traten von einem Fuß auf den anderen, dann zog es sie wieder zurück in ihre Hütten. Sie besaßen zwar kein Radio, aber bis Pstruh war es wirklich nicht so weit, auch wenn man dieses nur über einen schlammigen Weg erreichen konnte. Sie zuckten nur mit den Schultern.

Hablund stopfte sie anschließend mit Schokolade voll, die Kinder liefen mit verschmierten Gesichtern durch ganz Charyň, sofort hieß es Onkel hier und Onkel da, ein Spalier an Winzlingen zog hinter ihm her, als wäre er ein Prophet. Die Familie von Velor Josipovič hatte ihn ziemlich lange am Hals. Er wollte mit jedem gut Freund sein und wartete nur darauf, bis man seine Bögen und Pfeile hervorzog, seine Knochenmesser und Bärenfelljacken. Er wartete bis zum Wintereinbruch, weil ihm irgendwer gesagt hatte, dass man die Sachen versteckt, damit sie nicht von Würmern gefressen werden – sie herzuzeigen, das sei bis zum ersten Frost verboten. Und Hablund glaubte alles wie ein Kind und wartete und dachte sich, dass sie ihn gern zur Jagd mitnehmen würden, ihn, den Europäer, mit seinen sauberen Öhrchen.

Es war Erskes zweites Abendmahl bei der Familie Kavaryč, als ihm auffiel, wie penibel ihn Tamara beobachtete. Er wusste nicht genau, warum. Es schien doch alles in Ordnung zu sein. Er hätte nicht zu träumen gewagt, dass ihn jemand so schnell bei sich aufnimmt. Soll ihn die Kavaryčová doch ruhig mustern. Sie ist eine ältere Dame und als solche steht ihr alles zu. Bei den Jakten dürfen ältere Frauen sogar in ritueller Weise ihre Schwiegersöhne schlagen, wenn sie meinen, dass diese ihre Töchter schlecht behandeln. Erske wollte allerdings bestimmt nichts von Elvira. Dieses Beispiel der Jakten hatte irgendwer auf der Universität vorgebracht. Einer der wenigen Momente, wo ihm bewusst wurde, dass er in den Vorlesungen wohl doch etwas aufgeschnappt hatte. Er schaute zu Tamara und lächelte ihr zu, er musste nicht einmal lügen, als er ihren ausgezeichneten Fisch lobte.

Er würde ein paar Tage bei Familie Kavaryč bleiben und dann weitersehen. Es traf sich gut, dass er, mit Elviras Hilfe, jederzeit seine Mutter in Århus anrufen konnte. Er hatte ihr versprochen, sich – so bald es ging – zu melden, und er hielt seine Versprechen. Sie wollte wissen, wie sie ihn aufgenommen hatten. Es ist in Ordnung, entgegnete Erske und das war schließlich die Wahrheit. Er konnte sie davon abbringen zu glauben, dass die Russen auf Zeitungen tafelten und immer gleich das Weite suchten, wenn jemand zu Besuch kam. Gulags? Nein, danach hatte er noch nicht gefragt, aber er würde es tun. Es ist schon wahr, dass sie ein bisschen wie Vogelscheuchen aussehen, aber was soll's? Er stellte sich die Mutter in jenem Moment vor, als sie gleichzeitig den Hörer auflegten. Ein tiefes Ein- und Ausatmen. Nicht einmal er wusste, was ihn hier erwarten würde. Sein großer Plan hatte in jenem Augenblick geendet, als er am Charyňer Bahnhof ausgestiegen war. Als ob er dem Geschehen freien Lauf gelassen hätte. Dass die Zeitzeugen des Dorfes in einer Schlange (wie zu Sowjetzeiten, wenn es Orangen gab) bei ihm anstehen würden und ihm sorgfältig die ganze Geschichte erzählen, dass sie nur ab und zu verstummen, wenn er seine Fragen stellt – eine solche Vorstellung war natürlich ausgemachter Schwachsinn.

Er packte zunächst gar nicht aus. Er hätte auch nicht gewusst, wohin. Er schlief im Vorraum, die ersten zwei Tage verbrachte er im Wohnzimmer, auf dem Diwan. Eine der Zimmerwände bei den Kavaryčs war mit einem großen Hochglanzplakat verkleidet, Palmen an einer azurblauen Flussbiegung, ein kleines Quadrat war für die Steckdose ausgeschnitten worden. Am Boden lag ein verblichener Teppich mit Vogelmotiven, es gab einen niederen, langen Tisch, auf dem die Kavaryčová das Essen servierte. Dieser befand sich vor dem Diwan, darauf saß nun Erske, im Sofa der Kavaryč und auf den beiden Sesseln die Kavaryčová mit Elvira. Große Hochglanzplakate mit Stränden, grasenden Pferdeherden oder Stillleben mit Bananen, Mandarinen und taufrischen Sprite-Dosen waren in Charyň beliebt. Familie Kavaryč hatte noch eines davon in der Küche. Erske kam es so vor, als könne er seine Hände bis zum Ellbogen in eines der Bilder stecken, um von dort irgendetwas ins Zimmer mitzubringen. Eine Banane oder Mandarine etwa. Ihm fiel auf, dass der kleine Serjoža ganz schwarze Zähne hatte, Früchte waren hier wohl wirklich selten.

Was sie um Gottes willen in Hablund gesehen haben mag? Denkt sich Tamara. Ein Pinkel und Tölpel war das doch gewesen, wie man so schön sagt. Und unglaublich aufgeblasen hat er sich.

Angeblich wollte er, dass ihm die Frauen irgendwelche Geschichten erzählen. Nur wussten die nicht, was sie ihm hätten berichten können. Vom lockenden Baum? Sie kicherten. Vom zweiköpfigen Wolfsjungen? Alles hatte er fotografiert und dann auch noch was mit den Frauen angefangen. Seine Ärmel waren mit orangen Streifen versehen gewesen und seine Spuren im Schnee erzählten den Einheimischen ganze Bildgeschichten, so gestochen scharf wurden also in Europa Sohlen hergestellt.

Viele der Geschichten sind selbstverständlich erlogen. Dass ihm angeblich so lange Haare gewachsen waren, dass er diese zweimal um seinen Körper herumwickeln konnte. Dass sie, wenn er sie nass machte, acht Liter Wasser in sich aufsogen. Einen Kessel voller Teewasser für eine ganze Familie, wie sie es am heißesten aller Sommertage benötigt. Er machte sich auch noch Notizen, das ärgerte sie ganz besonders, klar doch. An irgendetwas werkte er herum, ließ das Licht bis tief in die Nacht brennen, manchmal irrte er vermummt durchs Dorf und drehte mit seiner Kamera irgendwelchen Schwachsinn. Wunderte er sich wirklich, dass es die Einheimischen mit der Angst zu tun bekamen?

Sie lachten doch über ihn.

Die Kavaryčs nennen sich Zeitzeugen, aber was ist denn ein Kleinkind schon für ein Zeuge? Hablund schenkte ihnen damals »Elite-Schokolade«, wie allen anderen auch. Er verbeugte sich vor ihnen, bis zum Boden, sie waren vor Freude natürlich aus dem Häuschen.

Erske wartete ab, was sich schließlich aus den Erzählungen der Familie Kavaryč schlussfolgern ließ. Er unterbrach sie gleich am ersten Abend und holte ein Diktafon aus einer seiner Rucksackinnentaschen, um ja nichts vom Erzählten verloren gehen zu lassen. Sich auf Notizen in seinem Block zu verlassen, damit hatte er schlechte Erfahrungen gemacht. Zuletzt waren ihm all seine Gesprächsnotizen mit den Moskauer Gemüsehändlern nass geworden, die er nur so aus Spaß bei ihren Ständchen interviewt hatte, als er mehrere Tage lang auf den Zug nach Charyň warten musste. Außerdem konnte er seinem Gesprächspartner nicht zunicken, wenn er mitschrieb, um so deutlich das Interesse an seinen Geschichten zu bekunden. Und ein Gespräch ist doch in erster Linie eine gemeinsame Interaktion, das hatten sie ihn schon bei der Aufnahmeprüfung an die Århusker Anthropologie abgefragt.

Er überlegte, ob er, basierend auf dem Gespräch mit Familie Kavaryč, auch irgendeinen kurzen Artikel verfassen sollte, um sich während seines Aufenthaltes etwas dazuzuverdienen. Einen E-Mail-Anschluss, um diesen kurzum abzuschicken, gab es in Charyň nicht, er hatte gleich am ersten Tag bei Elvira nachgefragt. Sie sagte, dass er ihr schon zwei Jahre lang versprochen wird, aber sie wusste nicht genau, von wem, wohl irgendeinem Postvorstand. Erske dachte nur, dass sie vermutlich längst irgendwelche Rechner besaßen, bei irgendwem im Schuppen weggesperrt, von dem man ganz zufällig den Schlüssel verloren hatte, vielleicht gab es auf der Post aber auch einfach keine einzige freie Steckdose.

Einmal sah er in Novgorod ein ganzes Hotel, das zugesperrt werden musste, weil die Kuh des Kochs erkrankt war, und das bitte in Novgorod, einer urbanen Perle mit orthodoxer Kathedrale und überteuertem Borschtsch, alles voller japanischer Touristen. Er nahm sich vor, das mit dem Internet nicht einfach so sausen zu lassen, auch auf die Gefahr hin, dass Elvira das Gesicht verzog. Es interessiert in Charyň doch niemanden. Mal abgesehen von Vašek und Dima, zwei Burschen, die jedem stundenlang etwas von Computerspielen vorquasseln. Das waren zwei, von denen Serjoža schon einige Male was auf die Mütze bekommen hatte. Die beiden Brüder wohnten am Dorfrand, weit weg vom Bahnhof und den Kavaryčs, dort, wo – wie Elvira behauptete – die Bekloppten wohnten, irgendeine andere Menschenklasse mit sehr niederem Niveau.

Hätte Erske jemand zu Familie Kavaryč geführt, um ihm zu zeigen, dass hier die Bekloppten wohnten, er hätte das sofort geglaubt. Aber dem war nicht so. Sie hatten einen Fernseher, Kühlschrank, einen sauber bezogenen Diwan, in der Diele eine Waschmuschel mit Speicher und Seife, alle putzten sich die Zähne, und wenn der alte

Kavaryč forsch zu Erske blickte, war dieser sofort eingeschüchtert. Im Toilettenhäuschen, das sich an den Holzzaun schmiegte, lagen jedes Mal säuberlich zugeschnittene Zeitungsschnipsel und außerdem züchteten die Kavaryčs Blumen. Zwei kümmerliche Zeilen doppelt gesetzter, farbloser Astern, die meisten wurden schon im Juni restlos von der Sonne vertilgt, aber es gab sie immerhin. Ein Beweis, dass es der Familie Kavaryč auch um Ästhetik ging, eigentlich doch um Geistiges. An der Wand im Fernsehzimmer befand sich sogar eine kleine Bibliothek und Erske dachte später, ob sie nicht vielleicht im Charyňer Dorfvorsitz sogar den Ton angaben. Vielleicht wäre es sinnvoller, sich gleich lieber an Herrn und Frau Kavaryč in Sachen Internet zu wenden, aber dann wurde ihm bewusst, dass nach dem Blumenbeet und der Bibliothek (mit acht Titeln) nichts mehr nachkam. Sie hatten kein Fahrzeug, das einem Auto ähnelte (in anderen staubigen Höfen war dies durchaus der Fall), die Küche bestand aus lediglich einer Kochplatte und einem Holzbrett, das – anstatt einer Küchenzeile – von Wand zu Wand reichte, alle Möbel waren alt und von der Anschaffung eines Bettes für Serjoža sprach man genauso oft wie von den beiden Peinigern Vašek und Dima, es war klar, dass das zu nichts führen werde.

Serjoža schlief mit der Mutter oder der Großmutter beim Fenster, und unter dem Bettbezug, zwischen den Matratzen, hortete er seine Schokoladebonbons. Die Bonbonverpackungen warf er aus dem Bett gleich durchs offene Fenster nach draußen. Der Kavaryč verhielt sich bei leeren Gurkengläsern oder Fischkonservendosen, die er zum Diwan mitnahm, genauso.

Auch an jenem Abend, als sie um den Tisch herumsaßen und Tamara etwas erzählte, flog eine Konservendose durchs Fenster. Elvira brüllte ihren Vater an, Erske musste auf ihren Befehl hin das Diktafon abschalten, weil Tamara richtig in Rage geriet, und der Kavaryč saß völlig starr da, erst nach einer Weile begann er sich wieder zu regen.

Erske wollte von den Kavaryčs an einem der ersten Abende auch etwas über die Gulags erfahren. Ob sie davon wissen und ob irgendwer dort gewesen sei. Er war auf eine peinliche Stille oder ein Schluchzen und Seufzen gefasst. Weil man dort den Vater, den Onkel vermisste, dort die Urtante ihr Kind verlor. Aber niemand war auch nur ein bisschen erstaunt. Als hätte er nach einer langweiligen Selbstverständlichkeit gefragt. Wir können gern hinfahren, sagte Elvira. Erske kam es so vor, sie meinte es in dem Sinne, dass sie das tun könnten, wenn es mal nichts Besseres zu tun gab, und der Kavaryč meinte nur, dass dort doch alles voller Schlamm sei. Elvira flüsterte Erske danach zu, dass es dem Vater peinlich sei, jemanden um ein Auto zu bitten.

Er ist sehr stolz, sagte sie und Erske wusste nicht, ob sie das auch sei oder sich einfach nur für ihn entschuldigte.

Tamara Kavaryčová schnattert und schnattert, es fängt an, Erske zu ermüden. Davon zu berichten, was ihr am Herzen liegt, das kann sie wahrlich, aber darf man das so einfach, in der Gegenwart eines Fremden, den sie erst seit ein paar Tagen kennt? Elementare instinktive Vorsicht und natürliche Scham sind doch in solchen Augenblicken gefragt. Erskes Diktafon gab schon nach einigen Stunden seinen Geist auf. Er hatte vergessen, vor seiner Abfahrt genügend

Ersatzbatterien zu kaufen, auch wenn ihm sein Lehrmeister dies nachdrücklich ans Herz gelegt hatte. Er wird sich eben hier welche besorgen müssen.

Elvira und Kavaryč schlummerten zu diesem Zeitpunkt längst dahin, sie wechselten sich beim Dösen ab, während es Tamara gelang, nicht einfach nur zu erzählen, sie hatte auch noch Zeit, Erske Tee und Wodka nachzuschenken, Gurken aus einem Glas zu fischen, sie der Länge nach zu schneiden und kleine helle Brotstücke mit Majonäse zu bestreichen.

Erske musste darauf antworten, wie viele Geschwister er habe, was seine Eltern taten, in welcher Weise sich seine »heimische Witterung« von jener in Charyň unterscheide und wie ihm diese Stadt gefalle. Wie lange er bei ihnen verweilen würde, das interessierte Tamara nicht. Sie interessierte sich auch nicht dafür, ob er bei Elvira irgendwelche Absichten hatte, schließlich war er während der letzten vier Tage schon dreimal zur Post gegangen, um dort eine gute Stunde lang mit seiner Mutter zu telefonieren. Sie weiß von Elvira, dass er dann jedes Mal noch eine weitere halbe Stunde zum Tee bleibt.

Erske lobte Charyň in jeglicher Hinsicht, auch wenn er nur den Weg vom Bahnhof ins Dorf und dann noch jenen von den Kavaryčs bis zum Postgebäude kannte. Als ihn Tamara allerdings danach fragte, was er so über Charyň wisse, legte er sofort los.

Eine 1841 von drei zaristischen Abenteurern gegründete Siedlung, die im Osten einen geeigneten Platz für eine neue Hauptstadt suchten, als es den Anschein hatte, dass Petersburg in einigen Jahren im Schlamm versinken würde. Später war Charyň dann eine kleine Jägerstation, mit einer Verarbeitungswerkstätte für Wolfsfelle, die 1860 aus noch unbekannten Gründen aufgegeben worden war. Die Siedlung war dann auf diesen Ruinen neu begründet worden, angeblich von einer abtrünnigen Armeeeinheit aus Sverdlovsk, ein Ilja Pjatigorsky baute sie zum Basislager aus, als er nach den so genannten Südtschuktschen fahndete, einem niemals wirklich belegten Stamm von »Hundefressern«, der den russischen Siedlern in dieser Gegend ständig durch die Lappen ging …

Wisst ihr, woran hier die Leute am ehesten sterben?

Nein, weiß ich nicht.

Am Suff, donnerte die Kavaryčová los. Da der städtische Viehhirt wie ein Loch säuft und ein paar Wochen im Jahr nicht mal ansprechbar ist, ist es kein Wunder, dass wir bald alle unsere Kühe los sind.

Und wie viele gibt es?

Zweihundertneunzig Stück.

Das ist großartig, bejahte Erske, Milch in Hülle und Fülle.

Tamara verzog ihren Mund. Ich werde euch etwas erzählen. Behauptet niemals, dass es in Sibirien etwas in Hülle und Fülle gibt, weil das niemals der Wahrheit entspricht. Mal abgesehen von Holz, Schnee und Mücken. Ganz im Gegenteil, es sind viel zu wenige Kühe. Und zu allem Überdruss: Kühe, die verloren gehen, werden für gewöhnlich »wiedergeboren«, bei irgendjemandem in Uljanevsk oder Magys. Das Fell an jenen Stellen ausrasiert, wo sich unser Brandzeichen befand. Die Sonne noch. Von der haben wir allerdings in Hülle und Fülle, aber auch nur zwei, drei Monate im Jahr, wo sie – abgesehen vom Licht – auch wirklich wärmt. Heuer endete der Sommer schon am neunzehnten August und am ersten September schneite es zum ersten Mal. Die Kinder waren zur Schule gegangen und kehrten mit durchnässten Schultaschen zurück. Schauderhaft. Hoffentlich wird es heuer nicht auch Serjoža treffen. Was würden Sie, Erske, zu einem kleinen Lehrauftrag sagen? Ich meine, wenn der Sommer dann um ist.

Bevor sich Erske zu einer Antwort durchringen konnte, verkündete die Kavaryčová, dass sie ihn rechtzeitig mit dem hiesigen Lehrer bekannt machen würde und sie beide würden sich's dann schon ausschnapsen.

Elvira hielt ihre Augen geschlossen, aber sie schlief nicht. Es ärgerte sie etwas, dass sie die ganze Zeit über mit keinem Wort erwähnt worden war. Immerhin hatte sie ihn ins Haus geführt, und die Mutter gebärdet sich nun, als würde Erske ihr allein gehören. Männer, die was taugten, von denen gab es im Dorf nur wenige und für gewöhnlich hatten die längst jemanden. Den Kavaryč hat sich die Mutter gekrallt, als sie grad mal fünfzehn war. Im Unterschied zu den anderen trank er nicht und war überaus ansehnlich. Sie hatte ihn mit ihren Freundinnen am Wasser beobachtet, bei diesem Schlammpfuhl, wie er dort badete, Elvira sah das so richtig vor sich. Mutters einfältige Lüsternheit und Begierde, immer schön alles für sich haben wollen. Sie redete ihm ein, dass sie ein Kind von ihm erwarte, da waren sie erst ein paar Mal hinter dem Dorf gemeinsam im Stroh gelegen. Der siebzehnjährige Kavaryč runzelte damals bestimmt die Stirn, wie er es auch jetzt zu tun pflegt. Er besprach sich mit Schwiegervater Velor Josipovič, was blieb ihm auch übrig. Die Mutter erzählte Elvira zunächst etwas von schlaflosen

Nächten. Ihr Körper habe einem seelenlosen Gespenst geglichen, was, wenn der Vater »Nein« sagen würde und sie alsdann Kind (und Schande) allein am Hals hatte, sie bemitleidete sich selbst. Angeblich irrte sie durch die Taiga und pflückte alle Blumen, die ihr unter die Hände kamen. Klar doch, Mutter, die doch keinen Fuß hinter die ersten kleinen Fichten setzt, selbst wenn sich dort nur eine Kuh verläuft, ruft sie gleich um Hilfe. Alpträume, Geister, all das vermutet sie dort, und dabei nennt sie sich »gottesfürchtig«. Den Vater lacht sie aus, wenn er seine Waffe von oben nach unten reinigt und niemals am Abend vor der Jagd, dabei ist es ein Wunder, dass sie sich nicht unter dem Bett verkriecht, wenn es nur mal kurz donnert. Sie gibt ihrer Familie die Schuld. Aber Tamara wurde bereits hier geboren und sie war noch nie in einer größeren Stadt als Pstruh gewesen.

Großvater Velor Josipovič hatten sie aus Smolensk hierhergesandt, er hatte sich nie an diesen Ort gewöhnen können. Auf seine alten Tage gründete er mit einer blutjungen Idiotin, diesem »Rübenschädel« aus Charyň, seine neue Familie. Da sie zur Hälfte eine von »ihnen« ist, darf sich Tamara wohl auch nicht allzu sehr über die Rübenschädel auslassen. Von ihrer Mutter hat sie bestimmt diese besondere »Rechtschaffenheit« vererbt bekommen, die sie nötigt, in der Hütte zu bleiben und den Enkel am Ärmel zurückzuhalten, sobald dieser irgendwo anders spielen möchte als am Stühlchen zwischen Haus und Zaun.

Als Elvira ihre Augen öffnete, befand sich Erske nicht mehr im Raum. Auf dem Tisch waren ein paar schmutzige Teller und Krümel, Erske schlief im Flur und Tamara und Serjoža lagen eingerollt auf Tamaras Bett, im Wohnzimmer. Im kleinen Anbau, der – abgesehen von Küche und

Wohnzimmer – den dritten und letzten Raum des Hauses von Familie Kavaryč darstellte, dort schliefen Elvira und ihr Vater.

In ihrer Kindheit schliefen sie alle in einem Raum, aber dann wurde etwas anderes modern. Ein jeder musste plötzlich sein eigenes Schlafzimmer haben, einen hölzernen Verschlag, in dem er vor sich hin schnaufen konnte, durch einen Vorhang vom Hauptraum abgetrennt, und in besseren Häusern gab es – statt diesem Vorhang – sogar ein Insektengitter. Würde Erske mehr darüber nachdenken, worauf er wirklich achten sollte, dann würde ihm klar werden, dass so ein Insektengitter (zwischen Schlafzimmer und Hauptraum) viel wichtiger sei als eine Handbibliothek und die Menge der Bücher, die dort verstauben. Wichtiger für ein Leben in Charyň und aussagekräftiger, welchen gesellschaftlichen Rang man innehat.

Elvira zog sich die Decke bis über die Ohren, im Schlafzimmer der Kavaryčs zog es ziemlich. Vor dem Winter würde man dies alles abdichten müssen, dachte sie sich. Sie schloss die Augen, konnte aber nicht einschlafen. Sie hätte nicht schon am Tisch einnicken sollen, nun würde sie stundenlang die Decke anstieren müssen. Sie erinnerte sich an die Großmutter, die alte Josipovičová. Schon als Kind konnte sie nicht nachvollziehen, warum Großvater gerade sie zur Frau genommen hatte. Vielleicht ja deshalb, weil er kurz vor dem Winter ankam und sie zu haben war. Vor dem Winter teilten sich die Männer schon seit jeher die Frauen untereinander auf. Damit es, wenn sie aus der Taiga zurückkehrten, zu Hause warm war und sie jemanden hatten, für den es sich lohnte, sich auf halb abgefrorenen Beinen zurückzuschleppen. Nunmehr frieren die Füße von

Frau Miškinová, wenn sie nach der Arbeit in ihrem Laden noch Holz hacken und die neue Tür zuschleifen muss, während es zu Hause ganz still ist, sie hat keinen Mann, den sie aufwecken könnte, keinen, den sie aus dem Bett holen könnte, indem sie ihm einen Eimer Wasser drüberkippt. Bestimmt würde ihr sowieso irgendwer den Mann abluchsen, wenn sie einen hätte. Frau Miškinová zieht ihre Oleška lieber ganz alleine auf.

Die Großmutter musste das nicht und dem Großvater gehorchte sie aufs Wort. Sie schätzte ihn sehr. Doch ihre guten und dummen Augen hätten jeden geschätzt, wenn er sich nur um sie kümmerte. Vielleicht wünschte sich der alte Josipovič auch gar nichts mehr. In Smolensk hatte er doch eine Frau und drei Kinder gehabt. Jeden Sonntag hatte er ihnen geschrieben. Ob seine erste Frau wohl vom neuen Kind gewusst hat, Elvira war sich nicht sicher. Vermutlich nicht. Schon viel früher hatte sie sich gefragt, ob die Geburt ihrer Mutter nicht nur ein Irrtum war. Wer, der noch bei Trost war, würde sich schließlich ein Kind mit einer Idiotin wünschen, und Großvater Velor war in Smolensk immerhin ein Doktor gewesen, und auch in Charyň kamen sie gern zu ihm, wenn sie Rat suchten.

Beide waren dann ganz plötzlich verschwunden. Großvater Velor verstarb und die Großmutter zog es zu den Rübenschädeln, dorthin, woher sie gekommen war. Elvira sieht die beiden vor sich. Den Greis und die Idiotin, wie sie nebeneinander vor dem Haus sitzen und die Hände in den Schoß legen, irgendwo vor sich hin stieren.

Dieses Kind war eine Lüge. Tamara hatte sich an Elvira gewandt, als diese selbst nach jemandem Ausschau hielt. Sie, die Mutter, vertraute sich der eigenen Tochter an, dass diese keine Hemmungen haben solle, ein schmutziges Spiel zu treiben, wenn es dabei um jemanden gehe, der es wert sei. Ich habe es kein einziges Mal bereut, verkündete Tamara, und dein Vater auch nicht, weil er niemals die Wahrheit erfuhr.

Die Kavaryčová hatte ganz genaue Vorstellungen darüber, wer was wert war, um selbst alle Skrupel über Bord zu werfen. Hat er ein Auto mit breiten Profilreifen, ein halbwegs verputztes Haus und keine verstoßene Ehefrau? Es würde sie nicht stören, wäre dieser nicht aus Charyň, wenn es zwischen Charyň und Elviras neuem Haushalt eine gute Verbindung gäbe. Am liebsten eine Eisenbahnverbindung, bei der man nicht umsteigen muss. Mal abgesehen davon, dass Fedorek kein Auto und auch kein verputztes Haus besaß, erfüllte er die Bedingungen.

FEDOREK

Der Zug, mit dem Erske nach Charyň gekommen war, nähert sich gerade Chabarovsk. Dann kommt noch Wladiwostok und danach ist Schluss. Fedorek streckt den Kopf aus dem Fenster, wenn es ihm so richtig um die Ohren weht, dann ist alles gut. Der Wind reinigt ihn. Er ist schon mehr als hundert Stunden (ohne Pause) im Dienst. Es ist wahr, ein paar Mal hat er etwas in seinem Kämmerchen geschlafen, aber stets mit einem wachen Auge. Bevor er nach zwei Tagen zurückmuss, wird er sich einen schönen Abend in Wladiwostok machen, gelobt er sich. Unterdessen sitzt Erske immer noch bei den Kavaryčs auf dem Diwan und die Kavaryčová erzählt, am nächsten Tag wird er nicht mehr wissen, wovon.

Fedorek war damals mit Erske am Charyňer Bahnhof ausgestiegen. Er stieg aus, winkte – vom Treppchen aus – dem Maschinisten zu, sprang wieder zurück und klappte das Treppchen hoch. Erske hatte bei ihm zwischen Ulan Ude und Charyň dreimal einen Tee gekauft. Fedorek servierte ihn ihm in einem Gläschen mit silbernem Griff, sogar auf einem Tablett, danach zog er sich wieder in sein Kämmerchen zurück, gleich neben der Küche, wo er eine Weile Gläser abwusch. In einem kleinen Schrank führt er für die Reisenden Kekse, Schokoladestangen und einen

Löskaffee mit sich. Die paar Mal, die er in Charyň gewesen war, war er natürlich der alten Saška aufgefallen. Sie tat so, als würde sie keine Notiz von ihm nehmen, er tat es ihr nach. Diese Hexe. Sie saß dort schon herum, als er noch, von Voryň aus, in die Berufsschule fuhr, um Eisenbahner zu werden. Es gab eine Schule in Čita, eine andere in Irkutsk. Er und sein Vater konnten sich damals nicht entscheiden, welche denn besser wäre. Warum er sich für Irkutsk entschieden hatte, wo es doch von Voryň aus viel weiter war, wusste Fedorek nicht mehr. Er schleicht durch seinen Waggon und denkt an Serjoža. Eine Uniform zu tragen, das kam ihm damals schön vor. Jetzt beengt sie ihn und die Ärmel spannen.

Die ganze Nacht lang konnte er nicht schlafen, weil ständig jemand irgendetwas wollte. Bettbezüge, Beistand, um Taschen unter das Bett zu hieven, einem Besoffenen hatte sich das Klapptischchen verkeilt und der hatte so lange keine Ruhe gegeben und geflucht, bis es Fedorek schließlich reparierte. Die Armen reisen gerne im Winter. Sie besuchen einander, fahren quer durch ganz Sibirien, zwischen November und Februar, wenn die Fahrkarten am billigsten sind.

Wer nicht völlig pleite ist und es nicht nötig hat, der wird in diesem Zeitraum bestimmt keine weiten Reisen antreten. Die Abteile sind kühl oder überheizt, weil man den Reglerknopf längst abgerissen hat, und wenn man zwischen November und Februar in Zabajkalsk aussteigt, um Omul einzukaufen, diesen Fisch, den es nur hier im Baikalsee gibt, raubt einem der kalte Wind unablässig den Atem.

Fedorek allerdings fuhr gern im Winter mit dem Zug. Es

waren weniger Leute unterwegs, selbst die armen Schlucker tranken während der Fahrt nicht so viel, und auch wenn die Übrigen froren, hatte er selbst in seinem Kämmerchen am harten Lager eines Zugbegleiters immer eine Reservedecke liegen. Im Winter war auch Fedorek mit größerem Ernst bei der Sache. Über seinen Waggon befehligte nur er und bei minus vierzig Grad war es mit dem Spaß vorbei. Damit war es eigentlich schon bei minus zwanzig Grad vorbei, wenn etwa ein Schaffner damit droht, dem Lokführer die Weisung zu erteilen, den Zug anzuhalten, um mit Hilfe irgendeines Hünen (der später für den Rest seiner Fahrt die ungeteilte Aufmerksamkeit seines Zugbegleiters genießt) Unruhestifter an die Luft zu setzen. Wenn Fedorek so etwas im Sommer androht, hat es bei Weitem nicht diese Wirkung. Es spielt keine Rolle, dass er als Schaffner gar nicht dazu berechtigt ist und es auch noch nie in Anspruch nahm. Hauptsache, irgendwelche Holzköpfe glauben das. Den Worten eines Uniformierten, der ihnen androht, dass sie in der Kälte landen, das tut seine Wirkung, auch wenn manch intelligenterer Reisender im Waggon nur darüber schmunzelt.

Am liebsten war Fedorek im Winter in einem der vorderen Waggons unterwegs. Er war gerne unter den Ersten, die durch die Schneeflocken rasten, die manchmal ganze fünf Tage und Nächte immerzu fielen, und wenn er sich aus dem Fenster lehnte und zurückschaute, konnte er die letzten Waggons in der Kurve in diesem Graupelschauer gar nicht mehr erkennen. Manchmal musste eine spezielle Maschine, die »Leninlok«, den Weg freimachen, so hoch lag der Schnee über den Schienen. Diese Eisenbahnlokomotive mit ihrem roten Stern in Front, das war noch der Kommunismus von Fedoreks Großvätern. Fedoreks Großvätern und vielen anderen, deren Gesichter rot erstrahlten, die Nebel vor den Augen hatten, der ihre Köpfe verdüsterte, damit ihre Körper tatkräftig für die Partei zupacken konnten. Er wusste nur zu gut, wer diese Schienen verlegt hatte. Wer diese Unglücksraben waren, die, ohne es geplant zu haben und im Gegensatz zu denjenigen, die nur stolz ihren roten Kopf reckten, tatsächlich ihr Leben für die Partei gaben. Und auch noch für diesen »besseren Morgen«, wenn man es schon so sehen möchte. Denn die Eisenbahn ist eine Lebensader, ohne deren Frachten, also den Menschen, Industriewaren, Heizölen und Mehlsäcken, ganz Sibirien zugrunde gehen würde, wie ein vom Körper abgetrenntes Glied. Und diese Arbeit kann kein anderes Verkehrsmittel leisten. Flugzeuge? Haha. Aeroflot-Hummeln, die wie faule Äpfel vom Himmel stürzen.

Auf seine Tätigkeit war Fedorek – trotz all der Unbequemlichkeiten – sehr stolz. Auf diese Zugehörigkeit zur Eisenbahnfamilie, zu der er mehr Vertrauen hatte als zu irgendwelchen Menschen. Selbst wenn die transsibirische Eisenbahn manchmal Störungen, Verspätungen oder schlechten Service (von irgendwelchen schlampigen Zugbegleitern) bot, Unmoral und menschliche Arglist standen nicht auf der Tagesordnung.

Davon könnte man in Charyň durchaus berichten. Eigentlich sollte es diesen Ort gar nicht geben. Jene Dorfbewohner, die behaupten, dass es besser wäre, es würde gar nicht existieren, haben verbissene Gesichter, sie mühen sich, als wären ihre Äxte in Hartriegelklötzen stecken geblieben, sie hämmern mit ihren Fäusten an jedwede Tür, die dort hinausführen könnte. Selbstverständlich sind alle zufrieden. Alle würden das so unterschreiben. Sie haben doch längst ganz andere Wische unterzeichnet. Klar, die Zuwendungen des Staates sind nicht mehr das, was sie einmal waren, aber so schlecht wie unter Jelzin geht es Sibirien längst nicht mehr. Also, warum sollte gerade hier nichts existieren? Fedorek braust mit dem Zug an all diesen Orten vorbei, er mag sie. Ein viel zu schwaches Wort ist das. Niemals würde er von hier wegziehen wollen und deshalb wird er weiterhin seine Wohnung in Petersburg verheimlichen. Damit er dort niemals leben muss, obwohl dies natürlich die vernünftigste aller Entscheidungen wäre.

Hätte Erske Fedorek irgendwann angetroffen und ihm davon erzählt, dass er sich auf der Suche nach dem vermissten Hablund befinde, Fedorek hätte sofort abgewunken. Geschichten von Leuten, die in den Zug stiegen und niemals wieder bei ihren Angehörigen auftauchten, er könnte damit ganze Bände füllen. Man erkennt das daran, dass es niemanden mehr gibt, dem man den Fahrschein (an der jeweiligen Endstation) zurückgeben könnte. Diese werden nämlich allen Reisenden bei Fahrtantritt abgenommen und später wieder zurückgegeben, wenn man den Zug verlässt. Es ist egal, wer da gerade unterwegs ist. Frau mit Kind, ein Pensionist, ein Student, der von der Großmutter in die Hauptstadt zurückkehrt. Passieren kann das jedem. Menschen bleiben manchmal wie vom Erdboden verschluckt. Einmal sah Fedorek einen Mann mit seinem Köfferchen aussteigen. Bevor er ausgestiegen war, hatte er sich ein frisches Hemd angezogen, dann war er das Treppchen hinuntergestiegen, als sie gerade mal kurz hielten, um einen Waggon abzukoppeln, es war Dezember und der Mann trug lediglich ein weißes Hemd und leichte Mokassins. Als der Zug erneut anfuhr, sah es so aus, als würde ein Kopf mit braunen Hosen (und sonst gar nichts) durch die verschneite Ebene schreiten. Kein einziges Mal hatte er sich umgedreht und Fedorek könnte beschwören, dass sich im Umkreis von gut zweihundert Kilometern kein einziges Dorf befand.

Schon lange bevor sich die Endstation nähert, fangen Fedoreks Reisende an, alles zusammenzupacken. Sie ziehen die Polsterbezüge und das Leintuch ab, gemeinsam mit der leichten Decke und dem feuchten Handtuch, in das sie die ganze Zeit über ihre Hände und Mundwinkel wischten (wenn sie von der Toilette kamen oder Suppe aßen), stecken sie ihm zu, wenn er langsam durch den Waggon schlendert und alles einsammelt. Die Matratzen rollen sie dann säuberlich zusammen und schieben sie ins obere Zugfach. Selbst die grauen und schmierigen Polster. Das Deckenende stinkt nach Fußschweiß und das Oberteil ist voller Läuse. Man braucht jedoch auch im Sommer eine Decke, da es in der Nacht im Waggon zieht, selbst wenn es tagsüber dreißig Grad hat, wer sich abends keine Decke holt, irrt schon am frühen Morgen herum, um sich irgendwo aufzuwärmen, über die Köpfe der noch Schlafenden hinweg, und bestimmt steigt er dabei jemandem auf die Hand.

Gepäckstücke, die sich unter den Betten befinden, zerren die hastigen Reisenden schon eine halbe Stunde vor Ankunft in der Station hervor. Es spielt gar keine Rolle, dass dieser Zug in Wladiwostok Endstation hat und noch mindestens zwei Stunden am Bahngleis abgestellt wird. Diese Hast gehört zum Reisen, wie gekochte Eier, geschmolzenes Eis und warme, abgestandene Limonade. Früher hatten die Leute noch mehr dabei. Gebackene Hühner (im Ganzen), geräucherte Fische (in Zeitungspapier eingewickelt), Trinkjoghurt in großen Gläsern, das man später aus den mitgeführten Bechern trank. Tee kauften sie damals beim Schaffner nicht so oft ein, sie packten vielmehr ihre eigenen Säckchen aus den Servietten und trollten sich mit ihren Blechbecherchen zum Samowar. Selbst Tischtücher und kleine Schoßservietten führten sie bei sich, damit ihnen das Fett nicht auf die nackten Schenkel tropft, oder im Winter auf ihre Trainingshosen. Die streifen sie sich jetzt auch noch über. Auch ihre Schlappen haben sich nicht sehr verändert. Schläppchen. Fedorek erinnerte sich an jene aus seinen Kindertagen, die mit den grünen Pünktchen. Als Junge hatte er die Schlappen immer sorgfältig zusammengesteckt und sie, bevor sie ausstiegen, dem Vater gereicht. Zuletzt war das passiert, als ihn der Vater nach Irkutsk begleiten musste, in die Eisenbahnerschule. Fedorek stand damals vor seinem ersten Schuljahr. Zugbegleiter, das war etwas wie eine Stewardess. Es klang gut, war aber, trotz allem, nichts für echte Kerle. Allerdings, wenn im Nachbarwaggon etwas zu Boden fällt und dieser von einer Zugbegleiterin betreut wird, kommt diese gleich mal zu Fedorek gelaufen, obwohl er selbst nur ein dünnes Stäbchen und sie dick und vollbusig ist.

Er war ein ängstlicher Junge, als sie ihn in die Berufsschule steckten, und er war auch ein ängstlicher junger Mann, als er die Abschlussprüfungen mit nahezu voller Punktzahl bestand. Im Prüfungsfach »Eisenbahngeschichte« hatte er die Frage bekommen, welche unterschiedlichen Stammesclans noch bis in die fünfziger Jahre mit der Eisenbahn reisten, er beschrieb dies in allen Details. In diesen schweren Güterwaggons, wo man meistens direkt am Boden saß. Über den Köpfen der Reisenden hing oft nur eine einzige blinkende Glühbirne und man konnte in diesem Waggon keine Temperatur regulieren. Diese Stammesreisen vom Baikalsee bis nach Wladiwostok dauerten oft ganze zwei Wochen, denn die Viehwaggons hielten sogar dort, wo es nur ein paar Hütten oder ein kleines Feuerchen gab. An Orten, wo etwa »Schienenreiniger« lebten oder Menschen, die aus ihren Siedlungen vertrieben worden waren, politische Häftlinge und Kriminelle. Fedorek fügte dies wunderbar in den damaligen politischen Kontext ein, die Prüfungskommission hatte keinerlei ernsthafte Einwände.

Die praktische Prüfung war besser ausgefallen, als er es jemals zu träumen gewagt hätte. Unter der Annahme einer fingierten Kesselhavarie (er drohte zu explodieren) brachte er den Zug zum Stehen, schneller als sonst jemand in seinem Jahrgang. Keine fünf Sekunden brauchte er, bis er die Bremse zog, gleich nachdem er die Situation als kritisch eingestuft und sich – korrekterweise – zur radikalen Lösung entschlossen hatte. Wie auch der Kapitän eines Ozeandampfers, sei er doch als Zugbegleiter bei der transsibirischen Eisenbahn für das Leben der Reisenden verantwortlich. Er muss blockierte Türen aufbrechen können, Fenster so einschlagen, dass die Scherben nach draußen, keinesfalls nach Innen auf die Passagiere prasseln, er muss immer mit dem Schlimmsten rechnen, auch wenn die meiste Zeit über gar nichts passiert und er mit einem Lächeln Tee serviert oder in der kleinen Küche Tassen abwäscht.

Abgesehen vom kleinlichen Gezanke um Plätze, das er ganz schnell dadurch löst, dass er dem Unruhestifter die

Sitzplatznummer auf der Fahrkarte zeigt, passieren die meisten Zwistigkeiten dann, wenn es um den Stauraum fürs Gepäck geht. Denn der ist spärlich. Unter den Betten befinden sich die besten Plätze, weil dort das Gepäck vor Dieben sicher ist, leider reicht dieser Stauraum nicht für alle. Im Schaffnerkämmerchen, diesem kleinen Luxus, den er nur für sich hat, kann man sich manchmal gar nicht mehr rühren, weil sich immer jemand findet, der irgendetwas »Wertvolles« bei sich hat und keine Ruhe gibt, bis er es bei ihm deponieren darf.

Für solche Fälle gab es keine Richtlinien, und so hielt sich Fedorek an die »Stimme seines Herzens«, diese half ihm zu entscheiden, wann etwas angebracht war und wann nicht. Die Reisenden selbst waren es, die dann darunter litten, nur waren es meist die Falschen. Wenn etwa einer in der Nacht etwas wollte und Fedorek gerade ein kurzes Nickerchen hielt, dann dauerte es, bis er sich – über diesen »Taschenberg« hinweg – seinen Weg aus dem Kämmerchen bahnen konnte. Der Reisende wurde dann eben langsamer bedient, als es ihm eigentlich zustand. Aber auch für solche Fälle gab es in den Zugvorschriften keine Leitsätze. Und wenn man in Betracht zog, mit welcher Schnelligkeit Fedorek normalerweise seine Arbeit erledigte, war ihm wohl auch niemand für etwaige Verspätungen böse, sofern er nur halbwegs bei Verstand war.

Wie immer war Fedorek hundemüde, als sie in die Endstation einfuhren. Als die Putzfrau nicht kam, ging er selbst durch den Waggon, sammelte das Bettzeug auf, leerte die Abfallkörbe, und was auf den Tischen zurückgeblieben war, warf er in einen Müllsack, den er hinter sich herzog. Selbst die hartgesottensten Schläfer waren mittlerweile wach und alle – bis auf den letzten Mann – standen still im Gang, samt ihrem Gepäck, nur die Kinder plapperten. Ein paar wurden von den Müttern noch umgezogen, raus aus den Trainingshosen und rein in die Alltagskluft, dem kleinen Mädchen, das Fedorek auf der Fahrt von Čita nach Wladiwostok richtig lieb gewonnen hatte, wurden vom Vater eben noch frische Zöpfe geflochten.

Fedorek wusste von jenem Mädchen, dass sie Großvater und Großmutter besuchen fuhr, und er legte ihr nahe, sie solle zu ihnen ebenso höflich sein, wie sie es die ganze Zeit über bei ihm im Zug gewesen war.

Manchmal überkam ihn an der Endstation ein seltsames Bedauern. Wenn er etwa mit jemandem in ein Gespräch vertieft war, war damit plötzlich Schluss. Doch vor allem war er froh, die Strapazen hinter sich zu haben. Auch jetzt wünschte er dem Mädchen einen schönen Aufenthalt und atmete tief durch, froh, sie los zu sein. Er muss schließlich noch den ganzen Waggon fegen, die Wäschesäcke zur Wäscherei tragen, erst dann hat er endlich Feierabend und kann sich aufs Ohr hauen.

In der letzten Nacht hatte Fedorek kaum geschlafen. Als der letzte Reisende ausgestiegen war und er ihm am Treppchen eine große Tasche mit eingelegten Ringlotten reichte, schnaufte er tief durch und schloss für einen Moment seine Augen. Innerlich zählte er bis zehn, so viel Zeit gab er sich, um sich zu regenerieren, und dann begann er den Waggon zu fegen. Danach band er die Wäsche zu einem Knäuel, besorgte sich am Wladiwostoker Bahnhof einen kleinen Wagen und ab ging es zu Marina.

Marina, eine kleine stattliche Burjatin, arbeitete in der

bahnhofseigenen Wäscherei, gleich vorne am Empfang. Die Wäscherei war ein Teil des Bahnhofs, aber der Zugang lag in einem eigenen Hof, zwischen kaum genutzten Gebäuden und Abstellgleisen für Eisenbahnwaggons.

Sie begrüßte ihn entzückt, wie jedes Mal. Wie immer trug sie eine schneeweiße Schürze und ein Häubchen, sie erinnerte an irgendetwas zwischen Nonne und Krankenschwester. Sie war ein energisches Geschöpf mit gutem Herzen, immer hatte sie ein paar liebe Worte für ihn parat. Zunächst dachte er, dass es etwas Besonderes zwischen ihnen gab. Ein persönliches Band, wo sie sich doch immer so um ihn kümmerte. Aber einmal blieb er etwas länger in der Wäscherei und sah, dass sie mit dem Schaffner, der nach ihm kam, ganz ähnlich verfuhr. Er hatte dennoch seine Freude daran, wenn sie hinter dem Empfangspult herumwirbelte und ihm vergnügt die Schmutzwäsche abnahm, als wären es Geschenke, die er ihr von weit her mitgebracht hätte. Sie öffnete die Knoten, zählte das zerknitterte Bettzeug durch und trug alles in ein Notizbuch ein, das vor ihr auf dem Pult lag. Wehe, wenn Fedorek etwas verloren hatte. Sie gab sich erbost, doch er wusste natürlich, dass sie nur so tat. Wenn sie wollte, konnte sie es immer irgendwie ins Lot bringen, keiner kam da jemals dahinter. Auch bei der Eisenbahn gingen manchmal Dinge verloren, wie anderswo auch.

Ähnlich ging es wohl auch in den Sowjetkolchosen zu, fiel Fedorek ein, wenn er diesen ganzen Schlendrian um sich herum betrachtete. Nichts gehörte niemandem, alles allen, oder dem Staat, aber dessen Arme waren viel zu kurz, um irgendeinem beliebigen Ivan Ivanovič den Hals umzudrehen. Vor allem, wenn dieser nur Seife, Zucker oder Polsterbezüge stahl. Und von solchen Arbeitnehmern gab es reichlich. Die Seife brachten sie ihren Frauen, die Bezüge den Schwiegermüttern und mit dem Eisenbahnerzucker versüßten sie sich das ganze Jahr, auch noch mit dem Gefühl, dass sich ihre Anstellung wirklich auszahle. Vielleicht drückte man genau deshalb in den Chefetagen ein Auge zu, auch wenn der Sozialismus für die jüngeren Zugbegleiter nur noch eine matte Kindheitserinnerung und ausgemachter Schwachsinn war. Es war dies ein ungeschriebenes Gesetz des Unternehmens. Den Angestellten wenig zu bezahlen und über deren Diebstähle, sofern sich diese in einem gewissen Rahmen hielten, halbherzig hinwegzusehen. Fedoreks Gehalt ist tatsächlich lächerlich klein. Und so spricht man beim Einstieg in die Eisenbahnerschule lieber von der schönen Uniform, den Fahrpreisvergünstigungen für die ganze Familie und den Aufstiegsmöglichkeiten, auch wenn Fedorek noch nie einem begegnet war, der als Schaffner begonnen und es später zu irgendetwas gebracht hätte. Die Leute kamen und gingen, das schon, dass aber ein Schaffner zum Lokführer, Stationsleiter oder Fahrtenmanager geworden war, davon hatte Fedorek noch nie gehört. Diejenigen, denen die Arbeit als Schaffner missfiel, gingen irgendwann. Das zumindest war Fedoreks Erklärung. Nicht weil sie an sich unzufrieden gewesen wären, bestimmt mochten sie schlicht diese Arbeit nicht. Wenn Fedorek einen solchen Zugbegleiter im Nachbarwaggon ausgefasst und sich die ganze Fahrt über sein Jammern anzuhören hatte, wiederholte er sich das immer wieder. Für diesen Schaffner, der für gewöhnlich in den nächsten paar Monaten kündigte, hatte er nur ein wissendes Lächeln übrig, und seine Schicht endete mit dem Gefühl, dass er etwas von Menschen verstand. Was allerdings keinesfalls bedeutete, sein eigenes Tun in Frage zu stellen. Auf Reisen war er einfach nur froh. Für nichts auf der Welt hätte er diese Taiga-Fahrten aufgegeben. Diese neuntausend Kilometer (und ein bisschen weiter noch), die es von Moskau bis Wladiwostok sind, kannte er wie seine Westentasche. Solange sie nicht in der Taiga waren, langweilte ihn alles, die immer gleichen Zugbahnhöfe und Hausansammlungen und Felder und Wiesen. In diesen Augenblicken verstand er das Jammern mancher Schaffner ob ihrer leidigen Arbeit. Kirov, Perm, Jekaterinburg, Omsk, Krasnojarsk ... all diese Städte machten ihn müde. Sie ließen das, was er wirklich gernhatte, in weite Ferne rücken.

Fedoreks Land begann hinter dem Baikal. Es handelte sich um Irkutsk oder vielmehr Ulan Ude, dort überkam es ihn, und bis nach Wladiwostok fuhr er dann wie im Traum. Selbstverständlich arbeitete er die ganze Zeit über gewissenhaft und löste die verzwicktesten Aufgaben. Keiner hätte es Fedorek angesehen, und dennoch. Als würde er sich auf diesen paar hundert Kilometern immerzu verlieben. Manchmal konnte er – in Anbetracht seiner vielen Arbeit – kaum einen Blick aus dem Fenster riskieren, aber er wusste, dass sie irgendwo dort draußen war, und wenn die Taiga an den Fenstern vorbeisauste, ohne dass er ihr nachschauen konnte, wurde er irgendwann ganz ungeduldig mit seinen Passagieren. Das war etwas, was Fedorek schon seit seiner Kindheit kannte. Schon damals verschlug es ihm den Atem, und wenn die Sonne in den Fenstern, die nach Osten schauten, emporstieg, befiel ihn echte Gänsehaut. Der Vater las für gewöhnlich oder unterhielt sich mit den Mitreisenden. Die Tatsache, dass der Junge mehr Zeit am Fenster verbrachte als irgendwer sonst, war gewiss nichts, weswegen man sich den Kopf hätte zerbrechen müssen. Besser das, als irgendeinen Zappelphillipp oder so einen, der immer noch einen weiteren Tee bestellen möchte (obwohl sie in der Tasche ihren eigenen hatten), nur weil es auf den Zuckerpäckchen kleine Bildchen gab. Fedoreks Vater, Oleg Abramovič, war schlicht der Ansicht, dass der Junge, solange er niemandem schade, tun und lassen könne, was er wolle.

Manche Klugschwätzer behaupten, dass Leute, die von klein auf am selben Platz aufwachsen, nicht in der Lage sind, die Landschaft um sie herum richtig wahrzunehmen. Es ist wahr, dass Fedorek in mancherlei Hinsicht ein Sonderling war, nicht nur wegen der Taiga. Im Internat der Bahnhofsschule lachten sie ihn aus, weil er die Sauberkeit hochhielt und zu Hause in Voryň wiederum, weil er so dünn war. Weder die einen noch die anderen beachtete er, aber hätte es einer gewagt, die Taiga anzuprangern, der hätte erfahren müssen, was in Fedorek steckt. Grrr. Ein schlafender, sibirischer Tiger.

Fedoreks Geburtsort heißt Voryň und der ähnelt Charyň durchaus. Ein paar Dutzend in der Taiga ertrunkene Häuser, eine unasphaltierte Hauptstraße, eine Post, ein Laden, wo es nichts gibt, und ein Bahnhof, ohne den das Dorf nicht überleben könnte. Manche waren jedenfalls dieser Meinung. In Charyň streitet man noch darüber. Von Zeit zu Zeit kommt einem etwas zu Ohren, dass der Zug fortan nicht mehr in Charyň halten soll. Dass das Bahnhofsgebäude verfällt und die Bewohner ganz den Naturgewalten überlassen werden. Es ist klar, die Taiga würde gewinnen und sich die paar gerodeten Meter zurückholen, die ohnehin nur ihr gehören. Zum Glück handelt es sich dabei um einen Fehlalarm. Es reicht doch, dass der Zug vor zwanzig Jahren noch doppelt so oft in Charyň und Voryň hielt. Der Trubel in Sibirien lag im Interesse des Staates und die Sowjets zahlten alles, doch kaum war der Kommunismus zerfallen, ging diese Ära zu Ende. Fedorek kennt das. Dörfer, an denen der Zug vorbeifährt, und alle Häuser dort haben eingeschlagene Fensterscheiben. Holzbretter sind rausgerissen und durch die Löcher pfeift der Wind, die Türen der Häuser verlieren sich im Gras und durch die toten Straßen pirscht morgens der Nebel, so ist das in der Taiga.

Früher blieb der Zug überall stehen, täglich. Auf den Plätzen spielte bei Feierlichkeiten Musik auf und es gab sogar eine Theatergruppe. Und dann löste sich alles im Nichts auf. In einigen Dörfern beginnt es. Eingeschlagene Fenster gibt es nur bei den Häusern am Dorfrand und ein paar Leute reichen aus, um die Pfade frei zu halten. Doch selbst hier, wenn Fedorek in ein paar Jahren vorbeifährt, wird nichts mehr beim Alten sein. Obwohl sich der kleine Laden noch hält, ihm die Kinder und Frauen vom Bahnsteig aus zuwinken und man sehen kann, dass sie hier viel Arbeit haben, etwa mit der Kartoffelernte. Aber die Buchstaben im Schriftzug des Ladens, die verkehrt nach unten baumeln, repariert keiner mehr, auch nicht den beschädigten Zaun in der Nähe des Heldendenkmals. Die Gatter (für die Kühe) werden nur noch provisorisch mit alten Blechteilen geflickt und bis zuletzt, bis die Letzten irgendwann abfahren, spricht man unablässig von einer baldigen und ordentlichen Instandsetzung.

Fedorek erinnert sich ungern an die alten Zeiten. Wenn er irgendwo in der Gegend herummarschieren oder wie angewurzelt vor dem kleinen Denkmal in Voryň Wache schieben musste. Oder sie für die Fabrikarbeiter Blaubeeren sammeln mussten, und wenn man dahinterkam, dass er ein Säckchen für sich und den Vater abgezweigt hatte, wurde er einen ganzen Nachmittag lang in der Schule eingesperrt. In der Klasse war es damals unerträglich heiß, vor allem aber galt es als Schande, auch wenn der Vater behauptete, es sei bestimmt keine.

Nichts aus dieser Zeit würde Fedorek gutheißen. Alles ließen sie verkommen und keiner kümmerte sich um irgendetwas, das behaupten viele von ihnen, aber es ist die reine Wahrheit. Immerhin zogen damals viele nach Sibirien, überlegt Fedorek. Am Wladiwostoker Bahnhof überkam ihn oft die Melancholie, weil dies längst nicht mehr der Fall war.

ERSKE

Erske hätte darauf geantwortet, dass man eben nicht gerne in Viehwaggons nach Sibirien fuhr. Hier hatten sie alle Bürger in städtischen Roben abgeladen, ihnen einen Spaten in die Hand gedrückt und fortan mussten sie Fedoreks »Transsibirische« bauen, sie starben zu Tausenden, wie die Fliegen. Das interessiert allerdings nicht einmal die Leute in Charyň. Erske kam es nach den ersten paar Tagen jedenfalls so vor. Er bot Elvira an, selbst im Dorf – wegen seines Gulag-Besuchs – nach einem Auto zu fragen, damit sich Herr Kavaryč nicht zu schämen brauche, aber Elvira lehnte das ab, es sei jetzt noch nicht die Zeit dafür. Wann dafür Zeit sein würde, das wusste sie zwar nicht, doch Erske gab sich damit zufrieden, er wusste schließlich aus den anthropologischen Vorlesungen, dass die Zeit auf der ganzen Welt langsamer vergeht als in Europa und er nicht nervös werden durfte. So etwas wie Eile kommt in Charyň wohl erst mit dem nahenden Winter auf, sagte er zu sich, denn man sprach ständig davon, was noch zu tun bleibt, bevor der erste Schnee fällt. An nahezu allen Häusern sollten, wollte man Tamara glauben, noch Reparaturarbeiten durchgeführt werden. Ein paar Leute, die noch über keines verfügten, bereiteten sich darauf vor, sich ein Schlafzimmer einzurichten, man sprach von Reparaturen an der öffentlichen Beleuchtung, einer einzigen Birne, die sich am Bahnhof befand, man sprach davon, dass hoffentlich das Heu rechtzeitig auftrocknen würde, dass man Holz sammeln und alle Textilien durchwaschen müsse (die sich im Haus befanden), doch Erske hatte das Gefühl, dass Tamara maßlos übertrieb, weil er keinen Einzigen sah (bis auf sie), der das tat. Es war also nicht verwunderlich, dass sie seiner Idee, in einen Gulag zu fahren, nicht sonderlich viel abgewinnen konnten.

Elvira besuchte er fast jeden Tag in der Arbeit. Abends war es in der Post angenehm kühl und den ganzen Tag über hatte sie kaum zu tun. Im Winter ist mehr los, sagte sie. Wenn die Charyňer ihre Neujahrsglückwünsche verschicken, hunderte Kilometer weit in die Provinz, und noch viel weiter in den Norden, wo es ein halbes Jahr hell und dann wieder ein halbes Jahr dunkel ist, dort kann man die eigene Hand vor den Augen nicht mehr erkennen, oder auch nach Moskau, Petersburg und so weiter, an ihre Tanten, diese Orte kennen die meisten Charyňer nur als »Lichterkessel«, überall dort leben Menschen, die sich »auskennen«, und alles ist voller Komfortwohnungen.

Man war der Meinung, dass all diejenigen, die dorthin aufbrechen, niemals zurückkehren, und meistens war das auch so. Die Sehnsucht, weiter als bis nach Pstruh zu reisen – kaum einer konnte seine Angst überwinden, jenes Gefühl, dass alles nur ein müßiger und fruchtloser Zeitvertreib sei, einfach nur so irgendwohin aufbrechen zu wollen, das führe doch zu nichts, und es sei allemal besser, von der Post aus Ansichtskarten zu verschicken.

Vor Neujahr gab es einen richtigen Ansturm auf die Post. Elvira orderte für diese Zeit normalerweise eine ganze Serie Postkarten mit Weihnachtsmotiven, drei oder vier Sujets, damit die Frauen etwas Auswahl hatten. Immer gab es eine Schlange, fünf oder mehr drängelten sich um Elviras Pult, in der Hand hielten sie das Geld bereit und mit ihren spitzen Ellbogen schubsten sie einander, damit sie zum Zuge kamen. Während des Jahres kamen vor allem jene Charyňer zur Post, die Hilfe beim Ausfüllen einer Postsendung brauchten, denn wer konnte, warf sein Schreiben, wenn es kein »Überformat« aufwies, einfach durch den Türschlitz ein. Wenn sich im Päckcheninneren etwa Schokolade von Frau Miškinová befand, ging das kaum, und vor allem im Sommer versuchte Elvira die Charyňer von solchen Ideen abzubringen. In den aufgeheizten Eisenbahnwaggons würde die Schokolade doch schmelzen, warnte sie. Aber sie wusste nicht wirklich, ob das der Wahrheit entsprach, bis sie einmal bei Fedorek nachgefragt hatte.

Elvira zeigte sich überrascht, dass Erske, als er in Charyň ausgestiegen war, Fedorek nicht bemerkt hatte. Für gewöhnlich stand der doch eine Weile am Bahnsteig, bevor er dem Lokführer sein Zeichen gab, aber Erske hatte sich augenscheinlich auf Saška Pavličová konzentriert, wo er doch ständig nach ihr fragte.

Meine Großmutter, die alle nur die »Idiotin Josipovičová« nennen, war mit Saška befreundet gewesen, sagte Elvira, als sie mal wieder mit Erske hinter ihrem Pult saß. Auch wenn sie nur halb so klug war wie Saška, zogen die beiden doch aus irgendeinem Grund gerne gemeinsam durch die Gegend.

Elvira hielt inne, warum erzählte sie das Erske überhaupt? Er wollte von ihr, dass sie ihm etwas von ihrer

Familie erzählt, aber das hier war doch etwas anderes. Es überkam sie ein seltsames Gefühl dabei. Er kam hierher, legte sein Diktafon auf den Tisch und sagte: Erzähl!

Manchmal legte Erske einfach keinen Wert auf anthropologische Lehrsätze. Er wusste nicht, wer Elvira war, er wusste nicht einmal, wie viel er über sie wissen wollte, sie war einfach nur irgendeine Informationsquelle. Die »Postfrau«, das ist im Westen niemand Besonderes. Dass er sie nicht gernhätte, das konnte er nicht behaupten. Aber der Mutter gegenüber erwähnte er sie lediglich als eine »Frau um die dreißig«, bei deren Familie er nun wohnte. Die »Postfrau«, die ihn mit nach Hause nahm. Irgendwer steht immer am Beginn.

Über Charyň wusste er gerade mal das, was er Tamara erzählt hatte. Ein bisschen mehr vielleicht schon noch. »Char« bedeutet im Mongolischen »schwarz« und angeblich leitet sich der Name des Dorfes davon ab. Behaupten zumindest manche. Erske war allem gegenüber skeptisch, was er nicht belegen konnte. Und sollte Charyň tatsächlich vom Wort »Char« abstammen, würde das bedeuten, dass hier schon viel früher Leute angesiedelt waren, als es in den Büchern vermerkt stand, die er gelesen hatte, bevor er hierher aufbrach. Es würde bedeuten, dass Charyňer schon irgendwann im vierzehnten Jahrhundert hier ansässig gewesen wären, zu einer Zeit, als in Erskes Geburtsort Århus noch der »Schwarze Tod« wütete. Theorien, die davon ausgingen, dass die Hälfte der sibirischen Bevölkerung mongolische Mischlinge seien, glaubte Erske nicht. Der Tatsache, dass hier ab und an jemand mit einem braunen Fleck am Rücken geboren wird, konnte er nichts abgewinnen, es verdeutlicht allerhöchstens, dass irgendwessen Urgroßmütterchen einst von einem fellbehangenen Nomaden flach gelegt worden war, der sich mit seinem Trupp (aus dem Süden) bis hierher verirrt hatte, das war schon alles. Es ist gerade modern, aufzuzeigen, dass sich jeder irgendwann mit jedem kreuzte, um so die unglaublichsten Zusammenhänge herzustellen. Europäer seien angeblich aus Äthiopien, Australier aus China und Peruaner aus Ägypten. Je unsinniger die Fantasmen, umso lieber gehen ihnen die Leute auf den Leim.

Erske hielt sich daran, dass die Wahrheit meistens dem entsprach, was am »langweiligsten« klang. Er selbst langweilte sich in den ersten drei Tagen bei den Kavaryčs (auf dem Diwan im Wohnzimmer) beinahe zu Tode. Sicher doch, es gab Momente, da war er hellwach. Als etwa Kavaryč von den winterlichen Streifzügen durch die Taiga erzählte, den hungrigen Wölfen, die ihnen nach den Waden schnappten und ihre Schnürsenkel abbissen, bereits zu schwach, um sie ordentlich anzuspringen, und Kavaryč (mit zwei anderen) war genötigt, im Eiltempo zweiundvierzig Taiga-Kilometer zurückzulegen, denn wäre er stehen geblieben, es wäre um ihn geschehen gewesen. Oder als Tamara mit ernster Miene davon erzählte, dass sie das Konterfei des Moskauer Patriarchen und das Figürchen ihres Lieblingsheiligen »Rehoř Palam«, dessen kleine Nachahmung sie stets um den Hals trägt, nur bis zum ersten Fichtengürtel hinter dem Dorf beschützen, doch in der Taiga gibt es weitaus mehr … und dann platzte Kavaryč der Kragen, sie solle doch das Maul halten, bevor sie Unglück über die ganze Familie bringe.

In diesem Augenblick begriff Erske, dass man von den Taigamächten nicht ungestraft sprechen darf, und es war das erste »Tabu«, zu dem er sich einen kurzen Eintrag in seinem Notizblock machte. Oft genug aber langweilte er sich bei ihnen auf dem Diwan, wie auch in Mutters geräumiger Wohnung in Århus, mit Blick aufs Meer. Einmal war er während Tamaras Erzählungen sogar kurz eingeschlafen. Aber da er alles aufnahm, konnte er sich's ja auch später anhören. Abgesehen davon, Tamara sprach nicht von der Charyňer Geschichte, sie erzählte begeistert von irgendeiner neuen Kochplatte. Wenn sie diese ausschaltet, dann funktioniert das, nicht so wie bei der alten, doch mal davon abgesehen, die Anstrengung und Angst, die sie die ganzen Jahre über damit hatte, bevor sie Kavaryč überreden konnte, ihr eine neue zu kaufen, das würde sie ohnehin ihre Gesundheit kosten.

Erske fiel auf, dass Tamara gut und gern eine halbe Burjatin sein könnte. Ihr Gesicht war breit und sie hatte mandelförmige Augen. Der Kavaryč wiederum hatte ein Gesicht, als hätte man dieses aus einem länglichen Holzscheit geschnitzt, allerdings, mandeläugig war auch er, nur Elvira war irgendetwas dazwischen.

Hätten sie ihre Herkunft von irgendwelchen beherzten Reitern, die lange ganz Russland beherrschten, ableiten können, vielleicht wären sie sogar stolz auf sich gewesen und sie hätten sich nicht mehr für ihre hölzernen Unterstände geschämt, dachte sich Erske, denn es war unmöglich, eine der Nachbarhütten zu besuchen, immer wurde ihm die Tür vor der Nase zugeschlagen, mit der Entschuldigung, er sei ja ein Fremder. Dass sich aber schon vor sechshundert Jahren etwas an diesem Ort hätte befinden sollen, das konnte er sich wirklich nicht vorstellen. Erske konnte kaum glauben, dass diese Siedlung 1841 von Gesandten des russischen Zaren gegründet worden sein soll, die tatsächlich nach einem günstig gelegenen Ort gesucht hatten, um dort eine neue Hauptstadt zu errichten.

Eine Stadt mitten in der Taiga zu bauen, das kann nur einem Russen einfallen, überlegte er. Grobiane mit niederer Gesinnung. Diese Stereotype mochte er gar nicht. Abgesehen von ein paar Literaten, an die er sich erinnerte, wies allerdings keine der »russischen Geschichtsgrößen« eine zarte Seele auf. Unter seinen Mitschülern am Anthropologielehrstuhl in Århus war dies die vorherrschende Meinung. Niemand konnte nachvollziehen, warum er nach Russland aufgebrochen war. Eine ihrer Theorien war sogar, dass er sich in diese Alte, Frau Táňa, verliebt hatte.

Wie dem auch sei, die Erwähnung von Charyň endet, als die mit der Suche nach einem neuen Petersburg beauftragten Männer nach ein paar schwierigen Monaten weiterziehen, zumindest fand Erske weder in Dänemark noch in Moskau weiteres Material dazu. Angeblich handelte es sich um einige Männer, samt ihren Familien, damit es sie nicht ständig heimwärts zu ihren Frauen zog, wie es in einem Schriftstück der Zarenkanzlei vermerkt stand, die sie in diese Wildnis entsandt hatte. Die Kinder erkrankten und sie zogen diese gut dreihundert Kilometer weit auf irgendwelchen Schlitten, bis zur nächsten Stadt, wo eine Armeeeinheit stationiert war. Dort gab es also auch einen Arzt, und obwohl angeblich alle überlebt hatten, nach Charyň wollte keiner mehr zurückkehren. In einem Text, auf den Erske bei seinen Nachforschungen ganz zufällig stieß, stand, dass diese unheilvolle Krankheit jener »kraschinschen Expedition« nur Mittel zum Zweck war, weil man wieder zurück in die Zivilisation wollte. In seinem Abschlussbericht spricht jener Krasochin dann auch von der Charyňer Siedlung, wie er aber auf den Namen kam, erklärt er dort nicht. Die Nachsicht des Zaren sicherte sich Krasochin, angesichts dieses Expeditionsdebakels, angeblich mittels einiger Exemplare des sibirischen Streifenzobels, die er mitgebracht hatte und die anschließend einige Jahre lang als Besucherattraktion am Zarenhof herhalten mussten. Ausgestopfte Exemplare dieser – allem Anschein nach – heute ausgestorbenen Art findet man angeblich noch in den Beständen der Eremitage, auch wenn Erske dazu nur eine einzige Anmerkung fand und vor Ort niemand etwas von solchen Exponaten wusste.

Ein paar Jahre später spricht man von der Charyňer Siedlung als einem Ort, an dem Wolfsjäger ihr Lager aufschlugen. Der Landstrich war reich an allerlei Tierarten und die hiesige Bevölkerung trug demonstrativ das ganze Jahr über Pelz. Es scheint, dass Charyň, sofern es sich überhaupt um dieses handelte, zu dieser Zeit dabei war, sich zu einem prosperierenden Städtchen zu entwickeln, aber dann war erneut irgendetwas geschehen und die Taiga kehrte nach Charyň zurück, die Leute verschwanden erneut. Die meisten von ihnen kehrten nicht in den europäischen Teil Russlands zurück, und zu einer Neugründung der Siedlung kam es in den nachfolgenden Jahrzehnten nicht mehr. Erst zu Beginn des zwanzigsten Jahrhunderts flüchtete eine Armeeeinheit eines gewissen Leutnant Sevanin bis in diese Breiten, nach dessen Aufstand in Sverdlovsk, der wiederum dadurch hervorgerufen worden war, dass sich einige Soldaten nicht damit einverstanden zeigten, eine Revolte der dort ansässigen Dorfbewohner (es ging um zu hohe Weizenabgaben) niederzuschlagen, und gemeinsam mit einigen Frauen flüchteten sie und siedelten sich nach langer Wanderschaft schließlich in Charyñ an. Einem vertrauenswürdig scheinenden Text aus den vierziger Jahren nach, handelte es sich dabei tatsächlich um Charyñ, da die Beschreibung des Ortes mit Krasochins Schilderungen in seinem Abschlussbericht übereinstimmte, sicher ist das allerdings nicht. Sollte sich Sevanin anderswo angesiedelt haben, war Charyñ zu jener Zeit eine »Geisterstadt«. Es existierte entweder gar nicht oder unter einem völlig anderen Namen, etwa als Lager der so genannten Südtschukten, die Ilja Pjatigorsky, ein russischer Ethnologe aus der ersten Hälfte des zwanzigsten Jahrhunderts, in dieser Gegend vermutete, er war im Jahre 1919 aufgebrochen, um sie zu finden. Bei den Südtschuktschen handelt es sich um einen niemals belegten Zweig der Nordtschuktschen, asiatische Halbinuit, von denen sich ein beträchtlicher Teil – laut Pjatigorsky – gegen Ende des achtzehnten Jahrhunderts, nach verschiedenen Zerwürfnissen unter den Stämmen, abspaltete und nach Süden marschierte. Diesen Teil der Charyñer Geschichte hielt Erske für interessant, doch das alles war wissenschaftlich kaum untermauert. Würde er mit einem Existenzbeweis überlebender Südtschuktschen, diesen »Hundefressern«, nach Århus zurückkehren, es würde den Erfolg seiner Expedition garantieren. Eine Karriere am Lehrstuhl für Anthropologie wäre ihm gewiss.

Erske war allerdings klar, dass diese älteren russischen Ethnologen, seltsame Männer mit allzu gewagten, ausschweifenden Visionen, die auf nichts beruhten, in der europäischen Anthropologie über keinerlei Reputation verfügten und Ilja Pjatigorsky war einer ihrer typischen Vertreter. Seine »Tschuktschentheorie« interessierte Erske dennoch. Spuren von Siedlungen, die einige Grundzüge der tschuktschen Kultur (und anderer sibirischer Ureinwohner) aufwiesen, konnte man tatsächlich vom Norden aus bis in etwa die Gegend nachweisen, wo sich das heutige Charyň befand. Die Möglichkeit, die Existenz von Menschen zu beweisen, die binnen weniger Jahrzehnte ihre Lebensweise völlig verändert und all das, was für gewöhnlich in der menschlichen Geschichte Jahrhunderte (oder Jahrtausende) braucht, innerhalb kurzer Zeit vollzogen hatten, faszinierte Erske. Aber hätte er vor den Charyňern behauptet, dass sie etwas mit den Tschuktschen gemeinsam hatten, diesem Volk der Fischfresser, die nicht einmal rohe Walfischinnereien verschmähten und mit Fischöl ihre Hütten ausleuchteten, sie hätten ihn sofort in den Zug nach Moskau gesetzt oder vielleicht auch nach Čevapik, zu den Halbwilden.

Charyň in heutiger Form geht auf die Sowjetplaner zurück, denn schließlich sollte sich alle hundert Kilometer entlang der Eisenbahn irgendetwas befinden, und für gewöhnlich blieben solche Orte auch erhalten, solange dort Züge hielten. Häusergruppen, bei denen Fedorek jeden Dachgiebel in- und auswendig kannte, sie waren das Zuhause gebürtiger Sibirier und Russen, die ins Land gekommen waren, um ihren Geschäften nachzugehen, oder die hier eine Arbeit fanden oder auch zur Strafe hergeschickt worden waren, um die Ansässigen mit ihrem Intellekt zu beglücken. Sofern sie nicht gleich in einem der Lager landeten, um sich im Wald abzurackern, um Erz abzubauen oder Schienen zu verlegen. Nachdem sie ihre Strafe »abgesessen« hatten, blieben die meisten dieser ehemaligen Häftlinge in Sibirien und in all den Dörfern wie Charyň zurück, oft waren mehr als die Hälfte eines Dorfes ihre Nachfahren. Erske wusste nicht, wer in Charyň woher stammte, wer Einheimischer und wer der Nachfahre eines Moskauer »Kaderlings« war, der irgendwann bei seiner Führung in Ungnade gefallen war. Auf den ersten Blick war das nicht auseinanderzuhalten, und Erske kannte ja auch keinen, nur die Familie Kavaryč.

Tamaras Vater stellte er sich als zartbesaiteten Intellektuellen vor, der eigentlich Chirurg werden wollte und der schließlich in Charyň Kühe zur Welt bringen musste, selbstverständlich gegen Bares, wenn es in der Kolchose mal zu wenig Arbeit gab. Tamara besaß keine einzige Fotografie von ihm, aber er war, wie Elvira meinte, ein gebildeter Mensch gewesen, der sich – wie aus Trotz – eine idiotische Frau zulegte, und deshalb ist Tamara auch nur eine Idiotin, sagte Elvira. Ungebildet, behauptete sie, und es war schwer zu sagen, was genau sie damit meinte. Über die Vorfahren des alten Kavaryč wusste Erske nichts.

MARIANNE

Immer hatte er sich nur für das Geschäft interessiert. Hablunds Einwand, er habe jetzt schon seit vielen Jahren dieses Geografiemagazin abonniert, überhörte Marianne. Gerade jetzt, wo doch die Firma aufblüht und sie genug Ersparnisse haben, kommt es plötzlich wie ein Blitz aus heiterem Himmel, dieser ausgemachte Schwachsinn.

Er verfügte doch nicht einmal über die nötige Konstitution. Er war weder schlank noch dick, aber die Kilometer, die er bislang zurückgelegt hatte, waren die zwischen den drei Häuserblöcken, ins Büro und zurück, am Sonntag kam noch vielleicht bisschen was hinzu, wenn sie einen Ausflug oder so machten. Zum Geburtshaus von Christian Andersen in Odense, wo sie dann ein wenig herumspazierten, sich auf einen Kaffee hinsetzten und etwas lasen, die »Schneekönigin« oder »Das kleine Mädchen mit den Schwefelhölzern«. Wie süß plötzlich diese Erinnerungen schienen. Selbst die wahnwitzigen Vorbereitungen werden ihr bald so vorkommen. Augenblicke, in denen er noch zum Greifen nahe war, gedanklich aber war er längst zwischen seinen Rentieren, Tigern und verdreckten Leuten, deren Sprache sie nicht verstand. Du darfst mich nicht daran hindern, wiederholte er ständig, und Marianne wollte wissen, was sie eigentlich für ihn bedeute, und sie versuchte ihn in ihr weiches Schlafzimmer zu locken, mit gefransten Vorhängen. Dass er sich doch nur unnötig »aufreibt« und sie beide quält. Und dann war er wirklich losgefahren.

In den ersten Tagen war er noch überall. Im Schaufenster, wo sie Wintermode anpriesen, auf der Filmleinwand (Geliebter, Hauptrolle), der Mann am Imbissstand mit Pommes und Ketchup, der hatte doch eine ähnliche Mütze. Aber mit der Zeit gewöhnte sie sich daran.

Nachdem sie sich in der ersten Woche eingeigelt und diese zwischen den Bettdecken ihres Schlafzimmers verbracht hatte, wo sie Hablunds immer schwächer werdenden Geruch einatmete, sagte sie sich schließlich, es reicht! Geld hatte er ihr reichlich dagelassen und die Firmenmeetings, an denen sie einmal im Monat teilnehmen sollte, waren eine reine Formsache. Sie boten ihr einen Stuhl und Kaffee an und sprachen von Dingen, die sie nicht verstand.

Obwohl sie nicht wusste, wohin sie ihm hätte Briefe schicken sollen, schrieb sie ihm. Sie hob die Briefe auf und wartete darauf, dass er ihr irgendeine Adresse schickte. Eine Siedlung mit einem besonderen Namen oder irgendeine Postfachnummer, wo sich Hablund die von der langen Reise zerknitterten Briefe abholen würde.

Mariannes Freundinnen, Ehefrauen anderer erfolgreicher Kopenhagener Geschäftsleute, beneideten sie. Keinerlei ehelichen Verpflichtungen und Zeit ohne Ende, den ganzen Tag konnte Marianne mit Zeitschriften oder Süßigkeiten verbringen und sich abends Essen nach Hause liefern lassen und gar keinen Fuß vor die Tür setzen. Während die Freundinnen im Galopp zwischen Kindern, Wäsche und Küche herumliefen, und wenn sich Marianne mit ihnen traf, schauten sie immer wieder auf die Uhr, sie selbst aber konnte faulenzen, sich bilden, einkaufen gehen oder – je nach Lust und Laune – das gemeinsame Nest in der Hansenstraße aufmöbeln. Sich kleine Verbesserungen überlegen, mit denen sie Hablund nach seiner Rückkehr überraschen könnte, neue Gardinen oder ein lustiger Teppich im Vorraum. Drei Tage lang warf sie sich danach vor, wie teuer doch der Teppich gewesen war, den sie ausgesucht hatte. Lora widersprach ihr. Hablund erfüllt sich doch seinen Traum, und deshalb darf das Marianne auch.

Marianne bot ihr an, ihr mit den Kindern zu helfen, aber schon nach ein paar Tagen ließ sie es lieber bleiben. Sie musste immerzu daran denken, dass sie keine eigenen hatte.

Der erste wirkliche Versuch, ein neues Leben zu beginnen, hing mit ihren Erinnerungen zusammen, die stammten aus einer Zeit, in der sie selbst noch viele Pläne gehabt hatte. Es ging doch nicht nur darum, glücklich verheiratet zu sein. Sie kramte in ihrer Erinnerung und zerrte längst vergessene Träume und Wünsche hervor, Erinnerungen an ein Leben, das nie Realität geworden war.

Als sie fünfundzwanzig wurde, bekam sie es mit der Angst zu tun, dass sie niemals heiraten etc. werde, sie ließ dann lieber alles andere sausen. Damals fing auch das mit den Einkäufen an. All ihr Geld, das sie als Stenotypistin in der Kopenhagener Polizeikanzlei verdiente, steckte sie in Frisuren, Schuhe, Taschen in unterschiedlichsten Farben und einen Englisch-Kurs, nur weil sie hoffte, dort irgendjemanden kennen zu lernen. My name is Marianne. Would you like a cup of tea? Yes please. With milk and sugar.

Das war das erste Gespräch, das Marianne mit Hablund geführt hatte. Gleich nach dieser Stunde passte er sie dann draußen ab, er fragte, ob sie bereit wäre, alles aufzugeben. Sie wurde beinahe ohnmächtig. Es klang wie in einem Märchen und sie hatte große Lust darauf, jemandem blindlings in den Abgrund zu folgen, sich mit ihm in die Federn fallen und sich etwas ins Ohr flüstern zu lassen.

Sie überlegte.

Ihre Augen blickten zum Himmel, ihre Lider (und Wimpern) zwinkerten im Sekundentakt. Ja doch.

Warum muss sie ständig daran denken? Wie er sie an der Hand nahm und sie küsste und dann dies und das. Lora hatte das, wie auch ihre anderen Freundinnen, schon tausendmal von Marianne gehört. Sie kicherten bei einer Tasse heißer Schokolade darüber, zwischen dem Einkaufen und dem tagtäglichen Putzkommando. Sie keiften, lästerten und lachten über die schlechten Angewohnheiten ihrer Männer, danach eilten sie wieder nach Hause.

Es war keine Berechnung gewesen. Als sie Hablund gefragt hatte, wie viel er in der Firma verdiene, musste sie sich sowieso gleich wieder schämen. Allerdings, es war doch auch wegen dem Krieg. Beinahe hätte sie das vergessen. Wie er sie unter seinen Mantel steckte, dort war sie geschützt, all das Böse rundherum blieb außen vor, damals gab es auch nicht gerade viele Männer.

Mariannes Interessen: Kino, Bücher und Geschichte, Ausflüge, Frauenzeitschriften. Sie und Hablund waren ein Herz und eine Seele, weil er – so wie sie – offen für neue Gedanken war. Er war vernünftig, großzügig und behielt stets die Übersicht. Er vernachlässigte weder sie noch seinen Beruf und Marianne vergaß allmählich, was überhaupt vor ihm gewesen war und was sie selbst einst vom Leben gewollt hatte.

Du lebst deinen Traum, sagte Lora damals zu ihr, selbst schon zum zweiten Mal schwanger, und Marianne pflichtete dem bei, auch wenn es dabei kleine Ungereimtheiten gab.

Hablund führte es auf ihre ganzen Bücher zurück. Die Geschichtsbücher brachte er ihr selbst mit. Schmöker. Von den Anfängen des dänischen Königreiches, über die griechisch-persischen Kriege, bis hin zu Napoleon. Sie las den ganzen Tag, als sie nicht mehr arbeiten ging. Den »Kleinen Ratgeber für die Frau des zwanzigsten Jahrhunderts« musste sich Marianne allerdings selbst in der Bücherei ausleihen. Wie ein Dieb trug sie ihn unter dem Arm nach Hause und las darin, sobald Hablund eingeschlafen war. Selbstverständlich erst, nachdem sie ihren ehelichen Pflichten nachgekommen war. Sie hatte auch deshalb mit dem Arbeiten aufgehört. Sie wartete doch nur darauf, bis er in ihr Wurzeln schlägt und sie sich endlich als Schwangere bestaunen lassen kann. Sie lag (mit den Beinen nach oben) in der Wohnung in der Hansenstraße, damit ja nichts vom heiligen Saft abrinnt, sie las dabei den kleinen Ratgeber für die Frau des zwanzigsten Jahrhunderts, während Hablund zufrieden neben ihr einschlief.

Du hast doch gar keine Ahnung, wie viel er jeden Tag zu tun hat, ärgerte sich Lora mit ihr, als Marianne etwas frech wurde.

Das Stenografieren für die Polizei hatte sie gelangweilt, immer dieselben Protokolle zu nächtlichen Ruhestörungen und Einbrüchen in kleinen Kopenhagener Geschäften. Eine Arbeit als Pflegerin reizte sie zwar, aber auch nur deshalb, weil sie dann vielleicht einem verwundeten Helden das Leben retten könnte, und der würde sich dann – schon aus Dankbarkeit – in sie verlieben. Auch Kinder wollte sie einmal unterrichten, nach all den Gesprächen mit allein erziehenden Vätern. Jene sich aufopfernde Frau, von der sie nicht mehr glaubten, dass sie ihnen nach dem Tod der Gattin begegnen könnte, das wäre dann sie. Im Englischen übertraf sie Hablund damals bei weitem, doch mit ihm an ihrer Seite verließ sie der Lernwille. Sie war glücklich, Lora hatte völlig Recht. Sie gingen mit Loras Kindern in den Park und lachten, als wären sie gänzlich frei und unbeschwert. Oder sie zogen zu zweit los, zum Fluss, dort zogen sie sich ihre Schuhe aus und planschten im Wasser herum, bis zu den Waden. Ein Leben ohne Krieg, ein Leben im Überfluss, ein Leben in einer Zeit, die einem alle Möglichkeiten bot. Was hätte sie noch wollen sollen? Und was wollte er?

Während sie von Napoleon las, blätterte Hablund Doran am sonntäglichen Nachmittag in »Unsere Welt« herum, die ihm alle vierzehn Tage in einem braunen Umschlag zugeschickt wurde, begeistert zeigte er ihr dann Fotografien fremder Menschen. Mit denen hatten sie doch gar nichts am Hut, und hätte Marianne so verdreckte und schlaffe Brüste besessen, Hablund hätte gewiss nichts »Außergewöhnliches« darin gesehen.

Dann war er nach der Arbeit mit dieser Maske nach Hause gekommen. Er läutete an, noch bevor er nach oben kam, und als sich Marianne aus dem Fenster lehnte, deutete er stolz mit dem Finger darauf. Er hatte sie aus diesem Trödelladen quer durch die ganze Stadt geschleppt. Sie hatte ihn ganze vierzehn Tage Lohn gekostet und Hablund wollte auf dem Rückweg wenigstens das Taxi einsparen. Die Wochenenden verbrachte er damit, sie an verschiedenen Plätzen in der Wohnung auf- und wieder abzuhängen, diese schwarze Holzmaske mit gelben Streifen und abgründigen Augenhöhlen, die so echt wirkten, ja, diese Maske war von dort. Von dort, wohin Hablund verschwunden war, es war so, als hätte sie ihn mit ihren Augen direkt eingesogen. Marianne saß fortan lieber in der Küche, damit sie sie nicht betrachten musste. Damit sie dieser schwarze Kopf mit diesen schwarzen Holzlöchern nicht beobachtete. Sie war davon überzeugt, dass sie nur wegen dieser Maske Kopfschmerzen hatte, und Hablund hatte sie noch geneckt, wie sie so schnell zu einer leichtgläubigen Wilden werden konnte.

Und weiter noch. Kleinstadtfräulein, so nannte er sie, als sie zu Weihnachten vorschlug, der Maske für ein paar Wochen mit zwei silbernen Sternen die Augen zu verkleben. Am Tisch stand damals eine kleine Vase mit etwas Reisig, unter dem Namensschild »Doranovi« schlug Hablund von außen an der Tür einen Nagel ein, dort hing ein goldenes Kränzchen, angeblich ging es ihr nur darum, alles mit dem Zimmer abzustimmen, aber Hablund war wütend. Marianne floh weinend zu Lora und wartete dort einige Stunden ab, bis ihr Ehemann angetrabt käme, um sich zu entschuldigen. Er kam auch, doch nach ein paar Tagen brachte er weitere Trödelwaren und er behielt dieses Verhalten bei bis zu seiner Abfahrt. Ruten, Holzstatuen, irgendwelche primitiven Werkzeuge, rußige Steine.

Das Sammeln rustikaler Requisiten erweckte damals in besseren Kreisen den Eindruck von Kultiviertheit, doch Hablund schleppte nur Gerümpel an. Voller Abscheu ertappte sich Marianne einmal dabei, wie sie zur Maske betete, sie sollen doch ein Kind bekommen. Sie kniete am Teppich, mit gefalteten Händen, und murmelte irgendetwas, sie erschrak und musste gleich mit Lora telefonieren.

Wenn sie von Hablund wissen wollte, ob er mit irgendetwas unzufrieden sei, bekam sie nie konkrete Antwort. Als sie einwarf, dass er sich bestimmt wegen ihr so verhielt, stützte sie dabei ihre Arme an den Hüften ab, aber sie ließ gleich wieder locker, stürzte wie ein Kartenhäuschen in sich zusammen. Sich immer wieder aufs Neue zu bemühen, das hält doch keiner aus. Hablund schlug nur vor, dass sie einen gemeinsamen Ausflug machen oder ins Kino gehen könnten, einen Film anschauen, den sie gerne sehen würde. Als ob er sich in diesen Augenblicken wieder an sie erinnern würde. Er drückte sie an sich. Marianne dachte daran, dass, wenn die Liebe langsam schwindet, sie doch noch ein paar Mal zurückkehrt, um sich zu verabschieden, und sie weinte. Er liebkoste ihre Haare. Wie lange noch? Dass er zu Hause einen wahren Engel habe, das sollte ihm doch bitte schön öfters auffallen.

Manchmal braucht er eben auch andere Vergnügungen, nicht nur dich, lass ihn in Ruhe, sagte Lora.

Er langweilt sich, das ist normal. Und so füllte sich die Kopenhagener Wohnung mit Hablunds Dingen, von denen Marianne nichts verstand, und sie selbst begann wie eine Verrückte einzukaufen, wohl um damit ein »Gegengewicht« zu bilden, wie sie es im kleinen Ratgeber für die Frau des zwanzigsten Jahrhunderts beschrieben. Um Hablund zu ärgern: rosa Pölsterchen mit Fransen, billige

Schmuckschatullen, Hirtenstatuen, Kaffeeziertassen mit Schildkrötengriffen. Wortlos bekriegten sie sich, ohne dass es jemals zur Sprache kam, bis Lora Marianne irgendwann dazu überredete, all die nutzlosen Dinge bei irgendeinem karitativen Abend abzustoßen.

Als sie von diesem Abend nach Hause ging, schmerzten ihre Beine von all dem Gehopse mit unbekannten Leuten, sogar ihr Gesicht tat weh vom aufgesetzten Lächeln. Sie zog ihre Stöckelschuhe aus und ging barfuß durch das nächtliche Vesterbro und dann noch weiter den ganzen Weg bis zur Hansenstraße. Es war zwei Uhr morgens. Zu Hause erwartete sie eine Wohnung voller Masken, Bärenkessel, die auf Hundepfoten standen, Kutten mit Knochenstücken und ihr Hablund, der auch noch angefangen hatte, wirres Zeug zu reden. Später saß sie im Bett, neben seinem schlafenden Körper und all den Lücken, die jene Sachen hinterließen, die sie karitativ verteilt hatte, und ihr war klar, es stand schlecht um sie.

FEDOREK

Mit dem Vater war Fedorek zeitlebens gut ausgekommen. Sie besaßen in Voryň eine kleine Wohnung in einem von zwei verputzten Häusern, die in den dreißiger Jahren von sowjetischen Arbeitern erbaut worden waren. Im zweiten verputzten Haus befand sich das Büro des hiesigen Parteigenossen, im zweiten Raum wurden Versammlungen abgehalten, der dritte war eine winzige Bibliothek (mit Leseraum) und im vierten saß die Schulklasse von Lehrerin Medosjevová, einer sanften Frau mit glockenklarer Stimme und einem gepflegten Dutt, die ihr ganzes Leben lang darüber staunte, wohin sie das Schicksal verschlagen hatte.

Fedoreks Vater, Oleg Abramovič, war Invalide. Als Siebzehnjähriger verirrte er sich bei einer Waldwanderung auf einen (schlecht ausgeschilderten) Truppenübungsplatz, und eine Granate riss ihm den rechten Fuß und die dazugehörige Hand ab. Oleg verbrachte mehrere Monate im Krankenhaus und bis zum Ende des Krieges kämpfte er in Mutters Wohnung während dieser dreijährigen Blockade Petersburgs mit einer gemeinen Infektion um sein Leben. Der Fuß entzündete sich mehrmals und die Nervenstränge in der Hand erkrankten, als er einmal bei offenem Fenster in der Zugluft saß und las. Eine andere Ablenkung hatte er nicht. In den letzten paar Kriegsmonaten, als er sich endlich etwas besser fühlte, trieb die Mutter irgendwo einen Rollstuhl auf und rumpelte mit ihm – mehr schlecht als recht – die Stufen aus dem zweiten Stock nach unten, in die Sonne, und kaum war diese verschwunden, zog sie ihn wieder hinauf, sie ruinierte sich wegen dem Sohn ihr ganzes Kreuz.

Oleg blinzelte in die Petersburger Sonne, las Bücher und hörte der jammernden Mutter zu, was man denn nicht alles essen könnte. Die Jugend verging im Flug, und als klar war, dass er nie wieder ganz gesund werden würde (der Mutter wollte er nicht länger zur Last fallen), meldete er sich bei einer politischen Aktion, »Kulturelle Aufklärung Sibiriens«, dort suchten sie junge Enthusiasten, die entschlossen waren, sich ihr Leben ruinieren zu lassen, wie es Oleg dem Sohn einmal erklärt hatte – Fedorek merkte sich alles. Dass der Vater eigentlich nie wirklich nach Voryň wollte, ähnlich wie Fíla Medosjevová. Sie wohnte im gleichen Haus, in einer Wohnung nebenan, und man behauptete von ihr, dass sie eine alte Jungfer sei.

Als Fedorek in der Pubertät war, verdächtigte er den Vater, dass er etwas mit ihr habe. Sie besuchten einander oft und tauschten Bücher aus. Er wusste nicht, dass zwischen einem Mann und einer Frau auch eine Nähe existieren konnte, zu der die Körper schwiegen. Vielleicht wusste das nicht einmal Oleg Abramovič, bis er schließlich Fíla Medosjevová traf. Die einzige Frau, die er, abgesehen von der eigenen Mutter, wirklich näher kennen gelernt hatte, war Fedoreks Mutter gewesen, die wollte er vom ersten Augenblick mit allem Drum und Dran. Sie starb, als Fedorek zwei Jahre alt war. Als nach drei Jahren die größte

Trauer verflogen war, hätte Oleg nichts dagegen gehabt, sich wieder mit jemanden zusammenzutun. Seit seiner Jugend sehnte er sich nach einer Familie und er gehörte nicht zu denen, die sich nach dem Tod der Ehefrau allen anderen verweigern wollten. Doch selbst wenn er seine Einsamkeit mal irgendeiner beichtete, er hätte dabei niemals vom vor ihm liegenden, offenen Buch aufgeblickt. Er schaute nicht einmal hin, wenn ledige Frauen am offenen Fenster, wo er saß und las, vorbeispazierten.

Oleg behauptete gerne, dass es ein Verdienst seines verlorenen Fußes und der Hand war, dass er nicht sein ganzes Leben lang ein Dummkopf blieb, und dass Fedorek in der Schule so gut war, lag, wollte man Oleg glauben, daran, dass er dem Sohn von klein auf vorgelesen hatte. Er war enttäuscht, als Lehrerin Medosjevová Fedorek schließlich eine Lehre empfahl – und keine höhere Bildung. Von der Chemischen, Holzverarbeitenden und Eisenbahner-Berufsschule entschieden sie sich für die Letztere, auch wenn es Fedorek wohl als Chemiker viel weiter hätte bringen können. Er hätte in der Fabrik die Qualität von Majonäse oder Limonade überprüfen können und ohne seine Einwilligung wäre davon nichts in den Geschäften gelandet. Aber dort wäre er nicht an der frischen Luft gewesen, und da sich Oleg Abramovič einst als Bibliothekar in die Voryňer Zweigstelle entsenden ließ, muss schon erwähnt werden, dass die frische Luft eines der wenigen Dinge war, die einem das Leben in Sibirien versüßen konnten. Bei den Holzfällern zu arbeiten, da hatte Oleg seine Bedenken. Holzfäller sind grobe Mannsbilder und einen Jungen aus einer gepflegten Wohnung, den hätten sie sich ordentlich vorgeknöpft.

Und so wurde Fedorek Eisenbahner. An der frischen Luft war er, sobald er sich aus dem Fenster lehnte, und diese Arbeit schafften schließlich auch Frauen. Am schwersten fiel Oleg der Abschied. Nach Voryň kam Fedorek nur dreimal im Jahr aus dem Internat angefahren und in der restlichen Zeit schrieb Fedorek seinem Vater Briefe und Oleg wiederum schickte Pakete. Oft war im Paket auch etwas von Fíla Medosjevová dabei. Notizen, was es in Voryň für Neuigkeiten gab, denn davon hatte Oleg nicht den leisesten Schimmer.

Normalerweise legte Abramovič diesem Päckchen etwas aus der Voryňer Bücherei bei (irgendwie regelte er das mit der Entlehnstelle), mit dem Hinweis, dass es Fedorek zurückgeben müsse, und mindestens bei der Hälfte aller Fälle passierte das auch, er schickte dem Vater tatsächlich das Buch retour. Das Lesen freute ihn nicht sonderlich, aber es war eines der wenigen Dinge, die den Vater interessierten, und schließlich hatte Fedorek an den Abenden jede Menge Zeit.

Auch wenn er kaum etwas davon gelesen hatte, die Bücher des Vaters führte er sogar in seinem Schaffnerkämmerchen mit sich. Ihm fiel ein, als sein Kopf gerade an der frischen Luft wehte und er sich gut fühlte, dass er für die Reisenden im Speisewaggon eine kleine Bibliothek einrichten könnte. Es war zum ersten Mal, dass er auf der Schaffnerversammlung irgendetwas vorschlug, aber ein paar giftige Blicke genügten, das Ganze versanden zu lassen. Und so ließ Fedorek manchmal Bücher in der Wladiwostoker Wäscherei zurück (für ein paar Rubel), von Zeit zu Zeit verkaufte er etwas davon, zusammen mit den Zeitungen, die im Zug von irgendwelchen Verkäufern angeboten wurden, die sich – gegen eine kleine Gebühr – von Fedorek überreden ließen.

Nachdem er in Wladiwostok aus dem Zug gestiegen und die Schmutzwäsche bei Marina abgegeben hatte, eilte er, ohne hinzusehen, an den Straßenständen vorbei, die sogar Bücher anboten, er wollte direkt in die Stadt. Die Straßenzeile führte bergauf, als würde das Ende von einer unsichtbaren Riesenhand hochgehalten, und während auf der einen Straßenseite die Hausnummern vorüberzischten, hing die andere einfach nur im Raum und alles weiter unten wurde immer winziger. Die Waggons werden zu Waggönchen und die schweren, glänzenden Eisenbahnschienen zu kleinen Leiterchen, die elektrischen Leitungen zu Fäden, aus deren Knäueln immer wieder mal ein Funke flitzt.

Als Fedorek zum allerersten Mal die Endstation erreichte, diesen Landstrich voller drahtiger Böschungen, Schienen und abgestellter Waggons, war er die ganze Zeit zuvor umhergeschlichen. Wie die Eisenbahn wirklich funktioniert, darüber weiß ein Schaffner, mal abgesehen von den eigenen Verpflichtungen, nicht gerade viel. Aber in seiner Uniform hielt ihn niemand auf, und wenn er es gewollt hätte, er hätte sich auch vor irgendeinen Zug stellen können, der vor der Abfahrt stand, und anstatt des zuständigen Zugbegleiters (der weggelaufen war, um irgendetwas zu holen) hätte er sich bei einer der Waggontüren aufbauen und – wichtigtuerisch – Fahrscheine kontrollieren können. Unlängst hatte irgendein Schaffner mit einer solchen Posse herumgeprahlt. Er bekam nur einen Verweis, denn schließlich gibt es viel zu wenige Schaffner. Angeblich wegen der geringen Bezahlung, aber Fedorek weiß nur zu gut, dass diverse Schlauberger schon immer gut an der

Eisenbahn verdienen. Sie verkaufen Fahrscheine (auf eigene Rechnung), sogar Stehplätze am Gang, in den Toiletten schmuggeln sie weiß Gott was, sie verkaufen Tassen, Löffel, alles, was ihnen unter die Hände gerät. Und so meinen wohl auch andere Männer seines Alters, wenn sie Fedorek dabei beobachten, wie dieser im Zug die Toilette schrubbt, dass er nur ein Taugenichts ist. Natürlich könnte er sein Geld auch auf eine andere Art verdienen, würde er das wollen. Wie sie in irgendeiner Fabrik hinter dem Telefon oder einem Computerbildschirm sitzen, der gequält vor sich hin summt. Doch das würde ihm nicht gefallen.

Heute hat er keine Lust, zu den Gleisanlagen zu gehen, auch wenn es keine große Sache wäre. Ihm stehen in Wladiwostok zwei Tage zur Verfügung, bevor sich sein Zug wieder auf den Rückweg macht. Er könnte in sein Quartier gehen, aber das tut er nicht. Mit weiteren dreien in einem engen Zimmerchen ohne Waschmuschel herumzusitzen, sich bis tief in die Nacht ihr Geschwätz anzuhören, was sie bei ihren Vorgesetzten behaupten werden, wenn ihnen diese vorwerfen, irgendwo zwanzig Handtücher verhökert zu haben, nein danke. Marina ist bei so was gern mit von der Partie, wenn man ihr ein Viertel des Gewinns abgibt. Deshalb begrüßt sie auch einen jeden so herzlich, der mit einem Haufen Schmutzwäsche in die Wäscherei kommt. Ihn aber umarmt sie aus reiner Sympathie und die Witze, die andere Schaffner über sie, die »dumme Burjatin«, reißen, möchte er sich im Quartier schon gar nicht anhören. Auch nicht die Lautsprecherdurchsagen, alle sieben Minuten. Die Bahnhofslautsprecher plärren einem im Quartier direkt durchs Fenster. Wohl auch deshalb, damit die in Wodka eingelegten Schaffner, die ganze zwei Tage lang keinen Fuß vor die Tür setzen, ihre eigene Abfahrt nicht verpassen. Sie bedauern sich dort ohnehin nur die ganze Zeit über und die Späßchen mit den Schaffnerinnen enden immer im Bett. Die Kleine mit der spitzen Nase, die hatte eigentlich schon alle, von Fedorek mal abgesehen.

Er ging etwas schneller, über Frauen nachzudenken, das bedrückte ihn. Er war nie ein Freier gewesen, mit einer Kuhglocke an der Hose, der ungeduldig herumschepperte. Es hatte Monate gedauert, bis er Elvira überhaupt einmal ansprach. Sie fuhr die Strecke Charyň–Chabarovsk und zurück. Fedorek zählte insgeheim mit, wie viele Stunden (und dann auch Minuten) dieses Mädchen noch dort auf der Pritsche sitzen würde und bangte, ob sie je wieder mit dem Zug fahren würde, oder ob es jetzt zum letzten Mal war. Eigentlich wünschte er sich, es wäre zum letzten Mal. Damit er sich endlich zu etwas durchringen konnte. Vielleicht in Chabarovsk oder Charyň auszusteigen und sie dort zwischen den Häusern aufzusuchen. Er nahm sich dies immer wieder vor, wenn er in der kleinen Waggonküche sein Geschirr wusch, während Elvira nur ein paar Meter weiter hinter der nächsten Wand saß und ihn eigentlich nichts daran hinderte, mit ihr ins Gespräch zu kommen. Er könnte ihr einfach am Abend eine Tasse Tee (vor der Bettruhe) bringen, eine kleine Aufmerksamkeit. Den Rest würde sie schon seinen Augen ablesen. Nur, den Mut dafür aufzubringen, das war was anderes. Elvira saß die ganze Zeit über vertieft in ein Handbuch, es ging dabei um Rechtsfragen, und die paar Stunden Fahrt waren für Fedorek viel zu wenig Zeit, um sich heranzuwagen. Sie hatte kurze Haare, Brillen und kleine Brüste und es schien so, als würden sie Männer ungefähr so viel interessieren wie der Dreck am Zugfenster. Schließlich entschloss sich Fedorek, ihr ein paar Bücher zu zeigen, die ihm sein Vater geschickt hatte.

Sie listete sie fachmännisch durch und legte sie später säuberlich in einem Stapel ab, gleich vor ihr auf dem Tisch. Sie war recht schnell fertig damit und Fedorek kam es so vor, als würde sie ihn mit dieser Geste ablehnen. Eigentlich war er sich ziemlich sicher. Sie sagte gar nichts, und er schlich bis zum Abend ziemlich gebückt im Waggon herum. Und dann passierte es. Sie kam zu ihm in die Küche, mit einem schmutzigen Gläschen, anstatt – wie üblich – abzuwarten, bis er selbst vorbeischaut und dieses mitnimmt, und noch dazu erwähnte sie etwas aus einem der Bücher.

Die nächsten Male fuhr Fedorek mit einem Strauß Chrysanthemen los, verpackt in einem Stück blauen Stoff, er wartete, bis sie wieder irgendwann zustiege.

Um sich etwas Mut anzutrinken, kippte Fedorek auch gleich zwei Gläschen Schnaps (war alles in seinem Schaffnerschränkchen vorrätig), um ihr endlich einen gemeinsamen Ausflug nach Wladiwostok vorzuschlagen. Zu diesem Zeitpunkt hatte Elvira ihn bei beinahe allem beobachtet. Aufwischen und Bedienen und Beschwichtigen (der Säufer), ja sie hatte sogar gesehen, wie er sich in seinem Kämmerchen umgezogen hatte, als die Tür einmal einen Spalt offen stand und sie nur zu gut erkennen konnte, wie dünn er unter seiner Uniform war, noch viel dünner, als es den Anschein hatte.

Fedorek war außer Atem, er war beinahe bis ganz nach oben geklettert, von wo aus er die blaugraue Wladiwostoker Bucht überblicken konnte, sie war umsäumt von diesen grünen Hängen, er mochte diesen ruhigen Ort am liebsten.

Die Straßen erinnerten von oben an ein paar Jahresringe, er sah reihenweise hölzerne Häuser unter sich, die mit dem Hang und alten Bäumen verwachsen zu sein schienen, sie wirkten so, als hätte man sie zu Urzeiten hier vergessen. Auf dieser Ansichtskarte war keine Unordnung zu erkennen. Kein grünes Strauchwerk voller Gerümpel, keine alten und ausgebleichten Verpackungen, zerknautschten Flaschen und Scherben, zwischen denen sich die schlammigen Straßen schlängeln, einst ansehnliche Häuserzeilen mit geschnitzten Pfeilern, Spitzen, als würde ein ganzes Meer aufschäumen. Es regnete zur Abwechslung nicht. Die ungepflasterten Straßen waren voller Risse, staubig wie Elefantenhäute, da konnte Fedorek noch so langsam und vorsichtig auftreten. Als er hier mit Elvira entlangspazierte, war sie ganz hin und weg von so viel Straßenbeleuchtung.

Es war doch Abend und sie waren zum ersten Mal allein unterwegs, hatte sie gar keine Angst? Fedorek war etwas enttäuscht, dass es ihr egal zu sein schien, wohin sie gingen, dass sie sich so ergeben führen ließ. Wenn er sie nun in eines der alten Häuser verschleppt hätte und es gegen ihren Willen gewesen wäre? Die Seilbahn nach oben funktionierte längst nicht mehr, und so folgten sie ihr, quer durchs Gebüsch, an dessen Enden Papierfetzen wehten. Dort hätte sie niemand gehört, da hatte sie nach Leibeskräften schreien können, so viel sie gewollt hätte. Über den Häusern, von denen jedes zweite, wenn dort jemand Bedeutsamer lebte, ein glänzendes Dach trug, schaukelte der Mond. Fedorek hatte seine erste, ernst zu nehmende Bekanntschaft und er schwor sich, das nicht zu verderben.

Im Hausflur, in den sie traten, ging kein Licht an. Fedorek sagte zu Elvira, dass sie lieber unten auf ihn warten solle, und er selbst tastete sich vorsichtig (entlang der Wände) die knarrenden Holzstiegen hoch, bis in den zweiten Stock. Er wollte Elvira seiner Großmutter und dem Großvater vorstellen, aber sie sollte davon noch nichts merken. Nachdem seine Mutter verstorben war, hatte er, bis auf deren Eltern und seinen Vater, gar niemanden.

Juchu, die Dörfler sind da, begrüßte ihn der Großvater, so war das immer, wenn er sich mit dem Vater blicken ließ. Diese »Provinzler«, mit denen einst ihre Tochter zu tun gehabt hatte, fand das alte Paar doch witzig. Bei ihnen in Voryň waren sie niemals gewesen. Angebote hatten sie stets dankend abgelehnt und auf ihre alten Tage würde sie wohl niemand mehr dort hinbringen.

Es war nicht allzu schwer zu erraten, dass Elvira – wie auch der Enkel – aus der Westprovinz kam. Die Großmutter dachte sich noch, dass eine Krähe eben auf eine Krähe fliegt, und dann drehte sie den Fernseher leiser und begann den Tisch aufzudecken.

Der Großvater, das wusste Fedorek, trug immer eine Weste, aus deren Täschchen ein weißes Taschentuch hervorlugte. Der alte Mann schnitt sein Haar nicht, ein durchsichtiges, täglich gewaschenes Deckchen schlang sich um seine Schultern und die Nägel waren stets gepflegt. Fedoreks Großvater war Schriftsteller und seine in Stein gemeißelten Verse glänzen bis heute am Heldendenkmal, oben am höchsten Hügel der Wladiwostoker Bucht. *Wir werden vereint sein, vorwärts, schallt es und wir sind wach, die Hände ineinander verwoben, über dem Heute liegt eine neue Welt und in ihr erblühen wir. Fahnen und Helme und Birkenhauch, er duftet, Wladiwostok erbaut aus Stahl und ein Mütterchen vergießt ein paar Tränen. In Tränen werden wir geboren und in Tränen sterben wir, doch dazwischen ganze fünfzig Jahre, um unser Werk zu beenden. Helme, Bonbons und Blumen, Kinderlachen schwebt über'm Land, Fäuste aus Stahl, wo bist du, nur auf dich warten sie noch. Bouquets aus Salbei, Sibirien zieht sich in die Ferne, dorthin, wo das Land erbebt, die Feinde ergeben sich im Nu.*

Er trug die Verse sogar Elvira vor, alle klatschten anerkennend.

Elvira war von diesem Besuch begeistert. Den Kaffee tranken sie aus einem gestreiften Service und auf jedem Tellerchen fanden sich zwei Blüten und alles dort sah so »gebildet« aus. Am Tisch gab es Servietten und nach den Piroggen folgte ein Dessert, mit dem die Großmutter sogar sprach. »Desert, ty uze gatov?« (Dessert, bist du schon fertig?), rief sie in den Ofen und Elvira war davon ganz hin und weg.

Der Großvater glaubte, dass ihr Schwiegersohn Oleg Abramovič nur wegen ihrer Tochter mit dem Lesen begonnen hatte. Sie war von ihnen gut erzogen worden und man hatte ganz andere Pläne mit ihr gehabt, keinesfalls sollte sie in Voryň die Frau Bibliothekarin werden, jedoch, aus all den Büchern wusste der Großvater nur zu gut, dass die Liebe hinfällt, wo sie will, und nach dem Tod der Tochter hatten sie Oleg schließlich vergeben. Fedorek sahen sie übrigens sehr gerne und sie erzählten – selbst vor Elvira – detailliert von ihrem geplanten Umzug. Der japanische Schriftstellerverband »Maheto« wollte angeblich für angesehene Wladiwostoker Patriarchen ein Pensionistenheim errichten, und Großvater und Großmutter waren ausgewählt worden, dort zu wohnen, sie standen an einem der vorderen Plätze auf einer Liste. Elvira schüttelte ungläubig ihren Kopf, reichte beiden die Hand und gratulierte recht herzlich.

Die Großmutter stellte sich die neue Wohnung im japanischen Pensionistenwohnheim sehr nobel vor und sie lud Fedorek ein, sie dort bald zu besuchen. In ein paar Monaten schon sollten sie umziehen.

Elvira und Fedorek verbrachten noch den ganzen nächsten Tag in Wladiwostok. Es regnete und sie fanden Unterschlupf in der Seilbahnstation, einer grünen Baracke mit einer dicken Kabelrolle, so groß wie das Rad eines Traktors, der Regen hämmerte gegen die Wände. Elvira hatte Angst, dass ein Blitz in die Baracke schlagen könnte, und Fedorek erklärte ihr, warum Blitze nur ganz selten in den Zug einschlagen und warum es in der Baracke viel sicherer sei als irgendwo unter einem Baum. Schließlich zog er von irgendwoher ein Stück Papier hervor und Elvira schlug vor, dass sie doch »Vier gewinnt« spielen könnten. Beide gewannen zweimal und dann wurde es langsam Zeit, wieder zum Bahnhof zu eilen. Durch die Straßen flossen ganze Tränenbäche und die alten Holzhäuser schienen unmittelbar vor ihren Augen mit den übermütigen Büschen zu verwachsen. Das Wasser führte eine ganze Menge Schlamm mit sich, Fedorek reichte Elvira ein paar Mal die Hand, um ihr über tiefe Wasserlachen zu helfen, aber sie kamen schließlich recht verdreckt am Bahnhof an. Fedorek bekam bei der Ausgabestelle eine neue blaue Uniform und im Schaffnerkämmerchen hüllte er Elvira in eine Decke. Sie verließ es die ganze Fahrt über nicht, außer um ihre Notdurft zu verrichten. Als ob sie fürchten würde, jemanden zu treffen, mit dem sie mal unterwegs war, dass sie dieser auslachen könnte, wo sie doch von jemand so Lächerlichem wie Fedorek umworben wurde.

Als Elvira beim nächsten Mal in Charyň zustieg, mit dieser Überlegung, diesmal nicht in Chabarovsk auszusteigen, musste sie vor lauter Scham schwitzen. Wie sollte sie es ihm denn sonst sagen, als über ihre übliche Station hinauszufahren? Eigentlich musste sie dann gar nichts tun. Beim Samowar presste sie Fedorek gegen das Fenster, er nahm sich einen Kuss (ohne sie groß zu fragen), und als sie eine Woche später aus Wladiwostok zurückkehrten, stieg sie nicht einmal mehr in Charyň aus. Sie fuhr mit Fedorek weiter, bis nach Moskau und bald darauf wieder zurück nach Wladiwostok, und das Ganze dann wieder von vorne, viele Male noch. In Fedoreks Kämmerchen begannen sie sich gemeinsam einzurichten.

Sie lebten vom Proviant der transsibirischen Eisenbahn und so kamen sie recht billig über die Runden. Elvira räumte Fedorek fein säuberlich die Küche auf. Dank ihrer Hilfe hatte er einen so genauen Überblick darüber, was er mitführte, dass es ein Leichtes war, etwas davon für die eigene Tasche abzuzweigen, etwas, das er sonst ohnehin irgendwo verloren hätte. Bei professionellen Dieben war Fedorek wachsam wie ein Hund, doch was sich die normalen Reisenden hinter seinem Rücken (und ohne sein Wissen) so zusammenklauten, das bemerkte er nicht. Dank Elviras Scharfblick war dies nunmehr unmöglich und so gehörte das Zeug nun ihnen beiden.

Elvira schämte sich bald nicht einmal mehr, beim Aufräumen des Waggons mitzuhelfen. Den Reisenden kam es gelegen, dass sie nun gleich zwei Betreuer hatten, und als ob sich alle gemeinsam abgesprochen hätten, diesen besonderen Waggon niemals irgendwo zu erwähnen, gab es nie ein Problem.

Für die mehrtägigen Reisen gestaltete Elvira Fedoreks Kämmerchen um, sie machte es heimeliger, schnitt Bildchen aus Zeitschriften und für die Toilette kaufte sie (aus eigener Tasche) duftende Desinfektionswürfelchen. Wenn sie etwas Zeit für sich hatten, saß sie bei Fedorek auf dem Schoß und sie beobachteten gemeinsam die vorbeihuschenden, riesigen Taigabäume und freuten sich auf Orte, die sie beide gernhatten. Diesen ersten Moment, wenn sich der Zug dem Baikalsee nähert und plötzlich das Wasser aufblitzt, das Städtchen Obluče, wo sie Sonnenblumen züchten, den Bahnhof Zima (Winter), Jevtušenkovs Geburtsort, mit seinem schönen Namen, und viel mehr noch.

Die Nachricht, dass man Elvira einen neuen Job angeboten hatte, kam völlig überraschend. Elvira freute sich sehr, Fedorek gar nicht. Das Privileg, in der Charyňer Post zu arbeiten, er konnte das nicht nachvollziehen. Er wusste schließlich nicht, dass es einen Haufen Frauen in Charyň gab, die es auf diesen Posten abgesehen hatten, sofort gewillt, Päckchen abzustempeln und fremde Telefongespräche zu belauschen. Alle drei Jahre sollte eigentlich eine Ausschreibung erfolgen, eine Überprüfung der Arbeitnehmerin (Verlässlichkeit) wäre damit auch verbunden, doch meistens kam nur ein Wisch an, dass das Arbeitsverhältnis verlängert wird, und das zog sich dann hin, solange man lebte. Und wenn es irgendwann passierte, kam es unter den Frauen zu wahren Eifersuchtsdramen, wer denn der Unglücklichen auf den Posten folgen durfte. Es wurden keine besonderen Qualifikationen verlangt.

Als es mit der alten Beamtin langsam zu Ende ging, tanzten sie eine nach der anderen bei ihr an, sie brachten ihr Erdbeeren, Eier, Likörbonbons und versuchten sie für sich zu gewinnen, damit sie in ihren Briefen an die Zentrale (in Irkutsk) ein gutes Wort für sie einlegte, auch wenn niemand wirklich genau wusste, ob solche Briefe überhaupt geschrieben und ob sie dann von der Zentrale beachtet wurden. Alte Postbeamtinnen schrieben zwar ständig an irgendwas herum und brummten, wenn man sie dabei störte (auch wenn es das ganze Jahr über auf der Post wie ausgestorben war), doch was sie da eigentlich schrieben, das wusste niemand.

Ob wohl auch Hablund Briefe verschickt hatte? Gelangten sie zu den Orten, wo sie solche »Entscheidungen« entgegennahmen, die dann mit Hundegespannen (in schwarzen Umschlägen) quer durch Sibirien verfrachtet wurden …

Von Elvira erzählte man sich in Charyň, dass sie den Postjob nur deshalb bekam, weil der alte Velor Josipovič angeblich dieser alten Beamtin mal das Leben gerettet hatte. Da hat aber jemand Glück gehabt, wo er sich's doch jetzt, mit Hilfe des alten Quacksalbers, an diesem warmen Plätzchen bequem machen kann, ohne sich je dafür angestrengt zu haben. Bei all der üblen Nachrede musste sich Elvira eine geraume Weile ihr Halstuch bis zu den Augen hochziehen. Bevor sich die Einheimischen in Charyň auf eine neue Situation einstellen, dauert es jedes Mal eine Weile.

Pšela, die Mutter von Vašek und Dima, vor denen der

kleine Serjoža so auf der Hut sein musste (damit sie ihn nicht vermöbeln), gebärdete sich am lautesten, wo sie sich doch größte Hoffnungen auf den Posten gemacht hatte. Sie hatte – auf ihre Kosten – einen Kalender gekauft, war abends zur Post gegangen, um dort den Fußboden zu scheuern, sie hatte den Tisch im Warteraum geschliffen und ihn sogar neu lackiert.

Von diesem dörflichen »Hickhack«, wer denn Postbeamtin werden sollte, wusste Fedorek nichts. Er war traurig, dass sie nicht mehr gemeinsam würden reisen können, und er bedauerte, dass ihm Elvira diese ganze »Postsache« verschwiegen hatte. Sie verließ ihn gerade zu jenem Zeitpunkt, als er eine Uniform in Auftrag gegeben hatte, die der seinen ähnelte. Zwar war sie in einer anderen Farbe gehalten, um sich nichts zu Schulden kommen zu lassen, aber sie glich so sehr der seinigen, dass einem jeden klar sein würde, dass sie beide zusammengehörten.

Allerdings, ein Abschied wäre auch so unausweichlich gewesen.

Es blieb nichts anderes übrig, als ihn mit der Wahrheit zu konfrontieren. Er hätte sonst ja später denken können, dass es ihr in Charyň passiert war, wenn sie es noch etwas hinausgezögert hätte. Dass sie sich irgendwo in der Charyňer Post schwängern ließ. Serjoža war zu diesem Zeitpunkt zwar kaum größer als ein Körnchen Reis, doch bei Elvira machten sich bereits erste Magenverstimmungen bemerkbar. Bis er ein kompletter, kleiner Mensch sein würde, das war doch nur eine Frage der Zeit.

Fedorek freute sich sehr. In diesem noch so flachen Bauch fuhr mit Elvira auch ein Stückchen von ihm mit nach Charyň. Was es doch für Wunder gab.

HABLUND

Die Rübenschädel waren von den echten Charyňern durch einen schmutzigen Bach abgetrennt. Eine Rinne, in der man sich wäscht, in die man pinkelt und im Sommer spielen dort allerlei Kinder. Die mischen sich manchmal beim Spielen untereinander, aber wenn's jemandem ein- und auffällt, dann brüllt er gleich »Schande« oder noch etwas Schlimmeres und alle flüchten auseinander, als ob sie unter Feuer ständen.

Da, wo er jetzt entlangging, verschwanden allmählich die immer kleiner werdenden Hütten, die sich mit ihren Wänden nach innen wölbten, wie der zahnlose Mund einer Greisin, in Hablunds Nähe fanden sich bald nur noch Häute und Steine. Häute, auf Holzgestellen aufgespannt, und Steine, die man bei Feuerstellen abgeworfen hatte, von einigen stieg noch Rauch auf.

Im ersten Moment wollte sich Hablund bekreuzigen und sich feige wieder zurückziehen, zurück nach Charyň, wo er sich schon etwas auskannte. Hals über Kopf suchte er nach Worten, aber jedwede Beschreibung war unmöglich. Es war das Jahr 1946, man konnte zwar mit dem Zug bis nach Moskau fahren, doch hier breitete sich die Steinzeit vor ihm aus. Das Lager reichte bis weit nach hinten, zu den Hügeln, er erkannte dies an den nächtlichen Lagerfeuern.

Es war hier alles um einiges größer als in Charyň. An den Spitzen der Knüppel baumelten Häute im Wind, man hörte, wie sie dagegenschlugen. Den Geräuschen nach war es eine »primitive Nacht«, in der einem die Zähne klappern, eine Nacht, die zubeißt und einen nicht mehr loslässt.

Wie viele Leute hier lebten, das vermochte Hablund im Dunkeln nicht abzuschätzen. Abgesehen von den Feuerstellen und den überall verstreuten Steinen war zwischen den Planen nichts zu erkennen. Die Häute ließen ein paar Geräusche nach außen dringen, etwas Geschnarche und ein bisschen Russisch und noch eine andere Sprache, die er gar nicht verstand. Ein altes Mütterchen geleitete ihn zuverlässig. Eigentlich hätte er sie stützen müssen, doch nunmehr war sie es, die Hablund beinahe trug. Sie schlängelten sich unter dem Planengewirr hindurch, die Greisin ging festen Schrittes voran, nirgendwo blieb sie hängen. Im Dunkeln konnte er die Stangen nur erahnen, auf die sie ihre Wäsche hingen, einen Haufen Brennholz gab es, Gefäße aus Ton (so groß wie ein Bottich für Sauerteig) und ganze Halden von weiß Gott was. Sie stolperte kein einziges Mal, nicht einmal ihre Kutte verfing sich irgendwo. Er überlegte, ob sie wohl ihr ganzes Leben hier verbracht hatte, aber dann erinnerte er sich daran, dass hier vor dreißig Jahren nur Taiga war, sonst nichts. Von wo waren sie wohl gekommen? Ihm war nicht bewusst, dass die Rübenschädel schon lange hier lebten, sie waren schon hier gewesen, noch bevor die Charyňer in ihrer Nähe die ersten Holzhäuschen hochzogen.

Es kam ihm so vor, als würden ganze Sommer an ihm vorüberziehen. Charyň und das Haus der Josipovičs, das ist wie Kopenhagen, und zwischen jenem Ort, an dem er sich jetzt befindet, und dem Dorf kommt es ihm so vor, als hätte er eine riesige Strecke zurückgelegt. Die Greisin besprach irgendetwas mit der Idiotin, und dann drückte das alte Mütterchen seine Hand, sie waren angekommen. Irgendwer zog den Vorhang zur Seite und die Greisin trat ein. Sie verabschiedete sich nicht von ihm, sie war plötzlich fort. Er blieb mit der Idiotin zurück und einen Augenblick lang bekam er es mit der Angst zu tun. Er ist allein. Er ist allein und wird diesen Ort nie wieder verlassen.

Hablund konnte nach den fünf Wochen in Buros Häuschen zunächst gar nicht glauben, dass die Tür tatsächlich offen stand. Er fürchtete sich sogar ein wenig. Vorsichtig pirschte er sich an, bereit, beim kleinsten Geräusch wieder den Rückzug anzutreten.

Draußen blendete ihn sofort die Sonne. Das Fenster, durch das er die ganze Zeit über nach draußen gespäht hatte, war verschmiert, an helles Licht war er nicht mehr gewöhnt. Auch an die Weite nicht. Er blinzelte und einen Augenblick lang wurde ihm schwindlig. Und dann war alles wieder gut und zurück blieb eine unbändige Freude. Er hätte schreien können. Der Himmel über ihm schien unermesslich hoch zu hängen, und die Vögel sangen mit Stimmen, als hätten sie mit Seife vorgegurgelt. Er warf ein paar Sachen in einen der Rucksäcke, ruck, zuck, falls es sich Buro doch noch anders überlegen sollte.

Ich komme den Rest abholen, rief er ihm zu, er hätte jetzt ohnehin nicht alles tragen können, und als er sich umdrehte, um zu gehen, stand plötzlich die Idiotin Josipovičová vor ihm.

Sie hielt den Rock in ihren Händen, hob ihn nach oben und ließ ihn wieder sinken, sie schaukelte von einem Bein aufs andere und lachte. Eine verheiratete Frau, die ihrem Mann nur Schande bereitet. Buro schlug die Tür zu, er wollte diesem Schauspiel nicht länger beiwohnen. Dieser schamlose Trampel.

Die Josipovičová fasste Hablund an der Schulter und streichelte sie. Sie berührte seine Nase und umrundete mit dem Finger seine Lippen und dann nahm sie seine Hand und zog ihn mit sich, weg von Buro, irgendwohin zwischen die hölzernen Häuschen. Sie zog ihn wie ein Kind hinter sich her und Hablund sah endlich mehr vom Dorf.

Als ihn Buro am Bahnhof aufgelesen hatte, war es bereits dunkel gewesen und an den Hütten war kein Licht. Elektrizität gab es in Charyň nicht, das Wasser holte sich jeder selbst und meistens ging man einfach zum Schlammteich. Dorthin, wo Tamara zum ersten Mal die breite Brust Keke Kavaryčs gesehen und sich entschlossen hatte, alles Denkbare zu wagen, um ihn zu bekommen. Auch jetzt fand sich jemand am Schlammteich. Einige Frauen, die dort Wäsche scheuerten, und ein Haufen Kinder, der um sie herumwirbelte. Alle hatten verdreckte Gesichter, eines von ihnen wimmerte und wollte zu seiner Mutter, aber die trieb es immer wieder weg.

Manche Häuser waren so groß wie das von Buro, aber viele von ihnen waren auch größer. In der Form ähnelten sie sich. Ein Flur und dann ein einziger Raum, wo es alles unterzubringen galt. Vier Wände aus Holzbrettern, die danach aussahen, als würden sie den nächstbesten Sturm nicht überleben, alles voller Löcher und das Spitzdach war lediglich mit irgendeinem Stück Blech abgedeckt, es befand sich meist in leichter Schräglage, als würde man sich eine Mütze in die Stirn ziehen. Einen Zaun hatte offenbar niemand, ein paar Grüppchen finster dreinschauenden Viehs standen herum, sie pendelten mit ihren Schwänzen und vertrieben die Fliegen. Ein paar Kühe lagen auch beim Schlammteich. Dort, wo es eine Senke gab, voll mit braunschwarzem Wasser, und immer wenn sich eine Kuh auf ihr Hinterteil plumpsen ließ, hörte es sich an, als würde ein schwerer Stein zu Boden fallen. Auch ein paar Ziegen konnte Hablund erkennen. Sie mähten das Gras zwischen den Häusern, sprangen weiter, wenn ein Hund aus einem der Häuser hervorschoss, und dann sammelten sie sich wieder und zogen als Herde durch das Dorf. Struppige Hunde gab es genug, denen das Fell in ganzen Streifen abfiel, sie hetzten die Ziegen und Kälber durchs Dorf, den Kühen schnappten sie nach den Hinterbeinen. Einen kurzen Sommer muss man nützen. Manche Hunde waren aberwitzig, andere rührten sich kaum und streckten ihre Beine von sich, Sonnenbäder. Wenn ihnen einer im Weg lag, trat die Idiotin nach ihm, aber meistens wichen die Tiere von ganz alleine zurück.

Echte Bäume gab es in Charyň wenige und kein einziger wuchs entlang der Hauptstraße, wo Hablund mit der Idiotin entlangspazierte. Dünne, kraftlose Stämmchen mit schütter-grauem Blattwerk gab es, und wie Hablund später erfuhr, waren dies die Überreste einer Ladung Setzlinge aus Moskau, die der Verschönerung des Landstrichs dienen sollten (anlässlich irgendeines dreijährigen Jubiläums). Die Bäume waren sechsundzwanzig Jahre alt und sie würden keinen Zentimeter mehr wachsen.

Die Josipovičová zog ihn gleich wieder fort, doch Hablund konnte sie dennoch erkennen: Raubvögel mit riesigen Flügeln, irgendwo hinter den Häusern, die dort am Dorfrand über etwas kreisten, das nach einem großen Misthaufen aussah. In die Seitengässchen, die nicht wirklich Straßen waren – sie waren staubig und es fehlte an einer Begrenzung –, konnte Hablund nur einen kurzen Blick werfen (als Straße galt im Übrigen ein von Mensch und Vieh ausgetretener Pfad zwischen den Häusern). An der »Hauptstraße« wurden die Häuser bald weniger, mehr als drei oder vier standen selten beisammen. Der Landstrich war erst dreißig Jahre alt. In dieser Zeit hatte Petersburg bereits eine halbe Million Einwohner und die Eremitage hatte schon zwei Umbauten hinter sich, aber Sibirien bleibt Sibirien.

Als die Idiotin Hablund bei sich zu Hause in den Flur stupste und anschließend den Vorhang zur Seite schob, der aus Velors aneinandergenähten Gummihandschuhen bestand (jenen, mit denen er das Vieh zur Welt brachte), konnte man sich – welch Überraschung – auch in diesem Raum kaum rühren. Velor Josipovič saß, die Hände an den Knien aufgestützt, in seinem Sessel, an einem niederen und länglichen Tisch voller Essen, daneben hockten seine Schwiegermutter und einige weitere, die sich ebenfalls stumm an ihren Knien hielten. Es sah ganz so aus, als würde diese Stille schon seit jenem Augenblick herrschen, als Hablunds Zug im Charyňer Bahnhof eingefahren war. Er wiederum wusste nicht, was er mit seinen Händen tun sollte, und sein Russisch kam ihm plötzlich sehr dürftig vor. Josipovič nickte einer der Frauen zu, die sich wortlos erhob und hinter die Stühle auf den Boden setzte, er gab Hablund zu verstehen, dass er doch Platz nehmen möge, seiner Frau warf er allerdings einen bösen Seitenblick zu. Sie brachte doch immer irgendetwas nach Hause mit. Die Rübenschädelkinder etwa, mit denen sie bekannt war, die kamen ständig zu ihnen zum Essen, und wenn sich mal ein Fremder zeigte, pickte sie ihn gleich auf und nahm ihn, dämlich, wie sie war, sofort mit, um ihn ihrem Mann zu zeigen.

Ab und an musste er sie verprügeln, wenn sie etwa die Tür offen ließ und irgendwo herumstreunte, während die Kälber ins Haus trotteten, um sich unterzustellen, aber sonst war er durchaus der Meinung, dass sie schlicht zu dumm war, um etwas von diesen »Ungeheuerlichkeiten« absichtlich zu verbocken. Sie schleppte mal wieder einen daher, und weil nicht klar war, wer das eigentlich sei, nickte Velor der Schwägerin zu, damit der sich setzen konnte.

Die Rübenschädel hatten »Zuckerkugeln« mitgebracht, sie hatten fettiges Mehl in Zucker gewälzt, irgendwo auf einem Stück Blech vor ihren Hütten, nun lag alles auf Velors Tisch, zwischen dem aufgeschnittenen Brot und den Zwiebeln. Dem Toten wurde die letzte Ehre erwiesen, immerhin war er der Vater seiner Gattin, dieses glatthäutigen Mädchens mit den großen Hasenaugen. Auf dem Schoß der Idiotin schaukelte die gerade mal sechsmonatige Tamara, ein Fetzenbündel mit dünnen Ärmchen, die sie ausstreckte, um der Mutter ans Haar zu fassen.

Der familiäre Zusammenhalt, dem einfache Kulturen für gewöhnlich hohe Wertschätzung zukommen lassen, gefiel Hablund. Auch die Verbrüderung beim Wodka und all das Staunen, was seine Brusttaschen (mit Zippverschlüssen) nicht alles fassen konnten. Er war froh, endlich frei zu sein, vor allem musste er nicht mehr auf diesen

Blechbottich seine Notdurft verrichten, der dann bei Buro den ganzen Tag lang nach Urin stank. Er kostete die saure Milch, den klumpigen Käse und das aufgeblähte Weißbrot, mit dieser weichen Butter aus frisch aufgeschlagener Sahne. Es ist nicht auszuschließen, dass sie solche auch in dänischen Dörfern servieren, dachte er sich, aber dort war Hablund nie gewesen.

Die Idiotin gefiel Hablund. Sie zerbrach sich niemals den Kopf und allem Anschein nach hatte sie etwas für ihn übrig. Sie stellte ganz besonders gute Essensstücke vor ihm ab, und wenn sie etwas holen ging, fühlte er, wie sie mit ihrem Bauch seinen Rücken entlangstrich.

Velor fiel das nicht auf. Er wollte diese »Zusammenkunft« möglichst schnell hinter sich bringen. Die Rübenschädel vergnügten sich ohne Ende. Sie grunzten und zeigten auf Hablund, als könnten sie nicht sprechen, Hablund lächelte ihnen dämlich zu, es war beinahe so, als würde er in den Sucher eines Fotoapparates schauen, vielleicht sah er sich schon mit einem ganzseitigen Interview (und Foto) in einigen dänischen Zeitungen abgedruckt, er überlegte wohl, was der geeignetste Hintergrund für diese Aufnahme wäre. Bei den Josipovičs waren so viele Menschen, dass man nicht wirklich erkennen konnte, wie es im Hausinneren aussah. An der Wand hing – das fiel Hablund auf – ein Stück zugeschnittenen Teppichs (mit Berggipfelmotiven), er überlegte, ob das zur Zierde war oder doch die Zugluft vermindern sollte. An einigen in den Wänden eingeschlagenen Nägeln hingen kleine Drahtschlingen und daran dann verschiedene medizinische Instrumente, Zangen, lange schmale Messer (sie ähnelten jenen der

Eskimos, die damit Robben ausnahmen), daneben hingen auch noch jede Menge Töpfe. Wohl eher zur Desinfektion (von Velors Utensilien) als zum Kochen, wo er doch von seiner Frau zu behaupten pflegte, dass eine Idiotin und der Haushalt nicht vereinbar wären.

Hablund gefiel es gar nicht, wie Velor von ihr sprach. Er erzählte, dass sie ein Holzkopf sei, und klopfte dabei auf eine Kokosnuss. Hablund imponierten diese »animalischen« Frauen. Doch in dieser seltsamen Gesellschaft mit fest verankerten Bräuchen, wie er sich Naturvölker nun mal vorstellte, galt eine unangepasste Frau wohl schnell als Idiotin. Allerdings, als sie sich ihren Rock bis über den Kopf hochgezogen und die zwei Fetzen, die sie darunter trug (während sie Hablund von Buros Hütte aus beobachtete), zum Besten gegeben hatte, da war er sich selbst nicht mehr sicher gewesen, ob sie noch alle Tassen im Schrank hatte. Sie gefiel ihm, aber bestimmt lag das auch am Alkohol. Auch Marianne war eine Tigerin. Kaum zwinkerte sie ihm einmal zu, schon ließen sie in der Hansenstraße die Rollos nach unten rauschen. Und diese Josipovičová war auch noch völlig ungebildet. So jemand weiß gar nicht, was man darf und was nicht, und bei solchen Fantasien überkam Hablund ein wahres Wohlgefühl, das noch viel größer war als jenes, das sie mit den Berührungen seines Rückens ausgelöst hatte.

Die Zusammenkunft bei den Josipovičs löste sich langsam auf, ohne großartige Abschiede. Sie formten aus ihren Kitteln (vor ihrem Bauch) eine Art Tasche und die Josipovičová schüttete ihnen Kekskrümel hinein, einem jeden ein kleines Häuflein. Den Vater der Idiotin hatten sie in den letzten Stunden reichlich über den grünen Klee gelobt, ihre Schuldigkeit war getan. Der Verblichene war ohnedies nur ein gewöhnlicher Alkoholiker gewesen, der, kaum der Brust entwöhnt, nahtlos mit dem Trinken begonnen hatte, er war in seinem Stühlchen gesessen und das »Wodkaleben« war in Windeseile vorübergezogen. Irgendwo zwischen seinen Delirien hatte er ein paar Kinder gezeugt, die Idiotin Josipovičová war allerdings die Einzige, die jemals der Rübenschädelkolonie den Rücken kehren durfte. Alle beneideten sie, doch es schien, als wäre sie sich ihres Glückes nicht wirklich bewusst. Sie lief so oft zu den Ihrigen, dass die »ordentlichen« Charyňer mit dem Finger auf sie zeigten. Es schützte sie lediglich die Gleichgültigkeit und auch die Angesehenheit von Velor Josipovič, den alle irgendwie brauchten. Nur ab und an muss er ihr wirklich eins aufs Maul geben, damit mal kurz Ruhe ist, auch um ein Zeichen zu setzen, dass es bei ihm »zivilisiert« zugeht, selbst wenn die Idiotin immer wieder die Tür offen stehen lässt und mit Männern herummacht.

Nach dem Begräbnis war die Mutter der Idiotin am längsten bei den Josipovičs sitzen geblieben. Eine Frau, deren Eltern auch Alkoholiker gewesen waren, und so hatte sie sich schließlich einen Alkoholiker zum Mann gewählt. Eheurkunden gab es bei den Rübenschädeln keine, es genügte, wenn die Frau dem Mann bei der Rübenschädelquelle kurz mal den Kittel scheuerte, und wenn dieser irgendwo dann bewusstlos liegen blieb, rief man schließlich sie und sie selbst musste ihm einen Eimer Wasser drüberschütten. Sie hatte keinen Grund zu trauern. Mit dem zahnlosen Greis hatte sie in den letzten Jahren nur Sorgen gehabt, aber die würden ihr – auch ohne ihn – erhalten bleiben. Wie man den Winter überlebt, wo man sich ein paar Fetzen besorgt, wohin mit den Kleinen, wenn sie in einer der Töchter keimen, und in der Hütte ist es auch überall undicht. Ihre Töchter hatten sich die Männer nach den Kriterien gewählt, die sie von der Mutter kannten (abgesehen von der Idiotin), Vorwürfe konnte sie ihnen wirklich keine machen. Im Übrigen ist sie nicht einmal mit Velor zufrieden. Die Rübenschädel hatten ihm – wie auch allen anderen hier – dabei geholfen, sich ein Häuschen zu bauen, und kaum kamen sie morgens zum Bau, war schon Feuer am Dach, dabei war es nicht einmal Mittag. Dass sie angeblich viel zu spät kämen. Es ist doch ein weiter Weg, quer durchs ganze Dorf, und zu allem Übel, Velor weiß doch gar nichts über sie. Er kommt nur dann, wenn sie ihn inständig darum bitten, nur wenn irgendwer im Sterben liegt, sonst würden sie es gar nicht wagen, ihn zu belästigen, und er denkt sich wohl, dass es bei ihnen immer so zugeht, wenn er mal kurz vorbeischaut, mit seinen gekämmten Haaren. Dass alle nur herumgrunzen und in ihren Decken liegen. Dabei hatten sie diese nur wegen dem Kranken hoch aufgehäuft, und sie waschen sich wirklich, die Frauen kämmen sich regelmäßig und alle haben ihre getrennten Haushalte. Wie bei den Russen. Wie bei diesen »Sauerquarks« mit ihren schmutzigen Nägeln. Alle hier haben dreckige Nägel, wie könnte man in der Taiga sonst leben. Mal abgesehen von Velor, der sich fünfmal am Tag die Hände wäscht und nicht wirklich viel zu tun hat. Zum Glück hat er unsere Idiotin. Der kann sich richtig glücklich schätzen, wer würde ihm sonst seine Hände aufwärmen? Die Idiotin wird noch einen Buckel davontragen, vom vielen Wasserschleppen, noch bevor ihr Kind fünf

Jahre alt ist, wird sie verbraucht sein. Die alte Frau zwinkerte Tamara wohlwollend zu, ihrer Enkelin, die aus dem Bündel in den Armen ihrer Mutter hevorlugte, sie kitzelte sie ganz leicht am Augenlid.

Hablund wusste nicht einmal mehr, wie er nach draußen gekommen war. Velor hatte ihn wohl hinausgeschoben, er war froh, die Verpflichtung, seine Schwiegermutter begleiten zu müssen, los zu sein. Auf einem Holzkarren wollte Mütterchen Josipovičová nicht gefahren werden. Es soll sie ruhig das ganze Dorf sehen, in ihrer lumpigen Begräbnisrobe, sie möchte lieber den ganzen Weg von den Josipovičs bis zur ihrer Hütte zu Fuß gehen, aufrecht wie eine Kerze. Es wird sie hier ohnehin keiner bemerken. Hier hat man sie längst begraben. So wie die Charyňer Vergangenheit, all die Dinge, über die man heute nichts mehr weiß.

Krasochins Grüppchen, das sich für eine feige Flucht entschied, all die lederhäutigen Jägersmänner, die sich in Charyňer Winternächten gegenseitig totstachen, allen Versprechen zum Trotz, die in der Taiga nur so lange gelten, bis der letzte Brotbissen zu Stein erstarrt, und die Sonne, die blinkt nur kurz auf und fällt sofort wieder vom Horizont. Sie konnten nicht einmal mehr ihre Gesichter erkennen, und nun denkt schon seit Jahrzehnten keiner mehr an sie. Sie blieben eine Weile im Schnee abgedrückt, der Schnee war dann aber getaut und die Gesichter verloren sich, sie wurden zu Schlamm und irgendwann waren sie für immer verschwunden.

Die alte Frau schleppt sich Schritt für Schritt weiter, auf der einen Seite stützt sie die Tochter, auf der anderen Hablund. Der Neue fällt ihnen auf. Das Gesicht des Neuen, das der

Idiotin gefällt, von nun an würde ihn der Doktor von früh bis spät im Haus haben. Angeblich hatte er zuvor schon bei Buro gelebt. Der hielt ihn einen ganzen Monat lang bei sich und fütterte ihn ordentlich durch. Er sieht nun viel besser aus als noch vor jenen fünf Wochen, als sie kamen, um ihn schlafend in der Hütte zu bestaunen. Hat es ihm keiner gesagt, dass er lieber nicht nach draußen hätte gehen sollen?

Niemand kennt ihn doch.

Wartet nur ab, bis der Winter kommt.

Der wird den Frühling nicht erleben.

Als würden dies die armseligen Bäumchen flüstern, die so langsam abstarben, dass Hablund einem jeden Blatt dabei hätte zuschauen können. Als ob die Häuser still vor sich hin kicherten, und jedes Kind, das vorbeilief, verbarg etwas unter seinen Kleiderfetzen. Warum konnte er hier nur so schwer Gesichter erkennen? Gesichter, bei denen er sich vergeblich einzureden versucht, dass sie ihn gar nicht wirklich interessieren.

Vor ein paar Augenblicken hatte er sich bei den Josipovičs so gefühlt, als befände er sich gleich irgendwo hinter dem Uralgebirge. Konfetti und Trinksprüche auf die brüderliche Eintracht, Hausrat und eine schweißtriefende Hütte, erst jetzt fühlte er sich in Charyň aufgenommen. Zum ersten Mal nach einer langen Zeit summte es ihm wohlig im Kopf.

Natürlich wusste Hablund nicht, was ihn erwarten würde. Und hätte er es gewusst, er hätte kein Wort davon geglaubt. Jetzt vielleicht schon. Als sie die Greisin auf ihrem Rückweg begleiteten, die irgendetwas vor sich hin murmelte, die Idiotin ging wie eine Puppe neben ihr und schaute ins Leere, während sie langsam die Siedlung verließen.

Was bleibst du stehen, bist du dämlich?

Sie zog Hablund an der Hand, wie ein kleines Mädchen. Sie war Mutter eines Kindes, eine Frau Doktorin, und noch nicht mal zwanzig Jahre alt. Sie zitterte vor Kälte. Er fand seine Fassung wieder. Komm zu mir, erklang es aus der Dunkelheit.

Er wollte es sich nicht eingestehen, doch hatte er die Hosen voll. Er wusste nicht, wo er sich gerade befand, ins Dorf würde er nicht mehr zurückfinden und er war hier mit einer Waldhexe gefangen, die sich irgendwo in der Dunkelheit verbarg. Wo bist du? Wieder spürte er die Hand der Idiotin. Sie fischte nach ihm und er fischte nach ihr. Ihm schoss durch den Kopf, dass, wenn sie hier noch zehn Minuten gemeinsam sich selbst überlassen blieben, etwas passieren könnte, was er am nächsten Morgen bedauern würde.

Gehen wir.

Er gab den Befehl oder versuchte das zumindest, und brach irgendwohin auf. Er stolperte ständig über irgendwelche Sachen. Die Häufchen lärmten und wurden durcheinandergewirbelt, Deckel oder Ähnliches, ein paar Mal fiel er fast über die Schnüre irgendwelcher Zelte. Er hoffte, dass ihm die Idiotin folgen würde. Bei all dem Lärm, den er machte, würde sie ihn wenigstens finden. Erstaunlicherweise kroch niemand aus den Verschlägen, um ihm irgendetwas anzudrohen. Es schien, als würden die Rübenschädel schlafen. Als würde die ganze Siedlung tief und fest schlummern. Das beruhigte ihn ein wenig, doch vom Weg kam er immer mehr ab. Dass er in die richtige Richtung unterwegs war, er würde es nur erkennen, falls er dieses dreckige Rinnsal erreichen sollte. Aber was, wenn es davon mehrere gab? Außerdem hatte er das Gefühl, dass die Idiotin um ihn herumschleicht und absichtlich schweigt.

Sollte er sie rufen – Idiotin? Und so hielt er lieber den Mund, und ob es nun Halluzinationen oder doch ihre Hände waren, die ab und an um seine Schenkel strichen, wer weiß. Er würde immer weiter gehen, wohin ihn die Beine auch tragen. Wenn er bis zum Rand der Taiga läuft, wird er dies schon erkennen und sich dann entlang der kleineren Bäumchen auf den Rückweg machen, bis er schließlich wieder Charyň erreicht. Doch schon bald wusste er nicht mehr, an was er sich eigentlich hätte orientieren sollen. Er dachte, er könnte dies am Wald tun, doch kam es ihm so vor, als würde er tiefer und tiefer darin verschwinden, und anstatt den Häusern näher zu kommen, verlor er sogar die Hütten aus den Augen, die sich eben noch an seiner Seite befunden hatten. Er war nun fest entschlossen, irgendwo anzuklopfen, so lange, bis ihn irgendjemand einlässt. Er hämmert und trampelt über das Holz, panisch, als würde ihn die Sommernacht gleich verschlingen.

Schließlich schlief er in der Morgendämmerung ein, auf ein paar Stiegen. An jenem Ort, wo sich Krasochins Männer einst gelobten, dass keiner von ihnen je ein Wort darüber verliert. Alle leierten ihre Versprechen ab und ein dürrer Geistlicher, der sich bei ihnen befand, nickte die zwölf Versprechen der zwölf Männer zwölf Mal ab, angeblich schrieben sie es auch noch auf und verschlossen alles später in einer Truhe. In diesem Landstrich, wo nur der Stumpfsinn regiert, alle freuten sich, da wegzukommen, nach Hause. Der dürre Geistliche bekam von jedem Mann einen Handkuss auf seine Fingerspitzen gehaucht, sie töteten ihn schließlich einige Kilometer weiter entfernt. Die Taiga ziert bis heute noch sein Grabhügel. Sie hatten ihn sorgfältig errichtet, ihr Marsch hatte sich dadurch um gut eine Woche verzögert. Und weshalb? Gewissensbisse, die sie ohnehin nicht plagten? Dieser Grabhügel schaut aus der Ferne wie ein Steinhaufen aus, versenkt im Moos. Klauen, Gelenke und der Schädel des heiligen Mannes, von dem bis heute überliefert bleibt, er sei während des Marsches an einer heimtückischen Krankheit verstorben, als Krasochin und seine Getreuen auf der Flucht waren. Angeblich fing es mit schmerzenden Lippen an und endete in Blindheit. Wie der dürre Geistliche sein Ende fand, verriet keiner dieser Männer jemals, so wie sie es einander versprochen hatten.

Es befand sich ein Stück hinter dem Graben. Das erste verlassene Haus lag so nahe bei den Rübenschädeln, dass man es verfallen ließ. Kaum ist der Winter um, schlagen die Rübenschädel die Fenster ein und eine ihrer Familien zieht dorthin um. Am Boden stellen sie ein paar Töpfe ab, vor der Tür machen sie sich ein Feuerchen und alles gehört dann ihnen. In Charyň verbreitet sich dann die Nachricht, dass sich die Grenze nunmehr nicht mehr hinter dem Rinnsal befinde, sondern bei Jordyševs Haus, und alle ordentlichen Bürger nehmen das zur Kenntnis.

Den Weg von Jordyševs Haus bis zu den Josipovičs fand Hablund dann am frühen Morgen. Velor war bereits weg und die Josipovičová schlief noch. Tamara kuschelte sich an deren Brüste, ihre Haare lagen schön aufgefächert, wie ein Heiligenschein. Er erinnerte sich daran, wie ihm danach gewesen war, in der gestrigen Nacht zu beten, und auch daran, dass er seine meisten Sachen noch bei Buro hatte.

Dessen Haus fand er leicht. Es schien ihm jetzt noch kleiner und aufgeräumter zu sein. Kleiner, verglichen mit jenem der Josipovičs, und aufgeräumter, wenn er an all das Durcheinander dachte, das er letzte Nacht gesehen hatte. Er klopfte. Nichts. Er hämmerte noch einmal gegen die Tür. Kein Geräusch war zu vernehmen.

Buro schlief manchmal so fest, dass Hablund eines der Regale hätte umstoßen können. Jetzt aber war er wirklich fort. Hablund spähte durchs Fenster hinein, auch Buros Mantel und die Taigaschuhe waren weg. Und dann hörte er das Rascheln jener Schachtel, gleich in der Nähe der Toilette. Keke zog sein Spielzeug hervor und Larissa stand in seinem Rücken, die Hände an die Hüften gestützt, wie eine bayrische Bäuerin.

Er hat fettige Arme, dieser fremdländische Mann, der von irgendwo aus der Ferne kam. Er gefiel ihr kein bisschen. Er kam, um nach seinen Sachen zu sehen. Wie gut, dass sie die längst bei sich hatte. Buro hatte sie ihr ausgehändigt, bevor er in die Taiga aufgebrochen war, um irgendwelchen Pelztierjägern Mehl zu bringen. Die Sachen des Fremden, der sich selbst eingeladen hatte, hatte sie schon durchgewühlt und nach ihrer Wichtigkeit sortiert. Die meisten Dinge waren zu nichts zu gebrauchen. Eine Tasche war voller verfaulter Früchte und aufgeblähter Konservendosen. Damit würde er sich noch vergiften, bevor der Ältestenrat einen Beschluss gefasst hat, was nun mit ihm passieren soll.

Hablund zog sich später bei Larissa um, spielte etwas mit Keke und schenkte Larissa ein paar Winterdamenschuhe, Marke »Magasin du Nord«. Ihre Holzunterlage zum Zwiebelschneiden, die Metallhalterungen (zum

Wäscheaufhängen) und all die hölzernen Gefäße, die sie besaß, die hatte er schon bei Buro gesehen, der sie mit allem versorgte. Im Gegenzug nähte Larissa für Buro Fellmützen. Aus Fellen, mit denen ihn die Jäger bezahlten, die sich so seine Dienste sicherten. Auch wenn sie nicht miteinander lebten, ihr Tauschhandel funktionierte offenbar.

Seine Sachen hätte sie allerdings nicht in Ordnung bringen müssen, brummte Hablund und er brachte die Dinge, die sie zuvor sortiert hatte (vom Größten bis zum Kleinsten), wieder in sein eigenes Durcheinander.

Als er zu den Josipovičs zurückkehrte, war Verlor bereits zurück. Der Raum dampfte und es roch nach Seife, er legte gerade seine Schmutzwäsche in einen Bottich und notierte sich irgendetwas, die Idiotin und das Kind schliefen schon wieder. Er zog all seine Sachen hervor, zum ersten Mal konnte er seinen Proviant richtig ausbreiten. Er überlegte, welches Geschenk Velor wohl gefallen würde, und entschied sich schließlich für die Pfeife, während ihm der Doktor wortlos einen Stapel weißer Bettwäsche reichte. Halte mal. Er versuchte zu erraten, ob sie sich nun einer Geburt, einem kranken Kind (Diphtherie) oder dem Verstorbenen widmen würden, um ihm etwa die Augen zu schließen, doch Velor schickte ihn in den Flur und befahl ihm, zu warten. Hinter einem aus Zeitungen zusammengeleimten Papiervorhang befand sich ein Abstellraum (den Hablund und Marianne in Kopenhagen auch hatten), dort stand ein verpacktes »Ding«, das die Höhe eines Menschen aufwies, es war nur schwer anzuheben. Jeder packte es dann an einer Seite und unter Velors Anleitung legten sie es schließlich auf den Boden. Der süßliche Geruch erinnerte an fauliges Fleisch. Velor rollte es wie einen Teppich aus und Hablund lehnte sich an die Wand, um nicht einzuknicken. Vor ihm auf dem Boden lag der tote Vater (von der Idiotin), mit einem milden Gesichtsausdruck, wie er ihn wohl stets gehabt hatte, wenn er morgens den ersten Schluck nahm. Velor packte ihn in die saubere Bettwäsche um und dann schulterten sie den Leichnam. Abgesehen von den Befehlen, nach links oder rechts, schwieg Velor weiterhin. Er war geschickt und machte das wohl nicht zum ersten Mal.

Als sie durch die Siedlung gingen, nickte ab und zu jemand und Hablund stieß mit der Last versehentlich einige Male gegen einen Baum, als sie eine Drehung vollzogen. Sie gingen bis zu jenem Platz, wo sich diese »letzten Vögel« trafen, dort legten sie den Greis auf den Boden, gleich neben anderen verwitternden Teppichrollen. Ein paar sahen recht neu aus, aber bei den meisten konnte man gut die Silhouette einer Gestalt erahnen, sie waren von nässenden Flecken übersät und von Raubtieren umgeben, die den Stoff schon bald in Fetzen rissen.

Velor arbeitete auf zwei »Baustellen«. Morgens zog er los, um das Futter für das Kolchosenvieh abzuwiegen, und an den Nachmittagen oder Abenden streifte er durch den Landstrich, mit seiner großen Arzneitasche aus Rindsleder. Man hatte sie einst mit irgendeinem anderen Inventar als »Ersten soldatischen Hilfsbehelf« hierhergebracht und Velor rieb sie regelmäßig mit Öl ein, damit sie immer schön glänzte. Die Instrumente darin genügten für die meisten Eingriffe, für die er von den Charyňern gerufen wurde. Er machte das meistens heimlich, denn es gab eigentlich einen

Doktor in Charyň, wer sich's aber aussuchen konnte, der machte einen großen Bogen um ihn.

Doktor Bovník sägte einem gern die Beine ab, wenn mal die Nägel eiterten, und wenn er jemandem mit seiner Spitzhacke den Zahn zog, war es keine Seltenheit, dass dann auch nahezu alle anderen noch gesunden Zähne von ganz allein ausfielen. Es gab allerdings auch solche, die diese Prozeduren absichtlich über sich ergehen ließen. Das »Überweisungsschriftstück« des Doktors, das zur Behandlung in einem ordentlichen Krankenhaus führte, war für einige die einzige Möglichkeit, aus Charyň wegzukommen. Nur dann verkaufte man den Rübenschädeln am Bahnhof eine Fahrkarte, und daher waren so viele von ihnen – so die vorherrschende Meinung – auch andauernd krank.

Velor durfte keine solchen »Überweisungen« aussprechen. Offiziell war er in Charyň in der Kolchose tätig, er wurde nur dann gerufen, wenn jemand wirklich Hilfe brauchte.

Nachdem sie den Verblichenen versorgt hatten, nahm Velor Hablund in seine Arbeit mit. Sie brachen mit ein paar Leinentaschen auf (darin etwas Käse und Brot, die von der Begräbnisfeierlichkeit übergeblieben waren), ließen das Dorf hinter sich und gingen bis zum Areal der landwirtschaftlichen Genossenschaft. Auf dem Weg dorthin begegneten ihnen einige abgebrannte Hausruinen, was – so Velor – schon mal passieren kann (aus Unachtsamkeit), an anderen Häusern waren die Fenster eingeschlagen. Die Häuser der »Unzufriedenen«, die all ihr Hab und Gut in Taschen packten, um unter irgendeinem fadenscheinigen Vorwand zu verschwinden. Die Verwandten solcher Abtrünniger mussten im Dorf – so der Charyňer Ältestenrat – ordentlich mit anpacken, damit sich jene, die vielleicht ähnliche »Hasengedanken« hegten, das gut überlegten, weil es ihre Verwandten schließlich ausbaden müssten. Solche »Verwandte« waren es auch, die gerade den neuen Bahnhof bauten, und Velor war der Meinung, dass sie eine solche Strafe auch verdienten.

Wer Charakter hat, der kehrt Charyň nicht den Rücken. Ein jeder hat hier schließlich seine »vaterländische Pflicht« zu erfüllen und der Ältestenrat muss irgendwie für Disziplin sorgen. Velor war in Charyň, weil es die Partei so gewollt hatte. In Smolensk musste er seine Familie (mit drei Kindern) zurücklassen, er hätte nicht im Traum gedacht, dass er mit vierzig Lenzen noch einmal von vorne beginnen würde. Sich für einen Zugfahrschein von Doktor Bovník die Zähne ausschlagen zu lassen, da war es doch viel einfacher, eine neue Familie zu gründen. Als »Umgesiedelter« hatte er prinzipiell auf einen Fahrschein ebenso wenig Anrecht wie die Rübenschädel, und doch stimmte er bei den Versammlungen des Ältestenrates, wenn es um die Familien der Abtrünnigen ging, stets für die härtesten Strafen.

Velor und Hablund erreichten ein kleines Nebengebäude der Kolchose, wo man das Futter abwog, Gemahlenes und Schrot für das Kolchosenvieh (allerdings auch Produkte für die Charyňer Bevölkerung), soeben stand der Schichtwechsel an. Sie wurden von einem jauchzenden und emsigen »Fünfergespann« empfangen, Männer, die gerade von irgendwoher ihre Werkzeuge holten.

Hablund erinnerte das an ein paar feierliche Mitschnitte, die zu Kriegsende in Leningrad aufgenommen wurden, er und Marianne verfolgten die Sendung im Kopenhagener Radio. Auf eine freie Fläche vor Velors Arbeitshäuschen wurden ein paar Karren abgestellt, hölzerne Vehikel voller Weizen, Hafer, schlammiger Karotten und Heu, Velor wog alles ab, die Nummern notierte er in einem großen Block und von Zeit zu Zeit gab er demjenigen, der mit der Karre anfuhr, ein Zeichen und der nickte dann zurück. Die Waage war einfach beschaffen. Ein Mechanismus mit Rollen und eisernem Waagebalken, das Gewicht wurde Velor mittels Zeiger und Markierung angezeigt. Velor, der sich vor der Arbeit an der Waage stets eine Brille aufsetzte, sah aus wie ein eifriger Laborant und er fertigte eine Karre nach der anderen ab. Das Häuschen, in dem Velor bei Hitze und Kälte täglich mehrere Stunden verbrachte (oft auch an Wochenenden), maß zwei mal vier Meter, es gab einen Tisch, einen kleinen Ofen und ein Matratzenbett zum Ausruhen, manchmal musste er schließlich auch über Nacht bleiben. Es schien so, als ob die Kolchosen, allen Meldungen, die Hablund zur Kollektivwirtschaft in Europa gehört hatte, zum Trotz, erfolgreich agierten. Rostige Zäune, ein Gebäude mit provisorischem Dach, einen Haufen Schutt mit Holztrögen und Ochsengeschirrresten, all das sah er dort zwar liegen, aber es gab auch sehr viel »Betriebsamkeit«. Velor wischte sich ständig den Schweiß von der Stirn.

Nur Tiere konnte Hablund nirgendwo erkennen. Fliegenschwärme und Gestank, das gab es schon, aber Kühe oder Schweine waren bei Velors Häuschen nicht zu sehen und sie befanden sich wohl auch nicht in den angrenzenden Gebäuden. Hablund ging los, um einen Blick darauf zu werfen, Velor hatte heute besonders viel zu tun, doch er wies ihn noch ausdrücklich darauf hin, dass ihm ohne eine Sondergenehmigung der Zutritt dort verboten sei. Hablund fragte dann nach, ob die Tiere, die im und ums Dorf grasten, der Kolchose gehörten, doch Velor konnte ihm keine eindeutige Antwort darauf geben.

Er hätte gerne auch mit ein paar anderen Arbeitern gesprochen, aber es schien so, als ob die auch alle Hände voll zu tun hätten. Als die Schicht zu Ende ging und sie sich schon auf den Heimweg machen wollten, vernahm Hablund plötzlich Motorengeräusche, die zu keinem Wagen gehören konnten. Während sich Velor noch umzog, ging er in Richtung des Lärms, wohin er eigentlich nicht gehen durfte. Hinter die leeren Gebäude und Betonhallen, aus denen rostige Drähte ragten, als hätte man sie erst zu bauen begonnen, auf einem mit Holzbrettern »gefliesten« Plätzchen (mit asphaltierten Fugen) standen drei kleine Propellerflugzeuge mit laufenden Motoren. Vier Männer luden geflochtene Körbe aus, Karotten und Gerste darin, und ein Fünfter schraubte am Fahrgestell herum. Da schau her, so funktioniert das also mit den Kolchosen.

Nachdem er mit Velor wieder in die Hütte zurückgekehrt war, musste er sehen, dass die Idiotin immer noch schlief. Tamara spielte mit den Haaren ihrer Mutter, sie wirkte zufrieden. Velor nahm das Kind hoch, liebkoste es und legte es wieder zurück ins Bett. Beinahe hätte er in diesem ganzen Wirbel auf den Brief vergessen.

Velor schrieb Naděžda jede Woche nach Smolensk, und jeden Montag ging er mit dem Brief los, um ihn bei der alten Irina abzuliefern. Hablund freute sich, weil er nun endlich in Erfahrung bringen würde, wo sie hier ihre Post haben, und er sich dann auch bei Marianne melden könnte.

Auf dem Weg zur Post entdeckte Hablund einen Teil der Siedlung, den er noch nicht kannte. Irgendeinen Versammlungsplatz mit Ochsenschädeln, die man auf Stangen gespießt und in den Boden gerammt hatte, es gab auch einen neu gestrichenen roten Stern, der mit Drähten fixiert worden und auf noch höheren Stangen aufgehängt worden war. Darunter lagen auf einem Haufen ein paar mit Stoffen umwickelte Zahnräder, ein Stück hohles Eisenrohr und einige Schuhabsätze. Das Plätzchen mit dem Heldendenkmal hinter dem Bahnhof ist das Werk des neuen Ältestenrates, aber einige Charyňer treffen sich lieber hier, erklärte Velor, und als sie im Begriff waren, an dem Haufen mit den Schuhabsätzen vorbeizugehen, zog er plötzlich einen Knopf aus der Hosentasche und warf ihn dazu.

Du hast gar nichts?

Er blickte Hablund streng an und erinnerte sich daran, wie »schwammig« sich dieser Mann angefühlt hatte, als sie ihn damals bei Buro abgetastet hatten. Angeblich besitzt er gar keine Papiere und nicht einmal der Ältestenrat weiß etwas darüber, dass man jemanden hätte in Empfang nehmen sollen.

Du gibst nichts?

Er schnauzte Hablund an.

Hablund zog ein angeschneuztes Taschentuch aus seiner Hosentasche und stülpte all seine Taschen nach außen, um deutlich zu erkennen zu geben, dass er nichts bei sich hatte. Velor gab ihm zu verstehen, dass dieses Taschentuch besser wäre als gar nichts, er riss es ihm aus der Hand und warf es auf den Haufen. Hablund schwor sich, von jetzt an immer die Kamera und den Fotoapparat mitzunehmen, sogar dann, wenn er alles auf einem Karren hinter sich herziehen müsste, denn so eine Aufnahme vom »kommunistischen Gehabe« würden sie ihm in Kopenhagen förmlich aus der Hand reißen.

Die Post lag nicht weit vom Bahnhof entfernt, sie gingen in einem Bogen durch das Dorf. Das sorgfältig weißblau gestrichene Holzhaus sah beinahe wie die Umkleidekabine eines Schwimmbades aus. Die Türen schlossen sich von allein (Sprungfedern) und draußen befand sich ein entrindeter Pfahl, wo man sein Pferd anbinden konnte. Einen Wagen besaß in Charyň damals angeblich nur der Ältestenrat, aber Hablund sah die ganze Zeit über keinen einzigen.

Irina begrüßte Velor Josipovič, als wären sie alte Bekannte. Für Naděžda, für Naděžda, summte sie und Hablund wusste nicht, ob sie froh war, ihn zu sehen, oder ihn hänseln wollte. Er fragte, ob er von der Post aus telefonieren könnte.

Ein Telefon, das war damals noch was. Selbst bei ihnen in der Hansenstraße war es nicht selbstverständlich, dass man eines hatte und es passierte oft genug, dass einer der Nachbarn zu Hablund und Marianne kam, um zu telefonieren. Oder es klingelte das Telefon und die Stimme im Hörer verlangte einen der Nachbarn. Hätten sie gewusst, wie viel Scherereien sie damit haben würden, sie hätten noch gewartet.

Zu Hablunds Überraschung schien es mit dem Telefonat keinerlei Probleme zu geben. Er diktierte Irina die Nummer in der Hansenstraße und die dänische und Kopenhagener Vorwahl. Als wäre es ihr soeben eingefallen, sagte Irina plötzlich, dass sie erst nachfragen müsse, und dann verschwand sie irgendwohin.

Sollte Marianne gerade nicht zu Hause sein, er würde dann wenigstens in der Firma anrufen, dachte er sich. Der Absatz an Verbandsstoffen, Pflastern und Binden war eineinhalb Jahre nach dem Krieg recht eingebrochen, es gab Einbußen von bis zu zwei Dritteln. Damals hatten die dänischen Behörden alle ermuntert, Unternehmer sollen sich doch um Reichsaufträge bemühen. Auf diese offizielle Verlautbarung berief sich Hablund, als sie ihn später der Kollaboration bezichtigten. Er kooperierte doch nur. Das Gleiche tat schließlich auch die dänische Regierung. Von den siebentausend Juden waren doch nur dreiundfünfzig gestorben. Eine Kooperation zahlt sich immer aus. In der Zeit, als er bei Buro wochenlang eingesperrt war, hatte sich Hablund einige Ideen überlegt, um den Verkauf in seiner Firma anzukurbeln. Nur mit Apotheken zu arbeiten, das würde nach dem Krieg nicht mehr ausreichen, dachte er sich und sortierte schließlich all seine Einfälle, bis Irina endlich zurückkehrte und ihm mitteilte, dass man offenbar irgendwo das Telefonkabel durchtrennt hatte und sie keine Verbindung herstellen konnte. Er soll es in ein paar Tagen wieder probieren, Telefonkabel sind in den kleineren Gemeinden schließlich eine Sache der Partei und die Genossen würden bestimmt schon daran arbeiten.

Bei den Josipovičs herrschte mittlerweile rege Betriebsamkeit. Die Idiotin kochte Haferbrei, im ganzen Haus roch es nach Verbranntem. Tamara brüllte wie am Spieß und vor dem Haus saßen zwei Rübenschädel. Gleich als Velor kam, warfen sie sich ihm vor die Füße und weinten. Auf einem Holzkarren lag ein geschlachtetes Kalb, Josipovič könne es gern behalten, er solle sich nur beeilen, sie würden ihn auch wieder zurückführen.

Velor forderte Hablund auf, auf den Karren zu steigen, er nahm seine Tasche, die zwei Rübenschädel spannten sich vor den Karren (wie zwei Pferde) und liefen los, so schnell sie konnten. Jordyševs verlassenes Haus, an das Hablund in der Nacht vergeblich gehämmert hatte, erreichten sie schon nach ein paar Minuten, im Galopp überwanden sie das Rinnsal und dann liefen sie mit der Karre außen an der Rübenschädelsiedlung vorbei, zwischen den Hütten konnte man wohl nur schwer manövrieren.

Sie dachten, sie kämen zu spät. Schließlich schließen die Rübenschädel ihren Toten nicht die Augen, und als sie am besagten Zelt das Fell zur Seite zogen, war der glasige Blick des kleinen Mädchens genau auf sie gerichtet. Velor befühlte ihre Stirn, dann die Handgelenke und anschließend den Hals, darum bemüht, einen Pulsschlag zu finden.

Die Rübenschädel fassten einander inzwischen an den Schultern, sie standen im Kreis und murmelten irgendetwas, als würden sie sich damit abfinden, das Mädchen verloren zu haben. Sie klopften rhythmisch auf rostige Konservendosen, einige Frauen saßen am Boden und wippten hin und her, die Mutter des Mädchens kniete still bei ihrer Tochter und ließ Velor nicht aus den Augen. Die Hände des Mädchens waren dünn, die Stirn schmal und die Nase spitz, sie wog nicht mehr als ein kleines Kind, war aber bestimmt schon vierzehn Jahre alt. Schließlich regten sich ihre Augen und sie lächelte der Mutter zu. Als Velor später wegging, bewegte sie auch schon wieder die Hände und sie flüsterte ihm etwas zu. Wohl ein Dankeschön,

Hablund wusste es nicht. Velor fütterte sie drei Stunden lang mit lauwarmer Rindsbrühe, die er sich schnell von den Rübenschädeln zubereiten ließ, das war alles.

Sie hatten ihr nichts zu Essen gegeben, warf er ein, als man sie wieder auf dem Karren nach Hause führte.

Ich habe ihnen aufgetragen, sie drei Tage lang mit der Brühe zu füttern, dann würde schon alles in Ordnung kommen. Sie blickten mich dabei an, als hätte ich ihnen mitgeteilt, sie könnten jetzt Chinesisch. Man wird nicht schlau aus ihnen. Manchmal glaube ich, dass sie überhaupt nichts im Kopf haben, so wie meine Frau. Und dann schneit es im Winter mal vier Wochen lang und der Ältestenrat entsendet eine Delegation über das Rinnsal, dass sie doch irgendetwas tun müssen, und gleich am nächsten Tag ist der Himmel wieder blau. Einmal im Jahr gelingt ihnen tatsächlich etwas und dann bauschen sie sich auf, dass sie – im Gegensatz zu uns – über irgendwelche Kräfte verfügen. Dabei starben sie beim Eisenbahnbau wie die Fliegen, und würden sie nicht ständig gebären, sie wären längst ausgestorben. Dabei würde es schon reichen, sich von Zeit zu Zeit etwas Wasser aufzuwärmen und sich mal zu baden oder sich wenigstens die Hände zu waschen. Aber das ist ihnen wohl zu lästig. Die letzten Worte sagte Velor zu Hablund, direkt in die Kamera, er fletschte dabei ganz seltsam die Zähne.

Hablund kam es so vor, als würde Velor den Rübenschädeln durchaus ähneln. Dieser »kommunistische Altar« mit all den Kuhhörnern und Drahtknäueln zum Beispiel. In »Unsere Welt« schrieben sie davon, dass so etwas wie ein »mythischer Glaube« existiere. Die Leute reimen sich dann ständig irgendetwas zusammen und bei all dem vielen Unsinn ist doch ab und zu etwas wahr. Vielleicht ist er hier einem solchen Phänomen auf der Spur. Die eine Dorfhälfte gibt den Kindern nichts zu essen, die andere lässt sich mit Flugzeugen Karotten einfliegen und die Toten werden in Leintücher verpackt und auf einen Haufen geworfen.

Er vergaß zu fragen, warum man die Rübenschädel eigentlich so nennt. Immerhin lag dieses »Zigeunerlager« gleich bei Charyň, und Wald gab es schließlich überall. Und er sollte auch mal die Kameralinse reinigen, die Lederschuhe eincremen und seine Hemden aufhängen. Er könnte sich aus ein paar Drähten – so wie die Einheimischen – kleine Bügel machen und in ein paar Tagen erneut versuchen, Marianne anzurufen.

MARIANNE

Marianne wusste, dass etwas schief läuft, früher als sonst irgendwer. Nachdem sie von diesem karitativen Abend nach Hause gekommen war, bei dem sie all das angehäufte Gerümpel verschenkt hatte, spürte sie es so richtig im Magen. Sie spürte so etwas immer im Magen. Als ob ihr wirkliches Herz irgendwo zwischen den Eingeweiden schlummern würde und sich links unter ihren Rippen lediglich eine einfache Pumpe befände. Hablund wird, bevor er losfährt, loben, wie gut ihr Hintern in seine Hände passt. Warum sie plötzlich so abgenommen hatte, das wird ihm seine Frau jetzt nicht mehr erzählen können.

Ein paar Tage zuvor hat er sie schließlich in seine Pläne eingeweiht. Er führte sie zu einem Abendessen aus, nach Wivex, kam mit einem Blumenstrauß (gelbe Rosen), so wie damals, als er um ihre Hand angehalten hatte. Sie dachte schon, dass er alles zurücknehmen wollte. Schluss mit den Hirngespinsten und vielleicht würde er sogar dieses schreckliche Abonnement von »Unsere Welt« aufkündigen. Was für ein Irrtum, wo er doch gerade jetzt der Meinung ist, dass es in Dänemark keine »Natürlichkeit« mehr gibt. Vor einigen Wochen hatte er, während sie unterwegs gewesen war, all ihre Büstenhalter in den Müll geworfen, und ihr vorgehalten, dass sie angeblich ihre Haare viel zu hoch trägt. Sie wartete nun darauf, dass er alles zurücknimmt und sich bei ihr entschuldigt, aber als sie nur noch ein Stückchen von einer Mehlspeise vor sich hatten und er noch immer nichts von sich gab, dämmerte ihr, dass sie sich geirrt hatte. Er schubst sie in den Abgrund und sie würde tief fallen. Er rempelt sie von hinten an und dann wird er sich umdrehen und gehen. Er kaute an seinen Lippen und blickte ihr nicht in die Augen. Und dann – wie aus dem Nichts – legte er los. Er würde wegfahren. Ganz undeutlich presste er das hervor. Daran erkennt man Feiglinge. Er kam mit Blumen, damit sie nicht wütend wird, und murmelte vor sich hin, als würde er ihr etwas mitteilen, das ihn nicht wirklich betraf. Marianne ärgerte sich später über sich selbst, dass sie ihm keine Szene gemacht hatte. Dass sie nicht das Besteck hingeworfen oder ihn mit dem Blumenstrauß (wie mit einer Rute) durch das Lokal gejagt hatte. Man kannte sie dort, umso besser wäre es gewesen. Sie rang sich gerade mal dazu durch, den Atem anzuhalten. Sie verspürte sogar eine Erleichterung, dass es nun ausgesprochen war, aber vor allem auch Angst. Und Bedauern und Wut, dass er es übers Herz bringt, sie zu verlassen.

Hablund fiel ein Stein vom Herzen. Er begann damit, ihr seinen Reiseplan zu erläutern. Mit einem Fuß war er schon weg, Marianne wusste das. Auch dass sie ihn nicht mehr werde umstimmen können. Seine Wangen erröteten. Er war richtig entbrannt, Marianne war gewissermaßen nurmehr sein Publikum. Diese namenlose Masse, die ablegenden Schiffen nachwinkt, schöne Mädchen, die Blumen streuen, und dann auch noch andere, die Briefe schreiben und sich quälen und irgendwann mal eine Postkarte oder etwas Meersand bekommen, sofern es sich bei dem Betreffenden um einen Romantiker handelt und alles gut ausgeht.

So weit war es also gekommen, sie seufzte.

Zu mehr konnte sie sich nicht aufraffen. Auch damals wollte sie ihn nicht enttäuschen.

Und so schrieb sie gleich an jenem Abend (am Tisch in Wivex) erste Einfälle auf die Rückseite der Rechnung, was er alles mitnehmen müsse. All die Sachen, die Larissa auf den Boden werfen würde, Sachen, die, mal von der warmen Unterwäsche abgesehen, Hablund nichts nützen werden.

Und dann war er fort und Marianne konnte endlich ihren Kopf unter die Kissen stecken und weinen. Hätte ihr das denn nicht früher einfallen können? Sie hätte ihn gar nicht erst mit dieser schwarzen Maske in die Wohnung lassen sollen. Entweder ich oder sie, so sagen doch die Frauen. Die Maske stand doch schließlich für dieses kalte und ferne Land. Es war lächerlich.

Hablund hatte ihr einmal gesagt, dass sie zu jenen Frauen gehöre, die sich selbst gerne Vorwürfe machen, und mit der Wut, die sie auf sich selbst haben, strafen sie dann ihre Nächsten.

Sie sagte ihm, er solle es doch aufs nächste Jahr verschieben. Aber vielleicht fürchtete er sich ja sogar davor, dass es ihn später nicht mehr interessieren würde. Schon einige Male hatte er sich für irgendetwas begeistert, immer sah es so aus, als würde es um sein Leben gehen. Einmal verfiel er irgendwelchen Stoffen. Es gab sechshundertsiebzig verschiedene Stoffarten, von den Mischstoffen sogar tausende. »Stoffkunde« war wohl das Originellste, womit er sich je beschäftigt hatte. Danach folgten Weindegustationen, das war ein Einfall von irgendwem in seiner Firma. Sie wollten es zu Großmeistern (in der Amateurklasse) bringen, doch es endete damit, dass sie grad mal so einen Cabernet erkannten. Weil dieser angeblich keinen komplexen Duft verströmt. Eine Weile interessierte er sich für Flugzeuge, aber als er mit diesem Heftchen (»Unsere Welt«) daherkam, ließ er plötzlich alles andere links liegen.

Er wurde wütend, als ihm Marianne vorwarf, er hätte sich eine andere Arbeit suchen sollen. Würde er etwas machen, was ihm wirklich Spaß macht, müsste er nicht von einem Hobby zum nächsten stolpern. Vielleicht litt Hablund einfach auch darunter, dass er im Krieg nicht zum Widerstand gezählt hatte. Er hatte nie eine Waffe in der Hand gehalten. Vielleicht machten sich seine französischen Freunde deshalb über ihn lustig. Ganz klar, die waren wirklich beeindruckt, als er abfuhr. Ob er nun ein Idiot war oder auch nicht, etwas Bewundernswertes hatte das Ganze schon.

Während Hablund in Buros Haus eingesperrt war und die Josipovičová durchs schmutzige Fenster beobachtete (wie diese herumspringt und sich den Rock bis zu den Schultern hochzieht), überlegte Marianne in Kopenhagen, welchen der vielen Röcke, die sie aus dem Kleiderschrank aufs Bett geworfen hatte, sie anziehen könnte. Soll sie jetzt etwa so tun, als wäre ihr das egal? Es verwunderte sie ein wenig, dass sie sich für die zweite Möglichkeit entschied. Dennoch lag ihr daran, gut auszusehen.

Sie verbrachte über eine Stunde mit der Auswahl ihres Kostüms und rief anschließend Lora an, um sich über ihre

Einsamkeit zu beklagen. Dann schrieb sie Hablund einen langen Brief, dass sie ihn vermisse und sie in den Kinos nichts Gutes spielen und dass es sie überhaupt nicht freue, Bücher zu lesen, wenn sie sich nicht im Anschluss mit ihm darüber unterhalten kann.

In den ersten Tagen nach Hablunds Abreise bemühte sich Marianne darum, weiterhin die ordentliche Frau Doran abzugeben. Sie ging zu den Firmenmeetings ihres Gatten und zeichnete sich einen Wohnungsplan von der Hansenstraße, mit all den Änderungen, die sie dort vornehmen wollte. Sie hatte schon immer bedauert, dass sie und Hablund keinen Balkon besaßen. Irgendwann früher hatte er einmal vorgeschlagen, dass man doch das Küchenfenster bis zum Boden aufstemmen und von dort aus etwas Kleines anbauen könnte. Er kannte den Hauseigentümer und das Fenster zeigte in den Hof, vermutlich müssten sie nicht einmal Bewilligungen einholen. Dann aber hörte er auf, davon zu sprechen. Was der Mensch nicht gleich anpackt, ist verloren. Als das Lora einmal zu Marianne sagte, glaubte sie ihr nicht. Sie dachte, das liegt doch nur an ihrem Manfred. Aber Hablund war auch so einer. Es kam die Zeit, da hörte er damit auf, sie beeindrucken zu wollen. Er brauchte das nicht mehr.

In langen Telefonaten mit Lora kauten sie das alles durch. Sie hatten geheime Zeichen. »Kodeworte«, wenn Manfred im Anzug war oder Loras Kinder. Kurze Momente, in denen sie das Gefühl hatte, mit allem fertig zu werden, dabei wollte sie nur ihr altes Leben. Na gut. Vielleicht auch diesen neuen Balkon. Und dann nur noch dieses Gefühl, dass Hablund bei ihr ist.

Sie wurde sie nicht los. Schwindelgefühle, was denn nicht alles hätte sein können. Sie hatte schon als junges Mädchen daran gelitten. Die Zukunft schien ihr jetzt – wie damals – völlig unklar zu sein. Die Zeit und sie vermischten sich, alles schien zu fließen, kein Halt war zu finden.

Um dem etwas entgegenzuhalten, stürzte sie sich in allerlei Aufgaben. Dabei kann sie doch so wenig. Es war ihr nie wirklich aufgefallen, weil es in ihrer Nähe immer ein paar Menschen gab, mit denen sie reden und das Gefühl der Leere überwinden konnte. Sie hatte zwar die Möglichkeit, Lora anzurufen, doch mehr als einmal täglich wagte sie das nicht.

Als ihr zum ersten Mal einfiel, dass sie auf einer Landkarte nachschauen könnte, wo sich ihr Mann überhaupt befand, schämte sie sich. Vermutlich hatte er es ihr sogar gezeigt, aber bei all den hektischen Reisevorbereitungen war es ihr wesentlich wichtiger gewesen, sich damit auseinanderzusetzen, was er alles mitnehmen sollte, anstatt nachzuschauen, wo er eigentlich hinfährt. Sie erschrak, als sie realisierte, dass sie den Namen vergessen hatte. In ihrer Panik sausten all die geografischen Bezeichnungen, von denen er gesprochen hatte, wild in ihrem Kopf herum, sie schien förmlich zu ertrinken und nie wieder dahinterzukommen. Und dann wusste sie es plötzlich. Charyň. Ein Wort, das wie ein offenes Maul auf sie wirkte. Ein Raubtierrachen. Der beißt einem den Kopf ab, ganz schnell geht das.

Allerdings konnte sie kein Charyň auf der Landkarte finden. Sie fand keine einzige Karte in einem Maßstab, der dieses Dorf zu zeigen erlaubte.

Eine passable Landkarte der Sowjetunion aufzutreiben,

das war ohnehin nicht einfach. In der Bibliothek wollten sie an Marianne nichts ausleihen und in den Lesesälen renovierten sie gerade, die Besucher wurden gleich am Eingang aufgehalten, man schickte sie nach Hause. Schließlich gelang es ihr, ein junges Lehrmädchen zu überzeugen, und auf einer ausrangierten Holzbank blätterte sie schon bald all die Bücher durch, die ihr das Mädchen anlieferte. Sie nahm ein paar Stifte mit sich, damit sie die Karte abzeichnen konnte, sie wollte diese später auf ihren Nachttisch legen oder in Glas rahmen lassen, das hing ganz davon ab, wie ihr die Zeichnung gelingen würde. Doch selbst auf den detailliertesten Karten, von denen das Lehrmädchen behauptete, sie könnten mit allen militärischen Karten mithalten, und die im Normalfall nur wissenschaftlichen Mitarbeitern vorbehalten bleiben, war kein Charyň zu erkennen. Am ähnlichsten klang noch ein Dorf namens Chatyň, irgendetwas in Weißrussland, das die Deutschen im Krieg offenbar dem Erdboden gleichgemacht hatten. Nur ein Mann hatte überlebt, weil er sich gerade im Wald befand, um Holz zu hacken. Das zerstörte Dorf war mit einem Kreuzchen auf der Landkarte gekennzeichnet und es gab einen kurzen, erläuternden Eintrag. Charyň hatte weder ein Kreuz noch einen Kreis, geschweige denn einen erläuternden Eintrag.

Schließlich fand es Marianne doch, einige hunderte Kilometer weiter davon entfernt, wo sie es vermutet hatte. Es hatte keinen Kreis, lediglich einen kleinen Punkt, was der Legende nach bedeutete: »Bewegliches Dorf mit zeitweiliger Besiedlung«. Die Karte war aus dem Jahr 1930. Da es so aussah, als wären rundherum viele Wälder, nahm Marianne ein dunkles Grün für den Hintergrund, den Namen des Dorfes trug sie dann in roter Schrift ein – wegen der Kommunisten. Berge waren auf der Landkarte keine zu erkennen, aber der Vollständigkeit halber zeichnete sie ein paar Hügel ein. Wilde Landstriche ohne Hügel, das ist wie ein Meer ohne Sandstrand. In die Nähe des Dorfes malte sie einen Fluss und einen kleinen See, damit Hablund etwas zum Baden hatte, die gelben Badehosen hatte sie ihm schließlich mit eingepackt.

Tatsächlich ließ sie sich ihre Landkarte von Charyň einrahmen, das hatte sie sich schließlich verdient. Sie hängte sie zu Hause auf, gleich unter der schwarzen Maske mit den gelben Streifen. Sie erinnerte sich daran, wie sich Hablund über sie lustig gemacht hatte, dass sie sich wie eine Wilde benehme, wenn sie sich vor der Maske fürchte.

Jetzt musste sie nur noch herausfinden, was denn dieses »Charyň« eigentlich für ein Ort war.

ERSKE

Von »nichtsnutzigen Hochstaplern« hatte Elvira zwar nichts gesagt, aber Erske war dieses Aufblitzen in ihren Augen aufgefallen. Soll er doch zu den Rübenschädeln gehen, wenn er sich so für sie interessiere. Er würde schon sehen. Erske lief gleich los, um seinen Notizblock zu holen, das musste er sich aufschreiben. Dass diese freundliche Fassade der Dorfbewohner nur Lug und Trug sein könnte, er müsse auf der Hut sein. Wer weiß, ob es bei Hablund nicht ganz ähnlich begonnen hatte. Dass er nach und nach in dieser Umgebung an Achtung verlor.

Was er für die Bewohner mitgebracht hatte, war längst verteilt – er zog mit leeren Händen los. Schon den Weg dorthin erklärte ihm Tamara äußerst entnervt. Immer weiter, hinter die verfallenen Hütten, über den Bach drüber und eine Weile den Steinen folgen. Sie sprach von einem abgestorbenen Baum, der von Flechten überwuchert war, und einer toten Kuh, die dort seit dem Sommer herumliegt, aber ob er sich nach rechts oder links wenden sollte, das wusste sie nicht. Er ging die Dorfstraße entlang, längst hätte er jemandem zeigen können, wer wo lebt und wer was darstellt. Die alte Saška, die Miškinová, ihr Laden, der Údej, hinter der nächsten Ecke lag die Post, dort saß der Greis, der ihm eine dicke Nadel geliehen hatte, damit er seine Schuhe reparieren konnte, er hat sie ihm dann eigenhändig vernäht, als ihm Erske nach einer Stunde die abgebrochene Nadel wieder gebracht hatte.

Die Häuser hier waren nur Holzruinen, angesengte, löchrige Hütten mit verfallenden Dächern. Dort, wo vielleicht einmal jemand etwas angepflanzt hatte, wuchs nun meterhohes Unkraut, im Bottich, in dem man wohl einst die Wäsche wusch, quakten einige Frösche im grünlichen Wasser, vergessen lagen hier Türen und Autoreifen, in den Wasserlachen trieben alte Fetzen, die Zäune waren umgeknickt, noch zwei Winter und nichts mehr würde von so einem Zaun bleiben. Glasscherben (Wodkaflaschen), Vanillekeksverpackungen (Marke Taiga) lagen im Schlamm, neben alten Gummistiefeln, die offenbar jemand mit einem Messer malträtiert hatte. Ein Stück weiter entfernt lagen einige zusammengelegte Decken, als ob sich jemand noch vorgenommen hätte, sie ordentlich auszuschütteln, und dann einfach vergaß. Gleich neben einem Kanister fand er die Überreste (das Nasenstück) einer Brille und einen alten beigen Mantel, überwuchert von Pilzen.

Die meisten dieser »Halden« bestanden allerdings aus den einsamen Häuschen selbst, die hier, eins neben dem anderen, zu Boden fielen wie Dominosteine. Eine feuchte Brandstätte. Sie befand sich genau dort, wo angeblich die neue Grenze zwischen den Rubenschädeln und den Charyňern verlief.

Jordyš' verlassenes Haus, an das Hablund damals vergeblich geklopft hatte, gab es längst nicht mehr. Selbst den Rübenschädeln hatte es dort zu sehr reinzuregnen begonnen und sie waren weiter vorgerückt, wieder ein Stück näher ans Dorf. Das Haus hatten sie verbrannt, sie kochten darüber noch einige Male ihr Wasser, in alten Töpfen. Und dann war es schließlich irgendwann verschwunden gewesen.

Das Dorf wich zurück und die Rübenschädel waren ihm auf den Fersen. Ein paar Häuser waren provisorisch repariert worden, faustgroße Löcher wurden mit Rasenziegeln gestopft, die Dachlöcher mit Plastikplanen überzogen, aber es waren nur ein paar »Hoffnungsschimmer«. Vergebliche Versuche einiger Rübenschädel, das zu nutzen, was andere längst aufgegeben hatten – ihre eigene Siedlung lag noch etwas weiter hinten.

Erske sah sie, als er diesen »Windgürtel« voller sibirischer, mächtiger Hartriegelbäume passiert hatte, er musste sich tatsächlich die Augen reiben. Wohin er auch blickte, überall waren flache, unregelmäßige Zelte, baufällige Verschläge auf Stangen, einzeln oder auch zu irgendwelchen »Blöcken« miteinander verbunden, daneben Feuerstellen auf ausgetretenen Plätzen, wo in den Töpfen etwas vor sich hin köchelte. Inmitten der Ebene, rund um einen großen Versammlungsplatz, bildeten die Zelte und Planen, die eng beieinanderstanden, so etwas wie eine rechtwinkelige Gasse, die sich, je weiter man in die Wildnis schaute, wieder in ein Gewirr aus einzelnen Zelten und Ästen (ohne Planen) auflöste, dort befand sich gewissermaßen nur das Baumaterial. Als Planen dienten vor allem Plastikabdeckungen, ein mattes Material, das an Fallschirme erinnerte, Zelte und Windjackenstoffe, die vielfach geflickt und zusammengenäht worden waren. Die ganze Siedlung kräuselte sich im Wind, wie das Meer selbst. Die Luftblasen blähten die Dächer der Siedlung auf, böige Wellen, die dort entlangliefen und dann und wann irgendeine Plane aufrissen, sie flatterte so lange im Wind, bis sie jemand erneut befestigte.

Es lebten zahlreiche Leute hier, sowohl »Sesshafte« als auch »Nomadische«. Als wäre das hier nicht wirklich eine Siedlung, vielmehr so eine Art Arbeitslager. Die meiste Bewegung gab es an den Rändern. Einige Zelte wurden dort gerade von irgendwem abgebaut, während anderswo neue Zelte aufgebaut und einige ältere repariert wurden.

Erske konnte gut das Innere der Zelte erkennen, wenn sie gerade umgebaut wurden und die Planen abgedeckt worden waren. Manche waren voller Sachen, wohl irgendwelche Sammelstellen oder Lager, denn für Menschen gab es darin bestimmt keinen Platz mehr, in anderen lagen nur ein paar Polster und Decken und auf einigen Schachteln (ursprünglich wohl Zucker, Bananen oder Mehl) befand sich einfachstes Küchengeschirr. Manche Zelte wirkten wohlhabender als andere. Sie standen auf Pfählen und waren so groß, dass sich ein Mensch darin aufrichten konnte, auch schienen die Planen fester zu sein, sie waren kein »Flickwerk«. Die armseligsten Zelte bestanden aus ein paar Plastiktaschen, die man irgendwie zusammengeheftet hatte, bei Frau Mišinková in Charyň verstaute man in solchen Taschen seine Einkäufe. Erske erinnerte sich daran, dass er Vašek und Dima einige Male dabei beobachtet hatte, wie sie mit einigen solchen Taschen aus dem Laden flüchteten. Aber es lag nicht an der provisorischen Lage, nicht an den Abfallbergen, die sich an den Lagerrändern befanden, nicht an dem zerlumpten und armselig wirkenden Volk oder den seltsamen »Wachtürmchen«, die man in den Bäumen am Rande des Lagers eingerichtet hatte, was Erske nicht fassen konnte. Es lag an diesem Geruch und roten Nebel, jenen »Grundsätzen« der rübenschädlerischen Unabhängigkeit, mit deren Hilfe sie sich neben Pelzjäger Krasochin, den Trotzkisten, Sowjets und Demokraten behaupten konnten. Während Charyň auf das hunderte Kilometer entfernt liegende Elektrizitätswerk in Rajzanov angewiesen war, das das Dorf mit seinen »Ausfällen« quälte und von dem ein jeder Bewohner nur im Flüsterton sprach, als könnte es selbst auf diese Entfernung hin irgendwie beleidigt reagieren und sich abschalten, dampfte die Taiga beim Rübenschädellager Tag und Nacht, überall hing roter Nebel, im Winter gab es rosa Schnee und die Sommerabende waren klamm und süßlich.

Der »Rübennebel« gab hier den Ton an. Er war über den Rübenfeldern der Rübenschädel, jenen Rechtecken (mal größer, mal kleiner), diesen »Feldern aller Art«, dort, wo die Rübenschädel die Taiga roden, um Raum zu gewinnen. Diese Felder waren durch Baumgürtel voneinander abgetrennt, in einigen Richtungen reichten sie bis weiß Gott wo, aber wenn man von ihnen nicht wusste, erkannte man sie nicht.

Elektrizität hatten sie erst vor ein paar Jahren bis nach Charyň geführt. Einige bezahlten dafür auf der Post, andere schlossen selbst ihr Häuschen an, sie zapften die elektrischen Leitungen einfach an oder bezogen von jemandem billigen Sprit, und dann fand sich neben dem Haus stets irgendeine Hundehütte mit einem Generator darin. Aber der Sprit ging ab und an zur Neige, und dann rieben sich alle wieder ihre Hände über kleinen Feuerchen. Früher noch viel öfters. In den Zeiten des »postsowjetischen Zerfalls«.

Das Anzapfen der Leitungen war keine leichte Sache, und es gehörte einiges dazu, dabei nicht in Flammen aufzugehen. Daher gab es auch nicht so viele Leute, die das machten. Ein paar Couragierte und dann noch jene, die Údej dafür engagierten, ihn gut bezahlten, und der stieg dann für sie die Leitungen hoch. Seine Hände und Beine waren aus Gummi, dutzende Leute im Landstrich würden sofort bezeugen, dass Údej gegen Strom immun war.

Was Erske zunächst für Wäscheleinen oder irgendwelche bei der Eisenbahn geklauten Drähte gehalten hatte, waren Elektrizitätsleitungen. Ganze Stromklumpen, die sich überall am Boden wälzten, die sich durch Schlamm und Stein zogen, doch nicht nur die Ziegen, auch die Menschen schritten ganz selbstverständlich darüber, als wären sie nur ihrer Fantasie entsprungen.

Erske konnte noch mehr beobachten. Den »Stimmwirrwarr«, der im Lager herrschte, verstand er nicht und so blieb ihm gar nichts anderes über, als sich manches zusammenzureimen. Er versuchte das »Rübenschädlerische« irgendeiner der ihm bekannten sibirischen Sprachgruppen zuzuordnen, aber es misslang. Ihm fiel auf, dass jemand versuchte, Feuer mittels zweier Holzstäbchen zu erzeugen, ein anderer wiederum fummelte an dem Hebel einer riesigen Schachtel herum, die an eine Waschmaschine oder einen Automotor erinnerte. Aus der Schachtel war ein Rauschen und Knacken zu vernehmen, als würde jemand vergeblich versuchen, ein Radiosignal einzustellen.

Was es im Überfluss zu geben schien, waren Töpfe. Töpfe und gefüllte Säcke, die im Zentrum des Lagers neben diversen Hütten standen, sie dienten offenbar als

Sitzgelegenheiten, während am Lagerrand mancher dieser Säcke beschädigt oder nicht ordentlich zugebunden war, Rüben kullerten daraus hervor. Sie wurden gekocht, gegart, in gläsernen Apparaten (die an eine Schnapsbrennerei erinnerten) gebrannt, der süßliche Geruch, der einen unweigerlich an Vieh denken ließ, war überall zu riechen. Mit dem roten Brei fütterten die Rübenschädel später ihre Kühe, sie waren stolz auf deren gehaltvolle Milch, alles wurde verwertet.

Pšela schaute Erske einfach nur an. Sie hätte gedacht, er wäre größer, aber die blonden Haare und blauen Augen, die sahen aus, wie sie es sich vorgestellt hatte.

Elvira lässt sich von dem sicher »überreden«, doch für ihn ist Elvira bestimmt nur ein Mittel zum Zweck, nicht mehr. Wenn sie mal im Winter irgendwo alleine sind und es ordentlich friert, dass die Balken nur so krachen, dann schläft er vielleicht mit ihr, um sich (in ihr drin) etwas aufzuwärmen, aber mehr ist wohl nicht. Den wird sie nicht zähmen können, obwohl er nur ein harmloses Männchen ist. Diese dreiste Elvira, die ihr die Arbeit wegschnappte, die ihr doch so viel bedeutet hätte.

Pšela war immer zur Post gekommen, um auszuhelfen, wenn die alte Greisin außer Atem war, und abends war sie alleine wieder den ganzen weiten Weg zurückgestolpert. Noch dazu brüllten sie der kleine Vašek und Dima ständig an, dass sie nichts mehr zu essen hätten. Sie hätte der erste Rübenschädel werden können, der in Charyň einer geregelten Arbeit nachgeht. Sie hätte den Charyňern ihre falsch adressierten Briefumschläge zurückgeben können. Auf ihre Köpfe hätte sie sie zurückgeschleudert. All die Gepflogenheiten im Dorf, die Stempelmarken, die Postwertzeichen, alles hatte sie von der Alten gelernt, und nun war es doch zu nichts nütze, weil der Alten plötzlich eingefallen war, dass sie einst von Velor Josipovič geheilt worden war und Elvira seine Nichte war.

Die Rübenschädel wissen einiges über die Familien Josipovič und Kavaryč. Velor plusterte sich überall auf, dass er seine Frau aus dem Dreck gezogen hätte, damals war sie der einzige Rübenschädel gewesen, der einen Charyňer geheiratet hatte, und kaum war Velor von der Taiga zu sich gerufen worden, war die liebe Frau Josipovičová von der eigenen Tochter wie ein Hund aus Charyň vertrieben worden. Nein, so etwas tut man nicht einmal Hunden an. Vielleicht einem, der ein kleines Kind reißt.

Pšela schubste die Josipovičová an, sie solle nicht schlafen und die Plane ordentlich gespannt halten. Die hört auf sie. Was man ihr in die Hand gibt, um es zu halten, das hält sie, nur von Zeit zu Zeit muss man ihr ein paar Ohrfeigen geben. Die Charyňer halten die Josipovičová längst für tot, aber du, Alte, du blühst mir hier richtig auf, was?

Sie schubste sie erneut, schon wieder war sie eingeschlafen, mit neunzigjährigen Weibern hat man echt nur Probleme. Aber sie mochte sie, diesen tauben Dummkopf. Sie war langsam und lebensfern, wie ein immerzu verschlafenes Bärenkind, wie eine Alkoholikerin, doch die hier trank ja nicht. Ein Glück, dass die Idiotin nicht mehr viel mitbekommt. Von Velor, von Tamara, die sie vertrieben hatte, von Charyň, wo sie vierzig Jahre lang gelebt hatte, und jetzt glaubt sie längst, dass sie niemals weiter gegangen war als bis zu den Preiselbeersträuchern dort drüben.

Pšela konnte (damit war sie eine Ausnahme) ganz ordentlich Russisch. Sonst hätte sie sich die Postarbeit gleich abschminken können. Sie gehörte noch zu der älteren Rübenschädelgeneration, die zur Schule gegangen war, gemeinsam mit den Charyňer Kindern.

Das Gebäude steht ja noch immer dort, aber Rübenschädel werden schon lange nicht mehr unterrichtet. Keiner kümmert sich mehr darum und dem Charyňer Vorsitz ist es ganz recht, wenn ihnen keiner der Rübenschädel unter die Augen kommt. Russisch ging ihr immer gut von der Hand, aber Vašek und Dima lässt sie lieber zu Hause, die anderen Mütter tun das auch. Gerade eben schikanieren sie Serjoža, sie laufen ins Dorf und klauen ein paar Plastiksäcke und kommen wieder zurück, aber kaum würde man sie zur Schule schicken, wären sie es, die mit blauen Flecken nach Hause kämen. Nur auf die Idiotin sollten sie mir besser achten. Es genügt doch, wenn sie über einen der Drähte stolpert, und schon ist es um sie geschehen. Ihr Schädel ist wie eine Eierschale und die Knochen sind schon morsch, bestimmt zerfällt sie langsam von innen.

Die Nachricht, dass ein Fremder hier ist, verbreitet sich mit der Schnelligkeit eines Wintersturmes. Erske gehört zu ihnen, den Charyňern, die Rübenschädel waren von Vašek und Dima darüber informiert worden. Dass er derjenige war, der ihren beiden Burschen mit einem Stock über die Finger schlug, Mutter Pšela musste eine Woche lang jeden Morgen deren Hände fast bist zum Ellenbogen in rosa Milch tunken, und alles nur deshalb, weil Vašek und Dima dem kleinen Serjoža ein Bein gestellt hatten.

Erske wusste, dass sich Charyň mit den Rübenschädeln im Krieg befand, aber niemand konnte ihm genauer erklären, warum. Er wusste, dass die Charyňer diesen Dreck und die armseligen Hütten verabscheuten, aber wer die Rübenschädel eigentlich waren, dazu wollte keiner etwas sagen.

Allerdings, der Kavaryč hielt auch nicht gerade viel von Körperpflege, und wenn sich die alte Saška durchs Dorf schleppte, fiel Erske auf, dass sich sogar Elvira die Nase zuhielt.

Die Einzigen, die Erske in der Rübenschädelsiedlung kannte und mit denen er sich verständigen konnte, waren Vašek und Dima. Klar, er hat sich die beiden vorgeknöpft, weil sie es verdient hatten, doch sonst mochte er die beiden Burschen ganz gern. Sie waren nicht so verhätschelt wie Serjoža und mussten jeden Tag ordentlich ran. Sie liefen oft mehrmals täglich hin und her, zwischen Dorf und Siedlung.

Erske ahnte, dass Hablund etwas passiert sein musste, zurück war nur ein leerer Platz geblieben. Als hätte man sich geschickt ein Vögelchen aus einem Käfig gepflückt und nur dieses leere »Gefängnis« erinnert noch an diese längst vergessene Zeit.

Schließlich wurde Erske von den Rübenschädeln aus Čevapik vertrieben. Natürlich hat diese Rübenschädelsiedlung (wie Charyň) einen eigenen Namen. Čevapik bedeutet »Geist der Taiga, der sich den Magen mit Rüben vollschlug« oder auch »Strahlende Flamme des Kommunismus«, es kommt drauf an, wem man gerade davon erzählt. Einem sowjetischen Kontrolleur zum Beispiel, der das Lager trotz Rübennebel und Abgelegenheit zufällig entdeckte, von Zeit zu Zeit passierte das tatsächlich, dem erzählte man natürlich nichts vom »Geist der Taiga«. Vielleicht konnte Čevapik nur deshalb so lange bestehen bleiben. Was »Politik« bedeutet, davon hatten manche Rübenschädel eine ziemlich genaue Vorstellung.

Erske trieb sich so lange bei den Rübenschädeln herum, bis Pšela die Geduld verlor. Zunächst fand sie es noch gut, dass er sich für sie interessierte. Wie er im roten Nebel herumirrt, an den sich zwar die Rübenschädel gewöhnt hatten, doch anderen brennt er wie Essig und Zwiebel in den Augen, es ist zum Haareraufen. Zunächst schlich er um Vašek und Dima herum, als ob er sich nicht trauen würde, sie anzusprechen. Burschen, die er verprügelt hatte, doch jetzt war er verunsichert, weil er wohl meinte, dass ihm hier was entging. Ständig notierte er sich etwas. Vielleicht auch nur, wie weit die einzelnen Zeltstangen voneinander entfernt standen, aber Pšela sah nicht, dass er etwas ausmaß.

Hat er womöglich ein so gutes Auge?

Auf jeden Fall ging er hier allmählich allen auf die Nerven. Er schaute nicht mehr zu, er schnüffelte förmlich herum, und er mochte sein, wer er wollte, er gehörte nach Charyň. Pšela musste innerlich lachen. Wie ein Behinderter hüpfte er auf einem Bein herum, nachdem sie ihm den ersten Kochtopf nachgeworfen hatte. Er rotierte im Kreis, wie ein Hund, dem man eine Blechdose an den Schwanz gebunden hatte, er konnte nicht erkennen, wer es auf ihn abgesehen hatte. Sie, Pšela, hatte sich längst wieder im Zelt versteckt, hehe. Es hätte ihr gefallen, wäre er ihr nachgelaufen, sie hätte so lachen müssen. Aber diese Lumpen haben keinen Sinn für Humor. Und dieser hier bekam es sogar mit der Angst zu tun. Die Tatsache, dass er ängstlich davoneilte, machte Pšela wütend, am liebsten hätte sie Erske noch andere Dinge nachgeschmissen, doch noch bevor sie ein Holzscheit zur Hand hatte, war er schon zu weit weg, sie hätte ihn nicht mehr getroffen. Die Angst stand ihm ins Gesicht geschrieben, als er hilflos Deckung suchte. Sie spuckte aus. Und der hatte noch vor ein paar Tagen ihre Burschen verprügelt.

Sie sagte ihm, dass sie gar nichts über Hablund wisse. Wie denn auch, wo doch die alte Josipovičová in ihn vernarrt gewesen war und selbst sie sich kaum noch an ihn erinnert. Wäre Pšela auch an die neunzig Jahre alt, so wie sie, vielleicht hätte sie sich dann an ihn erinnern können. Doch Pšela ist gerade mal vierzig. Wäre sie fünfzig Jahre älter, es hätte genügt, sich mit ihr irgendwo auf einen Rübensack niederzulassen und sie zu befragen. Vorausgesetzt, Pšela wäre auch eine jener Frauen gewesen, die durchs Fenster in die Hütte gestiert hatten, um zu sehen, was dort drin passierte. Vorausgesetzt, es wäre ihr gelungen, sich dort vorzudrängeln. Doch Pšela hätte sich gewiss nicht so leicht wegschubsen lassen.

Man wird sehen, wenn der Winter kommt, sagte Elvira, nachdem Erske zurückgekehrt war und irgendetwas wissen wollte. Es ist hier so eine Sache mit dem Winter. Hier geht nichts mehr, wenn erst mal der Winter da ist, denkt sich Erske. Im Winter wird hier gar nichts mehr gehen, weil eben Winter sein wird, und im Frühling beginnt man gleich wieder mit den Vorbereitungen auf den nächsten.

Alles, wozu sich die Vorsitzenden des Dorfes durchringen, ist doch das Abstauben des Heldendenkmals, vielleicht noch ein Neuanstrich des Bahnhofs, würgte er sie ab. Dieser wäre allerdings gar nicht da, hätte es nicht die lebenslänglich Verurteilten gegeben, denen ihr in den fünfziger Jahren, so tapfer, wie ihr wart, schimmlige Karotten gereicht habt, wenn die Aufpasser mal nicht hinschauten. Er sagte das sehr laut. Er verlor die Kontrolle, alles warf er Elvira an den Kopf, das schimmlige Brot, die schlammigen Wege, den Alkoholismus. Er schrie.

Es lief in Charyň nicht gerade so, wie es sich Erske vorgestellt hatte. Er war zwar schon am ersten Tag (dank dieser Postbeamtin) mit einer ganzen Familie bekannt geworden, doch seitdem waren schon gut drei Monate vergangen und nichts war passiert. Er wollte die Hiesigen nicht aufschrecken, daher hatte er sich entschlossen, sie nicht auszufragen, sondern abzuwarten, wie sich die Dinge entwickeln würden. Er hatte die Erfahrung gemacht, dass sich ihm die Leute mit der Zeit von ganz allein anvertrauten. Sie kommen dann mit Sachen, die er sonst nie erfahren hätte, danach kann man gar nicht direkt fragen. Doch in Charyň schien das nicht zu gelten. Er dachte sich, dass er mit dem Kavaryč ein paar Flaschen Wodka leeren und anschließend alles über ihn wissen würde. Und inzwischen konnte dieser wortkarge Mensch nicht einmal ein Auto ausleihen, um ihm etwas zu zeigen. Es kam ihm so vor, dass ihn die Familie Kavaryč lieber zu Hause halten wollte, als ihm – gleichsam als Reiseführer – behilflich zu sein. Tamara begann tatsächlich, sich Aufgaben für ihn auszudenken. Damit er einen ganzen Tag lang keinen Fuß mehr hinter den Zaun setzt. Holz hacken, Siebe flicken, das Loch in der Dachpappe mit Asphalt abdichten. Sie lädt ihn auch zu diesen dummen russischen Serien ein. Damit er sein Russisch trainiert, aber Erske glaubt nicht, dass dies der Grund ist. Sie will ihn hier im Haus haben. Für sie ist er ein Schnüffler. Und Elvira, mit der er so gut auskam, die hat er nunmehr mit seinem Gebrüll für lange Zeit gegen sich aufgebracht.

Er ging dann zu Frau Miškinovás Laden, um Elvira etwas zu kaufen. Nur noch ein Häuschen davon entfernt, fiel ihm ein, dass dort wohl geschlossen sein würde. Die Sonne sank und die Miškinová schloss um acht. Trotzdem schien es so, als würde im Laden noch Licht brennen. Manchmal räumten sie dort mit Oleška noch Waren ein, und wenn das auch heute der Fall wäre, er würde wetten, dass sie ihn noch bedienen würde. Es war zwar ein bescheidenes Sortiment, aber man konnte dort trotzdem irgendwie alles kaufen. Kochsachen, Fischkonserven, Gemüsekonserven und polnische Kompotts, außerdem hatte Frau Miškinová noch ein Regal voller Süßigkeiten, manchmal gab es überteuerte Bananen und Orangen, die aber niemand haben wollte. Neben Lebensmittelregalen befanden sich andere mit Drogerieartikeln und Papierwaren. Seifen, Waschpulver, Damenbinden, Shampoos und Hefte, Kugelschreiber und Batterien. Wenn die Miškinová bei Laune war, nannte sie ihren Laden tatsächlich ein Kaufhaus. Das war wohl eher für ihr persönliches Wohlgefühl, denn wirklicher Andrang herrschte dort nie, obwohl sie sogar Textilien zu bieten hatte. Männerslips, Socken, zwei, drei glänzende Gummistiefel. Wenn die Charyňer Kleidung brauchten, fuhren sie allerdings nach Pstruh, wo es jeden Samstag einen großen Markt gab.

Erske überlegte, womit er Elvira eine Freude bereiten könnte. Die alte Kavaryčová war ja für alles dankbar. Jedes neue Ding hob ihre Laune, sogar dann, wenn es nur ein, wie Kavaryč sagte, Schwachsinn oder Krimskrams war, einfach zu nichts zu gebrauchen. Immer dann, wenn irgendwer nach Pstruh fuhr und wissen wollte, ob man ihm etwas mitbringen sollte, brummte er, dass es ihm an nichts mangelte. Elvira mochte Geschenke, aber sie war auch anspruchsvoll. Als Erske an die ganze Familie Kavaryč am ersten Abend Bonbons verschenkte, rettete ihn lediglich die Tatsache, dass diese aus Dänemark waren, vor der völligen Blamage.

Der Kavaryč ist praktisch veranlagt, Erske schenkte ihm schließlich seine Thermosocken. Tamara erhielt eine Fotografie von Kopenhagen, zu der er ihr in Pstruh noch einen goldenen Rahmen kaufte, und Elvira erhielt ein Tuch, ein bewährtes Frauengeschenk, sie schätzt es wohl, aber auch nicht mehr. Sie nahm das Tuch und bedankte sich artig, aber er konnte sich nicht daran erinnern, dass sie es jemals getragen hätte.

Fest entschlossen, Elvira etwas Schönes zu kaufen, öffnet Erske die Ladentür. Zunächst war da eine blecherne Abdeckung, dann eine sich selbst schließende Holztür, dann musste man noch einen Fliegenvorhang zur Seite schieben, erst dann konnte man eintreten. Elvira stand dort. Über das Pult gebeugt und sich mit beiden Armen abstützend, als wäre ihr schlecht geworden. Sie weint. Sie weint so heftig, dass die am Pult abgestellten leeren Gläser scheppern, während ihr Frau Miškinová den Rücken zukehrt, Waren ordnet und sie wie ein kleines Kind zu trösten versucht.

Erske hatte den Fliegenvorhang fallen gelassen, er konnte nun weder vor noch zurück.

Wenn er nicht kommt, dann kommt er eben nicht. Sein Pech, nicht deines, murmelt Frau Miškinová, die gerade Kaffeesäckchen ordnet, so, dass eines immer noch ein bisschen das nächste verdeckt, wie sie es irgendwann auf

Werbeplakaten gesehen hatte. Genau so versucht auch seine Mutter ihre Freundinnen zu beruhigen, fiel Erske ein und er hätte Elvira in diesem Moment gerne gestreichelt, doch wusste er nicht, ob das angebracht war, und er ahnte ja nicht einmal, was passiert war. Obwohl er viele Stunden mit Elvira verbracht hatte, bestimmte Dinge wurden in ihren Gesprächen ausgespart.

Geh weg, Erske, hörte er Elvira sagen, sie drehte sich dabei nicht einmal um.

Erske legte den Rückwärtsgang ein, schnell hinter den Vorhang und weg war er. Solche Fettnäpfchen sparte sich Erske für die Mutter auf, und wenn er mehrere davon beisammenhatte, überfiel er sie damit am Telefon. Erskes Mutter Lili vermutete, dass ihr Sohn und diese Elvira etwas am Laufen hatten. So oft, wie er von ihr sprach. Vielleicht ja auch zu oft. Wäre sie sein Mädchen, er wäre wohl vorsichtiger gewesen. Lili hätte ja nichts dagegen gehabt. Erske war alt genug, um eine ernste Beziehung einzugehen. Und Lili hatte keine Vorurteile. Ein Mädchen, irgendwoher aus Sibirien, die kann ihrem Sohn eine genauso gute Frau sein wie eine Dänin, Norwegerin oder Französin. Bestimmt wäre sie froh, wenn er ihr ein Stück der Welt zeigen und sich ihr Leben verbessern würde. Sie wäre gewiss fürsorglich und bescheiden. Bestimmt wäre sie erstaunt, dass man – vor dem Winter – alle Kleidungsstücke des Vorjahres in einen Container des Roten Kreuzes einwirft und sich die Schränke alsbald von neuem füllen. Im Übrigen bezweifelte Lili, dass sie in diesem Charyň überhaupt Schränke besaßen. Dem nach zu schließen, was Erske erzählte, hatte sie Unrecht. Wie gut, dass er so viel Courage und ein gutes Herz besitzt, dass er diesen kleinen

Serjoža vor diesen Wüstlingen schützt. Er hat ihnen eine Lektion erteilt, und das zu Recht. Lili hat an Erske ihre Freude. Sie hatte sich nie in seine Sachen eingemischt, er war stets umsichtig gewesen und hatte von klein auf seinen eigenen Interessen gefrönt. Wenn man die regelmäßigen Telefonate summiert, spricht sie nun fast genauso oft mit ihm wie damals, als sie noch miteinander gewohnt haben.

Erske überlegt: Wenn er später der Mutter von der weinenden Elvira erzählt, kann diese ruhig neben ihm Kuverts stempeln und sie wird keine Ahnung davon haben, dass es gerade um sie geht. Eine andere Sprache zu sprechen, hat manchmal auch seine Vorteile.

Doch am nächsten Tag ist die Post geschlossen. Elvira blieb einfach zu Hause. Frau Miškinová öffnet schließlich auch nicht jeden Tag. Klar, der Laden gehört ihr ja, und die Post und Elvira, das ist eigentlich etwas anderes, aber die meisten Leute sehen das nicht so und Elvira ist es recht. Sie herrscht dort in ähnlicher Weise, wie die Miškinová über ihre Konservendosenpyramiden. Elvira überlegt: Hätte sie sich schon gestern dazu entschlossen, heute nicht arbeiten zu gehen, sie hätte ihr nicht so viel zu erzählen brauchen, wo doch die Miškinová unterdessen nur ihre Regale einräumte. Was hatte sie sich bloß erwartet, von ihr zu hören? Schau doch mich an, ich hab ein ähnliches Schicksal? Ich und Oleška sind auch ganz allein und eigentlich geht es uns gut? Doch Elvira ist nicht die Miškinová und die Tatsache, dass die Miškinová und Oleška alleine sind und es vielleicht so besser für sie ist, das hilft ihr nicht weiter. Schließlich fehlt ihr Fedorek und sie kann nichts dagegen tun.

Sie wusste nicht, dass ein Schaffner auch nur ein Seefahrer ist. Dass sie ihren Mann kaum sehen würde. Die paar Monate, die sie gemeinsam unterwegs gewesen waren, das war für Elvira zu viel. Im rüttelnden Zug konnte man zwar gut einschlafen, aber nach drei Wochen unablässigen Rüttelns und Schüttelns wird der Mensch doch seekrank. »Schaffnerkrankheit«, so wird das von den Eisenbahnern genannt. Fedorek sagte, dass sie davon in der Berufsschule gelernt hätten, aber bevor er nicht selbst einige lange Fahrten absolviert hatte, wusste er nicht wirklich, wovon da die Rede war. Deshalb ist das Personal bei der transsibirischen Eisenbahn oft auch so ausgemergelt, oder das Gegenteil davon, ziemlich korpulent. Wegen der Schaffnerkrankheit hören sie auf zu essen, oder sie fressen viel zu viel. Sie wissen nicht, was man mit diesem neuen »Schaffnermagen« anfangen soll, der sich unablässig bemerkbar macht. Auch Elvira hatte die Schaffnerkrankheit ereilt, und daher war sie auch so glücklich gewesen, als sie den Job auf der Post bekam. Sie verdient es ja, dass Fedorek nicht da ist. Es ist eine Strafe. Nicht nur, weil ihr Erske mal gefiel, auch deshalb, weil sie sich beim Abschied von Fedorek gefreut hatte. Sie hatte versucht, das vor ihm zu verstecken, doch einem Mann mit solch einem Auffassungsvermögen musste es aufgefallen sein.

Warum versuchst du zu etwas zurückzukehren, was schon fünf Jahre her ist, warf Frau Miškinová im Laden ein. Weil mein Fedorek vor fünf Jahren doch auch so lange auf sich warten ließ, das war, als Serjoža geboren wurde. Acht Monate hatten wir einander damals nicht gesehen.

Und dann hat ihn der Kavaryč beinahe aus dem Haus

geschmissen, sagte Frau Miškinová, ohne sich dabei umzudrehen.

Weil er der Mutter widersprochen hatte, entgegnete Elvira trotzig.

Er hat ihr nur das gesagt, was ihr endlich jemand hatte sagen müssen.

Und von da an wollte Elvira nicht mehr länger der Miškinová zuhören, sie verabschiedete sich und ging. Hauptsache, sie muss sich zu Hause mit niemandem mehr unterhalten. Zum Glück war es schon ziemlich spät.

Über Charyň leuchteten die Sterne, engelsgleich schienen sie (mit gefalteten Händen), diese Nacht beruhigte Elvira. Schon immer kam es ihr so vor, als wäre die Nacht weise. Vielleicht, weil so eine Nacht schweigt und die Ohren den Augen überlegen sind. Die einzige Charyňer Beleuchtung im öffentlichen Raum, dieses »Blinkding« am Bahnhofsbahnsteig, das konnte daran nichts ändern. Warum ist er nicht hier bei ihr? Sie haben sich doch gern, das weiß sie. Elviras Gedanken drehen sich unablässig im Kreis, was wohl die Miškinová mit ihrer Mutter und Fedorek gemeint hat? Dass er ihr nur das gesagt hat, was ihr endlich jemand hatte sagen müssen …

In einer jeden Familie passiert doch mal irgendetwas. Wohin war Izikil eigentlich gefahren? Die Rübenschädel reisen schließlich selten mit dem Zug. Und gerade jetzt war einer von ihnen aufgebrochen, und dann das. Geht es vielleicht darum?

Im Flur setzte Elvira einen langen und vorsichtigen Schritt, wie sie es sich in jenen Wochen angewöhnt hatte, als Erske noch dort schlief und sie vorsichtig über ihn steigen musste. Jetzt schlief er schon seit mehreren Tagen nicht mehr dort, aber sie hatte sich noch nicht wieder umgestellt. Er schlief jetzt im Bett des Hauptraumes. Sie hatten ihn, so gesehen, in ihrer Familie aufgenommen, obwohl, es hatte sie vor allem dieses lästige, nächtliche »Darübersteigen« gestört. Die Kavaryčová muss jede Nacht zur Toilette, der Kavaryč wiederum verschwindet oft nach dem Abendessen, um irgendwo was zu trinken, und Elvira, die ist meistens zu Hause. Erske holt sie mehrmals in der Woche bei der Post ab, sie kocht ihm dort einen Tee und dann schlendern sie gemeinsam nach Hause. Als wäre er in Charyň auf »Sommerfrische«, so kommt es ihr manchmal vor.

Die Mutter hatte Elvira verraten, dass sich Erske manchmal, wenn Elvira längst auf der Post ist, einen Stuhl in den Hof stellt, sich bis auf die Unterhose auszieht, sich überall mit Sonnencreme einschmiert und Sonnenbäder nimmt, als wäre er irgendwo auf der Krim. Seit er finanziell etwas zum Haushalt beiträgt, stört sie das kaum noch. Trotzdem. Als sie einmal ordentlich gesoffen hatten (eigentlich wollte er Elvira betrunken machen, aber sie war es gewesen, die ihn schließlich unter den Tisch trank), erzählte er ihr davon, dass er auf der Suche nach jemandem sei. Elvira lachte und fragte, ob denn dieser »jemand« nicht vielleicht eine Frau sei. Vielleicht gefällt sie ihm ja, dachte sie sich, doch er hat bestimmt jemanden in Dänemark. Vielleicht ist es ja diese »Mutter«, die er immer anruft. Eine Frau, die er so nennt, und vielleicht ist sie diejenige, mit der er dort schläft. Brrr. Als wäre sie betrunken, dabei hatte sie gar nichts intus. Sie faltete ihr Kopfkissen, sie mochte es, wenn sie sich möglichst viel unter den Kopf schieben konnte. Der Vater hatte getrunken, Elvira roch das. Ein Walross, das sich neben ihr hebt und senkt und schnauft. Oder wie es Mutter auszudrücken pflegt: Sie würde nicht bezeugen wollen, dass er da nichts Unanständiges treibt.

Es ist Morgen, vor der Post wartet schon jemand mit einem Paket und Elvira weint noch immer in ihrem Bett, neben dem Vater, der schnarcht wie ein Holzfäller. Sie kann nicht mehr. In der Post muss sie sich ständig dumme Bemerkungen anhören, wo doch die Briefmarken immer teurer werden, zu Hause hat sie die Mutter am Hals, die immer mit irgendetwas unzufrieden ist, Serjoža ist völlig verzogen, und dazu auch noch Erske. Sie dachte, sie könnten Freunde werden. Schließlich gefiel er ihr auch und sie dumme Gans hatte später auch noch Gewissensbisse, weil sie darüber Fedorek vergaß. Sie wollte Erske wirklich dabei helfen, möglichst viel über Charyň zu erfahren, wo es ihn doch, weiß der Teufel, warum, so sehr interessiert. Jedem geht er hier nur auf die Nerven. Aber die Männer sind wohl auch in Dänemark nicht ganz bei Trost. Heute will sie ihn nicht mehr sehen. Doch Fedorek kommt deshalb auch nicht wieder.

Dumme Elvira, sagt sie zu sich selbst. Sie bemitleidet sich, anstatt Erske lieber den Kopf zu verdrehen. Sie denkt sich tatsächlich ein bisschen, dass Fedorek sie warten lässt, weil er sie dafür bestrafen möchte, dass sie an so jemanden wie Erske überhaupt denken konnte. Fedorek hatte ihn zwar nie gesehen, doch angeblich reden sie sogar in Pstruh über ihn. Und alle Wölfe der Umgebung fletschen schon ihre Zähne, um Erske wie eine Himbeere zu verschlucken. Im Winter bestimmt.

Serjoža hat längst damit aufgehört, etwas über Fedorek wissen zu wollen. Wenn Fedorek irgendwann mal kommt, wird er ein fremder Mensch für ihn sein und er wird zu weinen beginnen, wenn ihn der eigene Vater in den Arm nimmt.

Erske überlegt, wie er Elvira beistehen könnte. Manchmal ist es notwendig, die Forschung hintanzustellen, wenn sich ein Anthropologe weiterhin der menschlichen Rasse zugehörig fühlen will. In Århus hatten sie das in einer Ethikstunde behandelt. Das Dilemma, ob ein Fotograf, im Angesicht einer Naturkatastrophe, lieber den Auslöser betätigt oder sich doch besser bei Bergungsarbeiten nützlich macht. Das »Auslösermoment«, das war dieser Ausflug nach Čevapik. Seine Arbeit. »Bergungsarbeit« heißt jedoch, Elvira aus dem Bett zu ziehen, um mit ihr irgendetwas anzugehen. Und ihr mit einer Lotusblütenseife eine Freude zu bereiten. Damit fängt er an. Er riecht an seinen Händen. Er riecht angenehm, er hat die Seife von der Miškinová beinahe umsonst bekommen.

FEDOREK

Es gibt Stunden, da passiert rein gar nichts. Eine Fliege summt um eine Lampe herum, ein Vorhang weht in der Zugluft, auf einer Taigalichtung grast ein Rentier. Manchmal vergehen ganze Tage so. Die Sonne geht auf und wieder unter, wie auf einer Schaukel, zwischen dem Aufwachen und der Nachtruhe liegt ein Grasteppich und darin ein einzelner schmaler Pfad, vorwärts. So kann das ein paar Jahre – mit einigen kleineren Unterbrechungen – andauern. Solche Jahre nennt man dann mit etwas Abstand eine glückliche Zeit. Dann, wenn einem alles über den Kopf wächst und es nur noch ein großes Durcheinander gibt. Der Pfad vorwärts ist voller umgefallener Stämme, von den Hängen rieselt Geröll nach unten und ein Mensch kommt und kommt nicht zur Ruhe.

Fedorek war ganz durcheinander. Er hätte niemals geglaubt, dass ihm so etwas Wunderbares begegnen könnte, etwas wie die Liebe einer guten Frau und eine Familie, und kaum war alles zum Greifen nahe, packten ihn die »Lebensböen« und bliesen ihn weit weg davon.

Zunächst deutete nichts darauf hin. Er und Elvira verabschiedeten sich liebevoll, natürlich waren sie traurig, aber keiner von ihnen dachte, dass es länger als zwei, drei Monate dauern könnte.

Elvira fuhr nach Charyň, um ihre Arbeit in der Post anzutreten und Serjoža zu gebären, und Fedorek ließ sie mit seiner Schaffnerkrankheit und der Taiga allein zurück, die immer treu neben dem Zug herläuft, ganz egal, wohin er fährt.

Früher war er froh, wenn es den Reisenden an nichts mangelte und er in seinem Kämmerchen etwas Ruhe hatte, nunmehr aber verfiel er der Sehnsucht, immer, wenn er wenig zu tun hatte, in jedem freien Augenblick.

Sein Waggon war seit dem Zeitpunkt, als Elvira nach Charyň zurückgekehrt war, ein Beweis dafür, dass man »Erste Klasse« reisen konnte, auch wenn man nur »Dritte Klasse« bezahlt hatte. Der Boden zwischen den Betten war so sauber wie in anderen Waggons bestenfalls die Klapptischchen, und würde man es etwas übertrieben darstellen wollen, dürfte man behaupten, dass man in Fedoreks Waggon sogar vom Boden essen konnte.

Er konnte sich später selbst nicht mehr genau erklären, warum er den Besuch bei Elvira in Charyň so lange aufgeschoben hatte. Es ist wahr, einige Schaffner hatten in jener Zeit gekündigt, und um ein paar freie Tage zu bekommen, musste man, das wusste er von anderen Kollegen, lange Diskussionen in Kauf nehmen, einen schriftlichen Antrag stellen und persönlich die verantwortlichen Stellen in Moskau, Wladiwostok oder Irkutsk aufsuchen (in seiner Freizeit). Ein von der Fahrt geräderter Schaffner, der gerade mal zwei Tage Freizeit zur Verfügung hat, um wieder auf die Beine zu kommen, bevor er die Rückfahrt antreten muss, der wird sich das gut überlegen. Doch bestimmt wäre es schon irgendwie gegangen. Etwas von Fedoreks Scheu, Elvira zu besuchen, könnte man damit erklären, dass er niemals zuvor bei einer »ernsthaften Beziehung« zu Gast gewesen war, bei ihrer Familie, die nun auch die seine werden sollte, und er fürchtete sich davor. Man geht doch einen Bund fürs Leben ein, ohne auf irgendwelche Besuche zu bestehen. Er hätte für Elvira jederzeit die Hand ins Feuer gelegt, und wer nun meint, dass er in der Zeit, in der sie einander nicht gesehen hatten, eifersüchtig geworden wäre oder an andere Frauen gedacht hätte, der kannte Fedorek kein bisschen.

Und so vergingen die Wochen und der Besuch in Charyň rückte in immer weitere Ferne. Vermutlich hatte er auch etwas Angst vor Herrn Kavaryč, denn wenn man Elviras Erzählungen glauben wollte, war der ein stämmiger Brummbär, der ihm bestimmt – als Schwiegervater – gleich mal lauthals sagen würde, was er von ihm halte, wie es bei solchen Typen eben oft der Fall ist. Dass ihm Fedorek nicht männlich genug sei. Dass er beherzt war und in beinahe jeder Station irgendwelche Rauferein schlichten musste, war ihm nicht anzusehen. Bestimmt hätte er auch bei seinem ersten Besuch etwas mitbringen müssen, und kaum hatte er sich dazu entschlossen, endlich hinzufahren, schien ihm alles, was er in Wladiwostok auftreiben konnte, als Geschenk nicht gut genug. Stattdessen fuhr er zu seinem Vater (nach Voryň) und hatte bestimmt vor, beim nächsten Mal auch nach Charyň zu fahren, doch das passierte auch im ganzen neuen Jahr nicht, schließlich folgte eine Katastrophe der nächsten.

Den Vater hatte er zu Hause mit dem Kopf auf der Tischplatte vorgefunden, er schlief, dabei war es längst Mittag und er hätte in der Bücherei sein müssen. Doch wie er später erfuhr, hatte er sich frei genommen, es war das Einzige, wozu er sich aufraffen konnte, und seitdem wartete er in der Küche auf Fedorek, damit dieser die ganze Angelegenheit übernehme. Diese Frau, die Oleg Abramovič betreute, nachdem er in seiner Kindheit Hand und Fuß verloren hatte, diejenige, die sich mit ihm im Rollstuhl während der Belagerung Stalingrads in den Hof mühte und vor der ihr Sohn später nach Sibirien flüchtete, seine Mutter und Fedoreks Großmutter, sie war dieser Tage in Petersburg zum letzten Mal zum Fotografen gegangen, ein paar Stunden später war sie tot. Sie war die älteste Frau, die Fedorek je gekannt hatte. Obwohl sie so viele Jahre damit verbracht hatte, ihren Sohn zu pflegen, hatte es Fedorek kein einziges Mal erlebt, dass dieser etwas Gutes über seine Mutter gesagt hätte. Und jetzt war sie fort, und auch wenn sich's der Vater nun hundertmal wünschen würde, er würde ihr nie mehr sagen können, warum er so schlecht von ihr dachte, sagte sich Fedorek, während er den Vater zu trösten versuchte, der sich das allerdings nicht gefallen ließ und mit polternder Stimme daran erinnerte, was nun alles zu erledigen wäre.

Kam es in einer Familie zu einem Todesfall, war es bei der Eisenbahn leichter, eine Freistellung zu erwirken. Fedorek forderte sie telefonisch aus Voryň an und erhielt sie binnen zweier Tage.

Am nächsten Tag schon fuhr er über Moskau nach Petersburg, die Strecke zog sich neuntausend Kilometer lang durch Sibirien, er fuhr als gewöhnlicher Fahrgast. Bei Großmutter Nastasja war er nur dreimal in seiner Kindheit gewesen. Nastasja hatte Fedoreks Mutter nie gesehen, der Vater hatte sie nie nach Voryň eingeladen, und als ihn der Vater schließlich doch nach Petersburg zur

Großmutter geschickt hatte, glaubte Fedorek, dass er dies nur tat, um zwei Monate lang in Ruhe mit seiner Lehrerin Fíla Medosjevová zusammen sein zu können. Er hatte ein paar vage Erinnerungen an Großmutters dunkle Wohnung in der Nähe des Gribojedov-Kanals, eine Wohnung voller Staub und Antiquitäten, aber vielleicht kam es ihm auch nur so vor, weil sie damals in Voryň fast gar nichts hatten, und was sie besaßen, befand sich in leeren Konservendosen oder Zwiebackschachteln, irgendwo in den paar Regalen.

Fedorek fuhr mit leichtem Gepäck nach Petersburg. Er hatte Nastasjas Adresse und das Telegramm zu ihrem Tod bei sich (in einem durchsichtigen Umschlag in seiner Brusttasche), mehrmals kontrollierte er, ob sich noch alles an seinem Platz befand, das Telegramm hatte der Vater von Großmutters Hausmeisterin erhalten, andere Verwandte, neben Oleg und Fedorek, hatte Nastasja nicht.

Auch wenn der Großvater in Wladiwostok seinen Enkel stets mit den Worten empfing: Juchu, die Dörfler sind da – Fedorek kannte Großstädte sehr wohl, als Endstationen seiner Fahrten, abgesehen davon hatte er vier Jahre lang in Irkutsk gelernt, Petersburg bereitete ihm also keine Sorgen. Er kam sich die ganze Fahrt über (von Voryň bis zu Großmutters Wohnung am Gribojedov-Kanal) vor, als befände er sich in einem Tunnel. Er schlief fast die ganze Zeit und in Petersburg musste er nur zweimal jemanden nach dem Weg fragen. Da die Hausmeisterin gerade nicht im Haus war, blieb ihm nichts anderes übrig, als sich vor dem Haus auf ein paar Stufen zu setzen und abzuwarten.

In seinem Kopf kreisten die Gedanken, wie es wohl wäre, hier mit Elvira zu leben, was sie dazu sagen würde, wenn sie wüsste, dass er nun hier sei. Als er in Voryň die Sache mit den freien Tagen geregelt hatte, hatte er auch versucht, sie in der Post zu erreichen, doch dort war ständig besetzt. Er hatte sich die Hausmeisterin als ein rundliches Weibsbild vorgestellt, doch es handelte sich um ein Mädchen, sogar ein paar Jahre jünger als er, er war vor dem Haus mit ihr ins Gespräch gekommen, ohne zu wissen, dass sie es war, auf die er ganze Zeit wartete.

Die Wohnung war noch etwas dunkler, als er es in Erinnerung hatte. Vielleicht lag es an der Linde im Hof, die inzwischen gewachsen war und sich mit ihren Ästen gegen die Fenster stemmte, als würde sie immer weiter wachsen wollen. Man konnte wegen ihr nicht einmal die Fenster öffnen. Vielleicht war die Luft auch deshalb so abgestanden, die »Erstarrtheit« dieses ganzen Zimmers war zu spüren, das die alte Dame – laut der Hausmeisterin – in den letzten zehn Jahren kaum noch verlassen hatte. Sie gab ihm die Schlüssel und fragte, ob sie aufrichtig zu ihm sein dürfe. Als Fedorek bejahte, sagte sie: Mit Verlaub, ich wundere mich gar nicht, dass Sie sie nie besucht haben. Ich kam in den letzten fünf Jahren zweimal pro Woche zu ihr, zum Putzen, das reichte mir völlig. Sie schwieg und fügte noch hinzu, dass dies alles sei, was sie ihm sagen wollte. Und dann schwieg sie wieder und fragte irgendwann: Und was wird nun mit der Wohnung?

Er war so dumm, dass er nicht schon früher daran gedacht hatte. Und das Mädchen lachte und sagte, er sei der unterhaltsamste Junge, der ihr in den letzten hundert Jahren begegnet war.

Nastasjas Wohnung war voller Sachen, manche Laden ließen sich nicht einmal mehr öffnen. Er sortierte Großmutters Habe, warf alles auf unterschiedliche Haufen, was man damit machen würde, das würde man noch sehen, inzwischen freute er sich, dass sie in Petersburg nun eine Wohnung hatten. Eine Wohnung in Petersburg zu besitzen. Das klingt gut! Das klingt sogar besser, als es hier aussieht, sagte sich Fedorek, als er sich durch eine dunkle Abstellkammer wühlte. Die ganze Zeit über suchte er nach irgendwelchen Fotografien und schließlich fand er sie auch. Arrangierte Aufnahmen der Großmutter aus diversen Fotoateliers. Immer elegant gekleidet, vor Posterwänden mit aufgemalten Wäldern, dem Panorama irgendeiner arabischen Stadt (auf dieser Fotografie trug sie einen Turban), vor einem gemalten Versailles, mit einem künstlichen Olivenzweig in der Hand und in einen Umhang gehüllt, am öftesten aber war sie in irgendwelchen Trachten sowjetischer Völker zu bewundern. Als Kirgisin, Aserbaidschanerin, Armenierin, Kasachin, Georgierin oder gewöhnliche Kolchosenarbeiterin mit Kühen. Solche Fotografien gab es zu Hunderten, sie musste jeden Monat ein Atelier aufgesucht haben. Immer allein und ein jedes Mal steckte irgendeine Idee dahinter. Er entdeckte auch ein paar Aufnahmen von sich selbst (als Säugling), vermutlich hatte seine Mutter sie heimlich zu Nastasja nach Petersburg geschickt. Er fand sogar eine Fotografie der ganzen Familie. Die Mutter trug darauf ein beige gemustertes Sommerkleid, sie war barfuß, der Vater schaute etwas verkniffen und hielt eine Pfeife in der Hand, die er allerdings niemals benutzte, und Fedorek – auf Mutters Schoß – umarmte gerade irgendein Männchen. Allerdings fehlte auf der Fotografie Fedoreks Kopf. Der war ausgeschnitten worden und man hatte an seine Stelle das Gesicht eines

Mädchens eingeklebt. Fedorek erkannte in ihr jene Frau, von der er die Wohnungsschlüssel hatte.

Auf der Rückfahrt schlief Fedorek die ganze Zeit, wie schon auf dem Weg nach Petersburg, aber er schwitzte und wälzte sich herum, er träumte von allerlei Dingen, die er nicht sehen wollte, doch er konnte und konnte nicht erwachen. Diese zwei Monate, in denen er Petersburger Behörden aufgesucht und Nastasjas Sachen sortiert hatte, diese Zeit hatte er wie in Trance verbracht. Elvira konnte er nicht erreichen, und es war ja auch nicht verwunderlich, dass sie sich über ihn ärgerte. Er hat schließlich auch schon einen Sohn!

Er heißt Sergej, wie Fedorek es wollte, und er habe angeblich die gleiche Nase wie er. Doch in Charyň glaubt längst niemand mehr, dass sich sein Vater noch zu ihm bekennt. Als er sich vorstellte, dass man Elvira – und das wäre ganz allein seine Schuld – hämisch nachsah, fühlte der so milde Fedorek, wie sich ein Raubtier in ihm regte, das einfach nur losschlagen wollte. Am schlimmsten aber war, dass er es auch in Elviras Stimme gespürt hatte. Es lag wohl nicht daran, dass sie ihm nicht mehr glauben würde, doch es war klar, dass sie sich nicht mehr so auf ihn freute wie damals. Sie hatte gelernt, allein zu leben, und sieht nun selbst, dass es auch so geht, Fedorek fühlte tiefe Wehmut in sich aufsteigen. Andere Frauen in Charyň leben bestimmt auch so ein Leben und gemeinsam wünschen sie die männlichen Taugenichtse zum Teufel, wo sie doch auch ganz gut allein zurechtkommen. In ganz Russland konnte man das beobachten. Frauen, die allein besser dran sind, und Männer, die nur »herumhuren« und trinken. Am liebsten würde er irgendwo dagegentreten. Aus Wut, dass sie ihn in Charyň auch für so einen Typen halten. Stattdessen hatte er über zwei Stunden am Bahnsteig in Petersburg auf den verspäteten Zug gewartet, und nunmehr fährt er mit so einem »Schleicher« nach Voryň zurück, der ständig wo hält und ihn quält, im anderen, schnelleren Zug war kein Platz mehr gewesen. Fedorek ist verzweifelt, er dreht und wendet sich auf der schmalen Zugbank und schläft wieder ein. Er träumt von Nastasja, die ihm den Kopf mit einer riesigen Schere abschneiden möchte, weil sie seinen Vater nicht leiden kann, und später kommt dann dieses Mädchen zu ihr, um aufzuräumen.

Als sich der Zug Voryň nähert, denkt Fedorek nur noch an Elvira. Gleich wenn er zu Hause ankommt, wird er sie anrufen und sich mit ihr verabreden. Sie wird ihm sagen, wann er kommen kann, und er wird sie überraschen und noch ein paar Tage früher losfahren. Die Vorgesetzten lässt er glauben, er sei noch in Petersburg, es müsste mit dem Teufel zugehen, sollten sie irgendwie erfahren, wo er wirklich steckt. Und wenn schon. Was steht für ihn an erster Stelle? Na was wohl?

Fedorek wusste allerdings zu diesem Zeitpunkt noch nicht, was so alles in Voryň passiert war. Man sagt nicht ganz zu Unrecht, dass ein Unglück selten allein kommt. Als ob Fedorek all seine unbeschwerte Zeit in den paar Monaten aufgebraucht hätte, in denen er und Elvira mit der Transsibirischen unterwegs waren, und jetzt ging es Schlag auf Schlag, alles schien sich gegen ihn verschworen zu haben.

Fíla Medosjevová war gestorben, eine infizierte Biene soll sie gestochen haben. Sie hatte ein paar Fliegen durchs Küchenfenster vertrieben (vor dem Mittagessen), als plötzlich diese Biene angeflogen kam. Nach zwei Stunden war sie wie ein Ballon angeschwollen, und noch bevor Oleg Abramovič mit dem Arzt antraben konnte, war es um sie geschehen gewesen. Fedorek hatte nie aufgehört zu glauben, dass Fíla so etwas wie seine Leihmutter war, und hätten sie und ihr Vater sich überwunden und ihm davon erzählt, was Fedorek längst wusste, wäre es auch mit den Heimlichkeiten vorbei gewesen. Aber das war nie geschehen. Fíla brachte ihm Schreiben, Lesen und Rechnen bei, in den Stunden mit ihr hatte er – von der Schaffnerausbildung mal abgesehen – alles gelernt, was er sonst noch wusste.

Oleg Abramovič verlängerte seinen Urlaub, den er wegen Nastasja beantragt hatte. Mit dem Tod seiner Mutter wollte er sich nicht auseinandersetzen, diese beschwerlichen Reisen und aufreibenden Behördengänge ... um Fílas Begräbnis wiederum konnte er sich nicht kümmern, weil ihm schlicht die Kraft dazu fehlte. Seit Fílas Tod beklagte er jeden Tag seine Wunden, die er in der Jugend erlitten hatte, sein Bein, über das er dreißig Jahre lang kein Wort mehr verloren hatte, und immerzu versprach er, die Bücherei wieder aufzusperren, gleich am nächsten Montag. Schließlich stellten sie dort so ein Milchgesicht ein, wie Oleg sagte. Er humpelte erbärmlich, wenn er loszog, um dieses Milchgesicht zu kontrollieren, bis ihm irgendwann klar wurde, dass ihn in seiner Bücherei niemand mehr brauchte.

Fílas Begräbnis organisierten – unter Fedoreks Leitung – schließlich ihre ehemaligen Schüler, und Fedorek war im Laufe von nur drei Monaten schon mit der zweiten Hinterlassenschaft beschäftigt. Fíla hatte die Fotos ihrer Lieblingsschüler aufgehoben, Schreibhefte mit Musteraufgaben, Stilübungen für die paar, die es von Voryň bis auf die Hochschule geschafft hatten, er fand auch die im Unterricht beschlagnahmten Gegenstände. Fedorek schmiss alles weg. Eine Schublade war voller Briefe. Abgesehen von banalen Ansichtskarten fand er auch einen Stapel ungeöffneter Briefe, Umschläge mit einer schmalen, ansehnlichen Schrift. Er zögerte kurz, dann warf er sie zum übrigen Gerümpel.

Mit weiteren ihrer Schüler legte Fedorek zusammen, sie kauften drei Meter weißen Stoff (den billigsten), sie wickelten die Lehrerin gemeinsam in ihn ein, einen Tag lang ließen sie sie in der Ecke ihres Schlafzimmers stehen, und kurz danach warfen sich Fedorek und Oleg ihren Leichnam über die Schulter (wie Kavaryč und Erske, die auch den Vater der Idiotin weggetragen hatten), sie brachten sie weg, irgendwo hinter Voryň. An einen Ort mit menschenfressenden Vögeln, dort legten sie sie zu den anderen »Verpackten«, Oleg konnte gar nicht anders, er blieb in der ersten Nacht bei ihr.

An diesem Ort zwischen vier Bäumen, von wo aus man das ganze Dorf erkennen konnte, kämpfte Oleg eine ganze Nacht lang mit diesen Vögeln, obwohl er nur zu gut wusste, dass er es – den hiesigen Bräuchen nach – gar nicht durfte. Aber das war ihm egal. Zum Teufel auch, er war aus Petersburg, in Wahrheit hatte er nie hierhergewollt, und in dieser Nacht ließ er es nicht zu, dass auch nur ein einziger Vogel seine Krallen in Fílas Körper schlug.

Seine Fahrt zu Elvira musste Fedorek also schon zum zweiten Mal aufschieben. Oder war es bereits zum dritten Mal? Seine Stimme zitterte ein wenig, als er Elvira am anderen Ende der Leitung vernahm, wie sie sich mit kühler Beamtenstimme meldete und die Nummer der Charyňer Post aufsagte, er wollte sie sofort um Verzeihung bitten. Es knackte ein paar Mal trocken im Hörer. Elvira zündete sich eine Zigarette an und nahm einen tiefen Zug. Es steht schlimm um uns, dachte sich Fedorek. Doch Elvira nahm Fedoreks Entschuldigung zur Kenntnis und es schien so, als würde sie ihn sogar verstehen. Sie ermunterte ihn sogar, ihr mehr von Fíla zu erzählen, und Fedorek legte gleich los. Wie er am ersten Tag in die Schule kam und keinen Bleistift hatte und Fíla ihm nicht böse war, weil er das einzige Kind war, das keine Mutter hatte, und man nahm eben an, dass sich zu Hause keiner so richtig um ihn kümmerte. Sie ließ ihm vieles durchgehen. Vorerst. Hausaufgaben, Schmutzhände. In den ersten zwei Jahren war er ihr Liebling, doch als sein Vater Fíla immer öfters besuchte, wurde sie plötzlich strenger zu ihm. Die größte Schmach war, mit dem stinkenden Vašek dieselbe Schulbank drücken zu müssen. Und alles nur, weil er versehentlich im Geometrieunterricht das Lineal zerbrochen hatte.

Sie dachte, ich würde mir irgendetwas zusammenreimen, doch ich sagte immer die Wahrheit. Als ich mich entschuldigte, dass ich es nicht geschafft hatte, ein Gedicht von Puškin auswendig zu lernen, weil mir der Vater den ganzen Abend lang irgendetwas vorlas. Später glaubte Fíla Fedorek. Dann lachte sie darüber. Und nach Irkutsk, als er dort noch zur Eisenbahnerschule ging, dorthin schrieb sie ihm stets, was es in Voryň für Neuigkeiten gab, nur vom

Vater nie ein Wort. Sie legte dem Päckchen immer nur einen Brief von ihm bei, als wäre das ganz zufällig passiert. Alles, was war, blieb zwischen ihnen.

Frag ihn danach, hörst du? Versprich mir, dass du den Vater darauf festnagelst, meinte Elvira. Es interessiert mich. Mach es für mich. Und sie redete auf ihn ein und versuchte ihn davon zu überzeugen und Fedorek war einfach nur froh, dass er ihrer Stimme lauschen durfte. Das genügte ihm vollends. Einfach nur am anderen Ende der Leitung den Hörer zu halten und ihr zuzuhören, wie sie sich für etwas einsetzt. Er widersprach ihr, nur um ihr noch ein Weilchen zuhören zu können, und dann gab er ihr schließlich recht, nur um ihr damit eine Freude zu machen. Sie vereinbarten Tag und Stunde, wann sie ihn am Charyňer Bahnhof erwarten würde. Fedorek wusste schon die Nummer des Zuges und des Waggons, und als sie sich verabschiedeten, schwebte er auf Wolke sieben.

Oleg Abramovič wusste über Elvira Bescheid, der Sohn hatte ihm davon erzählt. Am meisten fürchtete er sich davor, ihm eine Schande zu machen. Er versprach ihm, dass er sich natürlich ein neues Hemd kaufen und sich die Schuhe reparieren lassen würde, bevor sie nach Voryň zu Besuch käme, und er wollte auch wissen, ob Elvira Bücher las. Was ihm Fedorek antwortete, gefiel ihm. Er begann sich gleich auf die junge Frau und den Enkel zu freuen, selbstverständlich erst irgendwann später, wenn man sich mit dem jungen Mann normal werde unterhalten können.

Irgendwann kam schließlich der Tag seiner Abfahrt, Fedorek musste einfach nur warten. Zwar wollte er den Vater nicht verlassen, doch da konnte man nichts machen. In der

Küche hatte er ihm noch das kaputte Fenster verglast, das die Nachbarskinder mit einem Ball eingeschossen hatten, er strich den Zaun der Wohnanlage, wusch die Vorhänge und holte für den Vater einige Pflanzensamen, damit er Blumen pflanzen konnte. Er sprach es nicht aus, aber all die Dinge, um die sich Fíla gekümmert hatte, die sollte der Vater jetzt von allein angehen, sonst würde er irgendwann im Dreck (vor dem Fernseher oder bei seinen Büchern) ersticken, doch das war jetzt egal.

Als er wissen wollte, was der Vater nun so machen würde, winkte dieser ab. Ich lasse mir die Schuhe reparieren, antwortete er, und anstatt ihn zu umarmen, reichte er ihm nur die Hand, als würde er gar nicht wirklich abfahren, sondern nur mal schnell irgendetwas in Voryň erledigen, als wäre er gar nicht sein Sohn, vielmehr ein entfernter Verwandter.

Während Fedorek die ganze Fahrt von und nach Petersburg verschlafen hatte, als er von Voryň nach Charyň fuhr, saß er nunmehr wie auf Nadeln. Für Herrn Kavaryč hatte er eine Tabakdose besorgt. Er wusste zwar nicht, ob er rauchte, er hatte bei Elvira vergessen nachzufragen, doch die Tabakdose war auch so sehr schön. Aus glänzendem, schwarzem Stein, sie lag angenehm in der Hand, und wenn man sie schloss und öffnete, war ein schönes Klappgeräusch zu vernehmen. Dieses »Klapp« hatte Fedorek schließlich überzeugt. Für Tamara erstand er hellblaue, mit silbrigen Fäden verzierte Pantoffeln. Die exakte Größe von Frau Kavaryčova kannte er nicht, er kaufte einfach die gleichen, die er auch für Elvira angeschafft hätte, bei Pantoffeln war doch ein Zentimeter mehr oder weniger ganz egal. Er selbst wiederum war das Geschenk für Elvira, als Draufgabe gab es noch eine Haarspange, einen Spiegel, einen Kamm und eine Toiletttasche, in hübscher chinesischer Ausführung, das russische Set war nicht ganz so schön gewesen, hatte aber gleich das Doppelte gekostet. Serjoža hätte er beinahe vergessen. Schließlich kaufte er ihm auch etwas. Irgendetwas Kleines, er hatte einfach kein Geld mehr.

Und dann saß er im Zug, er konnte es kaum erwarten und war zugleich voller Lampenfieber. Reisegespräche, davon hatte er an sich die Nase voll, doch jetzt verlangte es ihm nach Ablenkung, um die eigene Unruhe zu übertünchen, er kam mit jedem ins Gespräch.

Der Mann, für den sich Fedorek vom Augenblick an, als dieser eingestiegen war, interessierte, sah alt und unansehnlich aus. Er hatte eine dunklere Hautfarbe als die anderen Reisenden und seine Hände waren voller Falten, als würde er unter seiner Haut eine zerknitterte Zeitung verbergen, er konnte nicht viel jünger sein als Großmütterchen Nastasja. Die anderen Reisenden zogen, kaum dass sie eingestiegen waren und Platz genommen hatten, irgendetwas aus ihren Taschen, setzten sich und begannen mit einem Kreuzworträtsel – es war immer nur für zwei oder drei Minuten, dann kramten sie schon wieder herum und aßen und plapperten oder öffneten die Fenster –, doch dieser Mann setzte sich hin und von da an war er wie mit dem Sitz verwachsen, er rührte sich keinen Millimeter mehr. Er saß Fedorek direkt gegenüber, sein Gesicht erinnerte an alte Baumrinde, die Haare bestanden aus Filz, und als er seine mit Adern übersäten Hände auf das Klapptischchen vor sich legte, war dieses darunter verschwunden.

Fedorek kannte diese schweigenden »Pilger« von seinen Touren. Sie kamen, saßen ihre paar hundert Kilometer ab und verschwanden wieder. Eingeborene. Als Kind las er etwas von Indianern, bis ihm der Vater davon erzählte, dass irgendein Stamm gleich ein paar Kilometer weiter hinter dem Dorf lebe. Zunächst war er verzückt gewesen, aber dann realisierte er, dass er diese Leute kannte. Dunkle Lumpen, die manchmal im Laden auftauchten, es hörte sogleich auf, ihn zu interessieren. Auch in Voryň gab es einige Dunkelhäutige. Aber sie lebten schon lange in Häusern und waren fast normal. Fast jeder in Voryň, abgesehen von ihm selbst und dem Vater, hatte irgendwelche Eingeborenenvorfahren, doch das zählte nicht. Echte Eingeborene ließen sich nur kurz blicken – oder gar nicht. Manche Voryňer benutzten diese Leute, um die eigenen Kinder zu erschrecken, Oleg Abramovič hielt das für groben Unfug. Sie sind doch nur die steinerne Vergangenheit des Sowjetmenschen, und Fedorek dachte sich das auch. Es gab da nichts, worüber man hätte nachdenken müssen. Sollen sie doch ruhig irgendwo leben, wie es eben ihre Art ist, mit der Zeit würden sie von ganz allein in Häuser umziehen. Es ist schön, dass sie noch mehr von der Natur verstehen als die Leute in den Häusern. Seiner Taiga. Das wusste Fedorek zu schätzen.

Der alte Mann ihm gegenüber schaute aus dem Fenster. Die Taiga schoss am Zug vorüber, in diversen grünen Farbabstufungen, mit braunen und gelben Flecken, der Herbst stand vor der Tür.

Wohin fahren Sie?

Nach Charyň, und Sie?

Es begann wie mit jedem anderen auch, und als es

zu Ende war, drehte sich Fedoreks Kopf. Der Schaffner musste ihn anstupsen, dass er längst angekommen war, sonst hätte er das Aussteigen vergessen. Der Alte war inzwischen fort. Fedorek taumelte das Treppchen hinunter, und als er die Familie Kavaryč sah, wie sie ihm komplett am Bahnsteig entgegenlief, wurde ihm schwarz vor Augen.

Sie nennen mich Izikil und ich kenne Euch. Ihr habt was mit Elvira Kavaryčová laufen. Ich hab mal gesehen, wie ihr gemeinsam einen Waggon geputzt und die Bettbezüge eingesammelt habt. Er und Elvira hätten sich angeblich zugewinkt, behauptete er, doch Fedorek wusste nichts davon. Ihr flunkert. Es gefiel ihm nicht, wie er von Elvira sprach, und er erwiderte irgendetwas. Es irritierte ihn.

Waren Sie schon mal in Charyň?

Und als Fedorek den Kopf schüttelte, nickte der Mann und sagte: Was Ihr euch aussucht, das liegt ganz an Euch. Ich werde Euch aber etwas erzählen und füge gleich hinzu, dass Ihr Euch damit bei den Kavaryčs nicht beliebt machen werdet. Und ich schwöre Euch bei der Taiga, die Ihr doch auch so liebt wie ich, auch wenn Ihr einen Dreck darüber wisst, dass alles die reine Wahrheit ist.

Er beschrieb sie. Die Familie Kavaryč, die bolschewistischen Bastarde. Die Schlimmsten der Schlimmen, da sie mit den »Fortschrittsgläubigen« kollaborierten, die die Elektrizität brachten und dachten, dass man sich vor ihnen verneigen würde. Buro hieß er. Der Vater von Keke Kavaryč.

Fragt ruhig den alten Kavaryč, wie er zu seinem Namen kam. Es klingt doch nicht wirklich russisch. Sie werden Euch etwas von ihren berühmten Pionieren erzählen.

Gleich am ersten Abend werden sie versuchen, bei Euch Eindruck zu schinden. Wie sich im Jahre siebzehnhundert ihre Vorfahren zweihundert Kilometer durch die wildeste Wildnis schleppten, Laternchen in der einen Hand, damit sie nicht über Wurzeln stolpern, an der anderen die Kinder, und aus dem Nichts hätten sie hier eine Stadt aus dem Boden gestampft. Mit bloßen Händen, werden sie Euch sagen, und eine »Stadt«, wie sie meinen. Dass es dort doch so schön ist. Doch das ist nicht wahr, es war ihnen befohlen worden und eine Verweigerung hätte den Tod bedeutet. So wurde Sibirien erschlossen. Enthusiasten – das ist schon wahr –, die gab es unter ihnen auch. Leider. Wie Pilze wucherten sie entlang der Transsibirischen immer weiter. Sie waren besessen. Von Stecheisen, Spaten, Traktoren, die kilometerweit dröhnten. Der Fortschritt.

Fedorek war sich nicht sicher, ob er überhaupt Lust hatte, all das zu erfahren.

Buro hieß er. Und wisst Ihr, warum ich Euch das erzähle? Weil es unser Ende bedeutete.

Darüber wusste Fedorek Bescheid, Fíla Medosjevová hatte ihm davon erzählt. Von Stämmen, die dem Alkohol verfielen, den die Russen gegen Rentierfelle eintauschten. Und dann kamen angeblich auch irgendwelche Krankheiten. Sie hatten keine Antikörper. Allerdings hatte man erst unlängst mit diversen Schutzmaßnahmen begonnen. Außerdem werden Freiluftmuseen errichtet, aus Moskau kommen Zuwendungen, angeblich sogar welche aus dem Ausland. Damit die »sibirische Vielfalt« geschützt werden kann, warum nicht. Aber was hat das alles mit den Kavaryčs zu tun? Der Alte ist wohl nur etwas mitteilungsbedürftig …

Die Klügsten von uns begannen herumzuhuren. Und wisst Ihr, warum? Weil das Leben der »Kar« nichts wert war. Wir waren es gewohnt, Robben zu jagen und neun Monate im Jahr Trinkwasser aufzutauen, und dann begaben sich unsere Vorfahren in den Süden und wir fanden dort unser Ende, wo sie ein paar Jahre später die Schienen verlegen sollten. Eine Schiene nach der anderen, Schwellen, denen alle Bäume im Umkreis zum Opfer fielen. Wir wichen ihnen ein Stück aus, warum auch nicht, das waren wir doch gewohnt. Die Siedlung in einem halben Tag abzubauen und sie in einem halben Tag zwanzig Kilometer weiter wieder aufzubauen, das war keine große Sache. Es gab auch Radau. Sie kamen immer wieder. Zimmerten sich schnell etwas aus Holz und bald fiel alles wieder in sich zusammen, sie überlebten den Winter nicht, waren verschwunden, doch bald kamen schon wieder die Nächsten. Unsere Frauen gefielen ihnen. Aber was noch viel schlimmer war, sie gefielen unseren Frauen. Große Männer. Große Männer gefallen den Frauen schließlich immer, doch diese hier gehörten nicht zum Stamm. Manche dieser Neuen wurden verfolgt, aber was ging das uns an? Einen habe ich selbst eingefangen. Doch nach zehn Jahren hatten sie ihn aus dem Lager entlassen, und er kam, um mir die Frau zu stehlen. Ich habe ihm das Messer gegen die Gurgel gedrückt und er schwafelte etwas davon, dass meine Frau ihn glücklich macht. Diese Nutten schliefen mit ihnen wie auf Federn.

Buro … das war erst später. Er war nur einer von vielen, die sich ihnen anschlossen. Sie betonierten ein Stück Taiga, bauten dort einen Flughafen. Klar ging das alles sofort in die Hose. Also ließen sie es bleiben. Sie bauten eine Kolchose. Das ließen sie dann auch bleiben, weil die Schweine, die sie dorthin gekarrt hatten, den Winter nicht überlebten. Im nächsten Jahr beheizten sie alles. In diesem Schweinestall überdauerte schließlich das ganze Dorf den Winter. Dort haben sie sich dann auch untereinander vermehrt, im nächsten Herbst kamen die ersten »Geistesschwachen« zur Welt. Ihr habt einen Sohn, wie Ihr mir gesagt habt … Ihr werdet sehen, der wird zur Hälfte verblödet sein. Weil Buro …

Buro, was?

Ich erwähnte ihn, da Ihr, falls ich das richtig verstanden habe, ein Teil seiner Familie werden wollt … er zeichnete sich eigentlich durch nichts Besonderes aus, abgesehen von seinen schnellen Beinen und seiner vollkommenen Anpassung. Er ist nur ein gutes Beispiel für alle anderen. Die »Kar«, unser Stamm, der bekam schließlich, was er verdiente.

Ich dachte, ihr hättet keine Wahl gehabt.

Hatten wir auch nicht. Wäre das Waggondach nicht dazwischen, ich würde dir zeigen, wie es dort oben geschrieben steht, sagte der Greis und zeigte zum Himmel. Noch während wir im Norden Robben jagten und schneeweiße Füchse aus Norwegen anschleppten, stand es dort längst geschrieben, wie wir enden werden. Und die Schamanen wussten es.

Ich glaube an keine Schamanen. In Voryň gab es auch einen. Er trank und knöpfte den Leuten ihr Geld ab.

Eure Ansichten dazu bedeuten mir ungefähr so viel, sagte der Mann und machte eine unmissverständliche Geste. Gewiss. Scharlatane gab es und es wird sie immer geben. Doch die Leute lassen sich heute auch viel leichter einen

Bären aufbinden, sie begreifen doch gar nicht, worum es eigentlich geht. Charyň war 1917 gegründet worden und die ersten Häuser waren vom Schamanen geweiht worden. Zickzack, er machte sein Tänzchen und ging wieder seines Weges, zurück zu uns nach Čevapik. Einige Klugschwätzer dachten, dass die Russen mit den »Kar« in Eintracht leben werden. Ein Haus für sie, ein Haus für uns. Und dass die »Kar« auf sie hören werden und sich »kultivieren lassen«.

Aber ihr wolltet nicht in Häusern leben, wir mussten euch zwingen.

Wir … Wer weiß schon, wer man ist. Du weißt es doch selbst nicht … Russe, Tatare, Pole, Deutscher … Sowjet. Um den Zwang ging es gar nicht. Auf die bolschewistische Bildung pfiffen wir, es wollte auch keiner seine Kinder zur Schule schicken, und doch bewunderten wir sie irgendwie. Das, was sie besaßen und so weiter. Wenn wir das erst mal auch haben, lassen wir sie links liegen, sagte man. Und sie lassen uns in Ruhe, oder man wird es ihnen schon zeigen. Wir dachten, dass wir stark wären. Wir begriffen es nicht. Viel zu lange begriffen wir es nicht. Wir wollten nicht mit ihnen zusammen wohnen und schließlich wohnten wir doch bei ihnen. Ein Teil des Dorfes war ihrer, ein Teil unserer. Wir gingen weiter jagen und kauften von ihnen Radiobatterien und nahmen sie in die Taiga mit, den Tieren nach, sie schossen viel mehr als wir. Und dann waren die Tiere fort und ein Teil von uns wollte in die Taiga zurückkehren. Sie verbrannten die Häuser. Und ein anderer Teil wollte das nicht. Die meisten Frauen wollten bleiben. Im Fernsehen habe ich mal etwas über Musliminnen gesehen. Die hören auf ihre Männer. Unsere Frauen taten immer das, was sie wollten. Wären unsere Frauen Musliminnen gewesen, die »Kar« wären heute noch wer. Aber sie liefen den Sowjets hinterher, eine Schande für uns alle. Auf einmal gingen alle Schwestern weg. Zu fünft fassten sie sich an den Händen, sie gingen und gingen und im Dorf ließen sie sich wieder los und die Sowjets teilten sie unter sich auf. Unsere Männer konnten sich ihre Frauen nur mit Gewalt nehmen. Ab und an. Nur wenn es eine der Sowjetinnen darauf anlegte. Eine Georgierin etwa. Ihre Frauen ekelten sich vor unseren Männern. Und wir hatten auch keine Radios. Dann hatten wir welche und hatten keine Fernseher. Jetzt haben wir auch die. Aber irgendwas fehlt uns immer. Sowjetische Frauen gehorchen den sowjetischen Männern. Sie durften nicht, aus und basta, nicht wie unsere Frauen, die immer taten, was ihnen gerade einfiel.

Buro war einer von denen, die nach Charyň zurückkehrten, nachdem die meisten wieder nach Čevapik gezogen waren. Er besaß sogar ein Auto, und es gelang ihm tatsächlich, eine russische Frau zu finden. Larissa. Sie lebten nicht zusammen, aber den Keke Kavaryč hat er ihr besorgt, das ist bekannt. Keke war der Name von Buros Vater gewesen, eine Kavaryčová war diese Larissa. Buro war stolz darauf, eine Russin zu haben. Er konnte an einem Tag fünfzig Kilometer in der Taiga zurücklegen. Er ging, lief, ging, lief. Er trug allen etwas nach, die ihn bezahlten. Den Holzfällern, die für irgendeine Gesellschaft schlägerten, brachte er Mehl, Reis, Kartoffelsäcke. Den Jägern Munition, den Eisenbahnarbeitern Wodka und Zwiebeln. Er wusste ganz genau, was die Sowjets wo in der Taiga betrieben. Auch dorthin, wo sich die Gulags befinden, lieferte er liebend gern. Ein paar Annehmlichkeiten für die Lagerleiter. Die Unseren waren ihm egal. Er versorgte jene Jäger mit Vorräten, die die letzten sibirischen Marder abschossen. Er schleppte Brotlaibe zu den Holzfällern, die jene Bäume fällten, in denen unsere Ahnen lebten. Sie verließen uns, da es nichts mehr gab, wohin sie hätten zurückkehren können. Ihre Bäume waren plötzlich verschwunden, und so flogen sie fort …

Zu Buros Zeiten wurden in Charyň Leute verspeist.

Fedorek schrie auf.

Im Winter. Die Schwachen, oder jene, die keine Ahnung davon hatten. Wenn das Essen zur Neige ging, nicht einfach so aus Spaß. Angeblich tat es auch nicht wirklich weh.

Fedorek lief zur Toilette und der Alte blickte wieder aus dem Fenster.

Als wäre die Taiga während dieser Stunde schon wieder ein Stückchen gelber geworden. Es wird nicht mehr lange dauern und sie werden Charyň erreichen. Wenn die ersten kalten Winde losbrechen, werden dort die Züge nicht mehr halten. Die kleinen Haltestellen sind im Winter tot. Vorbeifahrende Züge bremsen vielleicht, aber sie halten nicht, setzen ihre Reise fort …

Fedorek war entsetzt. Sollte es wahr sein, dass man ein paar hundert Kilometer weiter (von Voryň aus gesehen) Menschen aß? Aber Izikil erzählte gleich weiter, kaum dass Fedorek zurückgekehrt war.

Keke wusste nie, wohin er gehört. Buro kam ein paar Mal mit ihm nach Čevapik, um mit dem Jungen anzugeben, den ihm die Russin geboren hatte, doch Keke spielte dort mit niemandem.

Woher wisst Ihr das?

Ganz so einfach wird Fedorek dem Alten nicht auf den Leim gehen.

Ich war dabei. Ich erinnere mich an den Kavaryč, als er mir gerade mal bis hierher reichte, sagte Izikil und deutete auf das Tischchen zwischen ihnen. Wie eine Zecke hielt er sich am Vater fest. Er fürchtete sich zwar vor uns, sah aber aus wie einer von uns. Du wirst schon sehen. Dann nahm ihn Buro nicht mehr mit sich, er selbst aber kam immer wieder. Er pfiff auf uns, wir auf ihn, aber von Zeit zu Zeit ließ er sich blicken, er hielt es sonst nicht aus. Larissa kam niemals. Sie und der Junge lebten allein, sie hat Buro nie geheiratet. Vermutlich hat sie sich nie damit abgefunden, sich für ihn schämen zu müssen. Er musste ihr auch zu Diensten sein. Kaufte ihr Sachen, dem Jungen hat er ständig etwas geschnitzt. Beide haben sie Keke verwöhnt. Daher ist er jetzt auch so ein Brummkopf. Das wirst du schon sehen. Ich habe nichts gegen ihn. Doch hätte sich Buro nicht beweisen müssen, dass er eine Russin haben kann, oder, noch besser, wäre er erst gar nicht nach Charyň zurückgekehrt, Keke würde heute wissen, wer er ist. Heute hat es der alte Kavaryč längst vergessen, aber absichtlich. Pass nur drauf auf, wie wenige Freunde er in Charyň hat … Er ist mir an sich egal, auch seine verlauste Frau, und letztendlich auch du, aber wenn du schon zu dieser Familie gehören willst, solltest du es schon wissen …

Bevor sich Fedorek überlegen konnte, ob er dem Alten nun danken oder doch lieber so tun sollte, als hätte er nur mit einem halben Ohr hingehört, sprach der alte »Kar« weiter.

Die Kavaryčová ist auch ein Mischling. Bastarde finden immer wieder zusammen, auch wenn der Kavaryč damals nur einen schönen Mann für sie abgab. Tamara Kavaryčová war die Tochter des Doktors und eines Mädchens aus Čevapik. Den Doktor, Velor Josipovič, hatten sie nach Charyň strafversetzt, irgendetwas Politisches, das Mädchen hat er sich kurz nach seiner Ankunft geholt. Oder sie ihn. Angeblich war sie ihm wie eine läufige Hündin nachgeschlichen. Nur einmal hat er die Tür einen Spaltbreit offen gelassen, und schon hatte er sie für immer im Haus. Bald danach wurde Tamara geboren, das Kind der Eingeborenen, wie man sie angeblich in Charyň nannte. Uns in Čevapik wurde das so von ihrer Mutter erzählt, jenem Mädchen, das sich Velor zur Frau genommen hatte. Sie kam immer wieder zu uns zurück, ähnlich wie Buro mit Keke, allerdings viel öfters. Damals wussten wir über alles Bescheid, was in Charyň passierte, nichts blieb vor uns verborgen.

Wie hieß sie denn?

Alle in Charyň haben sie nur »die Idiotin« gerufen.

Warum?

Der Alte winkte mit der Hand ab. Ich hielt Tamara an den Haaren, wenn sie zu mir ins Zelt gekrochen kam, während ich und Berila dort lagen. Tamara war geschmeidig wie eine Schlange und später war sie obendrein noch hübsch. In Čevapik sprach man oft über sie, aber kaum war eine Frau mit einem Bein bei den Sowjets, hatten unsere Männer keine Chance mehr. Und inzwischen geschah alles Weitere. Im Dorf verleumdeten sie uns immer mehr. Da wussten sie schon, dass wir niemals so wie sie sein würden, sie wussten, dass wir längst nicht mehr zu ihnen aufblickten, so wie zu Beginn, lediglich unsere Frauen … Manche wussten sogar schon, wie viel den Bach runter war. Dass die Kolchose ihren Dreck in den Bach leitet und unsere Kinder an Durchfall sterben. All die Dinge, über die man erst später zu sprechen begann. Sie luden an unseren heiligen Plätzen ihren Müll ab. Der Gestank bekam sogar den Göttern schlecht. Die »Kar« hörten auf, an sie zu glauben. Wir verloren uns, als Stamm waren wir in den Abgrund geraten. Wir schämten uns vor unseren Vorfahren, vor uns selbst und auch vor den Sowjets und die gaben sich wichtiger als je zuvor. Man brachte Schrott zu uns. All das, was man in Charyň nicht mehr brauchte, und wir tauschten es gegen Schuhe, die unsere Frauen genäht hatten, gegen Blaubeeren, gegen Pelze (die allerletzten Marder), gegen alles. Es war eine Krankheit. Wir wussten das nicht. In der ganzen Taiga in unserer Nähe sammelten wir alle Preiselbeeren ein, nur wegen eines ersten Fernsehers. Das Großwild verschwand aus den Wäldern, später auch die kleinen Tiere. Und wir schauten fern und stopften uns mit Mehl voll, das wir in Charyň erbettelten, wir mischten es mit Wasser und aßen es roh, die Frauen wollten keine einzige Sendung verpassen. Wir begannen uns anders zu ernähren. Und bettelten weiter. Mit unseren Augen und der ausgestreckten Hand. Kinder. Aber das kam erst später. Sie konnten nichts dafür und die Erwachsenen hatten den Verstand verloren. Die Idiotin Josipovičová dachte, und diese idiotische Wahrheit war mächtig, dass sie uns helfen könnte. Dass sie unsere Befehlshaberin in Charyň wäre oder irgendetwas Ähnliches. Dass wir sie dorthin entsandt hätten, damit sie uns alle und sich selbst in deren Welt integriert. Sie nahm Kinder bei sich auf. Die schliefen dann bei den Josipovičs, aßen dort, sie blieben oft mehrere Tage bei ihr, ihrem Mann war das egal. Sie lehrte sie sowjetische Gepflogenheiten. Sie erzog eine Generation »Kar«, die gar nichts mehr wusste.

In Čevapik tanzte man damals um den ersten Radioapparat herum, bei den Josipovičs floss der Wodka in Strömen, unsere Kinder begannen, in Charyň zur Schule zu gehen. Das wollte niemand, wir nicht, die Sowjets nicht, aber von irgendwoher kam die Order. Und weißt du, wie die Idiotin endete? Sie gaben ihr einen Arschtritt. Wie einem Hund. In dem sind sich bei uns alle einig. Das hat sie nicht verdient. Sie war wohl tatsächlich dumm, aber wollte niemandem etwas zu Leide tun. Für ihren Velor Josipovič hätte sie sich in Stücke hacken lassen. Nur war er der Einzige, den sie hatte. Am Ende wurden sie vertrieben. Ihre Tochter hat sie nach Velors Tod aus dem Haus geworfen, damit sie die Dörfler im Winter nicht auffressen. Sie werden freundlich sein … dir ihre Bibliothek zeigen … und du erinnere dich daran, was du gehört hast.

Fedorek erinnerte sich an den Vater. Bücher … Würde der wissen, wohin das führen kann … Oder war Izikil nur ein Irrer?

Heute sieht Čevapik ganz anders aus. Geh es dir mal anschauen, aber ohne Elvira, und du wirst schon sehen. Deine Elvira hat unserer Pšela die Arbeit gestohlen, und weißt du, was das Traurigste daran ist? Dass man ihr das bei uns schon von Anfang an gesagt hatte, dass sie sich bemühen könne, wie sie wolle, sie würde die Arbeit ohnehin nicht bekommen, weil sie doch ein Rübenschädel sei. Bei uns lacht man jetzt über sie. Man wusste es doch. Nur die vollkommene Unabhängigkeit macht Sinn. Es ist schon besser geworden, viel besser … die Rübe gibt uns Kraft. Früher brauchten wir ganze Berge davon. Und selbst die reichten nicht. Wegen der Felder rodeten wir tatsächlich die Taiga. Jetzt genügen allen ein paar Kilo täglich. Wir haben unsere eigene Wärme und etwas zu essen. Wäre das schon früher passiert, wir hätten das Lager zu einer Festung ausgebaut und es wäre gut gewesen. Willst du etwas sagen?

Fedorek wollte nichts mehr hören, aber er nickte.

Berilas Totengräber verstecken sich noch immer irgendwo. Sie polieren ihre Munition, gehen Streife, bereiten sich auf den Angriff vor. Wenn du daheim im Bett liegst, wirst du vielleicht im Heulen des Windes etwas davon hören können. Ich wollte damit sagen: Hüte dich vor dieser Familie. Und Elvira kannst du ausrichten, dass sie doch freundlicherweise mal die Großmutter besuchen kommen soll. Und der Kavaryč soll Dima und Vašek in Ruhe lassen, wo sich doch Pšela um seine Schwiegermutter kümmert ...

Der Alte schwieg daraufhin, schaute durchs Fenster und schon wieder kam es ihm so vor, als wären die gelben Bäume mehr geworden und das Gras noch müder. Stunden werden manchmal zu Monaten. Stunden können sogar Jahre bedeuten ...

Und dann rüttelte bereits der Schaffner an Fedorek. Aufstehen, hallo! Los, er kannte das. An Schlafenden und Trunkenbolden zupfen, er machte das selbst ungern. Sogleich war er auf den Beinen und flog nach draußen. Der Zug war bereits wieder im Anfahren.

HABLUND

Er setzte sich, zündete eine Kerze am Tisch an, neben dem Bett, fand ein Stück Papier, strich es mit seinen Händen glatt, und anstatt zu schlafen, begann er zu schreiben. Draußen waren es ein paar Grad über null, binnen weniger Wochen würde diese dunkle Finsternis mit Frost protzen, aber bislang war es noch immer möglich, sich mit zwei Hosen, einem Pulli und einer Haube im Raum aufzuhalten, obwohl von überall die Kälte eindrang.

Liebe Marianne.

Hablund schrieb ein paar Sätze und schon schmerzte seine Hand. Er war das Schreiben nicht mehr gewöhnt. Er dachte an Briefe, die Leuten aus dem Gefängnis schrieben. Genauer gesagt, an die Bücher, wo dies auftauchte. Chiffren und kodierte Zeugnisse. Wenn die Sonne in die Zelle scheint, bedeutet es, dass man schlimm erkrankt ist, und »die Verpflegung ist erträglich« heißt, ich halte nicht mehr lange durch. Hablund chiffrierte nämlich, ohne es zu beabsichtigen, doch nicht einmal er konnte es danach entziffern. Nicht nur, dass er es hingekritzelt hatte, die Beschreibung des Dorfes war dermaßen farblos und langweilig, dass er darüber beinahe eingeschlafen wäre, als er den Brief nochmals durchlas. Das Ganze war doch so gar nicht wahr. Am Ende fügte er ein paar Sätze mit Rufzeichen ein, um dem Ganzen etwas Schwung zu verleihen, aber er war sich nicht sicher. Immer noch besser, als Marianne zu ängstigen, dachte er sich. Er fügte dem Brief einen Thymianzweig bei, das würde Marianne gefallen, er klebte den Brief zu und ging schlafen.

Sie wussten nicht, was sie mit ihm anfangen sollten, weil sie keine Ahnung hatten, wer Hablund Doran eigentlich war. Begleitschreiben, die Sowjets normalerweise mitführten, persönliche Papiere, Bestätigungen, nichts davon sah so aus, wie es die Charyňer kannten. Den Stempel mit der Abbildung des »Dachwurzes«, einer der Lieblingspflanzen des dänischen Botanikerklubs, hatten sie noch nie zuvor gesehen, genauso wie das Briefpapier der »Kopenhagener Freunde der Sowjetunion«. Es machte nicht wirklich Eindruck auf sie. Zunächst durchsuchte Buro all seine Sachen, später Larissa und Velor Josipovič natürlich auch.

Buro hatte nach ein paar Wochen genug von Hablund. Es war keine bloße Laune, dass er ihm auf die Nerven ging. Über einen Monat lang hatte er für ihn gesorgt und so gar nichts von ihm erfahren. Mit großer Geste hatte dieser Däne das Ende des Krieges verkündet und hatte dabei doch keine einzige Geschichte mit Waffen parat oder Panzerdivisionen, ja er hatte nicht einmal eine Narbe. Angeblich war in Gopenhagen alles anders. Durch Charyň waren auch keine Armeen gezogen. Aber Charyň war immerhin ein »anständiges Hinterland«, es schuftete für den Export. Die Frauen gebaren im Eilzugstempo, damit die Frontverluste ausgeglichen wurden, und die schweren Waggons der transsibirischen Eisenbahn, die Massen von Leuten hierherbrachten, bunkerten auf ihrer

Rückfahrt sorgfältig bearbeitete Holzbalken, Maschinengewehrteile und Pferdefuhrwerke, die Tiere jeweils zu viert zusammengebunden, damit es in den Waggons keinen Stunk gab.

Vor vier Jahren, während der Krieg tobte, war Buro noch ein Junge gewesen. Er war während dieser paar Monate erwachsen geworden. Auch ein paar Haare waren dabei ergraut. Ganz plötzlich. Er musste einige Male sogar Gefangene aufspüren, die aus Lagern entkommen waren. Es gelang ihnen zwar nicht mehr so oft wie noch zu den Zeiten des Zaren, aber trotzdem. Die Aufseher öffneten das Tor, um zweihundert Neue einzulassen, die grad mal mit Viehwaggons angeliefert wurden, und zwanzig Inhaftierte gaben unterdessen Fersengeld. Man schoss auf sie, sie fielen wie faules Obst zu Boden, aber dann und wann gelang einem doch die Flucht.

Buro hatte seinen Anteil am Sieg, er spürte das und deshalb war er auch ein Sowjet. Das konnte in Čevapik niemand nachvollziehen. Die sahen grad mal bis zu ihrer Nasenspitze, von der Weltgeschichte wussten sie nichts. Sie hatten nicht das allerleiseste Gespür für das Ganze. Teil von etwas Großem zu sein (und damit meinte er nicht, dass ein Rübenschädel sehr viele Kilometer in zwei Tagen zurücklegen konnte), dafür langten ihre Köpfe nicht, und genauso war dieser Hablund, dachte sich Buro.

Buro kannte nur den lokalen Anzeiger, den sie in Pstruh herstellten, alles händisch. Darin fanden sich Meldungen zur allgemeinen Lage am Markt, über Pelzverkäufe, wie es dem Fünfjahresplan geht, über Feindschaften, es erschienen dort sogar Listen derer, die aus den Lagern entflohen waren. Für einige gab es tatsächlich Kopfgeld, wenn man sie – lebendig oder tot – wieder anschleppte oder wenigstens verriet, wo sie sich versteckten.

Man konnte sich so einiges dazuverdienen. Es gab nicht so viele Möglichkeiten, wohin sie hätten fliehen sollen. Sehr beliebt waren die Sümpfe, wo es nicht so viele Kontrollen gab. Oder sie flohen dorthin, wo es keine Siedlungen gab, und dort erwartete man sie dann auch. Im Ältestenrat wurde das besprochen. Heimlich. Denn selbst die Wände haben Ohren. Es ist besser, vorsichtig zu sein, als zu riskieren, dass plötzlich irgendwer daherkommt und die Hälfte aller Männer irgendwo zum Bergbau (also Tod) verurteilt.

Unter den Entflohenen waren angeblich auch anständige Leute, wurde gemunkelt. Aber Buro wusste nicht so recht und es interessierte ihn auch nicht wirklich. Die Erste ließ er noch laufen, weil sie ihn auf Knien darum bat und Buro sich – weiß der Teufel, warum – an seine Larissa erinnerte. Den Zweiten (und später auch alle anderen) brachte er auf direktem Weg ins Lager zurück, so hat das zu sein, außerdem hatte er selbst Angst. Beim ersten Mal war es einfach nur Wahnsinn gewesen. Sie hätten ihn verurteilen und dann hätte er sich mit allen anderen im Wald abschinden können. Wenn überhaupt.

Hablund aber war kein Entflohener. Hablund kam mit Geschenken und einer Kamera und einigen verpackten Dingen, wo schon die Verpackung ihren Wert hatte, und er verteilte auch noch alles. Von seinem Gopenhagen hatte Buro noch nie etwas gehört. Angeblich ist das auch eine Stadt, aber wer weiß das schon. Buro weiß allerdings, dass Hablund speckige Arme und überhaupt keine Kraft hat. Seine Hände zittern, wenn er eine Weile den Fotoapparat hält, er wird in der Taiga nicht weit kommen. Warum will er dann bloß ständig dorthin? Angeblich geht er Velor auch schon auf die Nerven. Der hat Buro vor einigen Tagen darum gebeten, der Idiotin irgendein Spielzeug aus der Taiga mitzubringen. Ein Reh oder Wolfsjunges, damit sie eine Beschäftigung hat. Dann wird sie schon das Interesse an Hablund verlieren. Man wird ihn an jemanden »weiterreichen« und später würde man schon sehen.

Wenn man sie direkt auf etwas ansprach, dies wusste Hablund bereits, war aus den Charyňern nichts herauszubekommen. Wenn sie nicht wollen, schweigen sie einfach und tun so, als würden sie einem nicht zuhören. Er hatte etwa bei Velor nachgefragt, was es denn mit diesen ausgedienten Kriegsflugzeugen auf sich habe, die er bei der Kolchose hatte landen sehen und die voller Karotten waren. Velor erzählte ihm irgendetwas von einer neuen Melkvorrichtung, irgendwelchen mechanischen Gummihänden, die die Mägde vor zu viel Hornhaut schützen sollten. Als er zum zweiten Mal nachfragte, erzählte Velor wiederum von der Erfüllung des Plansolls. Dass sie dieses »Soll« schon das dritte Jahr in Folge um mehr als hundert Prozent überschritten hätten, doch Hablund meinte zu erkennen, dass er ihm dabei zuzwinkerte, seine Augen flackerten förmlich, das war doch Angst.

Er denkt sich wohl, ich bin ein Politspion, der in geheimer Mission die Siedlungen bereist und sich zunächst überall anbiedert, um später alle in der Stadt anzuzeigen. Sein Versprechen, dass er ihm vertrauen könne, verfehlte offenbar seine Wirkung, denn als Hablund zum dritten Mal nach den Hubschraubern fragte, antwortete Velor, dass er nun müde sei, er ging schlafen und ließ Hablund mit der Josipovičová zurück. Daran war er auch schon gewöhnt. Sogar daran, dass sie ihn auch bei den Josipovičs mitunter einsperrten. Es gab zwar keine fixe »Sperrfrist« wie bei Buro, doch manchmal, wenn er nach draußen wollte, musste er feststellen, dass es gerade nicht möglich war. Er trat gegen die Tür, aber sie ließ sich nicht öffnen.

Hablund war auf sich selbst angewiesen, darauf, was er selbst sah, und das wenige, das er irgendwo aufschnappte. Er hatte sich immer vorgestellt, er würde an Feuern sitzen, an rot flackernden Flammen, die die Taiga erhellen wie Tageslicht, dass das Antlitz der Geliebten zum Leuchten bringt, er würde Lebensgeschichten in sich aufnehmen, ekstatisch tanzende Mädchen mit seiner Kamera auf Film bannen und mit den Stammesältesten darüber diskutieren, wohin die Seele eigentlich gehen werde, wenn sie eines Tages den Körper verlässt. An was glaubt man hier eigentlich?

Diese Leute hier waren doch keine geknechteten Sammler von roten Sternen. Sie hatten ihre Lieder, abends drangen diese aus den Häusern, er hörte das, nur luden sie ihn nie dazu ein. Und die Josipovičová war die abergläubischste Frau, die er je in seinem Leben gesehen hatte. In ihren Taschen trug sie die unterschiedlichsten Dinge mit sich. Knochenstücke, wirklich wahr, sogar angelutschte Bonbons, die sie sich für später aufheben wollte, auch einen Wolfszahn, ein Stück von Velors Schnauzer und noch viel mehr. Und obwohl sie sich mit all den schweren Sachen grad mal so durchs Dorf schleppte, sie hätte für nichts auf der Welt auch nur eines dieser Dinge zurückgelassen. Sie war faul, da hatte Velor schon recht, als er sie an jenem ersten Abend vor Hablund schlecht machte, und dennoch, Abend für Abend, bei jedem Wetter, reihte sie vor dem Haus sorgfältig kleinere Steine aneinander und morgens, noch bevor jemand das Haus verließ, ging sie selbst nach draußen und trat sie wieder auseinander. Sie schlief ja meistens noch, wenn Velor das Haus verließ, aber irgendwann zuvor, in der Morgendämmerung, musste sie wach geworden sein und die Steinreihen zerstört haben, Hablund konnte noch so früh aufstehen, die Steine waren immer schon durcheinandergebracht. An bestimmten Tagen wusch sie sich kategorisch nicht, davon konnte sie nichts und niemand abbringen. Velor schimpfte, er wärmte das Wasser doch nicht nur für sich und Hablund auf, aber die Idiotin schüttelte vehement den Kopf, presste Tamara gegen ihre Brüste und ins Wasser steckte sie keine Zehe.

Sobald sie aber selbst es wollte, machte sich die Josipovičová tatsächlich an die Arbeit. Sie schleppte dann ganz alleine das Wasser zum Haus, mit aufeinandergepressten Lippen, und wollte sich von Hablund nicht helfen lassen. Einige Male passierte es, dass sich gerade dann, als das Wasser in den Holzbottichen zu dampfen begann und Hablund gerade gehen wollte, die Idiotin schnell auszog und die Tür absperrte. Überzeugungsversuche fruchteten nicht, sie machte das absichtlich. Sie begann gleich, sich über Rückenschmerzen zu beklagen, sie wollte, dass er sich zu ihr setzte und ihr mit dem Schwamm den Rücken schrubbte, und wenn sie ihn losschickte, um ihr irgendetwas zu holen, sorgte sie stets dafür, dass ihn, sobald er sich wieder zu ihr umdrehte, ihre nackten Brüste lockten. Es gelang ihr sogar, ihn einige Male ganz zu sich zu ziehen. Er flog wie ein Kartoffelsack ins Wasser. Unterdessen quietschte und lachte sie, doch Hablund stellte sich vor, wie sich plötzlich die Tür öffnet und Velor dort steht, mit einer Waffe im Anschlag, die auf sie beide zielt, oder etwas in der Art. Er wusste nicht, was sich Josipovič so dachte. Vielleicht war es ihm tatsächlich egal, sonst würde er ihn doch nicht ständig mit ihr alleine lassen. Hablund kam zu der Einsicht, dass ihn Velor duldet, um die Idiotin im Auge zu behalten. Mit der Zeit wurde er schließlich stoischer, das Geplansche der Idiotin machte ihm kaum noch etwas aus und das Begehren, sich mit ihr einzulassen, schickte er zum Teufel. Manchmal kehrte es kurz vor dem Einschlafen zurück, doch wenn er wollte, konnte er sich ja auch den Körper einer ihrer Freundinnen vorstellen, den von Saška vielleicht, das erfüllte auch seinen Zweck.

An Marianne dachte er in solchen Augenblicken erstaunlicherweise nicht. Marianne war seine Frau und nicht irgendein Betthupferl. Er hatte ein kleines Bildchen von ihr in einem Medaillon, er küsste es jeden Abend, immer bevor er einschlief, und in Gedanken schickte er ihr ein paar Streicheleinheiten, er wurde immer trauriger, weil er sie nicht einfach anrufen konnte. Und er wurde immer unzufriedener mit seinen Briefen, in denen Charyň ganz anders wirkte, als es in Wirklichkeit war.

Warum die Genossen aus Smolensk Velor nach Charyň abgeschoben hatten, davon wusste die Josipovičová gar nichts. Einmal, als sie wieder alleine zu Hause waren, fragte Hablund sie danach, Velor musste ihr doch irgendetwas erzählt haben. Ihre Augen leuchteten auf, sie griff nach einer Schachtel aus jener Ecke, aus der man sonst nie etwas holen musste. Endlich, endlich sah es so aus, als würde er etwas erfahren, doch in der Schachtel lagen nur diverse Abzeichen eines überdurchschnittlich guten Mitarbeiters, sorgfältig in vielen kleineren Schachteln geordnet. »Für das Überschreiten des Plansolls um hundert Prozent«, stand dort geschrieben. Auf einer anderen Schachtel stand sogar »um fünfhundert Prozent«, an einer anderen wiederum: »Dem großartigen Kämpfer für die Kolchosenernte«. Dieses Abzeichen besaß einen goldenen Rand und ein Bändchen.

Die Idiotin lachte, sie wollte, dass sich Hablund eines der Abzeichen ans Hemd heftete. Er schlug ihre Hand weg. Sie zog sich zurück und schaute ihn seltsam an – aus der Zimmerecke –, mit einem ganz eigenartigen Gesichtsausdruck, während die Abzeichen über den Boden rollten.

Hätte Hablund etwas Gespür besessen, er hätte die aufziehenden Gewitterwolken bemerkt. Jenen Strick, der sich immer fester um seinen Hals zog. Doch man konnte noch immer sagen, dass es sich nur um Kleinigkeiten handelte. Das war doch alles »üblich«, wer würde sich schon von Sowjets etwas anderes erwarten.

Die alte Irina sah erbost drein, sobald Hablund durch die Tür trat, er musste nicht einmal mehr nachfragen. Die Telefonkabel waren noch immer nicht repariert. Gesprächsverbindungen zu den umliegenden Dörfern funktionierten, doch Gopenhagen, wie die Stadt des Dänen hier genannt wurde, da war noch immer nichts zu machen. Hablund wartete, er wurde immer ungeduldiger, dann wütend und irgendwann war ihm alles gleichgültig. Schon sah es danach aus, als würde ihm diese »Warterei« den Schneid abkaufen, wie jedem reinblütigen Sowjet, der die

Postbesuche auf die Liste seiner alltäglichen und ergebnislosen Verrichtungen setzt, eine solche Liste hat schließlich jeder ordentliche Bürger Charyňs, doch plötzlich fiel Hablund etwas völlig Einfaches ein, er könnte wegfahren und von anderswo telefonieren.

Sie versuchten ihn davon abzubringen. Dass der Kabeldefekt sich nicht auf Charyň beschränkte, er würde tagelang herumirren müssen und vermutlich ohnedies unverrichteter Dinge zurückkehren, doch Hablund wusste, hier läuft ihm nichts weg und Marianne macht sich bestimmt – trotz der Briefe – furchtbare Sorgen.

Das Bahnhofsgebäude war in etwa noch dieselbe Baustelle, wie schon zu seiner Ankunft. Die Kasse befand sich immer noch in einem provisorischen Häuschen am Bahnsteig. Man musste zunächst die Kassiererin aus einem anderen Häuschen unweit des Bahnhofs holen und dann abwarten, bis sie sich anzog, sich das Kopftuch umband und langsam näher schlich, um einem vielleicht eine Karte zu verkaufen. Hablund verkaufte sie keine.

Genosse Doran, Ihr habt nicht die erforderlichen Dokumente.

Wollte man Hablund glauben, sagte sie genau diesen Satz. So stand das zumindest im Protokoll des Charyňer Ältestenrates vermerkt, das sich Erske – sechzig Jahre später – durchlesen würde. In diesen Unterlagen stand auch, dass die Mitarbeiterin der Charyňer Zweigstelle der sowjetisch-transsibirischen Eisenbahn, ihr Name war unleserlich, Hablund ausdrücklich mitteilte, dass sie ihm unter diesen Voraussetzungen keine Fahrkarte verkaufen könne, alsdann klappte sie das Fenster nach unten und verließ das Kassenhäuschen. Sie verlangte nicht nur Hablunds

Reisepass, sondern auch jenen Zugfahrschein, mit dem er nach Charyň gekommen war, dazu noch eine Aufenthaltserlaubnis mit genauer Zonenbezeichnung.

Ihr seid hierhergekommen, also sollt Ihr wohl hier sein, steht in einem anderen Eintrag vermerkt, genau das soll diese Frau gesagt haben.

Hablund fielen diese aufziehenden Gewitterwolken nicht einmal auf, dieser Spuk, der langsam Besitz von ihm nahm, er war von diesem unangenehmen Vorfall keinesfalls beunruhigt, vielmehr kehrte er nach Hause zurück, nahm seine Kamera und ging wieder zurück zum Bahnhof, um wenigstens das Kassenhäuschen aufzunehmen. Später wollte er diese Aufnahme mit einem Kommentar versehen, was für eine »Unglaublichkeit« ihm hier widerfahren war, seine Freunde in Kopenhagen würden bestimmt ungläubig die Augen rollen. Er drehte mit der Kamera gerade eine Runde um das Häuschen, als er im Sucher zwei Männer entdeckte. Zwei Männer in zerfetzten Arbeitsmänteln und schlottrigen Hosen, auf ihren Köpfen trugen sie Leinenmützen und ihre Gesichter waren voller Mörtel. Doch kaum hatten sie bemerkt, dass sie Hablund aufnahm, verschwanden sie wieder hinter den Wänden der Bahnhofsbaustelle.

Hablund erinnerte sich, was Velor Josipovič über diese hier zu sagen wusste. Das sind die Verwandten jener Rübenschädel, die sich von Doktor Bovník die Zähne ausschlagen ließen, nur um eine »Überweisung« für einen Krankenhausaufenthalt zu ergattern, sie hatten sich hier nie wieder blicken lassen. Diese hier müssen schuften, weil ihre Angehörigen die Dreistigkeit besaßen, Charyň den Rücken zu kehren, obwohl, natürlich verbietet ihnen das keiner. Er schaltete die Kamera aus, verstaute sie in der Tasche, um sie nicht weiter zu erschrecken, und näherte sich den Männern. Er wunderte sich längst nicht mehr, dass in den drei Monaten, die er hier bereits lebte, nicht gerade viel an der Baustelle weitergegangen war. So baute man doch im Mittelalter, dachte er sich, als er ihre Gerätschaften sah.

Fünf Frauen und fünf Männer mühten sich mit hölzernen Spaten, Meißeln und hölzernen Scheibtruhen ab, eine Frau fuhr mit dem Schutt hin und her, zwei andere sammelten Steine. In der Sonne, die längst nicht mehr wärmte, sah Hablund einige formlose Ziegel, in einem Eimer trocknete Farbe auf, zwei Männer strichen damit eine eben hochgezogene Wand. Auf den ersten Blick konnte man erkennen, dass es sich um Leute handelte, die mit dem Hausbau keinerlei Erfahrungen hatten, auch schien niemand die Leitung innezuhaben. Eine Wand war am Umfallen, sie war provisorisch mit einigen Ästen abgestützt worden, man konnte da wohl nichts anderes machen, als sie neu zu errichten. Wenn es doch nicht so eine Schinderei wäre, sagte sich Hablund, als er den misslungenen Bau sah, und zum ersten Mal fiel ihm auf, dass mit diesem Charyňer Ältestenrat nicht alles in Ordnung sein könne. Wo er doch das hier beaufsichtigt und man schon ein paar Monate lang nicht bemerkt hatte, dass sich die armen Geister zu Tode schuften, weil sie vom »Bauen« keine Ahnung haben.

Er stellte sich bei den Arbeitenden vor, doch die drehten ihm nur erschrocken den Rücken zu. Dann stand er eine Weile da und schaute sich um. Einige von ihnen waren Rübenschädel. Er bot an, ihnen etwas Essen und Wasser zu bringen, es war Nachmittag und bestimmt hatten sie seit dem Morgen nicht mehr gegessen, aber keiner wollte ihm antworten. Sie rückten enger aneinander und Hablund kam es so vor, als ob sie sich beraten würden, was sie mit ihm machen sollen. Es war ihnen verboten, mit Fremden zu sprechen.

Schließlich endete es damit, dass Hablund ihnen ein paar Anweisungen gab, wie man was anpacken sollte. Er hielt sich nicht für handwerklich sonderlich begabt, doch dass man Ziegel nicht nur aufeinanderschichten konnte, ohne auf die Fugen zu achten, das wusste sogar er. Er blieb bis sechs Uhr vor Ort, bis schließlich ein Mann kam, sie durchzählte und mitnahm. Bovník. Die Gefangenen baten Hablund zu verschwinden, noch bevor Bovník auftaucht. Als der ankam und sah, wie er ihnen half, traute er seinen eigenen Augen nicht. Das hätte keiner der Dörfler gewagt.

Die Gefangenen wohnten alle beisammen, nur waren die Männer von den Frauen getrennt. Damit diese Luder nicht einfach weglaufen, damit sie am nächsten Morgen gemeinsam arbeiten gehen können, wenn ich meinen Gong schlage, erklärte ihm Bovník auf die Frage, warum man sie nicht einfach in ihre Hütten ließ. Sie gingen in Zweierreihen durchs Dorf, bis zum Haus des Ältestenrates, wie gewöhnliche Lagerinsassen hielten sie sich gegenseitig an den Händen und hoben kein einziges Mal den Kopf. Die Charyňer nahmen keine Notiz von ihnen. Nur ab und an zeigte irgendwer auf sie und lachte, doch das kam nur zwei- oder dreimal vor, schließlich kamen sie hier schon seit Monaten durch und es interessierte längst niemanden mehr.

Diese »Arbeitnehmer« wohnten im Gebäude des Ältestenrates, gleich gegenüber vom Besprechungsraum, man steckte sie jeweils zu fünft in vergitterte Zellen, das hier war das Gefängnis. Straftaten wurden in Charyň damals dadurch gesühnt, dass man für den Landstrich arbeiten musste.

Hablund war niemals zuvor im Haus des Ältestenrates gewesen. Einen Laden gab es damals noch nicht und das Haus war, neben der Kolchose und der Post, eines der Hauptgebäude des Dorfes. Wo sich der Ältestenrat in jedem Dorf befindet, das wussten selbst die kleinsten Kinder. Den Moskauer Genossen müssen wir ja nicht alles mitteilen, sagte Bovník mit einem Lächeln, er grinste Hablund an, nachdem er die »Arbeitnehmer« in den Zellen abgeliefert hatte. Hablund hatte große Lust, ihm eine zu scheuern, er mochte ihn gar nicht, doch dann überlegte er sich's. Zu den Leuten des Ältestenrates brauchte er jetzt gute Beziehungen.

Sind Sie vom Ausschuss?

Wenn Sie den Ausschuss meinen, der sich mit den Fragen dänischer Einwanderer befasst, in dem sind – dank Ihnen – alle vertreten. Wollen Sie nicht einmal vorbeikommen? Ohne Sie über sie zu sprechen, das ist schließlich nicht »aufrichtig« und an Aufrichtigkeit ist uns hier sehr gelegen. Richten Sie Velor schöne Grüße aus und teilen Sie ihm mit, er solle Sie irgendwann zu einer der Sitzungen mitnehmen.

Drei Tage später war Hablund zum ersten Mal zu den Rübenschädeln aufgebrochen. Ein paar rosa Nebelschlieren hatte der Wind oft genug bis nach Charyň getragen. Und wenn das passierte, spuckten die Charyňer Patrioten Gift und Galle, natürlich in die Richtung, woher die Nebelschwaden kamen, sie stießen sowjetische Flüche aus.

Hablund gefiel der rosa Nebel. Der angeblich so widerliche Geruch, diesen rosa Beigeschmack im Mund, er fand ihn nahezu »freundlich«. Wären pechschwarze Wolken aus irgendeinem Tagbau oder blaue Schwaden aus Düngemittelfabriken von Čevapik aus gegen Charyň gezogen, er hätte die Abneigung gegen die Rübenschädel nachvollziehen können. Er wollte sich mit seinen eigenen Augen von ihrer »bösen Natur« überzeugen. Irgendetwas sagte ihm, dass hinter den Gehässigkeiten der Charyňer vielleicht nur ein grundsätzlicher »Meinungsunterschied« steckt. Er witterte ein Volk, das naturverbunden lebt, und er war neugierig auf ihr »Rübenwerk«. Die Kamera ließ er vorerst zu Hause, damit sie ihm in Čevapik niemand beschädigt. Er würde sie mitnehmen, sobald die Rübenschädel realisieren, dass es vollkommen normal ist, sich aufnehmen zu lassen, wenn er sich selbst dort heimischer fühlt.

Sechzig Jahre vor Erske war es für Hablund kein Problem, sich in Čevapik auf Russisch zu verständigen. Die Rübenschädelkinder gingen alle zur Schule, die Schüler waren in Čevapik auf den ersten Blick zu erkennen. Grüne Hemden mit roten Sternchen, die von den Schulkindern getragen werden mussten, wehten wie stolze Flaggenbanner auf den Čevapik'schen Zelten und die schulpflichtigen Kinder trugen – im Unterschied zu ihren Eltern – allesamt kurze Haare. Die Schule war ein Fenster in die Sowjetunion, doch mit dem Ende des Schulbesuches wurde es für die meisten der Kinder wieder geschlossen, das bedauerte allerdings kaum einer. Es gab aber auch welche, die in ihrer Sowjetrobe (Leninmütze und Krawatte) nach oben strebten, manche sogar ohne. Buro zum Beispiel. Hablund nannte es despektierlich »den freiwilligen Verzicht auf die eigene Kultur«, da war es auch völlig egal, dass sich Buro in der Taiga besser auskannte als sonst irgendwer, dass er im Winter Pelzkleidung und im Sommer Rentierhäute trug. Izikil schimpfte ihn einen Opportunisten, doch er hätte hinzufügen können, dass diejenigen, die Hablund in Čevapik wegen ihrer »Sowjetaufmachung« verachtete, leider auch die Intelligentesten von allen waren. So einfach war das.

Abgesehen von den mehr oder weniger sowjetisierten Rübenschädeln, die zwischen den Zelten herumwuselten, von denen es gar nicht so viele gab und die daher stark ins Auge stachen, interessierte sich Hablund vor allem für die riesigen Halden, die ihn an Hügel mit taubem Gestein erinnerten. Tonnen an Rüben, die zu dünnen Scheiben aufgeschnitten und zum Trocknen auf riesige Bleche gelegt worden waren (diese glichen überdimensionalen Rahmen zur Papiererzeugung oder urzeitlichen Vorfahren von Solaranlagen), auf denen sie langsam geröstet wurden. Die Ränder dieser Halden waren kalt, während es in der Mitte glühend heiß zu sein schien. Von dort aus wurde die Wärme mit Hilfe eines Rohrsystems, das mit Stofffetzen umwickelt worden war, um möglichst wenig Energie zu verlieren, abgeleitet, hin zu einigen Blechhütten, die Izikil betreute, damals noch jüngstes Mitglied der »Bruderschaft des innersten Kreises«, mit seinen Kameraden. Hablund sah Izikil erst nach einigen Wochen, anlässlich der »Feierlichkeiten zur ersten Winterjagd«, doch seinen Namen hatte er längst wo in Čevapik aufgeschnappt. Ein Name, den man mit Achtung aussprach.

Hablund war nur mit einer Haube und einem aufgeschlagenem Kragen nach Čevapik aufgebrochen, er blieb daher eine Weile bei den Halden stehen, um sich etwas aufzuwärmen, und beobachtete ein paar Frauen, die gerade dabei waren, die Rohre mit Fetzen zu verkleiden. Diese Arbeit nahm kein Ende, denn während sie einige Meter verbanden, glimmten anderswo die Fetzen schon wieder durch, es war notwendig, auch diese Stelle erneut abzudichten. Hablund trat eine Weile – mit Händen in den Hosentaschen – von einem Fuß auf den anderen und überlegte, wie er hier jemandem kennen lernen könnte. Alle hatten – so der Anschein – sehr viel zu tun … mit der Bedienung der Rübenmaschinerie, dem Ausbessern der Zelte oder einfach diesem »Gaffen«, das ihn mit einschloss, doch anstatt sich ihnen zu nähern, um mit den Männern ins Gespräch zu kommen, fühlte er sich unwohl und zog schließlich ratlos eine Trompete hervor, die er in einem Sack mitgebracht hatte.

Ich heiße Hablund Doran und würde Sie gerne kennen lernen …

Jetzt gaffte ihn der ganze Stamm an. Es war mucksmäuschenstill. Als er zu Ende gesprochen hatte, zog Hablund Bonbons hervor und begann sie zu verteilen. Ganz leise murmelte er dabei irgendetwas Dänisches vor sich hin, er hatte den Eindruck, dass es nicht schlimmer hätte kommen können. Auch weil die Bonbons schon nach kurzer Zeit ausgingen und er die Hände, die sich ihm entgegenstreckten, wieder zurückweisen musste. Ihm fehlte wohl das Talent, fiel ihm ein. Die Kunst, locker mit jemandem ins Gespräch zu kommen.

Saška versicherte ihm am nächsten Tag, dass alles in

einem gewissen Rahmen geblieben war. Geeewissen. Als würde sie dabei irgendein pathetisches Gedicht über fruchtbare Weiten und sowjetische Ähren rezitieren, als ob Hablund nicht ganz genau wüsste, dass es »geeewiss« nicht gut gelaufen war.

Saška und er kannten sich über die Josipovičová. Er dachte, dass die Idiotin wohl nur deshalb mit Larissa gemeinsam zu Buros Haus gegangen war, weil er darin eingesperrt war, schließlich hat er hat die beiden Frauen später nie wieder zusammen gesehen. Jetzt lief ihm Saška ständig über den Weg. Gar wegen ihm?

Saška wird in den Protokollen des Ältestenrates, gleich nach ihrer ersten Erwähnung, als Hablunds Frau bezeichnet.

Während die Josipovičová ein Rübenschädel war, war Saška Pavličová eine Russin, wie sie im Buche steht. Ihr Vater, Páva Pavlič, war mit Velor befreundet und so hatten sich Saška und die Josipovičová auch kennen gelernt. Velor und Páva zählten nämlich zur Charyňer »Ehrengesellschaft«. Auch wenn die Charyňer Gemeinschaft an sich klassenlos war und man sich stolz darauf berief, vergaß der Ältestenrat bei den allwöchentlichen Sonntagsversammlungen doch niemals zu erwähnen, dass Männer und Frauen vor allem mit ihnen ähnlichen Subjekten verkehren sollten. Die Kolchosenarbeiter mit den Kolchosenarbeiterinnen, jene, die schon mehrmals dafür bestraft worden waren, dass irgendwelche ihrer Familienmitglieder aus Charyň verschwanden, sollten lieber unter sich bleiben, die Fahrer unter den Fahrern, die Jäger unter den Jägern und bloß keiner mit den Rübenschädeln, sofern das nicht unumgänglich war. Velor war zwar ein Kolchosenarbeiter, der tagsüber in seinem Häuschen saß und eine Waage bediente, doch seine ärztlichen Fähigkeiten waren wohl bekannt, er agierte in der Charyňer Hierarchie also auf einer höheren Stufe, die eigentlich gar nicht seiner »Arbeitszuteilung« entsprach. Überall verdankten ihm viele seine Gesundheit, also begegnete man seinem politischen Niedergang mit Nachsicht (deshalb war er vor Jahren auch hierherversetzt worden).

Doch sollte es ihnen mal in den Kram passen, sie würden nicht zögern, es gegen ihn einzusetzen, sagte Saška eines Tages zu Hablund, und es war an dem Tag, als sie ihn zu den »Feierlichkeiten der letzten Jagd« mitnahm, die man ohne Rübenschädel und Schlitten beging, es war der Tag, als er sich zum ersten Mal für sie zu interessieren begann.

Diesen Morgen würde Hablund niemals vergessen. Im Gras glänzte der Tau, er blickte aus dem Fenster und überlegte, was Saška hier eigentlich mache. Die Entzückung kam und welkte wieder, in Wellen, die er nicht wirklich nachvollziehen konnte. Von diesem Tag hatte man schon lange gesprochen. Dass er sich das angeblich nicht entgehen lassen dürfe. Er zog sich hektisch an, versehentlich erwischte er dabei sogar eine von Velors Hosen, die Idiotin und Saška hatten ihn ordentlich ausgelacht.

Sie brachen zu dritt auf und gingen zum Sammelplatz mit den Tierknochen, wo man die Ochsenschädel auf Stangen gespießt hatte und ein roter Stern baumelte, bis zu jener abgelegenen Dorfecke, wo er vor einiger Zeit mit Velor vorbeigegangen war. Auf einem Haufen unter den Schädeln, dort, wo Velor damals den Knopf hingeworfen hatte (Hablund trug seither immer einen bei sich, auch wenn er niemals wieder dort vorbeigekommen war), wo einst Rohre und Schuhabsätze lagen, dort wimmelte es nunmehr von großen Tierknochen.

Als er einmal schlechte Laune gehabt hatte, wollte ihn die Josipovičová hierher mitnehmen, es gab damals eine Schau landwirtschaftlicher Erzeugnisse aus der Charyňer Kolchose. Hablund kannte das aus dänischen Dörfern, diese »Gemüsefeierlichkeiten« langweilten ihn seit jeher. Abgesehen davon, »Schau«, das klang zu sowjetisch. Er war damals zu Hause geblieben, weil ihm gegenüber auch keiner eine Zeremonie erwähnt hatte.

Als Hablund von der Idiotin wissen wollte, was die Knochen sollen, fuhr sie ihn an, dass sie die Niederlegung der Knochen doch versäumt hätten, und ihm fiel danach auf, dass die Knochen, die dort auf einem Haufen lagen, tatsächlich Nummern trugen, wie die Requisiten irgendeines Schulinventars.

Darum kümmert sich der Ältestenrat, sagte die Idiotin, und es ist deshalb so geregelt, damit nichts verloren geht, erwähnte sie noch, als sie bemerkte, wie sie Hablund musterte. Die Knochen werden das ganze Jahr über in einem Raum gleich hinter dem Sitzungssaal eingelagert, damit sie nicht verstauben. Nach einem Jahr kommen sie dann wieder zur Verwendung. Die Miškinová reinigt sie und der dort mit der Krawatte kontrolliert die Nummern. Hablund verstand nur so viel, dass sich die Charyňer darauf vorbereiteten, in die Taiga zu ziehen, zum allerletzten Mal und allein (also ohne Rübenschädel und deren Schlitten), der Winter war im Anzug, allerdings noch nicht ganz angekommen. Im Winter würden sie ohne diese beiden Sachen nicht bestehen können.

Sommer und Winter sind in Charyň die beiden Hauptjahreszeiten. Frühling und Herbst dauern jeweils nur ein paar Tage. Es passiert schon mal, dass man eine Woche lang in der Hütte bleibt und plötzlich Frühling oder Herbst versäumt hat, sie huschen am Fenster vorbei, ohne dass man sie bemerkt. Das kann einem mit Sommer und Winter nicht passieren, und, was den Winter betrifft, viele Charyňer würden bestimmt aufseufzen und behaupten, dass das doch sehr schade wäre.

Bei den Knochen wurde ordentlich gefeiert, man trank Rindsblut, sang Lieder, und bis zu dem Zeitpunkt, als Velor Josipovič angelaufen kam und sie zur Seite zog, ritt die Idiotin auf einer scheckigen Ziege um die Knochen im Kreis. Hablund wartete ab, ob Velor wieder einen Knopf auf den Haufen schnippen würde, aber nichts geschah diesmal. Dann tauchte ein Funktionär des Ältestenrates beim Altar auf, der Lärm verstummte, der Mann schrie ein paar Namen und die Leute meldeten sich. Eine Anwesenheitsliste wurde erstellt.

Hablund war sich sicher, dass, wenn der Mann auch den Namen Hablund Doran aufrufen sollte, er dann innerhalb einer Woche mit Marianne werde telefonieren können. Und wenn nicht, dann würde er das nicht tun können. Er wartete bis zum Ende ab, doch sein Name fiel nicht. Das machte ihn traurig. Seit wann war er denn überhaupt abergläubisch? Aber es ärgerte ihn, dass er für das Dorf offenbar nicht existierte. So viele Dörfler hatten doch Geschenke von ihm zu Hause, das hatte ihn eine Menge Geld gekostet. Jener Mann, der die Anwesenheitsliste erstellte, war vielleicht einer der wenigen, die nichts bekommen hatten. Oder er kann Hablunds Namen nicht richtig lesen.

Bestimmt schämt er sich einfach nur, weil er die dänische Aussprache nicht beherrscht. Hablund entschied sich, sich ihm persönlich vorzustellen. Er drängte sich durch einen Haufen Leute und streckte dem Mann die Hand hin.

Hablund Doran, es freut mich sehr. Der Mann musterte ihn und ging dann wortlos mit einer Knochenkiste davon. Die anderen Leute versammelten sich ein Stück weiter weg und Hablund blieb alleine zurück.

Er war nicht dumm, er fühlte, dass da etwas im Gange war. Später überlegte er, was wohl passiert wäre, wären er und Saška nicht zusammengekommen. Als man die Verachtung der Dörfler nicht mehr leugnen konnte. Er wusste es nicht. Zu solchen Gedankengängen war er jedoch erst kurz vor seinem Ende fähig.

Saška war die Erste, die vor Hablund den Namen der Idiotin aussprach. Jovaka. Sie hatte Saška geraten, sie möge es langsam angehen, und es war ein guter Ratschlag. Sie wird die beiden beobachten, wie es denn so läuft. Das wird ihr Spaß machen, sie wird lachen und zu Hablund sagen (wenn Velor nicht zu Hause ist): Ich bin doch Saška, und sie wird sich zu ihm unter die Decke drängen. Hätte er sich nur einmal vergessen, sie wäre sogleich zu Saška gelaufen, um es ihr als »Ungeheuerlichkeit« zu erzählen. Dass gerade diese beiden Frauen befreundet waren, verstanden weder Velor noch Páva Pavlič. Wenn sie sich beim Ältestenrat langweilten – von Zeit zu Zeit geschah dies auf allen Sitzungen, der Zigarettenrauch zog in Schlieren dahin und das halbe Plenum hockte auf der Toilette –, dann fragte Velor nach, wie es Saška gehe, und Páva antwortete darauf: Gut, und wie geht es der deinen? Solche Freunde waren die beiden Männer und so gut befreundet waren im Ältestenrat eigentlich alle untereinander.

Klub- und Vereinstätigkeiten waren verständlicherweise verboten. Offizieller Anlass des Treffens war das »Programm zur kulturellen Annäherung« gewesen. Die Charyňer unterhielten damals zwei Ausschüsse, die sich (ganz öffentlich) um die Liquidation von Čevapik und seiner Einwohner bemühten, ein Ausschuss führte hygienische Gründe an, der andere kulturelle Gepflogenheiten, und erst auf Druck des Lehrerverbandes, der sich zu dieser Zeit aus zwei Funktionärsgattinnen des Ältestenrats zusammensetzte, wurde den Ausschüssen ihre Tätigkeit untersagt. Die Rübenschädelmütter fürchteten sich nämlich zusehends, ihre Kinder zur Charyňer Schule zu schicken, und diese drohte – wegen mangelnder Schülerzahlen – geschlossen zu werden. Das Programm der kulturellen Annäherung wurde später um alle möglichen anderen Themen erweitert. Die Tatsache, dass einige Ausschüsse verboten und andere genehmigt werden sollten, so ein »Taubenschlag« hätte doch nur weitere bürokratische Maßnahmen erfordert, der Ältestenrat kam auch jetzt schon nur mit unbezahlten Überstunden über die Runden. Das war damals so in den zwanziger Jahren, Velor würde erst in ein paar Jahren von Smolensk nach Charyň strafversetzt werden und Páva Pavlič war zu diesem Zeitpunkt noch ein Jüngling, der sich gerade mal seine ersten roten Sporen bei der »roten Jugend« verdiente, die sich in einem Holzhaus traf, an dessen Stelle in ein paar Jahren das Gebäude des Ältestenrates errichtet werden sollte.

Das Verbot der Vereinstätigkeit wurde zwar überwacht,

doch die Rübenschädelmütter schickten ihre Kinder längst wieder zur Schule, da die beiden Lehrerinnen längst weg waren und es schließlich irgendeine Ablenkung brauchte.

Man könnte beinahe behaupten, dass Saška mit ihrer Frage den Nagel auf den Kopf traf.

Sie langweilen sich hier, oder?

In diesem Augenblick konnte er nur lügen.

Ich und langweilen? Wisst Ihr, wie viel Arbeit ich tagtäglich mit der Kamera habe? Verschwindende Welten. Gerade gestern war mir der Titel eingefallen. Sie werden es als Vorspann in jedem dänischen Kino bringen. Im Kino war Saška nie gewesen, aber es gefiel ihr. Es gefiel ihr, weil sie fühlte, dass das Hablund gegenüber Jovaka niemals erwähnt hatte, und sie hatte Recht. Sein Zugang zu den Frauen ist nämlich ein INDIVIDUELLER, dachte sie sich. In Charyň gab es damals nicht viele, die in der Lage waren, ein solches Wort anzuwenden oder es nur einmal in ihrem Leben auszusprechen. Sicherlich. Es gab eine Kampagne gegen Individualisten, aber das war etwas völlig anderes. Das waren Leute, die morgens nicht aufstehen wollten, um am sonntäglichen Rapport des Ältestenrates (beim Heldendenkmal) teilzunehmen, solche, die zu Hause irgendwo in ihrer Hütte eine Kuh versteckten, doch gab es von denen nicht viele und man brachte sie fort. Wer nicht begriff, wie falsch es war, zwischen all seinem Hausrat eine »persönliche« Kuh, ein Pferd oder Schafe zu verstecken, der verdiente es doch, entfernt zu werden, schon wegen seiner fehlenden Intelligenz.

Hablund langweilte sich tatsächlich etwas. Sich irgendwohin mitnehmen zu lassen, daran hatte er sich in Charyň gewöhnt. Velor nahm ihn ein paar Mal zur Arbeit mit, er brachte ihn zur Post und die Idiotin führte ihn wieder nach Hause. Wenn er sich entschloss, etwas auf eigene Faust zu machen, also etwa einen Fahrschein am Bahnhof zu kaufen, dann funktionierte das garantiert nicht.

Von Charyň hatte er schon folgende Aufnahmen im Kasten: Velor, der das kleine Mädchen behandelte, Velor, wie er einem Hund mit einem Ast das Bein schient, die Josipovičová, wie sie schläft (dies in diversen Einstellungen), Kühe, die am Haus vorbeigehen, Buro, als der in die Taiga aufbrach und wie ein gepanzerter Lastenträger aussah, er hatte gedreht, wie am Sonntag die Leute anlässlich des sonntäglichen Rapports des Ältestenrates zusammenkamen, und noch ein paar andere Sachen, daraus konnte man aber nicht wirklich etwas machen. Die Rübenschädel wollten sich nicht filmen lassen. Sie versteckten ihre Gesichter und verkrochen sich in ihren geflickten Hütten, er musste trotzdem noch einmal nach Čevapik. Damit sie ihm ihre Tänze vorführen. Vielleicht ließ sich noch irgendwo in einer Tasche ein Geschenk für sie finden.

Er ging mit Saška los, nahm nicht einmal die Kamera mit und verließ sich darauf, dass sich Saška nicht alles nur ausgedacht hatte und es diese »Union der Liebhaber der Traditionen« wirklich gab. Sie zogen schon eine ganze Weile inmitten eines Unwetters durchs Dorf und Hablund kam es so vor, als würden sie im Kreis herumirren. Ist es vielleicht nur deshalb, weil Saška absichtlich überall mit ihm gesehen werden will? Er wurde immer argwöhnischer und es gab niemanden, dem er vertrauen konnte. Er bemitleidete sich und dachte daran, dass es ja vielleicht gerade dieses Mädchen sein könnte.

Hier ist es, sagte Saška energisch und hielt an. Jovaka

hatte ihm erzählt, dass sie sich für solche Dinge interessiere. Dort ist der Friedhof, wo mein Stiefvater Vjačeslav begraben liegt, und Saška begann zu erzählen, auch von einem zweiten Vjačeslav, ihrem echten Vater, den sie nach Irkutsk berufen hatten und von wo er niemals zurückgekehrt war, und auch davon, dass sein Hund Petrus so lange beim Bahnhof auf ihn gewartet hatte, bis er verhungert war.

Sie ist jung und sich der Liebe zum Dänen nicht sicher. Dieses Zittern, ist es vielleicht nicht einfach nur der Winter, der längst an die Türen klopft, bestimmt nur die vorabendliche Kälte? Das geht doch so nicht, dass man alles mit der Freundin ausmacht und sie ihr diesen hier überlässt, weil sie ihn selbst nicht haben kann. Oder hielt Jovaka alles nur für einen Scherz?

Saška ist eine Romantikerin, als würde sie ständig im Kino sitzen. Dabei war sie noch nie in einem und lesen tut sie auch kaum. Ja doch, diesen »Anzeiger« in Pstruh, den gleichen, den auch Buro liest, das schon. Das würde aber ein Oleg Abramovič entschieden nicht als Lesen gelten lassen. Wirkte Saška intelligent auf Hablund, weil dieser in den Monaten in der sowjetischen Einöde langsam den Verstand verlor? Oder hat er, ganz im Gegenteil, seine Vorurteile abgelegt und festgestellt, dass Intelligenz nichts mit Filmen und Büchern zu tun haben kann? Dass er so schnell seine Meinung ändern würde? Marianne hat er doch noch deshalb mit Büchern versorgt, damit sie »kultivierter« wird.

Plötzlich hatte Hablund Lust, sich von Saška ordentlich die Leviten lesen zu lassen. Dass sie ihm, bevor sie sich ihm anvertraut und sagt, dass sie in ihn vernarrt ist, wirklich den Kopf wäscht. Plötzlich hatte er Lust darauf. Das hatte er mit Jovaka noch nicht erlebt. Würde ihn Saška rügen, er könnte dann schließlich alles irgendwie leichter rechtfertigen. Auch vor Marianne.

Aber auszusprechen, dass ihr jemand gefällt, das ist nicht Saškas Ding. Jovaka gefallen die Männer. Saška schämt sich dafür und bewundert sie im Stillen. Und erst wenn sie diese »Bewunderung« nicht mehr aushalten kann, bricht es aus ihr hervor. Bumm. Ich gehöre dir, für alle Zeiten. Das hat sie aber noch zu keinem gesagt. Die Bewunderung war immer auszuhalten gewesen und dann nahm sie von ganz alleine mit der Zeit ab und irgendwann war sie schließlich ganz verschwunden.

Ein Mädchen wie ein Blockhaus. Mit hübschen Beinen. Páva Pavlič machte sich keine Sorgen, dass Saška keinen finden würde, auch wenn alle in ihrem Alter schon längst vergeben waren.

Zum Friedhof geht es dort lang, ganz locker hatte dies Saška mit der Hand gedeutet, doch es war nicht das, was sie Hablund zeigen wollte. Sie hatte ihm die »Union der Liebhaber der Traditionen« versprochen und da waren sie nun. Sie hatte sich das nicht ausgedacht und Hablund nicht im Kreis durchs Dorf geführt, wie er zu Unrecht meinte.

Vor Hablund erstreckte sich eine Ebene voller sonderlicher Gestalten.

Männer in Kutten, die aus Teppichen und diversen Fetzen bestanden, die von ihren Frauen zusammengenäht worden waren, schlichen mit Stöcken über die Wiesen, kämpften immer wieder (in wechselnden Gruppen) miteinander und fielen mit herzzerreißenden Schreien zu Boden. Sie schlugen einander gegenseitig aufs Kreuz, wimmerten und dann umarmten sich wieder alle, sie prosteten sich mit leeren Flaschen zu, zeichneten mit den Händen etwas in die Luft, sprangen herum, verschwanden in den Büschen und kehrten wieder zurück, sie hielten sich an den Bäuchen, legten sich auf den Boden, klopften einander auf die Schultern und warfen ihre Speere von sich.

Eine Weile dauerte es, bis Hablund begriff, was sich da vor seinen Augen abspielte. Es war die Geschichte Charyňs, wie sie sich die Dörfler ausmalten. Grüppchen friedliebender Siedler, die in den menschenleeren Landstrich kommen, werden von bösen Einheimischen überfallen, alle Bemühungen, mit ihnen im Guten auszukommen, scheitern. Erst eine eiserne Faust und etwas Güte (aus der Position des Stärkeren) bringen Aufklärung und erhoffte Früchte des Friedens mit sich, beide Gruppen stimmen einem Waffenstillstand zu, zunächst noch auf Probe und später auf ewige Zeiten, es findet irgendeine Gemeinschaftsfeier statt und alle sind plötzlich mit allen befreundet, alles Dinge, die Hablund zwischen den Charyňern und den Rübenschädeln niemals erkennen konnte.

Diese »Union der Liebhaber der Traditionen« wird alljährlich vor Winterbeginn erneuert. Im Frühling war sie ausgefallen und im Sommer hatte es keine Funktionärsversammlungen gegeben. Das Spektakel hier war ein Bestandteil der Vorbereitungen auf den Winter. Man musste Lederhosen mit Fett einreiben, neue Handschuhe nähen, nachspielen, was damals eigentlich passiert war. Denn im Winter waren die Beziehungen der Charyňer und Rübenschädel (wegen der Jagd) äußerst angespannt, viel mehr noch als sonst, und ohne die Stärkung des eigenen Selbstbewusstseins könnte es schon passieren, dass die Charyňer (in Anbetracht ihrer winterlichen Abhängigkeit von Čevapik), der Verzagtheit anheimfallen könnten, und Verzagtheit im Winter, das ist so, als würde man im Sommer eine weite Reise antreten und kein Wasser mit sich führen. Das ist das Ende.

Mitglieder dieser »Union der Liebhaber der Traditionen« waren auch Velor Josipovič und Páva Pavlič, Saškas Vater.

Saška war kein Mitglied, weil Frauen bislang noch nicht aufgenommen wurden. Páva hätte nichts dagegen gehabt, Frauen in die Union aufzunehmen, aber Velor befürchtete, dass sich nach Saška auch gleich seine Frau melden würde, und so geriete dann eine ernste Sache zu einem Schelmenstück. Die Union hatte einige ernsthafte Ziele: die Charyňer darin zu bestärken, sich ihrer eigenen Geschichte bewusst zu werden, die Jugend zu bilden und die Bande unter den Genossen zu stärken, denn dies war die Basis der Gemeinschaft. Es war etwa nötig, sich zuvor abzusprechen, wer wen spielen werde, und sich – wie ein Mann – der Tatsache zu stellen, dass man nicht immer die Heldenrolle einnehmen könne und auch ein Schurke pflichtbewusst mit Inbrunst und Loyalität dargestellt werden müsse. Wenn jemand an dieser Geschichtsdarstellung auch noch seine Freude hatte, umso besser für ihn, aber die Union war nicht gegründet worden, um sich dabei zu vergnügen. Ihr Sinn war es, die Wahrheit zu bewahren, denn sonst könnte die Jugend den Geschichten der Rübenschädel auf den Leim gehen, wonach alles ganz anders passiert war.

Páva Pavlič, seinen künftigen Schwiegervater, hatte Hablund nach einer Sitzung des Ältestenrates zum ersten Mal getroffen, Velor hatte ihn mitgenommen, nachdem Hablund Bovníks Grüße und dessen Empfehlung überbracht hatte, ihn doch mit einzuschließen. Velor erinnerte Hablund sogar daran, diese »Lappalie« vor ein paar Tagen anzusprechen, den misslungenen Versuch, sich einen Zugfahrschein zu kaufen, das sollte man schließlich thematisieren. Diese Aufmerksamkeit und das Interesse an einer Sache, die Velor nicht persönlich betraf, freute Hablund.

Die Tür zum Sitzungssaal des Ältestenrates kannte Hablund nur von außen. Von jenem »Zellenbesuch«, bei dem man ihm gezeigt hatte, wo die Lumpen wohnten, deren Familienmitglieder desertiert waren.

Was sie wohl jetzt dort machen? Es war längst Abend, ihre Schicht war um. Spielen sie Karten? Dürfen sie das überhaupt? Hablund musste jetzt aber woanders hin. Gegenüber, in den Raum hinter der schwarzen Metalltüre. Ein sowjetisches Einheitsmodell, aber in Charyň, wo eigentlich alles aus Holz war, war dies ein Zeichen von Bedeutsamkeit.

Gleich als er eintrat, fiel ihm die Kiste mit den nummerierten Knochen ein, von der die Idiotin behauptet hatte, dass sie das ganze Jahr über hinten im Sitzungssaal auf dem Schrank stehen würde. Tatsächlich gab es dort Schränke, doch vor allem einen großen Tisch (der aus zwei kleineren Tischchen bestand, die man zusammengeschoben hatte), und rundherum standen sechs völlig identische Sessel. Garnituren waren in Charyň wahre Kostbarkeiten. Alle Sachen hier waren für gewöhnlich bunt zusammengewürfelt, wie man sie eben aufgefunden hatte, ganz egal, ob es sich nun um Sessel, Geschirr, Bezüge oder Fensterrahmen handelte. Sechs identische, schwarze Sessel, die um einen großen schwarzen Tisch hinter einer eisernen schwarzen Türe gleich gegenüber vom Gefängnis standen, weckten in Hablund sogleich die Bereitschaft, zuzuhören und sich unterzuordnen, passend zu einem Gremium, das über Ordnung und moralische Autorität verfügte. Keinen Augenblick lang war ihm zum Lachen zumute. Fünf Genossen, eine Genossin und Hablund legten ihre Mäntel und Hauben ab und alle bis auf Hablund setzten sich. Hablund, der einen Moment lang verlegen war, entschuldigte sich kurz und eilte nach draußen, um in der nächstbesten Hütte einen Sessel zu erbitten. Er saß schließlich niederer als alle anderen und konnte sich nicht einmal anlehnen. Er überlegte, ob es pure Absicht gewesen sein konnte, dass sie für ihn keinen Sessel hatten.

Die Sache mit der Fahrkarte wurde – mit Velors Unterstützung – zum ersten Programmpunkt erklärt. Hablund soll erst mal die ganze Angelegenheit in aller Deutlichkeit schildern.

Ihm fiel auf, wie lammfromm er war. Sollte das die Wirkung der Uniformen dieser Genossen sein? Als ob er jetzt endlich eine Chance hätte, sich zu etablieren, jetzt oder niemals wieder.

Die Reaktion der Frau Kassiererin war überzogen, ja doch.

Die Genossin ergriff das Wort, Hablund konzentrierte sich.

Mit dem Telefonieren an sich gibt es kein Problem, doch woher sollen wir wissen, dass Ihr nur deshalb abreisen wollt? Velor Josipovič ist zwar eine vertrauenswürdige

Person, bestimmt würde er für Euch bürgen, und dennoch. Habt Ihr irgendwelche Garantien?

Dieser verrückte Gedanke, Saška doch zu seiner Frau zu nehmen, traf ihn in ebendiesem Moment, ein trunkener Amor hatte wohl seinen Pfeil abgeschossen oder auch: die Genossin mit ihrer Frage, die allein war schuld. Vielleicht möchtet Ihr behaupten, dass Ihr doch freiwillig hier seid und es uns nichts angeht, wohin Ihr fahren wollt, ist es nicht so?

Sie las Wort für Wort seine Gedanken.

Natürlich ist uns das klar.

Sie lächelte ihm zu.

Wie heißt diese Frau noch mal?

Er stupste Velor mit dem Ellbogen an, der daraufhin ein Stück Papier aus seinem Block riss und notierte: Drillmeisterin Miškinová. Vorname!, kritzelte Hablund schnell und schob Velor das Papierchen zurück.

Velor zerknüllte es und warf alles in den Aschenbecher. Hablund sah zu, wie es verbrannte.

Der Programmpunkt »Fahrschein« wurde vertagt. Einstimmig wurde eine Abmahnung der Kassiererin beschlossen. Die Miškinová verlautbarte, dass sie diese gleich morgen aufsuchen werde, um die Kausa weiterzubearbeiten.

Herr Doran kann selbstverständlich reisen, wohin er will, wenn dies im Einklang mit seinen Reisedokumenten steht, fügte die Miškinová noch hinzu und die Sache galt damit als abgeschlossen.

Programmpunkt Nummer zwei war der Winter. Hablund musste gähnen, davon sprach man doch von früh bis spät. Das Heizen, die Vorräte, das Tierfutter, das Sich-Beklagen, dass das Dorf über keine Elektrizität verfüge, auch wenn's so aussah, dass sie sehr wohl welche hätten, die Alten fürchteten sie allerdings noch mehr als das Glatteis in der Dämmerung, sie hatten Angst vor zu viel Licht. Charyň würde weithin sichtbar leuchten, das würde doch nur Aufmerksamkeit nach sich ziehen. Die der Wölfe? Irkutsker Politschergen? Selbst der damalige Ältestenrat glaubte das, obwohl er an und für sich schon recht fortschrittlich war. Dass der wöchentliche Rapport beim Heldendenkmal abgehalten wurde (und nicht wie früher bei den aufgespießten Ochsenschädeln), das war sein Verdienst. Sogar auf Hablund wirkte dieser Ort irgendwie barbarisch. Wenn es wenigstens Holzpfosten wären, aber Traktorenlenkstangen? Wo sie doch von der Mechanisierung in Charyň gar nicht so viel hielten.

Er dachte darüber nach, als man im Ältestenrat vom Winter sprach. Schneegatter wären notwendig, wie jedes Jahr, man müsse diese an den Dorfrändern aufstellen. Der Schnee, der mit dem eisigen Wind aus Norden oder Osten angeweht kam und die Hütten am Dorfrand viel schwereren Bedingungen aussetzte, wurde von diesen großen hölzernen Gestellen (auf drei Füßen stehende Verstrebungen) aufgefangen. Der Schnee bildete später auf diesen »Verstrebungen« eine mächtige Schutzschicht, die den Wind abhielt. Früher gab es für einen solchen Winter, wenn man diesen unter erschwerten Bedingungen verbrachte, wie es am nördlichen und östlichen Dorfrand der Fall war, im Frühjahr kleine, rote »Verdienstorden ersten Grades«. Doch die Leute maulten trotzdem und die frierenden Hausbesitzer waren diejenigen, die Charyň schließlich verließen, und ihre Verwandten mussten seit jenen Tagen für den Landstrich schuften. Natürlich war man an manchen Stellen hocherfreut, dass man vor fünf Jahren damit begonnen hatte, Schneegatter aufzustellen. Auch die im Zentrum wohnenden Charyňer begrüßten das. Über dem Dorf entstand mit Hilfe des angewehten Schnees (wenn man Glück hatte), in den schwersten Wintermonaten eine Art »Isolationskuppel«, die die Wärme hielt und vor dem Wind schützte. Velor versuchte es im Plenum Hablund zu erklären, er sprach von einem großen Iglu, etwas Besseres war ihm nicht eingefallen, doch die Miškinová meinte, das sei etwas völlig anderes.

Abgesehen von den Schneegittern plante man, einen Schlittschuhplatz einzurichten, alle Jagdgerätschaften sollten überprüft und vor allem sollte beim nächsten Rapport des Ältestenrat ausdrücklich darauf hingewiesen werden, dass man seine Felle zu flicken hatte und dass diejenigen, deren Schuhe abgenutzt waren, neue Absätze brauchten, man musste auch seine Mützen kontrollieren, weil diese von Würmern zerfressen sein könnten (in diesem Falle musste man sich eine neue Kopfbedeckung besorgen). Für die Ärmsten war beim Ältestenrat ein »Winterhilfsfond« eingerichtet, man hatte selbst daran gedacht. Das Plenum überlegte, wie es sich vor seinen Dörflern in Szene setzen konnte, wie damals vor fünf Jahren, als die Idee mit den Schneegittern aufkam, darüber zerbrach man sich schließlich noch den ganzen Abend die Köpfe. Der Zigarettenrauch hüllte all die sechs führenden Köpfe ein, von Zeit zu Zeit tauchte ein Notizblock daraus auf oder es erklang ein müdes Seufzen.

Das hier war kein Picknick, mit Wodka und Süßigkeiten, wie es Hablund dem Ältestenrat unterstellt hatte. Das hier waren keine Apparatschiks, die sich auf Kosten der ihnen Anvertrauten amüsierten, hier wurde wirklich gearbeitet. An diesem Tisch saßen im Uhrzeigersinn Velor Josipovič, Hablund, Páva Pavlič, Petka Bovník, Jurek Glaznikov und Darja Miškinová.

Páva hatte vor allem die Aufgabe, die Jugend im Auge zu behalten. Der Schlittschuhplatz war seine Idee gewesen, wie auch das Pferdefuhrwerk, das aus der »Staatskasse« bezahlt wurde, um die Kinder aus Čevapik in die Charyňer Schule zu bringen und zurück. Die Jugend ist die Zukunft. In Čevapik wuchs sie wie Holz im Wald, und daher musste man auch für eine Kultivierung sorgen. Die Körper wurden mit Leibesübungen in Schuss gehalten, zwischen dem Schulgebäude und dem Bahnhof lief jeden Tag die ganze Schule in Dreierreihen dahin, der Direktor war davon nicht ausgenommen.

Petka Bovník kannte Hablund schon von der Bahnhofsbaustelle. Der Doktor, der einem die Zähne ausschlägt und an den »Überweisungen« richtig gut Geld verdient. Abgesehen von seinem Handwerk und den Inhaftierten, die er jeden Tag von den Zellen zum Bau und wieder zurückbrachte, behielt Bovník den reibungslosen Ablauf der Winterjagden im Auge und war auch für die Sitzungsprotokolle zuständig.

Der Letzte der Genossen war Jurek Glaznikov. Ein rothaariger, sympathisch wirkender Mann, der Hablund an seinen Turnlehrer aus der Kopenhagener Mittelschule erinnerte, dieser hatte den Rechtsvollzug inne und betreute auch die Flüchtlingsproblematik (Gulag), wenn sich mal einer von denen in Charyň zeigte und man sich diesen vorknöpfen musste. Kurzum, ernste Dinge, die eine harte Hand erforderten.

Blieb noch Darja. Darja Miškinová. Sie reichte Hablund als Einzige nach der Sitzung die Hand. Ihr Griff erinnerte ihn an eine Kneifzange, kalt und erbarmungslos. Hablund reichte ihr sein Patschhändchen, hielt den Atem an und die Miškinová machte irgendeine Grimasse, als würde sie bei einer Parteiversammlung zum fünfundfünfzigsten Mal hochoffiziell lächeln. Sie sagte zu ihm, aber so, dass es alle hören konnten, dass sie das »menschliche Antlitz in dieser Griesgrambruderschaft« sei, die so viel zu tun habe, dass es ihnen ja nicht mal einfallen würde, frische Blumen zu einer der Sitzungen mitzubringen, wobei sie auf eine leere Vase deutete, die am Tisch stand.

Die sanfte Blumenliebhaberin, das kaufte ihr Hablund allerdings nicht ab. Unter den gepflegten Nägeln vermutete er Krallen, es würde ihn nicht überraschen, wenn sie hier alle anderen befehligte. Die Haare trug sie wie Fíla Medosjevová, einen Dutt also, doch während Fílas Gepflegtheit, Milde und Ordnungssinn zurückhaltend wirkten, erinnerte der Dutt von Darja Miškinová an eine Kanonenkugel mit Zündvorrichtung. Keine einzige lose Haarsträhne, ja kein einziges loses Haar, das die Chance gehabt hätte, aufzubegehren. Sie besaß graue Augen, das war kein Reh, vielmehr eine Wölfin, die sich's bestimmt gut überlegt, bevor sie dann aber doch ihren tödlichen Angriff setzt. Sie trug ein damenhaftes Kostümchen, Velor sagte später zu Hablund, sie hätte ihn beeindrucken wollen, doch Hablund ließ ihr Anblick nur frösteln.

MARIANNE

Es waren schon so viele Wochen vergangen, dass Marianne damit aufgehört hatte, sie zu zählen. Zunächst wusste sie noch die genaue Stundenanzahl. Zweihundertvierunddreißig, zählte sie eines Morgens nach, während sie sich die Badewanne einließ. Hablund hatte Kopenhagen genau vor zweihundertvierunddreißig Stunden verlassen. Schließlich ließ sie es bleiben, die Tage und Wochen zu zählen, wo doch Monate vergingen, ohne dass sie etwas von ihm gehört hätte.

Eigenartigerweise folgte der Panik, die einige Wochen lang andauerte und wo ihr Lora ständig wiederholen musste, dass sie Hablund zu sich kommen und ihm etwas Zeit lassen sollte, bevor er sich in der fremden Umgebung zurechtfand, eine Ruhe, die recht lange anhielt. An der Wand unter der schwarzgelben Maske hing die mit Buntstiften gezeichnete Landkarte von Charyň, mit viel Grün und einem Teich, so wie sie sich das Dorf eben vorstellte, und sie fuhr sie manchmal mit dem Finger ab, wenn sie im Haus nichts zu tun hatte.

Guten Tag, Herr Doran, wie geht es Euch? Es geht gut, Herr Vasili Petrovič, sagte sie zu sich selbst, den Finger gegen die Zeichnung gepresst, sich Namen vorstellend, die sie aus russischen Romanen kannte. Vasili Petrovič hatte einen Gehstock und einen schwarzen Zylinder, den er jedes Mal vor Hablund zog. Es grämte Marianne sehr, dass es keine langen Briefe gab. Etwas von der verschwundenen Sehnsucht hätte erneuert werden können, sie wären sich wieder nähergekommen. Sie hätte Hablund – in aller Kürze – von der Firma berichtet, es wäre schließlich vor allem um sie beide gegangen. Sie schrieb. Die Briefe stapelten sich in der Schublade, nach fünf Monaten bereits in der dritten. Hablund sprach davon, dass er nach drei Monaten zurückkehren wollte, aber einige Male hatte er selbst angedeutet, dass es auch viel länger dauern könnte. Alles hing davon ab, wie es ihm ergehen würde, und das konnte man einfach nicht vorab wissen.

Der Versuch herauszufinden, was Charyň eigentlich für ein Ort war, jetzt, wo Marianne ungefähr wusste, wo es lag, ging nur mäßig voran. Unweit des Ortes lag angeblich das Quellgebiet einiger großer Taiga-Flüsse, offenbar eine sehr intakte Naturlandschaft mit Fauna und Flora, die sich dorthin aus jenen Gebieten zurückgezogen hatte, von wo aus sie von den großen sowjetischen Wasserwirtschafts- und Bergbauunternehmen vertrieben worden war, vor Jahren war dort sogar ein Pärchen sibirischer Tiger aufgetaucht, und im Winter tatsächlich ein Eisbär, der im Norden von den Sowjets durch den Bau irgendeiner Polarstation aufgeschreckt worden war. Marianne sammelte Informationen, so gut es ging. In allen größeren Kopenhagener Bibliotheken besaß sie Mitgliedsausweise, sie war sogar in einigen anderen dänischen Städten gewesen und ein paar Mal sogar nach Stockholm gefahren, weil sich dort eine Universitätsbibliothek befand, die sich mit Sibirien beschäftigte, und Marianne schließlich Schwedisch konnte.

Am meisten störte sie die Ungenauigkeit, die jene Orte betraf. Über Sibirien gab es vergleichsweise wenige Informationen, und wenn sie schon etwas Konkretes fand, war sie sich nie sicher, ob Charyň nicht doch einige hundert Kilometer davon entfernt lag und es mit ihrer Entdeckung eigentlich gar nichts zu tun hatte.

Mit der Zeit konnte Marianne aus dem Stegreif und völlig fehlerlos aufsagen, welche Durchschnittstemperaturen in Sibirien in den einzelnen Monaten herrschten, was dort für Bäume wachsen und welche Säugetiere in der Taiga leben. Sie wusste auch, wie man die Taiga von der Tundra unterschied, wo auf der Landkarte die transsibirische Eisenbahn entlangführte und dass der Baikalsee nördlich davon lag – und nicht südlich, wie sie mal geglaubt hatte. Doch um sich das alltägliche Leben vorzustellen, dafür langte es nicht. Lange hatte sie nach Informationen über die Funktionalität der russischen Post (und der Telefonverbindungen) gesucht. Vielleicht gibt es dort so etwas gar nicht, sagte sie sich. Briefe werden vielleicht noch von einem Pferdefuhrwerk ein paar Kilometer weiter hinter Moskau gekarrt und alle anderen Nachrichten verbreiten sich später durch Mundpropaganda oder nur in düsteren, schwarzen Fahrzeugen des bolschewistischen Nachrichtendienstes.

Zwar hatte sie im Archiv eine erst ein paar Jahre alte Dissertation der dänischen Akademikerin Marta Vestergaard über die »Rolle der russischen Posttransporte bei der Besiedlung Sibiriens« gefunden, doch war dort auch nicht vermerkt, ob es in Charyň einen Postkasten gab oder ob es möglich war, von dort aus einen Brief bis nach Kopenhagen zu senden, und nur so etwas hätte sie überzeugen können. Sie wollte sich nicht entmutigen lassen. Sollte sich Hablund nämlich nicht melden, was technisch gesehen schon möglich wäre, könnte es auch bedeuten, dass ihm entweder etwas zugestoßen war oder dass ihm noch etwas weitaus Schlimmeres widerfahren war. Und daran wollte Marianne nicht einmal denken.

Hablund wurde allmählich zu Mariannes »Arbeitsauftrag«. Die Suche nach diversen Informationen, die erklären könnten, warum er nichts von sich hören ließ, beinhaltete auch das Sammeln ganz allgemeiner Nachrichten über die russische Politik und das Zeitgeschehen in Russland überhaupt. Doch über Russland schrieb man in dänischen Zeitungen nur im Zusammenhang mit dem Kommunismus und den Diskussionen über die Möglichkeit der Ablehnung des Marshall-Plans. Von Sibirien kein Wort.

Manchmal riefen Hablunds Mitarbeiter bei Marianne an, die die Aufgabe erhalten hatten, ihr – während der Abwesenheit des Chefs – gesellschaftlichen Umgang zu gewährleisten, mit manchen ging sie also bisweilen irgendwo hin, über Hablund konnte sie sich allerdings nicht unterhalten. Mit Lora konnte sie tatsächlich Scherze treiben. Dass er nichts von sich hören lässt, weil er in seiner Zerstreutheit die dänische Vorwahl vergessen hat oder ständig die Ziffern in den Telefonnummern durcheinanderbringt, immerhin war ihm das in Kopenhagen schon des Öfteren geschehen. Wenn aber irgendwer anderer nach ihm fragte, kam es Marianne so vor, als würde sie eine fremde Hand am Hals würgen. Als wäre Hablund plötzlich hier und würde um sie herumschweben und sich ärgern. Er ist doch keine ANGELEGENHEIT. Außerdem schien es dann plötzlich so, als würde er sie nicht mehr so gernhaben, oder ist dieses Russland einfach nur »tiefstes Mittelalter«, ein schwarzes Loch, in dem Menschen verschwinden und nicht einmal Echos gelangen nach draußen, abgesehen davon ging es doch diese Männer gar nichts an. Und es geht auch diesen Arbeitskollegen hier nichts an, den sie bei ihm zu Hause besuchte, um für Hablund irgendwelche Papiere abzusegnen.

Es geht ihr gut, log sie ihn an. Er ruft manchmal an, aber es kostet eine Menge Geld. Die Post bringen sie aus dem Dorf in die nächstbeste Stadt, wo sich ein Flughafen befindet, einmal in vierzehn Tagen schicken sie ein Gespann zotteliger Ponys los, und wenn sich eines im Eis den Fuß bricht, verspätet sich die Sendung um zwei Wochen, und zehn Monate lang im Jahr herrscht dort schreckliche Kälte.

Wirklich? Er wunderte sich.

Ja. Ich habe erst gestern versucht, richtig warme Fäustlinge für Hablund zu besorgen, doch sie hatten seine Größe nicht vorrätig. Er hat schließlich Pranken wie ein Bär.

Marianne fiel auf, wie der Mann auf seine Hände blickte. Er hatte diese »zerbrechlichen« Hände, mit langen Fingern und hervortretenden Adern. Früher kam es ihr schön vor, die Hände eines jungen Pianisten zu besitzen, doch nunmehr wirkte es einfach nur »weiblich« auf sie.

Ich habe auch versucht, ihm etwas qualitativ Hochwertiges zum Rasieren zu besorgen. Der Bart wächst bei ihm so schnell und die Haare sind so dicht, dass seine Rasierklingen ständig abbrechen. Und die, die er mit sich genommen hatte, die hat er längst geteilt.

Geteilt?

Geteilt, weil scheinbar ein Häuptling nichts besitzen darf.

Hablund ist dort Häuptling?

So etwas in der Art. Angeblich hatten sie ihn erwählt und ihn vor vollendete Tatsachen gestellt, ihm wäre so etwas nie in den Sinn gekommen.

Der Mann musste lachen und Marianne fühlte sich erleichtert. Wenn Hablund irgendetwas Schreckliches bedroht hatte, hatte sie ihn nunmehr gerettet. Sie musste sich für gar nichts schämen.

Der Mann amüsierte sich.

Marianne überlegte, wie sie den Rückzug antreten konnte, ohne dass es nach einer Flucht aussah. Hätte er versucht, sie hier zu Boden zu werfen, es hätte sie nicht weiter überrascht. Er musterte sie dementsprechend. Sie hatte doch nur für einen kurzen Augenblick vergessen wollen, dass sie alleine war. Sie griff sich ihre Tasche und ging entschlossenen Schrittes zur Wohnungstür. Es war nicht abgesperrt. Mädchen, schien er ihr nachzurufen, als sie die Stiegen nach unten lief, doch das hätte er wohl nie gewagt.

Was hatte sie erwartet? Dass er ihr dieses altmodische Kleid vom Leib reißt? Dass die Männer Tiere seien, die nur darauf warten, eine zu bespringen, sobald sie in ihrer Wohnung auftaucht?

Er war sich sicher gewesen, dass sie ihn gewollt hätte (er sie auch), doch eigentlich war es ihm auch egal.

Marianne zögerte und dann erinnerte sie sich an etwas. Lora hätte ihr bestimmt geraten, dass verheiratete Frauen doch mit solchen Angelegenheiten keine Zeit vergeuden.

Als weitere Tage vergingen, dachte sie über ihre Einsamkeit nach. Sich einsam zu fühlen bedeutete zunächst, dass es niemanden gab, mit dem sie reden konnte, und es interessierte sich auch niemand dafür, wie es ihr ging. Sich allein zu fühlen, bedeutete aber auch, dass es egal war, ob sie auf sich schaute oder nicht, es bedeutete auch, dass ihre Brüste nichts mehr wert waren, genauso wenig wert wie ihre verzweifelten Gedanken, die sich eine Mutterschaft herbeisehnten, alles war egal, ihre abgebissenen Nägel, ihr Liebreiz, der sich aufbäumte und verwelkte. All das machte nämlich nur Sinn, wenn es noch jemand anderen gab. Vielleicht ja nur in Gedanken und unerreichbar, doch immerhin existierte ein »Bild«, für das sich eine Frau gern in Schuss hält. Sie pflegt ihre Weiblichkeit, um sie später dann beim Mann gegen Schutz und Anerkennung einzutauschen. Er mochte ihre Broschüren zur Emanzipation nicht, diesen kleinen Ratgeber für die Frau des zwanzigsten Jahrhunderts und Ähnliches, doch da es auf Marianne so gut wie keinen Einfluss hatte, behielt er seine Kommentare für sich. Es waren eben ihre kleinen Exkurse, die ihre eingespielte Ordnung nicht durcheinanderbrachten. Marianne genügte es zu wissen, wo sich ihr Platz befand, und Hablund wusste das zu schätzen.

Von jenem Zeitpunkt an, als sie diesen Mann aufgesucht hatte und sich sicher war, ihm nie wieder zu begegnen, ging es mit Marianne bergab. Die Mutter und der Vater lebten weit entfernt, Geschwister hatte sie keine und Lora hatte ihre eigene Familie und viel zu wenig Zeit.

Vorerst war Hablund noch Mariannes »Arbeitstag« gewesen, den sie absolvierte und durchschnaufte, sie gab sich Träumen hin, ihr eigenes Leben mit ihm und den Kindern, mit einem anderen Mann und seinen Kindern, oder sie beschäftigte sich mit diesen Wohnungsumbauten, die Hablund überraschen sollten, nach all den Dingen blieb ihr nicht mehr so viel Zeit über, die konnte man dann leicht mit einem Buch oder einer Zeitung totschlagen. Fünf Monate nach der Abfahrt ihres Ehemannes war Hablund tatsächlich das Einzige, das Marianne auf den Beinen hielt, auch wenn sie immer weniger an seine Rückkehr glaubte. Aus der Sehnsucht, nachzuforschen und mehr zu erfahren, wurde eine Gewohnheit und aus der Gewohnheit schließlich Routine, die Marianne Doran davon abhielt, in der Hansenstraße zusammenzubrechen.

Sie verfolgte nicht mehr nur das, was in Russland passierte, sie begann ihren Morgen mit der Lektüre aller Kopenhagener Zeitungen, systematisch suchte sie nach allen Nachrichten, die Russland betrafen, und sie notierte sich alles auf kleinen Zettelchen. Sie warf die gesamte Kleidung aus einem ihrer Kleiderschränke und richtete dort eine Zettelkartei ein. A wie Alexander II., Amudarja, Archangelsk, B wie Baikal-Amur-Eisenbahn, Belogvardejci (Weißgardisten), Bolschewismus, CH wie Charyň, ein schwarzer Schrank, um den viele Informationen herumschwirrten, die ihr doch nichts nützten. Loras Manfred ermöglichte Marianne – mit der Hilfe irgendeines Bekannten – alltägliche Mittagessen in der Mensa der philosophischen Fakultät. Sie versprach sich davon die Begegnung mit Fachleuten, die ihr mit Auskünften helfen könnten. Die Ratschläge der Mutter und des Vaters, sie solle Geld verdienen gehen und sich jemanden »Soliden« suchen, die halfen ihr nicht weiter, sie hatte nie studiert und einfach so irgendwo bei einem gebildeten Mann (mit Titeln) anzuklopfen, das wagte sie nicht.

Nach dem Mittagessen und einem kurzen Spaziergang besuchte sie ein paar Büchereien, montags und dienstags die Hauptbücherei in Kopenhagen, mittwochs und donnerstags ging sie in die Bibliothek der Universität und freitags in eine andere, oder sie irrte durch die Stadt und kaufte Bücher ein. Abends las sie dann noch im Bett, ein ganzer Stapel Bücher stand gleich unter dem Fenster. Sie ließ sogar ein Inserat in einigen landesweiten Zeitungen schalten, dass sie Bücher zum Thema Sibirien ankaufe. Meistens meldeten sich aber nur sehr seltsame Menschen.

Als sie die erste Frau anrief, war Marianne gerade dabei, sich hinzulegen. In diesen wenigen Minuten zwischen dem Schließen eines Buches und dem Einschlafen kreisten ihre Gedanken meistens darum, was sie an dem Tag so alles erfahren hatte. Ein unzusammenhängendes Datengewirr, eine Auflistung von Industrieeinrichtungen, Landschaftsbeschreibungen, Informationen zu Tieren und politischen Vereinbarungen, sie lobte sich insgeheim, dass sie wieder ein Stück mehr wusste, auch wenn sie sich nicht sicher war, wozu das nützen sollte. Das Ganze nicht als Mosaikgebilde zu betrachten und daran zu glauben, dass alles irgendwann »komplett« ist, das war illusorisch, es waren einfach zu viele völlig unterschiedliche Dinge. Auch in ihren Träumen tauchte Hablund auf, Hablund am Zarenhof mit einer Zobelmütze, Hablund, wie er auf einem Hundeschlitten dahinbraust, Hablund, der von den Sowjets der Spionage bezichtigt wird, was sie nicht weiter ausführen wollte, sie erwachte schweißgebadet.

Die Frau, die an jenem Abend anrief, sprudelte ihr einen ganzen Wasserfall voller Buchtiteln (in allen denkbaren Sprachen) in den Telefonhörer, die sie zu Sibirien besitzt und ihr nicht verkauft, jedoch gegen eine Gebühr ausleiht. Als ihr Marianne sagte, dass sie sich eigentlich nur für einen bestimmten Landstrich interessiert, wo sich seit fünf Monaten ihr Mann befindet, und dass dieser nicht mehr zurückgekehrt war, schien die Frau gleich zu wissen, was mit ihm passiert war, sie müssten sich auf jeden Fall treffen.

Marianne zitterte weitaus mehr, als wenn sie bei irgendeinem Mann mit akademischen Titeln hätte klopfen müssen, sie traf die Frau gleich am zweiten Tag und musste feststellen, dass alles, was ihr diese »Fachfrau« sagen wollte, war, dass Hablunds Chancen, jemals wieder zurückzukehren, praktisch null seien. Die Fragen, die sie ihr stellte, vermochte Marianne nicht zu beantworten. Ob sie etwas über die Kraftlinien der Erde wisse, die Plattentektonik und das Raum-Zeit-Gefüge. Sie wusste gar nichts darüber. Über das Verschwinden (vor dreißig Jahren) und das Schicksal des Schiffes Cyclops im Westatlantik, das bis heute nicht aufgeklärt worden war, davon hatte sie zwar irgendwann gehört, doch es hatte sie nicht interessiert. Aber das sollte es, sagte diese Frau, und wie sie solch grundlegende Dinge vernachlässigen könne, die doch ein Beweis dafür seien, dass in der Gegend, in die Hablund gefahren war, er wohl nicht der Erste und auch nicht der Letzte wäre, von dem man nie wieder etwas hören würde. Wo man in Sibirien was zu Tage fördert und welche Vögel dort zwitschern, das sei doch nicht wesentlich, es gehe doch um jene Blasen, die einen aufsaugen und nie wieder loslassen. Solche gibt es angeblich in jenem Teil Sibiriens zuhauf, ähnlich wie auch im Golf von Mexiko und im Westatlantik. Marianne bedankte sich für die Informationen, man konnte da angeblich auch gar nichts machen, sie hatte sich wenigstens nichts zu Schulden kommen lassen.

Der Nächste, der Marianne anrief, war ein junger Mann, er konnte nicht älter als siebenundzwanzig sein. Ein Student, der dringend Geld benötigte und zufällig in der Bibliothek seiner Eltern ein deutsches Buch zur sibirischen Flora entdeckt hatte, das er der »Madame«, wie er sagte, zu äußerst günstigen Konditionen überlassen würde. Als ihm Marianne sagte, dass sie sich vor allem dafür interessiere, was ihr helfen könnte, ihren Mann zu finden, erzählte er Marianne etwas ganz Ähnliches wie die Frau zuvor. Und dass das Lesen von Büchern niemandem dabei helfe, nach Hause zurückzukehren. Was ihr Mann davon habe, dass sie in Kopenhagen Bücher lese? Sie müsse doch zu ihm fahren und ihn wieder nach Hause bringen. Das sei doch offensichtlich.

Die Entschlossenheit des jungen Mannes hatte Marianne gedemütigt. So etwas war ihr bislang noch gar nicht eingefallen. Er bot sogar an, mit ihr mitzufahren. Er könnte die Prüfungen auf das nächste Semester verschieben und ab nächster Woche könnten sie mit den Planungen beginnen. Eine Weile zögerte sie, ob sie nicht genau das machen sollte, doch dann entschied sie sich dagegen. Das klang alles ziemlich wild. Und was, wenn es Hablund gar nicht so schlecht ging? Vielleicht sollte sie sich diese Möglichkeit aber offenhalten.

Ein paar Wochen meldete sich niemand, dann, an einem Nachmittag, eine weibliche Stimme, die Marianne bekannt vorkam. Sie hätte das Inserat zum Ankauf der Bücher gelesen und würde sich gerne mit Marianne treffen. Die Begeisterung, die sie beim ersten Telefonat verspürt hatte, war zwar verschwunden, aber warum nicht, diese Frau klang angenehmer als die beiden vorherigen und Marianne hatte schließlich Zeit, sich wann auch immer zu treffen.

Die Frau stellte sich als Táňa Krasnoludková vor, sie gefiel Marianne vom ersten Augenblick an. Táňa hatte einen Marktstand unweit der Hansenstraße, wo Marianne einkaufen ging, wenn sie Gemüse, Milch, Käse und frische Blumen brauchte. Táňas Stimme kam ihr bekannt vor, aber an das Gesicht konnte sie sich nicht erinnern. Dabei hätte sie schon mehrmals bei ihr eingekauft. Táňa zählte ihr die Sachen auf, die Marianne zuletzt bei ihr erstanden hatte, doch auch so konnte sie sich nicht mehr an ihr Gesicht erinnern. Völlig fixiert auf sibirische Geschichten, hatte sie damals wohl nicht mehr wahrgenommen als ihren eigenen Einkaufszettel. Sie beließen es dabei. Sie gefiel ihr jedenfalls. Es beruhte auf Gegenseitigkeit. Was eigentlich?

Táňa war hoch aufgeschossen, dunkler und sah ein paar Jahre jünger als Marianne aus. Sie hatte kurz geschnittenes Haar, einen kleinen Kopf und einen langen Hals, Marianne erinnerte sie an einen Obstkern am Stiel. Sie wohnte nicht weit von der Hansenstraße entfernt, in einem kleinen Zimmerchen bei einer älteren Dame, sie hatte sich bei Marianne gemeldet, weil sie direkt von dort stammte. Nicht aus Charyň, sondern aus Oboluň, einem kleinen Dorf, vielleicht vierhundert Kilometer südlich von Jakutsk. Das Ganze klang unglaublich. Nach Dänemark war Táňa geflohen, weil es dort nicht mehr auszuhalten war. Sie ließ Vater und Mutter, den Ehemann und die kleine Tochter in Oboluň zurück. Sie floh gleich nach dem

Krieg, ganz alleine, und über diverse Flüchtlingslager kam sie bis nach Kopenhagen. Sie hat hier entfernte Verwandte, die ihr etwas helfen, aber sie sieht sie nicht besonders oft.

Bücher über Sibirien hat sie zwar keine, aber sie hat jede Menge davon hier oben, sie tippte sich auf den Kopf und lachte los, es klang so, als würden kleine Dinge in einer Schachtel durchgeschüttelt werden. Wenn Marianne etwas über die Gegend wissen wolle, dann sei sie vielleicht die Richtige. Sie war in Sibirien geboren und lebte bis zum vierundzwanzigsten Lebensjahr dort. In Dänemark sei sie erst das dritte Jahr. Táňas Dänisch war allerdings nahezu perfekt.

Marianne erzählte Táňa gleich die ganze Geschichte (von Hablund) und dass es schon mehr als fünf Monate her sei, dass sie von ihm gehört hatte. Sie hatte es schon so oft erzählt, dass ihr die ganze Geschichte wie die einer Fremden vorkam. Ein Schicksal wie im Film, das doch irgendwie alle kennen. Sie empfand nicht mehr viel dabei. Dafür holte es sie zu anderen Zeitpunkten ein. Wenn sie durch die Stadt fuhr, wenn sie am Markt Äpfel aussuchte, diese Welle, die sie plötzlich zu Boden werfen wollte, und sie wartete nur noch auf diese Prise Selbstmitleid, die sie völlig aus den Socken haute.

Als sie zu Ende erzählt hatte, blieb Táňa sitzen, sie schwieg. Dann stand sie auf und umarmte sie. Man könnte behaupten, beiden Frauen kamen dabei die Tränen, wäre nicht alles nur besagter Film, den alle kennen und der keinen mehr rührt. Mutter. Vater. All das war Táňa in diesem Moment und Marianne konnte sich gehen lassen, ihre Verzweiflung zeigen, die zu leugnen sie gelernt hatte, ihr Panzer zerbrach, alles drängte nach außen, es stieg immer höher, wie Wasser bis zu ihrem Hals. Dabei hatte sie abends noch mit Lora auf Hablunds Kosten herumgescherzt. Wie fesch doch Hablund in seinem Robbenmantel sei, den ihm seine neue Frau genäht hatte, und ob er nicht kalte Füße habe, in diesen Halbschühchen, aus dem Kopenhagener Schlussverkauf. Jetzt war alles nur noch zum Weinen. Und Marianne weinte und weinte, bis sie die geröteten Augen eines Angorakaninchens hatte, ihre Wangen waren fleckig, rot wie die eines Clowns, und unter ihren Augen tauchten Ringe auf, als hätte sie jemand verprügelt. Dann schwemmte es den Lippenstift und die letzten Lidschatten fort und Marianne stand da, mit dem geschwollenen Gesichtsausdruck eines kleinen Mädchens, das eine Tracht Prügel erhalten oder sich viel zu lange Zeit das Gesicht gerieben hatte. Táňa brachte ihr einen Spiegel und ein Taschentuch und Marianne schnäuzte sich und das Taschentuch voller Tränen und Schleim fiel im Vorraum der Hansenstraße zu Boden und Táňa und Marianne umarmten sich und Táňa streichelte Marianne an den Haaren und Marianne legte für eine Weile den Kopf auf ihre Schulter und dann tauschten sie die Positionen, Marianne streichelte Táňa an den Haaren und Táňa versteckte ihren Kopf bei Marianne, wie ein Junges. Das war etwas, was sie noch nie erlebt hatte, nichts, was Marianne am nächsten Tag Lora am Telefon erzählen wollte.

Marianne wünschte es sich von all den rosa Pölsterchen und Deckchen und Tierchen in gläsernen Kügelchen. Dieses Gefühl. Sie musste gleich an Hablund denken und dann wieder an Táňa, sie standen dort in der Hansenstraße und umarmten sich, und was die eine tat, tat auch die andere, wie zwei Spiegelbilder, wie etwas, was ein Mensch sonst nur mit sich alleine macht, bis auf den Unterschied, dass gerade jetzt jemand anderer dabei war. Bei Hablund hatte sich die Körperlichkeit durch unterschiedliche Aufgabenteilungen geäußert. Sie gab sich der Kraft hin, war berauscht davon, von ihr »erweckt« zu sein. So nimm mich, du einzige Kraft, deine Freude ist die meinige, auch wenn sie vielleicht ein wenig kleiner sein sollte. Und die Kraft nahm sie und Marianne hatte ihre Freude daran. Manchmal war es sogar umgekehrt. Sie sollte die Kraft werden und ihn wollen und bekommen, wie immer sie es sich auch wünschte. Auch das konnte Marianne. Er war dies oder sie das oder umgekehrt. Manchmal hatte sie Lust darauf, ein andermal nicht. Doch weil ihre Hauptaufgabe darin lag, ein Kind zu zeugen, schien alles andere nicht ganz so wichtig zu sein.

Am schwersten war es zu entscheiden, was man danach sagen oder tun sollte. Dieses Weinen und Festhalten durfte eine Viertelstunde dauern, länger nicht. Marianne dachte zunächst, dass Táňa schnell gehen würde. Dass es so wäre, als wäre es nicht wirklich passiert, und sie wünschte sich das irgendwie und dann auch wieder nicht. Was wäre, wenn es ganz anders käme?

Ich kann dir alles darüber erzählen, woran ich mich erinnere. Wie es bei uns zu Hause aussah. Das Land ist zwar groß und verschiedenartig, doch ähnelt sich auch vieles. Ich weiß nicht, ob dir das irgendwie helfen kann, aber vielleicht kommen wir gemeinsam auf etwas, sagte Táňa, nachdem sich Marianne beruhigt und ihr Gesicht abgetrocknet hatte.

Sie stimmte zu, etwas Besseres wäre ihr selbst nicht eingefallen. Ihr fiel auf, dass Táňa – im Ansatz – mandelförmige Augen hatte und die Nase wirkte ein bisschen so, als hätte ihr jemand eine draufgehauen. Aber auf den ersten Blick war das nicht zu erkennen.

Darf ich sie berühren?

Sicher.

Und Marianne berührte Táňas Nase und strich ihr mit dem Finger auch um die Augen und Táňa zuckte kurz mit dem Kopf etwas zur Seite.

Ich hoffe, dir ist klar, dass ich dir nicht solche Geschichten erzählen werde. Wie ich floh und mich versteckte, wie ich mit einen Mann und dann ohne ihn lebte und alles, was mir auf dem Weg von Oboluň bis hierher widerfuhr. Ich werde dir aber sagen, was Hablund so sieht, wenn er morgens aufwacht, was er fühlt und was er wahrscheinlich frühstückt. In seinem schimmligen Häuschen.

Ich habe gelesen, dass es dort trocken ist, weil es weit vom Meer entfernt liegt.

Wie du möchtest. Also in seiner trockenen Bude, mit einem einzigen Raum, vielleicht ja noch einem Anbau, vielleicht ja mit einem Raum, Anbau und einer Hundehütte, wo ein schläfriger Hund wohnt.

Zunächst ist es dort immer still. Vermutlich weiß er jetzt nichts mehr davon, weil er sich längst daran gewöhnt hat, doch bestimmt hat zu Beginn sein Kopf wehgetan. Du öffnest die Augen und es ist so, als wärst du in deinem eigenen Grab aufgewacht. Vor allem im Winter. Der Schnee macht alles noch leiser, wie ein am Radio nach links gedrehter Lautstärkeknopf, und ein jeder, der in der Hütte spricht, klingt plötzlich schrecklich klar und laut. Wenn Hablund morgens keine Kopfschmerzen mehr hat, und ich gehe davon aus, dass er sich nach fünf Monaten daran gewöhnt hat, ist es durchaus möglich, dass er nach dem Aufwachen eine Weile glücklich ist.

Du bist doch von dort weggelaufen. Ich dachte, weil es dir dort nicht mehr gefiel.

Sicher. Ich bin von dort weggelaufen, aber diese Augenblicke morgendlichen Glücks, einfach so, die habe ich hier nicht. Ich habe absichtlich etwas gewählt, was ihm dort gefallen wird, auch damit du dich beruhigst, ich weiß auch nicht, warum ein Ort, vor dem man wegläuft, immer nur eine finstere Ecke sein sollte, in der es nichts Gutes gibt. Das ist hier immer so mit euch Dänen. Ich sage, dass ich weggelaufen bin, dann lobe ich etwas, und alle fühlen sich so, als hätten sie mich dabei erwischt, wie ich im Laden ein Brot stehle oder etwas Ähnliches.

Gut. Verzeih.

Und du kennst das, wie es ist, einfach nur glücklich zu sein? Und ich meine damit nicht, dass es von einem Mann abhängt! Einfach nur so.

Nein, das kenne ich nicht.

Ich kenne es. Am Morgen, wenn man zu seinen Vorhängen blickt, die einem in der Sonne zublinzeln, wenn man sich wie eine Katze rekelt und es einem an nichts mangelt, weil man zu Hause ist, nicht? Auch wenn dein Mann weg ist, am Morgen brauchst du bestimmt ein wenig, bis du dich daran erinnerst.

Vielleicht.

Die frische, winterliche Morgenluft in einer sibirischen Hütte, die wirft dich glatt um. Die Sonne sticht dir mit ihren Strahlen beide Augen aus, weil sie sich in allen Schneekristallen spiegelt und noch zehnmal heller ist. Brrrr. Dein ganzer Körper wird beben, weil dir diese Luft mit einem Schlag all die über Nacht gespeicherte Wärme raubt, alles zieht durchs Fenster ab. Aber jetzt schwafele ich. Táňa lachte. Du weißt ja nicht, warum. Und sie lachte noch viel mehr. Weil man im Winter die Fenster natürlich nicht öffnet. Sie sind mit Moos, Zeitungen, Baumharz und sonst was abgedichtet. Wenn du im Winter in die Hütte kommst, stinkt es dort gewaltig. Doch in der Nacht gewöhnst du dich daran und am nächsten Morgen spürst du schon nichts mehr. Lieber Gestank als Kälte. Aber das weiß Hablund bestimmt auch schon.

Und er weiß auch, dass sich die Leute in der Früh keinen guten Morgen wünschen, weil jeder zu einer anderen Zeit aufsteht, und entweder gehst du allein fort, oder du wachst auf, und alle anderen sind längst fort. Und weißt du, woran du erkennst, ob du geschätzt wirst?

Wenn sie am Morgen keinen Lärm machen?

Táňa lachte erneut. Lärmen tun sie alle. Wer deshalb aufwacht, ist selber schuld. Sie schätzen dich dann, wenn du aufwachst und sie inzwischen für dich eingeheizt haben und wenn am Tisch etwas Sahne und Blaubeeren stehen. Hättest du ein Zaubertelefon und könntest du Hablund anrufen, so wäre das etwas, wonach du ihn sofort fragen solltest. Damit du weißt, wie es um den Armen dort steht.

Warum Armen?

Weil er es schwer hat, gottverdammt. Was denkst du denn? Glaubst du, dass etwas Aufmerksamkeit am Morgen für den ganzen Tag ausreicht? Deshalb habe ich doch nirgendwo anders solch glückliche Momente erlebt, weil es auch nirgendwo so furchtbar ist. Und ein Mann hat es vielleicht noch schwerer. Ein Däne ganz bestimmt. Sie lauern auf seine Fehler, um ihn dann ordentlich abzukanzeln.

Warum?

Weil sie ihn fürchten. Weil sie nicht wissen, wer er ist.

Ich denke doch, dass ihnen Hablund das gesagt hat, gleich als er ankam. Von wo er kommt und was ihn dorthin führt.

Keiner wird auch nur ein bisschen seinen Märchen glauben. »Ceceka« nennt man das bei uns im Dorf. Die Worte eines Fremden. Es bedeutet, dass alles nur Schwachsinn ist. Glaubst du, dass man dort zulässt, dass man auch noch anderswo die Wahrheit spricht? Glaubst du, dass ich den meisten Leuten hier die Wahrheit sage? Und daher gehen sie davon aus, dass es sich auch mit ihm ganz anders verhält, als er es ihnen erzählt. Sie gehen von sich aus. Hablund auch. Und daher geht es ihm gar nicht gut.

Du sagst das so, als würdest du es wissen.

Ich sage aber nicht, dass er tot ist, du solltest froh darüber sein.

Marianne hatte wieder Tränen in den Augen.

Na komm. Langsam, langsam. Ich sage doch nur, dass man dort nicht auf rosa Wolken lebt, nicht so wie hier, sagte Táňa und sie drehte eine Pirouette, aus dem Stand.

Marianne wusste nicht, ob sich Táňa über sie lustig macht.

Schwarze Wälder, als hätte man dort mit Lastwagen die ganze Dunkelheit abgeladen. Dunkelgrün mit Lichtungen und immer feuchtem Gras, wo die Sonne nie hinscheint. Tautropfen auf den Nadeln, wie unterdrücktes Weinen. Ein sowjetischer Bulldozer kommt angefahren und die Bäume fallen. Immer bleibt ihnen dabei mindestens zehnmal die Säge stecken, den Sowjets. Weil sie sich unbeholfen anstellen.

Sie haben für die Waldarbeit keine Spezialisten?

Für diese Arbeit sind gewissermaßen all diejenigen Spezialisten, die ihre Strafen in Arbeitslagern absitzen. Diebe und schockiert dreinblickende Damen, die nur eines wissen ... wie man korrekterweise die Serviette und einen Samowar hält. Nun büßen sie ihre Mitgliedschaft in regierungsfeindlichen Zellen ab und stellen sich beim Baumfällen an, als würden sie ihr Leiden verlängern wollen.

Ich habe gelesen, dass es in Russland viele Sträflinge gibt, aber ich wusste nicht, dass auch Frauen darunter sind.

Pah! Frauen, Kinder. Jeden Morgen führten sie bei uns Greisinnen am Dorf vorbei, in den Wald, zum Arbeiten, seit ich denken kann.

Greisinnen?

Greisinnen, weil sie fünf Jahre lang diese Arbeit verrichtet haben. Ich hatte als Kind einen Stein nach einer von ihnen geworfen und der Vater hat mir eins hinter die Löffel gegeben. Ich fürchtete mich vor ihnen. Es waren Gespenster. Die Frau begann zu weinen, auch wenn ihr der Wurf eines fünfjährigen Mädchens nicht wirklich wehgetan haben konnte.

Gab es viele von ihnen?

Ich weiß es nicht. Niemand weiß das. Es gab jedenfalls mehr Lager in der Taiga, in die man sie stecken konnte, als abgenagte Knochen. Die Tiere sind ganz verrückt. Überall gibt es irgendwo Stacheldraht. Deshalb bin ich auch fort. Immer hast du das vor der Nase. Verlautbarungen, die sich widersprechen. Immer gibt es irgendeinen Grund, um einen ins Lager zu stecken, wenn sie es nur wollen.

Also ist es mit dieser gerechteren Gesellschaft nicht wirklich weit her?

Ja, nein, manchen geht es jetzt viel besser. Einmal kam ein »Wanderkino« zu uns. Das war ein Großereignis. Wir putzten uns heraus. Wer nicht zu den Aufführungen kam, den haben sie später mit großen Lastwagen weggebracht. Leute, die krank waren, und solche, die unter den Betten kauerten. Am schlimmsten war, dass die Leute im Dorf nicht wussten, was am nächsten Morgen passieren würde. Immer wurde irgendetwas gefeiert. Wir verstanden das nicht. Sie brachten jede Menge Sachen. Etwa angeschmierte Schulbänke. Doch bei uns gab es keine Schule. Wir machten daraus ein großes Feuer, uns war bitterkalt, und wieder wurden zur Strafe Leute mitgenommen. Sie winkten, immer winkten sie. Ich war noch ein kleines Mädchen, am wichtigsten war es, gegen den Hunger anzukommen. Das heißt, seine Sachen zu verstecken. Doch es kam vor, dass es ein Nachbar meldete, und plötzlich wurde der Großvater mitgenommen. Und später brachten sie dann auch den Nachbarn weg. Sie hatten gerochen, wie es bei ihm zu Hause nach Fleisch stank. Zwei Kühe hatte er unterm Dach eingelagert. Mit Eimern hatte er das Blut aufgefangen, das zwischen den Brettern von der Decke tropfte. Seine Frau hat sich ihnen vor die Füße geworfen, dass ihr Mann ein Idiot sei und sie nichts davon wusste. Sie ließen sie am Leben. Später hat sie sich dann aufgehängt, mit ihren Kindern.

Das ist doch schrecklich, Táňa.

Das ist völlig normal. Sie wollten uns zivilisieren. Freiwillige kamen angefahren, die uns unterrichten wollten. Ich war damals siebzehn Jahre alt, und sie auch. Man hatte sie in Großstädten eingesammelt, sie hatten Lautsprecher und aus den Autos, mit denen sie angefahren kamen, tönte Musik. Den Kindern schenkten sie Spielzeug, sie brachten auch Mehl und Fisolenkonserven. Ich habe noch nie zuvor etwas so Gutes gegessen. Feiner Geschmack und alles mit diesem dicken Saft. Unter ihnen gab es ein Mädchen, das mir gefiel. Langes, helles Haar, so wie du. Ich weiß nicht mehr, wie sie hieß. Wir tauschten Adressen, Freundschaften sollten geknüpft werden. Sie brachte mir bei, wie man Untersetzer häkelt. Die habe ich dann verteilt, wenn irgendwer zu uns zu Besuch kam. Die Leute schlugen sich diese Untersetzer mit Nägeln an die Wand, wie ein wärmendes Bild.

Du bist in keine Schule gegangen?

Bei uns gab es nichts. Die Eltern hätten mich fortschicken sollen, doch sie wollten das nicht, also blieb ich zu Hause. Ein paar Mal kam jemand, um uns zu kontrollieren. Sie riefen alle Kinder zusammen und wir mussten laut vorlesen und -rechnen. Die Hälfte konnte gar nichts. Die Eltern bekamen einen Verweis und den Befehl, uns sofort zur Schule zu schicken, und dann fuhren die Kontrolleure wieder. Ich habe das Lesen von jenem Mädchen gelernt, zwischendurch, wenn wir beim Häkeln etwas Zeit hatten. Aus einem Lehrbuch für kleine Kinder. Ich konnte es ganz gut.

Danach las ich alles, was nur irgendwie ging. Im Winter. Sie brachten uns Bücher. Alle waren sie gleich, in roten Einbänden. Reden. Sehr geehrte Genossen und Genossinnen … einige konnte ich sogar auswendig. In der Hütte war es im Winter immer warm. Ich esse und lese und schlafe. Hinter dem Fenster ist nichts zu erkennen, weil es voller Schnee ist, wir leuchten mit Kerzen. Im Ofen knistert das Holz, Rauchschwaden, wir sind alle zusammen und haben uns die Bäuche vollgeschlagen. Zunächst hatten wir nur eine Feuerstelle, ein Kamin war aber um vieles besser. Oder diese Piroggen. Auch von den Russen. Das brachten uns jene bei, die zu uns kamen. Sie hätten sich lieber ihre eigenen Hütten bauen sollen, doch man hatte sie im Winter zu uns gebracht. Wir machten ihnen also Platz in unseren Hütten. Ein Teil von uns wohnte irgendwo unter Häuten, es war einer der schrecklichsten Winter überhaupt. Die Kinder schliefen auf dem Rücken der Erwachsenen, wir waren zu achtzehnt in einem Raum. Ein paar Russen überlebten den Winter nicht. Sie waren es nicht gewöhnt und zwei von ihnen wurden von den unseren getötet. Aus Wut, weil so viele gekommen waren und uns niemand danach gefragt hatte.

Táňa lachte.

Warum lachst du?

Als sie es lernten, uns zu fragen, witterten wir dahinter immer irgendeine Sauerei. Sie fragten aber so gut wie nie. Wir lernten das.

Was?

Unsichtbar zu sein. Drei Jahre lang hat man völlig auf uns vergessen. Wir lebten nur für uns. Mir tat das leid, weil es mir gefiel, wenn sie uns irgendwelche Dinge schenkten. Wir mussten wieder essen, wie zuvor, jagen, Rinde auskochen, da sie uns die Rentierkühe weggenommen hatten, doch so langsam hörten wir auf, Angst zu haben. Sie dachten wohl, dass wir umgesiedelt worden waren. Dass Oboluň nicht mehr existiert. Irgendwer musste in den Papieren etwas übersehen haben. Schließlich entdecken uns ganz zufällig ein paar Sträflinge, die aus einem Lager in der Nähe stammten. Sie ließen uns auffliegen. Danach haben wir keinem von ihnen je wieder geholfen. Immer haben wir sie schön an die Russen ausgeliefert, und sei es für einen Sack Zucker.

Sie konnte doch nichts dafür.

Die meisten von ihnen waren ohnehin Verbrecher. Das ist so. Schlitzäugige meldeten wir aber nicht. Das wusste man. Manchmal kamen die bei uns vorbei, um sich zu stärken, bevor sie weiterflohen. Vor allem im Sommer. Im Sommer gab es Mücken und Sümpfe, in denen sogar Häuser versanken. Allerdings war es warm, sie konnten draußen schlafen. Im Winter wiederum konnte man über Wasser, über Sümpfe, einfach über alles laufen. Doch bei minus vierzig Grad, wenn es dir zweimal misslingt, ein Feuer zu machen, wirst du ein drittes Mal mit deinen abgefrorenen Fingern nichts mehr ausrichten können. Wir fanden dann welche als kauernde Eisskulpturen wieder, oder erst nach dem Tauwetter, sie hatten kein Gesicht mehr, im Frühling. Vor allem jedoch im Winter. Sie liefen dort entlang, wo es Pfade gab, und die waren von uns. Die Pfade unserer Jäger. Wenn Jagd war, blieben nur die Frauen und Kinder und Alten zurück. Wir tanzten. Damit sie möglichst viel mitbrachten. Doch man durfte nicht davon sprechen.

Warum?

Wenn Hablund auch so dumme Fragen stellt, wird ihn nicht einmal mehr der Geist der Taiga schützen können.

Warum?

Weil er dann nicht nur verdächtig scheint, sondern sie ihn auch für einen Dummkopf halten. Tiere darf man doch nicht aufschrecken. Wichtigtuer bringen schlechten

Jagderfolg mit sich. Deshalb muss man so tun, als wäre alles normal. Unsere Orte in Ehren halten, das schon, aber bloß kein Mucks dabei. Der Mistkäfer sagt es sonst dem Eichhörnchen, das Eichhörnchen dem Kauz und der Kauz den Rentieren, und die ziehen dann woanders hin, nicht dorthin, wo unsere Männer auf sie warten, wenn du es schon ganz genau wissen willst.

Du glaubst also an solche Dinge?

Ich glaube, glaube nicht, so sind die Dinge eben. Dort zumindest. Du kannst mich ruhig auslachen, hier ist es egal, aber Hablund würde ich das nicht raten. Und wenn er blöd nachgefragt hat, warum, warum, dann schweige ich von nun an lieber wie ein Grab, damit es für ihn nicht noch schlimmer wird. Ich habe keine Ahnung, was ihm passieren könnte. Ich weiß doch gar nicht, wo er ist? Vielleicht säuft er bloß irgendwo schon monatelang mit den Russen, vielleicht würde er mich – so wie du – einfach nur auslachen.

Ich lache dich nicht aus.

Du lachst sehr wohl. Du glaubst mir nicht einmal die Hälfte von dem, was ich dir erzähle.

Ich glaube dir.

Und wenn ich dir sagen würde, dass man kleine Kinder aß? Und dass sich der Schamane in einen Wolf verwandeln, dich verfluchen und deine ganze Familie ausrotten kann? Und wenn du den Geist der Taiga missachtest, dass du eines Tages verloren gehen wirst? Und wenn du davonläufst, dass dich die Sehnsucht mit ihren Klauen packen wird, dass du Lust haben wirst, alles und jeden zu umarmen und fremde Frauen zu liebkosen, nur deshalb, weil sie dich an dein altes Leben erinnern?

Du denkst an die Frau, die dich das Häkeln und Lesen gelehrt hat?

Ja. Als ich dich zum ersten Mal auf dem Markt gesehen habe, bist du bis ans andere Ende gelaufen, um dort Gemüse einzukaufen, ich aber habe mir gewünscht, dass du zu mir kommst. Und du hast dich plötzlich umgedreht und bist über den ganzen Markt bis zu meinem Stand gelaufen.

Vermutlich fiel mir nur auf, dass das Gemüse am anderen Ende schon etwas welk war.

Welk ist es bei mir. Ich habe das schlechteste Gemüse des ganzen Marktes. Die Hälfte ist schimmlig und runzlig, wie alte Hände. Táňa begann erneut zu lachen.

Marianne blickte sie bitterböse an. Du schwindelst.

Ganz oben lege ich immer etwas Schönes hin. Táňa ging zu Mariannes Kühlschrank und zog siegessicher ein paar Karotten hervor. Die hier sind von mir. Diese hier ist schimmelig und alle drei, bis auf diese hier, sind weich wie Gummi. Nicht dass du jetzt schon wieder völlig fertig bist mit den Nerven. Wenn du den Deinen irgendwann wiedersehen willst, darfst du nicht aus Zucker sein. Solche Karotten bedeuten in Oboluň, dass du wieder auf die Beine kommst und sie dir nicht einknicken. Hablund könnte dir davon berichten. Wenn er zurückkehrt, werden wir dir das beibringen.

Du glaubst wirklich, dass er zurückkehrt?

Ich weiß es nicht, aber es spricht nichts gegen einen Versuch, ihn von dort zurückzuholen.

Nach Charyň fahren?

Bleibt dort überhaupt ein Zug stehen? Nach Oboluň zum Beispiel fährt keine Eisenbahn. Du müsstest dir in Jakutsk jemanden mit einem Auto mieten, der dich in den

Süden mitnimmt, und im Winter fahren, denn im Sommer ist alles nur ein unüberwindbarer Sumpf.

Allein?

Was weiß ich. Mit mir allerdings schwerlich, da ich doch von dort geflohen bin. Mich würde man sofort in ein Lager stecken, sobald man meine Papiere kontrolliert. In diesem Punkt herrscht in der Sowjetunion strenge Ordnung.

Táňa schlief an diesem Abend bei Marianne. Sie zog sich Hablunds Pyjama an, damit sie, wie sie es ausdrückte, noch besser über ihn nachdenken konnte, und sie bestand darauf, in seiner Betthälfte zu schlafen.

Marianne hätte gern mehr darüber erfahren, ob Táňa hier einen Freund hat und wie es sich anfühlt, sein Kind so weit hinter sich zu lassen, doch Táňa knurrte nur, dass sie sich mit Maša unterhalte, wann immer sie Lust dazu habe, und von Männern will sie bloß nichts wissen, und dann war sie auch schon eingeschlafen. Marianne wälzte sich im Bett herum, sie schlief ein und wurde bald wieder wach. Neben ihr atmete Hablunds Pyjama, während Hablund selbst irgendwo dort steckte, von wo diese Frau gekommen war. Sie kann halbwegs Lesen und Rechnen, Marianne seufzte. Bestimmt zieht sie ihre Kunden beim Kleingeld über den Tisch und zu Hause freut sie sich darüber, wie sie es ihnen gezeigt hat. Vorsichtig umarmte sie Táňa von hinten (am Bauch) und die Nase steckte sie zu ihrem Hals. Es war ein eigenartiges Gefühl.

ERSKE

Elvira freute sich über die Lotosblütenseife. Sie fühlte sich besser. Ab und zu hilft es, sich auszuweinen, wie im Laden bei der Miškinová, dann kann man wieder etwas durchatmen. Es ist wie ein ordentlicher Hausputz. Sie fühlte sich, als würde sie sich in ein frisch bezogenes Bett lümmeln und nach Fedorek Ausschau halten, nur mit viel größerer Ruhe. Ein paar Wochen. Das ist wie der Lauf der Jahreszeiten, sagte sie zu Erske. Er dachte sich, sie würde ihm mehr erzählen. Doch selbst nach ein paar Wochen erfuhr er nicht mehr. Irgendein Fedorek, Serjožas Vater, und offensichtlich war der ein Lump.

Es war Winter. Völlig unerwartet brach der herein, Erske war von den Leuten gewarnt worden. Eines Tages spazierte er (in einem leichten Pulli) die Straße entlang, er schlenderte durch welkes Laub, das ihm in kleinen Böen entgegengeweht kam, und schon am nächsten Morgen war die Hütte eingeschneit. Es taute zwar in den nächsten Tagen wieder alles ab, aber der Schnee, der daraufhin kam, der blieb bis zum Frühjahr. Er hatte sich von zu Hause eine Frostsalbe mitgebracht (mit einem hohen Sonnenschutzfaktor), doch nach ein paar Tagen begann er sich mit dem Zeug einzureiben, das die Charyňer benutzten. Es stank zwar, aber die Wangen taten dann tatsächlich nicht so weh. Zuerst trug er nur ein Paar Handschuhe und einen Schal. Und später dann eine Haube, weitere zwei Paar Handschuhe über die ersten drüber und noch einen weiteren Schal, ganz um das Gesicht gewickelt. So liefen hier die kleinen Kinder herum. Vermummte, die die Enden des Schals nachschleiften. Manche Männer trugen so gut wie nie einen Schal und knöpften sich bis in den November die Mäntel auf, wenn die Sonne schien, und sie liefen dann so herum, bis sie wieder unterging. Erske konnte das nicht, selbst wenn er Eindruck hätte schinden wollen. Er wäre dabei erfroren. Und dabei begann der Winter erst.

Er ging jetzt öfters zu den Rübenschädeln. Vašek und Dima konnten ein paar Brocken Russisch und einige andere Leute auch noch, wie sich bald herausstellen sollte. Früher konnten alle Russisch. Angeblich wollten sie mal wie die Russen sein. Süßes, flauschiges Brot essen und die Statuen ihrer Ahnen einfach wie »Babuschka-Püppchen« umsägen. Sie taten alles, was die Russen wollten. Doch dann besannen sie sich ihrer Fähigkeiten. Von Čevapik aus zog wieder der rote Nebel ins Land, den alten Kommunisten in Charyň gefiel das. Diese Farbe. Erske stellte sich vor, wie es wohl ausgesehen haben mag, als in Charyň zum ersten Mal jemandem dieses Rot aufgefallen war. Von Čevapik zog sich der Nebel dahin, in Charyň feierte man gerade eine weitere Stufe zum Endsieg, auch die Stämme, so schien es, würden den Proletariern Hand in Hand zur Sonne folgen, doch dieses Gefühl hielt nicht lange an. Es ist Zauberei, begann man schon bald in Charyň zu murmeln, Teufelswerk und Konterrevolution. Die Alten bekreuzigten sich heimlich, die Jungen beschworen Lenin, doch das alles nützte nichts. Čevapik dampfte dahin mit seinen Rüben und die Charyňer waren nicht in der Lage, dieses Wunder nachzuvollziehen. Jahre nach Velors Tod bekamen die Rübenschädel von der Idiotin den ersten Fernseher geschenkt. Böse Zungen behaupten, das sei nur deshalb geschehen, damit sie verstummen. In dieser Kiste können die Russen doch so viele wunderliche Dinge. Die zweite Welle der großen »Auswanderung« begann damals. Die ersten »Exilanten« hatte Hablund miterlebt. Man ging zum Bovník, ließ sich von ihm die Zähne ausschlagen, sie brachen sich gegenseitig sogar die Knochen, um an die »Überweisungen« zu gelangen.

Erske wusste das von Pšela. Vašek und Dima führten ihn zu ihr, sie wussten, dass die Mutter gut Russisch konnte. Sie liefen los, irgendwohin in den Rübennebel, und waren gleich wieder zurück. Sie trugen fingerlose Handschuhe, damit sie die Rübenmaschine bedienen konnten, sie nahmen Erske an der Hand und stolperten mit ihm über verschlissene Kolben des stillgelegten Blocks, bis zu ihrer Mutter.

Pšela ahnte, dass er irgendwann bei ihr auftauchen würde. Vašek und Dima würden mit ihm vor ihrer Mutter prahlen wollen, wie es sich für ordentlich erzogene Söhne gehört.

Schließlich endeten wir bei etwas, das man ruhig als »Spektakel« bezeichnen könnte, Pšela setzte ihre Erzählung fort. So ungefähr vor zwanzig Jahren. Sie trug eine Pelzhaube mit langen Quasten, unter dem Leinenrock hatte sie lederne Hosen mit blaugrünen Schneemännern an, oben zierte sie eine Lederweste mit Kapuze, sie saß auf einem Trog vor der Hütte und klopfte mit der Hand neben sich auf den Boden, damit sich Erske niederließ.

Das ging damals auf Kavaryčs Kappe, setzte Pšela nach einer kurzen Pause fort. Ist dir aufgefallen, dass er nicht wirklich arbeitet? Der kümmert sich nur um das, was er selbst anschleppt. Für das hier hat er sich begeistern lassen, weil er bei den Genossen Geld witterte. Dass man doch diverse Armeegarnisonen besuchen, überall dorthin fahren könnte, wo sich Leute langweilen und für jede Ablenkung dankbar sind. Er selbst wollte mit einer Gruppe Rübenschädel auf Tour gehen, ich weiß gar nicht mehr, wie er das Ganze damals nannte. Er vereinbarte Termine bei vier Garnisonen, telefonierte wie wild, er war ständig bei uns. Er ließ sich auf den Schultern herumtragen und verbrüderte sich mit den Männern. Bei den Garnisonen würden wir gemeinsam ein »Schauspiel des roten Nebels« aufführen, die Rübenschädel sollten vor ihren Augen auch deren Radio- und Autobatterien wieder aufladen. Und der Kavaryč dachte sich, dass er sich inzwischen abschaut, worin der ganze Zauber liegt. Doch dann kamen sie bei der ersten Garnison an und nichts passierte. Die Rübenschädel tranken vor ihrem Auftritt ein paar Gläschen, um sich zu stärken, und irgendwann fielen sie wie die Fässer um, das »Spektakel« musste Kavaryč – zu seiner Schande – absagen. Als sich das dreimal wiederholte, stopfte Kavaryč alle in einen Zug und man fuhr schmachvoll nach Hause. Seit dieser Zeit kommt er nicht mehr nach Čevapik. Ein »Tausendsassa«, so denkt er von sich, dabei gelingt ihm kaum wirklich was.

Als ich erfuhr, dass nicht ich, sondern Elvira die Anstellung bei der Post bekommt, habe ich mir gedacht, dass er auch darin seine voreiligen Finger hat, doch das war wohl das Werk ihres verstorbenen Großvaters.

Erske wusste nichts über Elviras Arbeit im Zusammenhang mit Velors Verdiensten. Und er hatte gar keine Lust darauf, Näheres zu erfahren. Es war auch so schon zu viel für ihn. Und er fand es eigenartig. Dass sie in Čevapik eine Erfindung gemacht haben sollen, über die sich alle in Charyň vergeblich die Köpfe zerbrachen? In Čevapik, wo die Hälfte der Rübenschädel nicht einmal lesen oder schreiben kann?

Er wird später den Kavaryč fragen, was der dazu meint. Und wann sie endlich mal in einen Gulag fahren, auf dem Weg dorthin gibt es viel Zeit zum Reden. Er wird dieses Auto auftreiben. Und er wird diesen Lehrer besuchen gehen, den geplanten Unterricht hat man offenbar irgendwie vergessen. Er braucht Zeit und einen Grund, noch etwas hierzubleiben. Die Charyňer beginnen langsam, Verdacht zu schöpfen. Dass er sich mit dem Studium fremder Kulturen beschäftigt, interessiert sie nicht. Sie glauben ihm kein Wort. Vielleicht ist es besser, wenn er künftig einfach behauptet, er sei Anthropologe. Aber das ist auch keine Antwort auf die Frage, was er denn hier eigentlich tut. Dass er auf der Suche nach jemandem ist, der vor sechzig Jahren verschwand? Sie würden ihn auslachen oder all ihre Gesichter erstarren zu Stein, dann wird er ihnen gar nichts mehr entlocken können.

Erske entschloss sich, Rat bei seiner Mutter einzuholen. Ihr kann er alles anvertrauen, solange er sie dabei nicht erschreckt. Dabei schreckte sie eher ihn. Sie versuchte ihn zu überreden, alles liegen und stehen zu lassen und zurückzukehren. Es gefiel ihr nicht, dass sie ihn hier an den Händen begrapschten. Vor allem die alten Menschen. Sie kamen zu ihm und hingen an seinen Armen. Erske fühlte sich dabei komisch, aber sie setzten ihr zahnloses Lächeln auf und nickten zufrieden mit den Köpfen. Auch über diese Angewohnheit machte er sich eine Notiz.

Die Mutter ängstigte sich, sie hatte irgendetwas über diese Stämme im Internet gelesen. Sie wollte nicht sagen, was. Vermutlich, dass sie die Schuhe auskochen, wenn ein strenger Winter herrscht. Der Winter schreckte ihn auch. Die Mutter wollte wissen, wo der tungisische Meteor auf die Erde gestürzt war, weil man dort angeblich irgendwelche Strahlung gemessen hätte. Den Leuten in der Umgebung fallen die Haare aus und sie gebären Sechslinge. Er versicherte ihr, dass dies – von Charyň aus gesehen – weit weg im Norden liege. Dort würde er den Winter sowieso nicht überleben. Er hatte schon jetzt kaum noch etwas zum Anziehen. Er wird auf diesen Markt nach Pstruh fahren müssen, von dem hier alle reden. Er wird das mit Elvira besprechen.

Das Auto lieh ihnen schließlich Údej. Erske und der Lehrer fuhren, Údej lenkte. Elvira und die Kavaryčs wollten nicht mit, wozu sollte das denn gut sein. Údejs Auto war ein alter russischer Schlitten, ohne Fenster. Äste prallten nach innen, Schnee staubte herein, der Lehrer und Údej saßen vorne und Erske kauerte hinten, beim Proviant, in einen Mantel eingehüllt. Ein paar Flaschen Wodka, ein Kilo weicher Salami von der Miškinová, ein paar Konserven, alles schepperte neben ihm auf der Rückbank, während die beiden vorne über irgendetwas lachten, Erske wusste nicht, worüber. Mit dem Kopf prallte er immer wieder gegen die Wagendecke, mit beiden Händen versuchte er sich an der Sitzbank festzuhalten, dann schlief er ein.

Der Lehrer erzählte Údej vorne etwas von einer Fíla Medosjevová. Diese Geschichte kannten alle, er belästigte jeden damit. Als er jung gewesen war, hatte man diese verlässliche Genossin nach Charyň entsandt, damit sie ihm zur Hand geht, bevor er sich hier einarbeitet. Sie selbst unterrichtete schon lange in einer ähnlichen Umgebung und wusste, wie es in den Klassen zugeht. Wie man unter Schülern verschiedenen Alters die Aufgaben verteilt, damit sie sich nicht in die Quere kommen, und wie man es schafft, den Lehrstoff bis zum Ende des Schuljahres durchzubringen. So wurde es ihm vom Ältestenrat erklärt. In Wahrheit ging es vor allem um einen ideologischen Aufpasser. Ob er die Köpfchen der Schüler richtig einstellt und ja nichts von Lenins Theorien vergisst. Man erzählte sich, dass sie im zweiten Halbjahr, bevor man die Genossin wieder dorthin zurückbeorderte, woher sie gekommen war, auch einen gemeinsamen Haushalt unterhielten. Sie kam in einem engen Khaki-Rock und Jäckchen zur Arbeit, gab sich wie ein Armeeleutnant und der Lehrer hüpfte mit allen Utensilien hinter ihr her, die Hände voller Lehrbücher, ausgestopfter Wühlmäuse und Kreiden, die ihm vor lauter Nervosität immer wieder (vorne bei der Tafel) aus der Hand fielen.

Wenn ihr euch nur vorstellen könntet …

Údej rauchte, achtete auf den Weg und hörte ihm überhaupt nicht zu.

Diese Methoden …

Der Lehrer hatte, kaum war die Genossin abgefahren, in Charyň nie wieder mit einer etwas angefangen. Man sagte, dass auch er ihr den Kopf verdreht hätte (so wie sie ihm), dass sie zu Hause auch keinen mehr angesehen hatte. Schwachsinn, dachte sich Údej. Von den niemals geöffneten mit einer Schnur zusammengebundenen Briefen, die Fedorek nach Fílas Tod weggeworfen hatte, wusste keiner etwas.

Erske wachte auf, als Údaj mittags kurz anhielt, und dann war er gleich wieder eingeschlafen. Er wachte erst wieder auf, als die Sonne schon im Sinken begriffen war, der Abend näherte sich, sie waren endlich da. Aus dem Auto konnte er nur grün bewachsene Betonmauern erkennen. Mauern ohne Dächer, ein Turm ohne Dach mit rostigen Stiegen, ein zerklüftetes Betonplätzchen, wo sie ausstiegen. Durch die zerfallenden Mauern blitzten zwischen den Bäumen die Überreste länglicher Holzbaracken auf, eher Trümmerhaufen als Häuser. Vor einer halb in sich zusammengefallenen Mauer stand ein frisch gestrichenes blaues Häuschen mit offenem Fenster, es erinnerte an eine Kasse vor einem vergessenen Sommerkino, zwei Koreaner und eine Japanerin standen dort an und warteten auf die Eintrittskarte.

Das ganze Areal des vormaligen Lagers F576 war von Stacheldraht umsäumt, damit die Leute der hiesigen Dörfer nicht die Mauern abschlagen, um damit ihre Häuser zu reparieren, wie ihnen der Mann an der Kasse mitteilte, als er nach etwa zwanzig Minuten von irgendwoher zurückkehrte und allen für fünfzig Rubel Eintrittskarten verkaufte. Jeder erhielt einen schlecht gedruckten Prospekt zur Geschichte des Lagers, lesen konnte man darauf fast nichts. Der Mann schloss sein Häuschen und begleitete sie. Die Japanerin fotografierte, was nur ging, einer der Koreaner weinte leise, angeblich war sein Vater hier als japanischer

Spion nach dem Krieg inhaftiert gewesen, und der zweite Koreaner lümmelte irgendwo hinten herum und hob von Zeit zu Zeit schnell irgendeinen Stein auf und steckte ihn in eine Tasche. Weder Údej noch der Lehrer machten den Rundgang mit. Auf dem kleinen Parkplatz vor dem Kassenhäuschen setzten sie sich ins Auto, hörten Radio und kauten an der Salami. Erske fragte etwas beim Aufpasser nach, und als die anderen gegangen waren, kletterte er den Turm hinauf und setzte sich dort auf ein paar Steine. Es war schon finster. Er hörte das Autoradio, sonst nichts. Der Aufpasser zählte vor dem Häuschen mit Hilfe seiner Taschenlampe das Geld und dann wartete er nur noch darauf, dass er abschließen konnte.

Erske versuchte sich vorzustellen, wie es hier wohl mal ausgesehen hatte. Herumlungernde Unterernährte, Schikanen, Läuse, Erschöpfung. In Wahrheit erschrak er aber erst, als er die Stiegen nach unten kletterte und eine der Stufen unter seinem Gewicht nachgab. Der Aufpasser bat Údej, ob sie ihn nicht mit dem Auto nach Hause führen könnten, er wohne nicht weit entfernt. Údej war einverstanden und schlug vor, dass man hier irgendwo in der Nähe übernachten könnte. Alles, was man dazu brauchte, führten sie mit sich. Bei irgendeiner finsteren Hütte lieferten sie den Aufpasser ab und dann begannen sie mit ihrer Suche nach einem Schlafplatz. Údej war nicht leicht zufrieden zu stellen. Hier zieht es, sagte er oder, dort sind Wolfsspuren, immer war irgendetwas. Längst fuhren sie nicht mehr auf dem Weg. Erske dachte sich noch, dass Údej einer sei, der Schneid hat. Dass er, ganz egal wo er sich hinlegt, gleich einschläft, auch deshalb, weil er schon seit dem Morgen den Wagen lenkte. Aber er sagte nichts dazu. Wo Tiere in der Nähe waren oder der Wind pfiff, davon verstand er wirklich nichts und der Lehrer schwieg beharrlich. Im Auto, als sie den Aufpasser nach Hause brachten, hatte der Lehrer plötzlich davon zu erzählen begonnen, warum aus Erskes Unterricht nichts werden würde. Angeblich weiß er das von der Kavaryčová, sie war zu ihm gekommen, dass er ihn doch einstellen solle, doch die Vorsitzenden waren dagegen gewesen. Sie wissen schließlich am besten, wen sie hier brauchen, verkündete der Lehrer und blickte dabei durchs Fenster nach draußen. Údej lachte auf. Sag's doch einfach, verdammt noch mal, dass du ein Hasenfuß bist, Herr Lehrer. Ich bin doch auch einer und sage das frei heraus.

Sie blieben an irgendeiner Stelle stehen, die genauso aussah wie auch alle anderen zuvor, allerdings konnte man mit dem Auto auch nicht mehr weiterfahren. Erskes aufblasbare Matte zog großes Gelächter nach sich, na und. Sie packten die Schlafsäcke, Plastikplanen und Decken aus, Údej machte ein Feuer, die Essensschachteln wurden ausgepackt, von den Wodkaflaschen gab es noch vier.

Erske hatte kein gutes Gefühl dabei, sich mit jemandem in der Taiga zu betrinken. Údej stieß ihn mit dem Ellenbogen an und reichte ihm die Flasche. Trink. Trink, du Sau. Und erzähl uns etwas von Elvira. Bei mir zu Hause war sie ja nur einmal und das ist auch schon lange her. Noch bevor sie ihren Fedorek traf. Doch über euch zwei spricht schließlich ganz Charyň. Der Lehrer hat euch ein paar Mal beim Schlammteich beobachtet, wie ihr dort im Sommer herumgetollt seid. Wir können ja nicht wirklich schwimmen. Ich persönlich würde auf gar keinen Fall ins Wasser gehen. Dafür können wir andere Sachen. Sing. Jeder von uns muss jetzt singen.

Der Lehrer sang mit seiner Fistelstimme irgendein Heimatlied, das er in der Schule gelernt hatte, Údej brummte anerkennend.

Jetzt du, stieß er Erske an.

Irgendeines über die Mutter. Kommt sie nicht mal zu Besuch? Ich würde sie ruhig mal einladen. Sag ihr, dass sie diese hervorragenden dänischen Süßigkeiten mitnehmen soll, die du auch dabeihattest. Die sind uns längst ausgegangen. Die schönen Dinge, die man über uns erzählen könnte, die hast du wahrscheinlich für dich behalten, oder? Was besprichst du andauernd mit ihr? Dass dich deine feuchten Socken stören? Dass wir mit den Händen fressen? Dass wir mit Dänen schlechte Erfahrungen gemacht haben?

Das ist schon lange her, sagte der Lehrer und nahm einen Schluck. Dann trank Údej, und Erske auch.

Ja, das ist lange her, sagte Údej. Und weder ich noch der Lehrer wissen etwas über diesen Dänen. Ist dir das klar?

Wir waren damals noch nicht einmal geboren, oder?

Klar doch, der Lehrer hat völlig Recht. Dass du dich also bei eurem »dänischen Ausschuss« nicht verplapperst. Hablund ist wieder weggefahren und keiner hat je wieder was von ihm gehört. Eigentlich warten wir hier immer noch auf ihn. Saška zumindest. Dass er uns endlich seinen Film vorführt. Wir alle würden doch liebend gern sehen, wie es hier damals ausgesehen hat. Ha ha.

Er war losgefahren, um diesen Film irgendwo entwickeln zu lassen.

Ganz genau. Der Lehrer ist ein ganz Schlauer, das erkennt man gleich. Údej versetzte dem Lehrer einen Klaps auf den Rücken.

Sing!

Ich kann nicht, sagte Erske.

Ein Messer blieb plötzlich im Baumstumpf stecken. Schwachsinn. Dann sing mir einfach nach.

Gut.

Geb ich nur einen Pieps von mir, so ist meine Mutter tot.

Geb ich nur einen Pieps von mir, ist meine Mutter tot.

Die dritte, leere Wodkaflasche rollte vom Feuer weg und innerhalb einer Minute waren alle drei eingeschlafen, ihr Schnarchen war weit und breit zu hören.

In dieser Nacht schneite es. Es schneite dicht und lange und jeder der drei Männer träumte. Údej von den Frauen. Von Dorans Witwe, wie sie gemeinsam trinken und (bei ihm vorm Haus) Hablund beschimpfen, das taten sie doch immer, von Elvira und ihrem gemeinsamen Abend, als sie total besoffen waren, und irgendwo in diesen Träumen kam auch Erskes Mutter vor, die dieser Erske, der kleine Dummkopf, jeden Tag anrufen muss, als ginge es um sein Leben. Eine große, schneeweiße Frau mit roten Wangen war das, halb Göttin, halb Aufblaspuppe, aber die schönste der Welt.

Dem Lehrer war kalt. Sein Schlafsack war alt und unansehnlich, er war es nicht mehr gewohnt, im Schnee zu schlafen. Irgendetwas Schreckliches war passiert, doch daran kann sich kaum noch einer erinnern. An irgendwelche Geister glaubte er nicht, da würde Fíla Medosjevová doch ordentlich mit ihm schimpfen.

Als Erske am nächsten Morgen erwachte, war es schon wieder gleißend hell. Diese Stille. Und die Freude, wenn er sich an den gestrigen Abend zurückerinnerte. Údejs »Holzhackermentalität«, zum Teufel damit, er war Hablund endlich auf der Spur. Einige Male hätte er in den letzten Monaten beinahe die Nerven verloren, doch er hatte durchgehalten. Ein halbes Jahr lang gewartet. Es hatte sich ausgezahlt. Es hatte genügt, zur rechten Zeit ein paar Flaschen mit den beiden Männern zu leeren, und plötzlich war Hablund zum Greifen nahe. Etwas Geld hatte er noch, jetzt kann er die Spur endlich aufgreifen, er wird nicht mehr lockerlassen. Die Rübenschädel, der Unterricht, die Gulags, alles wird fortan aufgeschoben. Sie wollen ihn hier sowieso nicht als Lehrer, einen Gulag hatte er gestern schließlich gesehen und die Rübenschädel, diese Kreuzung des »Homo sowjeticus mit einem Eingeborenenstamm« … er musste lachen, erst dann fiel ihm ein, dass die anderen vielleicht noch schlafen. Vermutlich waren sie immer noch eingeschneit. Und dann fiel ihm auf, dass er Údejs Auto nirgendwo erkennen konnte. Er sprang auf und lief wie ein Tollwütiger im Kreis, doch hier war keiner mehr. Vermutlich waren sie losgefahren, um irgendetwas zu holen, und wecken wollten sie mich schließlich nicht, beruhigte er sich gleich wieder, während er sich die Schuhe zuschnürte. Doch noch bevor er seine Sachen gepackt hatte, begriff er alles. Sie hatten ihn hier zurückgelassen. Údej war vermutlich wach geworden, das Ganze war bestimmt ein Heidenspaß für ihn. Er hatte den »Lehrerschwächling« geweckt und dieser wagte es bestimmt nicht, ihm zu widersprechen, vielleicht machte sich später im Auto auf der Fahrt nach Charyň sein schlechtes Gewissen irgendwie bemerkbar. Doch das hatten sie dann bestimmt mit Wodka hinuntergespült. Wie kam es, dass er sie nicht gehört hatte, als sie abfuhren? Diese Stille. Er fasste sich an die Ohren. In jedem steckte ein kleiner Pfropfen aus Polystyrol, klar doch, diese Behälter, in denen sie das Essen hatten. Sie waren auf Nummer sicher gegangen. Diese Tiere. In den Gulag gehörten sie, diese Schweine, dachte sich Erske, bevor er es schließlich doch mit der Angst zu tun bekam. Auf einmal konnte er nicht mehr atmen. Als ob sie ihm mit einem Strick die Kehle zugeschnürt hätten, als ob sie ihm eine über den Schädel gezogen hätten. Alles wirbelte durcheinander. Die Bäume, von denen Schnee rieselte, über ihm Wolken, schneeweiß, ein paar Stückchen blauen Himmels dazwischen, wie ein ineinander verheddertes Schachbrettmuster. Schnell brach er auf und folgte den undeutlichen Reifenspuren von Údejs Jeep, ihm war kalt, er durfte auf keinen Fall stehen bleiben. Wenn es ihm nur gelingen würde, sich bis zu der Hütte des Aufpassers durchzuschlagen. Er erinnerte sich nicht mehr, wie weit sie gestern noch gefahren waren, er hatte ja geschlafen. Jetzt wusste er nicht, wo er langlaufen sollte. Er wollte nicht zu lange darüber nachdenken, um nicht noch mehr in Panik zu geraten. Wäre es nur Sommer, er würde irgendwo einen Bach finden und seinem Lauf folgen. Die Reifenspuren waren kaum noch zu erkennen. Würde er irgendwo Tierspuren finden, er könnte ihnen folgen, doch gab es nirgendwo welche. Er wusste, selbst wenn er im Kreis herumlaufen würde, würde es ihm nicht auffallen, weil seine eigenen Spuren längst zugeschneit worden waren. Schließlich entschloss er sich, die Richtung beizubehalten, wo zwischen den Bäumen der meiste Platz war. Dort, wo es am breitesten war, diesen Weg hatten sie hoffentlich genommen.

Von solchen Situationen hatte er immer nur gelesen. Irgendwer geht irgendwo verloren, es ist Winter, er weiß nicht, wohin er gehen soll. Manchmal hat er sich im Unterbewusstsein danach gesehnt, er Trottel. Jetzt hat er ja, was er wollte. In Charyň würden die »Spiritisten« gewiss behaupten, dass es ihm nur deshalb, weil er es gewollt hatte, zugestoßen war. Nur deshalb hatte er sich schließlich entschlossen, Anthropologe zu werden, dieser rundliche Junge mit seinen Brillen, der im Sportunterricht stets eine Niete war. Auszuprobieren, was es bedeutet, ein Mann zu sein. Später waren ihm sogar Schultern gewachsen und er trug Linsen (keine Brille mehr). Heimlich hat er sie sich immer irgendwo in Charyň hinter einem Hausvorsprung eingesetzt. Er wusste gar nicht mehr, warum er sich so dafür geschämt hatte. Und jetzt wird er hier gleich losheulen. Ähnlich wie Hablund Doran, dachte er sich.

Er hätte an diesem Abend noch viel mehr über Hablund aus den beiden herauskitzeln sollen. Er hätte jetzt sein Messer nehmen und alles sorgfältig bis aufs letzte Detail in ein Stück Rinde ritzen können, er hätte dieses so lange mit seinen Fäusten umklammert, bis sie ihn irgendwann erfroren auffinden, und die alte Frau Krasnoludková hätte endlich ihre Ruhe gehabt. Er fühlte Tränen in sich aufsteigen. Bloß das nicht. Seine Finger fühlten sich so kalt an, dass er ohnehin keine Rinde mehr hätte halten können. Gehen. Immer weitergehen und bloß nicht stehen bleiben.

Der Aufpasser sah zunächst gar nichts. Er ging nach draußen, um sich seine Pfeife zu stopfen. Das Haus war überheizt. Er würde ein wenig frische Luft schnappen, tief Luft holen. Entweder frieren einem fast die Beine ab, oder im Haus ist es so heiß, dass man zu ersticken droht.

Als jungen Mann hatte man ihn in ein Lager gesteckt, in den Baracken war das genauso gewesen. Allerdings war es dort oft auch nur eisig kalt. Hitze war seltener. Am Kamin verbrannten Socken, die Schuhsohlen schmolzen, alle schwitzten, und doch presste man sich aneinander, als ob man dann die Hitze irgendwie speichern könnte. Umso »bissiger« kam einem dann die Kälte vor. Eine echte Strafe war das gewesen.

Einmal war es dem Aufpasser gelungen zu fliehen. Mit zwei anderen Männern hatte er sich etwas Vertrauen erworben und man ließ sie gehen, um Holz zu holen. Sie achteten darauf, dass immer Axtschläge zu hören waren, so wurde man vom Lager aus kontrolliert. Sie entfernten sich langsam und auf dem Weg schlugen sie immer wieder mit den Äxten gegen die Bäume. Dann liefen sie plötzlich auseinander, ein jeder nahm einen anderen Weg. Der Aufpasser stopfte sich erneut die Pfeife, es schien ihm, als würde in der Ferne zwischen den Bäumen etwas aufblitzen. Es verschwand aber wieder. Es begann wieder zu schneien.

Damals, auf der Flucht, kauerte der Aufpasser irgendwo hinter einem Baum. Er war eingeschlafen, allerdings dachte er, er sei wach und würde sich etwas ausruhen, doch plötzlich schnappte ihn irgendwer am Hals. Er hieß Buro. Er hatte eine Waffe. Er stellte sich ihm vor, er würde ihn gegen einen Sack Zucker und etwas Lob vom Lagerleiter eintauschen. Dieser lausige Eingeborene. Mit seiner eingeschlagenen Nase. Die verstanden überhaupt nichts, politisches Bewusstsein hatten die doch gleich null. Hauptsache, sie konnten irgendwo etwas für sich abzweigen. Einen Sack Zucker und etwas Beifall vom Lagerleiter, das ist alles, was dieser Lump für ihn erhalten hatte. Verdammt.

Der graue Punkt, der dem Aufpasser vor einer Weile aufgefallen war, war offensichtlich ein Mann. Er näherte sich. Immer wieder fiel er in den Schnee, stand aber wieder auf, schleppte sich weiter, er musste schon mehrere Tage lang unterwegs sein.

Drei Tage und drei Nächte hatte Erske gebraucht, um im Haus des Aufpassers wieder etwas zu Kräften zu kommen. Er ließ sich mit heißer Suppe füttern, schlief wieder ein und wurde in der Nacht wach, das Innere des Häuschens schreckte ihn. Der Mond schien auf eine ganze Reihe lädierter Blechbecher, die untereinanderhingen, in den Regalen standen abgescheuerte Schüsseln und Löffel, gestreifte Monturen hingen von den Wänden, wie Wildschweinhäute in einem Jägergasthof, einige alte, kaputte Hacken lehnten in der Ecke. Der Aufpasser schlief mit der Waffe in der Hand, er hatte Erske versprochen, ihn nicht zu verraten. Pssst. Er dachte wohl, dass sich Erske auf der Flucht befindet. Dieser Wirrkopf. Für seinen weiteren Weg packte er ihm eine dieser schrecklichen Lagerschüsseln, einen Löffel, eine Tasse, etwas zum Essen und einen Kompass ein, der allerdings so alt und verdreckt war, dass der Zeiger kaum noch zu erkennen war. Ich darf meinen Posten nicht verlassen, sagte der Aufpasser. Er begleitete ihn nicht einmal bis vor die Türe.

Erske ging mit einer Leinentasche los. Immer dann, wenn er einen Schritt tat, rumpelte das Lagergeschirr. Das Häuschen des Aufpassers war schon nach paar Augenblicken wie vom Erdboden verschwunden. Er war fest entschlossen, sich kein einziges Mal umzudrehen, um bloß nicht wieder in Panik zu geraten, sein Herz schlug bis zu den Schläfen und die Taiga rauschte wie eine riesige Meeresmuschel, direkt an seinem Ohr. Die Kälte nahm er gar nicht wirklich wahr. An mehr als diesen einen Schritt, den er soeben vor sich hatte, durfte er nicht denken. Seine Hände waren Paddel, die Füße zwei Schaufeln, die Schnee zur Seite räumten, der Kopf nur ein einziger Gedanke, vorwärts. Die Bäume verfärbten sich (orange), er sah alle nur denkbaren Waldgestalten auftauchen. Hier war der Schnee wie ein Land voller Diamanten, dort eine Wasserfläche, in die er springen wollte, um für immer mit ihr zu verschmelzen, dann wurde ihm wieder so heiß, dass er unbändige Lust bekam, Mütze und Handschuhe abzustreifen, und nur das bisschen Restverstand hielt ihn noch davon ab. Es erwischte ihn schließlich am dritten Tag. Zuvor noch nichts, nichts, und dann musste er erschrocken feststellen, dass seine Hände schon am Handgelenk und die Füße gleich unter den Knien endeten. Es war nur noch ein leises Kribbeln zu verspüren. Seine Glieder hätte er auch als Brett benützen können, um dort den Speck aufzuschneiden, den er vom Aufpasser erhalten hatte, kein Gefühl war mehr in seinen Extremitäten verblieben. Er wollte darüber lachen, doch kein Laut kam über seine Lippen. Als hätte ihm jemand die Lippen nur aufgemalt, ein blauer unbeweglicher Doppelstrich. Er schlug sich ins Gesicht und beobachtete sich dabei von oben. Aus den Wipfeln der Bäume, auf die man seinen Kopf gepflanzt hatte, der immer noch Kommandos von sich gab, vorwärts und nicht stehen bleiben, sich andererseits aber gleichgültig verhielt, Erske beobachtend, diesen kleinen »Käfermenschen« auf seinem Marsch durch die Taiga, bis Charyň.

Lili rief er (im Geiste) mindestens tausendmal an. Er ist ein dreißigjähriger Mann, der nichts auf der Welt so sehr liebt wie seine Mutter, ist das noch normal? Dass man so lächerlich zu Tode kommen kann, das wäre ihm in Århus nie eingefallen. Nur deshalb zu sterben, weil der Mensch einen kurzen Augenblick lang innehält, um sich etwas auszuruhen. Das Leben zieht dann nach draußen ab, wie der Essensduft durchs offene Fenster, wie ein Furz. Tot, weil er so dumm gewesen war. Vom vierten Tag an spielte bei Erske diese Platte im Kopf, zusammen mit dem Befehl »vorwärts«. Jedes Mal wenn du das Wort »Tod« denkst, machst du einen Schritt, sonst wirst du hier zugrunde gehen.

Hablund ist Erske in diesem Moment völlig gleichgültig. Wem wollte er eigentlich etwas beweisen? Dieser alten Frau einen Gefallen tun, die möglicherweise einen Mord zu verantworten hat? Was, wenn sie ihn nur hergeschickt hatte, damit ihm nicht zufällig etwas auffällt, was der Polizei bislang entgangen war? Hatte man Marianne nicht zusammengeschnürt in einem dieser Koffer gefunden, den diese alte, russische Lesbe bei sich im Flur hatte, in einem Regal, ganz nahe der Decke, gleich neben einer großen Fotografie von Hablund?

Es war eine echte Entdeckung. Dass sich der Winter und seine Erschöpfung zu einer Art »Trunkenheit« mischten. Dass er plötzlich tanzen und nur noch nach Hause wollte, wie ein Kind. Er war kaum noch bei Sinnen und so nahm er alles, was er sah, nicht gleich für bare Münze. Hablund Doran. Gewiss. Dieser hundertjährige Greis könnte jetzt ruhig im Nachthemd zu ihm kommen und ein Gespräch mit ihm anfangen. Warum auch nicht. Wenigstens wäre er dann in Gesellschaft. Erske würde ihn befragen, wie es damals in

Kopenhagen so aussah, er könnte sich von ihm etwas über diese dumme Verbandsfabrik erzählen lassen …

Er konnte mit seinen Fingern nichts mehr spüren, und so musste er die Baumrinde mit dem Gesicht befühlen. Diese »Kerben« konnte das Gesicht noch erkennen, die Aufschrift »Hablund Doran«, nach sechzig Jahren schon recht undeutlich, kaum noch lesbar, doch noch immer nicht verschwunden. Im Hohlraum dieses Baumes mit besagter Aufschrift fand Erske einen Fotoapparat. Er fischte ihn mit einem Ast hervor, vor dem Baum war auch ein Kreuz zu erkennen. Erske fiel zu Boden und begann wütend den Schnee zur Seite zu schaufeln.

Er verlor den Verstand. Er spürte das. Im Kopf legte sich eine Weiche um und die Vernunft wich vom Kurs ab, wie eine führerlose Straßenbahn raste sie irgendwo in die Dunkelheit. Durch den Hohlraum dieses Baumes, fort, durch einen Tunnel ins Unterbewusstsein. Als Erske noch sehr jung war, fragte er Lili einmal, warum sie auf der ganzen Welt nur sich beide haben, er sie und sie ihn. Er bekam damals eine Ohrfeige, Lili begann auch gleich zu weinen. Sie wollte von ihm wissen, ob ihm das zu wenig sei, und versprach ihm eine Angorakatze, ein großes Kinderzimmer, den Besuch einer Konditorei …

Erske grub wie ein Irrer. Er hatte Schnee hinter dem Kragen, Schnee taute an seinen Wangen, zu beiden Seiten türmte sich ein Haufen auf.

Nach ungefähr einer viertel Stunde war dieser Anfall vorbei. Er schüttelte sich wie ein Hund, nahm erneut den Kompass zur Hand und legte die Richtung fest, er ging weiter. Vorwärts. Die Füße wie zwei Schneeschaufeln, die Hände wie Paddel, das Hirn eines Eidechsenvogels. Der

Mensch, ein kleiner Käfer mit einer wichtigen Mission, der sich einen kurzen Moment lang vergaß, doch nun hat er wieder all seine Sinne beisammen. In der Hand hielt er die Leinentasche mit Lagergeschirr, um den Hals hing Hablunds sechzig Jahre alter Fotoapparat »Graflex«.

HABLUND

Schließlich wurde ein großes Fest gefeiert, auch wenn Hablund selbst nicht so genau wusste, ob er nicht vollkommen übergeschnappt war. Er nahm Saška Pavličová nur deshalb zur Frau, damit er die Erlaubnis erhielt, wegzufahren, um mit Marianne zu telefonieren, das war doch verrückt. Oder etwa nicht?

Der Winter stand vor der Tür, und in Charyň waren dies die Tage der Hochzeiten. Die Leute vermählten sich, damit einer die Hütte heizt, während der andere draußen unterwegs ist, die Männer karrten das Holz heran und die Frauen wärmten morgens am Kamin den Tee auf. Im Frühjahr gingen dann manche wieder auseinander, aber kaum verschlechterte sich das Wetter, kehrten sie wieder in ihre alten »Verhältnisse« zurück, Scheidungen waren nicht nötig.

Mit dem ersten Schnee holte man die Schneeschuhe, große Fellmützen, Armwärmer und Stiefel hervor, die bis über die Knie reichten, Hablund befand sich – angesichts seiner europäischen Ausrüstung – im Mittelpunkt des Interesses. Marianne hatte ihm ein Stück roten Stoff auf die Ärmel genäht, damit man ihn im Schnee gut erkennen konnte. Bevor er mit den Männern in die Taiga zur Jagd zieht, wird ihm Saška diese Stücke wieder abtrennen müssen, damit er die Rentiere nicht aufschreckt.

Die Hochzeit fand natürlich nicht gleich statt. Zunächst gingen sie nur miteinander. Ab und zu durchs Dorf und die Jovaka und Páva Pavlič wünschten ihnen alles Gute und die anderen wiederum waren erleichtert, dass man von Hablund jetzt wenigstens sagen konnte, er sei Saškas Freier. Bis zu seiner Hochzeit wohnte er weiterhin bei den Josipovičs, sie sperrten ihn auch wieder viel öfters ein. Das war mindestens bei der Hälfte aller Fälle so, wenn irgendwer nach draußen ging. Es wurmte ihn sehr, vor allem dann, wenn er mit Saška was ausgemacht hatte. Wütend trat er gegen die Tür, doch das Fenster einzuschlagen, das wagte er nicht. Alles Wasser (in den Eimern) würde sofort gefrieren, die Milch auch, Schnee würde ins Haus geweht werden, das war es nicht wert. Selbst die allergrößten Charyňer Säufer sind im Winter viel vorsichtiger. Man geht mit der Flasche grad mal kurz vor die Haustür, damit man nicht irgendwo verloren geht, eingeschneit wird oder sich wo in den Schnee legt. Als Saška dahinterkam, dass sie Hablund bei sich einsperrten, wurde sie ziemlich wütend. Velor nahm sie später zur Seite und erklärte ihr irgendetwas, Hablund stand gleich daneben, aber er konnte nichts verstehen und sie wollte ihm später nichts erzählen.

Die Leute fingen damit an, Hablund des Öfteren irgendwo anzuhalten, um seine Arme zu befühlen. Vor allem dann, wenn er sich irgendwo drinnen aufhielt und sich bis aufs Hemd ausgezogen hatte, doch selbst wenn er all seine Wintersachen trug, die wattierten Mäntel und dänischen Strickpullis. Bei seiner Hochzeit begrapschten ihn gut zwei Dutzend Leute an den Armen.

Velor erzählte ihm, dass es sich dabei um einen Brauch handelt, und als Hablund anmerkte, dass es doch sonst bei niemand anderem passiert, meinte Velor, dass sie ihn damit gewissermaßen bei sich aufnehmen und er es lieber schätzen sollte.

Hablund spitzte die Ohren. Falls dieses »Begrapsche« tatsächlich bedeutet, dass er langsam einer von ihnen wird, dann klang das durchaus nach diesem Kavaš-Ritus. Ein Ritual, über das er in »Unsere Welt« einen Artikel gelesen hatte, der ihn schließlich dazu brachte, sich für Charyň zu interessieren. Man schrieb dort, dass man in der heutigen Zeit nur an einigen entlegenen Stellen im Amazonasurwald oder in ein paar ostafrikanischen Tälern Derartiges beobachten kann. Genaueres war allerdings nicht bekannt. Die Beiträge waren für gewöhnlich voller bunter Beschreibungen, der Frisuren, Tattoos und der Korbflechtkunst, doch vom Kavaš-Ritus erfuhr er nur, dass dieser beinahe verschwunden war und er für den Betreffenden eine große Ehre bedeutete. Hablund schrieb damals einen Leserbrief an »Unsere Welt«, er wollte Details erfahren, doch man hatte ihm nie geantwortet.

Velor bemerkte, wie Hablund ins Grübeln kam. Er erinnerte sich an seine eigene Hochzeit mit der Idiotin und musste kurz lachen. Damals hatte er noch nicht geahnt, dass er niemals wieder zu Naděžda nach Smolensk zurückkehren würde. Dass er hier gegen seinen Willen Wurzeln schlägt und er später keine Lust mehr darauf hat, sich daraus zu befreien.

Saška stand auf der anderen Seite des Sitzungssaales, sie war aufgeregt und hatte purpurne Wangen. Sie wartete darauf, bis man Hablund zu ihr brachte. Velor übernahm freiwillig die Funktion des Vaters des Bräutigams, er klebte an Hablund wie eine Zecke. Er schnauzte ihn ständig an und achtete auf korrektes Benehmen.

Zieh mal am Hemd! Geh nicht von der rechten Seite um den Kamin herum! Kehr niemandem den Rücken zu!

Und Hablund gehorchte. Er drehte sich im Kreis, damit er bloß jedem die Stirn zeigte, ihm war schon ganz schwindlig davon. Dann folgten die Trinksprüche aller wichtigen Charyňer Funktionäre.

Die Miškinová überreichte Saška einige Geschirrtücher und Hablund bekam eine »Felleinlage« für seine Fäustlinge, Páva Pavlič widmete den Frischvermählten einen Hocker (um sich's am Kamin gemütlich zu machen), Péta Bovník hatte einige große Flaschen »Selbstgebrannten« angeschleppt und Jurek Glaznikov schenkte Hablund gänzlich neue Lederhosen. Saška flüsterte Hablund später zu: Die sind von irgendeinem »Neuen«, den sie ins Lager gebracht hatten, Jurek kennt dort die Leute und kauft billig ein, Hablund überhörte das im Tumult allerdings und lächelte nur dankbar. Wer wäre auch nicht stolz auf so eine neue Frau.

An seine Dokumentation dachte Hablund selbstverständlich auch. Er hatte einen ganzen Nachmittag damit verbracht, der Idiotin zu erklären, wie sie die Kamera halten muss, wo man sie an- und ausmacht. Er sagte ihr mit Nachdruck, dass sie sie unter gar keinen Umständen wo ablegen und auch nicht die Trageriemen öffnen soll, sonst fällt ihr die Kamera zu Boden. Die Idee mit dem Stativ ließ er bald bleiben, sie hätte damit bloß die Leute angerempelt.

Man feierte vier Tage – und vier Nächte. Hablund hatte in Charyň noch nie so viel Essen gesehen. Kesselweise

Rindfleisch, ganze Halden gedünsteter Karotten, eimerweise Kraut, Backbleche voll mit süßen, fetten Mehlkugeln und Berge an Bonbons.

Sie aßen, so viel sie konnten, bevor die Frauen irgendwann damit begannen, »Baumnadelsuppe« auszuschenken, um den Magen ein Stück zu dehnen, damit man das Essen fortsetzen konnte.

Die Feierlichkeiten wurden im Gebäude des Ältestenrates begangen. Der Tisch, an dem zuvor noch die Genossen und Mitglieder ihre müden Köpfe stützten, bog sich nun förmlich unter der Essenslast und Saška lief ständig hinaus, sie brachte immer wieder etwas vom Festmahl in die Zellen nebenan, da es den Sträflingen verboten worden war, an der Feierlichkeit teilzunehmen. Bis auf ein paar Ausnahmen war es auch den Rübenschädeln verboten, dem Fest beizuwohnen. Nur Buro und die Idiotin waren anwesend. Sie taumelte zwischen den Hochzeitsgästen umher, mit der ihr um den Hals wippenden Kamera. Hablund wies sie ein paar Mal darauf hin, dass sie sie verkehrt herum hält. Sie war völlig geistesabwesend. Sie wollte so viele verwandte Rübenschädel und Kinder wie nur möglich zur Hochzeit bringen, also ging sie ständig nach draußen und kam bald wieder herein, schmutzige Kinder unter ihrem Rock verbergend, und dann und wann gelang es ihr sogar, einen der Erwachsenen hineinzuschmuggeln.

Hablund gefiel das auch nicht. Die »Union der Liebhaber der Traditionen« beendet doch ihre Aufführung auch mit einer Verbrüderung, warum sollte man also nicht hier damit beginnen, an seiner Hochzeit sollten all die teilnehmen können, die er und Saška einladen. Es ist doch schließlich ihre Hochzeit. Er konfrontierte alle Mitglieder des Ältestenrats mit seinem Vorschlag, einen nach dem anderen, doch überall stieß er auf taube Ohren.

Velor merkte an, dass er auch bedenken muss, dass er die Hochzeit nicht bei sich zu Hause feiert, sondern im Sitzungssaal, und die Miškinová wies ausdrücklich darauf hin, dass der Ältestenrat dieses Festmahl bezahlt und Hablund lieber etwas dankbarer sein sollte. Ein paar Rübenschädel drangen aber auch so bis nach innen vor und brachten Essen nach draußen, während andere schon mit einem Ranzen beim Eingang warteten, die liefen dann mit all den Leckerbissen bis nach Čevapik und kehrten bald wieder, mit leeren Säcken.

Buro lehnte die ganze Zeit über in der Ecke und schaute griesgrämig. Er hatte eine russische Frau und nur mit seiner Hilfe konnten die Arbeitenden in der Taiga überleben. Er war ein Rübenschädel, und doch keiner von ihnen, all diese Lumpen, die sich ihre Taschen mit Essen vollstopften, widerten ihn an. Der kleine Keke Kavaryč durfte das nicht. Larissa wischte ihm ständig den Mund ab, sobald er hinunterschluckte, er und Tamara spielten die meiste Zeit über unter einem Tisch.

Diese beiden, die schon in ein paar Jahren ein Ehepaar sein werden, stritten auf Hablunds Hochzeit um Kekes bemaltes Pferdchen.

Saška war vor Glück außer sich. Saška Doranová, sie stellte sich bei allen mit ihrem neuen Namen vor, damit sie sich so schnell wie nur möglich daran gewöhnten. Sie und Hablund würden bald ihr eigenes Haus haben, sobald es die »Verwandtenschufte« erbauen (jene Rübenschädel und Charyňer, deren Verwandten von hier geflohen waren), und sie würde bald sogar Filmstar werden und im Filmzyklus »Verschwindende Welten« ihres Gatten auftreten, den man dann in ganz Dänemark zeigen würde. Vielleicht würden sie dort sogar gemeinsam hinfahren. In dieses Gopenhagen. Als sie bei Hablund nachfragte, wie es denn in diesem Gopenhagen so sei, sagte er nur, dass es ihr dort nicht gefallen würde, doch er konnte nicht wirklich erklären, warum.

FAMILIE DORAN. Hablund wünschte sich nur ein kleines Täfelchen, wie sie es auch an der Wohnungstüre in der Hansenstraße hatten, aber Páva Pavlič brachte ein großes Stück Holz, das an eine Schultafel erinnerte, jeder Buchstabe war so groß wie ein Arm, von der Handwurzel bis zum Ellenbogen. Es war tatsächlich eine Schultafel. Páva Pavlič war im Ältestenrat für die Jugend zuständig, und wenn er mal wieder aus der Partnerstadt Chabarovsk eine neue, schwarze Schreibtafel erhielt, ritzte er dort (mit dem Stemmeisen) riesengroß den Namen einer Familie ein, anstatt sie der Schule zu überlassen. Eigentlich war das gar nicht schlecht. Wenn Hablund am Haus vorbeiging, wo Saška und Páva lebten, sah er dort die Tafel stehen und begann sich in Charyň tatsächlich heimisch zu fühlen. Er ist jetzt jemand.

Dieses Begrapschen der Arme, als wäre er ein »Schlachtschwein«, und auch das Eingesperrtwerden, als wäre er grad mal sieben Jahre alt – er tat so, als würde es ihn nicht stören, denn mit Einwänden hat er es hier noch nie zu etwas gebracht, allerdings stieß es ihm manchmal wirklich sauer auf.

Wenn du erst mal deinen Samen aussäst, werden sie das sein lassen, sagt Pavlič und lacht dabei. Er beobachtet seine Tochter, was sie und Hablund abends so treiben, inzwischen wohnen sie zu dritt im Haus der Pavličs.

Hablund will sich gar nicht zu sehr bemühen. Er ist sich nicht sicher, wann er die Gegend hier wieder verlässt. Wie er aber weiß, sind Mütter, die ihre Kinder alleine erziehen, und Väter mit Kindern, die keine Mutter haben, in Charyň nichts Ungewöhnliches und mit Hilfe des Fonds des Ältestenrates (dieser beinhaltet all die Dinge, die von denen beschlagnahmt wurden, die von hier flüchteten) wird schließlich für sie gesorgt. Er könnte Saška aus Dänemark immer wieder mal was schicken, allerdings, was, wenn er es falsch einschätzen würde und die Kleidung, bevor sie hier ankommt, längst wieder zu klein für das Kind wäre, und was, wenn ihm die dänischen Spielsachen gar nicht gefallen? Lieber wäre es ihm, hier kein Kind zurückzulassen. Beim Sex mit Saška nimmt er sich das vor, doch nicht immer schafft er es rechtzeitig. Außerdem ist das Ganze nicht so einfach, Saška soll schließlich nichts davon bemerken.

Sie machten auch gemeinsam bei den diversen Winterarbeiten mit. Sie stellten die Schneegatter (Windschutz) am Stadtrand auf, genau so, wie es auf der Sitzung des Ältestenrates verabschiedet worden war, Saška half dabei, zahlreichen Familien Kleidung zu nähen, aus Hablunds löchrigen Wintersocken strickte sie sogar Hauben für Charyňer Kleinkinder. Hablund war aufgefallen, dass sie in einer Ecke eine ähnliche Schachtel hatten, wie sie auch die Josipovičs bunkerten (die Idiotin hatte sie ihm unlängst gezeigt), und nach all den Arbeiten und »Dienststunden« beobachtete er Saška dabei, wie sie sorgfältig ihre Abzeichen dort ablegt. Auch Hablund erhielt ein Abzeichen. Bovník brachte es ihm in einem Umschlag, bis nach Hause. Darauf stand »Der Wintersport dankt« und es war für Hablunds Hilfestellung beim Bau des Eislaufplatzes gedacht. Er bekam dann auch noch ein Abzeichen für seinen diesbezüglichen Verbesserungsvorschlag.

Eislaufschuhe bestanden in Charyň aus alten abgenutzten Schuhen, an die man sich einen geschliffenen Rentierknochen band. So ein »Schlittschuh« hielt maximal eine Saison und es war eher zum Rutschen, denn zum Eislaufen gedacht, weil der Rentierknochen ziemlich schnell stumpf wurde. Den Schlittschuh mit einer dicken Naht zu stärken und diesen mit einem passablen Knochen zu verbinden, das war einer der Aufträge, mit dem sich die Rübenschädel ihren Ertrag im Winter etwas aufbesserten. Knochen gab es am Rand von Čevapik eine ganze Menge. Im Sommer schwirrten dort Fliegenschwärme herum, im Winter erinnerten sie an gespenstische Bergrücken, auf denen gern die Kinder kletterten, und manchmal brachen sie auch ein, man nannte sie »Wintertod«. Hablund schlug vor, anstatt der Knochen alte Messer zu verwenden, die man (wie einst die Knochen) mit Schnüren und Drähten an den Schuhen befestigt, ein solches »Konstrukt« könnte dann mindestens eine ganze Saison durchhalten. Der Vorschlag wurde mit großer Begeisterung angenommen. Die Rübenschädel waren wütend, weil sie einiges an Arbeit verloren, doch Hablund konnte den Ältestenrat auch davon überzeugen, eine Verordnung zu erlassen, wonach es nur den Rübenschädeln gestattet ist, Messer irgendwo anzunähen, und alles war wieder in Butter. Schließlich musste auch der Ältestenrat gute Kontakte zu den Rübenschädeln unterhalten, vor allem jetzt im Winter, und nach Hablunds Hochzeit war einiges wieder geradezubiegen.

Saška machte Hablund das mit der Hochzeit eines Abends klar, als sie sich aneinanderkuschelten. Es ging dabei nicht um Prinzipien, sondern um Essensmengen, deshalb hielten sie die Rübenschädel von den Feierlichkeiten fern. Der Ältestenrat gab viel Geld aus, die Vorräte in Charyň wurden immer weniger, sie hatten Angst, das Ganze würde später nicht reichen. Man wird sowieso hungern, verkündete sie und sie spielte dabei mit ihrem langen braunen Haar, das sie sich um den Finger wickelte. Es wird Hunger geben.

Seit den »Feierlichkeiten zur letzten Jagd«, jenem Tag, wo Hablund zum ersten Mal mit Saška allein unterwegs gewesen war, waren genau zwei Monate vergangen. Die Vorbereitungen auf die große Winterjagd waren in vollem Gange.

Velor ging jeden Tag zu seinem Häuschen, um Futter, Hülsenfrüchte, Weizen und Karotten abzuwiegen, eine Liste aller Wintervorräte wurde erstellt, im Grunde übernahm aber im Winter die Taiga (mit ihrem Reichtum an zu erlegenden Tieren) die Rolle der Kolchose, dieser stolz geschwellten Brust des Charyňer Sommertreibens.

Was es genau mit diesen Hubschraubern auf sich hatte, deren kleiner Flugplatz sich gleich hinter den Kolchosengebäuden befand und die dort für gewöhnlich mehrmals im Monat landeten, wusste Hablund nicht. Velor, dieser Doktor aus Smolensk, hatte in der Tat seine Geheimnisse. Hablund dachte, dass er ihm diese mit der Zeit anvertrauen würde, warum sie ihn etwa hierher entsandt hatten, doch wenn er nachbohrte, schwieg Velor umso beharrlicher. Vielleicht fürchtete er sich davor, dass Hablund seine Geschichte für den Film verwenden könnte und dass die russische Botschaft in Gopenhagen irgendein »Lagerkommando« bis zu ihm nach Charyň schicken könnte, um sich Velor zu holen. Er hätte auch ein ganz anderes Schicksal erleiden können als das hier, wo ihm doch Buro (mit Hilfe seiner Bekanntschaften) regelmäßig bei den Lagerwachen einen zusätzlichen Verdienst ermöglichte, er hätte auch irgendwo in Sachalin oder Kamtschatka enden können, von wo aus man Nadĕžda nicht einmal mehr einen Brief schicken konnte.

Nehmen wir an, dass ich gar nichts getan habe, Velor schlug mit der Faust auf den Tisch, als Hablund und er etwas gesoffen hatten. Nehmen wir an, dass ich gerne hier und für dieses »Versehen« überaus dankbar bin.

Wir alle sind dafür dankbar, Hablund schlug auf den Tisch. Was würden wir denn hier ohne dich, Genosse, anfangen? Hablund und Velor umarmten sich zum ersten Mal auf »Sowjetart« und er hatte das Gefühl, dass er Velor nunmehr verstanden hatte. Als würde sich meine dänische Seele langsam in eine sowjetische wandeln, dachte er. Diese große, wo es viel Platz für Milde und zwei Familien und zwei Wohnsitze gibt, so wie auch du alles hast, Velor. Er konnte doch Marianne und Saška gleichzeitig haben, so wie es auch Velor mit der Idiotin und Nadĕžda hält. Eine jede bewohnt in seinem Herzen ein Kämmerchen und selbst dort kommen sie einander nicht in die Quere. Von einer Rivalität und Eifersucht kann wirklich keine Rede sein, und von Untreue gewiss auch nicht. Glaube. Ihm fiel ein, dass er gerne mal in die Kirche gehen würde. Er könnte sich dort auf den Boden knien und im Kerzenschein und Weihrauchduft zu allem bekennen, und davor sein Haupt neigen.

In Kopenhagen hatte er niemals solche Einfälle gehabt. Er begann es langsam selbst Gopenhagen zu nennen, so wie die Einheimischen. Nach einer Weile wird er selbst nicht mehr wissen, wie es eigentlich richtig ausgesprochen wird. Doch eine Kirche gibt es in Charyň nicht. Woran glauben die Charyňer eigentlich? Das war eine Frage, die Hablund nicht mehr losließ. Irgendeine Partei oder die Taiga sind es nicht. Die Rübenschädel glauben an die Taiga und in Moskau glaubt man an die Partei. Als er Saška danach fragte, seufzte sie.

Du hast mit Vater gesoffen, blaffte sie ihn an.

Nein, mit Velor, lachte er, er fasste sie an den Hüften und drehte sich mit ihr im Kreis. Plötzlich kam es ihm so vor, als würde er schon viele Jahre lang hier leben und all diese Fragen, die er hat, die ruft ihm irgendein Fremder nach, jemand, der das alles hier gar nicht, nicht einmal ein bisschen versteht.

Velor hatte sich am Abend betrunken, weil er vom Sonnenaufgang bis zum Sonnenuntergang keinen ruhigen Moment gehabt hatte und er endlich ein paar Stunden brauchte, um etwas abzuschalten. Im Winter gab es mehr Kranke und diese verdammte Liste, man machte das jedes Jahr um diese Zeit. Hinter den Kolchosengebäuden, den Viehstallungen, in denen Hablund niemals ein Stück Vieh gesehen hatte, gab es einen großen Speicher mit einzelnen, voneinander abgetrennten Bereichen, dort wurden die jeweiligen landwirtschaftlichen Produkte eingelagert. Im Sommer bunkerte man dort die Vorräte, im Winter brauchte man sie auf, es lagerte dort der Großteil der Charyňer Essensvorräte. Auch dort wurde Hablund zu Winterbeginn eingesetzt, um mitzuhelfen. Der Boden der Kuhstallungen wurde mit dem Pstrun'schen Anzeiger ausgelegt, damit nichts schmutzig wird, und mit den Scheibtruhen brachte man zunächst alles aus dem Speicher in diese Stallung und später wieder zurück, auf dem Rückweg gab es dann eine genaue Zählung.

Es war ein Fehler, dass man für diese manuelle Arbeit (an den Scheibtruhen) nicht gerade zuverlässiges Personal abstellte, als ob man diese manuelle Arbeit auf die leichte Schulter nehmen konnte. Alle zahlten später drauf. Vor allem Velor, der für die »Inventur« verantwortlich war, der Unterschied war tatsächlich mit dem freien Auge zu erkennen. Von den Karotten gab es nach der »Zählung« gut zwanzig Zentimeter weniger, die Markierung im Speicher bewies das, ein dreckiger Strich entlang der Wand, der Weizen stand nunmehr um zehn Zentimeter tiefer, die Gerste fünfzehn, und so war es auch mit allem anderen. Irgendwer, und er war nicht alleine gewesen, musste sich während der Scheibtruhenfahrten einiges abgezweigt haben.

Velor wurde ganz bleich, an den Schläfen bekam er rote Flecken, er war außer sich vor Wut. So hatte ihn Hablund noch nie erlebt, sogar dann nicht, wenn es einem seiner Patienten schlechter ging. Man erwartete doch die »Regionalkontrolleure«, die alle Vorräte überprüften. Eine Schwadron Revisoren, die bereits im Anzug war, die Strichmarkierungen, bis zu denen die Vorräte reichen mussten, waren mit roten punktierten Linien ausgewiesen, die Kontrolle der Vorräte erfolgte allerdings nur deshalb, damit ihnen Velor genau sagen konnte, um wie viel sie das »Plansoll« überschritten hatten. Er wäre mit einem weiteren Abzeichen geehrt worden und vermutlich dachte er da auch daran, auch wenn es Hablund so vorkam, dass Velor durchaus über diesen Dingen steht, jetzt allerdings ging es um seinen guten Ruf und um Charyňs Wintervorräte. Als »Dieb öffentlichen Eigentums« gebrandmarkt zu werden, das war eines der schlimmsten Dinge, die einem Menschen hier passieren konnten. In großen Städten wog das wohl nicht so schwer, dort war »Diebstahl öffentlichen Eigentums« gang und gebe, viel wichtiger, dort gab es doch diese »rechten Zentralen«, die von westlichen Imperialisten unterstützt wurden, die unerlaubte Druckwerke und nationalistische Klubs unterhielten. In einer kleineren Stadt jedoch, wo die Leute aufeinander angewiesen sind und im Winter nicht ein paar Kilometer, sondern ganze Lichtjahre von jeglicher Hilfe abgeschnitten sind, dort war der Diebstahl öffentlichen Eigentums allergrößter Frevel. Velor musste angesichts seiner dunklen Vergangenheit wohl mit Lager rechnen. Was nun?

Zunächst war es wichtig, dass die Sache nicht gleich die Runde macht. Den Speicherschlüssel hatte nur Velor, sie sperrten gleich alles ab. Denjenigen, die mit den Erzeugnissen herumgefahren waren, war wohl schwerlich etwas aufgefallen, von irgendwelchen Markierungen hatten die vermutlich gar keine Ahnung, und die Übeltäter würden natürlich den Mund halten. Das Namensverzeichnis derer, die sich an den Arbeiten beteiligt hatten, war öffentlich.

Hablund schlug vor, in jedem Haus eine Kontrolle durchzuführen. Man würde die gestohlenen Sachen schon finden und den Schuldigen bestrafen. Doch Velor hatte Angst. Die Rübenschädel hatten ihre Verstecke irgendwo im Wald und bestimmt hatten sie dort längst alles eingelagert. Man würde niemanden ausforschen können, alles würde auf ihn zurückfallen und diejenigen, deren Häuser man durchsucht hatte, würden ihm das niemals verzeihen.

Der Plan, zu dem sich Hablund und Velor schließlich durchrangen, hatte den Nachteil, dass sie noch eine dritte Person einbeziehen mussten. Buro. Was sie benötigten, waren zusammengezimmerte, längliche Holztische, so etwas wie Paletten, die sie in den einzelnen Speicherbereichen aufstellen könnten. Sie würden diese unter die Vorräte schieben und sie dadurch anheben, bis zu den Markierungsstrichen oder sogar leicht darüber.

Holzmaterial gab es im Dorf immer, doch sich an Ort und Stelle so große Konstruktionen zusammenzubauen, das wäre viel zu auffällig gewesen, das Holz in die Taiga zu schleppen, allerdings auch. Vielleicht wäre es ja in der Nacht niemandem aufgefallen, aber was, wenn? Das Risiko war zu hoch.

Buro könnte doch diese Arbeit bei irgendeinem, den er im Wald mit Vorräten versorgt, in Auftrag geben, bei irgendeiner dieser Holzgesellschaften, die Charyň gar nicht kennen und die hier auch keiner kennt, oder bei irgendeinem Lageraufseher, der diese Aufgabe seinen Sträflingen überlässt und alles Geld selber einkassiert. Velor würde bezahlen, was eben nötig ist.

Buro sagte kaum ein Wort, er fragte nur nach, was denn Velor machen würde, wenn man ihm im Winter auf die Schliche kommt. Keiner kommt auf irgendwas. Wenn die

Kontrolleure abfahren, entfernen wir das Holz wieder. Ich meine, wenn man dir draufkommt, dass wir nichts zum Fressen haben, entgegnete Buro.

Velor winkte mit der Hand ab. Wer weiß schon, was kommt, und wenn die Jagd erfolgreich ist, dann gibt es Essen in Hülle und Fülle, dachte er sich und damit hatte er auch Recht. Wenn alles gut läuft, wird im Laufe des Winters ohnehin kaum einer noch diese verschrumpelten Kartoffeln und all das »Rohmehl« kauen wollen.

Vierzehn Tage lang zitterte Velor am ganzen Körper, denn wann genau eine Kontrolle auftaucht, wusste man nicht. Die fertigen Holzgestelle, die man in der Taiga zusammengezimmert hatte, brachte Buro schließlich in einer Novembernacht zum Hintereingang des Speichers, Velor und Hablund warteten dort bereits auf ihn.

Alles lief gut. Niemand störte sie, die Konstruktionen passten auch wunderbar in den Speicher, doch als sie die Kammern wieder mit den Karotten und dem Getreide füllten, stellten sie fest, dass sie alle Markierungen nunmehr um gut einen halben Meter übertroffen hatten, die Gestelle waren einfach zu hoch geraten. Buro bekam einen Lachanfall, Hablund schaute verlegen und Velor saß am Boden und fluchte. Es dämmerte. In der nächsten Nacht würden sie die Konstruktionen etwas kürzen müssen, Velor war sogar dafür, dass man diese ganz genau zuschneiden sollte, er wollte heuer gar kein Plansoll überschreiten, das Ganze sollte nur endlich vorbei sein. Buro versprach, dass er eine gute Säge mitbringen würde. Doch am nächsten Morgen kam feierlich die Kontrolle angefahren.

Velor erhielt ein Abzeichen mit drei Bändern, ein solch gewaltiges »Überschreiten des Plansolls« hatte noch keiner der Kontrolleure in seinem Leben gesehen, alles war sehr »ruhmreich«.

Der Ältestenrat rief ganz Charyň beim Heldendenkmal zusammen, ein jeder Bewohner wurde durch Lautsprecher aufgefordert, mindestens einen leeren Sack mitzubringen, weil man natürlich etwas von diesem »Riesenüberschuss« an die Familien abgeben würde. Jede Familie packte sich daraufhin mindestens zwei Säcke ein und bald schon machten allerlei Gerüchte die Runde. Wer von den Dörflern vorhabe, mit dem »Überschuss« Geschäfte zu treiben, und mit wem, um wie viel und von welchem Lager.

Wer dabei erwischt wird, sich unerlaubterweise zu bereichern, dem würden fortan die Rationen bis zum Winterende um die Hälfte gekürzt ... schallte es aus den Lautsprechern, während sich die Bürger alles Mögliche in die Säcke schaufelten. Es gab von allem so viel, dass die Kinder später noch ein paar vergessene Krautköpfe und Kartoffeln aufklaubten, die man irgendwie aus den Augen verloren hatte.

Hablund sagte zu Velor: Du bist Mitglied des Ältestenrates, sag es ihnen. Doch Velor wiederholte nur »Nein« und »Nein« und »Nein«, wie ein kleiner Junge.

Die Vorbereitungen auf die große Winterjagd bringen allerlei mit sich. Den Alten bereiten sie vor allem Kopfschmerzen, da sie schon alles kennen und sie um die zügellosen Erwartungen und unerfüllten Träume wissen. In Charyň herrscht im Winter manchmal Hunger. Hunger. Die Leute stopfen sich mit dreckigem Schnee voll oder essen Seife, weil die aus Knochen gewonnen wird, alle übrigen Knochen im Landstrich sind zu diesem Zeitpunk längst aufgefressen, sogar der »Wintertod« in Čevapik ist längst alle, wo einst die Kinder herumspielten. Die meisten sitzen dann nur noch herum, weil sie keine Kraft mehr haben. So weit kann es manchmal in Charyň kommen, das drei »Rote Sterne«, zwei »Orden der Arbeit« und eine Partnerschaft mit der Stadt Chabarovsk besitzt.

Daher ist die große Winterjagd so entscheidend. Ein etwaiger Fehlschlag bringt die Leute um ihr Leben.

Die Überwachung der Jagdvorbereitungen oblag im Ältestenrat Petka Bovník. Dem so genannten Doktor, aber es ist schon wahr, von »körperlichen Dingen« verstand er mehr als andere. Er besaß auch (als einer der wenigen) eine Uhr mit einem Sekundenzeiger, und so konnte er die Rundenzeiten der Männer stoppen, die um das Dorf herumliefen, um sich für die Jagd in Form zu bringen, es ging in die Taiga und wieder zurück. Am Programm stand das Laufen mit Lasten, das Laufen »barfuß im Schnee« und das »Paarlaufen«, wobei man sich beim Letzteren an der Hand nehmen musste, all das zählte zu den Jagdvorbereitungen, ebenso das Armmuskeltraining, bei dem man schwere Holzscheite stemmte, und die Zielübungen mit dem Gewehr. Die Rübenschädel fanden das lächerlich, sie selbst nahmen daran nicht teil. Sie waren durch ihr ganzjähriges »Wohnen im Freien« gestählt, das Leben selbst trainierte sie.

Die Rübenschädel waren physisch besser in Form, sie waren kleiner und drahtiger als die Charyňer. Es reichte, wenn sie an der Jagd teilnahmen, das war ihre »Hauptaufgabe«, und während den Vorbereitungen ging es darum, ihnen ein zuverlässiges Versprechen abzuringen. Und dann würde man auch einige dieser Zeremonien durchführen, an die in Charyň niemand so recht glaubt, die aber doch irgendwie erwünscht sind, denn die Charyňer sind im Grunde genommen genauso abergläubisch wie die Stämme in Čevapik, es mangelt ihnen lediglich an einem einheitlichen System. Der Glaube an den Geist der Taiga etwa. Darüber lachen sie. Sie lachen, bis ihnen die Bäuche wackeln. Natürlich nur bis zu dem Zeitpunkt, bis sie selbst in Not geraten.

Bovník stand vor seiner Hütte, in seinen Schneeschuhen und mit den eingestrickten Lederhosen, am Kopf trug er eine Fellmütze mit rotem Stern. Die vom Ältestenrat trugen das im Winter allesamt auf ihren Köpfen, es war bei der Organisation diverser Tätigkeiten ganz praktisch. Man erkannte gleich, wo sich einer von ihnen gerade befand. Bovník stand herum, kratzte sich unter der Haube und stoppte die Zeit der im Kreis laufenden Männer. Die Vorsitzenden waren alle mit dabei, als Führungsstab mussten sie schließlich ein gutes Beispiel abgeben. Páva Pavlič klopfte an alle Türen, er trieb die Jugend aus den Hütten, in den Frost, Jurek Glaznikov, in seinem neuen dicken Wintermantel (mit der Aufschrift »Charyň«) war als »Fußballrepräsentant« schon seit aller Herrgottsfrüh auf den Beinen, Velor zeigte sich in einem durchgeschwitzten Pullover, seit dem Vorfall im Speicher war er ein wahrer Musterknabe, und die Miškinová (in Schneeschuhen, die sogar einen kleinen Absatz hatten) hetzte alle Läufer weiter, sie war eine der wenigen Frauen, die daran teilnahmen. Die anderen Frauen standen herum und sahen zu, wie die Männer alles aus sich herausholten. Die Ehefrauen spornten ihre Ehemänner an und nach jeder gelaufenen Runde gossen sie ihnen Tee ein (aus in Fellen eingewickelten Töpfen), dazu gab es ein Stück Zucker. Manche Männer schimpften, vor allem jene, deren Kondition sich (seit dem letzten Jahr) wieder verschlechtert hatte und die sich schon im Sommer vorgenommen hatten, ihre »körperliche Leistungsfähigkeit« zu steigern. Hablund taumelte bei den Langsamsten herum, und als Bovník mit dem Stock gegen einen Teetopf schlug, dass es für heute reicht, schnaufte er erleichtert durch.

Gemeinsam ging man dann noch zum Schlammteich.

Jeden Morgen musste eine Familie ein Loch in den zugefrorenen Teich hacken, eine Bürgerpflicht, die jeweils einer anderen Hütte oblag, und die Männer (bis auf die Unterhose entkleidet) sprangen dort einer nach dem anderen hinein, bevor sie schnell nach Hause liefen. Auf Hablunds Wunsch zählte Saška eine Art Countdown für ihn herunter, zehn, neun, acht, bevor er dort hineinsprang, aufs Ufer flogen sogar ein paar Stücke Eis und das dunkle Eiswasser stank gehörig nach Fisch. Er war das alles nicht gewohnt, Hablunds Kondition bereitete Saška große Sorgen. Es schien so, als würde er tatsächlich immer fetter werden. Das war zwar gut gegen den Frost, doch die Übungen und Laufrunden und so weiter, die hatte er immer als Letzter beendet. Stähle dich, stähle dich, Genosse, schrie ihm Bovník aus der Ferne zu und Hablund sprang sogar zweimal in den Schlammteich, doch es gab niemanden (bis auf Saška), der das zu schätzen wusste. Er trainierte noch den ganzen nächsten Tag und auch noch den Tag drauf, doch dann entschloss er sich, loszufahren, um endlich Marianne anzurufen. Er gehört nunmehr zu Saška, er hat hier seine Verpflichtungen, sie werden ihm schon eine Fahrkarte verkaufen. Bovník erinnerte ihn lediglich daran, dass er bald wieder zurück sein müsse, weil sie schon in ein paar Tagen zur Jagd aufbrechen würden, er verabschiedete sich von ihm mit einer brüderlichen Umarmung.

Saška bat ihn inständig, es nicht zu tun.

Sie haben es doch gut miteinander?

Sie kochte vor der Abfahrt groß für ihn auf, damit er sich für die Reise stärken konnte, sie hoffte wohl eher, er würde sich »überfressen« und das Telefonieren verschieben, weil er gar nicht mehr in der Lage wäre, aus der Hütte zu rollen.

Im Haus war es stickig heiß, Saška saß obenauf, sie bestand auf der Erfüllung seiner ehelichen Pflichten. Sie saugte sich an seinem Hals fest und flüsterte, dass sie gemeinsam wegfahren würden. Sie hatte nichts dagegen, in Gopenhagen seine zweite Frau zu werden, wie es bei den Rübenschädeln üblich war, bevor ihnen die Sowjets diese »Zustände« verboten, und Hablund sollte doch mehr für sie empfinden, doch der war einfach nur verwirrt, auch noch als er losging und es auf dem Weg zum Bahnhof zu schneien begann.

Er hämmerte gegen das Häuschen, wo die »Schalterfrau« lebte, sie kam völlig zerzaust vor die Tür, als hätte sie gar keine Amtsstunden mehr, und als er sie um eine Fahrkarte bat, sah sie ihn erstaunt an, so wie beim letzten Mal.

Seien Sie doch nicht verrückt, Hablund.

Sie umklammerte seinen Arm, noch bevor Hablund zurückspringen konnte. Schließlich ging sie doch bis zum Kassenhäuschen mit ihm, allerdings trug sie nur ihre Pantoffeln (trotz Schneefall) und sie tat es offensichtlich höchst ungern. Sie zog eine Felltasche aus einer der Ablagen, die jede Menge Fächer hatte, darin blätterte sie dann herum, wie in einem Katalogverzeichnis irgendeiner regionalen Bücherei. Einen hätte ich hier noch. Für morgen Nachmittag, bis zur Endstation, und sie reichte Hablund ein abgegriffenes Zettelchen mit der Waggon- und Sitzplatznummer.

Es ist ein Güterzug.

Hablund war das egal. Nach Hause gehen wollte er nicht. Er hätte dort wieder mit Saška debattieren müssen, und wer weiß, ob sie ihn auch noch ein zweites Mal ziehen lassen würde. Er war ihr Ehemann, er konnte ihr schließlich keinen Hieb versetzen und einfach gehen, wenn ihr die Tränen kommen.

Den Bahnhof ein zweites Mal zu filmen, davor fürchtete er sich. Das Bahnhofsgebäude, das war etwas anderes, als ein Grüppchen Dörfler oder irgendein Volksfest aufzunehmen. Nur Spione filmten schließlich staatliche Gebäude, und was für eine Sowjetstrafe darauf stand, hatte ihm Bovník zuletzt ganz genau erklärt. Hablund hatte sich jedes Wort gemerkt, er erinnerte sich an seine Panik und Furcht, dass er es überhaupt gewagt hatte, mit diesen Sträflingen zu sprechen, als sie von der Baustelle zu den Zellen gingen. Jetzt stand er am Bahnhof herum und trat von einem Bein aufs andere. Der Schnee, der im Wind um seine Füße wehte, erinnerte an Staubwolken, in der Ferne flatterte ein oranges Signalfähnchen und zwei Betonwürfel standen auch noch in der Gegend herum. Die Sträflinge sagten, dass es dazwischen windstill sei und man sich dort deshalb zum Rauchen oder Schmusen treffe.

Sie waren immer noch dabei, den Bahnhof zu bauen. Er näherte sich der zerlumpten Truppe, sie standen dort nach wie vor recht planlos mit ihren hölzernen Wägelchen herum. Velor hatte ihn zu einer Sitzung des Ältestenrates mitgenommen, er ist jetzt keine Null mehr, wie letztens, als er hier auf Bovník traf, und er würde sich in Charyň schließlich unterhalten, mit wem er wolle.

Sie begrüßten ihn, als hätten sie ihn längst erwartet. Borja und Mita, an die zwei konnte er sich auch mit ihren Namen erinnern, und Vasilisa, eine Frau mit zerfurchten Wangen und der Gestalt eines Mädchens, sie trugen selbst in diesem Unwetter alte Ziegelstücke von hier nach dort, die sie dann abmeißelten und daraus eine Mauer errichteten.

Borja und Mita umarmten ihn, Vasilisa reichte ihm die Hand. In den Zellen steht ihnen das Wasser einen halben Daumen hoch, die Wand unter dem Fenster ist vereist und die Schleimsuppenration wurde halbiert, weil man sie nunmehr schon zwei Stunden früher von der Arbeit abholt, es wird jetzt schnell dunkel. In den ersten zwei Wochen hatten ihnen Bovník noch mit einer Fackel den Weg ausgeleuchtet, doch kaum hatten die Jagdvorbereitungen begonnen, blieb dafür keine Zeit mehr. Sie selbst dürfen sich kein Feuer machen, angeblich würde sie das vom Arbeiten abhalten und alles würde sich nur unnötig verzögern. Bis zum neuen Jahr muss alles fertig werden, denn schließlich plant man eine feierliche Eröffnung des Bahnhofsgebäudes, angeblich hat man dazu alle Kommandanten der benachbarten Landstriche eingeladen. Dass es nicht zu schaffen war, sah Hablund selbst. Außerdem hatte Bovník Vasilisa geschwängert.

Borja steckte es ihm, als sie ein Stückchen weiter weg standen. Die anderen Frauen hatte man mittlerweile entlassen, sie war ganz allein in der Zelle zurückgeblieben, er hatte sie fortan dort aufgesucht, sie alle haben das gehört.

»Die Arbeit heilt alle sozialwidrigen Gelüste«, diese Tafel mit zwei Griffen, mit der sie jeden Morgen (und Abend) in Zweierreihen durchs Dorf marschierten, lehnte etwas weiter weg an der Wand. Auch diesmal half ihnen Hablund.

Borja war ein Rübenschädel, ein Bursche mit einem dichten, schwarzen Haarschopf und kleinen glänzenden, nahezu fließenden Augen. Mita war Russe, oder jedenfalls ein Sowjet. Breitschultrig, rotwangig mit kräftigen Beinen, er befehligte die Truppe, war aber selbst ein Drechsler, vom Bauhandwerk verstand auch er nichts. Wenn das hier bei den Neujahrsfeiern irgendwem auf den Kopf fällt, die hier können bestimmt nichts dafür, dachte sich Hablund und er wurde wütend. Von ihren Verbrechen wusste er eigentlich nichts. Irgendwer aus ihren Familien war abgehauen. Aber wohin und warum eigentlich?

Mita schaute Hablund an, die Hände in den Hosentaschen, er schaukelte dabei keck, die Fersen auf und ab.

Borja lachte auf. Pass bloß auf, dass uns deine Saška nicht schon bald Gesellschaft leistet. Du hast doch von dem hier auch schon die Schnauze voll, oder?

Ich fahre nur telefonieren.

Alle brachen in ein großes Gelächter aus und Hablund errötete.

In der Post darfst du das nicht?

Es ist irgendwo etwas mit den Kabeln nicht in Ordnung, es funktioniert nicht wirklich.

Die Lagerinsassen haben wohl schon wieder irgendwo etwas durchgehackt, brummten sie einstimmig und Vasilisa fragte nach, wann denn sein Zug geht.

Morgen Abend.

In diesem Fall kannst du morgen noch mit uns Ziegel holen gehen. Wir gehen zu einem verlassenen Lager. Bovník befiehlt uns das manchmal, wenn uns hier das Baumaterial ausgeht. Der Ältestenrat möchte keine neuen Ziegel ankaufen. Die sacken das Geld lieber ein und lassen uns in der Taiga schuften, nicht wahr?

Sollte der Ältestenrat tatsächlich nur aus einer Bande Lumpen bestehen? Hablund sprach das allerdings nicht laut aus.

Er versprach ihnen, am nächsten Tag wiederzukommen. Und da sich die Stunde näherte, in der Bovník normalerweise die Sträflinge abholte, versteckte er sich hinter einem Baum und beobachtete, wie Bovník schließlich angetrabt kam, alle durchzählte und sie langsam in Zweierreihen von dannen zogen. Schließlich starrte er in die Stille, sie waren alle längst fort, er betrachtete auch diese Bahnhofsbauruine, er wusste gar nicht, warum. Von einem echten »Eingeborenenleben« hatte er bislang nur wenige Aufnahmen gemacht. Was sucht er hier eigentlich noch? Es ist schon wahr, man könnte hier ein paar Dinge verbessern und diese Winterjagd versprach ein paar interessante Aufnahmen. Auf die Jagd würde er allerdings nur den Fotoapparat mitnehmen, mit der schweren Kamera möchte er sich lieber nicht abschleppen.

Hablund stand am verlassenen Bahnsteig. Die Gleise glänzten, die Sterne funkelten, es war frostig, noch nie hatte er es hier kälter erlebt. Ihm fiel ein, dass er sich unter das Fenster des Ältestenrates stellen könnte, nur um etwas zuzuhören, heute Abend sollte eine Sitzung stattfinden. Er könnte sich dort hinkauern, niemand würde ihn sehen. Meistens öffnet man nach der Pause das Fenster, weil es so verraucht ist, man kann dort nicht einmal mehr von einer Wand bis zur anderen sehen, er würde sie gut belauschen können. Er könnte sich allerdings auch unter das Fenster der Frauenzelle stellen und lauschen, ob Bovník Vasilisa besucht. In diesem Augenblick sehnte er sich nach Marianne, er ärgerte sich über sich selbst. Warum zum Teufel will er nicht nach Hause? Worauf wartet er noch? Bis Saška schwanger wird und er ihr aus Dänemark echte Samtschühchen (von »Bleyl«) schicken kann? Er stand am Bahnsteig und wollte zu ihr. Zu der einen oder auch zu der anderen. In die Wärme. Doch er hatte sich vorgenommen, heute nicht mehr zu Saška zurückzukehren, und wenn sich Hablund einmal festgelegt hat, kann ihn nichts mehr von seinem Vorhaben abbringen. Und dann erblickte er ihn. Er stand auf der anderen Seite der Gleise, er schaute ihm direkt in die Augen. Ein riesiger Wolf, ein Einzelgänger, mit silbergrauem Fell. Grrrr, knurrte er. Grrrr, knurrte Hablund zurück, auch wenn er sich dabei vor Angst in die Hosen machte. Der Wolf schüttelte seinen Kopf, wedelte kurz mit dem Schwanz und lief zurück in den Wald. Möglicherweise hatte Hablund das die nötige Courage verliehen, oder er hatte in der Kälte einfach sein Urteilsvermögen verloren, er entschied sich jedenfalls, draußen zu übernachten, hier am Rande der Taiga, bei den Gleisen.

Schon seit dem Zeitpunkt, als er noch bei den Josipovičs wohnte, hatte er sich angewöhnt, immer Streichhölzer bei sich zu haben. Das kam des Öfteren gelegen. Er konnte den Männern immer wieder mal Feuer geben, doch ein winterliches Feuer im Schnee hatte er noch nie entzündet.

In diesem Artikel über den »Kavaš-Ritus« in »Unsere Welt« beschrieb man auch irgendwelche »winterlichen Gräben«. Hablund versuchte sich krampfhaft zu erinnern, aber bei minus zehn Grad ging das recht langsam, ebenso beschwerlich war es, sich die Handschuhe auszuziehen und die Nase abzuwischen. Dass sie es wie die Hunde machen, wenn sie draußen übernachten müssen, stand dort geschrieben. An mehr konnte er sich nicht erinnern.

Ein Feuer gelang ihm überraschend schnell. Holz gab es in der Nähe genug und die unteren Baumäste, die von den Kronen verdeckt wurden, waren gänzlich frei von Schnee. Er grub sich durch den Pulverschnee, legte den Boden mit Reisig aus, er versuchte sich irgendein Nest zu basteln, wo er sich anwärmen konnte, dort rollte er sich schließlich ein und das Feuer wärmte recht angenehm.

Es war natürlich Wahnsinn. Mit etwas Pech wären die Temperaturen noch weiter gefallen, der Wolf hätte in der Nacht zurückkehren können, und schon wäre es mit Hablund aus und vorbei gewesen, Saška Doranová hätte schon einige Monate früher damit beginnen müssen, vergeblich auf die Rückkehr ihres Mannes zu warten. Doch Hablund Doran wachte am Morgen auf und fühlte sich erstaunlich frisch und munter. Nur seine Nase war etwas angefroren und eines der Beine war ihm eingeschlafen, doch die Nase konnte er durch sachtes Kneten wieder auf Vordermann bringen und mit dem Bein wurde es nach einigen Hopsern auch wieder besser. Er war fit und bei guter Laune. Er würde den Sträflingen mit den Ziegeln helfen. Er brach schon am frühen Morgen auf.

Sie trugen jeweils zu zweit ihre Tröge, mit den Scheibtruhen wäre es durch die Taiga ein schwieriges Unterfangen gewesen, Mita, Borja, Vasilisa und zwei weitere, es ging sich von der Zahl genau aus.

Das vor ein paar Jahren aufgegebene Lager sah so aus, als wäre es niemals richtig in Betrieb gewesen. Durch die umgestürzten Mauern wuchsen Bäume, und hätte es nicht einige Betonplätze und hervorstehende Drähte gegeben, Hablund hätte sofort geglaubt, dass es sich hier um eine längst vergessene Siedlung irgendwelcher Pioniere des Zaren handelte. Mita sagte, dass sie das Lager aufgegeben hatten, weil es den Leuten zu sehr ins Auge gefallen war, sie hatten lieber ein neues errichtet, es trug die Nummer F576 und lag irgendwo viel tiefer in der Taiga. Es gibt rundherum Wachtürme, man kann dort mehr Lagerinsassen halten und alles ist insgesamt viel moderner. Borja behauptete, dass das an ihnen lag, an den »Kar«, dass sie das Lager schließlich umsiedeln mussten. Wir hatten einigen unserer Leute geholfen zu entkommen, meinte er stolz. In der Nacht untergrub man die Zäune und Buro bestach zwei Aufseher. Mita widersprach, dass niemand jemals von hier entflohen war, und Borja ärgerte sich, dass er das nur deshalb behaupte, weil er ein Sowjet sei und den »Kar« keine »gelungene Aktion« gönne.

Vasilisa wurde immer wieder schlecht (der Bauch), sie mussten auf dem Rückweg mehrmals rasten, doch kaum waren sie am Bahnhof angelangt, setzte sie ihre Arbeit fort.

Als man sich die Werkzeuge reichte, begann man auch miteinander zu sprechen. Von den »Ältesten« gab es damals nur drei, sagte Borja zu Hablund.

Ihm sei die Frau davongelaufen, Vasilisas Schwester, brummte Mita.

Sie bat mich darum, dass ich sie mir mit der Säge vorknöpfe, aber ich wollte das nicht, also ging sie zu Bovník. Ich weiß gar nicht genau, was er ihr angetan hat, sie fuhr gleich mit dem nächsten Zug und ich hatte die Kinder fortan allein am Hals. Angeblich war auf dem Bahnsteig eine Blutlache von ihr geblieben, als sie dort auf den Zug gewartet hatte, doch das habe ich selbst nicht gesehen. Einmal rief sie noch an, sie diktierte Irina telefonisch eine Nachricht für mich, doch Irina hat sie verloren. Wir halten unsere Frauen nicht auf, sie gehen, wohin sie wollen. Zu den Sowjets hat es sie schon immer gezogen, oder dem eigenen Glück hinterher, wie auch die Meinige. Sie war noch niemals irgendwo anders gewesen. Und dass man es hier angeblich nicht aushalten könne.

Deine Berila hat ein besseres Leben gesucht.

Borja griff sich einen Spaten und schlug Mita damit auf den Rücken.

Die Frauen folgen immer dem Geld.

Und du schuftest hier wohl, weil du ein Idealist bist, was? Weil die Genossen deine »Verbesserungen« nicht nachvollziehen wollten.

Hablund sah, wie Vasilisa wieder schlecht wurde. Sie werden sich beeilen müssen, er begleitet sie zum Ältestenrat, irgendwer wird hoffentlich da sein, und dann schafft er es immer noch rechtzeitig zum Zug. Er nahm sie an den Schultern und sie gingen los.

Meine Schwester lebt in Čita, alle wissen das, flüsterte sie Hablund zu, sobald sie ein paar Schritte gegangen waren. Die meisten »Kar« fliehen dorthin, gleich hinter Čita haben wir eine Siedlung. Sie wollen uns befreien, alles wieder umkehren, ein Leben wie in alten Zeiten, das wünschen sie sich. Berila lenkt alles, von ihrem Karren aus. Sie hat ihre beiden Beine verloren. Bovníks Schnitte hatten sich irgendwie entzündet, sie hätten sie sowieso in keinem Krankenhaus aufgenommen. Auf gar keinen Fall, sie hat schließlich keine Papiere. Als wir geboren wurden, waren ich und Berila an einem unserer Beine miteinander verwachsen. Vasilisa krempelte ihr Hosenbein hoch und Hablund bestaunte die zackige Narbe. Es heißt, wer so geboren wird, der bringt nur Unglück über die Seinen. Gemeinsam mit Borja helfen wir Berila, so gut es geht, aus der Ferne. Woraufhin sich Vasilisa an ihren Bauch fasste.

Der Bovník wird behaupten, dass mein Kind schon tot geboren worden ist, das weiß ich.

Sie begann zu weinen.

Weiß du, was meine Mutter sagt?

Was?

Wenn eine Schwangere weint, gebiert sie ein Kind, das ganz viele Muttermale trägt. Eines für jede Träne.

Vasilisas Miene verfinsterte sich. Habt ihr in Gopenhagen auch Schamaninnen?

Nein, aber es gibt viele ähnliche Sprichworte.

Vasilisa begann wieder zu weinen.

Bovník hat doch auch schrecklich viele Muttermale.

Plötzlich wusste er nicht mehr, was er noch sagen sollte.

Du weißt davon?

Borja hat es mir gesagt.

Diese Sau.

Hablund musste ihr versprechen, seinen Mund zu halten.

Bovník hat eine schwarze Seele, sagte Vasilisa, als sie sich später verabschiedeten. Er wird es vermeiden wollen, dass er sich ständig daran erinnert, was er mir angetan hat.

Im Sitzungssaal füllte die Miškinová gerade irgendwelche Papiere aus. Sie ließ sie eintreten und wunderte sich, was Hablund hier verloren hatte.

Ich warte auf den Zug, sagte er. Und weil er noch den riesigen Wolf und die mutig im Freien verbrachte Nacht vor Augen hatte, sagte er das mit fester Stimme.

Der Zug kam pünktlich an und es war ein Güterzug, doch das wusste Hablund schon von der Kassiererin. Ein Viehzug, der vier Waggons hatte, doch nur bei einem öffnete sich im Charyňer Bahnhof die Tür. Hablund kontrollierte die Nummer auf seinem Fahrschein, er war hier richtig. Dort, wo er zustieg, sah es so aus: In den Ecken hingen vier blinkende Glühbirnen (von Drähten herab), die nur sehr spärlich die gut zwanzig Reisenden anleuchteten, diese saßen auf langen Bänken (ohne Lehnen) auf den jeweiligen Sitzplätzen gab es kleine Nummernschildchen. Entlang beider Wände existierte ein etwa einen halben Meter breites Gepäckfach, dort lagerte ein Haufen Säcke und Taschen, zwischen den Bänken stand ein Tisch, auf dem man Karten spielte. Alle Waggons unterschieden sich irgendwie voneinander. Der Waggon gleich nebenan hatte zum Beispiel gar keinen Tisch, die Leute saßen dort auf dem Boden neben ihren Ranzen, und man hatte dort auch wesentlich mehr Personen hineingepfercht als im ersten Waggon. Die Leute waren alle recht dunkelhäutig und wirkten ärmlich, Säuglinge weinten und es stank dort nach Kuhstall und Schweiß, Hablund zwängte sich vorbei, mit dem Bauch zur Wand, die Kauernden rückten wortlos noch enger zusammen, damit er irgendwie durchpasste, der Schaffner machte das genauso, wenn er hier durchmusste, ein langer Lulatsch in einer blauen Uniform, nur er sah so aus, wie es sich eigentlich gehörte. Hablund entschloss sich weiterzugehen, er wollte sehen, was da noch kommt.

Einen Waggon weiter gab es nicht einmal mehr eine Glühbirne. In völliger Dunkelheit, die nur durch einen schmalen Lichtstreifen aus dem Korridor erhellt wurde (nachdem Hablund die Schiebetür geöffnet hatte), kauerten hier die Leute. Ganze Trauben stummer Leute, einer neben dem anderen, sie saßen auf dem Boden. Zu erkennen war dort praktisch gar nichts und von irgendwoher zog es gewaltig, im Lichtstreifen tanzten die Schneeflocken, ein kaltes schwarzes Loch war das, die dritte Klasse, für die Allerärmsten.

Der Zug hielt ständig irgendwo. Der Schaffner kam nicht jedes Mal, um die quietschenden Türen zu öffnen. Türen, durch die für gewöhnlich ein oder zwei Menschen zu- oder ausstiegen, allerdings hätten da auch ein paar Ochsen durchgepasst, und durch das einfallende Lichtviereck, das einen Augenblick lang alle im Waggon blendete, wehte Schnee nach innen. Hablund klopfte ihn sich ab, das bisschen Frischluft kam ihm eigentlich wie ein Segen vor. Er nahm sich vor, auszusteigen, sobald er irgendein ordentliches Bahnhofsgebäude erblickte, keinesfalls nur einen Verschlag im Nirgendwo und dahinter vielleicht noch ein paar verschneite Bäume, doch es schien so, als würde der Zug bewusst alle größeren Stationen meiden, oder es gab in der Nähe von Charyň einfach keinen größeren Ort. Der nächste Waggon schien abgesperrt zu sein. Hablund rüttelte vergeblich an der Tür und er wollte schon aufgeben, doch dann ließ sich die Tür plötzlich öffnen. Der Waggon, in dem er sich jetzt befand, sah aus wie ein Klassenzimmer. Fedorek hätte es »Erste Klasse« genannt und Hablund kam – auch ohne Eisenbahnererfahrung – zu einer ganz ähnlichen Einschätzung. Auf den im Boden verankerten und in ordentlichen Reihen montierten Bänken saßen besser gekleidete Menschen, Sowjets und Stammesmitglieder, ein jeder schien in seine Arbeit vertieft zu sein. Sie blätterten Bücher durch oder listeten in irgendwelchen Papieren, man konnte erkennen, dass sie selbst bei einer Zugfahrt keine Zeit verlieren wollten. Hablund fiel ein, dass in einem solchen Waggon wohl auch der Charyňer Ältestenrat zu irgendwelchen Auswärtssitzungen anreiste. Wichtige Leute, das konnte man gleich sehen. Obwohl er dort hineingeplatzt und beinahe auch noch ausgerutscht war (so sehr hatte er sich an der Tür zu schaffen gemacht), hob keiner den Kopf, um mal kurz von seiner Arbeit aufzusehen.

Nachdem Hablund eine Weile dort herumgelungert war, stahl er sich wieder leise davon. Niemand beachtete ihn, es wunderte ihn auch nicht, er nahm zufrieden zur Kenntnis, dass sich seine äußere Erscheinung offenbar den hiesigen Verhältnissen angepasst hatte. Die meisten Kleidungsstücke, die er aus Dänemark mitgebracht hatte, waren durch die alltägliche Beanspruchung verschlissen, ihm blieben nur ein paar Stücke, die auch schon längst wieder von Saška geflickt werden mussten, und der Reiserucksack, den er bei sich hatte, stank nach gebackenen Teigfladen, genauso wie die Säcke der anderen Reisenden.

Er stieg schließlich einfach dort aus, wo mehr Leute ausstiegen als irgendwo zuvor. Kuromary, teilte ihm einer der

Reisenden mit, als er nachfragte. Bis auf die Lieblichkeit, die hier völlig fehlte, ähnelte diese Station einem Puppenhäuschen. Die Hütte wirkte wie eine größere Toilette, der Stationsname fehlte gänzlich. Das Schiebefenster war geschlossen, doch laut den draußen vermerkten Amtsstunden sollte geöffnet sein. Es war kurz vor sechs Uhr.

Als er sagte, dass er telefonieren müsse, antwortete der Mann in der Hütte, anstatt ihn irgendwo hinzuschicken oder ihn gleich – in Anbetracht dieses wahnwitzigen Einfalls – auszulachen, Moment, wir können gleich, als würde er sich gar nicht im Fernen Osten, sondern im Hauptgebäude der Kopenhagener Post befinden. Ins Ausland, fügte Hablund hinzu, und der Mann hielt dann schon ein wenig inne, doch seine Miene verfinsterte sich keineswegs und er schaute auch nicht irgendwie misstrauisch drein, er nahm ihm nur wieder den Hörer ab und reichte ihm einen anderen, der wesentlich moderner wirkte. Hablund mochte die alten Hörer sowieso nicht. Sie stanken nach fremdem Atem und allerlei Tabakdämpfen. Er nahm den neuen Hörer liebend gern an und diktierte dem Mann die Nummer, mitsamt der Vorwahl.

Was genau Hablund dabei fühlte, weiß niemand. Niemand weiß auch, was er dort zu hören bekam. Hablund hielt das Telefon in der Hand und hörte staunend zu. Zwischen den Sätzen waren kurze Pausen zu vernehmen, offenbar brauchte es seine Zeit, damit der Angerufene antworten konnte, doch schon bald reichte Hablund dem Mann den Hörer zurück. Der allerdings schüttelte verneinend den Kopf, auch wenn er sich offenbar durch diesen »Vertrauensbeweis« geschmeichelt fühlte.

Es ist mir verboten, fremde Gespräche zu belauschen.

Der Schutz der Privatsphäre, flüsterte er Hablund zu und lachte schelmisch, als hätte er ihm gerade aus reiner Sympathie eines seiner Berufsgeheimnisse offenbart.

Kann ich Sie etwas fragen? Sie müssen mir selbstverständlich nicht antworten. War das tatsächlich Dänisch?, fragte ihn der Mann anschließend noch, als ihm Hablund den Hörer ganz zurückgab, und er wirkte sehr zufrieden, als Hablund bejahte.

Ihr könnt euch ja vorstellen, man kann das nie ganz wissen, sagte er, bevor er wieder sein Dienstfensterchen hinter sich schloss.

Ihr Zug zurück geht in zwei Stunden.

Er bot ihm noch ein Karamellbonbon aus einem Schälchen an und wünschte eine glückliche Reise.

Hablund nahm sich vor, keinesfalls voreilige Schlüsse zu ziehen. Er fuhr mit dem Zug ein paar weitere Stationen, stieg erneut aus und versuchte wieder zu telefonieren. Man konnte meistens gleich am Bahnhof oder von der Post aus telefonieren. Manchmal hatten sie tatsächlich kein Telefon, aber dort, wo man telefonieren konnte, endete es wie zuvor. Er versuchte auch die Firma anzurufen, doch immer mit dem gleichen Ergebnis. Es gab lediglich eine besprochene Tonbandschleife. Nach einigen Minuten startete diese wieder von vorn, man musste allerdings jede Minute bezahlen.

Den ganzen Weg über nach Charyň dachte er daran, wie ihm das die alte Irina auf der Post erklären würde.

Sie hieß ihn mütterlich willkommen, wie einen verlorenen Sohn.

Wir haben Sie also wieder, Herr Doran. Wisst ihr, dass

wir uns schon Sorgen gemacht haben, ob Sie rechtzeitig zur Jagd zurück sein werden? Saška hat mir zwei Tage lang etwas vorgeheult. Das ist nicht einfach nur eine Frau, die für Euch sorgt, die hat Euch wirklich gern. Ihr habt es bestimmt wo anders versucht, darauf wette ich. Ich habe es Saška ja gesagt, dass Ihr ein Klugscheißer seid und Euch nicht davon abbringen lasst. Ihr werdet noch so lange mit dem Kopf gegen die Wand laufen, bis all Eure schönen Gedanken daraus hervorpurzeln, und dann werdet Ihr bei weitem nicht mehr so ein sympathischer junger Mann sein.

Als Hablund antwortete, welche Erfahrungen er mit dem Telefonieren gemacht hatte, entgegnete Irina: Na seht Ihr. Ihr habt ein Vermögen vertelefoniert, was?

Sie haben die ganze Zeit darüber Bescheid gewusst?

Das weiß hier doch jeder. Aber wenn ich es Euch gesagt hätte, hättet Ihr mir sowieso nicht geglaubt, Saška wohl auch nicht, und Ihr hättet Euch nur unnötig aufgeregt.

Hablund errötete und zog wortlos von dannen.

Das hatte er zuletzt getan, als Marianne ein Klavier für die Hansenstraße kaufte, und sich vorher kein einziges Mal mit ihm beratschlagte. Er war nach Hause gekommen und das Klavier stand plötzlich da, am einzigen freien Platz im ganzen Zimmer. Damals war er auch rot vor Wut gewesen, er verließ schließlich die Wohnung, mit der gleichen miesen Laune.

Für die Jagd war Hablund ein einziger Film verblieben. Er würde alles rund um diese Jagd fotografieren und gleich danach nach Hause fahren. Das Stammesleben war hier vom Bolschewismus verunreinigt und der Bolschewismus selbst trieb recht seltsame Blüten. Rote Sterne und so manche Repressalien, die die besten Absichten begleiten, bevor sie alles wieder zerstören, das ist ja eine Sache. Doch all die Geschehnisse hier, als wären sie einem schlechten Traum entsprungen, das ist etwas anderes. Würde ihm das zu Hause überhaupt irgendjemand glauben? Selbst wenn er das aufnehmen würde, man würde es doch höchstens als einen gelungenen Scherz betrachten.

Er sah förmlich, wie sie ihm auf die Schulter klopften, und irgendwer würde ihm ein Bier spendieren. Das könnte er jetzt auch brauchen. Es würde ihm wenigstens dabei helfen, all die Teigfladen und diese ganzen Sahnegerichte zu verdauen. Hablund befühlte seinen Arm. Noch fetter als vor ein paar Tagen konnte er nicht geworden sein, denn bei diesem ganzen Telefonausflug hatte er so gut wie nichts gegessen.

Er streifte sich schnell sein Sportzeug über, Bovník klopfte bereits ans Fenster. Diesen letzten Trainingstag muss er noch mit ihnen absolvieren, damit er sich für die morgige Jagd qualifiziert.

Die abendlichen Rübenschädelzeremonien, die eine glückliche Jagd bescheren sollten, denen durften Charyňer nicht beiwohnen, bei konservativeren Stämmen durften es nicht einmal die eigenen Frauen und Kinder, oder Frauen, die gerade ihre Periode hatten. Doch Hablund hatte in Charyň so seine Bekanntschaften, und was die Rübenschädelzeremonie betraf, da hatte er sogar den allerbesten Draht. Es gab nur eine einzige Person in Charyň, die an der Zeremonie teilnehmen durfte. Die Josipovičová fragte nicht einmal nach, warum er mitwollte. Sie war ein Rübenschädel und half den »Kar« im Dorf, soweit sie das vermochte. Das

Ganze war am Abend, in all dem Menschengetümmel würde Hablund niemandem auffallen. Sie gab ihm irgendwelche Fetzen, die er sich überstreifte, und bat ihn darum, die Kamera nur dann zu verwenden, wenn er sich hinter einem Baum versteckte, er würde sonst stören, und das Ganze könnte wegen ihm auch in die Hose gehen.

Sie hatte einfach eine Schwäche für ihn, für diesen Hablund hier. Abgesehen davon war die Idiotin beinahe schon eine halbe Charyňerin und die Rübenschädelbräuche (und Verbote) lagen ihr nicht mehr so sehr am Herzen.

Saška war darüber gar nicht erfreut. Sie befürchtete, dass die beste Freundin mit ihrem Hablund irgendwo im Dunkeln (zwischen den vielen anderen) Händchen halten und ihm immer wieder mal etwas über die vor sich gehenden Dinge ins Ohr hauchen würde (heißer Atem), von dem, was dort vorging, verstand Saška ja nichts. Sie bekommen dafür ganz ordentlich etwas bezahlt, sagte sie zu Hablund, wohl um die Bedeutung des Zeremonie etwas zu relativieren, doch Hablund wusste schon aus »Unsere Welt«, dass Zeremonien auch geordert werden können und dabei doch nichts von ihrer Echtheit und Kraft einbüßen. Man bezahlt zum Beispiel auch buddhistische Mönche und Schamanen erhalten ein Stück Fleisch oder neue Federn für ihren Schopf oder türkise Korallen. Bevor er aufbrach, kam er noch schnell seinen ehelichen Verpflichtungen nach, doch die Spermien fing er wieder mal mit der Handfläche ab. Als er schließlich zur Idiotin ging, schlief Saška bereits. Hat er sie gern? Aber ja doch.

Die Josipovičová erwartete Hablund schon vor dem Haus.

Die Gesänge waren ganz deutlich zu hören, weit über

Čevapik hinaus. Ein tiefes, kehliges Männerbrummen und ein etwas höher angesetztes Frauensummen begleiteten die dumpfen, rhythmischen Schläge. Man trommelte gegen alte Baumtrommeln und allerlei Blechstücke. Zerlumpte Gestalten mit klappernden Rasseln an ihren Beinen, in Fellschuhen oder gar barfuß, sie drehten sich um die Feuer, alles innerhalb einer dicken Barriere (einen Meter hoch und einen Meter breit) aus roten Rübenköpfen. Der heilige Raum, flüsterte die Idiotin Hablund zu und fasste ihn an der Hand. Saška hatte also Recht gehabt.

Auch Buro war anwesend, Hablund glaubte jedenfalls, ihn erkannt zu haben. Dass eines dieser geschwärzten Gesichter seine Augen trug, die Augen des erfolgreichsten Rübenschädels, der – so Izikil – mit den Sowjets kollaborierte, eine Russin zur Frau nahm und von ihrem Geld profitierte. Nach Charyň riefen ihn die Stammesstimmen, sein schlechtes Gewissen und die pure Berechnung. Für den üblichen Betrag würde er später dann dem Ältestenrat berichten, was auf den Feierlichkeiten der Rübenschädel passiert war, und die Kraft des ganzen Rituals würde so verloren gehen. Was Buro allerdings völlig egal sein wird, denn falls im Landstrich der Hunger ausbricht, so weiß er schließlich – neben Hablund – als Einziger, dass Velors Täuschungsmanöver daran schuld ist, und dieses Wissen hat bestimmt seinen Wert, mindestens zwanzig Rentiere oder drei völlig neue Lastwagen mit geländegängiger Bereifung. Doch Izikil hat von Velors Betrug keinen Schimmer, und so kann er das alles gar nicht behaupten. Das kann wohl nur Buro selbst, zieh Leine, woher du gekommen bist, denn du kannst nicht auf zwei Baumstümpfen gleichzeitig sitzen und alles, worum es dir geht, gibt es dort bei denen, die Tatsache, dass du ein »Kar« bist, darauf warst du ja nie stolz. Und Izikil bedauert das, weil er selbst nicht gerade stolz darauf ist (obwohl er es gerne wäre), ein »Kar«, so stolz, wie es wohl mal seine Vorfahren waren.

Doch er bemüht sich, diese Zeremonie ist schließlich die Verkörperung all dessen, was dieser erbärmliche Stamm noch vermag. Er ist dabei. Izikil, der als Greis (ganze sechzig Jahre später) auf dem Weg nach Charyň Fedorek die Geschichte der »Kar« erzählen und ihn vor den Kavaryčs warnen wird, dieser Izikil steht jetzt unweit von Hablund entfernt und blickt angestrengt ins Feuer. Er hatte Fedorek nichts davon erzählt, dass er mit fünfzehn Jahren Schamane wurde, weil er wusste, dass er ihn dann augenblicklich nicht mehr ernst nehmen würde.

Izikil, ein etwa zwanzigjähriger Bursche, bemüht sich mit den anderen darum, im Feuer den Jagdverlauf abzulesen. Es zu bewegen, die künftigen Ereignisse preiszugeben, die man, wenn sie erst sichtbar werden, aus dem gegenwärtigen Augenblick heraus beeinflussen kann. Den Kopf des Taigageistes zu streicheln, die Jahresringe der Hartriegelbäume zu dehnen, damit alles gut ineinanderpasst, das Feuer zu veranlassen, eine andere Melodie anzustimmen. Ein jeder kann es benennen, wie er möchte. Izikil bat die Rentiere. Dass sie nicht im allerletzten Augenblick ihre Pläne ändern und den gleichen Weg wie immer nehmen und dass sie sich vor den Jägern nicht fürchten sollen, denn die Jäger sind eigentlich nur so etwas wie andere Rentiere und die Rentiere Jäger, und wenn man das Ganze so sieht, geht es gar nicht um die Jagd des einen auf den anderen, sondern schlicht und einfach um eine »Lebensbejahung«.

Izikil war nur einer aus dem Kreis. Aus dem engsten Kreis jener, die um das Feuer tanzten, von deren Wünschen man meinte, dass sie große Kraft entfalten, und so hatten sie auch die Ehre, diesen inneren Kreis zu formen, um den herum sich die anderen drehten. Die »Bewahrer des Feuers« (gleich hinter ihnen stehend) steckten ihnen diverse Leckerbissen zu und sie versuchten das Feuer für den engsten Kreis günstig zu stimmen, damit ihnen die Flammen möglichst viel von der Zukunft verrieten. Wenn nämlich das Feuer schwieg, konnte die Kraft der Wünsche noch so stark sein, sie hatte dann nichts, wohin sie sich wenden konnte, und blieb irgendwo zwischen dem engsten Kreis und den orangen Flammen hängen, wie ein Vogel, gefangen in einem einzigen starren Punkt, bevor er, von einem Pfeil durchbohrt oder einer Kugel getroffen, zu Boden sinkt. Hinter den »Bewahrern des Feuers« folgte ein breiterer Kreis an Sängern und Trommlern, eine vielschichtige Schlange, die sich in den eigenen Schwanz beißt, wogt, wimmernd und murrend, je nachdem, in welcher Laune sie sich gerade befindet. In der Dämmerung wirkten die Bewegungen der Rübenschädel wie riesige Wellen, die den Kreis durchliefen, als hätte die Schlange ein Ei geschluckt und der Körper müsste dieses jetzt angestrengt weiterbewegen.

Die Idiotin presste sich noch näher an Hablund, mit der Hand hielt sie ihn am Schenkel und er hielt ihren, sie waren irgendwo inmitten des Schlangenkreises, unter den Sängern, die Idiotin summte gemeinsam mit ihnen und Hablund überlegte, wie er die Kamera zücken könnte, ohne dass es jemandem auffällt, doch ihm fiel keine einzige Möglichkeit ein. Hinter ihnen befand sich noch ein äußerer Rübenkreis. Köpfe, die im Dunkeln und Widerschein des Feuers an Kinderhäupter erinnerten, voller deplatzierter Druckstellen und Vorsprünge. Hablund erinnerte sich an Velors Worte über diese »Halbdebilen«, die sich hier untereinander kreuzen, die er am ersten Tag, als er bei den Josipovičs zu Besuch war, gehört hatte, dieses harte Urteil hatte ihn damals überrascht. Er hatte zwar auch schon einige Behinderte hier gesehen, doch sie hatten gar keine »echten Rübenschädel«, sie fielen eigentlich nicht wirklich auf.

Es schien so, als wäre den Rübenschädeln das Feuer gewogen. Izikil und Weitere, die den engsten Kreis bildeten, sprachen längst mit den Flammen. Manche gestikulierten dabei wild, die anderen taten so, als würden sie die Flammen belehren oder sie von etwas zu überzeugen suchen, der Kreis der Tanzenden wogte dahin, die Zeremonie erreichte gerade ihren Höhepunkt, als dann doch etwas Unerwartetes passierte.

Vom Ast eines hohen Hartriegelbaums, unter dem sich die Feuerstelle befand, lockerte sich ein Klumpen Schnee, der direkt ins Feuer fiel. Plötzlich war es still. Ohnmacht und Kälte breiteten sich aus. Das Feuer kämpfte nicht dagegen an, es zischte und flackerte auch nicht erneut auf, es war mit einer einzigen Geste des Taigageistes erstickt worden. Er hatte eine Botschaft überbracht und sich sofort wieder verzogen. Die Idiotin flüsterte Hablund zu: Hast du es gespürt?

Was?

Den Duft des Taigageistes.

Wie erkennt man ihn?

Der Duft kam mit einer kalten Böe geflogen. Als würdest du am Tisch etwas Tee vergießen und darin eine Wolfspfote tränken. Und diese Blätter, die von irgendwoher angeflogen kamen. Als wären wir für einen Augenblick eine Jahreszeit zurückgewandert. Das macht der Taigageist oft, bevor er erscheint. Er kann in einem einzigen Augenblick eine ganze Jahreszeit verwandeln. Während die Idiotin weiterhin etwas in Hablunds Ohr plapperte, saßen die anderen starr da und plötzlich begannen alle zu weinen, alle im selben Augenblick, als hätte jemand mit den Fingern geschnippt.

Es war ein trauriges Weinen, man erkannte das daran, dass alle weinten, die in diesem Augenblick beisammen waren, es brach bei allen zugleich los und endete auch gemeinsam, als hätte plötzlich jemand einen diesbezüglichen Befehl erteilt. Dieses Weinen kam Hablund unerträglich lang vor. Die Idiotin stimmte auch ein und sie fasste Hablunds Hände, als hätte sie ihm plötzlich Handschellen angelegt, er konnte sich nicht einmal die Ohren zuhalten. Es soll wehtun. Es muss wehtun, sagte sie Hablund später. Als hätte eine Scherbe dein Inneres durchbohrt, wie ein Bärenhieb, wie ein Volltreffer. Schließlich flossen sogar auch bei ihm Tränen, auch wenn er sich redlich bemühte, dagegen anzukämpfen. Er weinte beim Gedanken an Marianne. Ein halbes Jahr lang weiß er schon nichts mehr von ihr und dabei tut er so, als wäre das ganz normal. Plötzlich wurde ihm klar, dass er diese ganze morgige Jagd dagegen eintauschen würde, wenn er nur wüsste, was für neuen Firlefanz sie inzwischen für die Wohnung eingekauft hatte. Weißblaue Bettbezüge mit Chrysanthemen? Eine gläserne Kugel mit Sternen, die munter glitzern, wenn man sie gegen das Licht hält? Einen neuen Pfeffer- und Salzstreuer?

Plötzlich wusste er: Sie ist so wehrlos wie Vasilisa, wenn sie abends dieser Bovník in ihrer Zelle besucht. In Kopenhagen hätte er noch gesagt: wie ein Kind. Doch das hier war schlimmer. Er hätte Vasilisa in diesem Augenblick gern innig umarmt.

FEDOREK

Die Familie Kavaryč verließ den Bahnhof und schritt gemächlich dahin, für jeden weithin sichtbar. All das Gerede, das sie einige Monate lang hatten ertragen müssen, sollte jetzt ganz schnell wieder vergessen werden, denn Serjožas Vater war schließlich da, und es waren lediglich Verpflichtungen gewesen, die ihn so lange von einer Reise nach Charyň abgehalten hatten, er ist schließlich in jeder Hinsicht ein zuverlässiger Mann.

Fedorek führte Elvira an der Hand und der alte Keke Kavaryč hielt seine Tamara, doch eigentlich war es eher umgekehrt und Elvira führte Fedorek und die Kavaryčová den Kavaryč, denn Fedorek schämte sich sehr, dass er erst so spät gekommen war, und der Kavaryč wiederum hatte Magenbeschwerden. Vielleicht zeigte er sich deshalb so nachsichtig mit Fedorek. Er ist zwar kein breitschultriges Mannsbild, doch wenn er seine Rubel nach Hause bringt, kann man immerhin mit ihm rechnen, verkündete er über den Schwiegersohn. Seine Arbeit bei der Eisenbahn sagte dem Kavaryč – zu Fedoreks Überraschung – ebenfalls zu. Er hätte gedacht, dass der Schwiegervater behaupten werde, das sei etwas für Mädchen, doch stattdessen lobte dieser Oleg Abramovič für eine solch weitsichtige Entscheidung, den Sohn etwas mit einer sicheren Zukunft studieren zu lassen (wie es die Eisenbahn nun mal war). Die Eisenbahnlinie wird uns alle überleben, versicherte er und schlug sogleich vor, dass sie später auch den kleinen Sergej zu diesem Fach führen sollten. Die Zeit fliegt nur so dahin, murmelte er, als Fedorek seinen Sohn ein paar Mal in die Luft warf und dessen weiße Bäckchen kostete, Sergej war ein wahrer Schatz und der ganze Stolz der Familie.

Elvira stand es gut. Sie war zu einer richtigen Frau geworden. Sie trug nun längere Haare und hatte prallere Hüften. Sie war nicht mehr diese lesende, etwas knabenhaft wirkende Studentin, die Fedorek vor zwei Jahren im Zug getroffen hatte, und das gefiel ihm sehr.

Die Hochzeit hatten sie damals schnell bei einem der Besuche in Wladiwostok durchgezogen, nachdem Elvira festgestellt hatte, dass sie schwanger war, doch erst jetzt konnten sie es alle gemeinsam feiern. Elvira und Tamara bedienten am Tisch, Fedorek fühlte sich – bei all der freundlichen Aufnahme – etwas unbehaglich und der Kavaryč wiederholte immerzu, wie leid es ihm tut, dass Fedoreks Vater nicht mit dabei sein kann. Dessen Entscheidung, Fedorek zu einem Eisenbahner ausbilden zu lassen, hatte bei ihm tatsächlich Eindruck hinterlassen und Tamara wiederum wusste es zu schätzen, dass Oleg Abramovič seinen Sohn ganz allein aufgezogen hatte. Sie bezweifelte, dass der Kavaryč zu so etwas fähig wäre.

Fedorek fühlte sich allerdings auch unbehaglich, weil er daran denken musste, was ihm Izikil erzählt hatte. Dass die Kavaryčs nur »Rübenschädelkollaboranten« seien und dass Tamara ihre eigene Mutter (auf deren alte Tage) aus Charyň nach Čevapik vertrieben hatte. Doch er wusste nicht, ob das alles nicht doch nur eine Lüge war, der Groll eines Greises, der die Kavaryčs einfach anschwärzen wollte. Er fürchtete sich davor, dass er das alles ausplappern könnte, wenn sie erst gemeinsam getrunken hatten und er ein wenig die Beherrschung verlor.

Schließlich kam es ganz anders. Fedorek wurde zum Familienmitglied erklärt, und so befahl der Kavaryč noch am selben Nachmittag, bevor man überhaupt mit dem Trinken beginnen konnte, dass man jetzt zum »Gartengrundstück« aufbrechen werde, und alle – bis auf Fedorek – wussten, was das bedeutete.

Elvira sprach mit niemandem über ihren Bruder, und als Erske sie vor langer Zeit einmal nach Geschwistern gefragt hatte, hatte sie sogleich geantwortet, dass sie keine habe, darin war sie schon absolut »sattelfest«. Obura war außerdem längst kein Bruder mehr.

Ein Gartengrundstück besaßen während dieser Zeit in Charyň nahezu alle »besseren Leute«. Es war eines der wenigen Dinge, die die Charyňer mit Leuten aus großen Städten gemeinsam hatten, und darauf war man richtig stolz. Ihr Dorf war kein völliges Nest, man ging schließlich noch – mal abgesehen vom Winter – mindestens zwemal in der Woche aufs »tatsächliche Land«, mit seinen Kartoffelfeldern und Dill- und Petersilienbeeten, denn die besseren Leute bauten das nicht zu Hause an, sondern auf kleinen, umzäunten Grundstücken, wo man sein Gemüse und so weiter zog. Die Gartengrundstücke befanden sich außerhalb von Charyň, in entgegengesetzter Richtung zu Čevapik, das war durchaus zufällig so, allerdings aber auch, damit dort nicht so viel gestohlen wurde. Über einen Zaun zu klettern, das wäre für Vašek und Dima überhaupt kein

Problem, und die Aufzucht all dieser Gemüsearten hing natürlich auch vom guten Willen aller ab, sie dort tatsächlich reifen zu lassen.

Tamara ging im Sommer oft hin, um sich, wie sie es selbst nannte, auszuruhen. Sie hatte das aus Zeitschriften wie »Lisa« oder »Momente für dich«, die Miškinová kaufte manchmal längst abgelaufene Nummern. Zeitlose Ratschläge bleiben allerdings immer aktuell und Tamara hatte dort gelesen, dass die Arbeit mit dem eigenen Gemüse für eine Frau entspannend ist. Sie nahm sich diesen Ratschlag zu Herzen, sie ging also hin, um sich zu entspannen, dabei schuftete sie dort wie ein Pferd, am ganzen Körper mit Mückencreme eingeschmiert. Doch während die anderen Charyňer ihre Gartengrundstücke nur aufsuchten, um dort etwas umzugraben, Unkraut zu jäten oder sonst was zu gießen, kamen die Kavaryčs vor allem wegen Obura hierher. Ihr Acker und die Beete waren etwas abseits gelegen, es gab einen Holzschuppen mit Werkzeugen und ihrem Sohn.

Obura wurde geboren, da war Elvira grad mal acht Jahre alt. Tamara stellte erstaunt fest, dass sie schwanger war, sie nahm es, wie es kam. Seit dem Moment, als man vor Jahren ein Kirchenhäuschen in Charyň erbaut hatte, hätte sie dieses liebend gerne auch mit dem Kavaryč besucht, nur Kinder waren für sie nie ein wirklicher Segen gewesen. Mehr eine »Sache«, die sie sich – wie alles andere – zu beschaffen verstand, das zweifellos, doch ein Kind war noch nichts, das irgendwelche Zärtlichkeiten in ihr geweckt hätte. Ohne es zu wissen, war dies eine der Eigenschaften, die ihr ihre Mutter vererbt hatte. Die Idiotin trieb sich auch immer im Dorf herum und auf die kleine

Tamara passte sonst wer auf. Die alte Kavaryčová saß zwar ständig zu Hause herum, doch Elvira hatte nie einen Kosenamen besessen, und mal abgesehen davon, dass es manchmal nett war, sie zu schaukeln, oder dass es durchaus lustig war, ihre unbeholfenen Versuche zu verfolgen, als sie mit dem Sprechen begann, hielt sie diese ganze Geschichte vor allem von der Arbeit ab, außerdem machen Kinder ständig Unordnung. Als Obura geboren wurde, war es immerhin eine gute Sache, dass er kein Mädchen war. Die Welt wäre natürlich nicht zusammengebrochen, und Tamara bestimmt auch nicht, doch der Kavaryč hatte seine Freude damit und Tamara wiederum freute sich, dass er sich freute, im Übrigen, zwei Kinder, die meisten Frauen schafften das schließlich. Die Idiotin lief damals nicht mehr durchs Dorf, sie und Velor wohnten längst allein. Sie sorgte für die Annehmlichkeiten des Kindes, wohl als Sühne für all die Männer, um die sie als junge Frau ständig herumgeschlichen war, und sie gab für Elvira tatsächlich eine gute Großmutter ab. Sie hatte die allergrößte Freude mit Obura. Als er zur Welt kam (natürlich überwachte niemand Geringerer als Doktor Velor Josipovič den Vorgang), hatte sie unablässig gegen das Fenster gehämmert, ob alles gut gegangen war. Vor allem wegen ihrem Gejohle, das in ihrer Art lag, wollte Tamara sie nicht ins Haus lassen. Sie hätte sich gleich vorgedrängt, um Oburas Kopf zu umarmen, noch während der in ihr steckte, Velor hätte getobt, was sie sich da erlaube, und Tamara hätte vor ihrem Schoß nur ein schreckliches Durcheinander erlebt.

Nach Oburas Geburt zog Jovaka fast bei der jungen Familie ein und Tamara und Keke wohnten wieder mit ihr, wie damals nach der Hochzeit. Velor blieb für sich und die

Idiotin sauste zwischen den beiden Haushalten herum. Für sie war alles ein Spektakel, sie war glücklich, alle konnten es ihr ansehen. Vielleicht hatte ihr Tamara auch deswegen vertraut. Sie konnte erkennen, wie sehr es sie freute, und sie vergaß dabei völlig, dass das noch gar nichts darüber aussagte, ob das ihr Kopf überhaupt bewältigen konnte.

Als Elvira noch klein gewesen war, hatte die Idiotin bei weitem nicht so viel Zeit mit ihr verbracht. Und sie brachte auch alles nur unnötig durcheinander. Wenn man sie und Jovaka allein ließ, brannten sofort Töpfe an, das Geschirr fiel aus den Regalen, für Tamara war so eine »Aufpasserin« keine echte Hilfe. Sie miteinander spielen zu lassen, meinetwegen, doch wenn auch noch eine andere Arbeit zu erledigen war, war auf die Mutter einfach kein Verlass. Das war schon immer so mit ihr gewesen. Eine Weile ging es gut und plötzlich wurde sie irre und schleppte etwa die Enkelin nackt durchs ganze Dorf, dabei war Elvira damals schon acht Jahre alt. Tamara ärgerte sich gewaltig über sie, schließlich hätte sich Elvira draußen ziemlich verkühlen können. Dass sie immerzu die Tür offen ließ, das zählte kaum noch, doch sie lud irgendwelche Rübenschädel auch zu den Kavaryčs ein, heruntergekommene Gestalten, die auch dann kamen, wenn sie schlief, sie nahm außerdem keinen Schmutz wahr, den jede andere Frau längst mit dem Besen weggekehrt hätte, und obendrein ließ sie Elvira auch noch mit Nägeln spielen. Kavaryč sagte immer, dass sie einfach ein Idiot sei. Konflikte überließ er allerdings Tamara, sofern er nicht wirklich ranmusste, mischte er sich nirgendwo ein, das lag alles unter seinem Niveau.

Bei Obura schien es so, als hätte jemand seinen Zauberstab geschwenkt. Jovaka wurde tatsächlich ängstlicher (also fürsorglicher) und, man höre und staune, sie selbst begann Tamara zu ermahnen, wenn die nicht für ihn da war. Obura musste es sauber haben, Obura musste immer eine Rassel zur Hand haben, um spielen zu können, Obura musste es warm haben und musste immer satt sein und er durfte nur im Halbschatten liegen, in der Sonne nie oder nur mit einem Hütchen. Jovaka hatte ihm eins genäht, mit seinem gestickten Namenszug dran.

Jawohl. Der Kavaryč wies mehrmals darauf hin, dass man trotzdem aufpassen müsse. Dass die Schwiegermutter mal wieder überschnappen und irgendein Unglück passieren könne. Der Kavaryč traute der Idiotin nicht über den Weg, und wenn einer von sich behaupten kann, dass er für das Unglück, das sie mit Obura ereilte, nicht verantwortlich ist, dann er. Allerdings behauptete das auch Tamara. Doch die Idiotin war immerhin ihre Mutter, sie hätte einfach besser auf sie aufpassen müssen. Elvira ist froh, dass man ihr nichts vorhält, sie war noch ein Kind gewesen, wenigstens *eine* Sache, mit der sie nichts zu schaffen hatte.

Sie hat ihn vermutlich kurz alleine gelassen, solche Dinge passieren eben. Velor vermutete, dass seine Frau das Kind bestimmt ein paar Mal allein gelassen hatte oder, noch wahrscheinlicher, irgendwo mit ihm hingelaufen und unvorsichtigerweise mit ihm gegen den Türrahmen geknallt war, irgend so etwas. Er hatte jedenfalls kleine blaue Flecken am Kopf. Es war allerdings Winter, und sie heilten unter der Mütze immer wieder ab. Eigentlich wusste man gar nichts von ihnen, bis schließlich jemandem auffiel, dass Obura »zurückgeblieben« war. Er konnte zwar gehen, allerdings ganz schlecht, und hatte auch nie wirklich Sprechen gelernt. Tamara dachte, dass es mit der Zeit schon besser werden würde, schließlich hatten sie einen Doktor in der Familie, doch Velor konnte damit nichts machen und der Kavaryč begann sich irgendwann für seinen Sohn zu schämen. Er tat dann so, als lebte dieser gar nicht bei ihnen im Haus. Seine Spiele, er soll die doch lieber woanders spielen, diese Grimassen. Er kroch irgendwo bei ihnen am Boden herum, es sah nicht wirklich schön aus. Es wurde für die gesamte Familie schlicht unerträglich. Solche Kinder werden nur jenen Leuten geboren, die Inzucht treiben, Trunkenbolden und den Allerärmsten, die sich irgendwo ihre Wurzeln auskochen, vielleicht ja auch den Rübenschädeln, aber der Familie Kavaryč? Sie hatten doch, auch wenn sie mit ihnen verwandt waren, nie in Čevapik gelebt.

Als sie Obura zum ersten Mal im Schuppen des Gartengrundstückes versteckten, war es nur eine »Notlösung«. Damals war Buro zu Besuch gekommen, Kavaryčs Vater. Der lebte nicht mehr in Charyň, sondern in Chabarovsk. Er hatte längst seine »Frühpension« angetreten, in einem Haus für all die Leute, die sich »Verdienste« erworben haben, er lebte in einer Wohnanlage, mit einer ordentlichen Rente. Seine »Lieferungen« in die Taiga hatten ihm viele Bekanntschaften beschert, er war mit allen wichtigen Lagerleuten vertraut, ohne »Beziehungen« gingen solche Sachen nämlich gar nicht. Er sah Kavaryč nicht so oft, und immer dann, wenn er zu Besuch kam, war Kavaryč ganz aus dem Häuschen. Er war nie dieses Gefühl losgeworden, dass er seinem Vater nicht genügt. Schwer zu sagen, woran das lag. Er besaß schließlich eine Familie, ein Haus, sah gut aus, war ein Charyňer (und er hatte auch gar nichts mehr von einem Rübenschädel), all das, worum sich der Vater bemüht hatte, dem das aber nie ganz gelungen war, weil damals doch eine andere Zeit herrschte. All das besaß nun Keke, sein einziger Sohn, und dennoch schämte der sich vor seinem Vater.

Weil Buro niemals wirklich mit ihm gesprochen hatte? Väter sprechen doch sowieso nicht viel. Kurzum, Vater diese misslungene Kreatur vorzusetzen, die auf dem Boden herumfleucht, das kam nicht in Frage. Buro war ein Mann aus der Taiga. Sein ganzes Leben lang war er bei größter Hitze, in Stürmen oder Schnee unterwegs gewesen, »Entartete« und Schwächlinge konnte er nicht ausstehen. Beiß die Zähne zusammen, hatte er immer zum kleinen Keke gesagt, beiß die Zähne zusammen, sonst werden dich andere in den ihrigen davontragen. Dies hatte sich für alle Zeiten in Kavaryčs Kopf eingebrannt, obwohl er es in seinem Leben, im Unterschied zum Vater, nicht wirklich beherzigen musste. Kekes Leben verlief ziemlich ruhig und er sah auch noch gut aus. Deshalb hat sich Tamara schließlich für ihn entschieden. Er lebte, wie eine Frau, von seiner »Ansehnlichkeit« und im Unterschied zu den Frauen konnte er ein ganzes Leben davon zehren. Kavaryč wusste das. Dass er für Tamara wie ein hübsches Teeservice war, mit dem sie sich vor den Nachbarinnen brüsten konnte, und warum auch nicht. Bei Vaters Ankunft musste er aber einen Mann der Tat abgeben. Einen Schwächling würde Buro nicht durchgehen lassen, und er schließlich auch nicht. Und so nahm er Obura (nach langer Zeit) in den Arm und trug ihn alleine zum Schuppen, bevor die ganze Familie zum Bahnhof eilte, um den Vater abzuholen.

Gelegenheiten, Obura wegzusperren, boten sich später

von ganz alleine an. Wann immer jemand zu Besuch kam, und schließlich auch dann, wenn sie zu Hause einfach mal ihre Ruhe haben wollten. Und so blieb Obura irgendwann ganz im Schuppen. Er hatte es dort – so die Familie – gar nicht mal so schlecht. Essen und Trinken brachten sie ihm, den Kübel leerten sie ihm auch aus, auf den Boden legten sie einen alten Teppich (damit er es dort wärmer hat) und seit dem vorletzten Winter besaß er sogar einen elektrischen Kamin, so mussten sie ihn auch nicht mehr täglich besuchen, um einzuheizen. Sie brachten ihm sogar einen kleinen Fernseher. Sie ließen in Pstruh (bei irgendeinem Tausendsassa) einige Acht-Millimeter-Filme auf Videokassetten überspielen, die sie mal zu Hause beim Gerümpel gefunden hatten. Der Kavaryč interessierte sich angeblich dafür, was sich darauf befand. Doch schließlich endeten diese Aufnahmen, mit aussortierter Kleidung und einem altersschwachen Tisch, bei Obura, ohne dass der Kavaryč je dazu gekommen wäre, sie zu sichten. Sie empfingen ein paar Kanäle, irgendwas lief dort immer, und vor allem in Farbe, ihm blieb einfach keine Zeit. Obura konnte keine Fernsehkanäle empfangen. Unnötige Aufmerksamkeit auf den Schuppen zu lenken, indem man dort eine Antenne montiert, na das fehlt noch. Es reicht schon, dass Údej den Schuppen an das öffentliche Elektrizitätsnetz anschließen musste. Er war der Einzige, der von Obura wusste. Alle anderen glaubten, dass Obura nach einer schlimmen, aber kurzen Krankheit verstorben war. Zu der Zeit gab es in Charyň einige Infektionen. Irgendetwas war angeblich aus den Papierfabriken bei Aldan ins Wasser geraten und mit der Strömung bis in den Landstrich getrieben, es überraschte jedenfalls keinen. Wenigstens war es schnell gegangen, kondolierten die Nachbarinnen mit schlammigen Händen und machten sie sich dann wieder gebückt ans Unkrautjäten, während Obura im Schuppen darauf wartete, dass sie ihn wieder abholten und er nach Hause konnte.

Als man mit Fedorek zum Gartengrundstück ging, sprach man überhaupt nicht davon. Tamara lobte stattdessen die heurige Tomatenernte. Fedorek müsse unbedingt von ihrem Tomatenpüree kosten, warum nicht eigentlich gleich heute, sie werde es dem abendlichen Reisgericht beimischen, und Kavaryč wiederum erklärte, wie beschwerlich es gewesen war, das Grundstück einzuzäunen und den Schuppen zu bauen, denn das Holz war damals rationiert. Er war schließlich nicht so einer, der sich in die Taiga flüchtete, wie so manche anderen »Vandalen«, um dort alles zusammenzustehlen.

Na und hier ist es schon, wovon ich rede, wir sind da, sagte Kavaryč behäbig und blickte stolz auf sein Gartengrundstück, das er für die Familie gekauft hatte, angeblich für Tamara, er tätschelte dabei ihre Hände.

Und noch etwas. Nur damit Ihr es wisst, Fedorek, denn wir können schließlich nichts vor Ihnen verheimlichen, also in diesem Schuppen …

Fedorek konnte es nicht fassen. Im Schuppen lag ein etwa zwanzigjähriger junger Mann, angeschwollen und voller Mückenstiche, mit dunklen Flecken auf den Armen. Er trug nur eine Trainingshose und schlief. Ein Fliegenschwarm summte über einer Schüssel Haferbrei, in den einfallenden Lichtstreifen zeigten sich dichte Staubschlieren. Das Werkzeug für den Garten befand sich in einem Anbau nebenan.

Damit wir ihn nicht unnötig wecken, wenn wir nur mal

den Spaten holen, sagte der Kavaryč. Obura schläft oft den ganzen Tag, unsereiner kann ihn da nur beneiden.

Elvira hielt Fedorek die ganze Zeit über an der Hand und streichelte sie sanft, auch davon war ihm schon ganz schlecht.

Wir sollten wohl wieder gehen, verkündete nach einer Weile die Kavaryčová.

Na, natürlich habe ich dir was mitgebracht.

Sie zog ein paar Zwetschgen aus ihrer Tasche und ihre Daumen bohrten sie in den Haferbreiberg, während Elvira Fedorek schon wieder nach draußen zog.

Es geht ihm hier besser, flüsterte sie ihm ins Ohr und streichelte seine Haare, und dann kam es Fedorek so vor, als würde sie dies auch bei Obura tun, doch er war da schon mit einem Bein wieder draußen und umkehren wollte er auf gar keinen Fall.

Nach der langen Trennung dauerte es eine ganze Weile, bis sie sich wieder aneinander gewöhnten. Die paar Monate (eigentlich waren es eher Wochen gewesen), die sie miteinander Zug gefahren waren und in denen sie es sich in Fedoreks Kämmerchen gemütlich gemacht hatten, das war alles doch nur ein Spiel, so dachte er heute. Er war ihr Held und sie seine Zarin gewesen, wie kleine Kinder eben. Sie liefen gemeinsam durch den Waggon, kochten Tee für die Reisenden, verteilten Bettzeug und hetzten einander durch die Gänge, sie sperrten sich sogar immer wieder mal auf der Toilette ein, für ein paar heiße Küsse.

Eigentlich ist es ganz gut, dass das nicht so lange gedauert hatte. Sonst hätte er vielleicht schon damals zu viel erfahren.

Das, was er empfand, war keine Enttäuschung, na ja, eigentlich schon. Seine Frau hatte einen Bruder, von dem sie ihm die ganze Zeit über nichts erzählt hatte. Sie hatte einen Bruder, den sie wie irgendein Stück Vieh hielten und fütterten, sie hatte einen Bruder und hatte sich die ganzen Jahre über nicht gegen seine »Haltung« aufgelehnt. Ich war elf Jahre alt, verteidigte sie sich.

Na und?

Hättest du gesehen, wie ihn der Vater behandelte …

Sie sprachen zunächst von nichts anderem mehr. Sie wohnten im Anbau, der Kavaryč war in den großen Raum zu Tamara übersiedelt. Der Anbau blieb der jungen Familie vorbehalten, sie schliefen dort mit Serjoža in einem Bett und unterhielten sich bis tief in die Nacht (über Obura). Elvira bat um Verständnis und Fedorek konnte sie nicht begreifen, ja er wollte es nicht einmal. Sie lag nackt vor ihm, die Haare am Kopfpolster aufgefächert, Serjoža schlief längst und Fedorek gab ihr lediglich ein Küsschen auf die Wange und wünschte ihr eine gute Nacht.

Schließlich versprach sie ihm, dass sie ihren Bruder bei sich aufnehmen würden, sobald sie in Charyň ihr eigenes Haus hätten. Sie würden ihn als Fedoreks Verwandten ausgeben, vielleicht ja als dessen Bruder, warum auch nicht, er war es doch beinahe. Den Kavaryč würden sie dabei gar nicht um Erlaubnis fragen, und wenn es erst mal bekannt ist, kann man sowieso nichts mehr daran ändern.

Am meisten Freude hatten sie mit Serjoža. Fedorek passte auf ihn auf, wenn Elvira arbeiten war, Tamara meinte, dass er diesen doch so »geschickten Umgang« mit dem Kleinen bestimmt vom Vater habe, sie betrachtete Fedorek wohlwollend. Sie selbst hatte eine Schwäche für fesche Männer und ein solcher Typ wäre ihr niemals aufgefallen, nicht einmal dann, wenn er sie irgendwo angerempelt hätte und weit und breit kein anderer Mann gewesen wäre, doch das kann sie Elvira natürlich nicht sagen. Hauptsache, sie ist glücklich, und wie es auch schon der Kavaryč auf den Punkt brachte, dieser Mann bringt Rubel nach Hause. Doch gerade darin lag ein großer Irrtum. Fedorek hatte überhaupt kein Geld mehr.

Es war schon einige Monate her, dass er gearbeitet hatte. Zunächst war er in Petersburg gewesen, danach war Fíla Medosjevová verstorben, es gab also noch weitere Ausgaben beim nächsten Begräbnis. Fedoreks Vater lebte in den Tag hinein, er hatte überhaupt keine Ersparnisse, Fedorek hatte ihm sogar, als er das letzte Mal in Voryň gewesen war, etwas Geld dagelassen und er selbst besaß, nachdem er Geschenke für seine neue Familie eingekauft hatte, praktisch überhaupt nichts mehr. Er würde bald wieder losfahren und Elvira alleine zurücklassen müssen. Sie war damals (die Sache mit Obura) doch erst elf Jahre alt gewesen, am Ende hat sie Recht und manche Dinge kann man auch nicht mehr ungeschehen machen. Er war sich nicht ganz sicher, ob er sich da etwas vormachte, vielleicht war er ja auch weiser geworden, denn sein ganzer Ärger verpuffte. Er nahm die Dinge an, wie sie waren. Sie würden Obura bei sich aufnehmen, sobald das möglich war.

Kaum waren Kavaryčs Magenschmerzen verschwunden, die ihn in den ersten Tagen geplagt hatten, schien Fedorek für ihn keineswegs mehr eine gute Partie zu sein. Sie würden doch nur kleine Kinder bekommen, bei so einem winzigen Mann, das ist überhaupt nicht schön, grübelte er, als er Fedorek dabei zusah, wie der mit seinem Sohn spielte. Schon der hier würde klein bleiben, ein anderer Job als Schaffner käme sowieso nicht in Frage. Da war wieder dieser alte Starrsinn des Kavaryč, der ihn und Fedorek entzweien sollte. Und natürlich die Sache mit Obura. Was für eine Schande so ein Kind für einen Vater bedeutet, das kann sein Schwiegersohn wohl nicht nachvollziehen. Kavaryč beschwerte sich diesbezüglich bei Elvira, Fedoreks Blicke waren ihm natürlich aufgefallen, als sie das Gartengrundstück verließen.

Ich bin ein Unmensch, na gut. Aber womit hatte ich nicht alles zu kämpfen? Dass Kavaryčs Mutter früh gestorben war, das war doch – bei dem überragenden Vater – kaum einem wirklich aufgefallen. Er selbst kann sich kaum noch an sie erinnern.

Elvira kannte ihren Vater so gar nicht, im Unterschied zur Kavaryčová. Doch sie war nun schließlich eine verheiratete Frau, einem anderen Mann Rechenschaft schuldig (nicht dem Kavaryč), er durfte sich also bei ihr wirklich nicht beschweren. Sie ist schließlich erwachsen und kann einiges vertragen, das wusste er. Er war sehr stolz auf sie, auch wenn er das vor ihr niemals zugeben würde. Sie hatte eine Arbeit, um die sie andere beneideten, sie war fleißig und umsichtig und sie hatte ihm nie widersprochen. Sie hätte wirklich einen Besseren verdient als diesen »Kümmerling«, mit dem er, wie es scheint, sein ganzes Leben lang über Kreuz sein würde. War nicht auch er, der Kavaryč, einst ein kleiner Junge gewesen? Damals, als kleiner Keke, musste er schließlich auch einiges einstecken, und jetzt stand ihm doch wirklich etwas Ruhe zu.

Von seiner Kindheit hatte Kavaryč Elvira nie was erzählt, doch Tamara kannte alles in- und auswendig. Immerhin war an den Dingen, die Izikil Fedorek im Zug erzählt hatte, etwas Wahres dran. Diese beiden waren Bastarde. Gewiss. Kavaryč war fesch und ließ sich gern »einfangen«, weil sich Tamara dabei äußerst geschickt angestellt hatte, doch das allein hätte nicht gereicht. Die breiten Nasen und ihre Gesichter, als wäre ihnen das nicht schon damals aufgefallen, als sie selbst noch Kinder waren. Vor allem, wo das von ihren Eltern überall bekannt war. Sie hatten doch schon als Kinder auf Hablunds Hochzeit miteinander gespielt. Mit ihren Händchen klopften sie sich ihre Nasen ab und sie hatten auch noch einen Heidenspaß dabei. Tamara war ein Kind der Wildnis, wie man es nannte, und wenn sie weinte und im Dorf nach ihrer Mutter suchte, sauste sie (so wie diese) von einem Ende des Dorfes zum anderen. In Čevapik war sie so gut wie zu Hause. Sie lugte in Izikils Zelt, als dieser dort gerade mit einer Frau schlief. Mit dieser Berila, die so dichte Haare hatte, dass diese an einen Rossschweif erinnerten, und sie hatte auch noch die Beine eines Rehs, mit Berila, die schließlich Borja zum Mann nehmen und von einem Holzkarren aus den Widerstand befehligen sollte.

Tamara fürchtete sich nicht vor den Rübenschädeln. Sie war mit der Mutter oft genug zu Plauderstündchen in Čevapik gewesen, und mit dem Vater schließlich auch, wenn der seine Krankenbesuche absolvierte. Ihre Eltern waren zu ihrer Zeit wer gewesen, so etwas erkennt auch ein kleines Mädchen und begegnet den Eltern mit Achtung. Tamara war ein Kind gewesen, dem immer alle Türen offen standen.

Erst später fiel ihr auf, dass die Charyňer gern über ihre Mutter lästerten. Dass man in anderen Familien jeden Tag etwas kochte, dass in anderen Familien die Frauen nur um ihre Männer herumtanzten (und nicht alleine draußen herumlungerten, sofern es keinen Grund dafür gab), dass in anderen Familien die Frauen nicht jeden Abend irgendwelche Leute nach Hause einladen, die nur Lärm machen, und dass andere kleine Mädchen dann schlafen gehen, wenn man es ihnen sagt, und nicht dann, wann sie selbst es wollen. Das fiel ihr schon in der Schule auf. Dass man Abstand zu ihr hielt, und sie soll doch dorthin gehen, wo ihre Mutter herkommt, doch da wusste sie schon längst, dass sie dies auf gar keinen Fall wollte. Čevapik war gut für Ausflüge, doch in einem »Holzverschlag« leben, das wollte und würde sie nicht, sie würde sich lieber bei den Sowjets einen Mann suchen, wie ihre Mutter. Denn Čevapik bedeutet, »sich der Zeit zu widersetzen«, und moderne Menschen schauen doch lieber nach vorne. Aus den Holzverschlägen hat sich der Sowjet längst emporgearbeitet und nun arbeitet er an seiner höheren Entwicklungsstufe. Der allerhöchsten, wenn man es so nimmt.

Es hatte ihr stets gefallen, mit den Rübenschädeln herumzutoben (als sie noch jung war), doch vor der Taiga hatte sie sich gefürchtet. In Čevapik selbst fühlte sie sich zwischen den Hütten, Rübenköpfen, all dem Schrott, den Knochen und glimmenden Feuern wie zu Hause, doch die Taiga jagte ihr eine Heidenangst ein. Geister. Sie war wie gelähmt. Sie konnte darüber nicht lachen (wie die anderen Charyňer), doch »annehmen« konnte sie diese Dinge auch nicht, sie konnte gar nichts. Vielleicht hatte sie auch aus diesem Grund niemals dort gelebt. Es hätte sie schließlich nichts daran gehindert. Man kannte sie dort und keiner lachte über sie. Über Keke lachten sie sehr wohl.

Keke Kavaryč war (im Unterschied zu Tamara) ein verwöhntes Kind, Larissas duftender Knabe. Buro selbst musste gewollt haben, dass er so wird. Sonst hätte er ihm doch die Haare zerzaust, ihn im Gras gewälzt, er hätte barfuß herumlaufen müssen, etwas in der Art. Der alte Kavaryč denkt sich, dass der kleine Serjoža diese Scheu von seinem Vater vererbt bekam, doch das ist nicht wahr, er hat sie von ihm, dem Großvater. Von Fedorek hat er nur die winzige Gestalt, doch schämen tut er sich wie der kleine Keke, wenn ihn Buro mal mit zu den Rübenschädeln nahm. Er und Tamara waren sich dort damals nie begegnet, das hat er ihr alles später erzählt. Wie er nichts dafür konnte, dass er nicht so war wie die anderen Kinder, weil er doch nie beim Vater gelebt hatte. Er und die Mutter kamen ihn immer nur besuchen, sie hatten ihm auch nie erklärt, warum sie eigentlich nicht zusammenlebten. Buro mit seinen kräftigen Beinen, Buro, der Läufer mit Füßen aus Stahl, Buro, der in der Taiga in diversen Lagern mehr Bekanntschaften hatte als sonst irgendwer, für Keke hatte Buro nur ein paar Spielzeuge geschnitzt, die er ihm unter der Grasnarbe bei seinem Haus hinterlegte, er hatte ihn niemals in die Wildnis mitgenommen. Wenn man das versäumt, wird der Mensch in der Taiga immer nur ein Besucher bleiben. Selbst wenn er vielleicht dazu in der Lage sein sollte, ein Rentier umzuhauen oder sich auf ein paar Wurzeln zu betten, seine Augen bleiben dabei stets offen, und anstatt zu schlafen, zuckt er beim leisesten Geräusch zusammen, wie die Charyňer.

Während der letzten Tage hatte Elvira Fedorek mit allen im Dorf bekannt gemacht. Es reichte schon, dass er ein paar »Schichten« mit ihr hinter dem Pult auf der Post verbrachte, dorthin kamen alle von ganz allein. Die Miškinová kam mit der kleinen Oleška, um der Cousine in Perm eine Glückwünschkarte zum Namenstag abzuschicken, Údej kam vorbei, um zu fragen, ob bei Obura noch der Kamin funktioniert, die alte Saška kam, um einen Blick auf Fedorek zu werfen, und Vašek und Dima warfen ein Fenster ein, als sie mal vorbeiliefen. Lumpenpack, Fedorek stürzte aus der Post hinaus und er fing den Vašek ein, der gerade mal vier Jahre alt war, er gab ihm eine solche Ohrfeige, dass ihm die Baseballmütze wegflog.

Wem gehören die?

Den Rübenschädeln. Pšela, und noch irgendwem, antwortete Elvira.

Kaum waren Vašek und Dima geboren, hatte ihnen Pšela eingebläut, dass ich eine Hexe bin, weil sie doch so gern meine Arbeit hier gemacht hätte. Dabei dauert es eine ganze Ewigkeit, bis Pšela eine Seite durchgelesen hat, und sie kommt dabei gehörig ins Schwitzen. Sie denkt sich, wie toll sie doch Russisch kann, dabei weiß sie fast gar nichts. Und die Briefe, die man nach den Regionen in verschiedenste Säcke unterteilt (bevor man sie zum Bahnhof bringt), die würde sie nur durcheinanderbringen. Doch sie denkt dennoch, dass ihr ein Unrecht widerfahren sei, nur weil sie zu den Rübenschädeln gehört und die immerzu meinen, dass ihnen irgendein Unrecht angetan wird.

Fedorek hörte Izikil in seinem Kopf brabbeln, als ob dieser plötzlich neben ihm stehen würde, um ihm etwas ins Ohr zu flüstern ... Elvira kannst du ausrichten, dass sie doch gefälligst ihre Großmutter besuchen kommen soll. Und Dima und Vašek soll der Kavaryč lieber in Frieden lassen, denn schließlich kümmert sich Pšela um seine Schwiegermutter …

Ich habe auf dem Weg hierher einen der Rübenschädel im Zug getroffen. Wir haben uns unterhalten.

Hat er dir erzählt, was für ein schweres Leben doch die Rübenschädel haben? Wie ihnen die Sowjets ein Bein stellen? Als Velor hierherkam, mein Großvater, starben sie noch massenhaft an irgendwelchen Kinderkrankheiten. Er hätte viel wohlhabender sein können, wenn er das nur gewollt hätte. Alles hatten sie ihm angeboten. Tonnenweise Rüben, Pelze, Zaubereien, Frauen. Er sollte sie nur heilen. Und wenn irgendwer seine Verdienste erwähnt, kommt Pšela das Grausen. Sie kam immer her, um die Frau zu besuchen, die vor mir hier gearbeitet hat, um nach deren Schicht aufzuräumen, das ist schon wahr. Mit der Fliegenklatsche hat sie hier ein paar Fliegen gejagt. Doch das ist wohl nicht die Arbeit einer Putzfrau … Elvira hielt inne.

Was macht sie eigentlich hier? Sie füllt irgendetwas aus, wirft es irgendwo ein, kocht sich Tee. Einmal im Monat holt sie aus der hinteren Kammer eine Decke und zwei Polster hervor und schüttelt diese vor dem Haus aus. Nur noch die alten Schachteln und Greise, die noch nie aus Charyň hinausgekommen waren, halten sie für eine Schamanin. Als ob Briefe durch die Luft dahergeflogen kämen und Elvira sie in Schwalben verwandelt. Demut. Das sagte die Mutter gerne zu Elvira, wenn sie aus der Kirche kam.

Dabei hatte sich Elvira immer mehr vom Leben erwartet. Als sie Fedorek zum ersten Mal im Zug ansprach, fuhr sie alle vierzehn Tage nach Chabarovsk, um sich in

»rechtlichen Dingen« schulen zu lassen. Jetzt ist eine Beamtin aus ihr geworden. Dabei wollte sie hier allen etwas »Klärung« verschaffen. Wie was eigentlich war. Wer wem was angetan hat und wer worauf welche Ansprüche besitzt. Denn sonst würden Charyň und Čevapik doch nie mit ihren gegenseitigen Schuldzuweisungen aufhören. Sie ließ das alles für Fedorek sausen. So eine ist sie. Sie hat sich erneut verkrochen. Als die Sache mit ihnen begann, wollte sie zunächst damit prahlen, dass sie sogar die Schule für ihn stehen ließ, doch dann hatte sie es sich anders überlegt. Soll er doch lieber glauben, sie sei selbständig und gern an einer Sache dran. Er hat sich schließlich in eine Studentin verliebt, bekommen hat er eine ganz gewöhnliche Postfrau.

Der Greis, den ich im Zug getroffen habe, hieß Izikil, sagte Fedorek.

Elvira schwieg, sie dachte noch immer daran, dass sie gerade jetzt irgendwann in Chabarovsk ihre Abschlussprüfungen gehabt hätte.

Interessiert es dich, was er mir erzählt hat?

Dass die Charyňer eine Bande von Lumpen seien?

Dass du irgendwann nach Čevapik kommen sollst, um deine Großmutter zu besuchen …

Sie blickte ihn genauso ungläubig an, wie Fedorek den Kavaryč angesehen hatte, als der ihm von seinem Sohn erzählte, den seine Frau und er schon siebzehn Jahre lang zweimal wöchentlich im Holzschuppen fütterten.

Die Idiotin lebt?

Ich weiß nicht, ob sie das noch heute tut, vor einer Woche war das noch der Fall. Wenigstens hat das Izikil behauptet. Und dass ihr Vašek und Dima gut behandeln sollt, denn deren Mutter kümmert sich um sie.

Elvira war wie gelähmt. Sie blieb mit offenem Mund stehen.

Am Abend konnte Fedorek dann hören, wie sich Elvira und ihre Mutter zankten. Ihn hatten sie zu Údej geschickt, weil bei Obura angeblich der elektrische Ofen irgendwelche Aussetzer hatte. Er hörte ihnen eine Weile durch die geschlossene Tür zu, aber er konnte nur Geschrei hören, die Worte waren nicht zu verstehen. Der Kavaryč war völlig still. Fedorek stellte sich vor, wie er die Frauen vom Sessel aus beobachtet und sich seinen Teil denkt. Was aber ist »sein Teil«?

Bei Údej brannte noch Licht. Wo sollte er auch so spät hin. Es war schon ziemlich kalt. Obura würde ganz bestimmt in den nächsten zwei Wochen einen verlässlichen Ofen brauchen.

Fedorek hämmerte gegen das Fenster und wartete, dass sich Údejs »Holzhackersilhouette« in der Tür abzeichnete. Er klopfte noch einmal.

Vermutlich schaute er gerade fern. Am Mittwoch gibt es auf dem Sechser jede Woche leichte Kost. Der Kavaryč war bestimmt angefressen, dass er bei all dem Geschrei nicht in Ruhe fernsehen konnte.

Údej schnitt durchs Fenster irgendeine Grimasse, er soll doch ruhig reinkommen. Er saß hinter seinem Fernseher und bastelte an irgendwelchen Drähten herum.

Bei euch gibt's Streit, was? Údej sagte das in einem Ton, als wäre es ganz selbstverständlich. Die Gewitterwolken über eurem Haus, man kann die bis hierher sehen.

Fedorek blickte aus dem Fenster. Er sah die Hütte der

Kavaryčs, irgendwo in der Ferne, halb von einem anderen Haus verdeckt, und die schwarzen Dachrücken sahen auch im Dunkeln noch alle gleich aus.

Údej kicherte. Dein Hauptproblem ist ja, dass du alles glaubst. Du hast zwar deinen eigenen Kopf, doch der scheint etwas außer Betrieb zu sein. Wie gefällt es dir hier bei uns eigentlich?

Sie kannten einander nicht wirklich, also sagte Fedorek, es gefalle ihm hier durchaus.

Du schwafelst doch, es geschieht dir aber nur Recht. Die Kavaryčs brauchen bloß etwas Ruhe, für ihre nächtliche »Familienbesprechung«. Ich kenne sie doch gut genug, diese Heimlichtuer. So einfach werden sie keinen an sich ranlassen. Du bist der Schwiegersohn und Ehemann und doch schicken sie dich in dieser frostigen Nacht los, um irgendetwas auszurichten.

Oburas Ofen funktioniert doch nicht richtig. Tamara befürchtet, dass, wenn der Winter kommt …

Hast du ihn gesehen?

Fedorek nickte.

Der Junge ist noch der »Normalste« aus der ganzen Familie. Hehe. Sie bezahlen mich, damit ich es keinem erzähle. Ich hoffe, du bist da mit von der Partie. Denn der Kavaryč rührt keinen Finger mehr und Tamara reißt das bisschen Gemüse und die Putzdienste auch nicht raus. Von diesem Geld versorge ich auch noch Dorans Witwe. Wir Charyňer lassen einander nicht im Stich. Schau, dass du auch so wirst.

Fedoreks Miene verfinsterte sich, um zu verdeutlichen, dass er das macht, was er für richtig hält, er lenkte das Gespräch absichtlich in eine andere Richtung.

Dorans Witwe, hat die eigentlich einen eigenen Namen?

Saška Pavličová. Meine Mutter. Sie war mit Hablund Doran verheiratet. Vor langer, langer Zeit. Da warst du noch gar nicht auf der Welt, und ich natürlich auch nicht. Er war mal hierhergekommen, um den Herren zu spielen. Er wollte hier alle dirigieren. Der feine Herr aus Dänemark. Er hat Saška den Kopf verdreht und ist dann abgehauen. Warum er hergekommen war und was er hier eigentlich getan hat, das wusste nicht einmal sie so richtig. Er hat sich den Leuten aufgedrängt. Angeblich drehte er einen Film. Doch die Doranová ist schon über achtzig Lenze und man kann ihr nicht mehr alles glauben. Wenn du irgendwann losziehst, um dir unseren tollen Bahnhof anzuschauen, wirst du sie dort finden. Sie sitzt dort und wartet. Sie dreht Däumchen und freut sich über jeden ankommenden Zug. Später kommt sie dann zu mir und wir trinken gemeinsam etwas, wo doch dieser blöde Hablund schon wieder nicht im Zug war. Der Vater. Hehe. Welcher Vater, wo ich doch erst elf Monate nach seinem Verschwinden geboren worden bin? Angeblich bin ich deshalb auch so ein Ungeheuer. Bin zu lange im Bauch gesessen. Ich kann wie ein Affe zwischen den Drähten schaukeln. Jawohl, ich. Mir kann die Elektrizität nichts anhaben. Die Mutter bekreuzigt sich jedes Mal dabei, wenn wir hier unseren Wodka schlucken. Angeblich hatte sie nur mit Hablund etwas gehabt. Und dann hält sie die Hand auf, ich soll ihr doch etwas Geld geben. Nur damit du es weißt, dass das »Schweigegeld« für einen guten Zweck ist. Die Mutter hat niemanden außer mir. Die Heizung werde ich mir natürlich anschauen gehen. Und wenn du mal einen Blick riskieren willst, wie es bei Obura eigentlich so zugeht, wenn kein Schwiegersohn im Anmarsch ist, ich habe einen Schlüssel. Údej schnitt wieder eine Grimasse.

Fedorek überlegte, ob er ihm sagen sollte, dass Elvira und er Obura bei sich aufnehmen wollen, sobald sie ein eigenes Haus haben, doch dann entschied er sich dagegen. Er hat es doch nicht nötig, sich vor dem hier zu rechtfertigen.

Als er zum Haus zurückkehrte, war es längst wieder still. Tamara schlief bereits, es sah wenigstens danach aus. Der Kavaryč war irgendwohin losgezogen, um noch einen zu heben, und Elvira wartete im Bett auf Fedorek, bis zum Kinn zugedeckt. Er hätte sich lieber mit Serjoža beschäftigt, doch Elvira öffnete die Knöpfe an seinem Hemd. Er knöpfte seine Hose auf. Serjoža wurde dabei munter, blieb aber still liegen. Er schaut den Eltern ganz erstaunt in der Dunkelheit zu. Der Vater und die Mutter schaukeln einander wie zwei Pferdchen, die Hitze, die sie dabei abstrahlen, die reicht bis zu ihm.

Er wurde an einem kalten und bewölkten Samstag wach. Was gestern Abend zwischen ihnen gelaufen war, davon sprachen Elvira und Tamara nicht, doch sie unterhielten sich fortan nur noch mit seiner Hilfe: Fedorek, könntet Ihr mit Elvira wohl nach Pstruh fahren, um dem Kleinen etwas zum Anziehen zu kaufen, oder: Den Rest dieses Tomatenpürees hat dir die Mutter im Kühlschrank eingelagert.

Der Kavaryč schlief nur ein Stück vom Tisch entfernt. Die Decke hatte er sich dabei wie einen dicken Schal um den Bauch gewickelt, das Hemd war halb ausgezogen, seine Stiefel baumelten über den Bettrand hinaus. Er war wohl eingeschlafen, noch bevor er alles ordentlich ablegen konnte, und nun schnarchte er wie ein Holzfäller. Wenigstens saßen sie nicht in völliger Stille herum, Fedorek fiel auch so schon die Decke auf den Kopf.

Sie standen auf und Elvira und er gingen hinaus, gleich nach dem Essen. Sie sagte kein Wort, doch wohin sie gehen würden, das wusste Fedorek nur zu gut. Um auf den Markt nach Pstruh zu fahren, dafür war ein andermal auch Zeit. Serjoža ließen sie bei Tamara zurück. Sie gingen nach Čevapik.

Unweit von Fedoreks Geburtsort (in Voryň) gab es auch eine »Stammessiedlung«, doch Fedorek war nie dort gewesen. Es hatte ihn einfach nicht interessiert. Er sah diese Leute oft genug im Dorf, das genügte ihm vollends. Sie saßen auf alten Pappschachteln herum, Verpackungen mit runden Löchern, in denen Joghurt angeliefert worden war, und sie gafften. Fedorek gefiel es gar nicht, was sie den Frauen nachriefen. Fotze, was für eine Fotze. Aber ihre Mädchen gefielen Fedorek schließlich auch nicht. Irgendwelche Klunkersteinchen am Kopf, Maschen, kleine Körper, die Nähte ihrer Textilien schienen beinahe zu platzen, so eng waren die auf den Leib geschneidert. Sie kamen zu den samstäglichen Tanzabenden, die es im Zentrum gab, wo sich auch Oleg Abramovičs Bücherei befand. So viele kommen im ganzen Jahr nicht in die Bücherei, die sich hier zu diesem »dumm dumm dumm« verrenken, murmelte Oleg jeden Samstagabend, bei ihnen vibrierten die Fenster. Fedorek gingen Vaters Kommentare ordentlich auf die Nerven, doch die Musik störte ihn noch mehr. Zumeist trank man dort nur, die Mädchen tanzten, die Burschen wählten dabei aus, wer welche haben wollte, und sie schlossen beim Wodka Wetten ab, wer von ihnen erfolgreich sein würde. Die »Bessergestellten« tranken Bier, Wodka sei doch etwas für Alkoholiker. Fedorek trank, was immer wer ausgab, doch er nippte an seinen Getränken meistens nur herum. Am Sonntag glich Voryň dann einer Geisterstadt. Alle schliefen, auch die Stämme in ihren Hütten.

In Voryň besaßen sie sogar ein Museum, ein ethnologisches Landesmuseum, doch Fedorek hatte dort noch nie einen Stammesangehörigen gesehen. Nicht einmal die Voryňer suchten es auf. Nur ab und zu kam ein Autobus mit einer Schulklasse aus irgendeinem weit entfernt liegenden Landstrich angefahren, brüllende Halbstarke purzelten hervor, sie verschwanden im Museum und fuhren bald wieder. In seiner Kindheit war Fedorek jedes Jahr mit der Schule dort gewesen. Am Morgen des »Museumstages« bat er den Vater stets um dreißig Kopeken, er legte sie bei der Kassenfrau am Eingang auf ein kleines Tellerchen und damit lag das, worauf er sich gefreut hatte, hinter ihm. Als er in der ersten Klasse war, fürchtete er sich noch vor dem Museum. Später war es nur noch langweilig gewesen. Überall lag dort Staub. Er überlegte, wie er die Vitrinen öffnen könnte, die nirgendwo Löcher hatten. Er wollte an diese ausgebleichten, grauen Gegenstände gelangen. Irgendwelche Holzstücke, darunter befanden sich Hinweisschildchen, »Kultgegenstände«, ein Blechbecher, den sie auch zu Hause hatten, mit einem Hinweisschildchen »Blechbecher«, Schuhe, die denen des Vaters glichen, mit einem Hinweisschildchen »Übliches Schuhwerk«. Es gab dort auch einen Kanister mit dem Hinweisschildchen »Kanister« und eine ausgestopfte »Fetzenpuppe«

mit einem Stock, darunter das Hinweisschildchen »Ureinwohner des Voryňer Landstrichs«. Gegenüber stand ein ähnlicher »Hampelmann« mit dem Hinweisschildchen »Die ersten Vorkämpfer des Fortschritts«, auch wenn es nur einen gab, doch es drängelten sich ohnehin immer alle um den Kosmonauten. Bei Voryň war einst irgend so ein kleiner Meteorit vom Himmel gefallen, ein Stück davon lag hier in einer Vitrine herum, und um dem irgendetwas zur Seite zu stellen, hatte das Museum bei der Union eine Dauerausstellung zur sowjetischen Raumfahrt »organisiert«. Zwei Schnorchel, die angeblich Gagarin gehörten, einen Helm, den Teil eines Anzuges und einen Hebel des Raumschiffes. Die Herren Lehrer. Beim Kosmonauten zogen sie es gern in die Länge, damit sie an dem Tag nicht mehr unterrichten mussten, danach war stets Feierabend. Fíla Medosjevová kündigte daher schon im Voraus an, wie viele Minuten ihnen beim Kosmonauten bleiben, damit bloß keiner auf dumme Gedanken kommt. Aber meistens legte dann auch sie ein paar Minütchen drauf.

Elvira hielt Fedorek an der Hand, ab und zu drückte er sie, sie stolperte. Kann sie denn nicht aufpassen? In einem dieser verlassenen Häuser, die jene »Trennzone« zwischen Charyň und Čevapik bildeten, könnten sie und Fedorek es sich eines Tages gemütlich machen. Das Präsidium der Initiative, die eine Neubesiedlung aufgegebener Häuser befürwortete, sah darin schon seit vielen Jahren eine stolze Pflicht der Charyňer Jungfamilien. Angeblich steuern sie einem sogar irgendetwas bei, doch viel kann das nicht sein, weil es immer mehr verlassene Häuser gibt oder sich dort nur Rübenschädel breitmachen, die dem Haus den letzten

Rest geben, überlegte Elvira. Sie war sich auch nicht sicher, ob Fedorek überhaupt zwei geschickte Hände hat. Serjoža hat er zwar ruck, zuck angezogen und im Waggon ist er in der Lage, den hundert Kilo schweren Samowar auseinander- und wieder zusammenzubauen, doch wie käme er mit dem Dach oder neuen Fenstern zurecht?

Fedorek stolperte schon wieder, Elvira löste sich und steckte die Hand in ihre Tasche.

Gib sie mir, Fedorek daraufhin, doch Elvira machte keinerlei Anstalten.

Mit den Weibern ist doch immer irgendetwas. Schade, dass das, was sie in der Nacht miteinander gehabt hatten, längst wieder futsch ist. Früher leuchtete ihre Liebe noch einen ganzen weiteren Tag lang, wie ein Kronleuchter im Wartesaal eines Zugbahnhofes.

Hast du was?

Elvira lächelte endlich und küsste ihn auf die Wange.

Uff. Er war erleichtert.

Hinter den Hartriegelbäumen, am Skelett der toten Kuh vorbei, und schon waren sie in Čevapik. In ein paar Tagen sollte der erste Schnee fallen, doch die Kinder liefen hier noch immer barfuß zwischen den Hütten herum und bewarfen einander mit Knochen und Schädeln junger Rentiere. Die älteren Mädchen saßen auf einigen Rübenköpfen, die man zu bequemen Sitzen zusammengebunden hatte, sie tratschten, man saß allerdings auch auf Säcken, Baumstümpfen, dreibeinigen Sesseln, die mit Steinen unterlegt waren, aus dem rosa Rübennebel tauchten die Umrisse der Rübenschädel und ihrer Behausungen auf, dann versank alles wieder im Zwielicht. Einen Eindruck von Čevapik konnte man unter diesen »Sichtbedingungen«

nicht gewinnen. Was den Augen entging, wurde allerdings reichlich vom Geruchssinn kompensiert. Überall in der Siedlung roch es nach Kaninchenbraten. Inmitten des Lagers flackerte ein Feuer, am Blechrost lagen die abgezogenen »Langohren«, einer neben dem anderen, es herrschte allergrößtes Durcheinander.

Das riesige Maschinenungetüm des Rübenlaboratoriums, das sich unter einem provisorischen Dach aus Fellen und weichem Moos befand, beeindruckte Fedorek überaus, so wie jeden, der es zum ersten Mal erblickte. All die Manie wegen den Fernsehapparaten, von der ihm Elvira erzählt hatte, überraschte Fedorek allerdings kaum. In Voryň galt es schließlich auch als Gipfelpunkt des Fortschritts, wenn sich paar Burschen darum bemühten, anstatt zweier Regale mit klassischer Literatur doch lieber eine Computerspielecke in der Bücherei einzurichten. Und dabei wartete man immer noch auf den Anschluss der Leitungen, Ausfälle standen zudem auf der Tagesordnung. Hier bei den Rübenschädeln wartete offensichtlich niemand auf irgendetwas. Noch dazu mitten in der Taiga, ohne irgendeine wirkliche Heimat. Er liebte den Duft. Die Äste, wenn sie im Wind rauschten, den Wind selbst, das Moos und die Flechten. Aber hier zu sitzen und auf Rüben angewiesen zu sein? Sein fünf Jahre alter Traum, dass er sich mal in der Taiga ein Häuschen baut und alles – von den Schuhen bis zum Schlitten – selbst herstellt, er schien ihm aus der Urzeit selbst zu stammen. Aus einer Zeit, in der er noch jung war und seine einzige Liebe der Natur galt. Jetzt hat er auch andere Verpflichtungen. Er hat übrigens Elvira gegenüber noch nie die Petersburger Wohnung erwähnt.

Elviras Augen schweiften über die Menschengrüppchen, Hütten, alte Frauen, die davorsaßen, viele gab es nicht mehr. Im Altai-Gebiet erreichen die Stammesmitglieder angeblich noch ein hohes Alter. Sie hat das mal im Fernsehen gesehen, auch im Radio wurde davon berichtet. Neunzigjährige, quietschlebendige Altaier Greise, die man noch mit einer Zigarette im zahnlosen Mundwinkel antreffen kann, die einen in den Hügeln abhängen und dabei auch noch einen Sack Preiselbeeren einsammeln. Im Fernsehen lief dann im Anschluss eine Werbung für irgendeine Medizin, die Langlebigkeit versprach, und die sie dort angeblich zu sich nahmen. Man trinkt sie am Abend vor dem Schlafengehen, per Nachnahme konnte sie jeder bestellen, der sich die auf dem Bildschirm eingeblendete Nummer notierte.

In Čevapik wurde kaum jemand wirklich alt. Es gab zwar auf den ersten Blick genug Alte, aber die waren allerhöchstens fünfundfünfzig Jahre alt. Wie das Alter hier auszusehen pflegt, das wusste Elvira genau. In Charyň war es auch nicht viel besser. Der Winterfrost verbiss sich in den Wangen der Frauen, den Männern zitterten schon bald vom Saufen die Hände und ihre Beine waren voller Beulen und Krampfadern.

Pšela war dort, wo Elvira sie erwartet hatte. Sie stand beim Rost, mit einem Ast, den sie in der Hand hielt, schob sie die gebratenen Kaninchenstücke zu sich, mit der anderen Hand schubste sie eine Frau zur Seite, die auch etwas davon abhaben wollte. Elvira fiel ihr sofort auf, sie musste sich nicht einmal umdrehen. Als hätte sie deren Blick gespürt. Das junge Paar.

Steht euch gut.

Ein paar von den Rübenschädeln drehten sich auch um. Man sah, dass sie Elvira erkannten, doch Fedorek konnte ihren Mienen nicht ablesen, wie sie zu ihr standen.

Ich hätte nicht gedacht, dass du dir die Zeit nimmst.

Der rüde Ton überraschte Elvira gar nicht.

Pšela begann, irgendetwas dahinzumurmeln, nur für sich, ihr Interesse an dem Besuch endete, noch bevor es richtig begonnen hatte.

Ich bin wegen Jovaka hier, sagte Elvira nach einer Weile.

In diesem Augenblick verstummten alle in ihrer Nähe. Das Lager lärmte nach wie vor, doch rund um Fedorek und Elvira herrschte plötzlich Grabesstille.

Es scheint, dass hier alle wissen, worum es geht, flüsterte Fedorek Elvira zu. So ein Kommentar fehlte ihr noch, sie hätte doch lieber allein hierherkommen sollen. Alle fixierten sie. Sie hätte wohl lieber in sich hineinhören sollen, in die eine Hälfte ihres Rübenschädelblutes, doch dazu war sie nicht in der Lage, weder Vater noch Mutter hatten sie das gelehrt.

Vermutlich weiß sie auch gar nicht mehr, wie die Großmutter aussieht, fiel Fedorek ein. Oder sie meint, dass ihr niemand in der Nähe ähnelt. Ihm kam die Idee, sich die Leute ganz genau anzuschauen, die – trotz dieser Stille – immer noch unbeirrt weitersprachen. Wenn Jovaka eine Idiotin ist, wird sie wohl auf ein »kollektives Schweigen« keine Rücksicht nehmen, abgesehen davon würde sie mit ihren neunzig Jahren kaum noch mitbekommen, was sich da ein paar Meter von ihr entfernt abspielt.

Fedorek schaute in die Runde und ihm fielen zwei alte, immer noch plappernde Frauen auf. Er versetzte Elvira mit dem Ellenbogen einen sachten Stups und deutete voller Hoffnung auf diese beiden. Elviras Miene verfinsterte sich und sie schüttelte den Kopf.

Izikil sagte mir, dass es dein Fedorek nicht für sich behalten würde, und er hatte Recht …

Pšela stand dort, die Arme vor der Brust verschränkt, Fedorek erinnerte es an diese Ruhe vor dem Sturm, und so war es dann auch. Die Leute bückten sich plötzlich, sie hoben alles auf, was gerade in ihrer Nähe herumlag, und mit aller Kraft begannen sie Elvira und Fedorek damit zu bewerfen. Kleine Steine, Schäfte, Schüsseln, Knochen, alles flog auf sie zu. Er packte ihre Hand und bahnte ihnen einen Weg vorwärts.

Sie liefen bis zu den verlassenen Häusern, Elvira weinte bitterlich.

Selbst dir hätte das in den Sinn kommen müssen.

Was?

Dass wir nicht einfach so hingehen können. Zwanzig Jahre lang taten dein Vater und die Mutter so, als würde die Großmutter nicht mehr existieren, und wir kommen jetzt einfach, als ob gar nichts gewesen wäre. Außerdem wäre es wohl angebracht, dass deine Mutter mitkommt. Die hat doch schließlich die Großmutter vertrieben, sie soll hingehen, um sich zu entschuldigen.

Aber sie wird das nicht tun.

Das wird sie wohl nicht. Wir gehen noch einmal hin und bringen Geschenke mit. Vielleicht hätten wir doch zuerst auf den Markt nach Pstruh fahren sollen, wie es deine Mutter vorgeschlagen hatte. Die besten Dinge sagt sie immer einfach so dahin.

Bei ihrem zweiten Versuch hatten sie einige Töpfe dabei (zwei große und vier kleine), zudem zwölf Handtücher, zehn Geschirrtücher, ein neues Kleid für Pšela und gleich zwei für die Großmutter, einen ganzen Berg voller Plastiktaschen (für die Zelte), die sie bei der Miškinová eingekauft hatten, und ein modernes Radio, einen Fernseher konnte sich Fedorek nicht mehr leisten. Jetzt waren sie völlig pleite, doch da konnte man nichts machen, daran durfte man jetzt nicht sparen. Es war für die »zwanzigjährige Betreuungsarbeit« natürlich viel zu wenig und diese »Schande«, vielleicht gab es auch gar kein richtiges Wort für das, was die Tamara Kavaryčová für eine war, diese »Schande« konnte damit nicht im Ansatz aufgewogen werden.

Nachdem Velor gestorben war, hatte die Idiotin mit einem Mal jeglichen Schutz und Rückhalt verloren. Sie hatte vierzig Jahre lang in Charyň gelebt, dort wohnte schließlich ihre Familie, und was war ihr am Ende geblieben? Eine verwirrte Saška Doranová, die auf ihren Hablund wartet. Vielleicht kehrt er gemeinsam mit Velor zurück, sagte sie zur Idiotin. Sie hatten sich doch immer so gut verstanden. Vielleicht war Velor nur losgefahren, um Hablund bei seinem Film zu helfen, und sie würden bald mit dem gleichen Zug zurückkehren. Komm. Saška zog die Idiotin zum Bahnhof, damit sie dort gemeinsam warten können, doch die Josipovičová riss sich los. Die Idiotin hatte ihren Velor sehr wohl als Toten gesehen. Mit ihren eigenen Augen.

Saška wollte einfach nicht, dass Jovaka diesen Augenblick verpasst, das ist alles. Wenn der Mann kommt und die Frau nicht auf ihn wartet, dann ist er doch traurig. Er kann ihr später sogar eine dafür scheuern. Dass sie schon wieder irgendwo herumtrödelte, anstatt ihn abzuholen. Und das Warten ist schließlich die einfachste Sache der

Welt. Sie könnten dabei Würfel spielen, da würde gar keine Langeweile aufkommen.

Doch die Josipovičová wusste, dass Velor nicht zurückkehren würde. Sie hatten ihn in Leinen verpackt und ihn hinter Charyň getragen, zum Platz der »letzten Vögel«. Ach, wie die doch gekreischt haben, als sie ihren Velor sahen. Es lag dort nur eine einzige verpackte Leiche herum, die schon alt war, sie hatten Velor in der Nacht hingebracht, damit sie niemand dabei beobachten konnte. Ihn irgendwie anders zu bestatten, das hätte Jovaka niemals erlaubt. Die Vorsitzenden des Dorfes hatten eine Verlautbarung erlassen, wonach es eine Barbarei sei. Plötzlich. Nachdem man es die ganzen Jahre so gehalten hatte, damit die Seelen ihre Ruhe finden. Die Vögel waren schon ganz verrückt nach Velor gewesen. Seine Augen, die Nase, den Mund. Die Idiotin hatte ihren Kopf weggedreht, man ließ sie dort ganz alleine mit ihm zurück.

Sie würde bei ihren Enkeln wohnen, dachte sie sich. Mit Obura, den sie damals gerade zum zweiten Mal wegsperrten. Dieses brave Kind. Bislang hatte sie sich immer um ihn gekümmert, doch plötzlich wollten sie das nicht mehr. Sie wird dennoch auf ihn schauen, warum auch nicht.

Sie verließ Velor erst nach zwei Tagen. Sie sah so aus, als hätte sie sich irgendwo herumgewälzt, zerlumpt und entlang ihrer Arme floss Blut, in den Haaren steckten Äste und schmutziges Gras. Velor hatte ihr doch etwas zu erzählen begonnen, das hatte sie so lange aufgehalten, und dann konnte sie nicht einmal das eigene Haus finden. Er hatte keine Nase und auch keinen Mund mehr, doch er plapperte munter drauflos. Ihr Mann. Er hatte auch keine Ohren und keine Finger mehr und erzählte ihr irgendetwas von Smolensk. Von der Promenade, von der Fontäne im Park, vom Haus in der stillen Allee, wo er mal mit Nadězda gewohnt und acht Jahre lang seine Kinder erzogen hatte …

Sie ist definitiv verrückt geworden, sagte Kavaryč zu all dem, als Elvira die Großmutter abwusch und ihr mit einem Waschlappen das getrocknete Blut von den Ellenbogen wischte. Niemand anderer als Velor hatte die Idiotin je »behandelt«, sie mussten also ihre Hand so belassen, wie sie war. Sie biss Elvira, als sie sie verbinden wollte. Das war für Tamara und den Kavaryč allerdings dann doch zu viel. Diese alte Frau hatte schließlich ihren einzigen Sohn auf dem Gewissen, und als sie es ihr vorwarfen, weinte sie auch noch, als würde ihr irgendein Unrecht geschehen. Irgendein »gegen die Tür laufen«, das kann doch einem Kind nicht wirklich schaden. In Čevapik, wenn die Kinder noch klein sind, dann …

Bist du blind? Der Kavaryč stieß das Kind grob an, Obura winselte und igelte sich sofort ein. Elvira versteckte ihren Kopf unter einem der Polster.

Das darfst du nicht tun, hörst du? Tamara ging mit ihren Fäusten auf den Kavaryč los, der stand nur herum und streckte ihr seine Handflächen entgegen, damit sie dagegenschlagen konnte.

Danach sah man die Josipovičová nicht mehr in Charyň. Keiner fragte nach. Sie war schließlich alt und die Alten verschwanden, ohne dass es wirklich auffiel. Charyň, hier lebten keine Stämme, die für ihre Alten sorgten. Und schon damals war die Idiotin viel älter als die meisten anderen gewesen.

Elvira hatte einmal der Mutter erzählt, dass die Großmutter zu den Rübenschädeln zurückgekehrt sei. Nunmehr würde sich Elvira immerzu Vorwürfe machen, dass ihr nie eingefallen war, dort nach ihr zu sehen. Nur einmal. Vielleicht ein Jahr später, nachdem sie verschwunden war. Sie sieht das Ganze vor sich, als wäre es gestern gewesen. Es war im Sommer, sie hatte Ferien, sie langweilte sich und plötzlich erinnerte sie sich an die Großmutter. Mit ihr war es immer spaßig gewesen. Der würde jetzt bestimmt etwas einfallen. Also ging sie zu ihrer Mutter und fragte nach, ob sie die Großmutter besuchen gehen. Die Mutter kochte, der Vater saß mit dem Radio am Ohr herum und aß ein Schmalzbrot. Er hörte sie gar nicht. Die Mutter musste ein paar Mal gegen das Radio klopfen. Dann beugte sie sich zu ihm und flüsterte irgendetwas. Elvira strich sich währenddessen mit dem Zopfende übers Gesicht, kreuz und quer, das war so eine ihrer kindlichen Angewohnheiten.

Dann flüsterte Kavaryč etwas zurück, Tamara schaute zu Elvira, sie sagte, dass die Großmutter verstorben sei, und zuckte mit den Schultern. Daraufhin kehrte sie wieder zum Herd zurück, um etwas zu kochen, und der Vater schaltete wieder sein Radio ein. Nur einen Augenblick lang waren die beiden überrascht gewesen, einen kurzen Moment lang, der schnell vorbei war, und dann warteten sie einfach ab. Ein kleines Mädchen geht doch allem auf den Leim. Elvira ging nach draußen, um weiterzuspielen. Das Einzige, woran sie sich heute nicht mehr erinnert, sind ihre eigenen Gefühle. Tat es ihr leid? Weinte sie? Vergaß sie es gleich wieder? Sie weiß es nicht. Zwischen dem »Jetzt« und dem »Damals« liegen zwanzig Jahre Stille, es war nie wieder von einer Idiotin die Rede gewesen.

Heute bringen sie ihr mit Fedorek eine ganze Karre voller Geschenke, und Elvira ist sich gar nicht sicher, ob es ihr nicht doch lieber wäre, wenn sie sich das Ganze ersparen könnte. Was würde sie bloß mit ihr sprechen?

Pšelas Hütte fanden sie ganz schnell. Die Rübenschädel zeigten sie ihnen, sie mussten nicht einmal nachfragen. Sie schoben die Plane zur Seite, drinnen konnte man sich kaum rühren. Überall waren alte Frauen. In der Ecke lief ein Fernseher, doch es schien so, als würden die Frauen ihn gar nicht wahrnehmen. Zwei saßen sich abwechselnd am Schoß und streichelten dabei ihre Haare, eine ritzte mit einem Stock etwas in den Boden, eine weitere Frau trommelte sich gegen die Knie und sang ein paar Reime und die letzte hielt ein Stück Plane fest, damit diese nicht herumweht, sie saß ganz still wie eine Statue da. Am Boden hatten sie etwas Spielzeug liegen und eine Schüssel voller Steinchen stand auch dort, das hier war der Kindergarten für Greisinnen.

Bei dem da ist Jovaka die Beste, erklang es in Elviras Rücken. Im Unterschied zu all den anderen kann sie noch mit anpacken, nicht wahr, Omi? Jovaka hielt die Plane fest und lächelte Pšela scheu zu.

Erkennst du sie?

Jovaka wandte sich Elvira zu, Elvira war wie gelähmt. Mit den beiden halbblinden Äuglein, die von einem Schleier bedeckt waren, lächelte Jovaka der Enkelin zu, wie schon auch Pšela zuvor, das war alles.

Erkennst du sie?

Jovaka lächelte wieder, doch sie saß weiterhin ganz still da.

Mach mir hier keine Szene. Die Alten regen sich nur zu sehr auf, das ist nicht gut für sie.

Pšela ging nach draußen, um nachzuschauen, was man ihr mitgebracht hatte. Sie lud den Karren ab und musterte alles ganz genau, ein Ding nach dem anderen, selbst gegen das Licht hielt sie alles.

Nimm sie an der Hand, flüsterte Fedorek.

Elvira nahm die Hand der Großmutter und legte sie in die ihre, Jovaka ballte eine Faust. Sie umarmte sie an den Schultern und Jovaka erstarrte. Elvira streichelte ihr schließlich die Knie, das schien der Greisin nichts auszumachen.

Du kannst kommen, wann immer du willst, wenn du etwas mitbringst. Das, was Elvira und Fedorek mitgebracht hatten, lobte Pšela ausdrücklich.

Sie verabschiedeten sich, fassten den leeren Karren, sie würden sich auf den Heimweg machen. Sie waren schon dabei, Čevapik zu verlassen, als sie Pšelas Rufe hörten. Windeln, schrie sie. Windeln brauchen die Alten!

MARIANNE

Die Zeit flog nur so vorüber, Marianne schaffte es kaum noch, rechtzeitig die Kalenderblätter abzureißen. Bevor sie Táňa traf, hatte sich alles ganz gewaltig gezogen. Bevor man ihr in der Bücherei die Bücher aushändigte, die sie bestellt hatte, bevor sie sie zu Ende gelesen hatte, bevor sie mit der überfüllten Straßenbahn ihre Haltestelle erreicht hatte, bevor sie endlich zu Hause war. Als ob sie irgendwie die Zeit vor sich herschieben müsste, immerzu die Stufen hinauf. Ein weiterer Tag, eine weitere Woche, ständiges Warten. Mit Táňa raste die Zeit nur so dahin, sie zerrann ihr förmlich zwischen den Fingern, sie fühlte sich wohl, wie bei einer heißen Dusche in der Hansenstraße. Nach dieser Nacht, die sie Seite an Seite verbracht hatten und in der sie erkannten, dass ihre Körper wie Puzzleteile ineinanderpassten. Wenn Táňa ihre Beine abwinkelte, passte Marianne genau unter ihre Schenkel (von hinten), als hätte es jemand so ausgemessen.

Hablund hatte sie zusammengeführt und mit Hablund lebten sie auch weiterhin in der Hansenstraße. Táňa wollte ständig etwas über ihn wissen. Marianne ahnte bis zu diesem Zeitpunkt nicht, wie viel sie doch von Hablund wusste. Wenn sie früher jemand nach ihm gefragt hatte, reichten ihr ein paar Sätze, und schon war sie fertig.

Und dabei wusste sie doch, was er werden wollte, als er acht Jahre alt war, was er sich schon seit fünfzehn Jahren zu Weihnachten wünscht, vor welchen Träumen er sich fürchtet, was ihm an Frauen gefällt und wohin er niemals nach dem Mittagessen zum Sonntagsspaziergang aufbrechen würde. Und nicht nur das. Sie kannte ihn. Marianne kannte Hablund wie ihre eigene Westentasche. Das hatte sie noch niemanden sagen gehört, nicht einmal Hablund hätte das von ihr gedacht.

Sie hatte sich in ihrem Leben um so viele verschiedene Sachen bemüht, doch um zu erfahren, worin sie perfekt war, musste sie Táňa treffen. Marianne fühlte sich erleichtert. Hablund war nicht mehr diese schwere Last, die sie mit sich herumtrug und bei der sie ihre Fassung wahren musste. Hablund war jetzt etwas, das sie mit Táňa besprechen konnte, ein »ernstes Spiel«, ihr gemeinsamer Mann, irgendwo weit entfernt, und Marianne war auch nicht eifersüchtig, denn Táňa machte sich nicht wirklich viel aus Männern, und sie sagte sich, dass, wenn sie Hablund finden, er ihr bestimmt auch auf die Nerven gehen würde, wie alle anderen.

Kurz nachdem Táňa schließlich bei Marianne eingezogen war, erreichte Hablunds einziger Brief die Hansenstraße. Man kann sich nur schwer vorstellen, welches Aufsehen er bei den beiden Frauen erregte.

Der Briefkasten wurde jeden Morgen geleert, wenn Marianne oder Táňa vom Einkaufen zurückkehrten, mit frischen Backwaren und einer Zeitung. An jenem Morgen, als Hablunds Brief ins Haus flatterte, war Táňa einkaufen gewesen. In ihren Händen trug sie ein Täschchen voller Brötchen und Croissants mit Himbeermarmelade und die

Tageszeitung »Dagens Nyheder« steckte unter ihrem Arm, beinahe hätte sie den Briefkasten vergessen. Sie war schon dabei, die Stiegen hochzugehen, und dachte zunächst, sie würde die paar Schritte nicht mehr umkehren. Dass sie den Briefkasten auch am nächsten Tag leeren könnte, es fällt sowieso nicht wirklich auf. Doch schließlich setzte sie das Täschchen mit den Backwaren auf der Stiege ab, lehnte alles gegen das Geländer und kehrte um. Ob ihr der Brief aus dem Briefkasten zugeflüstert hatte: Hol mich hier raus? Oder ob er irgendwelche »Strahlen« durchs Eisentürchen abgab? Wie russische Briefumschläge aussehen, das wusste sie nur zu gut, und so verschlug es ihr den Atem.

Mariannes Hände begannen zu zittern. Er roch auch ganz anders, dieser Briefumschlag. Tu dum tu dum tu dum tu dum, alle die Postwaggons, die ihn transportierten … wie oft musste wohl Hablunds Brief umsteigen, bestimmt war er nahe dran gewesen, nie anzukommen. Marianne erschrak, als sie sich den Postsack mit Hablunds Brief vorstellte, wie er im allerletzten Augenblick noch von jemanden in die offene Tür des abfahrenden Zuges geworfen wurde. Als würde sie diesen Brief gar nicht wirklich in ihren Händen halten und sein Schicksal weiterhin am seidenen Faden hängen.

Worauf wartest du?

Das war typisch Táňa. Mit allem ist sie gleich durch. Doch Marianne kann nicht so schnell. Sie ist schließlich der Ohnmacht nahe. Das, was Hablund in seinen Händen gehalten haben musste, hält nun sie und wendet es zwischen den Fingern. Er hatte sich bemüht, diesen Brief nirgendwo liegen zu lassen, sie kannte doch seine Zerstreutheit. Dass der Brief nicht vom Wind weggeblasen wird, dass er nicht irgendwo hinfällt. Vielleicht hat er ihn auch direkt am Körper getragen und genau hier hat er mit seinem Daumen den Umschlag zugeklebt. Er hat ihn sanft an den Rändern festgedrückt, Marianne weiß ganz genau, wie. Wie er diesen Umschlag zuklebte und wie er dabei seinen Mund verzog, als er die Adresse schrieb. Ach Gott, du bist. Du bist, bist, bist, bist.

Táňa öffnete schließlich den Brief, Marianne konnte sich auch nach einer halben Stunde nicht dazu durchringen. Ihr fiel nämlich ein, dass darin auch etwas Böses stehen könnte und der Brief gar nicht von Hablund sein müsste, sondern von jemand anderem, den er damit betraut hatte, für den Fall, dass ihm irgendetwas zustößt.

Táňa schüttelte das Briefpapier hervor, als wäre es ein ganz gewöhnlicher Briefumschlag, mit einem ganz gewöhnlichen Schreiben, und Marianne las ihn vor.

Sie las einmal, las zweimal, sie schaute nach, ob der Brief nicht noch irgendwo fortgesetzt wird, ob sie was im Umschlag übersehen hatten, doch es war alles. Sie atmete tief durch, er lebte. Die Familie Josipovič, bei der er – wie Hablund schrieb – wohnte, schien ihr allerdings nicht ganz geheuer. Vor allem die Tatsache, dass sie ihn ab und an einsperrten. Bisweilen! Was soll das denn heißen? Es schien gar nicht so, als ob es Hablund allzu sehr stören würde, das ärgerte sie am meisten. Er kocht ihnen angeblich Brei und hat sogar gelernt, wie man das Feuer im Kamin entfacht, sagte sie zu Táňa, die gerade Orangen aufschnitt. Es scheint dort wie in einem Pfadfinderlager zuzugehen. Sie konnte gar nicht sagen, was sie wirklich hätte wissen wollen. Was macht er dort um Himmels willen die ganzen Tage?

Dreht er nicht einen Film?

Doch darüber schreibt er gar nichts.

Sehnt er sich nach seiner Heimat?

Davon steht dort auch nichts geschrieben. Er schreibt, dass er an mich denkt. Aber ich denke schließlich an tausend Sachen gleichzeitig.

Er vielleicht nicht.

Marianne verzog den Mund. An jenem Morgen konnten sie nicht einmal mehr Orangen oder die Aussicht auf Croissants mit Himbeermarmelade locken. Sie kroch zurück ins Bett und blieb dort bis zum Mittagessen.

Wegen dieses einzigen Briefes von Hablund hatte sich das Ganze dann weiter verzögert. Marianne wusste, dass Hablund lebt, sie wusste, dass es ihm nicht so schlecht geht, auch wenn dieses »Einsperren« und die ganze Familie Josipovič und dieses dreckige Dorf nicht gerade ihr Vertrauen weckten, und sie wusste nun auch, dass er gar nicht vorhat, demnächst nach Hause zu kommen. Er war dort kein Häuptling. Sie hatte sich diesen Traum weiter ausgemalt, nachdem sie damals diesem Mann davon erzählt hatte. Dass sie dort auf ihn hören und ihn in hölzernen Sänften herumtragen, damit der Schlamm nicht seine Robe beschmutzt. Nicht einmal von ihren Bräuchen war im Brief die Rede. Von den geflochtenen Körben und ledernen Schmuckstücken, den Federn und Steinchen, davon, wie man das Korn zu Mehl stampft und sich irgendwelche Mythen über die Helden dieses Landes erzählt. Nichts davon.

Sie warteten weiter ab.

Táňa kündigte ihren Job, aus der Wohnung, in der sie gelebt hatte, brachte sie all ihre Sachen mit und sie sagte der alten Frau, bei der sie drei Jahre lang gewohnt hatte, dass sie sich ihr stinkendes Loch doch an den Hut stecken solle.

Marianne musste ihr nichts erklären, es lief wie am Schnürchen. Mal machte sie etwas in der Wohnung, dann wieder Táňa, sie wechselten sich beim Kochen, Waschen und Einkaufen ab, meistens taten sie aber alles gemeinsam. Sie bezahlte Marianne eine Miete, das verstand sich von selbst, doch die Firma lief gut, ihr selbst wäre es gar nicht eingefallen, dass Táňa etwas beisteuern sollte. Schließlich handelte es sich dabei nicht um Mariannes Geld, es war das von Hablund und er wiederum hatte das Unternehmen mit dem Geld seines Vaters aufgebaut, der es von seiner Mutter geerbt hatte, und Hablund hatte Marianne auch stets versichert, dass das alles zu gleichen Teilen ihnen beiden gehört. Wenn Marianne Táňa etwas kaufen konnte, freute sie sich darüber und nicht mehr.

Táňa hatte auch nicht gerade viele Sachen mitgebracht. Als sie noch am Marktstand gearbeitet hatte, wusch sie regelmäßig bei der alten Frau ihre zwei Röcke, die zwei Hosen und zwei Pullis. Zwei Paar Schuhe besaß sie auch, von der Unterwäsche hatte sie vier Garnituren, abgesehen davon gab es sonst nicht mehr viel. Nicht einmal das Polster und die Decke gehörten ihr, alles, was in ihrem alten Zimmer – mit Ausnahme der Kleidung – als ihr Eigentum angesehen werden konnte, waren ein Notizheft (wo sie ihre Buchhaltung führte) und ein paar Toilettenartikel.

Marianne schlug vor, dass sie einen »Möbelpacker« bestellen könnte, damit sie zwischen der Wohnung, in der Táňa lebte, und der Hansenstraße nicht so oft pendeln mussten, doch dann tauchte Táňa eines Abends mit einer einzigen großen Tasche auf, und das war alles, was sie besaß. Marianne war davon ganz gerührt. Sie wollte sie nicht in Verlegenheit bringen, und so versuchte sie ihre »Ergriffenheit« zu verbergen, doch sie umarmte sie an diesem Abend sehr oft, so dass sie ungefähr gleich viel Zeit damit verbrachten, sich aneinanderzukuscheln, wie sie auch zu Tisch saßen, bei einem üppigen Abendessen. Sie spazierten durch die Wohnung und überlegten, wie sie sie für sie beide einrichten könnten.

Marianne hatte mit Wohnungseinrichtungen so viele Erfahrungen, dass sie, wäre es eine andere Zeit gewesen, gut und gern einen »Beratungssalon« hätte eröffnen können. Die Wohnung, in der Hablund und sie früher gelebt hatten, hatte sie dreimal umgestaltet, und dabei zählte sie nur die Umbauten, die eine komplette Neugestaltung aller Zimmer beinhalteten, und in der Hansenstraße hatte sie auch schon einiges veranstaltet.

Man könnte meinen, dass Marianne vor allem dabei war, Sachen einzukaufen, doch das war nur dann der Fall, wenn sie sich irgendwie beschäftigen musste und sich selbst eine Freude machen wollte. Sie kannte sich mit allem gut aus, mit der Möbelaufstellung, den Farbkombinationen (bei den Schränken), dem Fußbodenbelag und den Tapeten, zu allem fiel ihr etwas ein. Marianne war zwar kein Snob, doch sie wollte eine Wohnung, in der sie sich wohl fühlte, und Besucher sollten auch gleich bemerken, dass sie hier mit jemandem die Ehre hatten, der über guten Geschmack verfügte. Sie war stolz, als sie Táňa in der Hansenstraße so richtig willkommen heißen und ihr alles zeigen konnte. Die gründlich durchdachte Küche (Teller und Tassen waren dort schnell zur Hand), den

Flur mit den Einbauschränken (es gab nie Unordnung), die Toilette mit dem flauschigen Teppich (damit die Füße nicht auskühlten). Für zwei Frauen war die Wohnung allerdings nicht ganz ausgelegt, Táňa brauchte schließlich ihren eigenen Raum, und so richtete ihr Marianne einen solchen in der Ecke des Schlafzimmers ein, sie trennte ihn mit einem Paravent ab. Dahinter stellte Táňa all die Kleinigkeiten ab, die ihr Marianne schenkte. Sie hatte dort schon bald einige Blumentöpfe, Kleiderbügel (mit Blusen) und die Nachahmung eines chinesischen Tischchens mit Schmuckschatulle (ein Geschenk von Marianne anlässlich ihres dreimonatigen Wohnjubiläums).

Táňa war das eigentlich alles egal. Man wohnt, wohnt. Immer irgendwie. Sie hatte fast einen Monat lang sogar in einem Strohhaufen gewohnt. In einem stillgelegten Eisenbahnwaggon, na und. Táňa lehnte es ab, Marianne aus ihrem Leben zu berichten. Sie hatte das ja schon ausdrücklich klargemacht und daran änderte sich nichts. Alle, mit denen sie in Dänemark gewohnt hatte, wollten ihr stets irgendetwas entlocken. Sie machten große Augen. Sie bewunderten sie, ein wenig ekelten sie sich allerdings auch vor ihr. Dass sie aus solchen Verhältnissen stammt (aus denen sie nun mal kommt) und dass die Leute dort so sind, wie sie sind. Die Sowjetunion. In Dänemark wusste keiner etwas darüber und Táňa erteilte erstmal allen Unterricht. Irgendwann hatte sie das Interesse daran verloren. Immerzu dieses Unverständnis und all die Fragen und das »Wohlwollen«. Das brachte ihr nichts. Nachdem sie damit aufgehört hatte, davon zu erzählen, war endlich Ruhe. Marianne unterschied sich (in diesem Punkt) überhaupt nicht von all den anderen. Ansonsten war sie allerdings besser. Viel besser. Doch in diesem bestimmten Punkt eben wie die anderen. Sie wünschte sich, dass Táňa wie ein »Haus« für sie sei, in dem sie vom Keller bis zum Dach herumspazieren, überall nach Herzenslust herumschnüffeln, in allen Räumen das Licht anmachen und alle Schubladen durchwühlen kann. Und Táňa möchte gern ein »Haus« für sie sein. Sie wird alles sein, was sich Marianne nur wünscht. Doch es wird ein Haus sein, dessen Rollos zugezogen bleiben, an der Tür gibt es ein Schloss und den Schlüssel wird Táňa niemandem mehr geben.

Und noch etwas. Táňa hasste es, irgendwelche Fragen nach Männern zu beantworten. Wie denn ihr Mann eigentlich gewesen war, wie ihr dieser Schauspieler dort gefällt, ob sie in Kopenhagen jemanden hat, und falls nicht, warum nicht.

Es war viel Arbeit, bis sie es Marianne schließlich abgewöhnt hatte. Es dauerte lange, Marianne konnte das gar nicht nachvollziehen. Hat Táňa niemals irgendjemanden wirklich gemocht? Du hast doch gesagt, dass dein Mann gut zu dir war, aber du bist von ihm davongelaufen …

Ich habe nichts mit ihnen gemeinsam, doch wenigstens stellen sie einem nicht solche Fragen, sagte Táňa eines Tages über die Männer. Die kommen damit klar, was du ihnen sagst. Die meisten Frauen können das nicht.

Ich habe nicht gewusst, dass Neugierde eine so schlechte Eigenschaft ist, antwortete Marianne und gab sich beleidigt. Wen ich gernhabe, für den interessiere ich mich doch auch. Ich kann gar nicht anders, daran wirst du nichts ändern.

Dann endet es also mit uns beiden. Ich nehme meine Sachen, diesen Krimskrams, den du mir gekauft hast, kannst du dir in deinen Einbauschrank stecken, und jede von uns wird wieder ihres Weges gehen. Es würde mir leidtun, wenn es so käme, doch wenn du dich weiterhin wie eine blöde Kuh benimmst, werde ich das tun müssen.

Marianne erschauderte und ihr Kinn begann zu zittern. Ordinäre Worte? Solches Benehmen war sie nicht gewöhnt. Nicht einmal Hablund sprach so mit seinen Freunden. Und das waren doch Männer.

Marianne war zutiefst verletzt. Wortlos ging sie fort und saß bis zum Abend in Kaffeehäusern herum, sie wollte Táňa absichtlich warten lassen. Wenn sie dann später nach Hause kommt, würde sie sich bestimmt bei ihr für diese »Unhöflichkeit« entschuldigen. Sie schlenderte durch die Straßen und bemühte sich darum, sich ihr »Beleidigt-Sein« zu bewahren. Sie bestaunte Kleider (in Auslagen) und auch sich selbst, Schritt um Schritt schlenderte sie durchs Zentrum, dorthin und wieder zurück, sie hätschelte ihren doch so angebrachten Groll, bevor sie es plötzlich mit der Angst zu tun bekam. Die größte Angst, die sie je verspürt hatte. Eine Angst, die sie sonst nur dann verspürt, wenn sie an ihren Mann denkt. Táňa wird nicht mehr da sein. Sie kehrt zurück, und Táňa würde fort sein. Sie war doch so stolz, und Marianne hatte sie gedemütigt. Plötzlich war das Gewissheit. Sie lief nach Hause, als würde sie ein Wettrennen bestreiten. Wann war sie zuletzt so schnell gelaufen? Als kleines Mädchen bei den Schulwettkämpfen? In ihren Träumen, als dort Krieg herrschte? Sie umarmte Táňa, als würde sie vom anderen Ende der Welt zurückkehren. Sie drückte sie und bat sie auf den Knien. Sie verspricht es, sie verspricht, dass sie sie nie wieder etwas fragen wird, was sie nicht beantworten will.

Später verlor sich die Sehnsucht, Táňa etwas zu fragen, von ganz allein. Sie vergaß ihre eigenen Fragen und nach einer Zeit nahm sie auch zur Kenntnis, dass sich Táňa nicht wirklich für Männer interessierte. Eigentlich war sie ja ganz froh darüber.

Marianne entschied sich, Hablunds Verschwinden genau acht Monate nach seiner Abreise bekannt zu geben. Der Polizei gegenüber war nur schwer zu erklären, warum das so lange gedauert hatte, bis sie mit der ganzen Sache zu ihnen kam, suspekt war auch, warum sich nie einer seiner Freunde gemeldet hatte, und so kam es, dass man schließlich alle verdächtigte. Zunächst Hablunds Gesellschafter in der Firma, die während seiner »Abwesenheit« aufgeblüht war, und später dann Marianne, als deren Komplizin, es erschien umso plausibler, nachdem die Polizei einmal ohne Ankündigung in der Hansenstraße vorbeikam und Marianne dort mit einer Frau vorfand, es war längst Abend, beide trugen nur Bademäntel, darunter irgendwelche frivolen Wäschestücke und am Tisch stand eine halbleere Flasche Wein.

Später bestätigte Marianne, dass besagte Tatjana Krasnoludková, stammend aus Oboluň in der Sowjetunion, nunmehr wohnhaft in Dänemark, schon einige Monate mit ihr in einem gemeinsamen Haushalt lebte. Diese »sittliche Lage« und das »sittenwidrige Gehabe« beider Frauen schien den Polizisten mehr als verdächtig. Doch es mangelte an Beweisen und nach einigen Polizeiverhören schloss der leitende Ermittler Marianne als Verdächtige (in der Kausa Hablund Doran) aus, später wurden nicht einmal mehr die Gesellschafter in Hablunds Firma beschuldigt.

Der erste Teil der ganzen Aktion endete erfolgreich. Hablund war offiziell verschollen, es galt nun, seine Firma zu verkaufen. Marianne hatte von ihrem Mann eine Vollmacht erhalten, finanzielle Transaktionen durchzuführen, und so war das alles (von der rechtlichen Seite) auch nicht wirklich kompliziert. Die anderen Teilhaber bekundeten gleich ihr Interesse, die Firma prosperierte. Als Hablunds Anteil verkauft war und das Geld auf ein Bankkonto angewiesen wurde, schrieben Marianne und Táňa erste Briefe, die vielleicht helfen könnten. Der »Königlichen Akademie der Wissenschaften«, dem »Verband der Freunde Sibiriens«, schließlich auch der »Dänischen Kommunistischen Partei«, auch wenn Táňa ausdrücklich dagegen war, denn die Kommunisten würden schön ihre Finger davon lassen, sobald sich herausstellt, dass sich Hablund in der Sowjetunion in irgendwelchen Schwierigkeiten befindet. Doch Marianne war der Meinung, dass sie alle anschreiben sollten, bei denen auch nur die allerkleinste Chance bestand, dass es sie interessieren könnte. Sie schrieben auch an das »Institut für Anthropologie der Kopenhagener Universität«, an die »Universität in Århus« und an noch ein paar weitere Behörden und Institutionen, die sich mit Stämmen, der Sowjetunion oder dem Film beschäftigten, auch wenn sie von den Filmleuten natürlich nicht wirklich Hilfe erwarteten, Hablund war in diesem Bereich ja niemandem bekannt. Eigentlich kannte man ihn nirgendwo. Er war lediglich ein langjähriger Abonnent von »Unsere Welt«, eine Tatsache, die man, wie Marianne feststellte, vor den meisten fachlichen Einrichtungen geheim halten musste, denn diese Monatszeitschrift, die Hablund so bewunderte und deren neue Ausgaben er stets so ungeduldig erwartete, hatte einen zweifelhaften Ruf, angeblich war dort die Hälfte aller Dinge frei erfunden.

Die ersten Bittbriefe, um eine finanzielle und fachliche Unterstützung der Expedition, die Hablund finden oder zumindest nachforschen sollte, was mit ihm passiert war, schrieb Marianne in ihrem eigenen Namen. Einige Tage lang baute sie die Wohnung (mit Táňas Hilfe) zu einem »Mehrzweckarbeitsplatz« aus, Táňa musste sogar ihre persönliche Ecke hinter dem Paravent aufgeben und Marianne wiederum die Ihrige, doch sie machten ohnehin alles gemeinsam und stellten schnell fest, dass keine von ihnen für sich irgendeine Privatsphäre beansprucht, und so ging das alles ganz leicht. Marianne kaufte eine Schreibmaschine, Kopierpapier und eine ganze Menge normales Papier, Umschläge, Briefmarken und eine kleine Briefwaage, sie legte auch gleich richtig los. Nach ein paar Wochen stellten sie allerdings fest, dass Briefe von Privatpersonen kaum beachtet werden. Sie brauchten irgendeine Organisation, damit man sie ernst nahm. Schließlich entschieden sie sich, Lora und Manfred hinzuzuziehen. Marianne vertraute Lora und Manfred, man brauchte sie auch wegen der Anzahl, abgesehen davon war er ein Rechtsanwalt und eine solche Profession macht bei den Leuten immer Eindruck. Dies alles hatte sie ganz allein entschieden. Seit den Zeiten, als Marianne noch als Stenografin im Polizeisekretariat tätig gewesen war, kannte sie sich mit administrativen Dingen aus und mit Manfreds Hilfe konnte sie die Gesellschaft tatsächlich begründen. Lange stritten sie dann noch darüber, wie sie heißen sollte. Lora schlug lange und umständlich pietätvolle Bezeichnungen vor, die mehr zu einem Begräbniskranz zu Hablunds Gedenken passten, dem einzigartigen Mann der hingebungsvollen Ehefrau Marianne, Táňa wollte, dass der Name »Charyň« in der Bezeichnung auftaucht, weil ihr dieses Wort gefiel, und Manfred setzte sich für irgendeine dänisch-sowjetische Solidarität ein, er war schon seit seiner Studentenzeit ein ausgesprochener Linker. Auch mit seiner Hilfe erhielten die Kommunisten in den ersten Nachkriegsjahren ganze zwölfeinhalb Prozent der Stimmen und die »Dänische Einheit« nur etwas über drei Prozent.

Marianne wollte, dass man dem Namen ansieht, dass Táňa an der ganzen Sache beteiligt ist. Einerseits, damit ihr nicht einfiel, einen Rückzieher zu machen, wo man sie doch als »Sowjetfrau« in Anbetracht ihrer Kenntnisse der Materie dringend brauchte, andererseits auch deshalb, weil mit Táňa die ganze Gesellschaft eine echte internationale Komponente erhielt, das konnte man gut in den diversen Begleitbriefen ausnutzen. Vor allem aber deshalb, weil sie sie mochte, und auch wenn Lora und Manfred ordentliche Mitglieder waren, es war doch vor allem ihre private Sache, jedenfalls erhielt die Gesellschaft schließlich den Namen »Oboluň«, Táňas Geburtsort. Es war auch ein wenig als eine neckische Stichelei Mariannes gedacht. Sie wusste ja nichts von ihrer Vergangenheit, und es stand schließlich fest, dass sie wohl niemals mehr darüber erfahren würde.

Kaum hatten sie damit begonnen, ihre Briefe im Namen der »Oboluň-Gesellschaft« zu verfassen, lief es auch gleich besser. Marianne inserierte für die Gesellschaft in einigen Zeitungen (ganzseitig) und nutzte einige von Manfreds Kontakten. In drei Zeitungen und zwei Magazinen erschienen schon in den ersten Monaten nach der Gesellschaftsgründung ein paar Artikel zum Leben und Wirken von Hablund Doran. Von einem Mann mit zwei Leben, von einem Mann, der sich nach vielen Jahren einer erfolgreichen Unternehmerkarriere dazu entschlossen hatte, alles hinter sich zu lassen, um ins ferne Asien zu fahren, wo er sich seinen Lebenstraum erfüllen wollte. Einen Film zu drehen über das geheimnisumwitterte »Kavaš-Ritual« und über das Leben der Menschen, von denen man bislang in Dänemark noch gar nichts weiß. Die Artikel zu Hablund endeten meist in dem Sinne, dass das Werk des großen dänischen Filmemachers und Ethnografen noch auf seine Entdeckung wartet, weil es immer noch irgendwo in seiner Kamera und dem Fotoapparat steckt, doch umso größer seien auch die Erwartungen der Fachwelt, wie auch jene der breiten Öffentlichkeit. Unter den Artikeln befanden sich, sofern es die Zeitung erlaubte, auch ein paar knappe Informationen zur Oboluň-Gesellschaft, die über Hablunds Erbe wacht und diejenigen dabei unterstützen will, die dieses Erbe (gemeinsam mit dem vermissten Hablund) für die Welt entdecken wollen.

Marianne verfasste die Briefe und suchte nach Kontakten, Táňa ging zur Post, sortierte die Sendungen, die sie erreichten, kaufte Papier ein, mindestens einmal im Monat auch ein neues Band für die Schreibmaschine, sie betreute auch noch den ganzen Haushalt.

Marianne leitete die Oboluň-Gesellschaft, Manfred und Lora erhielten von ihr regelmäßige Berichte darüber, wie sich die Dinge entwickeln, einmal im Monat trafen sich alle. Dass Hablund zurückkehren würde, daran glaubten Lora und Manfred nicht mehr wirklich, und daran, dass es gelingen würde, eine Expedition zusammen zu stellen, noch viel weniger. Hauptsache, Marianne hatte tagsüber zu tun, das war für sie beide am wichtigsten, sagte Lora. Kinderlos, ohne Mann, mit einer »zweifelhaften« Frau am Hals – die Oboluň-Gesellschaft war jedenfalls in ihren und Manfreds Augen eine interessante Aufgabe, die vor allem den Zweck hatte, Marianne in ihrer Freizeit beschäftigt zu halten.

Lora hielt Táňa für eine ganz gewöhnliche »Schmarotzerin«. Ein Weib, das sich geschickt ihrer Freundin bemächtigt hatte, um nicht selbst arbeiten gehen zu müssen. Sie begreift das nicht, sagte Marianne zu ihrer alten Freundin, nach einem weiteren langen Telefonat, in dem Lora sie davon zu überzeugen versuchte, Táňa in ihrem eigenen Interesse bald wieder loszuwerden, sie solle doch wenigstens ihre gemeinsamen Ausgaben genau aufschlüsseln. Táňa waren die Telefonate völlig egal.

Ihr Arbeitstag in der Oboluň-Gesellschaft war (wie in jeder anderen seriösen Firma) restlos verplant, und man durfte behaupten, dass Marianne die Kanzlei leitete, während Táňa ihre professionelle Sekretärin war. Sie standen um sieben Uhr auf, eine von ihnen ging einkaufen, anschließend frühstückten sie, und während Táňa die Post sortierte, saß Marianne längst wieder hinter dem Schreibtisch und schrieb allen, die ihr in den Sinn kamen. Auch ein Karteiverzeichnis legte Marianne an, damit sie den Überblick bewahrten. In diversen Aktenordnern im Kleiderschrank, in denen Marianne zuvor noch die »Bestände russischer Realien von A bis Z« (aus den Büchereien und der Tagespresse) hütete, legten sie – ebenfalls von A bis Z – nunmehr ein Archiv zu allen Organisationen und Privatpersonen an, mit denen sie korrespondierten. Leider geschah das meistens nur einmal und es betraf auch kaum ihre Sache. Früher wäre es Marianne nie aufgefallen, dass so viele Menschen auf der ganzen Welt vermisst und vergeblich von ihren Verwandten gesucht werden. Einen solchen Fall musste es beinahe in jedem Wohnblock geben, das konnte man jedenfalls aus den vielen Antworten schließen, die »Oboluň« erreichten. In Asien, Afrika, Südamerika, doch auch unmittelbar in Kopenhagen. Es schrieben ihnen Ehefrauen, deren Männer abends nicht mehr nach Hause zurückgekehrt oder nach dem Mittagessen plötzlich aufgesprungen waren, um Zigaretten zu holen, und keiner hatte je wieder etwas von ihnen gehört. Darüber musste Táňa sehr lachen. Über die Frauen, deren Männer davongelaufen waren und die nun irgendwo Hilfe oder finanzielle Mittel suchten, um ihrem Söhnchen ein paar Schuhe zu kaufen. Die gab es zu dutzenden, einen solchen Fall sogar in ihrem Viertel. Sie kannten die Betreffende vom Sehen. Eine zerzauste Frau, die »seelenlos« durch die Straßen schlich, ihre Wangen waren völlig eingefallen in Anbetracht ihres Unglücks. Die glaubt wohl, dass wir ein Guckloch zu jedem Kopenhagener Stripklub besitzen, kommentierte Táňa ihren Brief, in dem sie um Hilfe bat. Manchmal war ihr Zynismus etwas zu viel für Marianne. Was für eine Kuh – das behauptete Táňa von jeder dieser Frauen, und dass sie dieses Schicksal verdiene, welches Marianne wiederum richtig ergreifend fand. Manchmal musste sie sich bei ihren Antworten in ein Taschentuch schnäuzen: Leider sind wir nicht in der Lage, Ihnen irgendwie behilflich zu sein, das schrieb sie immer öfter, denn es gab viel mehr Menschen, die auf irgendeine Hilfe hofften, als Leute, die ihrerseits Hilfe anboten.

In ihrer Freizeit, an den Wochenenden und Abenden, taten sie, was auch alle anderen Paare taten. Spaziergänge, Kino, ein Gläschen Wein irgendwo, im Viertel begann man über sie zu reden, im Haus wusste es sowieso schon ein jeder. Warum hätten sie sich denn nicht an den Händen halten sollen, wenn es ihnen doch gefiel. Marianne schämte sich zunächst immer, wenn Táňa sie an der Hand nehmen wollte, tat Marianne sogleich so, als müsste sie etwas aus der Handtasche holen oder sich den Schweiß am Rock abwischen, doch nach und nach verließ sie diese Angst. Sie lernte es, Táňa an der Hand zu nehmen, sie hatte schließlich auch gelernt, sie nicht nach ihrer Vergangenheit zu fragen. Táňa erzählte manchmal etwas, doch sie selbst musste es wollen und sie schwieg sofort wieder, wenn sich Marianne zu interessieren begann. Marianne ihrerseits erzählte Táňa alles über sich, alles, was ihr nur einfiel. Über ihre Kindheit, die Männer, ihre Arbeit als Stenotypistin, wie sie Hablund in der Sprachschule getroffen und dann nicht mehr ordentlich Englisch gelernt hatte, über Lora und diesen Mann, der ihr »Mädchen« nachschrie. Ein Scheißwichser war das, meinte Táňa. Mehr gab es eigentlich nicht zu sagen.

Mit dem, was sie für Táňa empfand, wusste sich Marianne nicht zu helfen. Sie hatte auch Angst, ausgelacht zu werden. Sie befürchtete, dass Táňa irgendetwas »Scharfes« erwidern und ihr wehtun könnte. Dennoch, in der Kanzlei war Marianne die Chefin und Táňa tat alles, was sie ihr auftrug, sie fühlte sich dabei aber unsicher. Als wäre sie die jüngere Schwester dieser »Sibirierin«, dabei war sie doch die Ältere.

Einmal, als Marianne den »Kleinen Ratgeber für die

Frau des einundzwanzigsten Jahrhunderts« suchte, fand sie zwischen Táňas Sachen einen Brief, nach dem sie schon lange gesucht hatte. Sie hatte ihn allerdings schon wieder vergessen. Dabei lag er genau an jener Stelle, die sie mehrmals gemeinsam abgesucht hatten. Einen kurzen Moment lang überlegte Marianne, ob Táňa diesen Brief absichtlich versteckt hatte, doch dann schämte sie sich, so etwas überhaupt zu denken, und die ganze Sache wurde unter den Teppich gekehrt.

Manchmal rief ihnen auf der Straße irgendwer irgendwas nach. Táňa zeigte solchen Leute schon mal die Zunge, Marianne tat so, als würde sie nichts bemerken. Das, was sie wollten, konnten sie zu Hause gern tun, draußen geschah es auf Táňas Drängen. Eine üble Nachrede ist immerhin eine üble Nachrede, Marianne verstand nicht, dass sich Táňa so wenig daraus machte.

Abends, bevor sie einschliefen, wenn sie in der »Löffelchenstellung« beieinanderlagen und Táňa mit ihren Füßen die Unterschenkel von Marianne streichelte, überlegte sie, was wohl Hablund dazu sagen würde und wie es mit ihnen weitergehen könnte, wenn er aus Charyň zurückkehrte. Müssten sie sich eine größere Wohnung suchen? Stellen sie Táňa als »Haushilfe« an und sie bekäme ihr eigenes, kleines Zimmer? Oder würde sie nur zu Besuch kommen, um auf ihre Kinder aufzupassen? Die Kinder, die sie mit Hablund allerdings erst zeugen müsste.

Die Monate vergingen und die Expedition zu Hablund rückte in greifbare Nähe. So schnell hatte das nicht einmal Marianne erwartet. Geld hatte ab und an jemand überwiesen, dass sich allerdings jemand finden würde, der diese lange Reise auf sich nehmen wollte, das hatte sie nicht zu hoffen gewagt.

Besagter Mann meldete sich schon nach zwei Monaten, genau der Typ, den Marianne gesucht hatte. Er hieß Hans Schmidt und er gefiel ihr vom ersten Augenblick an. Ein Mann der Tat. Mit Bartstoppeln und in lässiger Kleidung, er kam gleich zum ersten Treffen mit einem klaren Plan, wie die ganze Sache ablaufen würde. Er war schon überall gewesen. In Afrika hatte er Löwen gejagt, auf einem Walfänger war er hinter dem Ruder gestanden, im Krieg war er an der Front in Frankreich als Radiologe beschäftigt gewesen, in Kopenhagen arbeitete er als Touristenführer, und er habe, wie er sagte, schon viele Jahre auf eine solche Gelegenheit gewartet. In der Sowjetunion, das gab er zu, war er noch nie gewesen, doch als er von der Möglichkeit einer solchen Expedition gehört hatte, hatte er gleich – auf eigene Kosten – einen Russischkurs belegt. Marianne erwähnte, dass ihn doch Táňa viel günstiger unterrichten könnte, sie weiß schließlich viel besser als irgendein Emigrant aus Moskau, welchen Wortschatz man in Charyň benötigt, doch Táňa wand sich da irgendwie heraus.

Auch die Tatsache, dass Hans Schmidt noch nie in Russland gewesen war, stimmte Marianne eigentlich optimistisch. Er hatte dies gleich von sich aus gesagt und ihnen nicht irgendwelche Abenteuergeschichten aufgetischt, die er über Sibirien kannte. Táňa gefiel er nicht, doch Táňa hatte bei jedem Mann ihre Vorbehalte, daran hatte sich Marianne bereits gewöhnt.

Sie trafen sich dann mehrmals pro Woche in der Hansenstraße, um alle weiteren Details zu planen. Marianne fand noch eine alte Liste mit all den Dingen, die sich Hablund für seine Reise besorgt hatte, davon gingen sie aus, hinzu kamen die Erfahrung von Hans und Táňas Anmerkungen. Hans schlug sogar vor, die Fahrkarte bis Moskau selbst zu bezahlen, schließlich wollte er dort selbst schon immer hin und »Oboluň« verlieh dem Ganzen nur einen »höheren Sinn«. Er bedankte sich bei ihnen, als würden sie ihm helfen, er war überaus galant. Er brachte auch immer irgendeine kleine Aufmerksamkeit für die Frauen mit, die ihre Zeit diesem bemerkenswerten Mann widmeten. Alles, was je zu Hablund erschienen war, hatte er bereits gelesen, von Marianne wollte er mehr erfahren. Wie er so gewesen war, als sie noch zusammengelebt hatten, was er mochte, ob er eher ein Heißsporn war oder doch einen kühlen Kopf bewahrte, alles konnte ihm schließlich bei der Suche nach ihm nützlich sein.

Am ärgerlichsten war die Sache mit den Landkarten. Das wusste Marianne schon aus den Zeiten, als sie noch regelmäßig die Büchereien aufgesucht hatte. Hans würde sich wohl etwas in Moskau besorgen oder von dem ausgehen müssen, was man ihm vor Ort mitteilt. Für Hans Schmidt schien das nicht weiter tragisch zu sein, jedenfalls gab es nichts, was er nicht glaubte bewältigen zu können. Schließlich kam er noch selbst mit der Idee, Hablund einen Brief von Marianne zu überreichen. Damit er mir glaubt, wenn er so einen Strolch wie mich sieht, ich selbst würde mir ja kein Wort glauben, wenn ich mich treffen würde, und damit stieg er erneut in Mariannes Achtung, weil er nicht irgendein Angeber war und selbst an Kleinigkeiten dachte. Hans sagte, dass er allein reisen würde, damit das Ganze günstig kommt, er war das gewöhnt, dann kann er auch leichter Kontakt zu den Einheimischen knüpfen, das klang alles sehr vernünftig.

Marianne mochte seine Besuche. Sie schmeichelten ihr irgendwie persönlich, auch wenn es selbstverständlich dabei nicht um sie ging, und dennoch. Dieser sympathische Hans war das Ergebnis ihrer und Táňas Arbeit, er würde ihr, wie sie hoffte, ihren Mann zurückbringen, und er war auch noch mit so viel Eifer bei der Sache. Sie beschloss, nicht auf das Geld zu schauen, schließlich hat sie die Firma doch wegen dieser Expedition verkauft, und nicht wegen weiteren Täschchen und Schühchen, von denen sie ohnehin zu viel besaß, sie hätte sie auf der Straße verteilen können. Sie kaufte Hans für die Reise nur das Beste. Einen Kompass, Messer, Sommer- und Winterkleidung, Bergsteigerausrüstungsteile, ein kleines, aber garantiert wasserdichtes Zelt, lang haltbares Essen und auch einen Fotoapparat und Schneeschuhe, die Marianne in Schweden bestellen musste, dänische Souvenirs für die Einheimischen und so weiter. Je sympathischer und bescheidener Hans auftrat, umso größer wurde Mariannes Lust, ihm noch hochwertigere Sachen zu besorgen.

Táňa wohnte diesen Einkäufen mit giftiger Miene bei, sie und Marianne gerieten sich mehrmals in die Haare. Dass ihr offenbar Hablunds Schicksal nicht wirklich am Herzen liege und es für sie doch eigentlich ganz gut wäre, wenn er niemals wieder zurückkäme. Später tat es Marianne leid, ihr das so ins Gesicht gesagt zu haben, doch in jenen Momenten, in denen Táňa keinerlei Begeisterung aufbrachte, erinnerte sie sich auch daran, was Lora so von ihr hielt. Eine Schmarotzerin. Nein. Das konnte sie wirklich nicht glauben.

Und dann fuhr Hans Schmidt ab. Die Vereinbarung sah so aus, dass er sich von Moskau aus melden würde, bevor er umsteigt, er würde dort – laut Plan – mehrere Tage verbringen, um die verschiedensten Genehmigungen einzuholen. Marianne und Táňa blieben einige Tage zu Hause, um ja nicht das Telefonat zu verpassen. Er rief nicht an. Er rief nicht in der Woche an, in der er es versprochen hatte, er rief auch nach vierzehn Tagen noch nicht an, nicht einmal nach einem Monat. Marianne erinnerte sich nach längerer Zeit wieder an diese Frau, die ihr von den »Raum-Zeit-Gefügen« im Westatlantik berichtet hatte, wo Leute verschwanden, und dass es in Sibirien auch so sei, sie bekam deshalb sogar ein schlechtes Gewissen. Schließlich hatte sie ihn dorthin geschickt. Nach einem Monat entschloss sich Marianne, bei ihm zu Hause anzurufen, ob er nicht wenigstens die Familie verständigt hatte, doch die Nummer existierte gar nicht. Im Touristenbüro, wo er angeblich arbeiten sollte, kannte man keinen Hans Schmidt und im Kopenhagener Telefonbuch fand sich sein Name auch nicht.

Sie versuchten einen ganzen Monat lang, das zu verdauen. Marianne konnte für eine geraume Weile die Kanzleiarbeit nicht mehr sehen. Sie schlossen die Zentrale der Oboluň-Gesellschaft in der Hansenstraße und fuhren zu einem einwöchigen Ausflug nach Helsinki. Ich habe es dir doch gesagt, wiederholte ihr Táňa ganze sieben Tage lang, ich hatte vom ersten Augenblick an meine Vorbehalte, und Marianne hätte ihr in diesen Augenblicken am liebsten den Hals umgedreht.

Hans Schmidt war leider nicht der Einzige von der Sorte. Auch wenn sich Marianne dachte, sie hätte wenigstens etwas dabei gelernt, von »Abenteurern« dieser Art kamen in den nächsten Jahren noch einige in die Oboluň-Kanzlei. Ein jeder war auf seine Weise besonders, doch keiner war jemals nach Charyň gefahren. Táňa behauptete ein jedes Mal, dass sie es von Anfang an gewusst hätte, und Marianne wäre am liebsten aus ihrer Haut gefahren, all dieses Pech.

ERSKE

In der Hütte behaupteten sie, er hätte mehrere Nächte lang nach seiner Mutter gerufen. Doch keiner von ihnen konnte Dänisch, also war dem Ganzen nicht zu trauen. Allerdings schafften sie es, seine Erfrierungen zu versorgen. Elvira strich mit einem nassen Fetzen über seine Arme und Schenkel und verpackte ihn immer wieder in neue Leintücher (nachdem die alten durchgeschwitzt waren), bis er schließlich seine Scham, nackt vor dieser Familie herumzutaumeln, gänzlich verloren hatte. Er hatte Schüttelfrost und glühte vor Fieber, es mussten schließlich aber nur zwei Zehen die Zeche bezahlen. Wenn das die Mutter wüsste, der Schlag würde sie treffen. Er konnte sie nicht einmal anrufen gehen, weil er krank in der Hütte herumlag. Vielleicht war das auch gut so. Sie hätte ihm nahegelegt, sofort aus Charyň zu verschwinden.

Das Filmmaterial, das er im hohlen Baumstamm mit Hablunds eingeritztem Namen gefunden hatte, ließ der Kavaryč irgendwo in Pstruh entwickeln. Er legte es Erske, in ein Taschentuch eingewickelt, ans Bett, als dieser noch in seinen Fieberträumen lag. Hier hast du.

An dem Abend, als Erske zurückgekehrt war, schneite es draußen. Mit allerletzter Kraft hatte er an Kavaryčs Tür geklopft, und noch bevor er in der Hütte zusammengebrochen war, hatte er ihm von Hablunds Baum erzählt. Dann war der Fotoapparat zu Boden gefallen und Erske darauf.

Ein Bahnhof ohne Menschen, Menschengerippe, Menschen in Fesseln. Kavaryč meinte, dass sie mal für den Landstrich arbeiten mussten, allerdings auch selbst daran schuld waren. Wer weiß, warum Hablund sie fotografiert hatte. Auch das Foto eines Telefonhörers. Erske überlegte, ob die Hand, die den Hörer am Foto hält, zu Hablund gehört. Und dann all diese Familien, die ihre Gesichter verbargen. Sie wollten gar nicht fotografiert werden, irgendwer musste sie Hablund vor die Linse getrieben haben. Sie pressten sich aneinander, wie Tiere. Die Kleinkinder, die auf den Fotos zu erkennen waren, mussten auch heute noch hier leben, als Greise.

Angeblich war das alles nur irgendeine »Prüfung« gewesen oder so was Ähnliches, dass Údej und der Lehrer am frühen Morgen abgehauen waren. Erske hatte angenommen, dass sie wenigstens aufeinander einprügeln würden, doch Kavaryč machte nur eine lasche Handbewegung. Alle decken sich hier doch gegenseitig. Erske begann vor Wut zu zittern, wenn er nur daran dachte. Er saß schon einige Tage (in eine Decke gehüllt) in der Hütte, sah mit Kavaryč fern und aß haufenweise Erdnüsse. Am Abend vertilgten sie gemeinsam drei bis vier Säcke, und Erske erfuhr dabei mehr als je zuvor. Es begann mit diesem »Rübenschädelensemble«, mit dem Kavaryč die Garnisonen bereisen wollte, damit sie den dortigen Generalmajoren mit ihren Rüben die Batterien aufladen, doch alles endete mit einem Fiasko.

Es war eine ausgesprochene Dummheit, wetterte Kavaryč los, den Mund voller Erdnüsse. Es kam als Eingebung und ein jeder riet mir, die Finger davon zu lassen. Doch warum sollten sie nicht für Geld das tun, was sie bei sich in Čevapik für ihren Hausgebrauch taten? Die Garnisonen hatten immer ein paar Rubel im Jahr über und die gehörten denjenigen, die diese Gelegenheiten ergriffen. Was glaubst du, wer dort sonst so hinfährt? Abgetakelte Sängerinnen mit ausgestopftem Busen, die nicht einmal selbst singen, sondern einfach das Radio spielen lassen, Scharlatane, die keine Kaninchen, sondern irgendwelche angeschnäuzten Taschentücher aus ihrem Zylinder zaubern. Doch all die haben, im Gegensatz zu mir, ihre Bekannte, wütete er. Ich war in diesem Business nur ein kleiner Fisch. So hatte ich begonnen und genau so sollte ich auch enden. Wäre es mir nur gelungen, sie in der Garnison besoffen zu machen, ich hätte sie alle in die Tasche gesteckt. Eine ganze Kiste voller Flaschen hatte ich mit mir herumgeschleppt, ich hatte danach die ausgeleierten Hände eines Affen. Doch der Herr Häuptling trank bei der ersten Station nicht und die anderen trauten sich dann nicht wirklich. Sie nahmen grad mal hundert Gramm zu sich und waren auch noch kritisch, und dann war die ganze Sache schon gegessen. Überall erntete ich nur Spott.

Einige Saisons lang hatte Kavaryč dann auch versucht, Blaubeermarmelade herzustellen. Er hatte Elvira und Tamara damals tagtäglich (im Herbst) in die Taiga getrieben. Er wollte Velors guten Ruf für sich nutzen, behauptete, dass es sich dabei um dessen medizinisches Rezept handelte, er wollte damit später (unter seiner Marke) ganz Pstruh erobern. Die Sache ging nicht auf. Genauso war es auch mit dem Käse. Irgendwer hatte Kavaryč eine belgische Rezeptur verraten, er ließ sich dafür sogar bezahlen. Fünfzig Kilo verschimmelten ihm davon, es stank in ganz Charyň und er machte Riesenverluste, ähnlich verlief das auch bei dieser »Privatisierung eines ganzen Fünftels der Kolchosenherde«, das er nach der Perestrojka erstanden hatte, das Vieh ging irgendwie verloren. Kavaryč meinte ja, man habe ihn bestohlen. Danach hatte er es noch mit Ansichtskarten versucht. Charyň hatte nie eigene Ansichtskarten besessen. Man könnte welche in Irkutsk drucken lassen und er würde dann auch gleich noch einen Ständer für die Post zusammenzimmern. Elvira könnte sich dann um die Bewerbung kümmern. Das war allemal besser, als Polarfüchse zu züchten, wie es ihm Údej riet, ein Charyňer, der nur vom fremden Geld lebt. Vom fremden Unglück, würde Kavaryč hinzufügen. Ich habe einfach zu spät damit begonnen, seufzte er. Denn früher war das Unternehmertum hier schließlich verboten.

Erske tat nach zwei Wochen Fernsehen schon richtig der Kopf weh. Das »Fernsehrussisch« dröhnte durch die Hütte, Erske kam sich vor, als würde es mit ihm ununterbrochen bergab gehen. Tamara kaufte alles ein, was ihnen die Werbung vorgaukelte und was sie sich leisten konnten, Erske war entsetzt. Einen Wischmopp mit ausgeklügeltem Auswringsystem, elastische Lockenwickler für Dauerwellen, einen Staublappen, den man nie reinigen musste. Er würde ja nie was laut sagen, doch er dachte sich seinen Teil. Dass sie mal lieber nicht allem so leicht auf den Leim gehen sollten.

Bevor er ging, stellte Erske den Ton leiser, er schob sich durch den Vorhang aus Tonbändern, der den Wohnbereich vom Flur abtrennte, diese »Ausgeburt an menschlichen Bastelwahn« fand er ebenfalls zutiefst lächerlich. Kavaryč schlief mit offenem Mund, es lief gerade eine Sendung über die russische Außenpolitik, sein Bauch war voller Brösel und unter seinem Sessel war sowieso immer ein Saustall.

Erske war zum ersten Mal nach vierzehn Tagen wieder draußen, der Frost vor der Hütte haute ihn beinahe aus den Socken. Schon einen ganzen Monat lang war die Temperatur täglich gesunken. Es war nun noch viel kälter als damals, als sie ins Lager gefahren waren.

Geb ich nur einen Pieps von mir, ist meine Mutter tot ... Erske erinnerte sich an das »Versprechen«, das er Údej in der Taiga gegeben hatte. Versprechen nicht einzuhalten, das gehört zu der Arbeit eines Anthropologen, mal ganz abgesehen davon, was ihm Údej und der Lehrer angetan haben. Ich bin doch wegen Hablund ein paar tausend Kilometer weit gefahren. Und man weiß hier von diesem Dänen, einige ganz bestimmt, und es riecht auch noch nach Dreck.

Seine beiden Zehen, die ganz schwarz geworden waren, taten langsam gar nicht mehr weh. Sie gewöhnten sich wohl daran, dass sie nicht mehr existierten. Aufgrund dieser Tatsache hatte er nun mehr Platz in den Schuhen und es machte beim Gehen seltsame Geräusche. Bevor er losging, um Údej einen Besuch abzustatten, steckte er sich daher ein Stück zusammengeknüllter Zeitung in den Schuh.

Als er sich Údejs Hütte näherte, kam der gerade aus dem Haus. Es passierte innerhalb eines Sekundenbruchteils, irgendetwas in ihm schrie »Hopp, versteck dich«. Danach war klar, was passieren würde. Er würde Údej gehen lassen und ihm unauffällig folgen.

Oburas Heizung war schon zum dritten Mal in diesem Monat ausgefallen. Údej hatte den billigsten chinesischen Schund eingekauft, um Geld zu sparen, und der elektrische Ofen schaltete sich immer genau dann ab, wenn es richtig frostig wurde. Údej ging los, um das Ganze mal wieder zu reparieren. Der Schnee knirschte unter seinen Füßen, die Fellmütze hatte er sich tief in die Stirn gezogen, er murmelte vor sich hin und zählte nach, wie lange er schon nicht mehr sein »Schweigegeld« kassiert hatte. Er wusste auch nur zu gut, warum. Weil Fedorek weg war. Doch interessiert ihn das? Die Kavaryčs interessiert es schließlich auch nicht, wenn die Mutter nichts zu fressen hat. Dass ihn diese Frau immer anbetteln muss, wenn sie zu ihm kommt. Warum sie bloß jeden Tag Wasser in ihr Haus trägt, bei dem krummen Rücken, auch ihre Hände sind so »verdreht«, dass sie eher Wurzeln ähneln, und alles nur um sich in ihrem kleinen Bottich Wasser warm zu machen, nicht etwa für den Tee, alles nur wegen ihres Tuches, das immer weiß wie Schnee sein muss, damit bloß niemand auf den Gedanken kommt, sie sei ein dreckiger Lump. Er würde ihr fünf andere Tücher kaufen, wenn er ein wenig Geld übrig hätte. Wenn die Kavaryčs doch endlich mit dem Geld rüberkämen. Schließlich ist er ihr Sohn. Auch wenn er niemanden je um etwas gebeten und ihn auch niemand je nach etwas gefragt hatte, er würde der Mutter immer zu Essen geben. Doch nun hat er selbst nichts. Verdammt. Sie haben immerhin Wodka für den Abend, doch ohne ein Stückchen Brot, in das sie beißen können. Für den Magen ist das schlimmer, als morgens einen ganzen Kübel Kaffee zu saufen.

Erske beobachtet Údej, wie er sich mit langsamen Schritten den Gartengrundstücken nähert. Er selbst war noch nie dort gewesen, auch wenn man bei den Kavaryčs oft genug davon sprach. Tamara und Elvira gehen hin, um Tomaten und Kartoffeln zu ernten, doch Erske darf sie nicht dorthin begleiten. Sie behaupten, dass dort – bis auf Unkraut – nichts mehr wachsen würde, wenn es dazu käme, dass dort ein Mann herumtrampelt. Warum nicht. Es macht ihm gar nichts aus, dass er nicht nach Kartoffeln graben muss. Was eine Frau ist und was ein Mann, das weiß heute in Europa längst keiner mehr. Eigentlich gefällt es Erske, dass man sich in Charyň nicht dafür schämt, die Arbeiten geschlechtsspezifisch aufzuteilen, diese »Gepflogenheiten« haben doch ihre Jahrtausende alten guten Gründe.

Údej sind diese Gepflogenheiten offensichtlich egal. Gerade öffnet er das Tor des Gartengrundstücks und geht zwischen den Beeten entlang, bis zum Holzschuppen mit dem Werkzeug, während sich Erske hinter einem gefrorenen Misthaufen verbirgt. Ihm ist kalt, doch Údej lässt sich im Schuppen gehörig Zeit. Obura kauert zitternd in einer Ecke und Údej hantiert an der Heizung herum, doch davon weiß Erske nichts. Nach einer halben Stunde geht er halb erfroren wieder, er wird Údej ein andermal aufsuchen. Auf seinem Rückweg kommt er am Gebäude der Dorfvorsitzenden vorbei, jenes geheimen Organs, das hier so viel Macht hat, doch Erske hat noch nie einen von ihnen gesehen. Nach all den Monaten, in denen nichts passierte, schien ihm, dass es keinen Grund mehr gab, noch länger abzuwarten. Das Haus wirkte verlassen, er hämmerte gegen die Tür.

Zu seiner großen Überraschung öffnete ihm die Miškinová. Die kleine Oleška hielt sich an ihrem Rockzipfel fest (wie auch im Laden), Erske musste mit seinen Fäustlingen allerdings erst seinen Mund »durchkneten«, um überhaupt sprechen zu können.

Miškinovás Miene verfinsterte sich, doch sie lud ihn dennoch ein, einzutreten. Gastfreundschaft ist in Charyň eine alte Gewohnheit, sie bedeutet noch gar nichts. Erske wusste das. Die Miškinová glich übrigens vollkommen jener Frau mit dem strengen Dutt und dem gleichen Familiennamen, die einst Hablund (und so manchem anderen) gefiel. Miškinová, das war ein Name, den man vererbt bekam, denn die Frauen, die diesen Namen trugen, heirateten nicht. Darja Miškinová hatte sich einst der Partei hingegeben, die jüngste Miškinová betreute hingebungsvoll ihren Laden und auch das Charyňer Archiv, wie schon ihre Mutter und Großmutter zuvor. Die Miškinovás waren geschäftige Frauen, die ihre Zungen im Zaum hielten.

Von Elvira wusste die Miškinová längst, dass Erske ein Sonderling war. Dass er sich, wenn es nur irgendwie möglich ist, nach jedem Essen die Zähne putzt und gerne in alten Sachen herumstöbert, die längst von einer dicken Staubschicht begraben wurden. Sie hat Erske beobachtet, wenn er zu ihr einkaufen kam, und insgeheim hat sie sich schon gefragt, wie lange es wohl dauern würde, bis er mal (während ihrer Amtsstunden) gegen die Tür hämmert. Er hatte Glück. Das Büchereiarchiv hatte schließlich nur zweimal pro Woche (jeweils abends) geöffnet, die Miškinová kam jedes Mal unmittelbar aus dem Laden angelaufen, völlig außer Atem. Wo sie kurz zuvor noch Elvira trösten musste, dass ihr Fedorek bestimmt bald zurückkehrt, und Oleška bekam noch eine Moralpredigt ab, sie möge sich bloß nicht mit den Rübenschädelkindern einlassen.

Natürlich kennt sie Hablund. Die Sitzungsprotokolle des damaligen Ältestenrates hatte sie schon so oft gelesen, dass sie manche Absätze auswendig konnte, und Hablund war dort ein stetiges Thema, ein Störenfried. Einige Sitzungen des Ältestenrates aus den Jahren sechsundvierzig und siebenundvierzig waren ausschließlich ihm gewidmet. Und das zu einer Zeit, wo dem Landstrich Hunger drohte, die Aufzeichnungen sprachen vom schlimmsten Winter seit Jahren und die »Berila-Revolte« lag in der Luft, aus verständlichen Gründen war der Ältestenrat darüber nicht vorab unterrichtet worden. Normalerweise wurden die Pläne subversiver Elemente allerdings rechtzeitig verraten. Auch die Vorfahren hatten dafür ihre Leute. Doch damals war das Ganze scheinbar direkt aus der Taiga über sie hereingebrochen, eine Horde speckiger Rabauken. Hablund paktierte mit diesen Elementen.

Die Miškinová denkt sich, dass bestimmt er es gewesen war, der dafür gesorgt hatte, dass der Ältestenrat nichts von der geplanten Revolte erfuhr, und nichts würde sie je vom Gegenteil überzeugen können.

Sie führt Erske genau dorthin, wo die Protokollmappen des Ältestenrates (von 1938 bis zum Vorjahr) ganze zwei Wände des Raumes einnehmen. Die anderen Mauern sind voller Regale, mit Büchern und Zeitschriften. In der Raummitte befindet sich ein kleiner Tisch mit einer Lampe, die Leseecke für einen jeden, den die Miškinová einlässt.

Erske nahm einige Sitzungsprotokolle an sich, die in der Zeit nach Hablunds Ankunft erstellt worden waren, er war sehr aufgeregt, setzte sich an den Tisch und tauchte mehrere Stunden lang in die Lektüre ein.

Er kam erst wieder zu sich, als sich die Miškinová zu ihm beugte und ungeduldig mit dem Schlüssel rasselte. Manche Protokollseiten waren halb verbrannt und einige fehlten sogar völlig. Erske sagte sich, dass er einige Seiten unter seinem Pullover verstecken könnte, um sie nach draußen zu schmuggeln, die Miškinová würde nichts davon bemerken. Die alte Frau in Kopenhagen hätte bestimmt ihre Freude damit. Die, wegen der er hierhergefahren war, die man seinerzeit eines Mordes bezichtigt hatte.

Draußen war es finster, Erske legte den ganzen Weg bis zu den Kavaryčs mit gesenktem Kopf zurück. In Charyň kannte er längst alles. Den gleichen Sternen hatte schon Hablund zugesehen, dachte er sich. Die letzte Anmerkung zu Hablund, die er in den Protokollen vorgefunden hatte, hing mit der »Verleihung des Leutnant Chirkov-Ordens« zusammen, an all die, die das Dorf verteidigt hatten. Hablund war nicht darunter. Die Namensspalte mit den Ordensträgern nahm eine ganze halbe Seite ein und unter ihnen fand sich auch seine Ehefrau Saška, geborene Pavličová. Ihre Hochzeit war in den Protokollen ebenfalls vermerkt. Ihnen war eine Hütte zugeteilt worden, die Familie der einstigen Besitzer wurde vertrieben, der Ort, wohin man sie abgeschoben hatte, war allerdings nicht angeführt. Über Hablunds mögliche Rückkehr nach Dänemark stand in den Protokollen nichts. Ein gewisser Glaznikov war bei der Sitzung im Winter 1947 damit beauftragt worden, weitere Informationen zu diesem »Gopenhagen« zu beschaffen, er sollte den anderen darüber Bericht erstatten.

Es kam ihm so vor, als wäre Údej in Verlegenheit.

Ein paar Tage lang in der Taiga zu verbringen, das ist schließlich für einen jeden eine zuträgliche Prüfung. Glaub mir, ich hätte dich dort nicht hängen gelassen. Natürlich hätten wir dich gerettet, mit allem Drum und Dran. Ich hätte dir eine warme Decke übergeworfen, du hättest etwas Wodka getrunken und alles wäre wieder gut gewesen. Den Finderlohn hätten wir uns zu gleichen Teilen geteilt, du und ich, schwafelte der betrunkene Údej.

Ich bin wegen Hablund gekommen, antwortete Erske kühl.

Údejs Gesichtsausdruck veränderte sich. Dieser Mann hätte die Prüfung nie bestanden.

Ihr habt ihn in der Taiga zurückgelassen?

Ich nicht, ich war doch noch gar nicht auf der Welt. Und niemand hat ihn irgendwo zurückgelassen. Er war es, der etwas zurückließ. Die Saška. Wenn du etwas über ihn erfahren willst, geh doch zu ihr und frag nach, wie es ist, von Jugend an alleine zu sein … Und bring ihr irgendetwas mit. Etwas zum Bier, Erdnüsse …

Von einem Fotoapparat unter der Rinde eines Hartriegelbaums (mit Hablunds eingeritztem Namen) wusste Údej nichts. Ein paar Minuten später hatte er Erske beinahe hinausgeworfen.

Údej träumte manchmal davon, dass seine Mutter in Dänemark berühmt geworden war, durch diesen Zyklus der »Verschwindenden Welten«. All die Filmstücke, die Hablund gekonnt geschnitten hatte, und in Gopenhagen trug daraufhin eine ganze Generation langbeiniger Gopenhagenerinnen ihre Haare wie die Saška aus Charyň. Prächtig.

Wenn Údej bei seiner Mutter zu Besuch ist, wühlt er sich

durch diverse Schachteln mit allerlei Gerümpel. Er holt sie hervor und breitet alles aus. Er wird sie immerzu durchwühlen und nach irgendetwas suchen. Damit die Erinnerungen auflodern und die Leichname, einer nach dem anderen, ihre Hände heben und einem zuwinken, ba ba. Für gewöhnlich trinkt man dazu zwei bis vier Flaschen Wodka. Es hängt ganz davon ab, ob Údej und Saška in Stimmung sind, aber auch davon, ob er mal wieder Geld hat. Manchmal tut er so, als hätte er überhaupt keines. Wo denkst du hin, Mutter. Und dann stochert er irgendwo herum und zieht – welch ein Wunder – eine volle Flasche hervor.

Schließlich bittet er die Mutter, noch zu bleiben, andererseits, er würde ihr genau so gern auch eine scheuern, sobald ihre graue Gestalt im Türrahmen auftaucht. Diesem grauen Kopf, diesem Schatten, der da kommt, dessen Profil so sehr dem seinen ähnelt.

Auf Väterchen Hablund. Als ob der adeliger Herkunft oder so wäre. Sie tranken die ersten paar Gläschen, schluck schluck, und dann erneut auf ihn, den alten Fuchs, dass er bekommt, was er verdient. Wir sollten wohl seinen hundertsten Geburtstag feiern, sagte er vor ein paar Tagen zu der Mutter. Er umarmte sie, so wie er damals an jenem Abend auch Elvira umarmt hatte. Sie musste ihn in Ruhe lassen, sonst hätte er die Sache mit Obura in ganz Charyň herumposaunt. Sie musste ihn einfach machen lassen, was er wollte.

Er wünschte sich, dass es die Mutter endlich bald hinter sich hat. Sie zu trösten, das hängt ihm längst zum Hals raus. Na klar, dass er zu dir zurückkehrt, na klar, das wird er. Údej versuchte sie schon ein paar Jahre lang davon zu überzeugen, dann und wann einen der Züge auszulassen.

Er wollte sie dazu zwingen. Die Alte. Er hielt sie an den Händen fest, doch sie konnte sich immer irgendwie herauswinden, sie kam dann völlig atemlos zum Bahnhof gelaufen, und erst als der Zug wieder fuhr, schlenderte sie traurig nach Hause zurück.

Erske ging langsam das Geld aus. Die Mutter hatte ihm ans Herz gelegt, bloß nichts von seinem eigenen Geld auszugeben, und wenn erst mal nichts mehr von dem da ist, was ihm die Alte in Kopenhagen gegeben hatte, soll er, so schnell es geht, nach Hause zurückkehren. Viel blieb ohnehin nicht mehr zu tun. Er entschloss sich, Saška aufzusuchen, obwohl man mit ihr vermutlich kein normales Gespräch führen konnte.

Die alte Frau war gerade dabei, Sonnenblumenkerne zu knacken. Sie saß am Bahnhof, zerbiss die weißen Kerne, die schwarzen Schalen spuckte sie wieder aus. Sie wartete auf den Zug und Erske wollte sie dabei eigentlich nicht stören. Doch für diese Arbeit war er schließlich bezahlt worden und es beinhaltete, dass man Leute auch dann befragt, wenn man selbst vielleicht gar keine Lust darauf hat.

Saškas Miene verfinsterte sich, doch diesmal bot sie ihm eine Zigarette an.

Oh, mein Hablund. Sind Sie vom Radio? Damals haben sie eine Sendung über ihn gemacht. Zu seinem Film »Verschwindende Welten«. Habt Ihr davon gehört? Saška nahm einen tiefen Zug. Dass sie diesen Dänen angeblich gar nicht besonders gemocht hatte. Ihr eigener Sohn hatte es gewagt, ihr das so ins Gesicht zu sagen. Sie spuckte aus.

Mich würde interessieren, wie es damals gewesen war. Ihr wart beide jung …

Erske begann irgendwo, und in Saškas Erinnerungen tauchten plötzlich schwarze Mäntel mit roten Sternen auf. Nachdem Berila wieder gefahren war, kam die Armee angebraust. Ein ganzes Meer. Sie wusste nicht, wohin ihr Mann gegangen war. Da konnten sie hundertmal danach fragen, und sie wusste es noch immer nicht.

Sie sagten etwas darüber, dass sie sich nicht für dumm verkaufen lassen. Hohe Männer, in hohen Stiefeln.

Wir waren jung, das schon.

Er stellte sich bei den Hausarbeiten nicht gerade geschickt an, sagte sie nach einer Weile. Sie beobachtete den einfahrenden Zug und bemerkte Fedoreks Kopf, der aus dem Fenster schaute. Er unterhielt sich mit irgendwelchen Reisenden, er sah ziemlich wichtig dabei aus. Er bemerkte sie auch. Diese Hexe. Eine Geschichte, die hier alle kannten.

Die Jungen sollen sich nur austoben, wieherte Dorans Witwe und begann zu lachen.

Erske zuckte mit den Schultern und lächelte aus Höflichkeit, obwohl er nichts verstand.

In meinen jungen Jahren wurde uns etwas anders vorausgesagt. Dort sollte ein großes Schwimmbecken entstehen. Einen Eislaufplatz hatten wir, doch kein Schwimmbecken. Dass man dort mit den Kindern würde schwimmen gehen können. Wie Enten hätten sie dort herumtoben sollen. Mir fällt ein … sie schwieg … glaubt Ihr etwa, dass mich Hablund vergessen hat?

Erske ahnte, dass es wohl zu spät dafür war, Saška noch einmal »umzupolen«, dass sie das Warten auf die Züge sein lässt und sich stattdessen lieber mit Kreuzungen beschäftigt.

Eine Weile schwieg sie, doch dann setzte sie erneut fort. Lastwagen. Sie kamen angefahren und brachten überhaupt nichts mit. Bäng, bäng. Keine Bewegung. Aus den Hütten steigt Dampf auf. Ich rufe meinen Mann. Schnee, Inseln mit raschelndem Gras und schwarze Mäntel mit wichtigen Schriftstücken. Charyň bekommt einen Verweis wegen des schlechten Benehmens. Sie schwieg wiederum eine Weile.

Wisst Ihr, was Hablund gemocht hatte? Dieses Leben hier, wirklich. Alles wäre in der Taiga von ihm abgefallen. Und wisst Ihr was?

Saška bedeutete Erske, er möge sich doch zu ihr setzen, und flüsterte ihm alsdann zu: Er hat mir Märchen erzählt, von ihnen aus dem Norden, aus Gopenhagen, und die waren fast genauso wie die Unsrigen. Er dachte, er würde zurückkehren. Er ließ aber all seine Sachen hier zurück. Vielleicht ist er versehentlich irgendwo falsch ausgestiegen und irrt seitdem irgendwo herum. Saška lauschte aufmerksam.

Hört Ihr ihn?

Erske sah ein, dass es keinen Sinn hatte.

Er wünschte der Alten alles Gute und wollte bereits gehen, als sich ihn Saška plötzlich am Pulli krallte und Erske – zu seiner großen Überraschung – mit viel Kraft wieder zu sich zurückzog.

Erske dachte, dass Saška wohl seine Arme begrapschen möchte, doch sie wollte nur wissen, ob er nicht irgendetwas zum Essen hat.

In der Hütte der Kavaryčs hatte sich während seiner Abwesenheit fast nichts verändert. Nur lief keine Sendung über Außenpolitik mehr, sondern die Wettervorschau. In

Kiew minus zehn, in Rom achtzehn Grad über Null ... Kavaryč schläft immer noch mit offenem Mund.

Eigentlich hätte ich ihren Fedorek wirklich gerne kennen gelernt, fällt Erske ein, als man beim Abendessen mal wieder über ihn spricht. Doch das wird sich nicht mehr ausgehen. Diesem Schaffner in seiner blauen Uniform, der mit Elvira dieses kränkliche Kind gezeugt hat, dem wird er niemals mehr die Hand schütteln. Er soll ihnen aus Dänemark gefälligst irgendwelche Medikamente schicken, legt ihm Tamara ans Herz. Sie ahnt, dass er bald aufbricht, schließlich ist sie zur Hälfte ein Rübenschädel. Sie sagt zu ihm, er soll Serjoža viele Arzneien schicken, ganz viele. Und Erske fällt nur ein, ob die dann der Kavaryč nicht irgendwo weiterverkauft, ob das nicht dann sein nächstes »Business« wird. Dünne Burschen und Mädchen, die beinahe durchsichtig scheinen, von denen gibt es im Dorf genug. Die Uranbergwerke, die man zu versiegeln vergaß, die Taigafabriken, die vor die Hunde gingen (man weiß gar nicht genau wo), die Dämpfe, die von irgendwoher aus China bis nach Charyň getragen werden ...

Böse Zungen in Charyň behaupten, dass noch viel schlimmer als das alles doch dieser teuflische, rosa Nebel ist, die Abgase des Rübenwerkes in Čevapik.

HABLUND

Er musste sich eingestehen, dass er richtig nervös war. Aber alles schien wirklich gut durchorganisiert zu sein. Zwei große Lastwagen, die normalerweise (unter ihrer grünen Plane) Soldaten transportierten, standen schon seit den frühen Morgenstunden in Charyň bereit. Von Zeit zu Zeit warfen die Fahrer die Motoren an, angeblich, damit diese nicht einfrieren, doch Hablund kam es so vor, als wollten sie sich nur wichtig machen. Wer wollte das schließlich nicht, an diesem Tag? Hablund tat auch alles, damit man ihn bemerkte. Dieses körperliche »Ertüchtigungsprogramm« (unter Bovníks Leitung), all das Herumlaufen und Abhärten, das wurde doch vor allem wegen heute auf sich genommen, natürlich auch wegen den Tagen, die noch folgen sollten. Wann sie von der Jagd zurückkehren würden, das vermochte niemand genau zu sagen. Saška wollte ihm ständig Essen einpacken, wie für ein ganzes Regiment, doch Hablund wusste von den vorangegangenen »Instruktionen«, dass sich alle aus einem gemeinsamen Topf verpflegen würden. Sie stand vor ihrem Haus, vor der großen Tafel mit dem Schriftzug FAMILIE DORAN, ihre Arme waren ausgebreitet, als ob er nun für immer wegfahren würde. In diesem Augenblick befiel ihn diese Angst. Die er jetzt so richtig spürt. Er erinnerte sich an die Gespräche, die er mit Saška geführt hatte, als sie noch nicht verheiratet gewesen waren. Über den Bolschewismus, über die Zukunft Charyňs. Jetzt erinnerte sie ihn an eine Frau aus einem Gemälde: Die Mutter verabschiedet sich vom Sohn, der zur Front muss. Sogar ihre Gesichtszüge waren plötzlich »schärfer«, sie hatte eine kantige Stirn, der Rock wehte im Wind. Hablund umarmte und küsste sie, er musste zu den anderen Männern.

Die Lastwagen kamen pünktlich um acht Uhr angefahren, wie es ihnen Bovník versprochen hatte, und sie wurden sogleich mit allerlei Sachen beladen. Etliche Männer sausten emsig herum, viele von ihnen kannte Hablund nicht einmal, sie waren ihm zuvor in Charyň nie aufgefallen. Einige von ihnen hatten schwere Mäntel mit hohen Krägen, an den Hüften mit Gürteln festgezurrt, Fellmützen mit roten Sternen und Fellschuhe, die mit Abzeichen übersät waren. Hablund erinnerten sie an eine »rote Polizei«, doch es schien so, als hätte ein jeder (mal abgesehen von den spitzen Fellmützen, die dem Ältestenrat vorbehalten waren, also Pavlič, Bovník, Glaznikov und Miškinová, die diese schon seit dem frühen Morgen trugen) nur das angezogen, was ihm zu Hause gerade mal in die Finger geriet, denn Hablund konnte keinerlei Rangunterschiede ausmachen. Die Männer warfen sich Sachen zu, sie bildeten Ketten, mit Hilfe derer der Proviant auf die Ladeflächen strömte, oben musste es dann einer schlichten. Eingerollte und zusammengeschnürte warme Decken, Matratzen, große Kessel, Schöpflöffel, allerlei Deckel, mit weiß Gott was gefüllte Säcke, Gewürzdosen, mehrere große Packungen Streichhölzer, Petroleumkanister, Sessel, Tische, Riemen, Planen, Munitionskisten. Hablund gliederte sich ein, die Kette hatte ihren Ursprung beim Lager des Ältestenrates, er hatte gar nicht geahnt, dass es hinter dem Sitzungssaal offenbar noch eine große Kammer gab, mit all diesen Sachen. Er erkannte dort in einer Ecke Dutzende verstaubte Gewehre (wohl noch aus den Zeiten der Revolution), einen ausgestopften Wolf, stapelweise alte Zeitungen, Pappkartons mit Fotografien, die Gesichter derer, die inzwischen irgendwohin verschwunden waren, hatte man schwarz übermalt. Aus dem Lager des Ältestenrates wurden jedoch auch Lehrbücher mitgenommen. Es war geplant, sich nach einem jeden Tag, den man mit der Tierjagd verbracht hatte, gegenseitig etwas vorzulesen. Diese erholsamen und bildenden Aktivitäten oblagen der Miškinová, sie war auch die einzige Frau, die – mal abgesehen von den Köchinnen – mitfuhr. Sie wählte persönlich die Bücher aus und reichte sie dem ersten Mann in der Kette, es waren mehrere Dutzend Bände.

Eine weitere Menschenkette führte zum Speicher, den Velor beaufsichtigte. Sein Betrugsmanöver, das dazu führte, dass die Charyňer viel zu wenig Essen für den Winter eingelagert hatten, war noch nicht aufgeflogen. Er selbst wählte jetzt aus, was und wie viel man davon zur Jagd mitnehmen würde, all das, womit die Köchinnen dort hantieren sollten. Es gehörte zum guten Ton, die erlegten Rentiere im ganzen Stück zurück ins Dorf zu bringen.

Am heutigen Tag war – in Anbetracht der vielen Arbeit – sogar der Umbau des Bahnhofsgebäudes gestoppt worden. Die Häftlinge, die dort für gewöhnlich arbeiten mussten, halfen nun dem Ältestenrat bei den Fahrzeugen. Sie reinigten die Fensterscheiben, säuberten die Kotflügel, ölten die Ladepritschen, sie halfen auch die Gurte festzuziehen, beim ersten mittlerweile bis oben hin beladenen Fahrzeug. Einen bösen Blick von den Rübenschädeln und viel Lob von Bovník erntete Borja, als er an die Ersatzreifen erinnerte. Beinahe hätte man sie vergessen.

Während die Charyňer um die Fahrzeuge herumliefen, wälzten sich die meisten Rübenschädel (in ihrer verschlissenen Kleidung) irgendwo am Boden, sie gaben freche Bemerkungen zu dem geschäftigen Treiben von sich, rauchten, lachten lauthals und warfen mit Steinen nach herumlaufenden Hunden. Es waren jedoch auch andere darunter, die saßen völlig regungslos da. Man hätte vielleicht sagen können: die alte Garde. Stammesangehörige, denen der gestrige Abend, als das Festfeuer jäh vom Schnee erstickt worden war, keine Ruhe ließ. Von all den Leuten, die die Fahrzeuge umschwirrten, es mochten ungefähr an die sechzig sein, machten sich nur die »Rübenschädel des inneren Kreises« so ihre Gedanken, in Anbetracht des gestrigen Zwischenfalls. Diejenigen, die sich gestern mit allen Kräften darum bemüht hatten, eine Zukunft günstig zu stimmen, die von der Schneelawine erstickt worden war.

Izikil stand etwas abseits, gemeinsam mit weiteren Mitgliedern des innersten Kreises. Sie rauchten nicht, neckten einander auch nicht, und als Borja die Reservereifen erwähnte, lachten sie keinesfalls. Sie standen still da, nur die farbigen Zipfel ihrer Umhänge flatterten im Wind. Sie trugen ihre eigenen Sachen. Keinesfalls »russisches Zeug« und sie waren auch nicht wie Lumpen gekleidet, sie erinnerten noch wirklich an die Stämme aus den vorsowjetischen Zeiten. Hablund beobachtete sie aus dem Augenwinkel, er wusste nicht, was er von ihnen halten sollte. Die

Kleidung mit all den vielen Zipfeln, die wird sich doch in der Taiga ständig in Ästen verfangen, die Stoffe werden sich mit Wasser vollsaugen und außerdem schien das alles sehr »luftig« zu sein, der erste Frost wird die doch gleich dahinraffen. Doch das sollte nicht Hablunds Sorge sein, und den Ältestenrat bekümmerte das offenbar auch nicht. Der kontrollierte nur die Seinen, die Charyňer. Ob alle ihre Schuhe repariert, mindestens zwei Paar Ersatzsocken in den Hosentaschen, ob sie lange Unterhosen und auch Ersatzhandschuhe hatten, und natürlich einen Schal.

Wer von Bovník kontrolliert worden war, durfte auf die Ladefläche klettern und sich seine »Reisenische« suchen, zwischen all dem Gepäck. Auf der einen Ladefläche saßen die Frauen, die sie bekochen sollten. Hablund erblickte unter ihnen auch Vasilisa. Die anderen Frauen sind wohl ebenfalls Häftlinge, dachte er sich. Vasilisas Bauch war unter den vielen Kleidungsschichten nicht zu erkennen, ein jeder sah mittlerweile wie ein kleines Fass aus. Er lächelte ihr zu, doch sie bemerkte ihn nicht, er saß auf einem anderen Wagen.

Hablund fand tatsächlich einen bequemen Platz, zwischen einem großen Fass und einem Kanister. Er hätte jetzt gerne Saška zugewunken, von diesem Riesenhaufen herab, stolz auf sich selbst. Doch alle bis auf die Jäger waren längst wieder in ihren Hütten, die Abfahrt erfolgte nach genauen Regeln.

Man winkte bei der Abfahrt tatsächlich den Rübenschädeln zu und die winkten zurück. Sie würden selbst dafür Sorge tragen, rechtzeitig am vereinbarten Treffpunkt in der Taiga aufzutauchen.

Die Motoren heulten auf, die Fahrzeuge hüpften, die

Männer kontrollierten ihre Ausrüstungen, sie musterten sich gegenseitig und stimmten dann einige Lieder an. Hablund brummte jedes mit, ohne den genauen Text zu kennen.

Die Regeln der Jagd kannte Hablund nicht, und so wusste er auch keineswegs, dass das hier nur so etwas wie eine »Heeresschau« war, eine pompöse Parade, nicht wirklich zu etwas nütze. Ihm fiel zwar ein, dass sie mit so großen Fahrzeugen wohl in der Taiga nicht sehr weit kommen würden, doch schon bald dachte er nicht mehr daran, bestimmt hatte man sich schließlich zuvor alles gut überlegt.

Das hatte man in der Tat. Nach zwei Kilometern abschüssigen Geländes, wo Hablund im Sommer immer wieder Kühe oder Ziegen grasen sah, tauchten die ersten niederen Bäume und Sträucher auf, es war das Ende ihrer Fahrt. Glaznikov stand dort längst mit den Hunden, weithin sichtbar aufgebaut. Es ertönte der Befehl, alles aus den Fahrzeugen auf die Hundeschlitten umzuladen, die Menschenkette geriet erneut in Bewegung. Auf den Ladeflächen blieben ein Tisch, Tischtücher, einige Schneeschuhe und zwei Kartoffelsäcke zurück, auf den drei Hundeschlitten hatte leider nicht alles Platz.

Alles andere wurde mit Schnüren festgemacht, auf jedem Schlitten türmte sich der Proviant gut zwei Meter hoch, bei der Anfahrt mussten den Hunden sogar mehrere Männer helfen. Die Fahrer machten sich unterdessen zwischen den Fahrzeugen ein Feuerchen an und hüllten sich in ihre Decken, Hablund begriff, dass sie hier wohl auf sie warten würden, bis die Jagd vorüber war.

Bovník blies in ein großes Ochsenhorn, die Jagd war eröffnet. Die Proviantschlitten, die von den Hunden gezogen wurden, und die Männer- und Frauengruppen setzten sich mit kleinen Schritten in Bewegung, auf in die Taiga. Sobald die Vorräte schwinden, würde man schneller gehen. Vorerst hatten die Hunde mit den schweren Schlitten so sehr zu tun, dass sie grad mal zwei Kilometer in der Stunde zurücklegen konnten. Bovník war damit nicht gerade zufrieden, doch da konnte man nichts machen. Gleich in der ersten Stunde des Marsches kippte auch einer der Schlitten um. Die Männer, die ihn beladen hatten, Hablund war darunter, würden zwei Tage lang halbierte Essensrationen erhalten.

Der Abend kam schnell und unvermittelt. Sie hatten grad mal die Wegstrecke »fünfmal quer durch Charyň und retour« zurückgelegt, Hablund war allerdings auch so schon hundemüde. Die Halbwölfe, die die Schlitten zogen, rollten sich sogleich ein und schliefen, und Hablund hätte das auch gern getan, doch die Miškinová verteilte ihre Bücher, und während Glaznikov irgendetwas vorlas, passte sie auf, dass bloß keinem der Männer die Augen zufallen. Mal zeigte sie mit einem Stock auf diesen, dann auf jenen, damit sie den letzten Absatz nacherzählten, die jeweiligen Seiten hatte sie sich zuvor mit Lesezeichen (alte Zeitungen) markiert. Hablund hatte Parteireden oder etwas aus Jagdhandbüchern erwartet, doch es war vielmehr ein Kaleidoskop verschiedenster Dinge aus der gesamten Sowjetunion. Auszüge über die Schiffbarkeit der Wolga, den georgischen Herrscher Arcil (siebzehntes Jahrhundert), die aserbaidschanische Melonenernte. Die Miškinová wählte die Auszüge so aus, dass ein jeder die Männer in anderer Hinsicht bildet, man darf ruhig anmerken, dass Hablund danach wie im siebten Himmel schlief.

Jeder Tag begann mit dem Dröhnen des Ochsenhorns. Dafür war einer aus dem Ältestenrat zuständig, oder auch ein Mann, der sich im Laufe des vorangegangenen Tages auf irgendeine Weise bewährt hatte. Velor etwa, als er eine frische Rentierfährte entdeckte. Allerdings war der Ort, wo man auf die Tiere zu warten gedachte, schon im Voraus mit den Rübenschädeln vereinbart worden, und so hatte diese Entdeckung zum gegenwärtigen Zeitpunkt keinerlei praktische Bedeutung. Und dennoch. Velor blies am nächsten Morgen um sieben Uhr ins Horn, es war eine Ehre. Die Köchinnen begannen daraufhin gleich Schnee für das Teewasser aufzusammeln. Sie kochten ihn in einem großen Kessel, die Männer sorgten rechtzeitig für das Brennholz. Tee war das Einzige, das sie am Morgen bekamen. Dafür gab es auf einem der Schlitten einen riesigen Schiffskoffer mit Zuckerwürfeln und vorerst durfte sich dort noch ein jeder so viel nehmen, wie er wollte. Sich den Zuckerwürfel langsam im Mund zergehen zu lassen, während heißer Tee darüberströmte, zählte zu Hablunds größten morgendlichen Freuden. Er hatte sich vorgenommen, jeden Morgen zu fotografieren, allerdings musste er dann ein wenig früher als alle anderen aufstehen, und er konnte den Fotoapparat – bei dem strengen Frost – ohnedies nicht allzu lange in der Hand halten. Somit sind nicht viele Fotografien von Hablunds erster und einziger Jagd überliefert. Mal abgesehen von etwas »Verwischtem« und ein paar Hundefängen und einer Fotografie von Vasilisa, die sich mit einer Hand am Bauch hält und mit der anderen den Kessel umrührt, war auf dem Film, den Erske entdeckt hatte, nicht viel zu erkennen.

Die erste große Taigaprüfung kam nach drei Tagen. Es

war am späten Nachmittag und alle freuten sich bereits auf das Aufschlagen des Lagers, als Hablund plötzlich ein Heulen vernahm. Er war als Letzter unterwegs, noch ein Stück den anderen hinterher, weil er dem Tempo – trotz des langsamen Vorankommens – kaum folgen konnte, und so hatte er es als Allererster gehört.

Er lief gleich zu Velor, der versprach ihm auch, dass er am nächsten Morgen bestimmt zur Belohnung das Horn blasen dürfe, und kurz darauf brach schon die Panik aus. Das Heulen erklang plötzlich von allen Seiten, und es war völlig unklar, auch als Bovník und Glaznikov befahlen, vom geplanten Kurs abzudrehen (um den Wölfen auszuweichen), wohin man sich wenden sollte. Bovník gab den Befehl anzuhalten, eine Krisensitzung des Ältestenrates wurde einberufen, doch bevor man in der Taiga einen ausreichend großen, baumlosen Platz vorfand, das »Stabszelt« aufgebaut und für die Ratsmitglieder Tische und Sessel für die improvisierte Sitzung entladen werden konnten, war im Wolfsgeheule kaum noch das eigene Wort zu vernehmen. Es schien so, als gäbe es mehrere Wolfsrudel und die Jäger waren genau zwischen sie geraten.

Ein hungriges Wolfsrudel ist eines der schlimmsten Dinge, die einem bei einer Taigajagd passieren konnten. Zudem schlossen sich dann die Hunde den Wölfen an, die unter normalen Umständen keine Menschen angreifen. Sie heulten und bellten und die Männer mussten die Schlitten halten und mit Stöcken auf die Tiere einprügeln, damit diese die Spur halten und sich nicht einfach losreißen. Als es schien, dass das Heulen und Bellen nicht mehr schlimmer werden konnte, setzte plötzlich Stille ein. Die Wölfe verstummten, die verwirrten Hunde bellten noch eine Weile, doch dann beruhigten auch sie sich. Hätten sie einen Rübenschädel bei sich gehabt, sie hätten ihn fragen können, was man denn jetzt tun solle, doch hier wusste es keiner. Sie atmeten tief durch, doch die jähe Stille beunruhigte sie auch. Buro, Izikil, Borja und sogar die Idiotin hätten gewusst, dass es nur eines bedeutet: Rette sich, wer kann. Die Wolfsrudel, die für gewöhnlich miteinander kämpfen und konkurrieren, waren gerade dabei, sich zu verbünden, der Hunger zwang sie zu einem gemeinsamen Angriff. Nur die Hunde hatten es plötzlich begriffen. Die zahmen Halbwölfe witterten ihre Brüder, sie drehten sich in ihren Geschirren im Kreis, verhedderten sich in den Riemen, winselten vor Angst. Die Charyňer konnten sie nur noch schwer halten. Die Beratschlagung des Ältestenrates endete damit, dass man die Reise fortsetzen sollte. Zu diesem Zeitpunkt war ohnehin nichts mehr abzuwenden. Nach ein paar Minuten stürzten die Wölfe hinter den Bäumen hervor. Sie griffen die Jäger von hinten an, Hablund erwischte es als Ersten. Ein Wolf sprang ihm auf den Rücken, brachte ihn zu Fall, doch das Rudel drängte weiter, und so lief auch dieser schließlich los, über Hablunds Rücken hinweg. Die Gewehre lagen auf den Schlitten obenauf, doch bevor man die Riemen lockern konnte, waren die Hunde weggelaufen, die Schlitten umgestürzt, alle Vorräte weithin verstreut und acht Männer tot. Viele Wölfe stürzten sich zum Glück nur auf die Säcke mit dem Trockenfleisch, das war viel leichter, als jemanden zu töten, und noch bevor sie das Fleisch vertilgen konnten, hatten die Charyňer ihre Waffen durchgeladen und schon brannten sie den ersten Wölfen eins auf den Pelz. Weitere zwei Männer starben, weil sie von drei verwundeten (und daher grimmigen) Wölfen zerfleischt wurden, die irgendwer mit seinem Schuss nur ungeschickt am Bein erwischt hatte, der Rest des Rudels zog sich bald in den Wald zurück.

Die Hälfte aller Hunde war verschwunden. Sie machten ein Feuer an, warteten bis zum Nachmittag des nächsten Tages, damit die Hunde zurückkehren konnten. Diejenigen, die kamen, erhielten etwas Trockenfisch und Bovník befestigte an einem der Riemen ein Tapferkeitsabzeichen, schließlich hing von den Hunden in diesem Augenblick das ganze Vorhaben ab. Fünf von ihnen kamen wieder zurück. Sie konnten so wenigstens mit zwei Schlitten weiterfahren. Wären gar keine Hunde zurückgekehrt, die verbliebenen Tiere hätten nur noch einen einzigen Schlitten ziehen können und der Ältestenrat hätte nur noch befehlen können, ins Dorf zurückzufahren. Auch ein Viertel aller Vorräte war futsch, ein ganzer Teesack lag überall in der Taiga verstreut. Die Schneeklumpen, die sich mit dem Tee vermischt hatten, warfen sie später direkt in die Kessel, sie tranken die Brühe und warteten.

Hablund froren die Finger ein, seine Haut am hinteren Hals war aufgerissen. Er spürte, wie ihm das Blut (unter dem Kragen) warm den Rücken hinunterlief, doch andere waren viel schlimmer dran. Einem der Männer fehlte ein Stück des Oberschenkels, einem anderen hatte man halb die Hände abgebissen, und noch einem anderen hatten die Wolfsfänge den Bauch aufgerissen, den hatte es am schlimmsten erwischt. Velor verband die Wunden aller Männer mit einem Stück Stoff, sie luden sie auf die Schlitten, zwei von ihnen sollten nie wieder aufstehen.

Während sie auf die Hunde warteten, humpelte Hablund einmal um das Lager herum. Der rosa Schimmer des sie umgebenden Schnees hatte an ein paar Stellen genau jene Schattierung, die Marianne so sehr mochte. Er konnte kaum noch einen Schritt vor den anderen setzen, so würde er es nicht schaffen, weiterzugehen. Er suchte nach einem Platz, an dem er seinen schweren Fotoapparat verstecken konnte, um diesen irgendwann später wieder zu holen, doch die Taiga sah überall gleich aus. Schließlich entschied er sich für einen kräftigen Baum, den die Vögel etwas ausgehöhlt hatten, dort schob er den Fotoapparat so tief hinein, wie er nur konnte, alles in diesem zerrissenen Teesack und im »Pstruher Anzeiger« verpackt (in dem zuvor Fische eingepackt waren, die man an die Hunde verfüttert hatte), und er tarnte alles sorgfältig mit einigen Zweigen. In die Rinde ritzte er in Großbuchstaben »Hablund Doran« ein und vor dem Baum band er (aus zwei Ästen) ein Kreuz zusammen, das er in den Schnee rammte. Als ob er hier gestorben wäre, dachte er sich, als er das Kreuz musterte. Er hatte Angst.

Bis sich die Gruppe der Charyňer Jäger einige Tage später mit den Rübenschädeln vereinte, passierte nichts mehr. Sie kamen mit einer konstanten Geschwindigkeit von acht bis fünfzehn Kilometern am Tag voran, auf dem einen Schlitten befanden sich die meisten Vorräte, auf dem anderen all der Rest, gemeinsam mit drei verwundeten Männern, den dritten Schlitten hatten sie verbrannt, als klar war, dass keine Hunde mehr zurückkehren würden, es hätte ihn ohnehin keiner ziehen können.

Hablund bildete zumeist das Schlusslicht, gemeinsam mit den Köchinnen, schweigenden Mädchen, die allen überflüssigen Gesprächen mit den Männern aus dem Weg gingen. Hablund bewunderte ihre Ausdauer. Sie stapften wie zähe Pferdchen dahin, eine hinter der anderen auf Hablunds Spuren, er bemühte sich darum, kleine Schritte zu machen, damit sie es leichter hatten. Selbst unter den Fellmützen trugen sie ihre mit Nadeln fixierten Kochhäubchen. Sie waren zu viert, Vasilisa war die Älteste von ihnen. Das Schweigen und ihren gesenkten Blick erklärte sich Hablund dadurch, dass sie Angst hatten. Sie fürchteten wohl, dass sie den Jägern während dieser Expedition auch noch anders »behilflich« sein würden, nicht nur als Köchinnen. Doch entweder waren alle so erschöpft, dass keiner auf diese Gedanken kam, oder der Ältestenrat hatte dies ausdrücklich unterbunden.

Als sie zu der Stelle kamen, wo sie die Rübenschädel treffen sollten, begrüßte sie ungefähr dieselbe Bande, die es sich schon in Charyň bei den Fahrzeugen bequem gemacht hatte. Sehnige Männer in verschlissener Kleidung und mit guter Laune, sie tranken fröhlich dahin, sie hatten sich's dort längst gemütlich gemacht, ein kleines Čevapik, nach diesem einwöchigen Marsch erschienen Hablund die Zeltchen nahezu heimelig. Die Hunde banden sie an den Bäume fest, sie bauten ein Zelt auf, bald darauf noch eines, ein großes Stabszelt mit Tisch und Sesseln für den Ältestenrat, wie auch an jedem der anderen Tage.

Was sind das bloß für Sachen, die sie mit sich führen, ging Hablund während des ganzen Marsches nicht aus dem Kopf. Auch als sie jeden Abend das Lager aufgeschlagen und die Vorräte ausgepackt hatten, auf den Schlitten war stets gut ein Drittel des Haufens zurückgeblieben. Eine Menge Zeug, das man nie auspacken musste. Jetzt sah er alles. Regale, ein Sofa, eine Tafel aus irgendeiner Schulklasse. Die Regale hatte die Miškinová aus dem Sitzungssaal mitgenommen, auch wenn es in der Taiga Holz zuhauf gab. Angeblich wegen des »würdigeren Anblicks«. Sie waren lackiert und hatten sogar ein paar Holzverzierungen (Schnecken). Im Vorraum des Stabszeltes richtete sie die Bibliothek ein. Mit dem verpflichtenden abendlichen Vorlesen war nun Schluss. Hablund seufzte erleichtert auf.

Das Sofa war dem »Helden der Jagd« vorbehalten. Es musste noch warten, bis zur Jagd geblasen wurde, bis auf weiteres stand es in Papier verpackt vor dem Stabszelt, fast so wie vor dem Lager eines Möbelwerks. Die Tafel hatte der Bovník an einem der nahen Bäume angeschlagen. Das war sein »Verbesserungsvorschlag«, ein neuer Einfall nach den Erfahrungen in der letztjährigen Saison, als ihnen in dem Chaos, das durch die schlechte Kommunikation verursacht worden war, ein Teil der Rentierherde (praktisch schon vor der Nase) durch die Lappen ging. Heuer würden sie alles zuvor auf die Tafel aufmalen, die Bewegungen der Herden und die der eigenen Jagdgrüppchen rundherum, die Anschaulichkeit würde der ganzen Sache zum Erfolg verhelfen.

Die nächste Jagdetappe, die nun bevorstand, nannte man das »Auskundschaften«. Die beiden Jagdtrupps hatten sich erfolgreich vereint und nun würde man so lange Wache halten, bis die Rentierherde irgendwann vorüberzieht. Angeblich ist das wie ein kleines Erdbeben, und wenn es in der Nacht passiert, weckt es ganz bestimmt auch den letzten Mann. Als würden Hagelkörner fallen und der Boden vibrierte. Dieses Hagelgeräusch, das sind hunderte ineinanderknallende Geweihe, und das Beben, das stammt von den Hufen. Doch die Rentiere sollten es möglichst schwer haben, sie in der Nacht zu überraschen.

Deshalb gab es in alle Richtungen vorgelagerte Kundschafterposten, Männer, die nach fünf Stunden, ob Tag oder Nacht, abgelöst wurden, damit alle rechtzeitig mit ihrem »Gefolge« bereit stehen, wenn sich die Herde nähert. Es gab drei solche »Gefolge«. Das erste sollte Bovník anführen, das zweite wiederum Velor und das dritte der Glaznikov, allerdings hatte sich der ein paar Rübenschädel zu Stellvertretern erkoren.

Izikil saß die ganze Zeit über mit einigen anderen Männern etwas abseits. Die »Mitglieder des innersten Kreises« hatten ihr Lager ein paar Meter weiter entfernt aufgeschlagen, dort gab es ein einziges großes Zelt aus Ästen, und daraus qualmte es ohne Unterlass. Angeblich bemühten sie sich noch einmal um ein »prophezeiendes Feuer«, doch es wollte nicht gelingen. Izikil kroch traurig aus dem Zelt hervor, diese hoffnungslose und »rauchige« Aura trug er dann überallhin mit, und kaum setzte er sich irgendwo dazu, verstummten die aufgekratzten Männer. Er wandelte wie ein Schatten durchs Lager, der keine Ruhe fand.

Vorräte hatten die Jäger mindestens für eine ganze Woche, doch man war sicher, dass sich die Rentiere schon im Laufe der nächsten Tage zeigen würden. Die Köchinnen kochten von früh bis spät auf, auch für die Rübenschädel, wenn die etwas nach ihrer »Stammesküche« haben wollten und die erforderlichen Zutaten mitbrachten.

Manchmal tranken und lachten die Rübenschädel und Charyňer miteinander und dann wiederum prügelten sie aufeinander ein. Mindestens einmal am Tag brach unter den Gruppen irgendwer irgendwas vom Zaun, sie behielten sich allesamt im Auge (so wie zu Hause eben). Die Charyňer beschwerten sich, dass die Rübenschädel nicht ihre Essensration abwarten können und sich lieber etwas aus dem gemeinsamen Vorratslager klauen, die Rübenschädel wiederum waren der Meinung, dass ihre »Stellvertreter« die »Gefolge« auch gleich anführen sollten, denn sie verstanden zweifellos mehr von der Jagd auf Rentiere als Bovník, Glaznikov und Josipovič. Der Ältestenrat rückte nicht davon ab, dass dies hier eine Charyňer Jagdgesellschaft sei, die Rübenschädel würden nur als »bezahlte Ratgeber« geduldet. Pšelas Vater sorgte regelmäßig für diese Charyňer-Čevapik'schen Scharmützel. Sie würden doch ohne sie, die Čevapiker, gar nichts über die Jagd wissen. Ohne sie würden die Charyňer nicht einmal überleben. Diese dummen russischen Schlucker, die ins Land kamen, um es zu besiedeln, und doch von nichts eine Ahnung hatten. Glaznikov entgegnete, dass es vor allem die Čevapik'schen Frauen gewesen waren, von denen sie manches gelernt hatten. Ein jeder unserer Väter könnte davon erzählen, lachte er. Sie krochen zu ihnen unter die Decken, eine jede war hinter einem Russen her gewesen. Die haben uns was beigebracht, nicht eure Jäger. Wie man die Taiga packen muss, und im Moos zwischen den Fichten blieb dann immer noch etwas Zeit für wesentlich angenehmere Dinge. Dort wiederum haben wir ihnen etwas beigebracht. Haha. Frauen mit einem Balg im Bauch haben wir dann aus Charyň wieder dorthin zurückgetrieben, wo sie hergekommen waren. In Čevapik seid ihr doch alle zur Hälfte von uns gezeugt, ob es euch gefällt oder nicht. Russen, wie es im Buche steht! Und jetzt trinken wir auf diese unsere Brüderschaft, brüllte Glaznikov, doch da hatte sich Pšelas Vater längst auf ihn geworfen, eine weitere Prügelei stand an.

Hablund hielt sich in solchen Augenblicken im Hintergrund, Izikil ebenso. Das Zelt, wo er mit seinen Männern herumsaß, diente in den nächsten Tagen auch als »Massagesalon«, allerdings mit einer wichtigen Mission. Die Čevapiker und Charyňer gingen nicht nur hin, um sich ihre Rücken durchkneten zu lassen, vielmehr trieb man dort auch die »menschlichen Seelen« aus, deren Witterung sonst die Tiere aufschreckt.

Um eine erfolgreiche Jagd zu absolvieren, ist es nach den Rübenschädeltraditionen unerlässlich, die Grenze zwischen Jäger und Tier weitestgehend aufzulösen. Wenn es gelingt, die menschliche Seele aus dem Jäger zu vertreiben, glaubt das Tier später, dass jemand von seiner Art vor ihm auftaucht, und es ist solchen »Menschen« gegenüber absolut zutraulich. Nach der »Bereinigung des Menschseins« nimmt der Jäger eine fiktive Rentiergestalt an. Er entfernt sich von den Menschen, um die Rentiere unerwartet aus nächster Nähe überraschen zu können.

Als Hablund Izikil danach fragte, warum er nicht einen jeden Jäger von der menschlichen Seele befreite, vielmehr nur ein paar »Auserwählte«, erklärte ihm dieser die damit verbundenen Nöte. Weil der Mensch ein Teil des Tieres wird, verliert er auch die Lust, die ihm verwandten Geschöpfe zu töten, und ein Jäger, der nicht über einen starken Willen verfügt, kann dem Ganzen sogar verfallen. Solche Fälle kommen jedes Jahr vor. Dass ein Jäger im allerletzten Augenblick den Gewehrlauf senkt und das majästetische Tier zwischen den Bäumen entschwinden lässt, auch wenn er es zuvor mehrere Minuten lang im Visier hatte. Und noch Schlimmeres. Ob es nun an der Schwäche dieses Menschen liegt oder an der des Schamanen (der sich dessen nicht bewusst war, wie weit er sich mit dem Jäger von jenem »Menschsein« entfernt hatte), oder schlicht an beiden, es kann schon passieren, dass ein Jäger dem Tier verfällt, sich in es verliebt, mit ihm in die Taiga geht und niemals wieder zurückkehrt.

Pšelas Vater, der unter den Rübenschädeln zu den Ältesten zählte, erinnerte sich an einen solchen Mann. Vor einigen Jahren hatte ein solch verwirrter Jäger einige Männer getötet, die sich gerade auf der Jagd befanden. All jene, denen er dabei zugesehen hatte, wie sie auf Tiere schossen. Dann lief er in die Taiga hinaus, in Čevapik hat ihn niemand mehr wieder gesehen. In den nächsten zwei Jahren konnte man allerdings kaum noch zur Jagd gehen. Er schreckte absichtlich die Herden auf, spürte den Jägern nach und warnte seine Rentiere. Sie fanden ihn schließlich, nachdem sie einen Trupp zusammengestellt hatten, der ihn unschädlich machen sollte. Das war kein Mensch mehr. Doch ein Rentier war er auch nicht, denn er war von seiner Herde im allerschwersten Augenblick im Stich gelassen worden. Die Wölfe trauen sich nur solche Rentiere anzugreifen, die nicht von ihrer Herde beschützt werden. Alte Tiere oder kranke junge. Und diesen Mann hatten sie in tausend Stücke zerrissen aufgefunden.

Die Tage eilten nur so vorüber, doch Nervosität war das Letzte, was die Jagdgesellschaft brauchen konnte. Aber sie stellte sich allmählich ein. Heimlich schlich sie sich in jenen Augenblicken ins Lager, wenn die Geplänkel und der Lärm verstummten, und sie steigerte sich von Tag zu Tag. Nichts passierte. Die Männer kehrten immerzu mit gesenkten Köpfen von den Kundschafterposten zurück. Zunächst fiel ihre Rückkehr nicht weiter auf, man trank und vergnügte sich. Als man jedoch bereits flehentlich erwartete, was für Nachricht sie brachten, war klar, dass der Spaß nun endgültig vorbei war. Schließlich waren sie wegen der Rentiere hier, nicht zu ihrem Vergnügen. Sie konnten sich nicht einmal mehr mit Essen ihre Zeit vertreiben, denn die Vorräte gingen langsam zur Neige.

Irgendwann gingen die Jäger sogar in die Bibliothek, die die Miškinová eingerichtet hatte. Sie saßen im Vorraum des Stabszeltes und blätterten sich durch allerlei Handbücher zum Kolchosentum, Naturkundeführer, die Geschichte der Arbeiterklasse und immer mehr Zeit verbrachten sie auch einfach nur schlafend. Bovník schlug regelmäßige Vorträge zu ausgesuchten Themen vor. Sie hatten genug »Material« in der Bibliothek, um Referate abzuhalten, man würde gleich nach dem Frühstück damit beginnen und die große Tafel dazu nutzen, doch zu Bovníks erstem Vortrag über die sowjetische Milchindustrie kam lediglich Hablund, daher gab es auch keinen weiteren mehr. Demoralisierung, so nennt man das. Die Männer lümmelten immer öfters in der Nähe der Köchinnen herum, die Frauen waren deswegen schon ganz nervös, sie mussten sich die Rentierherde noch sehnlicher herbeiwünschen als die Männer selbst. Dass man nun alte Rechnungen begleichen würde, hörte man immer öfters von den Rübenschädeln. Weil ihnen die Charyňer ihre Frauen weggenommen und eine Schuld auf sich geladen hatten, die man irgendwann begleichen musste, und jetzt war wohl die beste Gelegenheit dazu.

Hablund bekam eine Gänsehaut. Mit Vasilisa hatte er während der Jagdexpedition kaum ein Wort gesprochen.

Er wollte nicht bei den Frauen herumlungern, damit er andere Männer gar nicht erst auf Gedanken brachte, doch das war jetzt längst egal. Die Frauen hatten ihr Zelt, wo sie sich tagsüber zurückzogen. Niemand wusste, was sie dort taten, und die Männer hatten diesbezüglich jede Menge frivoler Anmerkungen, sie kamen nur heraus, um das Essen zu kochen, und da gab's dann beim Zelt gleich einen Riesenauflauf und die Charyňer gingen dort im Kreis, als würden sie Wache schieben.

Vasilisa hatte bereits einen Riesenbauch, und selbst wenn es unter der ganzen Kleidung nicht so stark zu erkennen war, es konnte nicht mehr lange dauern, bis sie gebären würde. Nur Bovník besuchte sie, Hablund achtete nur zu gut darauf. Was den anderen vielleicht entging, er sah es. Wie er sie ab und zu irgendwo berührte, wo sich das sonst niemand trauen würde, und wie Vasilisa still hielt. Ein andermal brachte er wieder irgendetwas aus dem Stabszelt und steckte es ihr in die Tasche. Vielleicht irgendeinen Leckerbissen, den der Ältestenrat für sich behielt. Privilegien, über die man nicht sprach, auch wenn es bestimmt irgendwelche geben musste. Noch war die Lage aber nicht völlig hoffnungslos. Es gab immer noch zu essen und auch die Hoffnung lebte.

Zudem wurden – abgesehen von den Kundschafterposten – einige Männer damit beauftragt, zu einem zweitägigen Erkundungsmarsch aufzubrechen, um festzustellen, ob die Herde nicht irgendwo angehalten oder einen anderen Weg genommen hatte.

Zu allem Übel verschlechtere sich der Zustand jenes schwer verwundeten Mannes, der seit dem Angriff des Wolfsrudels nicht mehr auf die Beine gekommen war. Velor war ständig bei ihm, doch weil er sich nicht bewegte (obwohl sie ihn immer ganz nah ans Feuer rückten und er unter einem Berg warmer Decken lag), breiteten sich diverse Erfrierungen schnell aus, von den Füßen aufwärts. Er starb nicht an seinen Wunden, sondern an diesem verfluchten Winter, sagte Velor, als er mit der Nachricht kam, dass der Mann tot sei. Die Rübenschädel schlugen vor, die schwindende Seele mit einer gemeinsam geleerten Wodkaflasche zu ehren, und es gelang ihnen tatsächlich, Bovník zu überreden, besagte Flasche aus dem Lager zu holen. Aber er kehrte mit leeren Händen zurück. Die letzten Flaschen hatte offenbar irgendwer gestohlen, sie hatten gar nichts mehr. Hablund kam es so vor, als hätte er die Miškinová am frühen Morgen dabei beobachtet, wie sie Flaschen ins Stabszelt trug, doch er war sich nicht sicher. Eine solche Anschuldigung vorzubringen, das hatte – ohne Beweise – sowieso keinen Sinn. Die Männer gerieten sich erneut in die Haare. Die Rübenschädel kämpften gegen die Charyňer, sie wälzten sich im Schnee und beschimpften einander lautstark, als Bastarde und lausige Diebe.

Die Gruppe derer, die aufgebrochen war, um die Gegend abzusuchen, kehrte schließlich mit der schlimmsten aller denkbaren Nachrichten zurück. Die Rentiere waren hier gewesen, doch mittlerweile waren sie längst fort. Sie waren zwanzig Kilometer weiter nördlich am Lager vorbeigezogen, zwanzig Kilometer weiter nördlich, als man es eigentlich erwartet hatte, die Männer fanden dort lediglich ihre Spuren.

Es war die Aufgabe der Rübenschädel, die Wanderungen der Rentiere im Auge zu behalten. Sie hatten das ganze Jahr über einen Blick auf die Rentiere gehabt. Deshalb hatte man sie schließlich mitgenommen. Weil sie das wissen. Und dabei wissen sie gar nichts!

Bovník regte sich bei der schnell einberufenen Sitzung des Ältestenrates furchtbar auf, doch das Stabszelt hatte im Unterschied zum Sitzungssaal in Charyň keine Wände aus Stein, man konnte draußen alles hören.

Izikil hatte uns von Anfang an gewarnt, warf Glaznikov Bovník vor. Du hast es abgelehnt, dies zur Kenntnis zu nehmen.

Sie brüllten sich gegenseitig an, die Rübenschädel hatten draußen ihre helle Freude damit.

Der Ältestenrat ist in der Bredouille, murmelte Pšelas Vater lächelnd, als ob es ihn und alle anderen nicht ebenfalls betreffen würde.

Wir hätten schon vor einer Woche aufbrechen sollen, schallte es aus dem Zelt. Die Miškinová wandte ein, dass doch in den letzten paar Tagen wenigstens die halbe Bibliothek ausgelesen worden war, und falls die Expedition keine »kalorienhaltigen Ergebnisse« nach sich ziehen sollte, so hätte sie wenigstens für Bildung gesorgt, irgendwer schlug daraufhin auf den Tisch oder auch auf die Miškinová ein, denn sie schrie auf und kam nach draußen gelaufen, mitten in die Menge, die vor dem Zelt die Ohren spitzte. Vermutlich hat sie die anderen davon unterrichtet, denn nachdem sie zurückgegangen war, wurden die Stimmen merklich leiser und Pavlič kam zudem kurz aus dem Zelt und erteilte einem jeden Mann eine Aufgabe, dass man nunmehr zu packen hätte.

Die Sitzung des Ältestenrates dauerte insgesamt zweieinhalb Stunden und die Abfahrt wurde noch für den Nachmittag anberaumt. Als Mittagessen erhielt jeder eine

Schüssel warmes Wasser mit etwas Mehl. Es schmeckte fast nach nichts, etwas Beigeschmack der Taiga gab es, sie mengten schließlich irgendwelche Nadeln bei. Als hätte man gar nichts gegessen, so knurrte es im Magen, Hunger und Kälte machten sich bei allen breit. Die Hoffnung war verschwunden und das Zuhause befand sich mindestens vierzehn Tage weit entfernt.

FEDOREK

Fedorek war mehr als ein drei viertel Jahr weg gewesen. Wäre er ein paar Tage früher zurückgekommen, er hätte Erske noch angetroffen. So erwartete ihn – von der Familie mal abgesehen – nur die üble Nachrede der Dörfler. Ein streunender Lump ist das, der sich nicht um seine Familie kümmert. Auch Kavaryč und Tamara dachten sich längst ihren Teil über den Schwiegersohn. Ohnedies stand es mit ihren Beziehungen nicht zum Besten, in Anbetracht all dessen, was Fedorek von Izikil erfahren hatte: dass die Kavaryčs schon vor Jahren die Idiotin vertrieben hatten, und dann auch noch die ganze Sache mit Obura.

Hätte es Fedorek nicht gegeben, wäre die Geschichte mit der Idiotin ein für alle Mal abgehakt gewesen, Elvira hätte für alle Zeiten geglaubt, sie wäre tot, und das wäre – so Tamara – für alle das Beste gewesen. Jetzt besuchte die Enkelin ihre Großmutter viel zu oft in Čevapik, auch wenn sie die Greisin gar nicht erkannte, und der Pšela, die stets nur das Schlimmste über Elvira verbreitet hatte, brachte sie nun auch noch ständig Geschenke. Sich so eine Bluse zu kaufen, das würde sich Tamara niemals gönnen, und Elvira hatte dieser Pšela davon schon mindestens ein Dutzend geschenkt. Und dabei sitzt Pšela nur den ganzen Tag im Qualm vor der Hütte und wickelt dort Greisinnen, und Tamara ist es schließlich, die unter Leute geht, wo man nach was aussehen muss. Zweimal in der Woche kehrt sie den Bahnhof und immer ist das ein Ereignis. Was sie anzieht und was es dort Neues gibt. Immer wechselt sie am Bahnsteig auch ein paar Worte mit Dorans Witwe und erzählt dem Kavaryč später zu Hause alles weiter. Doch es reicht kaum, um sich den Lebensunterhalt zu verdienen. Elvira gibt nur unnötig Geld für Pšela und die Idiotin aus, der Kavaryč macht im Großen und Ganzen gar nichts, und so gab es Augenblicke (bevor Fedorek zurückkehrte), in denen Tamara nur herumjammerte. Sie musste doch auch noch Obura ernähren und Údej wollte schließlich sein Schweigegeld. Das war mehr, als sie verdienen konnten.

Hätten sie einen Wagen besessen, Tamara hätte nach Pstruh auf den Markt fahren können, um dort irgendetwas vom Gartengrundstück und etwas Sahne anzubieten, wie es Frauen ihres Alters nun mal taten. Diejenigen, die nicht von ihren Kindern unterstützt werden und deren Männer Säufer sind. Doch der Kavaryč ist gar kein Säufer. Und gerade das wurmt. Wenn ein Mann zu nichts zu gebrauchen ist und dabei gar nicht säuft, das kann man doch niemandem erklären. Nicht einmal der Tamara. Ein Mann, der so gut aussieht, dass sich immer wieder auch irgendeine Junge nach ihm umdreht, doch Rubel bringt er keine nach Hause und sein »Unternehmertum« endet stets in einem Fiasko.

Bevor Fedorek ankam und sich wieder alles zum Bessern wandte, half Erske den Kavaryčs über die Runden. Von dem Geld, das er ihnen gab, hat er selbst viel verfressen, man würde gar nicht glauben, wie viel in diesen Dänen passte, doch ein paar Rubel konnte man sich im

Monat schon zur Seite legen, da hatten die Kavaryčs allemal was davon.

Tamara konnte nicht nachvollziehen, warum Elvira nichts mit Erske anfing. Umso länger Fedorek fernblieb, desto mehr zerbrach sie sich den Kopf darüber. Nach fünf Monaten hätte sie längst keine Kopeke mehr auf den Schwiegersohn gewettet. Wäre sie jünger gewesen, sie hätte sich diesen Erske gleich gekrallt, denkt sie sich. Was Männer betraf, brannte es Tamara seit jeher unter den Fingernägeln. Die Verliebtheit geht zwar flöten, doch wenn ein Mann weiß, wie man zu Geld kommt, dann hält das bis zum Ende an. In Kavaryčs Fall, und das ist besser als gar nichts, gibt es immerhin seinen schönen Körper.

Darüber, wo und wie Erske sein Geld verdient, wusste die Familie Kavaryč kaum etwas. Seine Arbeit war verdächtig und sie verstanden nichts davon, doch er war aus Europa und dort lebten schließlich alle besser. Allein diese Toilettenartikel. Vier Ersatzzahnbürsten hatte er dabei und sein Rasierschaum duftete einen halben Tag lang. Er schaute auf sich, das war ihm hoch anzurechnen. Mehrmals in der Woche ging er zu Elvira auf die Post. Wären die beiden nicht so taube Nüsse, Elvira und Erske hätten längst Händchen gehalten. Er hatte schließlich nie erwähnt, dass es in Dänemark jemanden gab. Er rief nur seine Mutter an. Eine weitere Sache, die Tamara an ihm gefiel. Und obendrein noch dieses Dänemark. Windmühlen oder Fjorde oder teure Weine oder weiß Gott was, alles auf jeden Fall noch viel besser als in Moskau, und nicht einmal das konnte man sich richtig vorstellen. Tamara versuchte Elvira sogar ein paar Mal unauffällig anzustacheln.

Sie sollte wissen, dass sie als Mutter ihrem Glück nicht im Wege stehen werde. Sie würde ihr sogar den Segen erteilen, wo sie doch die Einzige in der Familie war, die überhaupt mal zur Kirche ging.

Manchmal wurmte sie das ziemlich, doch mit der Gottlosigkeit ihrer Familie war nichts zu machen. Sie ist die Einzige, die vor den Heiligenbildern ein paar Bienenwachskerzen entzündet, niemand sonst. Die kleine kostet fünf Rubel, die größere zehn und die große dicke zwanzig, sie kauft die Kerzen bei einer Frau, die vor der Kirche am Boden sitzt, und sie stellt sie in der Kirche vor dem Bildnis der Gottesmutter auf. Dann folgt das Gebet. Öffne uns das Tor der Barmherzigkeit, heilige Mutter Gottes, damit wir, die an dich glauben, nie vergehen, vielmehr von dir erlöst werden, von aller Armut, du bist das Heil des Christengeschlechts, danach zwölf Vaterunser, und erst dann darf man seine Wünsche äußern. Als Erstes, als Zweites, als Drittes. Als der Zar noch regierte, gab es mehr als fünftausend Klöster in Russland. Doch Fedorek ist mittlerweile zurück und widmet sich wieder seinen ehelichen Pflichten. Gott weiß, wie nötig das ist, doch Tamara kann deshalb nun nicht einschlafen. Der Kavaryč schnarcht, er hört nichts, er hatte immer einen guten Schlaf und eheliche Pflichten waren ihm stets ein Vergnügen gewesen. Er kommt diesen immer noch nach, auch wenn es sich dabei bestimmt um keine Pflichten mehr handelt. Sie haben sie längst eingelöst. Doch es ist durchaus auch schwieriger, auf seine alten Tage. Tamara lächelt mit geschlossenen Augen und auch der Kavaryč lächelt, er scheint irgendetwas Schönes zu träumen.

Fedorek kam und ging (wegen seiner Arbeit), das war vom ersten Augenblick an so, als er sich in Charyň blicken ließ. Er ist ein »Eisenbahnerseemann«, wie Elvira zärtlich zu sagen pflegt, mehr auf den transsibirischen Schiffen zu Hause als in Charyň. Fedorek hätte allerdings erwidert, dass Charyň sein Zuhause sei, da kann kommen, was wolle, und seine Frau sei schließlich seine Frau, und all das liebe er sehr, und damit basta. Dass er den aufwachsenden Serjoža nur in großen Abständen sah, das bekümmerte ihn allerdings sehr. Er wusste nie, was inzwischen passiert war. Zwischen dem, als Serjoža noch am Boden herumkroch und dann plötzlich schon umherlief, zwischen dem, als er stumm war und auf einmal in ganzen Sätzen sprach, zwischen dem, als er sich noch füttern ließ, und nun aß der Musterknabe längst mit seinem Kinderlöffel. Fedorek hatte es nicht mitbekommen und es würde ihm für immer fehlen. Doch es gibt schließlich schlimmere Dinge, und eine Familie zu ernähren, das war schon toll. Damit meinte er nicht die Tatsache, dass Elvira von ihm abhängig war, weil sie nun die alte Jovaka mit so vielen Sachen versorgte, er mochte es einfach, für sie was einzukaufen, all das, was sie dringend braucht, und der Schwiegervater und die Schwiegermutter rechnen es ihm hoch an. Der Krieg zwischen ihnen bleibt unausgesprochen. Serjoža himmelt die Großmutter und den Großvater an und Fedorek wäre ein schlechter Vater gewesen, hätte er versucht, ihm das auszureden. Er konnte allerdings nicht leugnen, dass Tamaras Mutter und Obura zwei Stacheln waren, die ihn jedes Mal piksten, wenn er sie erblickte. Tamara und der Kavaryč erinnerten ihn an eine »Allianz des Bösen«. Einer schlimmer als der andere. Tamara verwöhnte Serjoža viel zu sehr, er hatte von diesen blöden Schokoladen schon völlig schwarze Zähne. Wenigstens war da der Kavaryč strenger, wenigstens das.

Wenn ich in meinem eigenen Haus wohne, wird da endlich Ruhe einkehren, sagt sich Fedorek.

Tamara und der Kavaryč würden erst dann zu ihnen ziehen, wenn sie es in ihrem eigenen Haushalt alleine nicht mehr schaffen. Diese paar Jahre dazwischen, das war eine Zeit, auf die sich Fedorek sehr freute, wenn ihm die ganze Sache mit den Kavaryčs mal besonders auf die Nerven ging. Wenn Tamara etwa mit einem kleinen Essenstrog wegging und er wusste, dass sie nun Obura aufsuchte, oder wenn der Kavaryč so gebannt in den Fernseher stierte, dass man auf seinem Kreuz Holz hätte hacken können, um nichts auf der Welt hätte er sich davon losgerissen.

Leerstehende Häuser, in denen man wohnen konnte, gab es in Charyň seit der damaligen Revolte genug. Es waren große Ruinen, mit geschnitzten Fensterläden, mit Pfeilern am Eingang und mit verschlungenen, aufgeplatzten Zierspiralen an den Türen. Die blaue Farbe war längst abgeblättert. Eine Blauschattierung, wie sie auch die russische Marine gern verwendet (die Streifen der Seemansleibchen), mit der man hinter dem Uralgebirge gerne mal was streicht. Auf diesen Hütten und abgewrackten Häusern mit ihrem schwarz-blauem Holzton gab es dieses Blau längst nicht mehr. Die Erde hatte es aufgesogen. Hätte Fedorek vor Elvira seine Wohnung in Petersburg erwähnt, sie hätte keine Minute lang gezögert. Ihr Entschluss wäre ein Jauchzen und Frohlocken gewesen. Sich zwischen einem Haus in dieser Kolonie voller eingefallener Dächer und einer Wohnung am Gribojedov-Kanal, nur ein paar

Meter vom Marijinsky-Theater entfernt, zu entscheiden, es wäre die Frage einer halben Sekunde gewesen.

Also, warum schwieg Fedorek? Dieses Mädchen, das die alte Nastasja in ihren letzten Jahren jede Woche aufsuchte, um aufzuräumen, die wundert sich schon lange, warum die Abramovičs die Wohnung leer stehen lassen. Wäre sie an deren Stelle … Doch das ist sie nicht.

Vielleicht befürchtet Fedorek, dass aus Elvira eine »Baronin« werden könnte. Eine Frau, die nur in Pelzen gesehen werden möchte und im Sommer mit einem großen Hut, weil sie eine von diesen »Neurussinnen« ist, die schnell zu Geld und Besitz gekommen waren und die sich nun wünscht, dass dies doch alle rundherum erfahren mögen. Er hat allerdings ein Dorfmädchen geheiratet. Würde Elvira in Petersburg überhaupt eine Arbeit finden? Andererseits würde Serjoža eine gute Ausbildung erhalten …

Fedorek fiel ein, dass er ein Inserat aufgeben könnte, um die Wohnung von Nastasja zu vermieten, in Charyň würde er dann allen vorgaukeln, dass man seinen Lohn erhöht hätte. Die Wohnung behält er als eine Alternative für Serjoža, wenn er später mal studieren oder eine Frau aus besseren Kreisen gewinnen möchte und er etwas »Repräsentatives« braucht.

Einige der Häuser in diesem traurigen Charyňer Viertel, wo Fedorek und Elvira herumspazieren, hatten die Charyňer wegen der Rübenschädel aufgegeben, sie wollten lieber etwas weiter entfernt leben. Charyň und Čevapik konkurrierten schon immer miteinander und bestanden auf klaren Trennlinien. Doch einige der Häuser waren schon in den Zeiten der Berila-Revolte besetzt worden. Elvira wusste gar nicht, was Fedorek eigentlich vorschwebt. Von dieser Revolte hatte sie auch noch nie etwas gehört.

Sie kehrten gerade gemeinsam von der Großmutter in Čevapik zurück. Fedorek ließ es sich nicht ausreden, dass er sie gleich am zweiten Tag, nachdem er zurückgekehrt war, besuchen wollte. Sie brachen also dorthin auf, sogar mit Serjoža. Elvira hatte ihm den Hemdkragen gebügelt, Fedorek hatte seine Schuhe geputzt, Elvira blieb so, wie sie war. Während Fedorek unterwegs war, ging sie schließlich mindestens dreimal in der Woche nach Čevapik, für sie war das längst nichts Besonderes mehr. Jovaka beachtete sie und den Enkel für gewöhnlich ohnehin nicht. Pšela nahm die Geschenke entgegen, Elvira streichelte die Knie der Idiotin und dann ging man wieder nach Hause zurück. Der Verstand der Idiotin hatte sich auf leisen Zehen irgendwohin in die Taiga geflüchtet, die Familie konnte nicht mehr neu hergestellt werden, dafür war es längst zu spät.

Die Idiotin wusste nicht, wer Fedorek war, und es interessierte sie auch nicht im Geringsten. Sie standen dort eine Weile mit Elvira in der Hütte herum, setzten ihr Serjoža auf den Schoß, nach einer kurzen Weile schon wimmerte er los, dass er wegwolle. Nach Hause. Die Josipovičová drehte mit ihren »Schrumpelfingern« an einer Mühle, die sie am Schoß hielt, sie lächelte und blickte dann plötzlich wieder finster drein. Es hing davon ab, welche Bilder hinter ihren Lidern auftauchten, welche Erinnerungen, es hing aber auch davon ab, wie viel ihr Pšela zum Essen gab. Hinter ihren Lidern kreiste weiß Gott was und keiner konnte sich da einen Reim darauf machen. Wusste sie, wer Elvira war, und wusste sie auch von all den Geschenken? Bald würde sie sowieso sterben und verabschiedet hatte sie sich schon vor ganz vielen Jahren.

Elvira hatte Jovaka einen Zopf geflochten, sie saß starr da, wie eine Statue. Fedorek legte ihre kalten Hände in die Seinigen, die von Nastasja hatten sich wohl ganz ähnlich angefühlt.

Die Berila-Revolte in Charyň vollzog sich im Jahre siebenundvierzig, Elvira wusste gar nichts darüber.

Unter den Sowjets hatte man in der Schule nie von Stammeskonflikten gesprochen. Vielleicht noch von den Ket-Yug, Nenzen oder Dolg-Assan, Stämmen, die irgendwo weit entfernt lebten. Wir hatten noch gelernt, wie sehr sie es mochten, dass die »kollektivisierten« Rentiere ihre Schlitten zweimal so schnell zogen und ihre Hufe dabei nie »zerfransten«. Erst nach dem Ende der Sowjetunion begann man hier das Unrecht anzusprechen. Dass es die Stämme nicht gerade leicht hatten. Doch sie stehlen, sagte man. Und sie stahlen schon immer und ihre Kultur ist längst futsch.

Doch von der Berila-Revolte, davon habe ich nie gehört, da bin ich mir völlig sicher.

Fedorek schüttelte seinen Kopf. Serjoža stolperte neben ihm her, diesem Burschen hier werden sie es hoffentlich in der Schule beibringen.

Wo hast du das her?

Hätte Fedorek Elvira erzählt, dass er die Geschichte im Pensionistenheim in Wladiwostok gehört hatte, sie hätte sich nur gedacht, er wolle sich über sie lustig machen. An seine Großmutter und den Großvater konnte sich Elvira nur noch vage erinnern. Wie sie sie damals in der Pjatigorska-Straße besucht hatten und wie Fedorek dort im Dunkeln die Stiegen hoch gestolpert war, während er nach dem Lichtschalter suchte, das war alles schon so lange her, dass es gar nicht mehr wahr war. Seine Unbeholfenheit im Dunkeln, die hat Elvira lächerlich gefunden. Sie wollte das nicht. Sie wollte nicht, dass sich ein Mann, der um sie wirbt, vor ihr lächerlich macht.

Elvira konnte sich noch an das lange, weiße Haar des Großvaters erinnern, seine graue Weste und dieses gestreifte Service, auf dem die Großmutter die Nachspeise arrangiert hatte, die hatte ihr nicht wirklich geschmeckt.

Der Großvater und die Großmutter hätten schließlich doch diese Wohnung im »Ehrenpensionistenheim« bekommen, hörte sie Fedorek sagen. Sie hatten bei jenem Besuch darüber gesprochen, doch Elvira konnte sich nicht mal daran erinnern.

Schließlich begann Fedorek davon zu erzählen. Er hätte Elvira ohnehin irgendwann alles gesagt. Immer wenn er ankam, musste er das. Diesmal war er so lange weggeblieben, weil er den Großvater und die Großmutter besucht hatte, dort, wo sie schon seit den neunziger Jahren eigentlich hätten leben sollen, doch der »Umzug« hatte sich um beinahe zehn Jahre verschoben.

Fedorek sprach die ganze Zeit über, bis sie irgendwann Charyň erreichten. Serjoža wimmerte, er wollte, dass sich der Vater ihm widmete, er war schließlich so lange weg gewesen, doch der Vater erzählte und erzählte und erzählte. Und er hörte auch nicht damit auf, als sie längst zu Hause waren, und er sprach auch dann noch, als Elvira den Rindsbraten mit Hörnchen aufwärmte, und sogar während des Essens sprach er weiter. Er unterbrach seine

Erzählung nur kurz, um Serjoža vor dem Schlafengehen ein Märchen vorzulesen, und dann erzählte er weiter, bis er und Elvira schließlich schlafen gingen. Auch im Bett erzählte und erzählte er Elvira immer noch etwas, auch als sie hörten, dass Tamara und der Kavaryč nach Hause gekommen waren und sich nebenan wegen des geöffneten Fensters stritten. Alles ist dann voller Mücken, maulte Tamara, und erst als der Kavaryč das Fenster schloss, endete Fedoreks Erzählung. Uff. Er gab Elvira einen Gutenachtkuss, beide würden in dieser Nacht von der Berila-Revolte träumen.

Fedorek hatte, während er fort gewesen war, wirklich viel erlebt. Die Eisenbahnergeschichten sollten allerdings zwischen ihm und Elvira bleiben. Die beiden hatten schließlich das Recht auf ein Privatleben. Zudem würden diese Geschichten, als etwa Fedorek das Wasser im Samowar ausging, während er gerade den Statthalter von Kamtschatka im Waggon beherbergte, sich mit einem Kollegen wegen eines Schmiergelds überwarf und er in Wladiwostok ganze drei Stunden mit der Schmutzwäsche vor dem Wäschereifenster darauf warten musste, bis Marina vom Frisör zurückkehrt, nicht wirklich jemanden interessieren. Die Berila-Revolte und von wem Fedorek darüber Bescheid wusste, das war etwas anderes.

Fedorek läutete und klopfte und klopfte und läutete, schließlich warf er einen kleinen Kieselstein gegen die Fensterscheibe, aber nichts geschah. Die Großmutter hörte manchmal nicht mehr so gut. Zudem hatten sie Fedorek in der Pjatigorska nicht erwartet. Er kam unangemeldet, vertraute darauf, dass Großmutter und Großvater (wie üblich) zu Hause sein würden. Er erschrak erst, als er den Staub an den Fenstern bemerkte. Im Bruchteil einer Sekunde blitzte all das in seinem Kopf auf, was passiert sein könnte, und nichts davon würde sich jemand wünschen, der die beiden Pensionisten gern hatte. Zuletzt hatte er sie vor einigen Monaten besucht. Nastasja ist gestorben, hatte er ihnen damals erzählt und auch davon, wie viele Wege er deshalb in Petersburg zurücklegen musste. Diese beiden Familienzweige waren einander nie begegnet. Nastasja, die eigene Mutter, hatte Fedoreks Vater nicht einmal zu seiner Hochzeit eingeladen. Doch die Großmutter und der Großvater interessierten sich stets für alles, und als ihnen Fedorek die traurige Nachricht überbrachte, schwiegen sie eine ganze Weile. Davon, dass unmittelbar darauf auch Fíla gestorben war, erzählte er ihnen allerdings nicht. Die Lehrerin aus seiner Grundschule, was ging sie das an. Dass sich Fíla und ihr Vater nahegestanden hatten, dass der Vater nicht in der Lage gewesen war, sich um irgendetwas rund um Fílas Begräbnis zu kümmern, davon wollte Fedorek in der Pjatigorska keinesfalls berichten. Sie waren die Eltern seiner Mutter und damit zufrieden, dass Oleg nach ihrem Tod keine Frau mehr angeschaut hatte. Fedorek kam es jedenfalls so vor. Sie fragten immer wieder danach und waren froh, dass sich offenbar keine mit ihr messen konnte. Genauso empfanden schließlich auch sie es. Nein. Fíla hätte er ihnen gegenüber niemals erwähnt.

Schließlich zeigte sich die Nachbarin, die einen Stock höher wohnte. Die sind schon umgezogen, schrie sie.

Im Haus war das eine große Sache gewesen. Alle Mieter wussten, wie lange der Schriftsteller und seine Frau auf den Umzug gewartet hatten. Schon seit Jahren hatten sie zur Hälfte gepackt. Die Nachbarin erklärte Fedorek den Weg, es war dieses berühmte Haus für die »ruhmreichen Pensionisten Wladiwostoks« (und auch noch ein paar andere) und es lag an der Endstation der Autobuslinie Nummer 49. Die Straße fand Fedorek ganz leicht. Wie sollte es auch anders sein, es gab dort gar keine andere. Es gab noch einige sich ins Nirgendwo verzweigende Gässchen, was durchaus angenehm hätte sein können, wenn es rundherum viel Grün gegeben hätte, doch überall waren nur Baustellen. Offenbar hatte man dort damals etwas Großes geplant, ein ganzes Viertel mit luxuriösen Familienvillen, wer weiß das schon.

Fedorek fand die Hausnummer, das Haus war dreistöckig und strahlte in hellstem Weiß, wie die Kopfbedeckung einer Krankenschwester. Das große Tor mit Schranke und die kurze Einfahrt bis zum Haus machten einen guten Eindruck, die Kunststofffenster, der lädierte Gehsteig und die sonstigen kleinen, niemals beendeten Arbeiten allerdings nicht. Der Versuch eines »Prunkhauses«, das teurer aussehen sollte, als es war, doch dann dachte Fedorek, dass man dort bestimmt annehmlich werde leben können, er läutete und wartete beim Eingang, bis ihn der Portier über die Fernsprechanlage einließ. Auf das Verhör war er vorbereitet. Er kommt, um die Großeltern zu besuchen. Als er den Namen des Großvaters erwähnte, schien es ihm, als hätten die Augen des Portiers bewundernd aufgeblitzt. Er rief trotzdem irgendwo an und erst dann ließ er ihn passieren. Eine zweite Wache ließ ihn dann direkt ins Gebäude eintreten. Er musste jetzt nur noch die Zimmernummer finden.

Das Pensionistenheim war vom japanischen »Maheto-

Verband« kofinanziert worden. Es hätte so gesehen etwas besser aussehen können, allerdings auch wesentlich schlimmer. Schon draußen hatte sich Fedorek gedacht, dass sie dort wohl viele helle Zimmer haben würden, wegen der großen Fenster, im Stiegenaufgang war sogar Teppich verlegt worden und die Lichtschalter hatten einen goldenen Zierrahmen.

Der Großvater und die Großmutter erwarteten ihn bereits am Gang, sie mussten etwas abgenommen haben.

Juchu, der Dörfler ist da, doch es schien, als hätte der Großvater dieses »Juchu« etwas matter von sich gegeben, als es sonst seine Art war. Die Großmutter nahm Fedorek gleich an der Hand und führte ihn ins Zimmer. Gemeinsam bewohnten sie im ersten Stock ein einziges Eckzimmer, es war ein wenig kalt, da musste Fedorek der Großmutter schon Recht geben. Die größte Freude hatte sie mit der Eckdusche, einer Kunststoffbox mit abgerundeten Ecken und Schiebetüren.

Wenn du von innen abschließt, geht von ganz alleine ein Radio an, erklärten sie.

Die Dusche stand in einer Ecke, jedoch nicht ganz an der Wand, man konnte noch um sie herumgehen. Sie beherrschte das Zimmer, so dominant wie eine moderne Skulptur, und die Großmutter staubte sie jeden Vormittag sorgfältig ab. Die Toilette lag hinter einem Vorhang versteckt, genau den gleichen hatten sie auch in der Pjatigorska besessen. Fedorek hatte stets versucht, diesem Vorhang auszuweichen. Ihn mit den Fingern wegzuschnippen, damit er ihn nicht berühren musste. Die Japaner hatten die Radioduschen angeliefert, die übrige Ausstattung stammte aus Russland.

Sie hatten einen Streit vom Zaun gebrochen, wer denn hier wohnen dürfe und wer nicht. Der Großvater lachte. Das fehlt noch, dass uns die Japaner übers Meer hinweg etwas anschaffen wollen.

Die Großmutter bot Fedorek mehrmals an, ob er nicht duschen wolle, doch der hatte keine Lust.

Ich habe ihnen angeblich auch nicht ins Konzept gepasst.

Fedorek bemerkte Großmutters Blick, der sagte, dass dies Großvater ruhig für sich hätte behalten können.

Ich hatte mir gedacht, dass hier viele Bekannte leben werden, doch sie haben uns alle sonst wohin gesteckt. Nach Nerčinsk, nach Novoselenginsk, andere nach Dudinč, weit hinter Norilsk. Alles ruhmreiche Veteranen. Sie meinen, dass man uns nicht mehr braucht. Mir soll bloß niemand mehr etwas über die »Erinnerung eines Volkes« erzählen. Der lausige Medikamentenzuschuss macht grad mal hundert Rubel aus und dafür muss ich jeden Monat auch noch vor irgendwem herumkriechen. Die Hälfte aller Zimmer hier steht leer.

Viele unserer Freunde sind in den letzten Jahren gestorben, fügte die Großmutter hinzu.

Sie hatten das Warten satt gehabt, das war es gewesen. Sie hatten keinen Nerv mehr dafür besessen. Bin ich denn ein Verbrecher, oder was. Ich hatte immer gedacht, dass das längst hinter uns liegt.

Er schreibt immer noch, flüsterte die Großmutter Fedorek zu.

Wenn sie irgendwelche Einwände gegen meine Bücher hätten, dann meinetwegen. Doch auf das literarische Feld trauen sie sich nicht. Naturbeschreibungen vielleicht. Damit musste ich mich schon immer auseinandersetzen. Dass wirklich eine poetische Atmosphäre entsteht. Der Wind zerzaust das Haar, die heiße Luft flimmert über dem Fluss. Was ich doch für eine Arbeit damit hatte. Doch anstatt dass einer zu mir sagt, Genosse, also das hier ist Euch nicht wirklich gelungen, kommen sie mir mit der Anzeige.

Die Großmutter erschrak fürchterlich und fiel beinahe um. Jemand hat dich angezeigt?

Nein, ich meine, als ich damals dieses Paar angezeigt hatte. Diese Kriminellen.

Und was hättest du sonst tun sollen? Es war doch deine Pflicht. Die Großmutter strich sich sorgfältig über ihren Rock. Sie wusste wieder, wovon die Rede war.

Man ärgert sich einfach, wenn man merkt, wie sie mit einem umspringen. Wir wollten ein Zimmer irgendwo in der Mitte, und man gab uns eines in der Ecke. Buro hingegen hat auf der einen Seite eine Küche und auf der anderen ein Lager mit Reservemöbeln. Er hat es wohlig warm …

Was ist mit Vater?

Mit Vater ist alles in Ordnung. Fedorek log. Er war schon eine ganze Weile nicht mehr in Voryň gewesen, und als er den Vater das letzte Mal besucht hatte, war es mit Oleg Abramovič ziemlich bergab gegangen. Er musste nicht mehr in die Bücherei, und so ging er nirgendwo mehr hin. Er schaute fern, und was am schlimmsten war, er wollte sich mit ihm nicht einmal mehr über Bücher unterhalten.

Hat er jemanden?

Nein, hat er nicht.

Irgendeine Furie braucht er in seinem Alter wohl nicht

mehr, dachte er sich. Fedorek las es in ihren Augen ab. Diese Zufriedenheit, dass der Vater immer noch alleine war. Wenigstens eine Sache, die sie glücklich macht.

Im Haus für »ruhmreiche Pensionisten« gab es noch vier weitere belegte Zimmer in ihrem Stockwerk. In einem lebte ein ehemaliger General, der noch in Stalingrad gekämpft hatte. Er erinnerte sich immer wieder an seine Uniform und warf sich ständig vor, dass er sich damals überreden ließ, sie einem Vaterlandsmuseum zu vermachen. Im zweiten Zimmer lebte ein Sträfling aus Magadan, ein Lagerinsasse, der darüber ein Buch geschrieben hatte. Der Großvater behauptete, es wäre keine Literatur, nur Schund, ohne jede musische Gewandtheit, und im nächsten Zimmer wohnte eine dekorierte Mutter. Sie hatte zwölf Kinder zur Welt gebracht, doch, wie die Großmutter schelmisch anmerkte, keines von denen wollte sie auf ihre alten Tage bei sich aufnehmen. Der letzte Nachbar war ein Pilot mit einer ganzen Kiste voller Medaillen. Pilot und Funker, ein gelernter Zahnarzt, und dann gab es noch Buro. Buro, den sie immer wieder mal besuchten, weil er kaum noch gehen konnte.

Stell dir vor, wie überrascht Buro war, als ich ihm sagte, dass diese Aufschrift oben auf dem Heldendenkmal von mir stammt. Der Großvater geriet ins Träumen und wie so oft in Fedoreks Leben begann er seine berühmte Granitinschrift zu rezitieren: *Wir werden vereint sein, vorwärts schallt es, und wir sind wach, die Hände ineinander verwoben, über dem Heute liegt eine neue Welt und in ihr erblühen wir. Fahnen und Helme und Birkenhauch, er duftet, Wladiwostok erbaut aus Stahl und ein Mütterchen vergießt ein paar Tränen. In Tränen werden wir geboren und in Tränen sterben wir, doch dazwischen ganze fünfzig Jahre, um unser Werk zu beenden. Helme, Bonbons und Blumen, Kinderlachen schwebt über'm Land, Fäuste aus Stahl, wo bist du, nur auf dich warten sie noch. Bouquets aus Salbei, Sibirien zieht sich in die Ferne, dorthin, wo das Land erbebt, die Feinde ergeben sich im Nu.*

Wie ich schon gesagt habe, Naturbeschreibungen waren nie meine große Stärke. Das mit diesem Birkenhauch, ich glaube, das würde ich heute ganz anders schreiben. Viel besser als diese »atmenden Duftbirken« ist meiner Ansicht nach »die Kieferrinde, die ihr ewiges Lied anstimmt«. Allerdings, es hat Buro auch so beeindruckt. Dass er neben mir sitzen durfte und dass man meine Worte in Stein gemeißelt hatte. Er verfügt zwar über keine Bildung, doch hat viel durchgemacht. Er stammt, so wie du, aus einem Dorf und war aus Chabarovsk hierhergezogen. Angeblich war er ein Bekannter jenes Herrn, dem die Baufirma gehört, die all das hier errichtet hat.

Fedorek überraschte das gar nicht.

Buro sah wie ein ganz gewöhnlicher alter Mann aus. Dass er einem Stamm zugehörte, das war kaum noch zu erkennen. Er hatte keine »Schlitzaugen« mehr, als hätten die sich im langen Leben unter den Russen wie von selbst begradigt. Als Fedoreks Großeltern bei ihm anklopften, um den Enkel vorzustellen, saß er im Sofa und hatte seine Beine auf einem Sessel abgelegt. Er sagte, herein, aber er stand nicht auf. Er stand nur noch auf, wenn er zur Toilette musste, oder um sich aus dem Sofa ins Bett hinüberzuschleppen. Im Pensionistenheim in Chabarovsk musste er auch noch nach unten gehen, zu den Mittag- und Abendessen, und dann wieder hinauf. Hier bringen sie es denen, die es wollen, direkt aufs Zimmer. Nach dreißig Jahren tagtäglicher Märsche durch die Taiga dürfen doch die Beine auch mal ein paar Jahre ruhen. Und dann kommt das Ende. Und dann das Nichts.

In letzter Zeit dachte er ein wenig über dieses Ende nach. Die Greise in Čevapik hatten ihm damals, als er noch in die Taiga ging, gesagt, dass er auf seine alten Tage zurückkehren würde, und ähnlichen Schwachsinn mehr. Du kehrst ins Lager, du kehrst zum Glauben deiner Vorfahren zurück. Von wegen. Alles das war längst gestorben und er mit seinem Leben zufrieden. Er hatte im Laufe seines Lebens tausende Kilometer zurückgelegt und erinnerte sich an all diese Wege. Er besaß im Kopf eine große Landkarte, die er ausbreiten konnte, wann immer er wollte, es genügte, die Augen zu schließen, und schon konnte er jetzt und hier einen weiteren Marsch antreten. Das war es wert gewesen, sich dafür die Beine zugrunde zu richten. Gesundheit ... pah! Was täte er damit? Mit Hilfe der Medikamente tat ihm nicht einmal etwas weh. Was waren diese leichten Schmerzen doch im Vergleich dazu, als er einmal in der Taiga in eine Grube gestürzt und dann mit gebrochenen Beinen dreißig Kilometer weit zurückgekrochen war? Davon wissen diese Doktoren, die einem die Pülverchen verschreiben, doch einen Scheißdreck.

Er war oft genug in Gruben gefallen, doch nur einmal hatte er sich dabei mehrfach die Beine gebrochen. Es war eine Grube für Sträflinge gewesen. Für diese Kriminellen, die aus Lagern flohen. Er war ein Dummkopf gewesen. Das Lager hatten sie umgesiedelt, doch die Grube war natürlich geblieben. Der Oberaufseher hatte ihm alles genau gesagt, als sie abzogen und er ihnen zum letzten Mal etwas zum Saufen anlieferte. Pass darauf auf, sie liegt hundert Meter weiter südlich vom Lager. Sie gaben ihm damals zum Abschied einen echten Nerzmantel für Larissa mit, der mal irgendeiner Nutte gehört hatte, die sie hopsgenommen hatten, sie war die Frau eines Kriminellen gewesen. Der Mantel sah aus, als wäre er frisch aus dem Laden, er hatte nicht den kleinsten Fehler. Und wie ihn Larissa damals begrüßt hatte! Eigenhändig hatte sie ihm beide Schuhe aufgeschnürt, sie zog sie ihm aus und streifte ihm die Pantoffeln über, die sie für ihn in einer Lade im Flur bereitgestellt hatte. Sie stolzierte im Kreis und drehte sich dann im Pelzmantel um ihn herum. Und dann war er nach Hause zum Dänen gegangen, der ihm das Haus sauber hielt. Für Unterkunft und Verpflegung, er saß meist am Fenster und sprach nicht gerade viel. Hablund. Dieser Name hatte niemandem gefallen, dachte sich Buro. Nicht einmal Larissa.

So viele Leute wollten ihm die ganzen Jahre über weismachen, dass ihn Larissa schäbig ausnutzte, aber Buro störte dies kein bisschen. Als ob er nicht selbst wissen würde, dass sie nur mit ihm zusammen ist, weil er ihr ständig Geschenke macht. Und er wusste auch, dass er immer wieder etwas aus der Taiga mitbringen musste und dass sie ihn auch niemals verlassen würde. Und genau so war es auch. Sie ließ ihn nicht hängen, und er konnte über alle anderen nur lachen. Diese Klugscheißer, die ihm rieten, sich bloß keine Russin zu nehmen, und auch die, die in der Taiga herumliefen und von denen er so viele einfangen durfte in all den Jahren und sie wieder hinter die elektrischen Zäune brachte, wo sie hingehörten.

Die Leute fragten immer, warum wir keinen gemeinsamen Haushalt hatten wie die anderen, und sie gaben sich gleich selbst die Antwort. Weil sie sich für dich schämt, Buro. Haha. Larissa soll sich doch ruhig in ihrem eigenen Zimmer ausruhen. Buro mochte es doch auch, sein eigenes Häuschen zu haben. Er kam nach Hause und keiner belästigte ihn. Wer in diesem Pensionistenheim hatte so viele schöne Stunden zu Hause verbracht wie er? Dieser General irgendwo in seiner Garnison? Diese Frau, die von fünfzehn bis vierzig nur geboren hatte? Dieser Pilot, dem ständig der Motor am Ohr lärmte? Der Schriftsteller und seine Frau würden bestimmt gleich mit ihm tauschen, wenn er das zuließe. Der erzählte ihm, dass er, um etwas Ruhe zu haben, in der Duschecke schreiben muss, in der wiederum, wenn man hinter sich zuzieht, das Radio angeht. Buro wollte vom Verwalter wissen, wie man das abstellen könne, doch angeblich kann das nur die Firma machen, die das montiert hat. Japaner. Man hätte dem ganzen Pack nach dem Krieg die Köpfe abschneiden sollen.

Buro gefiel Fedorek. Er erzählte ihnen, wie er mal einem Bären entkommen war, wie man in der Taiga erkennt, in welcher Richtung das nächstbeste Dorf liegt, und auch diese Sache mit der Berila-Revolte. Es kann schon sein, dass er manchmal was übertrieb, doch Fedorek hing trotzdem wie gebannt an seinen Lippen. Er erzählte von so vielen interessanten Dingen, und zugleich schien es so, als würde er dabei noch an viele andere Geschichten denken. Das Alter hatte ihn nicht brechen können, auch nicht all das, was ihm widerfahren war. Fedorek hatte noch nicht viele alte Leute in seinem Leben getroffen, bei denen das so war.

In Charyň zum Beispiel, im siebenundvierziger Jahr …

Ihr kennt Charyň? Fedorek hätte beinahe vor Freude gejauchzt.

Nicht besonders gut. Doch das kennt in dieser Gegend jeder.

Ich habe dort jemanden geheiratet, deshalb.

Buro ließ das kalt, dieser Bursche aus dem Nebenzimmer interessierte ihn überhaupt nicht. Er kann gern zuhören, wenn er will, doch nur er ihm und auch nur bei dem, was für fremde Ohren bestimmt ist.

Buro wurde von niemandem mehr unterbrochen, der Großvater und die Großmutter mochten ihn und sie teilten obendrein auch noch seine politischen Ansichten.

Nachdem Buro zwei Stunden lang erzählt hatte, brachten sie ihm das Abendessen und die Großmutter und der Großvater und Fedorek kehrten in ihr Zimmerchen zurück. Fedorek war ganz verwirrt. Dieser »Actionfilm« soll tatsächlich die Wahrheit gewesen sein? In diesem Dorf lebt er? Er hatte immer gedacht, dass Charyň in einem verschlafenen Landstrich liegt, in dem die aufregendsten Ereignisse irgendwelche Tratschgeschichten waren. Von den Konflikten zwischen den Rübenschädeln und den Charyňern wusste er zwar, doch das hier? Die »Rübenschädelmigranten« aus Čita sollen angeblich Charyň unter der Befehlsgewalt ihrer Anführerin Berila (einer behinderten Frau auf einer Krüppelkarre) gemeinsam mit den dort ansässigen Rübenschädeln im neunundvierziger Jahr überfallen haben?

Die Großmutter kochte für Fedorek und den Großvater auf ihrem Kochplättchen ein paar Teigfladen und nickte dabei mehrmals. So, so. Wenigstens können wir behaupten, dass wir, würden wir in der Pjatigorska wohnen, bei weitem nicht so viele interessante Sachen erfahren hätten, wo wir doch nun stattdessen ein jedes Mal darüber diskutieren müssen, ob wir jetzt lieber unser Essen aufwärmen, Tee kochen oder sich der Großvater rasiert, denn mehr als eine Steckdose steht uns »ruhmreichen Pensionisten«, die stets dem Land gedient haben, offenbar nicht zu.

Fedorek fügte hinzu, dass dieses »Problem« durch ein Verlängerungskabel mit mehreren Steckdosen gelöst werden konnte, doch sie fanden keines in den Schubladen.

Den Rest des Nachmittags waren sie im Park spazieren. Vom Wohnblock bis zum Gartenhäuschen und zurück, und vom Wohnblock bis zum Eingangstor, weil der Großvater und die Großmutter nicht auf die Straße wollten. Fedorek verabschiedete sich herzlich von ihnen, er versprach, dem Vater und Elvira liebe Grüße auszurichten, und er schenkte ihnen eine gerahmte Fotografie von Serjoža. Der sah darauf wie ein vierjähriger Musterknabe aus.

Hörst du mir zu?

Elvira schlief bereits. Gerade als Fedorek alles von seinem Besuch in Wladiwostok erzählt hatte, hörten die Kavaryčs im Nebenraum endlich auf, sich über das offene Fenster zu streiten, und Serjoža rührte sich mehrmals, gleich neben seinem Vater. Wenn sie erst einmal alleine wohnen, wird er schon bald sein eigenes Bettchen haben, dachte sich Fedorek und umarmte den Sohn und dann auch die Frau, bevor er endlich einschlief.

Am nächsten Tag brach Fedorek gleich am frühen Morgen zu Obura auf. Tamara war schon mit ihren Gummischuhen im Flur gestanden, um loszugehen, und da bot er sich an, sie war darüber ziemlich verlegen. Vielleicht kommt zwischen ihr und dem Schwiegersohn mit der Zeit doch alles in Ordnung, wenn das nur so weitergeht, dachte sie sich, während sie Fedorek dankbar die Essensschüssel für den Sohn reichte und sich anschließend wieder hinlegte.

Obura lag im Schuppen am Boden, so traf ihn Fedorek fast immer an. Es sah so aus, als wäre er grad mal dreizehn, und nicht zwanzig. Erst allmählich setzte der Bartwuchs ein und sein Körper war noch immer weich, wie der eines Kindes. Er trug eine von Tamaras alten Küchenschürzen und am Kopf eine von Kavaryčs Mützen. Wäre es nicht so traurig gewesen, er hätte darüber lachen müssen. Auch Elvira konnte seine Position nicht nachvollziehen. Sie hörte nicht auf ihn. Fedorek kam ja selten in den Sinn, dass seine Frau lieber auf ihn hören sollte, doch bei diesem Anblick ärgerte es ihn gewaltig. Sie gehorchte ihm nicht. Er hatte ihr doch aufgetragen, auf seine Kosten für Obura in Pstruh irgendeinen Trainingsanzug einzukaufen, Hosen und eine Jacke mit Zippverschluss, irgendetwas, was Männer seines Alters eben tragen, doch sie hatten ihn die ganze Zeit über, während er weg gewesen war, weiterhin wie ein Gespenst angezogen.

Er stellte die Schüssel auf den Tisch, die andere, dreckige, die zur Hälfte leer gegessen war, legte er auf den Boden, dann setzte er sich zu Obura.

Fedorek begriff das alles nicht. Vielleicht war Obura schon zuvor krank gewesen und die Idiotin konnte gar nichts dafür. Ist es möglich, dass dies hier von ein paar Schlägen gegen den Kopf stammt?

Wie geht es dir, Obura?

Oder hatten sie hier gar einen gesunden Jungen eingeschlossen und er war erst allmählich verrückt geworden? Wenn wir unser eigenes Haus haben, wirst du bei uns wohnen. Erinnerst du dich an dieses Versprechen? Obura tat so, als würde er nichts hören.

Im Schuppen gab es einige Dinge, die den Aufenthalt erträglicher machten. Zum Beispiel ein Astloch, das in der Wand war. Obura hatte es mit einem Stofffetzen verstopft, als Fedorek sich dem Schuppen genähert hatte, war ihm aufgefallen, dass in dem Astloch ein Auge blinzelte. Kaum war er eingetreten, war das Loch längst wieder verstopft und Obura schaute teilnahmslos fern. Daher hörte er wohl auch nichts. Der Ton lief direkt in die Kopfhörer, damit in der Nähe des Schuppens Ruhe herrschte.

Irgendein Schwarzweißfilm. Etwas für Zeitzeugen. Aus dem einen alten Flugzeug schleppten sie grad Kisten voller Lauch und aus dem anderen spazierte eine ganze Herde Kühe. Eine Trickaufnahme, denn so viele würden dort nicht wirklich hineinpassen, dachte sich Fedorek. Das Kamerabild begann zu beben und dann konnte man sehen, wie irgendwer heranläuft und die Linse mit seiner Hand abdeckt. Die nächste Aufnahme zeigte eine Frau. Sie lächelte liebevoll in die Kamera und knöpfte dabei ihre Bluse auf, sie fasste sich an ihre Brüste und ließ diese ein wenig kreisen. Einen Augenblick lang erinnerte sie Fedorek an Jovaka. Dieser Mund. Dann drehte Obura ab. Fedorek war erleichtert, denn so ein Film war nicht wirklich was für ihn.

Er brachte Obura Wasser, half ihm, sich auszuziehen, und brachte ihm saubere, allerdings doch recht »muffige« Unterwäsche aus dem Schrank. Sie rangen miteinander. Obura wollte sich nicht berühren lassen, er trat nach ihm und dann lag er wieder völlig regungslos da und machte sich absichtlich schwer. Fedorek musste immer etwas warten, bis es Obura selbst zu blöd wurde.

Sie stritten eine halbe Stunde lang miteinander. Als er schließlich ging, dachte Fedorek daran, dass es möglicherweise mit Obura doch anstrengender sei, als er gedacht hätte. Plötzlich verstand er, warum sie Obura eine Schürze statt Hosen gaben, und einen kurzen Moment lang dachte er sogar, dass alles so bleiben könnte wie bisher. Den Rest des Tages (und auch noch den ganzen nächsten Tag) hackte er Holz, ohne eine einzige Pause zu machen, um sich selbst für diesen schrecklichen Gedanken, Obura im Schuppen zurückzulassen, zu bestrafen.

In den kurzen Pausen, die er dann doch einlegte, musste er sich vieles anhören. Erske hier, Erske da. Der Däne hatte bei den Kavaryčs jede Menge Sachen zurückgelassen. Die Hülle seines Aufnahmegerätes, etwas Reinigungsmilch (fürs Gesicht), Sonnenbrillen und ein aufblasbares Reisekissen.

Wie schade, dass Ihr Erske um die paar Tage verpasst habt, wiederholten die Kavaryčs ständig, sogar Elvira. Fedorek ließ das keine Ruhe. Dass man in Charyň meinte, dass er sich (aufgrund seiner Reisetätigkeit) schlecht um seine Familie kümmerte, das war einerlei, doch dass in ihren Köpfen auch noch herumspukte, was es mit diesem fremden Mann im Haus der Kavaryčs auf sich hatte, wo doch Elvira verheiratet war, das war noch einmal etwas anderes und Fedorek wollte lieber gar nicht zu Ende denken, was für Verleumdungen im Dorf kursierten.

Erske war angeblich recht überraschend aufgebrochen. Wohl um in Århus einen Termin wahrzunehmen, bei dem er diverse Formulare für seine Dissertation einzureichen hatte. Von Tamara hatte er noch ein kleines Bild von »Rehoř Palom« erhalten, Serjoža hatte angeblich bei seiner Verabschiedung am Bahnhof geweint. Auch Pšela und Dima und Vašek waren gekommen, sie hatten die ganze Zeit über am anderen Ende des Bahnsteigs gestanden, und als der Zug anfuhr, winkten sie verlegen. Fedorek würde schon sehen, wie Erske ausgesehen hatte, wenn ihnen dieser aus Århus – wie versprochen – ein paar Fotografien schickte. Er hatte sich einige Male vor dem Heldendenkmal ablichten lassen, darüber hinaus auch noch mit der Miškinová vor dem Haus der Vorsitzenden, und natürlich auch mit jedem Familienmitglied bei den Kavaryčs. Fedorek murmelte, dass er sich schon darauf freue, um Elvira eine Freude zu machen. Dass sie ein paar Monate lang einen Europäer beherbergt hatten, davon würde wohl auch noch Serjoža seinen Kindern erzählen, dachte er sich.

Worüber wird seine Dissertation handeln?

Von der Čevapiker Rübenindustrie, entgegnete Tamara. Angeblich gibt es so etwas nirgendwo sonst auf der Welt. Solche Rübenschädeldummköpfe.

Welche Dummköpfe, mischte sich Kavaryč ein. Das hätte wirklich ein gutes Geschäft werden können, wenn es mir nur gelungen wäre, alle so richtig besoffen zu machen.

Doch das ist dir nicht gelungen, Vater.

Weil sie nicht kooperierten und sich absichtlich stur stellten, wie es die Stämme eben so machen.

Erske war sowieso nicht wegen der Čevapiker Rüben zu uns gekommen. Meiner Meinung nach wird er schreiben, dass alles nur ein Betrug ist. Was auch sonst?

Und warum war er hier?, interessierte sich Fedorek.

Er war auf der Suche nach Hablund, dem Mann der

alten Doranová, antwortete Elvira. Angeblich war dieser nie mehr nach Europa zurückgekehrt. Doch die Doranová glaubt ihm nicht. Sie glaubt, dass Erske nur blufft. Er gefiel ihr so gar nicht. Schon die Schnürchen, die von seinem Rucksack baumelten, sagte sie.

Und ich wiederum glaube, dass die Doranová von ganz anderen Leuten hinters Licht geführt worden war, sagte Kavaryč.

In Europa sind sie es einfach nicht gewöhnt, dass Leute verschwinden, Vater.

In Amerika gehen angeblich jeden Tag mindestens zehntausend Menschen verloren. Das war unlängst im Fernsehen.

Das genau ist ja der Punkt, das ist Amerika. Ich sagte schließlich Europa, Vater!

Immerhin hat uns Erske mit Geld ausgeholfen, damit hat er sich schon mal von so manchem hiesigen Schönling unterschieden, lästerte Tamara und blickte zu Kavaryč.

Am Abend des nächsten Tages begannen Fedorek und Elvira ernsthaft damit, sich am Rande von Charyň ein Haus zu suchen, in das sie bald umziehen wollten. Es wäre wohl besser, etwas zu renovieren, als von Grund auf ein neues Haus zu bauen. Bei einer Renovierung müssten sie dann auch nichts für das Grundstück bezahlen. Doch obwohl sich die Vorsitzenden denkbar oft darum bemühten, Familien mit Kindern zu einem Umzug in diese Häuser zu bewegen, kannte Elvira niemanden, der tatsächlich hierher umzuziehen gedachte.

Ich hoffe nur, dass Serjoža hier jemanden zum Spielen findet.

Bei euch wird er von Vašek und Dima tyrannisiert, sagte Fedorek zurückhaltend. Doch als sie schließlich entlang der alten Bauten spazierten, überfiel sie ein beklemmendes Gefühl. Große schwarze Häuserzäune, Balken, die einfach irgendwo herausragten und ächzten, wenn der Wind blies, Abfälle, die irgendwer entsorgt hatte, weil das hier angeblich längst nicht mehr Charyň ist. Verlassene Häuser mit eingeschlagenen Fenstern und schiefen Holzwänden. Als Elvira noch klein gewesen war, hatte sie immer gedacht, dass hier Gespenster wohnen.

Wie hieß noch mal der Mann, der dir von dieser Revolte erzählte?

Muro oder irgendwie so ähnlich.

Stammte er von hier?

Wohl nicht aus Charyň. Ich sagte zu ihm, dass ich hier eine Frau habe, und es ließ ihn völlig kalt. Doch er war viel in der Taiga unterwegs gewesen und kannte sich gut im Landstrich aus. Hier war es möglicherweise gewesen. Von hier aus hatte Berila ihren Angriff gestartet, den sie später im ganzen Dorf fortsetzte. Ihre Beine waren angeblich nicht mehr richtig zusammengewachsen, nachdem sie sie sich von einem gewissen Bovník brechen ließ. Er war hier damals der Arzt.

Aha. Und was ist mit diesem Haus. Würde dir das gefallen?

Sie hatten sie auf einem Holzkarren herangeschafft, sie kamen tatsächlich zu Fuß, aus Pstruh. Sie hatten das Lager der damaligen Vorsitzenden geplündert, die nannten sich damals noch »Ältestenrat«, alle Waffen hatten sie ihnen gestohlen. Sie wollten die Gefangenen befreien.

Gefangene?

Es waren ihre Verwandten. Sie mussten hier dafür schuften, dass sie weggelaufen waren. Das durfte man damals nicht. Rübenschädel durften nur dann gehen, wenn sie ernsthaft krank waren. Deshalb hat ihr dieser Bovník auch die Füße gebrochen. Doch in den Zellen haben sich damals keine Gefangenen befunden.

Man darf nur dort wohnen, wo man eine »Aufenthaltserlaubnis« hat. Elvira erinnerte sich daran, wie sie es Erske zu erklären versuchte und wie es dieser nicht fassen konnte.

Doch du darfst fahren, wohin du willst, oder?

Wenn ein Zug fährt und man einen Fahrschein hat, verzog Elvira das Gesicht. Möchtest du gerne weg von hier?

Glaubst du ernsthaft, wir suchen ein Haus, wenn wir vorhaben, wegzugehen?

Nein.

Na siehst du.

Was ist mit dem hier?

In einem der Häuser hatte sich Berila verbarrikadiert und von dort aus zwei Wochen lang die Kämpfer befehligt. Angeblich hatten sie auch einen »Fürstenschlitten« (nach Vladimir Orlov) bei sich. So einen mit Motor. Ein Modell, das schon damals dreißig Jahre alt war. Sie hatten es irgendwo in der Nähe von Čita gefunden, irgendwo im Wald zwischen allerlei Gerümpel. Die Charyňer besaßen gar nichts. Es heißt, sie hätten sich in der Kolchose versteckt, mit ein paar Gewehren. Muro hat erzählt, dass er ihnen welche aus den umliegenden Lagern besorgen musste. Deshalb durfte er auch später das Heim für »ruhmreiche Pensionisten« beziehen.

Der Vater meines Vaters wohnt auch in einem Heim, irgendwo in Chabarovsk, merkte Elvira an. Schon seit mindestens fünf Jahren war er nicht mehr hier. Immer wenn er kommt, macht sich der Vater fast in die Hosen.

Warum?

Weil er wohl denkt, er sei nicht gut genug für ihn. Das glaubt er sonst bei keinem anderen, doch bei ihm schon.

Und wie heißt er?

Buro.

Fedorek lachte auf. Buro und Muro, das ist irgendwie witzig.

Buro ist ein seltsamer Name, doch er ist ja auch ein Rübenschädel.

Mir gefällt dieses hier ganz gut. Die Veranda.

Elvira stieg vorsichtig ein paar Stufen hoch. Sie hielten.

Doch vom Dach ist nicht mehr viel über.

Na und?

Weißt du, was Muro behauptet hat? Dass von Berila auch nichts geblieben war. Man hatte noch versucht, ihr irgendwo aufzulauern, doch die Rache ging nicht auf. Sie hatte sich auf ihrem Karren irgendwo tief in die Taiga bringen lassen. Geht jetzt, hat sie dann ihren Mitstreitern befohlen und dann soll sie sich direkt vor ihren Augen in einen Hartriegelbaum verwandelt haben.

Andere wiederum meinten, so Muro, dass sie fünf Söhne gehabt haben soll, die wiederum fünf Divisionen befehligt hätten, alles Stammesmitglieder. Sie wollten den Gedanken an ein freies Sibirien aufleben lassen, mit seiner weißgrünen Flagge, die hier schon einmal zu den Zeiten der Revolution wehte. Muro meinte ja, Berila sei nur deshalb hergekommen, um ihre Schwester und deren ungewolltes Kind zu rächen. Doch Vasilisa war später nicht mit ihr mitgekommen. Angeblich wegen diesem Hablund.

ERSKE

Erske war oft genug in Kopenhagen gewesen. Von Århus sind es mit dem Auto zweieinhalb Stunden und weitere eineinhalb Stunden muss man für die Fähre einplanen, falls nicht gerade Stoßzeit herrscht, kann man auch den Weg über Storebaeltsbroen und Lillebaeltsbroen nehmen, über die Brücken schafft man es innerhalb von drei Stunden. Er fuhr oft nach Kopenhagen, denn in Århus war immerzu tote Hose, obwohl es nach Kopenhagen die zweitgrößte Stadt war. Mittags unter der Woche ging es dort zu wie in einer Kleinstadt und um zehn Uhr abends lagen alle schon im Bett. Der Bäcker, der Friseur, der Zeitungsverkäufer, Erske kannte sie alle beim Namen.

Kopenhagen, das war doch etwas anderes. Parks, Klubs, haufenweise schwedische Touristen, in Christiania konnte man billig Gras kaufen. Erske lag danach im Park, irgendein Kopf in seinem Schoß, die Ausflüge nahmen immer dasselbe Ende. Er kannte sich im Zentrum gut aus und dann auch noch beim »Kastellet« und im Churchill Park. Von der Hansenstraße hatte er noch nie etwas gehört. Vielleicht war dies eine der kleinen Straßen im Zentrum oder sie befand sich irgendwo am Hafen, dachte er sich. Im Internet hatte er sich einen Stadtplan ausgedruckt, er faltete ihn viermal und steckte ihn in seine Tasche.

Oboluň. Schon der Name dieser Gesellschaft klang seltsam. 1949 von Marianne Doran, Táňa Krasnoludková und Lora und Manfred Gregersen gegründet. Im selben Jahr war auch Erskes Mutter Lili geboren worden, Großbritannien hatte die Unabhängigkeit Irlands anerkannt und Mao Tse-tung rief die kommunistische Volksrepublik China aus.

Von der Oboluň-Gesellschaft hatte Erske rein zufällig erfahren. Er blätterte alte Zeitungen durch, um irgendeine Prüfungsfrage zu beantworten, und dasselbe Inserat wiederholte sich im Frühjahr 1949 immer wieder in einigen dänischen Medien. Irgendein Hablund Doran war verschollen und die Obluň-Gesellschaft bot jedem, der diesen finden oder zu seiner Rückkehr beitragen würde, eine Belohnung an. Dem Inserat nach war Hablund Doran ein Filmemacher und Ethnograf in einem, und auch noch ein erfolgreicher Unternehmer.

Erske war überrascht, dass er bis zu diesem Zeitpunkt noch nie von ihm gehört hatte. Unterschätzten dänischen Persönlichkeiten war am Institut für Kulturanthropologie in Århus ein ganzes zweisemestriges Seminar gewidmet. Gleich am nächsten Tag hatte Erske den Kursleiter aufgesucht und ihn nach Doran gefragt. Doch auch der wusste nichts. Erske kehrte noch einmal zu den Zeitungen aus jener Zeit zurück und entdeckte einige Artikel, die allesamt diesem Doran gewidmet waren, alle in großen Kopenhagener Tageszeitungen. Die Artikel stellten ihn als bemerkenswerte Person dar, obwohl es den Anschein hatte, dass die einzig wirklich bemerkenswerte Sache ebenjene Expedition gewesen war, von der er nicht mehr zurückkehrte. Ansonsten konnte er den Artikeln nur noch entnehmen, dass Doran eine Fabrik für Gesundheitsbehelfe in Kopenhagen besessen hatte, die, wie er recherchierte, im Jahre 1956 Bankrott ging.

Erske begann sich für Doran zu interessieren. Sie hatten noch keinen im Seminar durchgenommen, der in den vierziger Jahren ein Sowjetdorf besucht hätte. Das Ganze würde wohl am ehesten in den Kurs »Aspekte der Kollektivisierung ländlicher Räume in der Sowjetunion« oder »Ethnolinguistik Sibiriens in der ersten Hälfte des zwanzigsten Jahrhunderts« passen. Eigentlich wollte Erske nur seine Reputation aufbessern. In den letzten Semestern hatte er nicht gerade viele Erfolge gefeiert und mit seiner Anwesenheit war es auch nicht so weit her. Sollte Doran noch leben, würde er versuchen, ihn zu überreden, mit ihm zu kommen. Das Institut verfügte in solchen Fällen durchaus über finanzielle Mittel und irgendwelche Fragen würden ihm schon einfallen. Er würde den alten Herrn mit seinem Auto nach Århus bringen (und dann wieder zurück), das alles wäre doch wirklich kurios.

Das Telefon, dessen Nummer sich in den Jahren 1949 bis 2006 achtmal geändert hatte, läutete mindestens zwei Minuten lang, bevor sich schließlich eine müde Frauenstimme meldete.

Er fiel mit der Tür ins Haus. Wie er auf Hablund kam, was er alles über ihn gelesen hatte und dass er sich gerne mit den alten Plänen vertraut machen würde.

Die Stille im Hörer dauerte eine ganze Ewigkeit lang, Erske begriff allmählich, dass Hablund Doran tatsächlich niemals zurückgekehrt war. Vielleicht hat ihn die Tatsache interessiert, dass die alte Frau starrsinnig versuchte, ihn irgendwie abzuwimmeln. Oder war es dieser besondere Akzent gewesen?

Er rief dann noch ein paar Mal an und redete so lange auf die Frau ein, bis er sie schließlich überzeugte. Sie erlaubte ihm, sie aufzusuchen.

Er fand die Hansenstraße schnell. Eine lange Gasse mit niederen Zinshäusern, die zwei Hauptstraßen miteinander verband, in denen Erske schon oft entlangspaziert war. In den fünfziger Jahren hatte hier die Kopenhagener Mittelklasse gewohnt, nunmehr lebten in der Hansenstraße allerdings Menschen, die alt geworden waren oder kein Geld hatten. Erske kam dort an zwei verdächtig wirkenden und schäbigen Hotels und einigen kleinen Lebensmittelgeschäften vorbei. Alte Damen standen dort an, die erinnerten sich wohl noch an bessere Zeiten.

Das Schildchen »Oboluň«, gemeinsam mit den Namen Marianne und Táňa, befand sich immer noch am Briefkasten. In jenem Briefkasten, in dem Táňa damals Hablunds einzigen Brief entdeckt hatte, nun war schon seit Jahren keine Post mehr gekommen.

Eine argwöhnische Frau öffnete ihm, sie trug ein altes Hausgewand, Herrenpantoffeln, die ihr eine Nummer zu groß waren, Leggins mit ausgeleierten Knien und eine Baseballmütze am Kopf.

Hätte Erske gewusst, wie Táňa Krasnoludková vor sechzig Jahren ausgesehen hatte, er hätte eingestehen müssen, dass sie sich kaum verändert hatte. Immer noch der gleiche »Obstkern auf einem Stoppschild«, den Marianne einst gesehen hatte, dieser kleine Kopf mit kurzen Haaren und der schlanke Körper mit den schmalen Hüften. Nur die Haare waren jetzt völlig weiß und die Beine und Hände noch etwas dünner, übersät mit dunkelbraunen Flecken.

Ein Augenblick genügte ihm, um zu erkennen, dass sich diese Frau nicht viel aus Männern machte. Er wusste so etwas immer, ohne es genauer benennen zu können, und nur ganz selten lag er damit daneben.

Es überraschte ihn, wie klein die Wohnung war. Zwei Zimmer, in denen man sich kaum bewegen konnte. In der Küche hatte die alte Frau einen Anrichteschrank und einen Tisch mit einem Sessel und im zweiten Zimmer stand ein Bett mit einem Schrank, daneben lag eine Halde Schmutzwäsche. Man konnte erkennen, dass sie keine Besucher empfing, und ihre Gewohnheiten würde sie wohl kaum noch ändern. Sie trat ein paar Mal mit dem Fuß gegen die Schmutzwäsche, damit sich Erske vorbeizwängen konnte, und das Erste, was sie zu ihm sagte, war, dass Kopenhagen einfach nur scheiße sei.

Die Wände beider Zimmer waren voller Fotografien, auch am Nachtkästchen und auf dem Kühlschrank standen Fotos. Eines zeigte Hablund, ein großes Porträt gegenüber der Vorraumtür, das schon beinahe sechzig Jahre dort hing, alle anderen Aufnahmen zeigten Marianne. Marianne und Táňa, und manchmal auch Táňa ganz allein, doch am öftesten war Marianne abgelichtet. In Helsinki bei ihrem ersten gemeinsamen Ausflug (wohin sie aufgebrochen waren, nachdem Hans Schmidt sie betrogen hatte), in Venedig, wohin sie gefahren waren, als der nächste Kandidat mit dem Geld durchgebrannt war, in Neapel, in Paris, die beiden Frauen hatten gemeinsam halb Europa bereist. Erske betrachtete die Fotografien, Táňa stand neben ihm und schnaufte gegen seinen Hals.

Alle Koffer musste sie für diese Reisen selbst packen. Daran denken, nichts zu vergessen, und am Bahnhof dann ein Taxi auftreiben, das sie bis zum Hotel bringt. Einmal hatte sie einen der Koffer im Zimmer vergessen. Marianne hatte einen ganzen Tag lang kein Wort mehr mit ihr gesprochen.

Diese zweite Frau ist genau das Gegenteil von ihr, dachte sich Erske. Mit hellen Haaren und rosa Wangen, Marianne immerzu in Pastellfarben und Blüschen mit kleinen Krägen, sie erinnerte an eine in die Jahre gekommene Schülerin. Auf jeder Fotografie lachte sie, und als ob sie mit dem Wind einen Pakt geschlossen hätte, wehte überall ihr Haar. Erske gefiel, dass man den Fotografien ansehen konnte, wie gern sie sich hatten, selbst wenn sie einfach nur nebeneinander unter dem Triumphbogen standen, wie zwei Arbeitskolleginnen.

Auf der einzigen gemeinsamen Fotografie, die ihm bekannt war, lächelten Lili und Erskes Vater auch. Seit der Kindheit schon hatte ihn dieses Lächeln, wie sie in die Kamera grinsen, angewidert. Es war falsch und man musste das doch erkennen. Schon damals hatten sie gewusst, dass sie nicht zusammenbleiben würden.

Marianne ist vor fünfzehn Jahren weggefahren, sagte Táňa, als sie sah, wie lange Erske eine der Fotografien musterte.

Marianne Doran?

Ja, genau die. Einunddreißig Jahre lang wohnten wir zusammen. Sie hat mich aus der Gosse geholt, wie sie immer zu sagen pflegte. Hablund kannte ich nicht persönlich, doch er muss ein strammer Kerl gewesen sein. Marianne hat mir so viel über ihn erzählt, dass ich manchmal das

Gefühl habe, wir hätten hier die ganze Zeit über mit ihm gelebt.

Seltsam, oder?

Eigentlich nicht. Meine Mutter hat auch lange Zeit mit dem Vater zusammengelebt, und den habe ich auch nie gesehen.

Du tust so, als würdest du wissen, wovon ich rede, aber du weißt gar nichts.

Plötzlich verfinsterte sich ihre Miene.

Ihn interessierte, woher sie stammte. Wegen ihres Akzents.

Dort, woher ich stamme, würde man dir sofort eins aufs Maul geben, wenn man von deinen »Vorlieben« wüsste. Selbst heute noch. Sie würden dir gleich mal in die Eier treten.

Erske erstarrte.

Hablund Doran gilt als vermisst und seine Frau ja auch. Noch etwas? Als wäre die Greisin irgendwie von ihm enttäuscht und nun wollte sie ihn schnell vom Hals haben.

Was ist bloß mit Marianne passiert?

Ihr Herz rührte sich nicht mehr und es schrie doch so laut, dass sie plötzlich alles liegen und stehen lassen musste, um aufzubrechen. Plötzlich wollte sie nichts anderes mehr hören. Ein paar von deiner Sorte sind schließlich schon hier gewesen. Versprechen und Vorbereitungen, und dann haben wir nie wieder was von ihnen gehört. Und so entschloss sie sich, ihn auf eigene Faust suchen zu fahren. Ich selbst konnte das nicht glauben. Auch noch als sie packte, selbst dann nicht. Denn sie hatte schon zuvor ein paar Mal solche Anwandlungen, und einmal hat sie sogar schon das Taxi gerufen, das sie zum Bahnhof bringen sollte. Als sie es damals rief, sagte ich mir immer noch, jetzt kommt's. Sie sagt, dass sie es sich anders überlegt hätte. Doch wir stiegen ein und fuhren gemeinsam mit dem Taxi bis zum Bahnhof. Und dann stieg sie sogar in diesen Zug und dieser Zug fuhr los …

Erske schien es, als würden sich Tränen in den Augen der Greisin sammeln.

Also warte ich jetzt schon fünfzehn Jahre lang auf die beiden. Doch Marianne kehrt nicht mehr zurück.

Wie könnt Ihr Euch da so sicher sein?

Ich weiß es.

Das klang resolut.

Soll ich dir sagen, warum? Und du wirst mich dann bestimmt fragen, woher ich stamme, weil ich diesen Akzent habe, und ich werde sagen, unweit von Jakutsk, und du wirst dir denken, dass man mir nicht viel glauben darf, Lora und Manfred dachten sich das auch.

Und Hablund kann noch zurückkehren?

Erske fragte bei Táňa nach, auch wenn er dies selbst als mehr oder minder dumme Frage abtat. Er hätte doch längst von sich hören lassen, und mal abgesehen davon, wie viel Leute werden schon neunzig Jahre alt? Knappe vier Prozent und die meisten von ihnen sind japanische Frauen.

Was weiß ich, antwortete Táňa auf Erskes Frage. Ich glaube nicht. Was würde ich hier auch mit einem alten Mann anfangen? Ihm erklären, dass er seine Frau verlor, während er in der Fremde herumstreunte?

Schon lange war Táňa nicht mehr mit einem jungen Mann zusammengesessen, eigentlich seit damals, als sie sich mit ihnen noch über die Expedition unterhalten hatte. Mit diesen Männern, die sich am Ende immer als abgebrühte Wichser herausgestellt hatten. Sie nahmen das Geld und verschwanden. Sie und Marianne saßen dann alleine da. Sie schauten aus dem Fenster, tranken Wein und schwiegen. Nachdem sie keine Lust mehr darauf hatten, Geld in Geschäften auszugeben. Sie schafften es an einem Abend, so viele Läden aufzusuchen, dass sie mehr ausgaben, als Táňa im ganzen Leben verdienen konnte. Sie hatten zwei Schränke voller Klamotten und zwei weitere Kästen für die Oboluň-Agenden. Bald schon aber drei Kästen für die Agenden und einen Schrank für Klamotten, und dann änderte sich das Verhältnis wieder. Als Marianne endgültig die Kraft ausging, jemanden davon zu überzeugen, woran sie selbst nicht mehr glaubte. Doch manchmal kehrte diese Überzeugung auch wieder zurück. Er kehrt wieder. Sie spürt das. Oder: Sie werden ihn finden. Sie muss doch etwas unternehmen! Dann warf sie wieder alle Klamotten aus dem Schrank und schrie nach Táňa, dass sie ein paar Briefe schreiben müssen. Einmal noch werden sie es probieren, und dann noch einmal.

Das letzte Mal hatte Táňa so viel Zeit mit einem jungen Mann verbracht, als man sie des Mordes bezichtigte. Das war auf der Polizeistation und Lora und Manfred sagten dort gegen sie aus, auch wenn ihnen jedweder Beweis fehlte. Einige Male, als sie sie besucht hatten, waren aus ihrer Wohnung angeblich Mariannes Schreie zu hören gewesen. Und ihre etwa nicht? Faktum ist, dass es bei den Gregersens völlig still ist, wie bei den Fischen, das beweist noch gar nichts. Würde es überall so zugehen, man würde an schierer Langeweile sterben. In ihrem Haushalt ging es eben etwas »italienischer« zu, und so funktionierte das auch gut mit ihnen. Das hatte sie denen auf der Polizeistation gesagt, doch die ließ das kalt. Sie weinte. Sie dachten wohl, dass sie jeden Augenblick gestehen würde. Sie pressten sie dort wie eine Zitrone aus. Sie kamen mit mildernden Umständen. Doch sie hatten nichts gegen sie in der Hand, bis auf die Tatsache, dass Marianne vor vielen Jahren ein Papier aufgesetzt hatte, dass, wenn ihr etwas passieren sollte, Táňa alles erbt, und das geschah dann auch.

Ich hätte das doch längst machen können, wenn es mir nur ums Geld gegangen wäre, schrie sie zurück.

Und dieser Polizeibursche sagte ihr tatsächlich, das hätten sie wohl machen können, doch Ihr hättet es genauso gut auch erst vor einer Woche tun können, und er lag damit vollkommen richtig. So eine Sache konnte man immer angehen. Doch das sagte Táňa nicht laut. Sie war entschlossen, ihnen in keinem Punkt entgegenzukommen. Sie würde es ihnen nicht erleichtern. Aus Mangel an Beweisen wurde das Verfahren gegen sie schließlich eingestellt.

Erske gefiel Táňa. Seine Arme. Gern würde sie die mal begrapschen. Über diesen Wunsch musste sie innerlich lachen. Erst seitdem sich die Männer nicht mehr nach ihr umdrehten und sie endlich ihre Ruhe hatte, konnte sie langsam in Erfahrung bringen, was das überhaupt für welche waren. Erst als es nicht mehr überall nach deren »Wollen« roch, konnte sie ihre Scham ablegen, sie ließ ihre Augen auf und ab wandern, wie es ihr beliebte, denn die Männer nahmen keine Notiz davon. Als sie noch jung war, konnte sie nur davon träumen. Dass sich die Männer ihre Naschlust doch für die Frauen aufheben, denen das nichts ausmacht.

Sie hätte Erske gern hinter seinen Ohren gekitzelt, wären diese ein wenig größer gewesen. Ein Häschen. Als er hier ankam, war sie böse gewesen, doch als er gegangen war, freute sie sich keinesfalls darüber, dass sie nun wieder ihre Ruhe hat. Als würden auf ihre alten Tage mütterliche Gefühle in ihr keimen. Ihre Tochter Maša, die sie in Oboluň zurückgelassen hatte, müsste jetzt über sechzig Jahre alt sein. Ihre eigene Tochter hat längst eigene Töchter und die wiederum einen Haufen Kinder, und wenn die abends nicht ins Bett wollen, dann bringt sie Maša dazu, sich zu fürchten, dass ein grausames Mütterchen namens »Táňa« auf einem schwarzen Wolf angeritten kommt und sie irgendwohin in den fernen Westen verschleppt. Und vielleicht hätten die Klügsten unter ihnen auch gar nichts dagegen.

Es war fast schon Mitternacht, als Erske Táňa schließlich verließ. Er fühlte sich benebelt, was immer der Fall war, wenn er getrunken hatte, für Charyň sollte er sich besser daran gewöhnen. Er fuhr mit dem Auto nach Århus, die ganze Fahrt über musste er aber an die alte Táňa Krasnoludková denken, er musste gleich der Mutter von ihr erzählen. Dass Marianne und Hablund verschwunden waren, da wusste er selbst nicht so recht, was er darüber denken sollte.

Lili hörte Erske ruhig und aufmerksam zu. Über Táňa weiß Erske also gar nichts, die Greisin hat es ja offenbar abgelehnt, etwas über sich zu verraten.

Lili hätte sofort von sich erzählt, doch sie fragt leider niemand. Hände weg von Familiengeschichten, so denkt ihr Sohn darüber. Sie hatten schon immer zusammengelebt, und etwas darüber zu erfahren, was zuvor gewesen war, das lehnte Erske ab, es interessierte ihn einfach nicht.

Als die Mutter mit dem Einfall kam, dass er doch nach Sibirien fahren könnte, war er sich völlig sicher, dass sie verrückt geworden ist.

Im Sommer fährst du doch immer irgendwo hin.

Allein, weil er es mit keinem aushält, dachte sie sich.

Du hast gesagt, dass sie allen sogar die Reisen finanziert hätten.

Er hatte ihr von all diesen Freiern erzählt, die Marianne und Táňa das Geld abluchsten und danach verschwanden.

Die Mutter war im Grunde genommen schon immer der größere Abenteurer von ihnen gewesen.

Sich tausende Kilometer weit aufzumachen, um irgendeinen Hablund zu suchen, der vermutlich längst das Zeitliche gesegnet hatte?

Vor dem Einschlafen musste er noch daran denken, was ihm Táňa erzählt hatte. Dass er dort eins aufs Maul kriegen würde, würden sie ihm dahinterkommen. In Charyň fürchtete er sich die ganze Zeit davor, dass es doch noch jemandem auffallen könnte.

HABLUND

Sie warteten auf die Jäger, wie ausgemacht, unweit von Charyň, mit Lastwagen. Hätte Vasilisa auf dem Weg dorthin nicht ein paar Bissen Trockenfleisch mit Hablund geteilt, er wäre wohl schwerlich so weit gekommen. Auch so musste er sich gewaltig anstrengen. Kaum hatten die Fahrer dieses erbärmliche Häuflein wankender Männer und Frauen erblickt, liefen sie ihnen entgegen und fragten erwartungsvoll, wo die anderen bleiben und wo die Rentiere sind. Glaznikov deutete mit der Hand irgendwo in die Richtung, wo die Herde schon vor gut einer Woche durchmarschiert war. Nicht einmal in Charyň konnte man das fassen. Als die beiden großen Lastwagen angefahren kamen und sich keinerlei Ladung darauf befand. Erklärungen interessierten niemanden. Nicht einmal die Geschichte vom Angriff des Wolfsrudels, bei der allen unter normalen Umständen die Spucke weggeblieben wäre, man hatte »Ruhm all den Helden« gebrüllt, doch jetzt kam gar nichts. Sie waren wütend. So konnten die Männer schließlich nicht zurückkehren. Doch die Rentierherde war fort, es gab nichts mehr zu tun.

Die ganze Zeit über, in der die Männer unterwegs gewesen waren, gingen die Frauen in die Taiga, um Holz zu holen. Mit Trageriemen schleppten selbst die Jüngsten ganze Bäume an, die Greisinnen brachten Reisig aus der Taiga, beim Heldendenkmal wurde das Holz aufgetürmt, für das Rentierfeuer. Sogar den Grillrost hatten sie ganz alleine aufgebaut und zu Hause hatten sie längst Kräutermischungen für obligate Rentiersuppen vorbereitet, große Kessel (die man nur ein paar Mal im Jahr verwendet), standen neben den Öfen, man musste sie nur noch mit Wasser füllen und konnte mit dem Kochen beginnen.

Doch stattdessen verschwanden all die mageren Männer mit hängenden Schultern still und heimlich in ihren Hütten, bald schon war alles verwaist, und in jedem Charyňer Haushalt, der einen der Jäger gestellt hatte, begann irgendwer zu weinen. Die Frau, die Mutter oder die Tochter, während sie die Wunden der Männer versorgten, Wasser aufsetzten, um die Erfrierungen zu behandeln, die Vorwürfe standen ihnen bestenfalls in den Augen, mehr getrauten sie sich nicht.

Hätte es im Lager des Ältestenrates einen ewig langen Streifen schwarzen Stoffes gegeben, sie hätten diesen um das ganze Dorf gewickelt und man wäre unter diesem Tuch verschwunden, schlafend, bis zum nächsten Frühjahr. Wäre das Ganze ein Märchen gewesen. Doch das hier war Charyň und man hatte noch den ganzen Winter vor sich. Mehr als hundert Tage, in denen die Sonne erst mittags aufgeht, um unmittelbar darauf wieder zu verschwinden, und ob es nun dunkel oder hell ist, dreimal täglich muss man schließlich essen.

Vasilisa gebar drei Tage nach ihrer Rückkehr. Sie war Berilas Schwester, eine Gefangene, und nun musste sie alles ausbaden, doch ein Kind ist schließlich ein Kind, und man hätte es ohnehin gefeiert. Außerdem war es ein Junge.

Dennoch freute sich keiner so richtig über die Nachricht. Bis zum Frühling würde er nicht überleben, einige Köpfe nickten. Sie soll ihn lieber erst gar nicht herzeigen.

Außerdem war angeblich der größte Teil des Kolchosenviehs verschwunden, irgendwer hatte das Gatter offen gelassen. Jene Kühe, die Hablund nie gesehen hatte, er war überzeugt davon, dass man die Milch mit dem Flugzeug heranschaffte, ähnlich wie auch die Erbsen, Hafer, Weizen, alles, was Velor abwog, und danach schaffte man die Güter in den Speicher. Doch man behauptete, dass es verloren gegangen war, und so musste es wohl irgendwohin entschwunden sein. Es wäre eine leichte Sache. Wenn Sommer wäre, könnte man die leeren Stallungen wenigstens dazu nutzen, um Heu zu trocknen, oder dort – bei Schlechtwetter – sonntägliche Versammlungen abhalten, doch nun gab es überall Schneeverwehungen, die Spuren des Viehs, das in der Nacht verschwunden war, hatte der Schnee bis zum nächsten Morgen ausgelöscht.

Kaum hatte Velor ein paar Stunden in der warmen Hütte geruht, lief er schnell zum Speicher. Es war nur eine Frage der Zeit, bis sein Betrugsmanöver auffliegen würde. Sie hatten bei der Jagd kein Fleisch erbeutet, und so würde der Bedarf an Mehl und allen anderen Gütern höher ausfallen, als er erwartet hatte. Mit den Vorräten aus dem Speicher würde Charyň vielleicht einen Monat lang durchhalten. Velor schloss sich im Speicher ein und zählte noch einmal alles durch. Auf einer kleinen Tischwaage, mit der die Josipovičová normalerweise Nüsse abwog, wenn sie ein paar Mal im Jahr die vorbildliche Ehefrau spielte, wog er im Speicher alle Kolchosenvorräte ab, Tag und Nacht war er damit beschäftigt, eine ganze Woche lang. Dieser traurigen Laune, die draußen herrschte, wollte er sich ohnehin nicht aussetzen. Und an den Sitzungen des Ältestenrates, der den Notstand ausgerufen hatte, daran wollte er erst recht nicht teilnehmen.

Als er schließlich dann auf einer der Sitzungen doch laut davon sprach, wie es um die Vorräte stand, stand allen der Schrecken ins Gesicht geschrieben, so wie damals, als die (interne) Meldung kam, dass die Fluglinie nach Charyň eingestellt wird. Zum Glück war das damals nur ein Scherz aus der Zentrale gewesen, irgendwer wollte ihnen eins auswischen. Damals konnte er nichts dafür, nun lag die Schuld bei ihm. Er hätte wachen sollen und tat es nicht, und wer den Speicher zum Teil ausgeräumt hatte (was gar nicht brüderlich war), das ließ sich nun nicht mehr in Erfahrung bringen.

Mit dem Hunger wuchs die Entrüstung, und als der Ältestenrat auf einer seiner regelmäßigen Versammlungen verkündete, dass die Vorräte im Speicher um ein Drittel geringer ausfielen, als man dies noch vor ein paar Wochen vermeldet hatte, schlugen die Dörfler alle Fenster der Familie Josipovič ein, auch später noch, nachdem sie Velor provisorisch repariert hatte. Um irgendwo neue Vorräte aufzutreiben oder sonst wo hinzufahren, daran war nicht zu denken. Charyň war im Schnee versunken. Es fiel in diesem Winter so viel Schnee, dass einige der Schneegatter, die jene »Randhäuser« schützen sollten, nachgaben und sich so manchem der Schnee durch die Fenster in die Hütte wälzte.

Als das neue Jahr anbrach und die damit verbundene Eröffnung des neuen Bahnhofs anstand, das einzige Gebäude übrigens, das bis zu Erskes Zeiten ohne irgendeine Reparatur die Zeit überdauerte (und das trotz der miserablen Arbeit der Häftlinge), gab es kaum noch etwas zu essen. Von den Funktionären der umliegenden Ortschaften war keiner zur feierlichen Bahnhofseröffnung gekommen, weil es schon seit zwei Wochen ohne Unterlass schneite und es keine Möglichkeit gab, bis Charyň durchzukommen. Die Feierlichkeiten bestanden darin, dass die Miškinová den versammelten Dörflern jeweils ein Lehrbuch (mit Widmung) aus dem Lager des Ältestenrates überreichte und Glaznikov beim Heldendenkmal einen Vortrag hielt, der zum Thema hatte, dass schlechte Zeiten die Moral stärken. Doch die Dörfler begannen zu schreien und zu pfeifen, so dass keiner aus dem Ältestenrat noch etwas vorzutragen wagte, und man schickte Velor und paar andere schnell zum Speicher, um jedem Charyňer wenigstens ein Säckchen Mehl anzubieten, weil eine Plünderung des Lagers des Ältestenrates in der Luft lag, und Velor lief los, so schnell er konnte.

Die Rationen wurden den Dörflern jeden Sonntag ausgehändigt, nach dem Rapport beim Heldendenkmal, damit den öffentlichen Versammlungen überhaupt noch jemand beiwohnte. Die älteren Dörfler schlugen vor, die Zusammenkünfte am alten Platz abzuhalten, bei den Ochsenschädeln und roten Sternen, wo Hablund damals der Knochenzeremonie beigewohnt hatte und später mit Saška vorbeispaziert war, doch die Mehrheit im Ältestenrat lehnte das ab. Sich der Vergangenheit zuzuwenden, kaum dass es den Menschen ein wenig schlechter geht, das ist nichts, was man unterstützen sollte, sagte Miškinová bei einer der Versammlungen und sie untermauerte dies mit einem Leninzitat. Glaznikov rekapitulierte daraufhin die vergangene Woche, was zugleich bedeutete, dass man aufs Kilo genau offenlegte, wie viel von den jeweiligen Produkten noch im Speicher vorrätig war, Pavlič appellierte an die Jugend, nicht von den Rationen der Greise und Kinder zu stehlen, und zuletzt drohte Bovník an, jeden zu bestrafen, der sich zu einem solch verwerflichen Verhalten herablassen würde. Bovník hatte sowieso viel zu tun. Die abergläubischen Charyňer erinnerten sich nicht nur an ihre alten Plätze, sondern auch an ihre Krankheiten. Sie wollten, dass ihnen Bovník eine »Überweisung« ausstellte, damit sie Charyň verlassen dürfen, irgendwohin, wo es etwas zum Essen gab, irgendwohin, wo sich das Menü nicht aus einer einzigen Mehlpalatschinke und einem Häufchen zerkochten Gemüses zusammensetzte. Und Bovník, die schwarze Seele, schrieb munter seine Empfehlungen und ließ sich dafür bezahlen, und die Charyňer, die einst von ihren Eltern hergeschickt worden waren (mit den gleichen »Ranzen«, die sie nun auch bei sich hatten) und die ohne eine gültige »Empfehlung« nicht ausreisen durften, versammelten sich im Warteraum des neuen Bahnhofsgebäudes und warteten vergeblich auf den Zug, wo doch nicht einmal »Lenin« selbst, ein so genannter Schneepflug der sowjetischen Eisenbahn, eine Lokomotive mit stählernen Schultern, damals in der Lage war, auf der transsibirischen Route der Schneemassen Herr zu werden.

Zudem hielten im Winter normalerweise kaum Züge in Charyň. Es war viel wichtiger, die Verbindung zwischen den großen Städten sicherzustellen, wo die Leute zu hunderten auf den Bahnhöfen warteten, und so blieb auch von den zwei Zügen, die im Januar 1947 Charyň passierten, keiner am dortigen Bahnhof stehen.

Da niemand mehr Charyň verlassen konnte, gab es auch niemanden mehr, den man für eine »Flucht seiner Angehörigen« mit Strafarbeit hätte belegen können, und so fehlte es in Charyň auch an Arbeitskräften, die für gewöhnlich all die Tätigkeiten übernahmen, die keiner so wirklich machen wollte. Die Gefangenenzellen waren leer. Es gab niemanden mehr, der Tag und Nacht den Schnee wegräumte, es gab niemanden, der – unter Velors Aufsicht – in Handschuhen und Fellmütze drei Stunden lang nach dem sonntäglichen Rapport einzelnen Familien ihre Rationen ausgeteilt hätte (so dauerte es ewig lange, bei all dem Feilschen und Gebettel, größere Rationen zu erhalten), es gab auch niemanden mehr, der für den Eislaufplatz sorgte, allerdings verschwendete in Charyň kaum mehr jemand einen Gedanken an Eislaufen. Ab und an jemandem Besuch abzustatten und die üble Laune mit einem Gläschen Wodka hinunterzuspülen, das schon, doch den Schnee räumte ein paar Tage nach Neujahr keiner mehr zur Seite (als die Strafe der Gefangenen ablief), und bald schon reichten die Kräfte jedes Charyňers nur noch dafür, sich seinen eigenen schmalen Korridor freizuhalten, der von der Hütte bis zum Heldendenkmal reichte, wo am Sonntag die Rationen verteilt wurden und von wo aus man gleich wieder zurück zum Kamin eilte, um sich dort bis zur nächsten Woche anzuwärmen.

Schließlich übernahm der Ältestenrat die öffentlichen Arbeiten, denn im Januar fürchteten sich sogar die Funktionäre, irgendwen von den Charyňern damit zu betrauen. Die ausgemergelten, hasserfüllten Leute waren ohnehin nur der Meinung, dass sich der Ältestenrat bestimmt etwas zur Seite geschafft hatte. Nur ihr »genössischer« Eifer würde sie wohl kaum von früh bis spät auf den Beinen halten. Und die Miškinová hatte sogar noch die Kraft, in den Zellenräumen eine Ausstellung zum »Tag der Eisenbahner« abzuhalten. Das Ganze bestand aus Zeitungsausschnitten, und sie schnitt tatsächlich mehrere Nächte lang daran. Heimlich schnitt sie sogar einige Fotografien aus Lehrpublikationen aus, die sie – nach Ausstellungsende – wieder in die Bücher einklebte. In den Zellen befand sich eine zwanzig Zentimeter dicke Schicht gefrorenes Wassers. Man konnte zur Eröffnung auch seine Schlittschuhe mitbringen, der Ältestenrat verlautbarte dies im Vorfeld und empfahl allen die Teilnahme, so dass tatsächlich gut zwanzig Leute zusammenkamen. Die Miškinová meinte, dass es unerlässlich sei, wolle man die Moral aufrechterhalten, sich und die anderen irgendwie zu beschäftigen.

Im Warteraum des Bahnhofs hatte sich bis zur ersten Januarhälfte mehr als ein Viertel des Dorfes versammelt. Glaznikov bestand darauf, dass Bovník sofort damit aufhören müsse, Ausreisebewilligungen auszustellen (mit irgendeinem Hinweis auf vorgeschriebene Parteiquoten) und der Ältestenrat organisierte ein Räumkommando, das den Weg zum Schlammteich freischaufelte, irgendwer hatte die Hoffnung geäußert, dass sich dort unter dem Eis wohl ein paar Fische verbergen, die man braten könnte. Die Eisschicht des Schlammteiches wurde unter großem Jubel von Bovník aufgehackt, die anderen Dörfler standen aneinandergedrängt in einem etwa zwei Meter großen Korridor und warteten darauf, bis jemand vorne verkündete, dass ein Fisch beim Eisloch aufgetaucht war (um kurz Luft zu schnappen). Zwei zeigten sich tatsächlich und beide wurden von den Charyňern herausgefischt.

Es waren ordentliche Exemplare und man gestand sie den Charyňer Kindern zu. An deren Rationen bedienten sich längst so manche, doch dem Ältestenrat fehlte es an Kraft, solche Sachen zu unterbinden. Die Miškinová rief wiederholt bei den Versammlungen zur Menschlichkeit auf, woraufhin die Leute, die in einer Schlange anstanden, damit begannen, einander gegenseitig anzurempeln. Die Miškinová ermahnte sie weiterhin mit einer immer schwächer werdenden Stimme, immer leiser, der Rock, der sie früher noch umspannte, hing nun von ihren Hüftknochen herab, und unter ihrem Mantel, wo früher bestenfalls zwei Pullover Platz gehabt hätten, konnte sie nun getrost vier Stück anziehen. Auch die anderen Funktionäre sahen schlecht aus. Falls sie sich etwas zur Seite geschafft hatten, dann zehrten sie in so kleinen Bissen davon, dass man es ihnen nicht ansehen konnte, und im Unterschied zu den meisten Charyňern, die tagelang nicht aus ihren Betten kamen, hatten sie längst schwarze Ringe unter den Augen, sie schliefen kaum, weil sie ständig Sitzungen abhielten, und es gab Dutzende angenommene Beschlüsse, die immer kleiner werdende Rationen vorsahen, um das Unvermeidliche weiter hinauszuzögern.

Es war ein Wunder, dass Hablund nicht abgenommen hatte. Ein Wunder, das wohl an Saškas Küche und Hablunds ökonomisch arbeitendem Organismus lag. Nach ihrer Rückkehr aus der Taiga waren die Jäger nur noch Haut und Knochen. Und während Hablund so blieb, wie er war, nahmen die anderen in den nächsten Wochen immer weiter ab und es wollte kein Ende nehmen.

Buro sah in Hablunds Kondition ein Zeichen. Als ob er

sich plötzlich seiner Čevapik'schen Wurzeln besinnen würde. Er gab sich fortan sehr nachdenklich bei den sonntäglichen Versammlungen und stachelte die anderen an, mit ihren eigenen Händen Hablunds Arme zu befühlen. Hablund lebte zunächst auf, doch dann war seine letzte Filmrolle zu Ende, woraufhin er am Boden zerstört war. Hätte diese nur ein paar Tage länger durchgehalten, er hätte sich nicht nur als Ethnograf und Dokumentarfilmer, sondern auch gleich als »Kriegsberichterstatter« titulieren können. Berilas ruhmreiche Ankunft ließ nämlich nicht mehr lange auf sich warten.

Das »Berila-Pogrom« bekam im Unterschied zum Zweiten Weltkrieg in Charyň kein Denkmal gesetzt, obwohl es sich dieses wohl ebenso verdient hätte. Schon aufgrund der Tatsache, dass alles unmittelbar vor Ort geschah, während der Zweite Weltkrieg, den sie hier im Hinterland mit Hilfe der Eisenbahn stützten, die Menschen und Lebenskraft ins Tausende Kilometer entfernte Europa transportierte, irgendwie »fern« blieb. Die Diaspora des geschmähten Stammes der »Kar«, das Rübenschädelexil in Čevapik, sie »überschwemmten« Charyň dagegen mit allem Drum und Dran, und die Charyňer setzten sich – trotz widriger Bedingungen – beherzt gegen die Angreifer zur Wehr.

Die »Berilianer« statteten zunächst ihren Stammesangehörigen in Čevapik einen Besuch ab, das bereits seit zwei Monaten durch Schneewächten von Charyň abgetrennt war, dort sammelten sie neue Kräfte. Der Marsch aus Čita hatte drei Monate in Anspruch genommen. Ein dreimonatiger Fußmarsch durch Schneewächten, bei dem sie Berilas hölzernen Karren abwechselnd zogen oder auf ihren Schultern trugen, Berila voran, und ihr folgte das Kommando der zahnlosen Rübenschädel mit ihren abgeheilten Verbrennungen und den von einer Axt verursachten Narben, diesem »Passierschein« in die Freiheit, Bovník sollte für jede ihrer Wunden zur Verantwortung gezogen werden. Keiner der Rübenschädel hatte es bis zu diesem Zeitpunkt probiert, Charyň von Pstruh aus zu erreichen (oder umgekehrt). Wölfe, Bären, wütende Geister, denen man in ihrer Heimat ganze Lager vor die Nase setzte und deren Haine der holzverarbeitenden Industrie zu Opfer gefallen waren, das alles schreckte die Rübenschädel zunächst ab, doch Berila war es (während der Jahre in Čita) schließlich gelungen, sie doch zu überzeugen. Sie wohnten dort an steilen Hängen, fern der eigentlichen Stadt, irgendwo hinter den Čita'schen Kasernen, hinter dem Areal des hinter dem Baikal zuständigen Grenzdienstes, zwischen alten Panzerwracks, rostigen Maschinengewehren und Betonruinen eines einstigen Armeespitals. Sie lernten alles aus alten Armeehandbüchern, die sie im Keller des Krankenhauses fanden, feuchte und schimmlige Broschüren mit allerlei Anleitungen, wie man Maschinengewehre und Panzer bedient.

Natürlich gab es nichts »Funktionierendes« im Arsenal, womit man Charyň hätte angreifen können, doch Berila las ihnen die Anleitungen vor, um ihren Mut zu stärken. Im Unterschied zu den Lehrbüchern und Vorträgen von der Miškinová schlief bei ihren Lesungen niemand ein. Die Rübenschädel bereiteten sich allein dadurch auf den Ernstfall vor, dass sie die ganze Zeit über völlig unbemerkt in der Nähe von Čita lebten. Sie wussten, wie man sich lautlos bewegt und wie man im Wald überlebt, wo es – abgesehen von Rinde, Zapfen und Nadeln – für Uneingeweihte gar nichts gab. Diese Fertigkeiten fehlten den Charyňern, und so waren diese schnell am Ende, als die Rentiere einen anderen Weg nahmen und sich der Speicher allmählich leerte.

Das alles kam Berila gelegen. Ihr half auch die Tatsache, dass Borja und Vasilisa, Berilas Ehemann und ihre Schwester, die am Bahnhofsbau für ihre Flucht büßten, detaillierte Informationen darüber gesammelt hatten, wo sich in Charyň welches Haus befand, weil es doch in den Jahren, die sie nun schon weg war, zu allerlei Umbauten gekommen war, und dann gab es auch noch diesen Hang zum Aberglauben.

Die meisten Čevapiker schlossen sich Berila an, was hätten sie sonst tun sollen. Ihr Mut nährte sich aus der Verbitterung. Die Rübenschädelschamanen hatten den Charyňern ihre ersten Häuser geweiht, um sie gegen die bösen Taigakräfte zu schützen, ohne diese Hilfe hätten die russischen Westler keinesfalls den ersten Winter überlebt. Man wollte in Frieden miteinander leben, untereinander Erzeugnisse und Fertigkeiten tauschen, fallweise auch Frauen, und sich nicht gegenseitig hinterhältige Fallen stellen.

Was konnte dieser verpflichtende Schulbesuch denn eigentlich sein als eine Falle, da man diesen ohnehin ein paar Jahre später schon wieder aufhob? Und diese russischen Angriffe (mit Hämmern) auf die Čevapik'sche Rübenmanufaktur, die sich in den ersten Jahren mehrmals wiederholten? Und diese Bärte? Einen Sommer lang waren die ganzen Wiesen zwischen Čevapik und Charyň von langen russischen Bärten bedeckt. Sie lagen dort wie Nebel in der

Landschaft, bunte Knäuel, gelb und rostrot und grau, bevor sie der Wind verblies. Bärte werden im Unterschied zu Körpern von der Erde nicht angenommen und selbst der Regen kann sie nicht aufweichen. Die Körper, die zu den Bärten gehörten, lagen nur einen Moment lang da. Als Warnung an die Sowjets gedacht, die Frauen zurückzugeben, auf die sie kein Recht hatten. Natürlich gaben sie nichts zurück.

Als Borja jenen Rübenschädeln, die von Zeit zu Zeit kamen, um sich mit ihm durch die Gitterstäbe hindurch zu unterhalten, wiederholte, dass Berila mit nahezu allen zurückkehren werde, die im Laufe der Jahre aus Čevapik geflohen waren, glaubten ihm selbst die nicht, die Berila gut genug kannten. Man erzählte es den Kindern in Čevapik als Märchen, vor dem Einschlafen. Die Geschichte von der großen Befreiung, die dann kommt, wenn der strengste aller Winter herrscht und Dunkelheit und Hunger kein Ende nehmen und ein blonder Fremder auftaucht – es passierte dann tatsächlich zu Beginn des Februars 1947.

In Čevapik gab es zwar nicht so eine Hungersnot wie in Charyň, denn die Rübenschädel konnten auch von Eichhörnchen und Kaninchen leben, vor allem gelang es ihnen, diese – im Unterschied zu den Charyňern – selbst mit gefrorenen Händen zu treffen, und wenn mal kein Gewehr zur Hand war, dann ruhig auch mit einem Stein, doch leicht war es auch für sie nicht, weil die Rentiere natürlich fehlten. Nicht nur ihr Fleisch, auch das Geweih, die Hufe, Sehnen, Knochen und das Fett, all jenes Material, das man im Sommer mittels Flugzeugen nach Charyň brachte, die sowjetische Variante davon, fabrizierte Nähte, Nadeln, Petroleum für die Lampen und Fellmützen, doch für die

Čevapiker war es ganz normal, all das selbst herzustellen, und plötzlich wussten auch sie nicht, woraus.

Auch Pferde besaßen sie damals nicht. Geschweige denn Panzer und Maschinengewehre. Das Einzige, was Berilas Armee zur Verfügung stand, waren einige Gewehre, die die Čevapiker einst gegen Rübenzentner bei den Charyňern eingetauscht hatten, das war alles. Dann blieben nur noch Messer, Äxte, Spieße, Speere, spitze Stäbe, Schneeschuhe, jenes einzelne Exemplar des »Orlov-Schlittens« und Dutzende Hände in dicken Fäustlingen, bereit, alles zu tun, was die Anführerin befiehlt.

Das Lager des Ältestenrates stand ganz oben auf der Liste und die Ersten, denen die Armee auffiel, die sich da näherte, waren die Josipovičová und Buro.

Buro hatte nämlich eine Idee, und weil die Josipovičová als eine der engsten Freundinnen des Dänen galt, wollte Buro seine »Überzeugungsarbeit« bei den jeweiligen Familien mir ihr untermauern, sie sollte seine Verbündete werden. Velor befand sich gerade bei einer Sitzung des Ältestenrates, Buro traf die Idiotin alleine in der Hütte an und er kam schnell zur Sache. Jovakas Miene verfinsterte sich zunächst, es schien so, als wäre sie mit dem, was Buro gesagt hatte, ganz und gar nicht einverstanden, und er bereute es bereits, sie da mit reingezogen zu haben, doch dann begann sie plötzlich zu lachen. Sie stupste ihn wohlwollend an, er wiederum sie, und sie hätten sich (trotz Hunger und Schwäche) wohl weiter geneckt, hätte Buro nicht aus dem Fenster geblickt und jenen Haufen bemerkt, der sich ihnen schnell näherte. Die Rübenschädel bahnten sich mit Schaufeln einen Weg ins Dorf und Buro und

Jovaka liefen sogleich vor die Hütte, um Alarm zu schlagen.

Alle Wege, die von den Hütten wegführten, mündeten beim Heldendenkmal, und dort liefen nach ein paar Minuten auch alle zusammen. Doch der Ältestenrat tagte noch in seinem Sitzungssaal, und die Masse hatte keine Anführer. Einer der Dörfler rief, dass es sich dabei bestimmt um eine Gruppe handelt, die von Wölfen hergetrieben wird, ein anderer wiederum glaubte, dass die Bäume zum Leben erwacht wären. Vor lauter Hunger konnte man schon mal einen Schneehaufen mit einer entgleisten »Lenin-Lokomotive« verwechseln, eine Horde Hungernder besitzt schlicht keinen Verstand. Wäre es möglich gewesen und hätte die Idiotin einfach zum Gebäude des Ältestenrates loslaufen können, sie wäre schon nach ein paar Minuten dort angekommen, doch da sie sich durch Schneewechten kämpfen musste, blieb das »Rennen« ausgeglichen. Alle Charyňer riefen und schrien, doch die vom Schnee bedeckten Fenster des Sitzungssaales ließen kein Geräusch nach Innen dringen. Die Idiotin schaufelte, um sich einen Weg zu bahnen, während sich von der anderen Seite Berilas Armee dem Lager des Ältestenrates näherte, die Idiotin und die Armee waren in etwa gleich weit entfernt. Vielleicht hätte die Idiotin sogar eine Chance gehabt, zudem schaufelte sie aus Leibeskräften. Doch Berilas Horde trug Schneeschuhe, was nicht zuletzt die Entscheidung zu ihren Gunsten brachte. Sie kamen etwas früher durch die Schneewechten, und noch bevor die Josipovičová gegen die Türe des Sitzungssaales hämmern konnte, liefen die Rübenschädel mit Schneeschuhen hinein, und noch bevor irgendwer sonst was tun konnte, war das Lager des Ältestenrates geplündert, die Gewehre unter die Angreifer verteilt und der Schnee rund um das Haus des Ältestenrates begann zu schmelzen, da Berila eine brennende Flasche Petroleum in den Sitzungssaal geworfen hatte und der ganze Bau in Flammen aufging. Die Funktionäre liefen nach draußen, Glaznikov und Josipovič bliesen ins Horn, üblicherweise das Zeichen für den Aufmarsch ihrer »Rentiergefolgschaft«, doch in Zeiten der Not auch Signal für die »Landwehr«. Ein paar Gewehre hatten die Männer noch in ihren Hütten, von den Frauen erhielten sie ein paar Topfdeckel, die sie als Schilde nutzten, der erbärmliche Schutzwall aus Schneegattern konnte Berilas Horden jedenfalls nicht aufhalten.

Bovník watete durch den Schnee, so schnell es eben ging. Dass es vor allem er war, auf den es die »Berilianer« abgesehen hatten, das musste ihm keiner unter die Nase reiben. Diese Armee der vernarbten Gesichter und schlecht verheilter Knochen würde ihn als Allerersten aufsuchen. Ihn, der sie gegen Bezahlung ziehen, ihn, der sich auf Kosten ihrer Gesundheit eine Riesenhütte bauen ließ. Dort wollte er zuerst auch hin, doch sie sollten ihn da schließlich nicht antreffen. Ohne es sich genau überlegt zu haben, schlug er dann doch lieber den Weg zu Vasilisas Häuschen ein, mit einer Pistole am Kopf würde ihn die Mutter seines Sohnes schon verstecken.

In Charyň herrschte ein Riesendurcheinander. Der Schnee zog sich wie eine Zunge zurück, im Angesicht der brennenden Häuser, im Angesicht des Blutes, das aus den Körpern sickerte, der Schnee schmolz darin wie Milchschaum und gefror bald wieder zu kleinen rosa Seen, als wäre ganz plötzlich der Sommer angebrochen und der

Winter gleich daraufhin wieder zurückgekehrt, als würde alles im Zeitraffer passieren.

Die meisten Familien, die sich Berila fügten, die Greise und Jungen, die sich auf ihren Befehl augenblicklich mit erhobenen Händen gegen die Hauswand stellten, sie blieben am Leben. Eine Kugel fingen sich nur diejenigen ein, die sich widersetzten oder den Nachbarn zu Hilfe eilen wollten, obwohl sie genau wussten, dass man in solchen Augenblicken die Einmischung in fremde Angelegenheiten mit dem Leben bezahlt.

Während die meisten Bürger abwarteten, bis sie an die Reihe kamen, beschoss die Jägerlandwehr die »Berilianer« von den Seiten, sie rückten vor und zogen sich wieder zurück, mal in dieses, mal in jenes Haus, wo sie ein mutiger Charyňer eben einließ. Die Parole »Öffnet sofort, hier sind die Funktionäre des Ältestenrates«, die unter normalen Bedingungen einer funktionierenden Beschwörungsformel gleichkam, sie funktionierte nicht mehr, und der Charyňer Widerstand musste auf die Mutigen setzen, die den Kämpfern auf eigene Gefahr hin Unterschlupf gewährten.

Verbürgt ist, dass Charyň noch mehrere Tage lang in Flammen stand, auch nachdem Berila und ihre Männer abgezogen waren. Angeblich hätte Izikil gewusst, dass es so ausgehen würde, doch Izikil wusste immer alles, und noch nie hat er damit jemandem geholfen. Er behielt diese Ahnungen für sich, sofern ihm nicht jemand eine exakte Frage stellte. Nur bei dieser Zugfahrt mit Fedorek, da hatte er von ganz alleine zu sprechen begonnen, und als ihn Fedorek später in Čevapik suchte, wollte ihm keiner seine Hütte zeigen. Ein Greis. Er fürchtet sich. Seine Zeit war um und in der neuen hatte sein Wort kein Gewicht mehr, falls der »innere Kreis« überhaupt jemals bei den gewöhnlichen Rübenschädeln hoch im Kurs gestanden war.

Einige aus Berilas Armee blieben in Čevapik zurück, andere zogen mit ihr in die Taiga, ein kleines Häuflein machte sich wohl auch auf den Weg nach Čita. Falls sie vorgehabt hatten, nur die Charyňer zu bestrafen, konnte man diese Mission als erfüllt ansehen. Einer anderen Version nach war Berilas Revolte nur als Rache für Vasilisas Schwangerschaft gedacht. Für das, was Bovník ihrer Schwester angetan hatte. Von einer Frau kann man angeblich sowieso keine ordentliche politische Strategie erwarten, somit auch von Berila nicht. Ob es nun so oder doch anders gewesen war, Bovník, die schwarze Seele, überdauerte all das in Vasilisas Haus, versteckt in einem Holzhaufen.

Wer sich darüber wundert, dass dieser Däne noch immer nicht an seine Rückkehr nach Hause dachte, der irrt sich. Er dachte jeden Tag daran. Doch erst so nach und nach fand er den Mut und die Worte, um das Saška mitzuteilen. Er schrieb Marianne im Laufe des Winters noch einige Briefe, doch die erreichten Kopenhagen nicht mehr. Die alte Irina versteckte sie in der Post in einer Schublade und reichte sie an den Ältestenrat weiter, denn in Krisenzeiten ist schließlich alles erlaubt. Der Hunger plagte die Charyňer nach dem Angriff der »Berilianer« noch mehr als je zuvor, und so hatten sie für Hablund gar nichts mehr übrig hier, nicht einmal eines dieser Tapferkeitsabzeichen, die Buro (für den Ältestenrat) aus alten Blechdosen anfertigte, da die regulären Abzeichen ausgegangen waren. Sie wurden vor allem an jene Charyňer verliehen, die sich während des Angriffs im Bahnhof verbarrikadiert hatten, die meisten von ihnen waren dem verhassten Dorf zu Hilfe gekommen, einige bezahlten dies sogar mit ihrem Leben. Es scheint allerdings, dass jene Charyňer, die sich im Bahnhofsgebäude versteckten, vor dem Angriff gewarnt worden waren. Als sich nämlich Berilas Kommando dem Dorf näherte, waren alle Bahnhofseingänge versperrt, die Fenster mit Brettern (von innen) zugenagelt und jeder im Warteraum hielt zumindest einen Stein in der Hand. Sollte das auf Hablunds Kappe gehen?

Die Körper der im Kampf Gefallenen, so gebot es der Brauch, oblagen den »letzten Vögeln«. Die Charyňer, selbst mehr tot als lebendig, trugen sie, in allerlei zusammengenähte Stoffe eingehüllt, in einem großen Trauermarsch bis zu diesem Ort der letzten Ruhe. Hablund stützte Saška mit der einen Hand, mit der anderen Vasilisa und zum ersten Mal während seiner ganzen Zeit in Charyň vergaß er sogar das Fotografieren. Der Blick, mit dem ihn Buro musterte, war ihm allerdings aufgefallen.

Hier hätte es Buro nicht gewagt, jemandem seine Idee zuzuflüstern. Im Übrigen, darf man so etwas als »Idee« bezeichnen, wo es sich doch um bloßen Mut handelt, etwas laut anzusprechen? Die Pietät gegenüber den gefallenen Genossen ist allerdings eine heilige Sache und so schwieg Buro auch noch in den nächsten Tagen. Dann fing er an, kleine Scherze zu machen. Nur um festzustellen, ob schon die Zeit gekommen war, er schien nur abzuwarten, wer das Ganze aufgreifen würde. Er kam bei den Leuten vorbei, keinem musste er irgendetwas erklären. Hablund und ein paar andere Hütten ließ er dabei aus und bald schon wartete man nur noch auf die richtige Gelegenheit.

Noch bevor in Bovníks Haus der Ältestenrat zusammentraf, kam Vasilisa zu Hablund gelaufen, sie weinte bitterlich. Jemand habe ihre Hütte aufgebrochen und ihr das Kind gestohlen. Hätte das Kind ihn nicht gekannt, es hätte doch geweint. Wäre es ein Wolf gewesen, er hätte nur das Kind und nicht auch die Decken mitgenommen. Hablund konnte sich darauf keinen Reim machen. Nicht einmal auf das Stück Fleisch, das Velor von der Sitzung des Ältestenrates mitgebracht hatte, als ob sie nicht schon seit Wochen nur noch fauliges Gemüse essen und heißes Wasser trinken würden. Während Vasilisa noch weinte und immer wieder um die Hütte herumlief, in der scheinbar niemand etwas wusste, begann Hablund alle Schuhe zu flicken, die sie im Haus hatten, in der Annahme, dass er Saška, bevor er abreiste, wenigstens eine kleine Freude bereiten konnte. Inzwischen hatte er längst auch eine kleine Wiege für Vasilisas Jungen gebastelt, doch Saška war nur fuchsteufelswild geworden.

Es schneite und fror in den letzten Tagen so sehr, dass viele Familien gar nicht mehr nach draußen gingen, sogar am Sonntag, als man eigentlich die Rationen verteilte. Man trank siedend heißes Wasser (aufgetauter Schnee), wartete auf die Erlösung, und wenn irgendwo zufällig etwas Fleisch auftauchte, fragte keiner nach, woher es stammte.

Bovník lud Hablund genau an jenem Tag zu sich nach Hause ein, als Hablund die letzten paar geflickten und reparierten Schuhe stolz auf ihren Platz im Flur zurückstellte.

Wegen irgendeiner Angelegenheit, erklärte Bovník seine Einladung. Hablund ging gerne hin, da ihm Saška zu Hause (wegen seiner geplanten Abreise) eine Szene nach der anderen bereitete. Dass er ihr Mann sei und solche Versprechen doch für immer gelten. Hablund wusste nicht, was er ihr darauf antworten sollte. Dass er das Ganze nie ernst gemeint hat? Dass er kein Filmmaterial mehr hat, mit dem er weiter drehen könnte? Dass der Fotoapparat in der Taiga geblieben war?

In Bovníks Haus warteten bereits Buro und der versammelte Ältestenrat. Während Vasilisa vergeblich gegen die nunmehr vierte Hütte hämmerte, die leer stand, und Saška zu Hause ihre Sachen packte, um mit nach Gopenhagen aufzubrechen, drängte sich ein Haufen Frauen an das Fenster von Bovníks Haus. Sie rempelten sich an und traten sich auf die Füße, denn eine jede von ihnen wollte so viel wie nur möglich vom Dänen sehen. Man wartete noch auf Jovaka. Sie schleppte, ausgemergelt, wie sie war, jenes Köfferchen von Velor an, in dem er das chirurgische Besteck aufbewahrte, sie konnte sich kaum noch auf den Beinen halten.

Sie zogen Hablund in der Hütte vollständig aus, wuschen ihn, trockneten ihn ab, und während die anderen den sich sträubenden Mann an Händen und Füßen festhielten, wählte Jovaka das Besteck aus, und Bovník schlachtete schließlich den Dänen, der selbst in diesen dürftigen Zeiten seine schönen Arme behalten hatte, er tat es mit einem langen und spitzen Küchenmesser, mit hölzernem Griff.